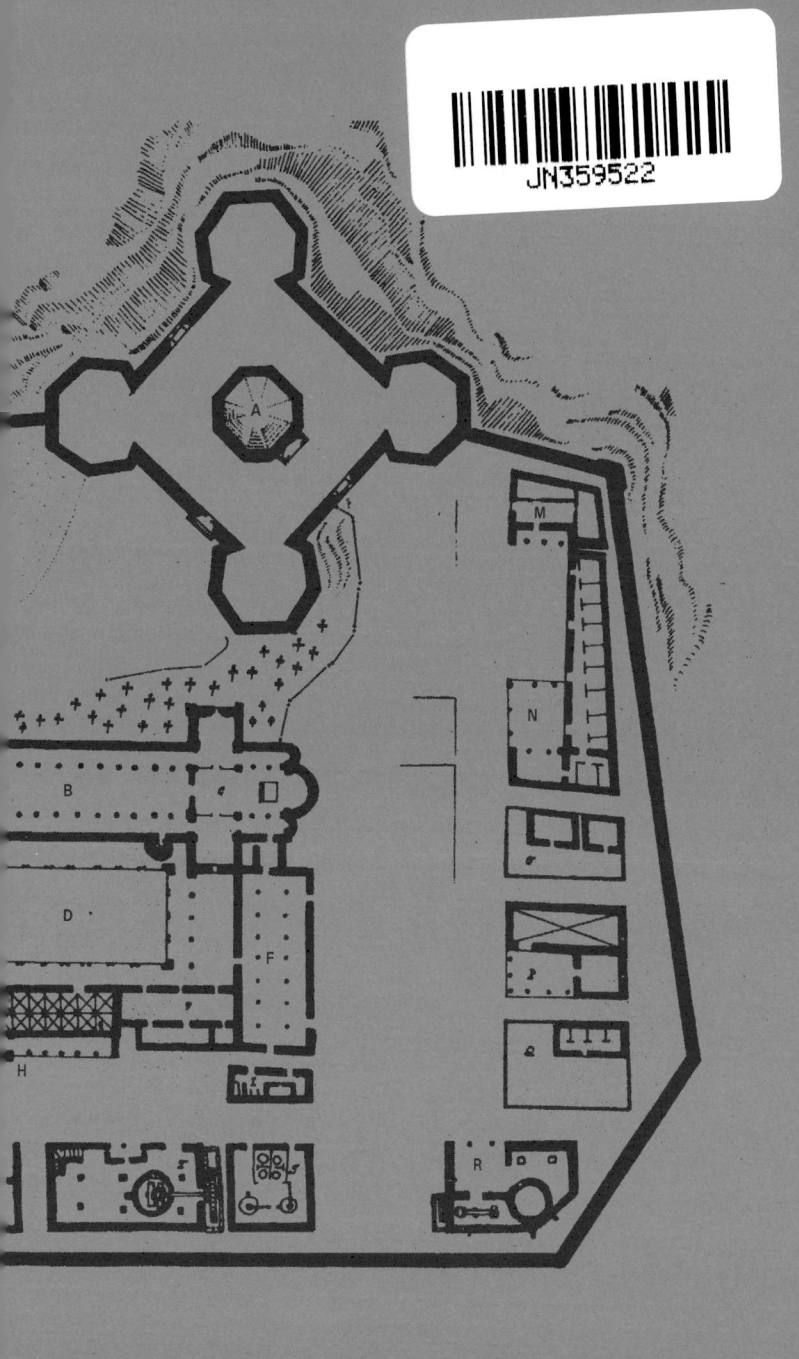

Il nome della rosa
Umberto Eco

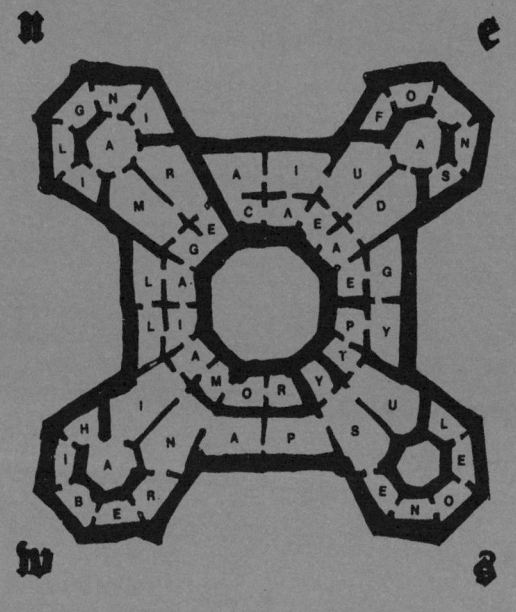

장미의 이름

장미의 이름

【상】

움베르토 에코 장편소설 | 이윤기 옮김

**IL NOME DELLA ROSA
by UMBERTO ECO (1980)**

Copyright (C) 1980-2010 RCS Libri S.p.A./Bompiani, Milano
Korean Translation Copyright (C) 1993 The Open Books Co.

이 책은 실로 꿰매어 제본하는 정통적인 사철 방식으로 만들어졌습니다.
사철 방식으로 제본된 책은 오랫동안 보관해도 손상되지 않습니다.

차례

서문 11

노트 23

프롤로그 27

제1일

1시과 47
　이윽고 수도원이 있는 산기슭에 이른다. 윌리엄 수도사가 기적에 가까운 현자의 통찰을 보인다.

3시과 59
　윌리엄 수도사가 수도원장과 담소하면서 그의 미욱함을 깨우친다.

6시과 82
　아드소는 교회 문전 장식에 탄복하고, 윌리엄 수도사는 카잘레 사람 우베르티노와 재회한다.

9시과까지 129
　윌리엄 수도사가 본초학자 세베리노와 약초 이야기를 나눈다.

9시과 이후 139
　윌리엄 수도사 일행이 문서 사자실로 들어가 학승, 필사사, 주서사, 그리고 가짜 그리스도의 도래를 예언하는 장님 노인을 만난다.

만과 162
　수도원 경내를 샅샅이 돌아본 윌리엄 수도사는 아델모의 죽음과 관련, 몇 가지 추론을 한 다음 유리를 세공하는 수도사와 독서하는 데 필요한 유리 및 읽기를 탐하는 사람에게 나타나는 유령에 대한 이야기를 나눈다.

종과 177
　윌리엄 수도사와 아드소는 수도원장의 환대를 받는다. 이 자리에서 윌리엄 수도사와 호르헤는 언성을 높인다.

제2일

조과 187
신비로운 법열의 순간이 피비린내 나는 사건으로 부서진다.

1시과 201
움살라 사람 베노와 아룬델 사람 베렝가리오가 새로운 사실을 털어놓고 아드소는 참회의 진정한 의미를 배우게 된다.

3시과 221
윌리엄 수도사와 아드소는 입심 사나운 수도사들의 언쟁을 구경하고, 알렉산드리아 사람 아이마로는 두 사람에게 수도원 분위기를 전해 준다. 아드소는 성성과 악마의 똥에 관하여 묵상한다. 이어 윌리엄 수도사와 아드소는 문서 사자실로 들어간다. 윌리엄 수도사, 의도적으로 웃음을 옹호함으로써 미끼를 던지나 뜻하던 바를 얻어 내는 데는 실패한다.

6시과 249
베노는 이상한 이야기를 한다. 윌리엄 수도사와 아드소는 이로써 수도원 생활에 관한, 기묘한 것들을 알게 된다.

9시과 259
수도원장은 수도원 재물을 은근히 자랑하는 한편, 이단에 대한 그의 두려움을 피력한다. 결국 아드소는 설불리 세상에 발을 내민 건 아닌가 번민한다.

만과 이후 285
이 장은 짧지만, 알리나르도 노인의 암시를 통해서 장서관 내력과 미궁 같은 장서관으로 들어가는 방법을 알게 되는 중요한 장이다.

종과 292
두 사람은 본관 안으로 들어간다. 이상한 침입자와 기괴한 기호로 된 비밀문서, 그리고 서책 한 권이 발견되나 이 서책은 곧 그들 앞에서 사라진다. 두 사람은 다음 몇 장에 걸쳐 이 서책을 다시 찾기 위해 노력한다. 윌리엄 수도사는 귀중한 안경을 도둑맞는데 이 역시 끊이지 않는 사건 중 하나에 불과할 것이다.

한밤중 307
두 사람은 마침내 장서관의 미궁으로 들어간다. 그러나 미궁 안에서 기이한 환상에 홀려 그만 길을 잃고 방황한다.

제3일

찬과에서 1시과까지 331
행방이 묘연해진 베렝가리오의 방에서 피 묻은 천이 발견된다. 이것뿐이다.

3시과 333
아드소는 문서 사자실에서 자기 교단의 역사와 서책의 운명을 묵상한다.

6시과 339
아드소는 살바토레로부터 과거를 듣는다. 몇 마디로는 요약될 수 없을 만큼 길고 복잡한 이야기인데, 아드소는 이 이야기를 놓고 오래 생각에 잠긴다.

9시과 355
윌리엄 수도사는 아드소에게 이단의 흐름과 교회에서의 평신도의 역할, 그리고 보편적 법칙에의 접근 가능성에 대한 자신의 의혹을 고백한다. 이어서 그는 베난티오가 그린 기이한 기호를 읽어 내었노라고 말한다.

만과 380
수도원장은 객승들과 이야기를 나누고, 윌리엄 수도사는 미궁의 수수께끼를 깨뜨리기 위해 기상천외한 생각을 해내고 가장 이성적인 방식으로 성공한다. 윌리엄 수도사와 아드소는 일을 끝낸 연후, 건락 떡을 먹는다.

종과 이후 399
우베르티노는 아드소에게 돌치노 이야기를 들려준다. 아드소는 혼자 장서관으로 들어가 돌치노 이야기를 생각하면서 책을 읽다가 어떤 처녀를 만난다. 아름답되 피에 굶주린 천사 같은 처녀를······.

한밤중 451
기진한 아드소는 윌리엄 수도사에게 죄를 고해하고 창조의 계획에서 여자의 역할에 대해 명상한다. 이어서 두 사람은 시신 한 구를 찾아낸다.

당연히, 이것은 수기(手記)이다.

서문

 1968년 8월 16일, 나는 발레[1]라는 수도원장이 펴낸 한 권의 책을 손에 넣었다. 1842년 파리의 라 수르스 수도원 출판부가 펴낸, 『마비용 수도사의 편집본을 바탕으로 불역(佛譯)한 멜크 수도원 출신의 (베네딕트회 수도사) 아드송의 수기』였다. 이 책에는, 책이 편찬된 저간의 사정에 대해서는 자세히 밝혀져 있지 않았으나, 베네딕트 수도회의 전파에 크게 공헌한 것으로 알려진 17세기의 석

---

1 뱅자맹 발레(1754~1824). 프랑스의 사제, 역사가, 정치가. 1788년 삼부회(三部會)의 대의원이 되었다가, 1789년 삼부회 대의원들이 몇 명의 성직자 및 귀족의 도움을 얻어 삼부회를 국민 의회로 바꿈에 따라 1807년까지 국민 의회 대의원으로 있었다. 1790년에는 삼부회 태동에서 붕괴에 이르는 절충의 역사를 『성직자 신분』이라는 책으로 기록했다.

학 마비용[2]이, 멜크 수도원에서 발견한 14세기의 수기를 충실하게 복원한 것이라는 설명이 붙어 있었다. 이 대단한 학문적 발견(연대순으로 따지자면 세 번째의 학문적 발견에 해당하는)은, 친구를 기다리며 프라하에 머물고 있던 나를 몹시 들뜨게 했다. 그러나 이로부터 불과 엿새 뒤에 소련군이 이 불행한 도시를 침공해 왔다. 나는 신고 만난(辛苦萬難) 끝에 오스트리아 쪽 국경선을 넘어 린츠로 갔고, 거기에서 다시 빈으로 올라가 거기에서 기다리고 있던 내 연인을 만난 다음, 함께 다뉴브 강을 오르는 배를 탔다.

일종의 지적인 흥분 상태에서, 멜크의 수도사

---

2 장 마비용(1632~1707). 베네딕트 수도회의 신학자, 성인전(聖人傳) 작가. 주저(主著)는 베네딕트 수도회 성인들의 생애를 기록한 9권짜리 성인전인 『베네딕트 교단 성인들의 전기』이며, 1675년부터 『고문 집성(古文集成)』을 간행하기 시작했다. 1691년 라트라프 수도원장 드랑세가 수도사는 연구보다는 하느님 섬기는 일에 힘을 써야 마땅하다고 주장한 데 맞서, 수도사의 학구적 연구를 변호한 유명한 논문 「수도사의 연구에 관한 논고」를 썼다. 이 논문에서 마비용은 카시오도루스의 저작에 기초, 카시오도루스 자신이 540년경에 창건한 칼라브리아의 한 수도원 도서관 본관의 재구(再構)를 시도했다. 그는 또 상당히 도전적인 저서 『무명(無名)의 성인 공경론(聖人恭敬論)』에서, 지하 묘지에서 출토된 정체불명의 성인을 공경하는 관습을 통렬하게 공격했다. 이 저서가 로마 교황청에 보고되자 마비용은 교황청으로부터, 이 저서에 나오는 주장 중 어떤 부분은 해명하고 어떤 부분은 철회하라는 명령을 받았다. 그는 1700년에도 베네딕트 수도회가 간행한 성 아우구스티누스의 책에다 쓴 서문 때문에 이단죄로 기소나 교황청으로부터 무죄를 선고받으면서 사면을 얻었다.

아드소의 이 엄청난 이야기를 독파한 나는 실로 〈단숨에〉, 조제프 지베르 문방구의 대학 노트 몇 권에다 이 책을 번역해 버렸다. 나에게, 펜 끝이 매끄러운 대학 노트에다 문자를 수놓아 가던 일은 참으로 즐겁고도 신명나는 경험이었다. 내가 이 책을 번역하고 있을 동안 배는 멜크에 이르렀다. 수세기에 걸쳐 몇 차례의 보수와 복원을 거듭한 아름다운 멜크 수도원은 강의 굽이를 내려다보면서 의연하게 서 있었다. 눈치 빠른 독자는 벌써 알아차렸을 테지만 나는 멜크 수도원의 도서관을 샅샅이 뒤졌으나 아드소 수기의 사본은 하나도 찾아내지 못했다.

잘츠부르크에 이르기 전, 우리는 몬트제 호반에 있는 조그만 호텔에서 일박했는데, 이 하룻밤이 나에게는 비극적인 밤이었다. 나와 동행하던 친구가 발레 수도사의 책과 함께 사라져 버린 것이었다. 그가 발레 수도사의 책을 가지고 가버린 데 특별한 이유가 있었던 것은 아니다. 우리의 관계가 끝남에 따라 경황이 없는 참에 그 책이 그만 그의 짐에 휩쓸려 들어갔을 터이다. 말하자면 그는, 내 가슴에 휑하니 뚫린 구멍 하나와 한 뭉치의 번역 원고를 남긴 채 책과 함께 사라져 버린 것이다.

그로부터 몇 달 뒤 파리에서, 나는 그 책의 족보를 샅샅이 캐어 보기로 마음먹었다. 나에게는 앞서 불어판에서 메모해 놓은 약간의 자료가 있었다. 자료 중에는 다음과 같은 매우 자세하고 구체

적인 참고 도서 목록도 있었다.[3]

『고문 집성』, 별칭『고문서 전집』및 짧은 저작, 시작(詩作), 서한, 문서, 비문 모음.『게르만 여행기』가 부록으로 딸려 있음. 설명과 주석은 베네딕트 수도회 수도사이자 성 마우로 수도회 신부 장 마비용에 의함(신판).『마비용 전(傳)』및 몇 권의 소책자, 즉 위대한 추기경 보나에게 헌정한『유교 성체(有酵聖體)와 무교 성체(無酵聖體)에 관한 논의』가 추가된다. 같은 주제에 대한, 히스파니아의 주교 엘데폰수스의 소론(小論)과 갈리아의 테오필로스 앞으로 쓴 에우세비우스의 서한,『무명(無名)의 성인 공경론(聖人恭敬論)』, 파리, 생미셸교(橋) 부근에 있는 르베크 출판사에서 1721년에 발행됨. 부록 있음(왕실의 허가를 필한 것임).

나는 생트 주느비에브 도서관에서『고문 집성』을 찾아내는 데 성공했다. 그런데 놀랍게도 내가 찾아낸 판본은 발레 수도사의 참고 도서 목록과 두 가지 점에서 달랐다. 첫째는 이 책의 발행인이 아우구스티누스회 수도회(생미셸교 부근)의 몽탈랑이라는 점에서 발행인이 달랐고, 2년이나 늦다는 점에서 출판 연도가 달랐다. 뿐만 아니었다. 내

---

3 이하 참고 도서 목록은 마비용의 저서 목록이기도 하다.

가 찾아낸 판본에는 멜크의 아드소, 혹은 아드송의 원고가 포함돼 있지 않았다. 궁금한 사람은 직접 확인해 볼 수 있겠지만, 생트 주느비에브 도서관에 소장된 『고문 집성』은 아주 간략하거나 길어 봤자 중간 분량 정도 되는 문헌들을 모아 놓은 책으로, 발레 수도사가 필사한 몇 백 페이지 분량의 수기와는 거리가 있었다. 나는 나와 절친한 사이였고 지금도 기억에 생생한 에티엔 질송[4] 같은, 유명한 중세학자와도 상의를 했다. 그러나 내가 생트 주느비에브에서 본 『고문 집성』 이외에는 다른 『고문 집성』이 없다는 것이었다. 나는 곧 파시 근교에 있는 라 수르스 수도원으로 달려가 친구인 아르네 라네슈테트 수도사에게 물어보았다. 그는, 발레 수도사라는 사람이 라 수르스 수도원 출판부에서 책을 낸 적이 없다고 말했다(뿐만 아니라 그는 당시의 수도원에는 출판부라는 것조차 없었다는 것을 확인해 주었다). 프랑스 학자들은 믿을 만한 서지학적 지식의 제공에는 별 관심이 없기로 악평이 나 있기는 하지만, 이 경우에는 그런 것도 아니었다. 이때부터 내가 읽었던 그 책이 어쩌면 위조된, 유령 도서일지도 모른다는 생각이

---

[4] 토마스 아퀴나스에 정통한 프랑스의 철학자(1884~1978). 하버드, 소르본 대학 교수. 주저는 『성 토마스 아퀴나스의 기독교 철학』. 이밖에도 『중세 철학의 정신』, 『철학 체험의 통일성』, 지식인으로서의 기독교도의 입장을 검토한, 『철학과 신학』 같은 저서도 있다.

들기 시작했다. 그러나 그 발레 수도사가 쓴 것으로 되어 있는 그 책을 돌려받을 수도 없는 노릇이었다(적어도 나는, 그 책을 가져간 사람에게, 돌려달라고 할 엄두가 나지 않았다). 내 손에 남은 것은 노트와 번역 원고뿐이었지만 내게는 그것조차 미심쩍어 보이기 시작했다.

상당한 육체적 피로와, 견디기 어려운 운동 신경의 자극 뒤에는, 과거에 알던 사람들의 환상이 나타나는 불가사의한 순간이 있는 모양이다(상세한 기억을 더듬어 나가는 데도 그것이 꿈인지 현실인지 분간이 잘 안 되는 때가 있다). 책의 내용을 훑어보면서부터는 정말 내가 그 책을 번역했던 것인지, 아니면 꿈을 꾸었던 것인지 의심스러워지기 시작했다. 후일 뷔쿠아 수도원의 원장이 쓴 책에 따르면, 이 세상에는 아직 쓰이지 않은 책에 관한 환상도 존재한다.

만일에 새로운 전기가 될 만한 그 희한한 일이 일어나지 않았더라면 나는 아직도 멜크의 수도사 아드소 이야기의 출처를 찾아 헤매고 있었을 것이다. 희한한 일이란, 바로 1970년 부에노스아이레스 코리엔테스 거리의, 그 유명한 파티오 델 탕고 고서점에서 그다지 멀지 않은 작은 고서점의 서가를 뒤지다가 우연히 밀로 테메스바르라는 사람이 쓴 카스틸리아어판 소책자『장기 놀이에서의 거울 이용법』을 찾아내게 된 일을 말한다. 이 저자를, 나는『묵시록의 판매인』이라는 최근작을 졸저

『매스컴과 미학』 가운데서 서평했을 때 (다른 책에 인용된 것을 다시) 인용한 적이 있다. 원서는 1934년 조지아의 트빌리시에서 발행된 것이어서 손에 넣을 수 없었다. 내가 찾아낸 것은 그러니까 이탈리아어판이었다. 놀라운 것은 바로 이 책에 아드소의 수기로부터 인용된 대목이 상당수 있는 데다 그 인용문의 출처가 발레도 마비용도 아닌, 아타나시우스 키르허 신부로 되어 있다는 것이었다(인용문의 출전은 미상). 후일 어느 학자(이름은 여기에서 밝히지 않는 편이 좋을 것 같다)는 아타나시우스 키르허 신부의 저작 목록을 줄줄 외면서, 이 위대한 예수회 신부가 멜크의 수도사 아드소의 이름을 입에 올렸을 리가 없다고 단언했다. 그러나 테메스바르의 책은 분명히 내 앞에 있었고, 그가 인용한 일화는 발레 수도사가 불역한 수기와 정확하게 일치하고 있었다. 더구나 미궁 같은 장서관(藏書館)의 묘사로 보아 의심할 여지가 없었다. 나중에 베니아미노 플라치도는 부정적인 견해를 피력했지만,[5] 수도원장 발레는 어디까지나 실존 인물이며, 마찬가지로 멜크의 아드소도 틀림없이 실재한 인물인 것이다.

나는 아드소의 회고담을 읽으면서, 그 서술 방식이 매우 적절히도 아드소가 기록하고 있는 사건들과 일맥상통한다는 결론을 내렸다. 예컨대

---

[5] 「라 레푸블리카」지, 1977년 9월 22일자 — 원주.

작가의 정체에 대한 수수께끼와 아드소가 수도원의 위치에 대해서는 끝내 함구하는 대목에 이르기까지, 수기의 기록 방식에도 베일에 가려진 부분이 상당히 많다. 그나마 어림짐작으로 수도원이 폼포사와 콩크 사이 어딘가에 있었을 것이라고, 그리고 아마도 피에몬테 지방과 리구리아 지방, 그리고 프랑스 접경에 있는 아페니노 산맥 중앙부 기슭쯤에 있었을 것이라고 추측을 할 수 있는 정도이다. 사건이 일어났던 시기의 경우, 기록된 바에 따르면 1327년 11월 말경임을 알 수 있다. 그러나 저작 시기는 불분명하다. 1327년에 자신이 수련사(修練士)였다는 것, 그리고 기억에 의지해서 이 글을 쓸 때가 죽음에 임박해서였다는 것으로 미루어 역산(逆算)하면 이 원고가 만들어진 시기는 1390년대, 혹은 1380년대로 짚어 볼 수 있다.

냉정하게 돌이켜보면, 14세기 말 독일 수도사가 라틴어로 쓴 17세기 라틴어판의 신(新)고딕 불어 번역판을 다시 이탈리아어판으로 출판하려는 이유로 내세울 만한 건 별로 없다.

이것을 출판하려고 하고 보니 먼저 문체부터가 걱정거리였다. 당대의 이탈리아 문체를 따르고 싶다는 유혹은, 부당하다는 이유에서 억눌러야 했다. 아드소가 라틴어로 쓰고 있을 뿐만 아니라 원서에서 이야기가 전개되는 것으로 보아 그의 교양(혹은 그에게 영향을 미쳤음 직한 수도원의 교양 수준)이 그 이전 시대에 속하는 것으로 보이기 때문이었다. 그의 교양 수준으로 말하자면, 중세 말의 라틴적 전통과 무관하지 않은, 수세기에 걸친 학문적 및 문체상 특성의 총화이다. 아드소는 그 시대 속어(俗語)의 혁명적인 풍조나 사고에 물들지 않은 채, 자신이 언급하고 있는 도서관 장서의 수준에 밀착하고 있으며, 자신을 신학과 스콜라 철학 교본에 길든 수도사로 생각하고 있고 또 그렇게 쓰고 있다. 따라서 이 이야기는 (아드소가 상당히 복잡하게, 그것도 늘 풍문에 의해 기록하고 있는 14세기 당시의 상황에 대한 언급을 제외하면) 그가 구사하는 언어나 무불통지한 인용문까지 싸잡아 본다면 12세기나 13세기에 써졌다고 하더라도 토를 달 사람이 없을 것이다.

그러나 아드소의 라틴어를 자기 모국어인 신고딕 불어로 번역하면서 발레 수도사는 몇 가지 자유를 누리고 있는 듯하다. 문체상의 자유뿐만이 아니다. 가령 작중 인물들은 종종 갖가지 약초 이름을 들먹거리는데, 그 내용이 알베르투스 마그누스[6] 작(作)으로 알려진 비전(秘傳)을 참조했음이 자명하다. 이 비전은 수세기에 걸쳐 갖가지 판본으로 중간(重刊)된 책이다. 아드소가 이 책을 알고 있었음은 분명하다. 그러나 문제는 그가 인

---

6 도미니크 수도회 신학자, 과학자(1206~1280). 토마스 아퀴나스의 스승.

용하는 구절이 파라켈수스[7]식(式) 처방이나 튜더 왕조 시대[8]의 판본임에 분명한 알베르투스 마그누스의 저서의 증보판[9] 냄새를 풍기고 있다는 점이다. 나는 뒷날, 발레 수도사가 아드소의 필사본 수기를 번역할(?) 당시 파리에는 18세기판 『그랑 알베르』, 『프티 알베르』[10]가 나돌고 있었다는 사실을 알아낸 바 있다. 물론 이런 판본을 지금은 찾아볼 수 없다. 어쨌든 아드소나 아드소가 묘사하고 있는 수도사들의 회화(會話)에, 후대의 해설이나 난외 주석(欄外註釋)의 부록이 될 만한, 말하자면 금후의 학문을 살찌웠음 직한 요소가 들어 있지 않았다고 어떻게 단언할 수 있으랴?

발레 수도사가 아드소 시대의 분위기를 보존하기 위해서였는지, 번역의 필요성을 느끼지 못했던 구절은 라틴어인 채 그대로 두어야 할 것인가, 아

---

7 스위스의 의사, 연금술사(1493~1541). 본명을 쓰지 않고 고대 로마의 의사 아울루스 켈수스의 이름을 좇아 〈파라켈수스〉라는 필명을 썼다. 인체는 황, 수은, 소금 이 세 가지 원소로 구성되어 있는데, 바로 이 원소가 육체적, 정신적, 신적(神的) 요소를 체현한다는 그의 학설은 오늘날 무용지물이 되었지만 그의 과학적인 관찰 방법은 현대 의학의 길을 여는 데 큰 도움을 준 것으로 평가된다.
8 16세기 전후의 영국 왕조.
9 『알베르투스 마그누스의 비방 집성』, 런던, 속된 말로 플레트 다리라고 이르는 곳 부근, 1485년 — 원주.
10 『알베르투스 마그누스의 놀라운 비방』, 리옹, 아그리파 구역, 베랭고, 프라트레 상속인 저택, 1775년. 『알베르투스 미누스의 꾸밈없고 신비스런 마법의 불가사의한 비방』, 리옹, 아그리파 구역, 베랭고, 프라트레 상속인 저택, 1729년 — 원주.

니면 번역해야 할 것인가도 문제였다. 꼭 그렇게 해야 할 특별한 이유는 없었지만, 원전에 충실하고 싶은 내 욕심, 어쩌면 터무니없는 것일지도 모르는 욕심은 되도록 피하고 싶어서 나는 지나치다 싶은 부분은 제거했지만 일부분은 라틴어 원문을 그대로 남겨 두었다.[11] 다만 두려운 것은, 프랑스인 등장인물을 소개할 때마다, 〈아무렴, 그렇고말고〉, 〈여자는 참 어쩔 수 없는 동물이야〉 따위의 쓸모없는 대사만은 꼭 프랑스어로 적는 삼류 소설가 흉내를 내지 않았을까 하는 것이다.

요컨대 나의 가슴속에는 온갖 의혹이 다 소용돌이치고 있다. 무엇 때문에 있는 용기 없는 용기를 다 내어 멜크의 수도사 아드소의 필사본 수기를, 그것도 역사적 전거가 확실하지도 않은 이야기를 이렇게 재현하고 있는지는 나도 모르겠다. 굳이 말한다면 애정 때문이었다고 해도 좋겠다. 나 자신을 괴롭히는 갖가지 끈질긴 망상에서 놓여나기 위한 방편으로 이 책을 낸다고 이해해도 좋겠다.

나는 이 원고를 만들면서 적시성(適時性)이라는 것에 관해서는 별로 고려하지 않았다. 내가 발레 수도사의 불역판을 읽은 1968년 당시에는, 작가는 모름지기 현실 참여를 위해, 세계를 변화시키기 위해 글을 써야 한다는 확신이 지배적이었

---

11 한국어판에서는 원문 옆에 번역을 제시하였다.

다. 그러나 10년 이상의 세월이 흐른 오늘날, 식자들(식자들 고유의 권리를 되찾은)은 쓴다는 작업에 대한 순수한 애정만으로도 글을 쓸 수 있게 되었다. 이제 나는 편안한 마음과 화자(話者)가 누리는 기쁨을 고스란히 누리면서 멜크의 수도사 아드소 이야기를 할 수 있게 되었다. 게다가 이 이야기가 우리 시대와 너무나 동떨어져 있고, 다행히도 이성이 다시 눈을 뜬 지금, 이성이 잠들어 있던 탓에 나타났던 괴물들은 모두 추방되었기에 우리 시대와 아무 관련이 없으며, 우리의 희망과 우리의 확신과는 시간적으로 너무나 멀리 떨어져 있다는 사실은 나에게 적지 않은 위안이 되어 주었다.

누항(陋巷)의 일상 잡사가 아닌, 책에 얽힌 이야기여서, 이 책을 읽고 나면 저 모방의 도사 아 켐피스[12]의 다음과 같은 명언이 한숨에 섞여 나올지도 모르겠다. *In omnibus requiem quaesivi, et nusquam inveni nisi in angulo cum libro*(내 이 세상 도처에서 쉴 곳을 찾아보았으되, 마침내 찾아낸, 책이 있는 구석방보다 나은 곳은 없더라).

1980년 1월 5일

---

12 독일의 신학자(1380~1471). 『그리스도를 모방함에 대하여』라는 저서가 있다.

노트

 아드소의 원고는 모두 7일 동안 있었던 일을 기록한 것이고, 하루하루는 전례 시간(典禮時間)과 일치하는 시간대로 나누어져 있다. 3인칭으로 되어 있는 부제(副題)는 발레 수도사가 붙인 것인 듯하다. 그러나 독자들에게 혹 지침이 될지도 모른다는 생각에서, 또 이러한 형식이 당시의 속문학(俗文學)에서는 그다지 생소한 것이 아니었으므로 그대로 두기로 했다.

 성무 공과(聖務工課)의 기도 시간에 대한 아드소의 묘사가 필자를 당황하게 했다. 지역이나 계절에 따라 다소 차이가 있기 때문이다. 게다가 성 베네딕트가 회칙(會則)으로 내린 규정이 14세기에는 정확하게 지켜지지 않았을 가능성이 높기에 더욱 그렇다.

그러나 독자들은 편의상 이 시간대를 다음과 같이 이해하면 좋을 성싶다. 다음의 공과 시간은, 부분적으로는 아드소의 원고에서 추론하였고 나머지는 원래의 회칙과 에두아르 슈네데르의 저서『베네딕트 수도회의 성무 공과 시간』(파리, 그라세, 1925)을 서로 견주어 가면서 산출해 낸 것이다.

조과(朝課) 성무 일과의 시작. 새벽 2:30~3:00(아드소는 고풍스러운 표현으로 경야(經夜)라는 말을 쓰기도 한다).
찬과(讚課) 오전 5:00~6:00. 날이 새기 전에 끝난다(옛날에는 〈새벽 기도〉, 혹은 조과로 불리기도 했다).
1시과 7:30(해뜨기 직전).
3시과 9:00 전후.
6시과 정오(수도사들이 일을 하지 않는 수도원의 경우, 이 시간은 겨울철 점심 시간이다).
9시과 오후 2:00~3:00.
만과(晩課) 해 질 녘인 오후 4:30(회칙은, 해 지기 전에 저녁 식사를 마칠 것을 규정하고 있다).
종과(終課) 오후 6:00 전후(수도사들은 7:00 전에 잠자리에 든다).

이 계산은, 북부 이탈리아의 경우 11월 말에는

오전 7시 30분 전후에 해가 뜨고 오후 4시 40분 전후에 해가 지는 것을 근거로 한 것이다.

프롤로그

한 처음, 천지가 창조되기 전부터 말씀이 계셨다. 말씀은 하느님과 함께 계셨고 하느님과 똑같은 분이셨다.[1] 이로써 하느님이 비롯되시고, 신심 깊은 수도자의 본분이 비롯되니, 수도자는 날이면 날마다 영원불멸의 진리로 화신(化身)하는 저 불멸의 성사(聖事)를 겸허하게 찬미한다. 그러나 *videmus nunc per speculum et in aenigmate*(지금은 거울에 비추어 보듯이 희미해서)[2] 진리는 우리 앞에 명명백백하게 드러나지 않는다. 우리는 이 세상의 허물을 통해 그 진리를 편편(片片)이 볼 수 있을 뿐이다(아, 이 또한 알아보기가 얼마나 어렵더냐?). 우리는 사악한 의지에 물든 것처럼 보이거나 쉽게 파

---

1 「요한의 복음서」 1:1~2.
2 「고린토인들에게 보낸 첫째 편지」 13:12.

악되지 않는다 해도 이제는 이 진리의 표적을 가려 볼 수 있어야 한다.

가련한 죄인의 삶이 이윽고 막바지에 이르고 보니 이제 내 머리는 백발……. 바야흐로 바닥 모를 심연, 고요와 적막의 신성(神性)이 가득한 그 심연을 헤맬 날을 기다리는 한편 천사의 은혜인 지성의 광명에 의지하고 세상과 더불어 나이를 먹는다. 늙고 병든 육신을 여기 안온한 멜크 수도원[3]의 독방에 가둔 나는 지금 소싯적에 우연히 체험하게 된 저 놀랍고도 엄청난 사건의 기록을 이 양피지에다 남겨 놓을 준비를 서두르고 있다. 나는 보고 들은 바를 한 순간 한 순간, 한마디 한마디를 그대로 옮기되 굳이 어떤 구상의 형식을 세우지 않으려 한다. 뒤에 오는 이들(가짜 그리스도가 먼저 오지 않는다면)에게 표적을 표적으로만 남기는 뜻은 글을 아는 교우로 하여금 이를 음미하게 하기 위함이다.

원컨대 주님께서, 이름이야 여기에서 구체적으로 거론하지 않는 편이 온당하고 크신 뜻에 합당할 터인 저 대수도원 일을 투명하게 그려 낼 권능을 허락해 주시기를 기도할 뿐이다. 때는 주후(主後) 1327년 말, 루트비히 황제가 전능하신 분의 뜻에 따라, 아비뇽에 진치고 앉아 사악한 왕위 찬탈과 성직 매매(聖職賣買)를 일삼으며 사도를 욕되게 한 저 사교(邪敎)의 우두머리를 척결하고, 신성 로마 제국의 권위를 지키기 위해 이탈리아로 온 해이다(죄 많은 사교의 우두머리가

---

3 오스트리아의 다뉴브 강가에 있는 베네딕트 수도회의 수도원. 1089년에 세워졌으나 1297년 대화재로 소실, 14세기에 복원되었다. 그 후 1683년에 다시 파괴되었다가 1736년에 복원되었다. 이 수도원 도서관은 고서가 많기로 유명하다고 한다.

누구던가? 믿음이 없는 자들이 교황 요한 22세[4]라고 부른 카오르의 자크 바로 그 사람이다).

 나도 경험했던 그 일의 전모를 소상하게 밝히려면 당시에 내가 이해하고 있던 것들, 후일에야 내가 깨닫게 된 것들, 그리고 뒤에 내가 들은 이야기들(아직 내 기억력이 그 복잡다단했던 사건의 맥락을 제대로 잇댈 수 있을 경우에 한할 터이지만)을 여기에 고스란히 되살려 내야 한다.

 세기 초에 교황 클레멘스 5세가 교황청을 아비뇽으로 옮기자, 로마는 그 지역 군주들의 야심의 표적이 되었다. 이로써 끝없이 거룩하던 이 기독교의 성도(聖都)는 그 지역 수장(首長)들이 벌이는 분쟁의 소용돌이에 휘말려 혹은 곡마단으로, 혹은 창가(娼街)로 변모해 갔다. 이름이 좋아 공화제였을 뿐, 정치 체제가 사실은 공화제와 거리가 멀었던 이 성도는 시도 때도 없이 폭력과 약탈을 일삼는 무장 폭도들의 과녁이 되기에 이르렀다. 어디 무장 폭도들뿐이던가? 속권(俗權)으로부터의 다스림에서 면제된 교역자(敎役者)들까지도 교구 관할권을 벗어나 악당의 무리를 규합, 지휘하여 노략을 일삼는가 하면 파계와 사악한 무리 짓기까지 서슴지 아니했다. 이러했으니 *Caput Mundi*(세계의 머리, 즉 로마)가 다시금 세계의 머리가 되기를 바라는, 신성 로마 제국이 왕홀을 주어 일찍이 카이사르의 것이던 세속의 지배권을 되찾으려는 만인의 소원을 어떻게 막을 수 있었을 것인가?

 그리하여 1314년, 프랑크푸르트의 다섯 독일 제후들은 바

---

 4 속명(俗名)은 카오르의 자크 뒤엔스. 복음서의 청빈 문제 때문에 프란체스코 수도회의 엄격주의파 수도사들과 정면 대결했다.

이에른의 루트비히를 제국의 최고 통치자로 선출했다. 그러나 이를 어쩔꼬? 마인 강 저쪽에서는 라인의 영주와 쾰른의 대주교가 오스트리아의 프리드리히를 동시에 최고 통치자로 선출했으니……. 바야흐로 한 보좌에 두 황제, 두 제국에 한 분의 교황이 앉게 되었다. 자연히 혼란이 있을 수밖에 없는 형국이 아닌가…….

2년 뒤 아비뇽에서는, 앞에서 말했다시피 카오르의 자크라고 하는, 일흔두 살의 노옹이 교황으로 뽑혀 요한 22세를 참칭하니, 하늘이 보우하사 이 뒤로는, 의로운 사람들에게는 더 없이 거역스러울 터인 이 이름을 다시 쓰는 교황이 없게 되었다. 프랑스 왕을 섬기는 이 프랑스인 교황(이 타락한 땅에 사는 사람들은 늘 제 나라 백성의 이익에만 눈이 어두웠지 전 세계를 영혼의 고향으로 볼 줄을 모른다)은 일찍이 미남왕(美男王) 필리프를 도와 성당 기사단(聖堂騎士團)을 박해한 바 있으니, 미남왕은(내가 보기에 별로 공정하지 못하게도) 일찍이 성당 기사단을 파렴치한 범죄 조직으로 매도하고 이 타락한 성직자와 손을 잡아 그들의 재물을 가로챌 수 있었다.

1322년 바이에른의 루트비히 황제는 정적(政敵)이었던 프리드리히를 거세했다. 황제가 둘일 때보다는 하나 있을 때를 더욱 두려워한 교황 요한은 승리자인 루트비히 황제를 파문했고, 우리 황제는 자신을 파문한 교황을 배교자(背敎者)로 비방했다. 바로 이해에 프란체스코 참사회가 페루자에서 소집되었고 총회장이었던 체세나의 미켈레[5]는 엄격주의파[6](이

---

5 프란체스코회의 신학자(1270?~1342). 당시의 프란체스코 수도회 총회장. 프란체스코회의 일반 수도사들과 엄격주의파 수도사들 사이의 긴장을 해소시키려고 노력했다. 대부분의 수도사들은 그에게 복종하게 되나 카잘레

들에 대해서는 다시 언급하게 될 것이다)의 절충안을 받아들이고, 신앙과 교리에 관련된 문제로서의 그리스도의 가난에 대해, 그리스도가 사도들과 더불어 무엇인가를 소유하고 있었다면 그것은 *usus facti*(사용권, 이용권)[7]에 의한 것이라고 선언했다. 그런데 교단의 가치와 순수성을 지키기 위한 이 귀중한 헌장은, 교황의 비위를 몹시 상하게 했다. 이는 교회의 우두머리로서, 주교를 임명하는 황제의 권리를 부인하고, 교황이 황제에게 권한을 위임해야 한다고 했던 교황 자신의 주장에 위배되었기 때문이었다. 이러저러한 이유로 요한 22세는 1323년 회칙(回勅) 〈쿰 인테르 논눌로스〉[8]를 통하여 프란

의 우베르티노와 안젤로 클라레노는 그에게 불복, 결국 교단을 떠났다. 교황 요한 22세가, 복음서의 절대 청빈에 대한 프란체스코 수도회의 주장을 이단으로 몰자 프란체스코 수도회는 자기네들의 주장을 고집했다. 이 때문에 교황은 프란체스코 수도회를 비토하는 회칙을 차례로 발표하게 된다. 아드소의 필사본 수기가 쓰일 당시 미켈레는 아비뇽으로 소환되나 오컴의 윌리엄, 페르가몬의 보나그라치아와 함께 아비뇽으로부터 도망쳤다.

6 프란체스코 수도회의 영성(靈性)을 강조하는 수도사들 무리를 일컫는다. 아시지의 성인 프란체스코의 정신과 회칙(會則)을 엄격하게 준수하기 때문에 이런 이름을 얻었다. 성령의 시대가 도래하기 전에, 가짜 그리스도의 출현에 의한 묵시록적 시대가 선행하고, 그전에 맨발의 명상가들이 나타난다는, 이른바 칼라브리아의 요아킴의 천년 왕국설을 받아들였다. 이들은 스스로를 그 맨발의 명상가들이라고 믿었다. 완강한 믿음 때문에 1318년에는 4명의 엄격주의파 수도사들이 화형을 당하는 등 모진 박해를 받았다.

7 문자 그대로 해석하면, 소유가 아닌 〈사실상의 사용〉. 따라서 그리스도가 어떤 물건을 소유하고 있었다고 하더라도 그것은 〈소유〉한 것이 아니라 일시적으로 〈사용〉한 것에 지나지 않는다는 주장을 담고 있다.

8 원문을 직역하면, 〈몇몇 학자들이 ……하기 때문에〉가 된다. 교황의 회칙 제목은 회칙 본문의 처음 두세 단어로 이루어진다. 따라서 이 회칙은, *Cum inter non-nullos*(쿰 인테르 논눌로스)로 시작되고 있는 것이다. 이 회칙의 목적은, 그리스도의 청빈을 지지함으로써 교황권에 정면 도전하는 프란체스코 수도회의 몇몇 신학자들을 이단으로 몰기 위함이다.

체스코 수도회의 선언을 묵살해 버렸다.

내가 생각하기로는, 루트비히가 교황의 적이 되어 버린 프란체스코 수도회를 잠정적인 자기의 동맹으로 보기 시작한 것은 이즈음이었던 것 같다. 그들은 그리스도의 가난을 긍정하면서 신학자들, 이를테면 파도바의 마르실리오,[9] 장됭의 장[10] 같은 사람들의 학설을 강화해 나가고 있었다. 결국, 내가 지금부터 이야기하려는 사건이 나기 몇 달 전 루트비히는 거세당한 프리드리히와 제휴하고 이탈리아로 내려와 밀라노에서 대관(戴冠)했다.

멜크 수도원의 젊은 베네딕트회 수련사였던 내가, 루트비히 황제의 직신(直臣)이었던 선친의 손에 이끌려 수도원의 평화로운 독방에서 나올 때의 사정은 대강 이러했다. 선친께서는 이탈리아도 두루 견문케 하고 황제 대관식도 직접 보게 할 요량으로 나를 데리고 다니신 것 같다. 그러나 피사가 포위되자 선친께서는 전투에만 몰두하실 수밖에 없게 되었다. 이로써 선친의 손에서 풀려난 나는 반은 좀 한유(閑遊)하고 싶어서, 반은 새로운 것을 배울 욕심으로 토스카나의 여러 도시를 방랑했다. 그러나 선친께서는 이 방만한 자유가, 사

---

9 이탈리아의 정치학자(1275?~1342). 주저에 『평화 옹호론』이 있다. 교황의 정치 참여에 비판적이었던 그는 모든 정치권력의 원천은 국민에게 있기 때문에 교회의 권력은 국가의 통일을 보호하는 선으로 제약되어야 한다고 주장했다. 이런 주장 때문에 그는 교황 요한 22세에게는 눈에 든 가시 같은 존재였다. 프로테스탄트 개혁의 선구자, 근대 민주 제도의 예언자로 불린다.

10 파리 대학 교수를 지낸 아베로에스주의 철학자(1275?~1328). 라틴어 이름은 〈요하네스〉. 자신을 〈아리스토텔레스와 아베로에스의 모방자〉로 공언했다. 마르실리오의 절친한 친구. 교황 요한의 박해를 피해 마르실리오, 체세나의 미켈레, 오컴의 윌리엄과 함께 루트비히 4세의 궁중으로 피신하기도 했다. 교황 요한은, 회칙에서 거명까지 해가면서 이 요하네스를 공박한 바 있다.

색의 삶에 평생을 던져 넣은, 한창 나이의 젊은 나에게는 마땅하지 않은 것으로 여기셨던 모양이다. 선친께서는, 전부터 나를 눈여겨보시던 마르실리오와 이 문제를 상의, 결국은 나를 프란체스코 수도회의 박식한 수도사인, 배스커빌 사람 윌리엄의 수하에 넣기로 작심하시게 된다. 당시 윌리엄 수도사께서는 모종의 임무를 수행하기 위해 큰 도시 및 큰 수도원을 차례로 순방하고 있었다. 이렇게 해서 나는 윌리엄 수도사의 필사 서기(筆寫書記) 겸 시자(侍者)로 시봉하게 되었으니, 그 뒤로 한 번도 후회한 적이 없다. 그분과 더불어 나는, 지금 이렇게 기록하고 있는, 후세 사람들에게는 좋은 마음의 양식이 될 터인 저 놀라운 사건을 목도할 수 있게 된다.

 당시 나는 윌리엄 수도사가 무엇을 구하러 다니는지 알지 못했다. 솔직하게 말해서 나는 지금도 모른다. 어쩌면 당신께서도 몰랐는지도 모른다. 내 보기에 그분은, 진리에의 갈증 때문에, 그리고 그분이 늘 품고 있던 의혹, 진리라고 하는 것은 주어진 어떤 순간에 나타나는 것이 아닐지도 모른다는 의혹 때문에 늘 움직일 수밖에 없는 분이셨다. 어쩌면 성직자의 의무 때문에, 천성적으로 좋아하던 공부에 굶주려 있던 분이었는지도 모르겠다. 나는 늘 함께 다니면서도 윌리엄 수도사가 무엇 때문에 그렇게 다니는지 알지 못했다. 윌리엄 수도사 자신이, 자기에게 맡겨진 임무가 무엇인지 말한 적이 없기 때문이다. 나는, 우리가 머무는 수도원의 수도사들과 윌리엄 수도사가 나누는 대화를 귀동냥하고, 그것으로써 윌리엄 수도사가 맡은 임무의 성격을 어림하여 헤아리는 것으로 만족해야 했다. 그러나 지금부터 이야기를 시작할 테지만, 문제의 수도원에 이르기까지는 그 귀동냥조차 시원하지 못했다. 우리의 목적지는 북쪽에 있었다. 그러나 우리는 곧장 북쪽으로 가지 않고 객승(客僧)으로 유숙하면서 별의별 수도원을 다 순유(巡遊)했다. 그랬기에 우리는 목적지가 동쪽에 있는데도 다시 서쪽으로 우회를 해야 했고, 피사에서 산티아고에 이르는 옛 순례자들의 여로인 산길을 따라서 결국 문제의 수도원에 이를 수 있었다. 그러나 그곳에서의 끔찍한 사건 때문에 수도원의 정확한 위치는 여기에서 밝히지 않는 것이 좋겠다. 그 땅의 영주들은 모두 제국 황제의 총신들이었고 우리 교단의 수도원장들은 모두 저 이단적이고 부패한 교황에게서 등을 돌리고 있던 곳이라는 것만 밝힌다. 우리의 여행은 파란곡절 속에서 약 두 주일 동안 계속되었다. 그러니까 나는 이 동안 새로 모시게 된 사부님의 면면을 접하고 내 나름으로 그분의 위인됨을 (아직도 나는 그를 충분히 파악하지 못했다는 생각이 들지만) 이해하게 되었던 것이다.

이제부터는 글을 쓰되 개인에 관한 묘사(얼굴의 표정이나 몸짓이 침묵의 웅변일 경우에는 제외하고)는 되도록이면 피하고자 한다. 이는, 들판에 가을이 오면 꽃이 시들어 꽃대에서 사라져 버리듯이, 인간 또한 그렇게 사라져 버릴 터인즉, 인간의 외양만큼이나 덧없는 것이 또 어디 있겠느냐는 보에티우스의 말에 일리가 있다고 여겼기 때문이다. 그렇고말고. 수도원장이나 그 측근은 이미 썩어 흙이 되었고 육신은 한 줌의 잿빛 바람이 되어 부는데 그 양반들의 눈길이 어떠했느니, 창백하던 뺨이 어떠했느니 낱낱이 묘사해서 무슨 소용이 있을 것인가(하느님 은혜로 그들의 영혼만은 영원히 스러지지 않는 빛으로 빛나고 있기는 하다). 그러나 윌리엄 수도사의 풍모만은, 그 비범한 모습이 크게 내 마음을 흔들었기로 여기에다 자세하게 그려 남기고 싶다. 젊은이들이란 노인과 현자의 언변이나 명민한 정신에는 물론이고 아버지의 모습 같은, 그들의 예사롭지 않게 자애로워 보이는 외양에도 반하게 되는 법이다. 그렇기에 우리는 당연히 이러한 육체적 사랑의 형식(어쩌면 이것만이 순수한지도 모른다)에는 한 점 의혹도 품지 않고 그 몸짓을 고구(考究)하고 그들의 찡그린 표정과 미소 지은 모습을 관찰하게 된다.

옛날에는, 사내들이 외모도 준수하고 크기 또한 엄장(嚴莊)했다. 요새 사내들은 능히 아이나 난쟁이에 견주어질 만한 정도로 그러했다. 그러나 이런 현상은, 세상이 나이를 먹어 가면서 나타내는 수많은 재해의 징조 중 하나에 지나지 않는다. 이제 젊은이들은 더 이상 공부하려 하지 않아 배움은 사양길에 들었다. 뿐인가? 세상이 거꾸로 걷는다. 장님이 장님을 인도하여 시궁창에다 처넣고, 새들은 날지도 못하는 주제에 둥지를 떠나며, 나귀는 풍악을 잡고 황소는 어깨춤을 춘다. 이제 마리아는 더 이상 명상의 생활을 사랑하지 않고, 마르타는 더 이상 시중드는 일에 골몰하지 않으며,[11] 레아는 불임이고 라헬은 색욕의 눈길을 번뜩인다.[12] 뿐인가? 카토[13]는 창가로 가고 루크레티우스[14]는 여자 노릇을 한다. 다행히도 나는 그 시절에 하느님 은혜로 윌리엄 수도사 같은 분을 스

---

11 「루가의 복음서」 10:38~42.
12 「창세기」 29:31~35.
13 로마의 근엄한 스토아 철학자.
14 로마의 철학자, 시인.

승으로 모시면서 배움에의 욕구를 채우고 사물을 바로 보는 감각을 익혔으니, 내가 험로를 헤맬 때도 스승의 교훈이 나를 인도하지 아니한 적이 없었다.

윌리엄 수도사의 외모는 남의 외모에 관심을 갖지 않는 사람의 시선도 능히 끌 만큼 준수했다. 키는 여느 사람보다 머리 하나는 컸다. 그러나 몸매가 호리호리한 탓에, 그 큰 키는 실제보다도 더 커 보였다. 그의 눈은 매섭고 형형(炯炯)했으며, 가늘고 매부리처럼 살짝 아래로 기울어진 코 때문에 그의 얼굴은 파수 보는 사람처럼 늘 긴장해 있는 것 같았다. 하나 그런 그에게도 나태함이 엿보일 때가 있었는데 그에 대해서는 뒤에 다시 얘기하도록 하겠다. 그의 턱 역시 굳은 의지를 내보였으나 히베르니아[15] 사람들이나 노덤브리아[16] 사람들의 얼굴이 대개 그렇듯이 주근깨 많고 길쭉한 그의 얼굴도 주저와 당혹을 숨기기에는 그리 능숙하지 못했다. 이따금씩 그의 그런 표정을 볼 때마다 나는 배짱이 별로 두둑하지 못한 분일 거라고 생각하고는 했다. 그러나 그것이 아니었다. 그는, 호기심이 발동할 때마다 그런 얼굴을 하고는 했던 것이었다. 처음에는 호기심의 미덕을 이해하지 못했으니, 내가 그것을 지나치게 탐욕스러운 성격을 가진 자의 격정으로 받아들인 것도 무리는 아니었다. 나는, 이성적인 정신의 소유자는 마땅히 그런 격정을 경계하고, 진리에만 정진하는 모습을 보여야 한다고 생각했다. 그때 나는 진리라는 것이 자

---

15 아일랜드.
16 잉글랜드 북부.

명하다고 생각했던 것이다.

  당시까지만 해도 마음이 어리던 나는, 그의 귓속에서 비죽이 비어져 나온 노란 털 무더기와 짙은 금빛 눈썹에 가장 먼저, 그리고 깊은 인상을 받았다. 그는 꽃 피는 봄을 쉰 번이나 본 분이어서 당시 이미 노경이었다. 그러나 필요하다고 생각될 때마다 항상 민첩하게 움직이는 그의 몸과 지칠 줄 모르는 정력은 나를 당황하게 했다. 사건이 터졌을 때 그는 오히려 더 활기를 띠었다. 그러나 그런 그에게도 뒤로 물러앉아 가만히 정관만 하고 있을 때가 있었다. 그럴 때 그의 정신은, 가재가 되어 살금살금 뒷걸음질이라도 치는 것 같았다. 그는 그런 상태에 들 때마다 독방의 잠자리에 누워, 몇 마디 말을 중얼거릴 때를 제외하고는 얼굴 근육 한 올 움직이지 않은 채 있는 것이었다. 그럴 때마다 그의 눈에는 공허하고 정신이 나가 버린 듯한 표정이 떠올랐다. 그는 마치 환각을 보게 하는 어떤 약초를 먹기라도 한 것 같아 보였다. 그러나 나날의 삶에서 보여 주는 그의 절제하는 모습은, 나의 이런 생각을 도무지 뒷받침해 주지 못했다. 물론 그가 여행 중에 이따금씩 풀밭 가에서나 숲 어귀에서 발길을 멈추고 풀잎(늘 같은 종류의 풀이었던 것 같다) 같은 것을 뜯어 가만히 씹으면서 그 맛을 음미했던 것은 사실이다. 때로는 그 풀잎을 뜯어 고이 간직하고 있다가 절박한 사태를 맞아 긴장할 때 그것을 씹기도 했다(우리가 문제의 수도원에 있을 동안에는 풀잎을 씹는 그의 모습을 자주 볼 수 있었다). 나는 언젠가, 그게 도대체 무슨 풀이냐고 물은 적이 있었다. 그때 사부님은 웃으면서, 참 기독교인이라면 상대가 이교도들이라고 하더라도 배울 것은 배워야 마땅하지 않겠느냐고 대답했다. 맛보게 해달라고 조르는 나에게 사부님은, 늙은 프란체스코 수도사에게 이로운 풀이라고 해서 베네딕트 수련사에게 반드시 이로울 리는 없다고 대답했다.

사부님을 모시고 있을 동안, 우리에게는 반드시 규칙적인 생활을 할 필요가 없었다. 남의 수도원에서 객승으로 머물 동안, 사부님과 나는 밤늦게까지 잠자리에 들지 않을 때도 있었고, 해가 중천에 뜰 때까지 침상에 누워 있을 때도 있었다. 정례적인 성무 일과에 참석하지 않을 때도 물론 있었다. 그러나 여행 중에 사부님은 종과 시간을 넘길 때까지 잠자리에 들지 않을 때가 없었고 습관 또한 그만큼 실질적이었다. 남의 수도원에서 객승으로 머물 때면 그는 하루 종일 채마밭을 거닐면서 거기에서 자라는 채소를 녹옥수(綠玉髓)나 에메랄드 보듯이 자세히 관찰하고는 했다. 그러나 막상 수도원 지하 보고(地下寶庫)에 있는, 녹옥수나 에메랄드로 가득 찬 성보 상자(聖寶箱子)를 들여다볼 때는 그저 덩굴장미를 바라보듯이 심드렁하게 바라보고는 했다. 그런가 하면, 수도원 장서관(藏書館)에 붙박여, 꼭 뭔가를 찾으려고 그러는 것이 아니라 그저 심심파적으로 그러는 것처럼 하루 종일 필사본 원고를 뒤적거릴 때도 있었다(수도원에서, 참혹하게 살해되는 수도사들의 시체가 늘어 갈 때도 그는 그렇게 한가하게 원고만 뒤적거리고는 했다). 아무 생각도 없이, 자기가 하는 일에 대해서 하느님 앞에서 아무 책임도 느낄 필요가 없다는 듯이 글자 그대로 무심하게 화단을 걸을 때도 있었다. 우리 베네딕트 교단에서는 수도사들이 그런 식으로 시간을 낭비하는 것을 용서하지 않았다. 그래서 나는 그에게, 그런 태도는 잘못된 것이 아니냐고 물은 적이 있다. 그때 사부님은, 우주라고 하는 것이 아름다운 까닭은, 다양한 가운데에도 통일된 하나의 법칙이 있기 때문이기도 하겠지만 통일된 가운데에서도 다양하기 때문일 수도 있는 것이라고 대답했다. 당시 나는 그의 대답을, 조야한 상식 정도로만 이해했다. 사부님을 비롯해 사부님의 동향인(同鄕人)들은, 이성이 자신의 계몽하는 힘을 별로 쓰지 못하는 듯한 방식으로 사물을 정의한다는 사실을 알게 된 것은 훨씬 뒷날의 일이었다.

그 수도원에 함께 있을 동안 그의 손에는 늘 책 먼지, 새 금박 필사본에서 떨어져 나온 금박 가루가 묻어 있고는 했다. 어쩌다 진료소에서 나올 때는 노란 시약(施藥) 가루가 묻어 있을 때도 있었다. 그는 잠시도 손을 놀리지 않고는 견디지 못하는 사람 같았다. 당시 나는 그러한 특성은 수도사보다는 기계공에게 더 적합한 것이라 생각했다. 그러나 부서지기 쉬운 것들, 가령 갓 금박을 입힌 성서 사본, 혹은 오래되어 무교병(無酵餠) 껍질같이 날강날강해진 책장을 만질 때도 그의 손길은 더없이 섬세했다. 기계를 다룰 때도 마찬가지였다. 이제 여기에서 이 수수께끼 같은 분이 늘 가방에 넣고 가지고 다니던 기계 이야기를 해야겠다. 나로서는 듣도 보도 못한 그 기계를 놓고 사부님은 〈놀라운 기계〉라고 불렀다. 그는, 기술의 소산인 기계는 자연을 모방한 것이지만, 이 모방은 형태에 국한되는 것이 아니고 그 기능에까지 미친다고 말하면서 시계, 천체 관측의(天體觀測儀), 그리고 자석의 신비를 설명해 주었다. 그러나 나에게, 그런 물건은 못된 마술에나 쓰이는 연장이었다. 그러니 자연히 그런 기계가 두려울 수밖에 없었다. 하늘이 말짱한 날 밤이면 사부님은 손에 이상한 삼각형 기구를 들고 별들을 관찰하고는 했는데 그 광경을 본 나는 못 볼 것을 본 것 같아 일부러 자는 척한 적도 있다. 내가 이탈리아나 내 조국에서 만난 프란체스코 수도회 수도사들은 대개가 단순하고 무식한 사람들이었다. 그래서 나는 그의 박학다식함에 놀라움을 감출 수 없었다. 내 말을 들은 그는, 미소를 짓더니 자기가 태어난 섬나라의 프란체스코 수도사들은 좀 다르다면서 이런 말을 했다. 「내가 스승님으로 모시는 로저 베이컨[17]께서는, 하느님의 뜻이 언젠가는 기계 과학을 성취시키실 터이므로 기계 과학이라고 하는 것은 지극히 온당하고 건강한 마술이라고 가르치신다. 언젠가는 자연을 본뜬 기계가 만들어질 터인데, 이렇게 만들어진 기계를 쓰면 배는 *unico homine regente*(오로지 인간의 지배력만으로) 달릴 수 있을 것이다. 이렇게 달리는 배는 돛이나 노를 쓰는 배보다 훨씬 빠를 거다. 뿐이냐? 스스로 달리는 수레, 사람이 앉아서 장치만 조작하면 인공 날개를 펄럭거리면서 *ad modum avis volantis*(새처럼 날갯짓하는) 날

---

17 프란체스코 수도회의 학자, 과학자(1214?~1292?). 영국 태생으로 옥스퍼드에서 배우고 파리 대학에서 가르쳤다. 파리 대학에서 아리스토텔레스의 저작 및 가짜 아리스토텔레스의 저작에 관해 강의할 동안 마리쿠르의 피에르(자석 및 아리스토텔레스에 관한 저서가 있다)를 만나면서 경험 과학과 언어 쪽에 관심을 보이기 시작했다. 1257년 프란체스코 수도회에 입회. 수도회는, 처음에는 빛의 성질, 무지개 등의 자연 현상에 대한 실험을 허용했으나, 뒷날에는 〈수상한 새 학설을 주장한다〉는 이유로 그를 소환, 감금하기까지 했다. 주저로는 『대저작』, 『소저작』, 『제3의 저작』 등 학문의 백과사전이 있다. 사변적인 가설을 확증할 때나 그 가설을 논박할 때나 논리학이 중요한 몫을 한다고 확신한 그는 수학적 논증이나 실험적 연구 쪽으로 크게 기울어진다. 그의 중요한 업적은 광학 분야에서 이루어졌다. 오늘날 안경, 망원경, 화약은 그의 발명품인 것으로 믿어진다. 그러나 그 자신이 그렇게 주장한 적은 없다. 사후에는 마법사였다는 전설이 나돌았다. 로저 베이컨의 삶과 사상은, 이 책의 주인공인 윌리엄을 이해하는 데 대단히 요긴할 듯하다.

틀도 만들어질 것이야. 또 무거운 물건을 들어 올릴 수 있는 조그만 장치도 만들어질 거고, 바다 밑을 달리는 탈것도 만들어질 테지.」

 내가, 그런 기계가 어디 있겠느냐면서 반신반의하는 태도를 보이자 사부님은, 이미 옛날에 만들어진 것도 있고 우리 시대에 만들어진 것도 있다면서 이렇게 덧붙였다. 「날틀은 아직 아무도 만들지 못한 모양이야. 나도 본 적이 없고, 보았다는 사람을 만나 본 적도 없으니까. 하지만 나는 이걸 생각해 낸 사람을 알아. 그리고 기계가 발달하면, 기둥이나 버팀대를 세우지 않고도 강과 강 사이에 다리를 놓을 수가 있다. 우리가 들도 보도 못한 기계를 만드는 것도 물론 가능하지. 지금 이런 게 없다고 과히 상심 말 일이다. 지금 없다고 해서 앞으로도 없으라는 법은 없으니까······. 너에게 말해 두고 싶은 것은, 하느님께서도 이런 기계가 만들어지기를 바라신다는 것이다. 그리고 하느님 의중에 벌써 옛날부터 이런 기계에 대한 생각이 있으시다는 것이다. 내 친구인 오컴 사람 윌리엄[18]은, 관념이란 것이 이런 식으로 존재한다는 말에 펄쩍 뛸 것이기는 하지만. 내가 이러는 것은 우리가 하느님 뜻을 결정할 수 있기 때문에서가 아니라, 어디어디까지가 하느님 뜻이라고 우리가 울타리를 쳐서는 안 되기 때문이야.」

---

18 프란체스코회의 철학자, 신학자(1285?~1349?). 옥스퍼드 대학에서 성서를 강의하다가 교황 요한 22세에 의해 아비뇽으로 소환되어 신학적인 주석에 관한 해명을 요구받았다. 1328년에는 복음서의 청빈에 관한 논쟁에 휘말리자 체세나의 미켈레와 함께 아비뇽으로 도망, 피사에서 바이에른 공 루트비히 4세에게 몸을 의탁했다가 뮌헨으로 갔다. 루트비히를 속권, 교황을 교권으로 파악한 그는 양자 간의 갈등을 해소시키려 하다가 교단에서 파문당하고 이윽고 프란체스코회로부터도 추방당했다.

내가 그에게서 들은 말 가운데 허무맹랑하게 들리던 것은 이것만은 아니다. 내 나이 이제 지긋해지고, 그래서 그때보다는 머리가 훨씬 잘 여물었지만 나는 아직까지도 그가 어떻게 해서 오컴 사람 윌리엄이라는 친구분을 그리도 신뢰하면서 동시에 로저 베이컨의 생각을 철석같이 믿을 수 있었던 건지 아직도 잘 알지 못하고 있다. 그러나 그때와 같은 암흑시대에, 현자라고 하는 사람은 모름지기 자기네 무리들과 서로 모순되는 신념을 가져야만 했다는 것 또한 사실이다.

처음부터 파악하기가 쉽지 않던 그분의 인상을 정돈해 본답시고 윌리엄 수도사에 대해 이것저것 혼란스럽게 얘기한 것은 아닌지 모르겠다. 그러나 독자여, 그가 누구이며 어떤 일을 했는지는, 그가 수도원에서 앞으로 하게 되는 일, 보이게 되는 행동으로 짐작할 수 있을 것이다. 나는 독자들에게 세련된 구성을 약속하지는 않겠다. 단지 저 놀랍고도 무서운 사건(그것만은 분명히)을 여기에 기술할 뿐이다.

아무튼 시간이 지남에 따라 나는 하루가 다르게 사부님의 참모습을 깨쳐 나갔다. 대목 대목 그런 모습을 소개하게 될 테지만, 좌우지간 우리는 긴 이야기를 나누며 오랜 시간을 함께하면서 여행한 끝에 이윽고 그 문제의 수도원이 터 잡고 서 있는 산기슭에 이르렀다. 우리가 당시 그 산기슭에서 수도원으로 다가가고 있었듯이 이제 내 이야기도 본론으로 접어든다. 바라건대 이 이야기를 준비하는 나의 손끝이 끝내 침착해 주기를…….

제1일

1시과

이윽고 수도원이 있는 산기슭에 이른다. 윌리엄 수도사가 기적에 가까운 현자의 통찰을 보인다.

11월 말의 청명한 아침이었다. 밤사이에 눈이 내렸지만 양이 대단한 것은 아니어서 대지는 손가락 세 개 높이의 서늘한 융단에 덮여 있을 뿐이었다. 찬과를 조금 지나 우리는 어둠 속에서 계곡에 있는 마을의 미사에 참석했다. 그리고 해가 뜨자마자 산을 바라보고 출발했다.

산허리로 감겨드는 가파른 길을 따라 올라가다가 나는 수도원을 보았다. 그러고는 놀라고 말았다. 기독교 세계에서 흔히 보아 왔던, 수도원을 사방으로 둘러싸고 있는 벽 때문에 놀란 것이 아니라 그 벽 안에 자리 잡고 있는 엄청나게 큰 건물에 놀란 것이었다. 뒤에 알았지만 그 건물은 바로 수도원의 본관이었다. 이 본관은 8각 기둥 건물이었지만, 멀리서는 4각 기둥 건물(성도의 위엄과 금성철벽을 그대로 나타내 보이는 가장 완벽한 형태)로 보였다. 남쪽은 수도원이 앉은 고원과 닿아 있었고, 북쪽은 산의 가파른 사면에서 솟은 듯이 불거져 있었다. 아래쪽에서 본 광경도 소개해야겠다. 아래쪽에서 보면 가파른 석벽이 하늘에 닿을 듯이 솟아 있는데, 색깔이나 재질이 한결같은 이 석벽의 정점은 그대로 탑과 관망대(하늘과 땅을 두루 아는 대가의 작품임에 분명한)였다. 세 줄로 나 있는 창문은 건물 전면의 삼위일체의 조화를 표상하고 있어서, 땅에서는 물리적인 정방형 형태가, 하늘에서는 정신적인 삼각형 형태로 변전된 형국이었다. 가까이 다가감에 따라 우리는 그 사각 형태 안의 각 모서리마다 7각 기둥 탑이 달려 있다는 것을 알았다. 탑의 다섯 면은 밖에서도 보였다. 즉 네 개의 작은 7각 기둥을 사방으로 거느린 큰 8각 기둥의 여덟 모서리 중 네 개가 밖에서는 5각의 건조물로 보였다는 것이다. 따라서 이 장관은, 각각 정신적 의미를 드러내는 신성한 숫자의 놀라운 조화로 이루어져 있다. 8은 4각형이 완성된 숫자이고, 4는 복음서의 수를 나타내는 숫자, 5는 이 세계를 나눈 지대(地帶)의 수, 7은 성령이 내린 은혜의 수가 아니던가? 크기나 형태로 보아 본관은 뒷날 내가 이탈리아 반도 남부에서 보았던 카스텔 우르시노, 카스텔 델 몬테와 흡사했다. 그러나 그 범접하기 어렵게 하는 위용이나, 거기 다가가는 행자(行者)에게 불러일으키는 위구심(危懼心)으로 말하면, 후일에 내가 보게 되는 어떤 수도원이나 성채도 이와는 같지 못했다. 때가 활짝 갠 겨울 아침이었던 게 다행이라면 다행이었다. 폭풍우가 몰아치는 날 그 본관 건물을 처음 보았더라면 내 기가 크게 꺾였을 것임이 분명했을 터였기 때문이었다.

   아무튼 그 건물이 내게 유쾌해 보였다고는 할 수 없다. 솔직히 말해서 내가 그 건물에서 느꼈던 것은 두려움과 거북살스러움이었다. 덜 여문 내 정신의 허깨비 탓으로만 돌릴 수는 없다는 것은 하느님은 아실 것이다. 나는 거장들이 역사(役事)를 시작한 날, 그리고 망상에 사로잡힌 수도사들이 뜻을 모아 그 건물을 감히 하느님 말씀을 지키는 성채의 표징으로 성별(聖別)하기 전에 이미 그 돌에 새겨진 불길한 사건의 전조를 제대로 읽어 내었던 것이다.

사부님과 나를 태운 두 마리 노새가 산 위로 올라가 마지막 모퉁이를 돌았다. 모퉁이에서 길은 세 갈래로 갈라졌는데, 그중 둘은 곁가지 오솔길이었다. 사부님은 이따금씩 노새를 세우고 주위, 즉 길의 옆과 길과 길의 위쪽을 둘러보고는 했다. 길 위로 늘 푸른 소나무가 흰 눈을 뒤집어쓴 채 천연의 차양처럼 길을 덮고 있었다.

「기름진 수도원이로구나. 그런데 원장이 공공연히 화려하게 과시하기를 좋아하는군.」 사부님 말씀이었다.

워낙 깜짝 놀랄 만한 말씀을 자주 하시는 분이라, 나는 그렇거니 여겼을 뿐 따로 질문은 하지 않았다. 아니, 질문할 여유도 없었다. 노새가 두어 걸음 더 떼어 놓았을까? 웅성거리는 소리가 들리면서 길모퉁이에서 잔뜩 흥분한 수도사와 수도원의 불목하니 떼거리가 나타났다. 우리를 발견하자 수도사 가운데 하나가 다가와 공손하게 인사했다. 「어서 오십시오. 손님이 누구신지 알고 있더라도 너무 놀라지 마십시오. 오신다는 기별을 앞질러 접한 참이기 때문입니다. 저는 수도원의 식료(食料)와 요사(寮舍)를 담당하는 식료계(食料係) 수도사, 바라지네 사람 레미지오라고 합니다. 원장님께서 말

쏨하시던 배스커빌의 윌리엄 수도사이실 테지요?」 수도사는 이렇게 말하고는 무리에게 명했다. 「먼저 올라가서, 손님께서 곧 수도원으로 드신다고 이르게!」

수도사의 말이 끝나자 윌리엄 수도사가 정중하게 대답했다. 「고맙소, 식료계 수도사. 친절하게 맞아 주시니 고맙기 한량없소. 더구나 급하게 무얼 찾아다니시는 모양인데 그 일까지 이렇게 작파하고 말이오. 하나 걱정은 마시오. 말은 이 길로 와서 오른쪽 오솔길로 접어들었소. 모르기는 하지만 그리 멀리는 못 갔을 것이오. 거름 더미에 이르러 걸음을 멈추었기가 쉬울 겁니다. 그놈 역시 머리가 있으니까 저 가파른 비탈길로 굴러 떨어지지는 않았을 것이오.」

「언제 그 말을 보셨습니까?」 식료계 수도사가 물었다.

윌리엄 수도사는 짓궂은 표정을 하고 나를 돌아다보면서, 〈본 것은 아니오, 그렇지 아드소?〉 이렇게 묻고는 말을 이었다. 「……하지만 형제들이 찾는 말이 〈브루넬로〉가 분명하다면 이놈은 내가 방금 말한 곳에 있을 것이오.」

식료계 수도사 레미지오는 머뭇거리다가 윌리엄 수도사를 일별한 뒤 오른편 길 쪽으로 시선을 잠깐 던지고는 물었다. 「〈브루넬로〉라고 하셨는데……. 말 이름이 〈브루넬로〉라고 하는 것은 어찌 아셨습니까?」

윌리엄 수도사가 대답했다. 「허허, 이것 보세요. 형제들은 분명히 원장이 가장 아끼는 말 〈브루넬로〉를 찾고 있을 거요. 키는 열다섯 장(掌), 털은 검은색. 꼬리는 탐스럽고 발굽은 작고 둥글지만 걸음걸이는 아주 안정적인 것이오. 수도원 외양간에 있는 말 중에서 걸음이 가장 빠른 말일 것이오. 머리는 작고 귀는 뾰족하고 눈은 클 테지요. 조금 전에 말했다시피 그놈은 오른쪽 길로 들어갔어요. 하지만 조금 서둘러야 할 거요.」

식료계 수도사는 한동안 멍한 얼굴로 서 있다가 함께 온 수도사들, 불목하니들에게 따라오라고 손짓하고는 오른쪽 오솔길로 내달았다. 우리가 탄 노새도 산 위로 걸음을 옮겼다. 내가, 호기심을 억누르고 있을 수 없어서 질문을 던지려고 하자 윌리엄 수도사는 가볍게 손을 내저었다. 오른편 길 쪽에서 웅성거리는 소리가 들려왔기 때문이었을 것이다. 아닌 게 아니라 잠시 후, 환호성과 함께 수도사와 불목하니들이 재갈 물린 말을 앞세우고 나타났다. 그들은, 참 신통한 사람 다 본다는 듯한 눈길로 사부님을 한차례 훑어보고는 앞질러 수도원으로 올라갔다. 내가 보기에, 윌리엄 수도사는 일부러 시간을 끌어 수도사 패거리를 먼저 수도원으로 올려 보냈던 것 같다. 말하자면 수도사 일행으로 하여금 수도원장에게, 자기가 드러내 보인 통찰의 기적을 소상하게 보고할 시간 여유를 주었던 것 같다는 것이다. 나는, 우리 사부님같이 귀한 덕성을 고루 갖춘 분도, 자기의 명민한 통찰력을 과시할 일이 있을 경우에는 더러 허영심의 유혹에도 기꺼이 굴복한다는 사실을 익히 알고 있었다. 나는 그가 지닌 천성적인 외교관으로서의 재능을 능히 알고 있는 터라서, 우리가 수도원에 도착하기 전에 자신이 참으로 박학다식하고 통찰력이 있는 사람이더라는 평판이 미리 퍼져 있기를 바라는 그의 태도를 이해했다.

그러나 나는 더 이상 호기심을 억누르고 있을 수 없었다. 「그걸 어떻게 아셨는지, 저에게도 좀 들려주십시오.」

사부님은 대답했다. 「이것 보아라, 아드소. 여행 내내 내 너에게 뭐라고 가르치더냐? 세상이 위대한 책을 통해 우리에게 펼쳐 보이는 사물의 정황을 유심히 관찰하는 법을 가르치지 않았느냐? 일찍이 알라누스 데 인술리스[1]는 이렇게 노래하셨느니라.

> *omnis mundi creatura*
> *quasi liber et pictura*
> *nobis est in speculum*
> (이 세상 만물은 책이며 그림이며 또 거울이거니).[2]

그분은 하느님께서 피조물을 통해서 우리에게 가르치시는 끝없는 영생의 상징 속을 거니셨느니라. 하나 우주는 알라누스가 생각했던 것보다 더 수다스럽다. 우주는 궁극적인 것(그것은 언제나 희미하게만 나타나는데)뿐만 아니라 비근한 것까지 드러내되 그 드러냄이 참으로 분명하다. 네가 홀로 깨쳐야 할 것을 이렇게 일러 주어야 하다니 참으로 한심한 노릇이구나. 저기 갈림길, 쌓인 눈 위에 말발굽이 찍혀 있지 않더냐? 말은 우리 앞의 왼쪽 길로 갔더구나. 발자국의

---

1 프랑스의 신학자, 시인(1115?~1202). 일반적으로 프랑스 이름은 〈알랭 드릴〉로 알려져 있다. 시토회 수도사로서 12세기 말의 스콜라 철학에 대한 신비주의적 반동에 가담했다. 스콜라적 합리주의와 신비주의를 결합한 절충적인 철학을 좇으면서 신학 논문 「카톨릭 신앙의 기술」을 쓰기도 했다. 후일에는 「반 이단론」을 통하여 발도파, 알비파(카타리파), 유대인, 사라센인을 공격하기도 했다. 알랭의 유해는 1960년에 발굴되었는데, 잘 보존된 것으로 미루어 80대 후반 혹은 90대 초반에 사망한 것으로 보인다.

2 알라누스 데 인술리스의 시는 다음과 같이 계속된다. 〈장미는 우리의 모습을 그리고, 우리의 운명을 설명하고, 우리의 삶을 읽어 준다. 장미는 아침에 피어, 만개했다가 이윽고 시들어 가니까.〉

간격이 아주 일정치 않더냐? 이 말발굽의 자국을 보면, 발굽이 작고 둥글며, 보조가 규칙적이라는 것을 알 수 있다. 그래서 나는 말의 성격을 알아낸 것이다. 말하자면 미친 망아지처럼 제멋대로 날뛰는 말의 보조는 이럴 수가 없는 것이야. 소나무 가지가 지붕처럼 길 위쪽으로 비죽이 튀어나와 있는 걸 자세히 보았더니 약 열다섯 장쯤 되는 높이에서 가지가 군데군데 부러져 있더구나. 이놈이 꼬리를 치면서 오른쪽으로 꺾어 든 지점의 검은 딸기나무 덩굴에는 검은 털 오라기가 걸려 있었다. 자, 그 길이 거름 더미 쪽으로 나 있는 길이라는 것은 또 어떻게 알았느냐고는 묻지 않을 테지? 저 아래 길모퉁이를 돌면서 보니까 동쪽 탑 아래 있는 깎아지른 듯한 절벽에는 거름이 눈을 아주 지저분하게 녹여 놓았더구나. 우리가 지나온 갈림길 위치로 보면 오솔길이 그 벼랑 끝으로 이어지지 않으면 어디로 이어지겠느냐?」

「그것은 그렇습니다만, 머리가 작고, 귀 끝이 뾰족하고, 눈이 크다고 하신 말씀은 납득이 가질 않습니다.」

「난들 알겠느냐만 수도사들 표정을 보니까 내 말을 수긍하는 것 같더구나. 세비야 사람 이시도루스에 따르면 명마(名馬)의 정의는 이렇게 되더구나. 즉 작은 머리, *siccum prope pelle ossibus adhaerente*(뼈에 달라붙어 있되 건조한 가죽), 뾰족한 귀 끝, 큰 눈, 푸짐하게 벌어진 콧구멍, 꼿꼿한 목, 무성한 갈기와 꼬리털, 둥글고 단단한 발굽…… 여부가 있겠느냐? 그런데 아까 내가 말하던 그 말이 수도원 외양간에서 제일 잘난 놈이 아니었다면 마부가 나오지 수도원의 중책을 맡고 있는 식료계 수도사가 몸소 찾으러 나오지는 않았을 것이 아니냐? 제 말의 생김새가 어떻게 생겨 먹었건 수도원의 말 주인은 마사(馬事)의 권위자들이 훌륭한 말의 조건으로 내세운 조항을 모두 자기 말에서 보는 법이다. 더구나⋯⋯.」 윌리엄 수도사는 베네딕트회 수도회 수련사인 나를 보고 짓궂게 웃으면서 말을 이었다. 「⋯⋯서술자가 유식한 베네딕트회 수도사인데 여부가 있겠느냐?」

「알겠습니다. 그러나 어째서 그 말의 이름이 〈브루넬로〉라고 단언하셨습니까?」

「떽, 성령을 받고도 머리가 그렇게 아둔할 수가 있더냐? 다른 이름을 붙였을 리가 있겠느냐? 목하 파리 대학 총장이 되어 세도로 말하자면 나는 새도 떨어뜨릴 만한 뷔리당[3]이 논증의 실례로 말을 인용할 때마다 그 말을 〈브루넬로〉라고 부르는 데 여부가 있겠느냐?」

사부님은 만사가 이런 식이었다. 그는, 자연이라는 위대한 책을 읽어 내는 방법에 정통했다. 뿐만 아니라 수도사들이 성서를 읽는 태도, 그리고 성서와 성서를 통해 갖게 되는 수도사들의 사고방식에도 정통했다. 독자들도 곧 아시게 되겠지만 그의 이러한 재능은 오래지 않아 찬연한 빛을 발하게 된다. 게다가 방금 그의 설명을 듣고 나자 나는 그리도 자명한 사실에 스스로 해답을 찾아내지 못했다는 것이 크게 부

---

[3] 장 뷔리당(1290?~1360?). 프랑스의 철학자. 중력의 성질, 낙하 물체의 가속도에 대한 이론을 통하여 코페르니쿠스나 갈릴레이 같은 위대한 르네상스 시대 과학자들의 선구자 노릇을 한 것으로 알려져 있다. 특히 자유 의지에 관한 주장을 예증하는 우화인 이른바 〈뷔리당의 나귀〉로 유명하다. 그의 주장에 따르면, 질과 양이 동일한 두 무더기의 건초 사이에 놓인 나귀는 어느 쪽을 선택해도 좋지만 결국 이 때문에 선택을 망설이다가 어느 한 쪽도 선택하지 못하고는 굶어 죽고 만다. 그는 이 우화를 통하여, 동일한 상황에 놓일 경우 인간은 자유 의지를 통하여 이 딜레마를 해결한다고 주장한다.

끄러웠으나, 그보다는 이제는 나도 그 사실을 공유하고 있다는 데서 오는 자만감이 더욱 컸으므로 나는, 이런 것을 알아차린 나 자신이 여간 대견스럽지 않았다. 이것이 바로 진리의 힘이다. 진리는, 선(善)과 같이 제 스스로를 전파한다. 나에게 이 놀라운 이치를 드러내신 우리 주 예수 그리스도의 거룩한 이름을 찬양할진저.

이야기가 곁가지로 흘렀다. 나잇살이나 훔친 이 늙은이가 사설만 장황하게 늘어놓고 있었으니 실로 한심한 일이다. 각설하고, 이윽고 우리는 수도원 정문에 이르렀다. 수도원 원장은 황금 세숫대야를 든 두 명의 수도사를 거느리고 정문 앞에서 우리를 기다리고 있었다. 우리가 나귀에서 내리자 원장은 윌리엄 수도사의 손을 씻긴 뒤 덥석 껴안고는 입을 맞추며 신성한 환영 인사를 나누었다.

윌리엄 수도사는 원장의 인사에 답하여 이렇게 말했다. 「고맙습니다. 원장님. 덕이 높으신 원장님의 수도원에 발을 들여놓은 저는 복이 많은 사람입니다. 이 수도원의 이름은 산 너머 물 건너 사는 사람들까지도 두루 알고 있습니다. 나는 우리 주님 이름을 빌린 순례자로서 이곳에 왔고, 그 덕에 원장님께 이런 대접을 받았습니다. 그러나 이제 내가 드리는 서한으로 아실 테지만, 이 땅의 통치자 또한 당신의 이름으로 저를 보내었습니다. 그 이름으로도 원장의 환대에 감사드리는 바입니다.」

원장은 황실 인장이 찍힌 공한을 받아 들고, 윌리엄 수도사의 방문은, 자기 형제들로부터 온 편지로 진작 알고 있었다고 대답하고는(이 대목에서 나는 속으로, 그러면 그렇지,

누가 우리 베네딕트회 수도원장을 기습할 수 있을까 보냐, 이런 생각을 하면서 베네딕트회 수련사인 내 자신의 자존심을 가누었다) 식료계 수도사에게 우리의 숙사를 가르쳐 주라고 일렀다. 마부들이 달려와 우리 노새를 끌고 돌아가자 원장은, 노독이 풀리는 대로 우리를 만나겠노라고 말했다. 사부님과 나는 수도원 마당으로 들어섰다. 바로 그 마당에서 수도원 건물은 부드러운 쟁반(혹은 목장) 같은 산꼭대기의 평원 위에 사방으로 펼쳐져 있었다.

 수도원의 배치에 대해서는 뒤에 더 상세히(그리고 여러 번) 얘기할 기회가 있을 것이다. 정문(외벽에 딸린 유일한 출입구) 뒤, 양 옆으로 나무가 나란히 늘어서 있는 길은 원내(院內) 성당으로 통한다. 이 길 왼쪽에는 두 채의 건물, 즉 욕장(浴場)과 시약소(施藥所), 식물 표본실 건물이 외벽을 따라 들어서 있다. 이 두 건물들은, 채마밭과 식물원에 둘러싸여 있다. 두 건물을 지나면, 그러니까 성당 왼쪽으로는 수도원 본관이 우뚝 서 있고, 교회와 본관 사이에는 묘지가 있는 것이다. 교회의 북쪽 문은 본관의 남쪽 탑과 마주 보고 있어서 정문을 들어서는 방문객에게는 서쪽 탑이 먼저 보인다. 그리고 왼쪽으로 건물은 외벽에 붙어 있어 탑으로부터 심연으로 빠져드는 것 같으며 그 절벽 위로 북쪽 탑이 비스듬히 튀어나와 있다. 교회 오른쪽에 교회 건물에 기댄 몇 채의 건물이 있고 회랑 주변에는 숙사, 수도원장 공관, 그리고 객승들의 요사(寮舍)가 있다. 우리가 가는 곳도 바로 그 요사였다. 우리는 아름다운 화원을 지나 요사에 이르렀다. 오른쪽으로 부드러운 잔디밭 건너, 남쪽 벽에서 성당 동쪽에 이르는 곳에는 불목하니들의 거처, 외양간, 방앗간, 착유소, 곡물 창고, 식료 창고, 그리고 수련사들의 거처인 듯한 건물이 줄지어 서 있었다. 약간 경사져 있기는 했지만 지형 덕분에 이 수도원을 건설한 고대의 건축가들은 호노리우스 아우구스토두니엔시스[4] 혹은 기욤 뒤랑이 요구한 이상으로 수도원 정위(定位)에 성공한 셈이었다. 해의 위치와 시각으로 판단했을 때 나는 서쪽으로 정문이 열려 있고, 그 문을 통해 동쪽을 향해 있는 성가대석과 제단을 확인할 수 있었다. 뿐만 아니라 떠오르는 태양은 숙사의 수도사들과 외양간의 가축을 깨울 수 있게 설계되어 있었다. 나는 그전에도 그 뒤에도 많은 수도원을 구경했지만 이 수도원만큼 아름답고 정위가 잘된 수도원은 본 적이 없다. 장크트갈렌 수도원, 클뤼니 수도원, 퐁트네 수도원도 크기에서는 앞섰지만 건물의 배치나 공간 배분은 이 수도원만 같지 못했다. 다른 수도원들과는 달리 이 수도원의 본관은 주변 건물에 견주어 엄청나게 컸다. 건축에 대한 전문적 지식이 없는 나도 곧 이 건물이 주변 건물보다 훨씬 오래전에 지어졌다는 사실을 알 수 있었다. 아마도 이 본관 건물은 다른 용도로 축조되었는데 후에 그 주변에 수

---

4 혹은 오턴의 호노리우스. 베네딕트회의 철학자, 신학자(1085?~1156?). 성직자에 대한 엄격한 도덕 기준을 열렬하게 옹호했다. 그의 주장에 따르면 사제가 도덕적으로 죄를 짓고 있다고 하더라도 그 사제가 베푸는 성찬은 그리스도의 권능을 입어 신성하나, 그 사제가 파문을 당하게 되면 성찬도 무효가 된다. 그에 따르면 하느님이라는 존재는 이 세상의 어떤 피조물도 이해할 수 없는 존재이다. 즉 하느님은 만물을 싸안고 있는 〈만물의 실체〉라는 것이다. 그에 따르면 모든 피조물은 〈선〉한데, 이때의 〈선〉은 〈실체〉와 같은 의미를 담고 있다. 그러나 악은 실체에 대립하는 〈무(無)〉이다. 하느님이 이 세상에 악을 허용한 것은 본질상 아름다움을 염두에 두었기 때문인데, 이런 의미에서 하느님은 악을 대립시킴으로써 선을 강조한 최고의 예술가이다.

도원 건물들이 들어선 것이리라. 그러나 그 와중에도 건축가들은 이 거대한 본관과 성당, 그리고 성당과 본관의 상호 정위가 서로 조화를 이루도록 했던 것이다. 모든 예술 가운데서 자신의 리듬 속에 우주 질서(고대인들의 이른바 코스모스)를 체현하는 데 가장 큰 힘을 기울여야 하는 예술이 바로 건축이기 때문이다. 말하자면, 장식 행위의 산물인 건축물은, 자기가 속한 종(種)의 완성미와 균형미를 대표하는 한 마리의 동물과 같다. 수와 무게와 치수를 주관하시는 우리 창조주를 찬양할진저.

3시과

월리엄 수도사가 수도원장과 담소하면서 그의 미욱함을 깨우친다.

식료계 수도사는 땅딸막한 사람으로 생김새가 험상궂어 보였으나 뜻밖에 싹싹했고, 머리카락은 백발이되 아직 근력이 좋아 보였으며, 몸집은 작되 거동이 민첩했다. 그는 우리를 순례자 숙사로 안내했다. 아니, 정확하게 말하면 우리를 사부님께서 거처하실 방으로 안내하고, 나에게는 다음 날 방 하나를 비우고 치워 주겠노라고 약속했다. 나는 수련사여서 품계로 따져 독방 차지를 할 처지가 못 되었지만 그 수도원의 손님인지라 기거에 불편함이 없도록 각별히 배려해 주는 셈이었다. 이렇게 해서 나는 수도사 독방의 길고 널찍한 벽감 위, 식료계 수도사가 사람을 시켜 깔아 놓게 한 향긋한 마른 짚 위에서 잘 수 있었다.

이어 수도사들이 우리에게 포도주, 건락(乾酪), 감람, 질이 좋은 건포도를 가져다주고 편히 쉬라는 말을 남기고는 물러갔다. 우리는 맛있게 먹었다. 사부님은, 엄격한 베네딕트회 규율에 묶이려 하지 않았다. 따라서 그는 묵언계(默言戒)에 구애됨이 없이 식사 때마다 늘 옳고 바른 말을 들려주어서 흡사 옆에서 한 수도사가 성자의 성행록(聖行錄)을 읽고 있는 것 같았다.

그날도 나는 식사 중에, 아침에 보았던 예의 그 말 이야기를 꺼내지 않을 수 없었다.

나는 사부님께 여쭈었다. 「아까 말씀드렸습니다만, 사부님께서는 눈 위의 발자국과 가지에 남은 흔적을 읽으실 때는 그 말이 브루넬로라는 것은 모르셨습니다. 그 발자국은 〈말〉이라고 불리는 모든 종류의 발자국, 혹은 특정 종류에 속하는 말의 발자국일 수 있었습니다. 그렇다면 자연이라는 책이 반드시 사물의 본모습을 우리에게 보여 준다고는 볼 수 없지 않겠습니까? 선학(先學)들께서는 그렇게 가르치신 것으로 압니다.」

사부님이 대답했다. 「반드시 그런 것만은 아니다. 그래, 그 발자국이, 그 발자국 임자가 *verbum mentis*(정신의 언어)[5]로서의 〈말〉이라는 것만 가르쳐 주고 있다는 네 말은 맞다. 뿐만 아니라 그 발자국은 언제 어디서나 흔히 볼 수 있는 발자국이기도 하다. 그러나 그 시각, 그 장소에 난 발자국을 보고 나는 그곳을 지나간 모든 말 중에서도 적어도 어떤 특정한 말이라고 하는 것은 짐작할 수 있었다. 그래서 나는 〈말〉이라고 하는 말의 개념에 관한 지각과 개별적인 말에 대한

---

5 일반적으로는 〈보편 개념〉이라고 번역된다. 이 말은 토마스 아퀴나스가, 정신 그 자체에 의해 형상지어지는 개념적 기호, 즉 정신에 의해 추상화되는 개념(심적 기호)을 가리키면서 쓴 것이다.

내 지식 사이를 오가면서 이것저것 추론하게 됐어. 그런데 보편 개념으로서의 말에 대한 내 지식은 유일무이한 그 발자국을 통해 깨달은 것이었지. 당시 나는 나의 무지와 발자국의 특이성 사이에서 망설였다고 할 수 있는데 그 무지는 아주 투명한 보편 관념의 형태를 전제한 것이었다. 어떤 사물을 먼 거리에서 볼 경우, 우리는 그게 무엇인지 알지 못한다. 그래서 우리는 처음에는 그게 어떤 공간을 점유하는 물체로 정의하는 것으로 만족하는 것이야. 조금 더 가까이 가면, 글쎄, 그게 말인지 당나귀인지는 모르겠지만 동물이라는 것만은 알 수 있게 될 테지. 자, 조금 더 다가가면 어떻게 될까? 조금 더 다가가면 그게 말이라는 것을 확실하게 알 수 있게 되겠지? 하지만 그 말이 브루넬로인지 니게르인지는 여전히 알 수 없어. 자, 여기에서 또 조금 더 다가간다. 그러면 비로소 그게 브루넬로인지 니게르인지도 알 수 있게 된다. 그렇게 말 한 마리의 고유한 속성까지 알게 되었을 때 우리가 알아야 할 것은 다 알게 된 셈이 아니냐. 만일에 그 말의 이름이 정말 브루넬로라면 말이다. 한 시간 전만 해도 나는 어떠한 말이든 다 예상을 할 수 있었다. 무슨 까닭이겠느냐? 말에 대한 내 지식의 방대함 때문이 아니라 추리가 빈약했기 때문이야. 나의 지적 갈증은, 수도사들이 재갈을 물려 끌고 오는 말을 보는 순간에 해소되었다고 볼 수 있다. 그때야 비로소 내 추리가 사실에 가깝게 접근했음을 확인하게 되었다는 것이야. 내가 한 번도 본 적이 없는 말을 상상하면서 이용한 것이 바로 순수 기호라는 것이다. 눈 위에 찍힌 발자국과 남은 흔적은 〈말〉이라고 하는 동물을 나타내는 기호였다는 말이지. 기호, 그리고 기호의 기호는 우리가 사물을 가지고 있지 않을 때에만 사용하는 것이야.」

나는 이분이, 보편적인 관념에 대해서는 몹시 회의적인 견해를, 개별적인 사물에 대해서는 대단한 존중을 피력하는 것을 본 적이 있다. 나는 사부님의 이런 경향은 이분이 브리튼 사람인 데다 프란체스코 수도사인 데서 유래한다고 생각했다. 그러나 그날, 이분에게는 이야기를 신학적인 논쟁으로 비화시킬 힘이 없는 것 같았다. 그래서 나는 내 몫으로 허락된 벽감으로 들어가 담요를 뒤집어쓰고 잠을 청했다.

누가 들어오면서 내 누운 꼴을 보았다고 하더라도 사람으로 알기보다는 그냥 짐 보따리쯤으로 알았을 것이다. 아닌 게 아니라 3시과쯤에 윌리엄 수도사를 예방한 수도원장도 나를 그렇게 보았던 모양이다. 덕분에 나는 수도원장 모르게 두 분의 첫 번째 이야기를 엿들을 수 있었다.

각설하고…… 수도원장이 들어왔다. 그는 먼저 사부님의 휴식을 방해하게 된 것을 정중하게 사과하고, 아침에 했던 환영 인사를 되풀이한 뒤, 극히 중요한 일로 윌리엄 수도사와 은밀하게 할 이야기가 있다고 했다.

원장은 말머리에, 도망친 말을 붙잡는 과정에서 사부님이 보여 준 놀라운 통찰력을 치하한 다음, 어떻게 해서 한 번도 본 적이 없는 짐승을 그렇듯이 정확하게 뚫어 볼 수 있었느냐고 물었다. 사부님이, 길에서 본 흔적과 발자국에 대해 간단하게 설명하자 원장은, 믿어지지 않는 혜안이라면서 머리를 조아렸다. 이어서 원장은, 지혜로우신 분이라더니 과연 명불허전(名不虛傳)이라고 누누이 치하한 다음, 파르파의 수도원장으로부터 편지를 받았는데 그 편지를 통해 사부님이 황제로부터 밀명을 받고 왔다는 사실뿐만 아니라(이 문제에 대해서는 차후에 논의할 수 있을 거라고 원장은 말했다) 영국과 이탈리아에서 벌어진 종교 재판에 조사관으로 참여할 때 보인 겸양의 미덕과 놀라운 통찰력으로 칭송이 자자하다는 사실 또한 알게 되었다고 덧붙였다.

원장은 이렇게 말을 이었다.「많은 사건을 심리하시면서 수도사께서는 기소된 자의 무죄를 증명하셨다는 소문이 참으로 듣기에 좋았습니다. 저는 인간이 하는 일에는 늘 악마가 끼어든다고 믿는 사람입니다만⋯⋯.」 이 대목에서 수도원장은 누가 그 방으로 숨어들어 엿듣기라도 하는 듯이 주위를 둘러보고 나서 말을 이었다.「⋯⋯뿐만 아니라, 악마는 제2의 원인을 통해서도 역사합니다. 제가 알기로, 악마는 희생자를 하나 골라 이러저러한 방법으로 자기 일을 대행케 하고 그 허물을 그 희생자에게 씌웁니다. 그러고는 의로운 희생자가 수쿠부스[6]를 대신해서 화형을 당할 때 희희낙락하는 것이지요. 그래서 조사관은, 속죄양을 찾아내는 일을 재판을 마무리 짓는 일로 그릇 알고 갖가지 수단을 두루 동원하여 기소된 자로부터 자백을 얻어 내고 자기 믿음을 과시하는 것이 아닐는지요.」

「조사관 역시 악마의 하수인 노릇을 할 수 있는 것이니까요.」 윌리엄 수도사의 말이었다.

수도원장이 진중하게 고개를 끄덕이면서 응수했다.「그럴 수도 있지요. 전능하신 분의 뜻은 이루 다 헤아릴 수 없는 것이니까요. 하나 조사관같이 귀한 분에게 의혹의 눈길을 던진

---

[6] 꿈속에 나타나 남자를 몽정하게 하는 악녀.

다는 것은 저같이 하찮은 위인이 감히 할 짓이 못 됩니다. 그래서 저는 오늘 어른의 도움을 얻고자 하는 것입니다. 이 수도원에서 무슨 변고가 있었습니다만 어른같이 명민하시고 사려 깊으신 분의 혜안과 분별이 도우셔야 능히 이 일을 풀어낼 수 있습니다. 드러내는 데 명민하시되 (필요하다면) 덮어 두는 데 분별이 있어야 한다는 말씀이지요. 한 목자에게 허물이 있으면 그를 다른 목자들에게서 떨어뜨려 놓는 것이 당연할 터이나 이를 어쩌면 좋습니까? 양 떼가 목자를 불신하기 시작했다면 말씀입니다.」

「무슨 말씀인지 잘 알겠습니다.」 윌리엄 수도사가 천천히 고개를 끄덕였다. 나는 여러 번 보아서, 이분이 즉석에서 정중하게 자기 의사를 나타내면, 속에다 자기 나름의 방법으로 반대 의견이나 의혹을 담는다는 것을 알고 있었다.

원장이 말을 이었다. 「이런 까닭에⋯⋯ 저는, 목자의 허물이 관련된 이 사건은 어르신 같은 분께 부탁드려야 한다고 생각하는 것입니다. 어르신께서는 선악은 물론이고 드러내어서 좋을 것과 드러내지 않아야 좋을 것을 능히 분별하실 테니까요. 듣건대 어르신께서 유죄를 선고하시는 것은⋯⋯.」

「기소된 자의 범죄 행위가 독살 행위, 미성년자 오손 행위 및 감히 인구(人口)에 회자될 수 없는 그 밖의 파렴치 행위에 이를 때⋯⋯.」

수도원장이 윌리엄 수도사의 말허리를 자르고 들어왔다. 「어르신께서는⋯⋯ 어느 누구의 눈으로 보아도 악마의 소행임에 분명하여, 훈방하면 범죄 사실 이상의 물의를 빚을 것이 분명할 때만 형을 선고하신다고 들었습니다.」

「나는⋯⋯ 그렇습니다⋯⋯. 속권(俗權)에 넘겨도 내 양심 어느 한구석도 흔들리지 않을 만큼 중죄를 지은 사람에게만 죗값을 물립니다.」

수도원장은 잠시 곤혹스러운 얼굴을 하고 있다가 물었다. 「아니 어째서 어르신께서는, 범죄 행위 자체가 안고 있는 악마적인 동기를 차치하시는지요? 악마의 역사가 없는 범죄가 어디에 있겠습니까?」

「그야 인과(因果)를 논증하기가 지난한 노릇이기 때문에 그렇지요. 나는 하느님 한 분만이 이 이치를 따질 수 있다고 믿습니다. 우리는 지금 새카맣게 탄 나무라고 하는 〈과〉와 거기에 불을 붙인 번갯불이라고 하는 〈인〉의 관계를 인증해야 하는 입장입니다. 그러나 인과의 끝없는 고리를 더듬어 낸다는 일이 나에게는 하늘에 이르는 탑을 쌓는 것만큼이나 터무니없어 보입니다.

자, 어떤 사람이 독살을 당했다고 칩시다. 이것은 기정사실입니다. 부정할 수 없는 증거가 있다면, 독살한 사람은 물론 제2의 인물일 테지요. 이 정도는 나도 논리적으로 증명해 낼 수 있습니다. 인과의 고리가 이 정도로 간단할 경우에는 내 머리도 어느 정도 확실하게 작용합니다. 하지만 이 같은 범행이 저질러진 배후에 인간의 힘이 아닌, 악마의 힘이 개재(介在)했다고 상상하고서야 어떻게 인과의 고리를 더듬어 낼 수 있겠습니까? 불가능하다는 것이 아닙니다. 원장의 말 브루넬로처럼 악마 역시 제가 간 길에다 분명한 흔적을 남겨 놓을 테니까요. 그렇다면 나는 왜 이런 증거에 혈안이 되어야 합니까? 범인이 저 사람이라는 걸 알고 그를 속권에다 넘겨주면 내 임무는 끝나지 않겠습니까? 그럼 그 사람은 사형을 당할 테고 하느님께서는 그자의 죄를 용서하실 테지요.」

「하지만 제가 듣기로는, 3년 전 킬케니에서 열린 종교 재판에서 몇 사람이 파렴치범으로 기소되어 왔을 때 어르신께서는 악마적인 권능의 개입을 부정하지 않았습니다. 물론 그 전에 유죄임이 확인되었기 때문이겠지요만…….」

「그렇습니다만, 나는 그걸 공개적으로 장황하게 확언하지도 않았다는 데 유념하시기 바랍니다…….」 윌리엄 수도사는 문득, 해명의 필요를 느꼈던지 다소 강한 어조로 말을 이었다. 「내가 무슨 자격으로 악마가 계획하는 일에 이렇다 저렇다 판단을 하겠습니까? 조사관들, 주교, 시(市) 행정관들, 방청객, 심지어는 기소된 당사자까지도 악마의 존재를 인정하고 싶어 하는 판국인데 내가 어떻게 악마의 소행에 대해 가타부타 말을 할 수 있겠습니까? 모르기는 하지만 악마가 존재한다는 유일하고 확실한 증거는 당시 그 자리에 있던 사람들이 악마의 소행이라고 믿고 싶어 하는 그 믿음 때문에 오히려 강화되었을 것입니다.」

수도원장이 걱정스럽다는 듯이 물었다. 「하면…… 재판에서 악마는 혐의자들뿐만 아니라 재판관들에게도 그 권능을 행사한다고 말씀하시는 것입니까?」

「글쎄요. 내가 어떻게 감히 이렇다 저렇다 할 수 있겠습니까…….」 윌리엄 수도사가 이런 식으로 대꾸를 하니 오히려 수도원장이 머쓱해지는 것 같았다. 윌리엄 수도사는, 수도원장이 궁한 입장에 몰린 틈을 타서 화제 바꾸기를 시도했다. 「……그렇거니 다 옛날이야깁니다. 나는 이미 그 직분을 떠났습니다. 떠났으니, 이 또한 하느님의 뜻이었을 테지요.」

「여부가 있겠습니까?」 수도원장이 말했다.

「이제 저는 그와는 다른 민감한 문제들에 관심을 쏟고 있습니다만 원장께서 자초지종을 들려주시기만 한다면, 지금 원장님의 심기를 사납게 하는 문제에도 한번 눈을 대어 보기로 하지요.」

수도원장은, 윌리엄 수도사의 관심이 밑도 끝도 없는 관념 논쟁에서 자기 문제 쪽으로 돌아온 것을 몹시 다행스러워하는 눈치였다. 원장은, 조심스럽게 낱말을 골라 가면서, 며칠 전에 일어나 수도사들의 공부를 크게 방해하고 있는 예사롭지 않은 사건을 설명하기 시작했다. 원장은 윌리엄 수도사가 인간의 정신과 악마의 간계를 능히 꿰뚫어 볼 수 있는 현자이니까 숨김없이 털어놓겠다고 말하고는, 모쪼록 수도사께서 귀한 시간을 나누어 이 고통스러운 수수께끼를 푸는 데 할애해 주길 바란다고 덧붙였다. 원장이 말한 사건의 내용은 대강 다음과 같다. 장서관 원고를 아름다운 장식으로 꾸미던, 젊지만 유능한 채식 장인(彩飾匠人) 수도사인 오트란토 사람 아델모가 어느 날 본관 옆 벼랑 아래에서 염소치기에 의해 시체로 발견되었다. 종과 기도 시간에는 성가대석에서 그를 본 수도사가 있었으나 이튿날 조과 기도 시간에는 본 사람이 없는 것으로 미루어 한밤중에 벼랑에 떨어졌을 가능성이 있다고 원장은 덧붙였다. 사건 당일 밤은, 우박을 방불케 하는 칼날 같은 눈보라가 남풍과 함께 몰아친 것으로 되어 있었다. 시체는, 표면만 녹아 가볍게 언 눈에 묻힌 채 가파른 벼랑 아래에서 발견되었는데, 떨어지면서 바위에 부딪혔는지, 갈가리 찢겨 있었다고 했다. 연약하고 가엾은 목숨, 부디 하느님이 그에게 자비를 베푸시길……. 떨어지면서 얼마나 바위에 부딪혔던지 부딪힌 곳을 가늠하기가 쉽지 않았을 정도였다고 한다. 원장은, 벼랑에 면한 탑의 세 면 중 어느 한 면의, 3층 어디쯤에 있는 창문에서 떨어진 것 같다고 말했다.

윌리엄 수도사가 물었다. 「그 불쌍한 수도사의 시신은 어디에다 묻으셨습니까?」

「당연히 묘지이지요. 수도원으로 들어오시면서 보셨을 겁니다. 묘지는 성당 북쪽과 본관, 채마밭 사이에 있습니다.」

원장의 말에 윌리엄 수도사가 다짐하듯이 천천히 말했다. 「알겠습니다. 원장께서 처한 문제는 다음과 같습니다. 즉, 이 불쌍한 젊은이가…… 하느님 이 젊은이를 용서하소서……. 자살이라도 했다면, 다음 날 창문 중 어느 창문인가가 열려 있었을 터인데…… 창문이라는 창문은 모조리 제대로 닫혀 있었고, 창문 근처 바닥에는 물 묻은 자국도 없었던 것이겠지요.」

이 수도원장은, 웬만한 일에는 꿈쩍도 않을 사람이었다. 그러나 이 말을 듣는 순간 그는 놀랐던 모양인지 몸을 부르르 떨었다. 그 바람에, 아리스토텔레스같이 진중하고 도량이 넓은 사람으로 보이던 원장 특유의 풍채가 일시에 무너지고 말았다. 원장이 휘둥그레진 눈을 하고 물었다. 「누가 그러던가요?」

「누가 그러기는요…… 원장께서 그러시지 않았습니까? 만일에 창문이 하나라도 열려 있었다면 원장께서는 그 수도사가 바로 거기에서 투신한 것으로 단정했을 테지요. 밖에서 언뜻 보았더니, 불투명한 유리가 박힌 큼직한 창이더군요. 이런 종류의 창이 사람의 키 높이에 나 있는 경우는 드물지요. 특히 이 정도 규모의 건물에서는 더욱 그렇습니다. 따라서 설사 창문이 열려 있었다고 하더라도 이 가련한 친구가 거기 창밖으로 몸을 내밀었다가 균형을 잃었을 수는 없는 거지요. 그렇다면 자살로밖에는 설명이 되지를 않습니다. 이 경우에 자살한 시체를, 성별(聖別)된 묘지에다 매장했을 턱은 없고요. 그러나 원장께서 이 수도사를, 예를 갖추어 장사지내 주신 걸 보면, 창문은 열려 있지 않았을 수밖에요? 만일에 문이 닫혀 있었다면(나는 보지 못했습니다만 악마의 소행 아닌 바에야 죽은 자가 하느님의 힘이든 악마의 힘이든 빌려 벼랑을 기어 올라가 자기 비행의 증거를 인멸할 수는 없을 테지요) 이 시체는 분명히 사람의 손이나 악마의 권능에 의해 떠밀린 것입니다. 누가 그런 짓을 했겠느냐고 하시겠습니다만, 나 역시 누가 그를 벼랑으로 밀었다는 말은 않겠습니다. 하지만 누가 창틀에다 세우기는 했겠지요. 지금 원장께서 고민하시는 것은, 자연적이든 초자연적이든 간에 악마의 권능이, 이 수도원 안에서 역사하고 있으면 어쩌나 하는 것이겠지요.」

「그렇습니다만……」 수도원장이 고개를 끄덕였다. 윌리엄 수도사의 말을 긍정한다는 것인지, 윌리엄 수도사가 그처럼 명석하게, 이로정연하게 전개한 논리를 받아들인다는 것인지 내게는 분명하지 않았다. 수도원장이 말을 이었다. 「……창문 쪽 바닥에 물 묻은 흔적이 없었다고 하는 것은 대체 어떻게 아셨습니까?」

「말씀하신 대로 남풍이 불고 있었다면 동쪽에 면해 있는 창으로는 비가 들이칠 수 없기 때문입니다.」

수도원장은 머리를 조아렸다. 「명불허전이라는 말이 모자랍니다. 명불허전은커녕, 전하는 자들도 어르신의 높으신 재능을 다 헤아리지 못했군요. 말씀하신 그대롭니다. 창문 주위에는 물 묻은 흔적이 없었습니다. 저도 이제야 그 이유를 알았습니다. 네……. 말씀하신 그대롭니다. 이제 어르신께서는 제 걱정을 이해하셨겠지요. 저희 수도원 수도사가 자진(自盡)의 죄악으로 제 영혼을 더럽혔다고 한다손 치더라도 이것만으로도 문제는 적잖게 심각합니다. 그러나 저에겐 수도사 가운데 또 하나가 이미 같은 정도로 사악한 죄악으로 저 자신의 영혼을 더럽히고 있다고 믿을 만한 근거가 있습니다. 그리고 그것뿐이라면…….」

「먼저 여쭙고 싶군요. 왜 수도사 가운데 또 하나라고 하십니까? 수도원에는, 다른 사람들, 예컨대 마부도 있고 염소치기도 있고 불목하니도 있을 텐데요?」

수도원장은 자랑스레 고개를 끄덕였다. 「솔직하게 말씀드려서, 이 수도원은 규모에 견주어 재물이 많습니다. 수도사 60명에 불목하니가 150명이나 되니까요. 그러나 모든 것은 이 수도원 본관에서 일어났습니다. 아시리라고 믿습니다만 본관 1층은 주방과 식당으로 쓰고 있으나, 2~3층은 문서 사자실(寫字室)과 장서관으로 쓰고 있습니다. 저녁 식사가 끝난 뒤에는 본관 문이 잠기는데, 규칙이 엄격해서 이 시간 이후로는 출입이 엄격하게 제한됩니다…….」 수도원장은, 윌리엄 수도사의 다음 질문을 지레 짐작하고 재빨리, 그러나 거북살스러운 듯한 표정을 하고 덧붙였다. 「……물론 수도사들에게도 제한됩니다. 그러나…….」

「그러나?」

「그러나, 불목하니가 야간에 거기에 침입할 가능성은 절대로(거듭 말씀드리지만 절대로) 없다고 말씀드릴 수 있습니다.」 그의 눈꼬리에 방약무인(傍若無人)한 웃음기가 자리 잡앉다가는 사라졌다. 섬광이 번쩍이는, 혹은 유성이 떨어지는 시간에 비교할 수 있을 만큼 짧은 순간의 일이었다. 그는 다시 말을 이었다. 「무서워서 못 들어간다고 해도 좋습니다. 사고방식이 단순한 머슴들에게는 규칙 위반자에 대한 위협을 해야 할 때가 있는데, 규칙 위반자들이 초자연적인 변고를 당한다는 소문도 효과가 있습니다. 그러나 수도사는……」

「알겠습니다.」

「수도사가 이 금단의 구역을 범하려 한다면 다른 이유에서일 테지요. 이유가 없지는 않습니다……. 규칙은 이를 금하고 있지만…….」

윌리엄 수도사는 원장이 거북살스러워하고 있다는 걸 알고는 화제를 돌릴 요량으로 다른 질문을 던졌으나 이 질문이 원장을 더욱 궁지로 몰아넣고 있는 것 같았다.

「타살의 가능성을 말씀하시면서, 〈그리고 그것뿐이라면〉이라고 하셨는데 대체 무슨 뜻으로 하신 말씀인지요?」

「제가 그랬습니까? 그렇지요. 아무리 사악한 자라도 동기 없이는 살인을 하지 않습니다. 저는, 도반(道伴) 수도사를 살해할 만한 그 동기의 사악함에 치를 떠는 것입니다. 그런 뜻으로 드린 말씀입니다.」

「그것밖에는 없습니까?」

「말씀드릴 수 있는 것은 더 이상 없습니다.」

「그러니까, 원장께서 하실 수 있는 말씀은 다 하셨다는 뜻이겠군요?」

「바라건대 윌리엄 형제, 윌리엄 형제여!」 수도원장은 〈형제〉라는 단어에 두 번 모두 힘을 실었다.

수도사는 얼굴을 붉히며 이렇게 중얼거렸다. 「*Eris sacerdos*

in aeternum(그대는 영원한 사제).」[7]

「고맙습니다.」 수도원장이 속삭였다.

바로 이 순간에 두 선학께서 무심결에 내보인 그 거동의 경솔함이라니! 한 분은 근심과 걱정 때문에, 또 한 분은 호기심 때문에 끔찍한 비밀에 지나치게 근접했던 것이었다. 하느님의 신성한 사제의 비의(秘儀)에 다가서는 수련사로서의 경륜은 비록 일천하나, 나는 두 선학의 언중에서 내비치는 언외언(言外言)을 읽을 수 있었다. 수도원장은 무엇인가를 알고 있었으나 고해 성사에서 알아낸 것이어서 말을 할 수 없었던 것이었다. 그러니까 원장은 아델모 수도사의 비극적인 최후와 관련된 이야기를 누군가의 입을 통해 들었음이 분명했다. 바로 이 때문에 그는 윌리엄 수도사에게, 고해자(告解者)를 보호하는 지엄한 계율을 지키는 범위 안에서 자기 대신 그 비밀을 밝혀 달라고 애걸하고 있는 것이었다. 말하자면 사부님이 그 뛰어난 지력(智力)으로 사건의 전모를 꿰뚫어 보아 주기를 바라는 것이었다.

윌리엄 수도사가 침묵을 깨뜨렸다. 「좋습니다. 수도사들에게 질문은 해도 좋습니까?」

「좋습니다.」

「수도원 안을 자유로이 나다녀도 좋습니까?」

「권한을 드리지요.」

「*coram monachis*(수도사의 면전에서) 나에게 이 일을 맡기시겠습니까?」

---

[7] 「시편」 110, 「히브리인들에게 보낸 편지」 7:17에는, 〈너는 멜기세덱의 법통을 이은 영원한 사제다〉라는 구절이 나온다.

「바로 오늘 저녁부터.」

「그러나 나는 지금부터 시작하겠습니다. 수도사들이, 내가 이 조사를 위임받았다는 사실을 알기 전에 일을 시작해야 합니다. 그렇지 않아도 이 수도원의 장서관을 구경하고 싶던 참입니다……. 여기에 온 까닭도 이 일과 무관하지 않습니다. 뭇 기독교국의 수도원이 선망하는 장서관이니까요.」

사부님의 이 말 한마디에 수도원장은 발길에 엉덩이를 차인 사람처럼 벌떡 일어났다. 그의 얼굴은 팽팽하게 긴장되어 있었다. 「조금 전에 말씀드렸다시피 이 수도원 안에서는 어디든 나다니실 수 있습니다. 그러나 본관 맨 위층, 그러니까 장서관은 안 됩니다.」

「왜 안 됩니까?」

「미리 설명해 드리려고 했습니다만, 알고 계신 줄 알았습니다. 아시다시피 우리 장서관은 여느 수도원의 장서관과 같지 않습니다.」

「어떤 기독교국 수도원의 장서관보다 장서가 많다는 것은 나도 알고 있습니다. 아울러 이 장서관과 비교할 때 보비오나 폼포사, 혹은 클뤼니나 플뢰리의 장서관은 더하기 빼기를 갓 시작한 아이의 공부방에 지나지 않는다는 것 또한 내가 모를 리 있겠습니까? 백수십 년 전부터 노발레사의 자랑거리였던 6천 책의 필사본 고전도 귀 장서관에 견주면 하찮은 장서에 지나지 않는다는 것도 알고, 그 필사본 고전의 상당수가 여기에도 고스란히 소장되어 있다는 것도 압니다. 어디 그뿐입니까? 귀 수도원 장서관은, 바그다드에 있는 서른여섯 개의 장서관, 비지르 이븐 알알카미의 1만 권의 책 필사본에 대항하는 기독교 세계의 유일한 빛이라는 사실도 알고,

귀 장서관의 성서 필사본의 수가 카이로의 자랑인 2천4백 권 책에 이른다는 코란의 수에 필적한다는 것도 나는 압니다. 연전에, 이교도들은 트리폴리 장서관이, 장서가 6백만 책이고 주석학자가 8만 명, 서기가 2백 명이라고, 거짓말의 고수들답게 터무니없는 주장을 한 적이 있습니다만, 나는 귀 장서관이야말로 이러한 이교도들의 자신에 찬 선언에 대항할 수 있는 명백한 실체라는 것도 알고 있습니다.」

「옳은 말씀이십니다. 하느님을 찬미할 일입니다.」

「나는, 이 수도원의 수도사 대부분이 세계 전역의 수도원으로부터 유학 와 있는 것으로 압니다. 그중에는 잠시 이곳에 머물면서 이곳밖에는 없는 고본의 필사본을 만들어 돌아가는 수도사도 있겠지요. 물론 빈손이 아니라 다른 귀중한 사본을 가져왔을 테고 그 사본을 이곳 수도사들이 베끼어 장서관의 장서를 늘릴 수 있으시겠지요. 개중에는 죽을 때까지 이곳에 머물며 공부하는 수도사도 있을 것입니다. 이곳에 있는 장서만이 그들이 필생의 사업으로 작정한 연구에 도움을 끼칠 수 있을 테니까요. 그러니 게르만 사람도 있을 것이고, 다키아 사람, 스페인 사람, 프랑스 사람, 그리스 사람도 있을 겁니다. 나는, 예전에 프리드리히 황제께서 이 장서관에 부탁해 한 권의 책으로 모아 아랍어로 번역한 멀린의 예언서를 이집트의 술탄에게 보낼 선물로 삼았던 사실을 알고 있습니다. 요즘처럼 매우 슬픈 시대에는 무르바흐 수도원 같은 은혜로운 수도원에도 서기가 하나 없고, 장크트갈렌 수도원에도 필사에 능한 수도사 하나 없으며, 각지의 도시 대학에서 일하는 사람들이 조합이나 만들고 길드나 조직하는 이런 시대에 오직 귀 수도원만은 귀 교단의 영광을 나날이 새롭게, 아니, 그러니까 나날이 드높게 드러내고 있으니 이 아니 고마운 말입니까?」

윌리엄 수도사의 말에 수도원장이 나직한 어조로 응수했다. 「*Monasterium sine libris est sicut civitas sine opibus, castrum sine numeris, coquina sine suppellectili, mensa sine cibis, hortus sine herbis, pratum sine floribus, arbor sine foliis*(책이 없는 수도원은 재산이 없는 도시, 군대 없는 성채, 그릇 없는 부엌, 먹을 것 없는 밥상, 풀 없는 뜰, 꽃 없는 목장, 잎 없는 나무 같은 것이지요). 공부와 기도라는 두 가지 소명 아래 날로 그 모습을 달리하던 우리 종단은 지금까지 알려진 세계의 빛, 지혜의 보고, 화재와 약탈과 지진의 위협을 받는 고대 학문의 구원이었으며 새로운 저술과 고대 필사본 증보의 용광로였습니다. 익히 아시는 대로 지금 우리는 암흑시대를 살고 있습니다. 말씀드리기가 부끄럽습니다만 몇 년 전에 비엔 공의회는, 모든 수도사들에게 평의회의 명령에 따라야 한다는 의무 규정을 재천명해야 했습니다. 2백 년 전만 하더라도 위엄과 은혜로 영광을 누리던 수도원 중 지금 나태한 자들의 소굴이 되어 있는 수도원이 얼마나 많습니까? 평의회의 명령은 여전히 지엄합니다만 도시의 좀이 우리의 성역에 슬고 있고 하느님 백성은 장사와 전쟁에 침을 흘리고 있습니다. 저 아래, 신성이 머리 둘 곳 없는 속세 사람들은 상스러운 말을 입에 올릴 뿐만 아니라 심지어는 글로 이를 기록하기까지 하니 이 어찌 한심한 일이 아니겠습니까(성직자들도 예외가 아니라니 대체 우리가 무엇을 기대할 수 있겠습니까)? 그러나 필경은 이교도들을 선동할 터인 이러한 서물은 한 책도 우리 수도원으로는 들어올 수 없습니다. 인간의 죗값으로 세계는 지옥의 심연 언저리에서 기우뚱거리니 머지않아 이 심연이 인간의 무리 안에 자리할 것입니다. 호노리우스가 일찍이 내다보았지만 지금의 우리가 고대의 인류보다 체구가 작듯이 미래의 인류는 지금의 우리보다 체구가 작을 것입니다. *Mundus senescit*(세계는 늙어 간다)라는 말도 있지 않습니까? 하느님께서 우리에게 소임을 맡겨 주셨다면 그것은 우리 교부(敎父)들이 물려준 지혜의 보고를 관리하고, 거듭해서 고구(考究)하고, 이를 지킴으로써 심연으로 향하는 인류의 앞을 막고 나서는 일일 것입니다. 태초에 동방에 있던 사해동포 정부가 그 뜻이 이루어질 날이 가까워짐에 따라 서진(西進)하는 것은 하느님 뜻입니다. 이는 세상의 종말이 가까워졌다는 하느님의 경고이기도 합니다. 작금의 사태로 미루어 이미 세계는 종말의 문턱에 와 있습니다. 그러나 지복천년(至福千年)이 올 때까지, 가짜 그리스도가 한순간 덧없는 승리를 거둘 때까지 하느님께서 선지자들과 사도들에게 이르셨고, 교부들이 한 자 한 획도 틀림이 없이 이를 기록했고, 비록 어제 오늘의 학계가 뱀 굴이 되어 있기는 하지만 그래도 옛 학자들이 주석을 놓아 왔던 하느님의 말씀과 기독교 세계의 보물을 지키는 사명은 우리 머리 위에 머뭅니다. 날이 저물고 있기는 하나 우리는 아직 지평선에 남은 횃불이며 등잔입니다. 이 수도원 장서관의 벽이 성한 한 우리는 하느님 말씀의 수호자일 수 있는 것입니다.」

「아멘……. 그것은 그렇고, 이것과 장서관 출입 통제와는 무슨 관계가 있습니까?」

「모르시겠습니까, 윌리엄 수도사님? 이 엄장한 건물을 살찌우는 막중하고도 거룩한 사명을 달성하기 위해……」이 대목에서 수도원장은 수도사 독방 창에서 내다보이는, 교회 위로 불쑥 솟은 본관 건물을 일별하고는 말을 이었다. 「……수세기 동안이나 신심(信心) 있는 분들이 엄한 규칙을 고루 지키며 애써 왔습니다. 장서관은 수세기 동안 외부로는 드러나지 않은 설계도에 따라 건설되었습니다. 수도사들은 알 도리가 없지요. 오로지 사서계(司書係) 수도사만이 전임 수도사로부터 전수받습니다. 사서계는 살아 있을 동안에 보조 사서에게 이 비밀을 전해야 합니다. 따라서 사서계가 세상을 떠나도 장서관 운영의 비밀은 고스란히 다음 대(代)로 전해집니다. 이 수도사들은 비밀을 누설할 수 없습니다. 서책의 내용을 알고, 서책의 미로 사이를 마음대로 돌아다닐 수 있는 권리를 가진 사람, 어느 서책이 어디에 있는지 알고, 돌아온 서책을 어디에 꽂을지 아는 사람, 이 엄청난 장서를 안전하게 보관할 책임을 가진 사람은 오직 이 사서계 수도사뿐입니다. 다른 수도사들은 문서 사자실에서 공부하는데 이들이 혹 장서관이 소장하고 있는 도서의 목록을 아는 수가 있기는 있습니다. 그러나 목록만 보고는 내용을 알기가 여간 어려운 것이 아닙니다. 오직 사서계 수도사만이 보관되어 있는 책의 위치로, 그 접근의 난이도를 통하여 그 책이 안고 있는 비밀이나 내용의 진위를 알 수 있는 것입니다. 언제, 어떻게, 대출을 요구하는 수도사에게 그 서책을 내어 줄 것인지, 말하자면 대출 여부를 결정하는 것도 다 사서계의 소관입니다. 혹간 저에게 물어 오는 경우도 있습니다. 진리라고 해서 모든 것에 다 유익한 것은 아니고, 허위라고 해서 모든 눈에 다 거슬리는 것은 아닙니다. 수도사란 사자실에서 무엇을 쓰고 무엇을 읽든 하나도 틀림이 없이 해야 하는 사람들입니다. 이러자면 꼭 필요한 서책을 읽게 해주어야 합니다. 지적인 약점이나 자만심이나 악마의 꾐에 의한 바람직하지 못한 호기심에서 지켜 주어야 하는 것입니다.」

「그렇다면, 장서관에는 허위를 기록한 책도 있다는 것입니까?」

「악마는 신성한 계획의 일부이기 때문에 존재하며 그 같은 악마의 추악한 모습 속에서도 창조주의 힘이 드러난다는 것이지요. 마법사가 쓴 책, 유대의 신비주의, 이교도 시인의 우화, 불신자들의 허언(虛言) 역시 하느님 뜻으로 존재하는 것입니다. 수도원을 세우고 수세기 동안 수도원 살림을 꾸려 온 분들은, 아무리 거짓을 기록한 서책이라도 현자의 눈으로 보면 거기에서 하느님의 지혜가 희미하게나마 빛을 발한다는 사실을 실답게 믿었습니다. 확고하고도 신성한 신념이었던 것이지요. 장서관이란 거짓을 기록한 서책까지 고루 실은 방주인 셈입니다. 그리고, 잘 아시겠지만 바로 이런 이유에서 장서관을 아무나 드나들게 내버려 두어서는 안 되는 것입니다. 더구나……」 수도원장은, 자기의 마지막 주장이 억지에 가깝다는 것을 의식하고 있는 것 같았다. 그래서 그런지 그는 사과를 하듯 말을 이었다. 「……서책이란 참으로 튼튼하지 못한 물건입니다. 세월이 가도 삭아 버리고 좀이 슬면 해어지고 외부에 노출되면 상하고 서툰 손에 걸리면 부서집니다. 수백 년 동안, 누구든지 마음대로 들어가 우리의 귀중한 필사본을 만졌다고 한다면 지금은 상당수가 이 장서관에 남아 있지 못했을 것입니다. 장서관 사서계 수도사는 인간으로부터 자연으로부터 서책을 지켜야 합니다. 그는 진리의 원수인 파괴와 망각의 도구와의 전쟁에 삶을 바치고 있는 것입니다.」

「그렇다면 두 사람을 제외하고는 아무도 본관의 맨 위층에는 올라갈 수 없는 것이군요?」

수도원장은 웃으면서 대답했다. 「아무도 들어가서는 안 되고, 또 들어갈 수도 없습니다. 들어가고 싶어도 들어가지 못합니다. 장서관은, 그 안에 소장되어 있는 진리 그 자체처럼 불가사의한 방법으로, 그 안에 소장되어 있는 허위처럼 교묘하게 스스로를 지켜 냅니다. 장서관은 정신의 미궁이며 지상의 미궁인 것입니다. 혹 들어갈 수 있었다고 하더라도 나오는 것은 뜻 같지 않습니다. 어르신께서도 이 수도원의 이 같은 규칙을 알아주시기를 바랍니다.」

「그러나 원장께서는 아델모가 장서관의 창 가운데 하나에서 떨어졌을 가능성을 배제하지 않았습니다. 어쩌면 아델모 이야기가 시작된 곳일지도 모르는 장서관을 보지 않고 어떻게 이 사건의 가닥을 풀어 나간다는 것입니까?」

수도원장은 달래는 듯한 어조로 대답했다. 「윌리엄 수도사님, 보시지 않고도 저의 말 브루넬로의 모습을 그려 내시고, 아무 이야기도 들으신 바 없이 아델모 사건의 정황을 상상할 수 있는 분이라면, 들어가 보지 않으셔도 그곳을 손바닥 보듯 하시는 데 아무 어려움이 없을 것입니다.」

윌리엄 수도사가 머리를 조아렸다. 「원장께서는 엄격하실 때 또한 현명하시군요. 바라시는 대로 될 것입니다.」

「제가 현명하다면 그것은 엄격할 줄 알기 때문일 것입니다.」

「한 가지만 더 여쭙겠습니다. 우베르티노[8]는 어디에 있습

---

8 프란체스코회의 엄격주의파 수도사. 엄격주의파의 지적·카리스마적 중심인물들인 안젤라, 조반니 등의 영향을 받고 복음서의 청빈을 빌미로 프란체스코회를 공격했다. 1304년 전후에는, 그리스도의 수난의 삶에 관한 저

니까?」

「여기에 계십니다. 아마 어르신을 기다리고 있을 겁니다. 성당에 가시면 만나 뵈실 수 있습니다.」

「언제가 좋을까요?」

「언제든지 좋습니다. 잘 아시겠지만 그분은 박식한 분이시기는 하지만 장서관을 즐겨 찾으실 분은 아니니까요. 장서관을 속세의 유혹이라고 생각하시지요……. 그래서 대개의 경우는 교회에서 기도하고 명상하면서 소일하십니다.」

「많이 연로하신가요?」 윌리엄 수도사는 머뭇거리며 물었다.

「마지막으로 보신 지 얼마나 되셨죠?」

「오래됐습니다.」

「많이 지치셨습니다. 세상사에는 오불관언(吾不關焉)입니다. 올해 예순여덟이시지요. 그러나 정신만은 소싯적 그대로 카랑카랑할 것입니다.」

「지금 찾아가 봐야겠군요. 고맙습니다, 원장님.」

수도원장은, 가더라도 점심이나 하고 6시과 이후에 가면 어떻겠느냐고 했으나 윌리엄 수도사는 점심 생각이 없다면서 바로 우베르티노를 만나겠다고 대답했다. 수도원장은 자

유명한 산문 서사시 「십자가에 못 박힌 생명나무」와 「요한의 묵시록」에 관한 주해를 썼다. 그는 이런 책을 통하여 성 프란체스코 및 복음서의 청빈을 열히 지지하는 한편 부패한 성직자, 기존의 프란체스코 수도사들을 통렬하게 공격했다. 처음에는 교황 요한 22세도 그에게 경의를 표하지만, 우베르티노가 끝내 기존의 프란체스코 수도사들과 화해할 것을 거부하자 그를 베네딕트회로 넘겼다. 그러나 결국 두 사람의 관계는 악화되면서 1325년 우베르티노는 아비뇽에서 도망치기에 이른다. 1329년에 교황 요한에 대해 설교한 것을 제외하면 그의 만년은 수수께끼에 싸여 있다. 다음 장에서 아드소는 우베르티노에 관련된 당시의 분위기를 전하고 있는데 일단 위의 사실(史實)을 참고하면 좋을 듯하다.

리를 뜨기 위해 돌아섰다.

수도원장이 막 방문을 나서는데 귀청을 찢는 듯한 비명이 들려왔다. 치명상을 입었음 직한 사람이 지를 법한 비명이었다. 비명은 몇 차례 계속되었다. 「무엇이지요?」 윌리엄 수도사가 당황해서 물었다. 원장이 웃으면서 대답했다. 「아무것도 아닙니다. 해마다 이맘때가 되면 돼지를 잡지요. 돼지치기들이 나선 모양이군요. 피는 피이되 어르신께서 관심 두실 피는 아닙니다.」

그는 걸음을 재촉했다. 그러나 그는 똑똑한 사람이라는 평판에 어울리지 않는, 경솔한 말을 한 셈이었다. 이유인즉 다음 날…… 아니다, 나까지 경솔하게 주책을 부릴 일이 아니다. 다음 날의 이야기를 잇기에는 먼저 해야 할 이야기가 너무 많다.

6시과

아드소는 교회 문전 장식에 탄복하고, 윌리엄 수도사는 카잘레 사람 우베르티노와 재회한다.

교회는 뒷날 내가 슈트라스부르크, 샤르트르, 밤베르크, 그리고 파리에서 보았던 다른 교회만큼은 웅장하지 않았다. 오히려 이탈리아에서 그전에 구경한 적이 있는 교회와 흡사했다. 이를테면 하늘을 향해 아찔할 만큼 솟아 있다기보다는 대지를 그러안고 있는 듯한 양식으로, 높이보다는 너비를 중시하는 경향이 엿보였다. 그러나 이 건물 1층은 사뭇 달랐다. 정방형 흉벽이 연이어 있어서 요새를 방불케 하는 것이 다른 점이었다. 흉벽 위에는 또 하나의 구조물이 있었는데 첨탑이라기보다는 아주 견고한 제2의 교회에 가까웠고, 위에는 뾰족한 지붕이 얹어져 있고 사방으로는 창이 인색하게 뚫려 있었다. 선조들이 프로방스와 랑그도크에다 세운 것 같은 튼튼한 수도원 교회는 현대적인 건축 양식을 특징짓는 호방하고 화려한 장식과는 거리가 멀었다. 현대 양식은 최근

들어 훨씬 화려해졌는데, 내 보기엔 성가대석 위로 천장을 향해 불쑥 치솟은 첨탑이 그 일례일 것 같다.

　열려 있는 정문 양쪽에는 곧고 밋밋한 두 개의 기둥이 솟아 있어서 문을 열면 첫눈에 거대한 하나의 아치가 서 있는 듯했다. 그러나 이 기둥으로부터 교회 안쪽으로 이어지는 벽은 안쪽으로 갈수록 넓어지도록 경사져 있었고, 하나가 아닌 여러 개의 아치가 이 벽을 떠받치고 있었다. 때문에 정문에서 교회 내부의 문을 들여다보는 것은 심연의 내부를 들여다보는 것 같았다. 교회의 문 위에는 거대한 삼각면이 있었고, 그 양쪽으로는 두 개의 홍예 받침대가 있었다. 이 받침대와 받침대 사이에는 무늬가 양각된 또 하나의 기둥이 있었다. 이 기둥 양쪽으로 금속 보강제를 쓴 참나무 문이 하나씩 달려 있었다. 시각이 시각이어서, 기가 한풀 꺾인 햇빛은 거의 수직으로 지붕을 쬐면서 박공의 삼각면은 건드리지도 않고 비스듬히 정면으로 떨어지고 있었다. 따라서 두 개의 기둥을 지나고 보니 어느 틈에 홍벽을 떠받치고 있는, 작은 주열(柱列) 위로 불쑥 솟은 무수한 아치 밑에 와 있었다. 눈이 그늘에 익자 다듬어진 석재가 내는 침묵의 소리가 들리는 것 같았다. 우선 접근할 수 있는 방법은 바라보면서 상상하는 것이었다(형상이라고 하는 것은 문외한들의 문헌이 아니던가). 순간 나는 두 눈이 휘둥그레진 채, 이날 이때까지도 제대로 묘사하기 어려운 기묘한 환상에 빠져 들고 말았다.

　나는 하늘에서 만들어진 옥좌와 거기 앉으신 분을 보았다. 앉으신 이의 얼굴은 엄격하면서도 침착했다. 그는 두 눈을 화등잔같이 뜨고, 그 꼭대기까지 올라온 지상의 인간들을 내려다보고 있었다. 머리카락과 수염은 얼굴 주위와 가슴 위로, 사이좋게 두 갈래로 갈라지는 강물처럼 잔잔하게 흐르고 있었다. 머리에 쓴 관은 법랑(琺瑯)과 보석을 넉넉히 들여 치장한 것이었고, 보라색 용포는 금은사(金銀絲)로 자수한 것으로 무릎 위에서 넓은 단으로 접혀 있었다. 그분이 무릎에다 놓고 있는 왼손에는 봉인이 된 책 한 권이 들려 있었다. 그분의 오른손은 축복을 내리려고 그러는지 징벌의 불길을 내리치려고 그러는지는 모르겠지만 높이 들려 있었다. 얼굴은 십자가와 꽃이 어른거리는 아름다운 광륜(光輪)의 빛을 받고 있었다. 옥좌 주위, 그리고 앉으신 이의 얼굴 위로, 나는 반짝이는 에메랄드빛 무지개를 보았다. 옥좌 앞, 그러니까 앉으신 이의 발밑으로는 수정 바다가 넘실거렸고 앉으신 이의 주변, 말하자면 옥좌 옆과 위에서는 네 가지 무서운 형체를 보았다. 보고 있자니 몹시 겁이 났다. 앉으신 이에게는 더없이 유순하고 사랑스러운 추종자들일 터인 이들은 쉽 없이 앉으신 이를 찬양했다.

아니다, 모두 다 무서워 보였다고는 할 수 없겠다. 나의 왼쪽(그러니까 앉으신 이의 오른쪽)에 있던 이는 책을 한 권 내밀고 있었는데 내 보기에는 이목구비가 수려하고 성미가 온화할 듯했다. 그러나 반대쪽에는 놀랍게도 독수리가 있어서 등골이 오싹했다. 딱 벌린 부리, 흉갑 같은 깃, 무시무시한 발톱…… 독수리는 날개를 펴고 있었다. 앉으신 이의 발치, 즉 앞의 두 형상 아래에는 황소와 사자가 발로 책 한 권씩 그러쥐고, 옥좌를 외면하고 있었다. 그러나 머리는 옥좌를 향하고 있었으며 어깨와 꼬리는 강렬한 충동 때문에 뒤틀린 것 같았고 옆구리는 긴장해 있었으며, 사지는 죽어 가는 동물의 다리 같았다. 입은 벌리고 있었다. 뱀 같은 꼬리는 꼬이고 뒤엉킨 채 불꽃의 혓바닥 속에 감겨 있었다. 두 짐승 모두 날개가 있었고 뒤에는 후광이 있었다. 꼴이 험상궂은 것과는 달리 이 네 형체는 지옥의 사자가 아닌 천국의 사자였다. 그들이 무서워 보이는 것은, 오셔서 산 자와 죽은 자를 심판하실 이를 증거하느라고 소리를 지르고 있었기 때문이었다.

옥좌 주위, 정확하게 말하면 네 형상의 옆, 앉으신 이의 발치에는 마치 수정 바다의 투명한 물을 통과해 보이듯, 전 시야를 꽉 채우는 듯한, 삼각면의 삼각형 모양에 따라 새겨진 24개의 작은 옥좌가 있었다. 거대한 옥좌 양편으로 각각 7개의 작은 목좌, 그 위에는 양쪽에 각각 3개, 그 위에는 각각 2개의 옥좌가 있고 각 옥좌마다 흰 옷 차림에 금관을 쓴 스물네 명의 노인이 앉아 있었다. 몇몇 노인들은 류트[手琴]를 들고 있었고, 한 명은 향수병을 들고 있었으며, 단 한 명이 악기를 연주하고 있었다. 다른 이들은 무아의 경지에 들어간 듯한 얼굴을 앉으신 이쪽으로 돌리고, 앉으신 이를 찬양하고 있었다. 이들의 사지는 앉으신 이를 바라보느라고 모두 앞의 네 형상처럼 뒤틀려 있었다. 이들은 법열의 춤이라도 추고 있는 것 같았다(다윗이 성약의 궤 앞에서 춤을 출 때도 그렇게 추었으리라). 따라서 이들의 눈이 어디를 향하고 있건, 시선은 항상 찬연히 빛나는 중앙의 옥좌를 향하고 있었다. 아, 기적적으로 육신의 무게에서 풀려나 새로운 질료와 양감으로 자유로워진 신비스러운 사지의 언어 안에서 자포자기와 충동과 일그러져 있으면서도 은혜로운 자세가 빚어낸 오묘한 조화여! 이 신성한 악단은 흡사 일진광풍, 생명의 숨결, 환희에의 열광, 소리에서 형상으로 변용된 찬송의 기쁨에 들려[憑] 있는 것 같았다.

마디마디 성령이 깃들어 있고 구석구석 계시의 세례를 받은 몸, 경이로움에 길든 싱싱한 얼굴, 열의로 형형하게 빛나는 눈, 사랑으로 발갛게 달아오른 뺨, 환희에 젖은 동공······. 환희로운 경이감에 사로잡힌 이가 있는가 하면, 경이로운 환희에 젖어 있는 이도 있었고, 기적에 의해 모습이 바뀐 이가 있는가 하면 천복의 은혜로 회춘한 이도 있었다. 그러나 옷자락을 펄럭거리면서, 사지를 흔들면서 영원히 찬양할 수 있는 은혜에 감사하여 미소로 노래를 부르고 있는 것만은 똑같았다. 이 노인들 발치 아래, 그들의 머리 위, 옥좌 위, 그리고 4복음서 저자들의 형상 위에는 또 한 무리의 악단이 있었다. 장인(匠人)은 이들의 형상을 빚되 상호 균형에 어찌나 충실했던지, 분명히 서로 달라 보이는데도 다른 곳을 찾기가 어려웠다. 요컨대, 형상의 다양성을 하나로 통일시키되 통일된 분위기 속에서 다양성을 부여하고 각양이 각색이되 전체적으로 보아 하나의 질서 안에 특이한 형태로 통일되어 있었던 것인데, 갖가지 부드러운 색채로 표현된 부분을 조화시키고 서로가 내는 갖가지 다른 소리를 협화시키는 솜씨는 가히 신묘에 가까웠다. 한 무리의 치타 현(絃)처럼 가지런히 늘어선 악단, 예사롭지 않은 저력으로 다의적(多義的)인 악곡을 하나의 음조로 표출해 낼 수 있도록 끊임없이 스스로를 독려하는 듯한, 화기애애하면서도 서로 공모하고 있는 듯한 분위기, 다양성을 단순화시키고 단순성을 다양화시킨 대상물의 장식과 구성, 천상과 지상의 법칙(평화, 사랑, 미덕, 정치, 권력, 질서, 근본, 삶, 빛, 영광, 종류, 형태의 안정된 유대)이 망라된 다정스러운 기법, 물질을 다루되 형태를 고루 빛냄으로써 거기에다 부연한 보편적 대등성. 여기에는 모든 종류의 꽃과 잎과 덩굴과 덤불이 두루 엉켜 있고, 천상과 지상의 동산을 꾸미는 온갖 본초, 이를테면 오랑캐꽃, 백리향, 백합, 쥐똥나무, 수선화, 토란, 나도엉거시, 아욱, 몰약수, 그리고 메카 발삼까지 망라되어 있었다.

내 영혼은 능히 천상적이라고 이를 만한 아름다움과 초자연적인 장엄한 표적이 이루어 내는 조화로운 화음에 실려 막 환희의 송가를 외쳐 부르려던 참이었다. 그러나 내 눈은 노인들의 발치에 장미꽃처럼 피어난 창들의 균형 잡힌 리듬에 따라 움직였고, 박공의 삼각면을 떠받치고 있는 중앙 기둥에 인각된 형상에 이르렀다. 무엇이었을까? 걷잡을 수 없는 분노에 사로잡힌 듯, 한 덩어리로 어우러진 세 쌍의 사자가 전하려는 상징적 의미는 도대체 무엇이었을까? 이들 사자는 뒷발을 대지에 박고 앞발로는 동료의 곱슬곱슬한 갈기를 그러쥔 채 이빨을 드러내고 위협적으로 으르렁거리는 형태로 덩굴 더미에 휩싸여 기둥의 몸체에 붙어 있었다. 이들 사자의 인각은, 악마적인 사자의 본성을 순치하여 보다 나은 존재로 변용시키는 상징적 의미를 담고 있는 것 같았다. 그리고 그와 마찬가지로 흥분한 내 영혼을 달래 주려는 듯, 기둥 양 옆에는 두 사람의 형상이 서 있었다. 기둥 높이와 비슷할 정도로 키가 큰 두 사람의 형상 말고도 참나무 문 곁기둥인 홍예 받침대 양쪽에는 그들과 마주 선 형상이 두 개 더 있었다. 이 네 형상은 모두 노인들이었다. 몸에 지닌 장신구로 미루어 나는 이 네 노인을 베드로와 바울로, 그리고 예레미야와 이사야로 알아볼 수 있었다. 춤이라도 추듯이 몸을 비틀며, 그들은 손가락을 날개처럼 활짝 벌린 채 길고 앙상한 손을 번쩍 들고 있었다. 날개 같기는, 예언의 바람에 흩날리는 그들의 수염과 머리카락도 마찬가지였다. 긴 다리 때문에 발치까지 치렁거리는 그들의 옷자락은 그 아래 놓인 파도와 두루마리에 생명을 불어넣는 듯했다. 그렇게 그들은 사자와 대치하고 있었으나 또한 사자들과 같은 재료로 빚어진 존재였다. 이윽고 이 성별된 사지와 몸서리치는 근골(筋骨)의 불가사의한 다성곡(多聲曲)에 넋을 잃었던 내가 얼굴을 돌리자 내 눈앞에서는 감히 여기에다 형용할 수 없는 환상이 전개되고 있었다. 문 옆, 그리고 아치 밑, 때로는 흙벽을 떠받치고 있는 기둥 사이사이에, 그리고 기둥머리의 무늬에, 각 기둥에서 가지 쳐 임립한 곡부(曲部)에 갖가지 형상이 새겨져 있었다. 나는 이런 형상이 그런 곳에 새겨진 연유를 이 형상이 지닌 비유적, 우화적 설득력, 혹은 도덕적인 교훈의 의미로 풀이해 보았다. 내가 본 것은, 발가벗기운 음녀(淫女)였다. 살점 하나 없으면서도 요염한 이 음녀는 두꺼비에게 빨리고 뱀에게 물리고 있는가 하면 뻣뻣한 털로 뒤덮인 장구배 사티로스[9]와 뒤엉켜 있었다. 사티로스는 음녀와 뒤엉켜 있으면서도 추악한 목소리로 음녀를 저주하고 있었다. 호화로운 기둥 침대 위에 뻣뻣하게 죽어 있는 구두쇠도 보였다. 이 구두쇠는 악마 군단의 공격 앞에 무너지고 있었는데 이제 아이의 모습을 한 그의 영혼은 한 악마의 입에서 물어뜯기고 있었다(그의 영혼은 이제 다시는 영생으로 태어날 수 없으리라). 나는 악마의 공격을 받고 있는 자만심이 강한 사내도 보았다. 악마는 그의 어깨에 매달려 손톱으로 사내의 눈을 후벼 눈알을 파내고 있었다. 두 아귀가 일대일로 드잡이하면서 서

---

[9] 그리스 신화에 나오는 반수인(半獸人). 음란하기로 유명하다.

로를 찢어 먹는 광경, 화염 지옥에 빠진, 염소 머리에 사자 털, 표범 턱을 한 짐승 무리도 보았다. 화염의 숲에서 모든 수형자의 그을린 숨을 거의 느낄 수 있었다. 그들 주위, 머리 위, 발치 아래엔 수많은 얼굴과 사지가 보였다. 서로 머리채를 잡고 있는 남녀, 희생자의 눈알을 뽑아 먹고 있는 두 마리의 이집트 코브라, 손가락을 갈퀴처럼 만들어 히드라[10]의 강장(腔腸)을 가르며 웃고 있는 사내, 그리고 악마의 우화집에 등장하는 모든 짐승들이 추기경 회의를 위해 모인 듯, 옥좌를 향해 영광의 노래(자신들에게는 패배를 뜻하는)를 부르며 옥좌를 보호하고 있었다. 판[11] 무리, 양성 동물(兩性動物)들, 손가락이 여섯인 축생(畜生)들, 세이레네스[12] 무리, 켄타우로스[13] 무리, 고르곤 세 자매,[14] 하르피아이,[15] 인쿠부스,[16] 용어(龍魚)무리, 미노타우로스, 스라소니, 표범, 키마이라,[17] 콧구멍으로 불을 뿜는 카이노팔레스,[18] 악어, 꼬리가 여럿이고 몸에 털이 난 도마뱀 무리, 도롱뇽, 뿔 달린 살모사, 거북이, 구렁이, 등에 이빨이 나 있는 양두수(兩頭獸), 하이에나, 수달, 까마귀, 톱니 뿔이 달린 물 파리, 개구리, 그리폰, 원숭이,

---

10 그리스 신화에 나오는 구두사(九頭蛇).
11 사티로스와 같거나 비슷한 목양신(牧羊神).
12 노래로 뱃사람들을 꾀어 죽이는 그리스 신화의 요녀(妖女). 영어 이름은 〈사이렌〉.
13 반마인(半馬人).
14 머리카락 올이 뱀으로 되어 있는 괴녀(怪女) 세 자매.
15 그리스 신화에 나오는, 얼굴과 몸은 여자, 날개와 발톱은 새인 욕심꾸러기 동물.
16 잠자는 여성의 꿈자리를 어지럽게 하는 음란한 악마.
17 그리스 신화에 나오는, 사자 머리, 염소의 몸, 용 꼬리를 가진 괴물.
18 콧구멍으로 불을 뿜는다는 괴물.

루크로타,[19] 만티코라, 독수리, 파란드로스,[20] 족제비, 용, 후투티, 올빼미, 바실리스크,[21] 최면충(催眠蟲), 긴귀곰, 지네, 전갈, 도마뱀, 고래, 두더지, 올빼미도마뱀, 쌍동(雙胴) 오징어, 디프사스,[22] 녹색 도마뱀, 방어, 문어, 곰치, 바다거북. 이 모든 동물의 무리가 한 동아리가 되어 득실거리고 있었다. 이윽고 오시어 산 자와 죽은 자를 나누실 때를 기다리며 박공의 삼각면에 앉으신 이 앞에서 우글거리는 이 지옥의 동물들, 하르마게돈[23]의 패배자들은 모두가 절망의 황무지에 떨어질 영혼을 처단하기 위해 그렇게 우글거리고 있는 것 같았다. 이쯤 되자 그 광경에 정신을 거의 잃은 나는 친숙하게 버릇 들여진 곳에 와 있는 것인지, 최후의 심판이 벌어질 저 무서운 계곡에 와 있는 것인지 구분이 안 되어 흐르는 눈물을 주체할 수 없었다. 나는, 젊은 수련사로 공부하면서부터, 아니 성서를 처음 읽는 순간부터, 그리고 멜크 수도원에서 묵상과 불면의 밤을 보내면서 익히 버릇 들인 무서운 환상을 본 것 같았고 무슨 소리인가를 들은 것 같았다(아니면 실제로 들었던 것일까). 오감이 피폐해질 대로 피폐해진 절망 상태에서 나는 나팔 소리만큼이나 우렁찬 소리를 들었다. 내용인즉, 〈지금 본 것을 기록하여라〉[24]라는 것이었다(그래서 나는 지금 이렇게 쓰고 있는 것인지도 모른다). 이어서 나는 일곱 개의 황금 촛대와 그 촛대 사이에 자리하신, 사람의 아들

---

19 박쥐 원숭이.
20 머리가 돈 양성수(兩性獸).
21 숨결만으로도 사람을 죽일 수 있는 것으로 믿어지는 파충류 괴물.
22 공격당한 동물에게 갈증을 유발시키는 뱀.
23 혹은 〈아마겟돈〉. 세계의 종말 때 선악이 마지막 결전을 벌이게 되는 곳.
24 「요한의 묵시록」 1:19.

[人子]과 비슷한 분을 보았다. 그의 가슴에는 황금 띠가 둘러져 있었고 머리카락은 양털처럼 순백색이었으며, 눈은 불꽃과 같았고 발은 불타는 가마 속에서 하얗게 달아오른 놋쇠 같았으며 목소리는 어우러지는 물소리 같았다. 그는 오른손으로 일곱 개의 별을 잡고 있었는데 입 안에서는 양날이 선 칼이 널름거리고 있었다. 나는 하늘이 열리는 것을 보았다. 앉으신 이의 모습은 내 눈에 벽옥(碧玉)이나 마노로 보였다. 옥좌 뒤로는 무지개가 널려 있었고 천둥과 번개가 거기에서 새어 나왔다. 앉으신 이께서 낫 한 자루를 잡고 이르셨다. 〈땅의 곡식이 무르익어 추수할 때가 되었습니다. 당신이 낫을 들어 추수하십시오.〉[25] 구름 위에 앉으신 이가 낫을 휘두르니 땅이 버히었다.

이때에 이르러서야 나는 비로소, 내가 본 환상은 바로 수도원에서 있었던 일, 그리고 수도원장의 과묵한 입을 통해 들었던 일을 그대로 말해 주고 있다는 사실을 깨달았다. 돌이켜 보건대, 그날부터 내 이 교회 문간으로 달려와 내 체험이 이 문간의 예언과 그대로 일치한다고 무릎을 친 것이 무릇 몇 번이던가! 그때마다 나는 우리가 저 측량할 길 없는 천상적 학살을 목격하기 위해 그 수도원으로 올라왔음을 재삼 확인할 수 있었다.

나는, 한겨울에 차가운 물을 뒤집어 쓴 사람처럼 부르르 떨었다. 그때 내 귀에는 다른 소리가 들렸다. 눈앞에서 나는 소리가 아닌, 내 뒤에서 나는 소리였다. 목소리의 임자도 뜻밖이었다. 환상에서 들려오는 소리가 아니라 지상의 소리였

---

[25] 「요한의 묵시록」 14:15.

던 것이다. 이 소리가 내 환상을 깨뜨렸다. 그때까지 명상에 잠겨 있던 윌리엄 수도사(나는 그제야 그분의 존재를 다시 의식했다)가 고개를 돌렸다. 나도 뒤를 돌아다보았다.

 우리 뒤에 서 있는 사람은 수도승은 분명하나 해진 법의와 꾀죄죄한 행색으로 보아 아무래도 걸승(乞僧) 같았다. 게다가 그의 얼굴은 기둥머리의 인각에서 보았던 괴물들과 어딘가 비슷한 것 같기도 했다. 도반들과는 달리, 나에게는 악마를 대면한 경험이 없었다. 그러나 나는, 혹 모월 모일에 악마가 내게 나타난다면, 설사 본디 모습을 숨기고 인간의 모습을 취한다 해도 하느님 뜻에 따라 악마적 본성을 완전히 숨기지는 못할 터이므로, 그 악마의 모습이란 이 순간 우리의 명상을 깨뜨린 틈입자와 같은 모습일 것이라고 믿는다. 그의 머리에는 털 오라기 하나 없었다. 그러나 참회하느라고 삭발해서 그런 게 아니고 과거에 심한 습진을 앓았기 때문인 듯했다. 이마는 어찌나 낮은지 머리털이 있었더라면 검고 숱 많은 눈썹과 맞붙어 버렸을 터였다. 눈은 둥글고 눈동자는 작았지만 그 시선이 순진해 보이는지 심술궂어 보이는지는 얼른 가늠할 길 없었다. 모르기는 하지만 아마 기분에 따라 문득 문득 두 가지 표정을 다 담아낼 듯했다. 글쎄, 그런 것도 코라고 할 수 있을지……. 코라고 생긴 것은 눈 사이에서 뼈가 잠깐 솟았다가는 금방 다시 가라앉으면서 구멍만 두 개 남겨 놓은 게 고작이었다. 횅하니 뚫린 콧구멍 안에는 코털이 더부룩했다. 코와 흉터 하나로 이웃해 있는 입술은 길쭉하고 흉했다. 오른쪽으로 조금 더 길게 찢어진, 있으나 마나 한 윗입술과 두툼한 아랫입술 사이엔 개 이빨같이 날카롭고 시커먼 이빨이 들쭉날쭉하게 솟아 나와 있었다.

그 수도사는 싱긋 웃으며(적어도 나는 그가 웃었다고 믿는다) 설교라도 한 자루 하려는 듯 손가락을 하나 세우고 말했다.

「*Penitenziagite*(회개하라)! 그대의 *anima*(영혼)를 쓿기 위해 용이 이 땅에 내릴 터인즉! 죽음은 *super nos*(우리 위에) 있으니 어이할꼬. 오시어서 *nos a malo*(우리를 악으로부터) 그리고 죄로부터 구하시도록 *santo pater*(거룩한 아버지)께 기도하라! 하하, 그대는 *Domini Nostri Iesu Christi*(우리 주 예수 그리스도)의 *negromanzia*(강신술)를 좋아하는구나. 그러니까 기쁨도 고통이고 쾌락도 고통이지. *Cave el diabolo*(악마를 조심할 일이다)! 악마는 숨어서 기다리다가 뒤꿈치를 무는 법이다! 살바토레는 *stupidus*(미치광이)가 아니다. *Bonum monasterium*(좋은 수도원)이며 *aqui refectorium*(여기는 식당)이니 *dominum nostrum*(우리 주님)께 기도할 일이다. 그 밖의 일은, 말라빠진 무화과만도 못하니. 아멘, 내 말이 틀렸는가?」[26]

앞으로 이 이야기를 기록하면서, 이 괴상한 사람의 면면과 말투에 대해서는 뒤에 더 소상히 소개하게 된다. 이 말을 들었을 당시에는 이게 무슨 뜻인지 몰랐고 지금도 뭐라 설명하기 어려운 그의 말투를 그대로 기록하는 것은, 솔직히 말해 내게는 지난한 일이다. 그가 쓴 말은 당시 수도원의 식자(識者)들이 흔히 쓰던 라틴어도 아니었고 라틴어권의 사투리도

---

26 이상은 살바토레가 내뱉은, 바벨탑 시대의 언어를 방불케 하는 잡종 언어이다. 이 표현에는 라틴 속어, 프로방스어, 이탈리아어, 스페인어, 카탈로니아어가 뒤섞여 있다.

아니었다. 요컨대 나로서는 처음 듣는 말이었다. 위의 기록(기억에 의존한)에서 그 말투의 족보가 어떠했는지 어느 정도 짐작은 할 수 있으리라 생각한다. 뒷날, 그의 파란만장한 생애와 어느 한곳에 뿌리내리지 못하고 떠돌아다니면서 산 여러 나라 이야기를 듣고 나서야 나는 살바토레가 모든 나라 말을 하는데도 그 말은 어느 나라의 말도 아니라는 사실을 깨달았다. 아니, 어쩌면 그는 나름대로 자신이 접한 언어들의 기본 뼈대를 이용해 자신만의 말을 하나 만들었는지도 모르겠다. 그래서 나는 이거야말로 창세 적부터 바벨탑 시대에 이르기까지 인류가 두루 쓴 아담 시대의 언어, 혹은 언어의 사분오열 뒤에 생긴 방언(方言)이 아니라 하느님의 응징이 떨어진 바로 그다음 날의 바벨 언어, 즉 원시적인 혼란의 언어라고 생각했다. 이런 의미에서 본다면, 살바토레의 수작을 언어라고 할 수는 없다. 모든 언어에는 규칙이 있으며 모든 용어는 합의된 불변하는 법칙에 따라 사물을 지칭하기 때문이다. 약속이 변하지 않기 때문에 한때 〈개〉라고 부르던 놈을 〈고양이〉라고 부르는 일은 없고, 사람들이 더불어 그 뜻을 정의하지 않은 불분명한 소리를 내는 일도 없다. 그렇기는 하나 나는 이리저리 꿰어 맞추어 살바토레가 한 말을 대충 알아들을 수 있었고 다른 사람들도 그랬던 것으로 안다. 사실로 미루어 짐작건대, 그는 한 가지 언어로 말하는 것이 아니라 어느 한 가지도 제대로 못하면서도 여기에서 한 단어, 저기에서 한 문장씩 취하는, 이를테면 만국어를 하는 셈이었다. 뒤에 나는 그가 처음에는 라틴어로 지칭하던 것을 다른 때는 프로방스어로 지칭하기도 한다는 것을 알았다. 자기 자신의 문장을 만들어 내기보다는 다른 문장의 흩뿌려진 파편을 이용하고 있는 셈이었다. 그는 현재 상태와 자신이 말하고 싶은 내용에 따라 언제 어디에서 들었던 문장을 그대로 인용하곤 했다. 예컨대 음식 이야기를 하고 싶으면 함께 그 음식을 먹으면서 사람들이 하던 이야기를 떠올리고, 자기도 몹시 흥겨웠다고 생각되던 자리에서 사람들이 떠들어 대던 문장을 인용함으로써 자기 흥겨움을 나타내는 식이었다. 그의 말은, 이 사람 저 사람의 얼굴에서 한 부분씩 떼어다 맞춘 것 같다는 의미에서 그의 얼굴과 흡사했다. 어떻게 보면 부서진 성물의 파편을 모아 만든 물건들로 채워진, 소중한 성보 상자(聖寶箱子) 같기도 했다[*si licet magnis componere parva*(위대한 것을 비속한 것에다 견주는 행위가 용서받을 수 있다면),[27] 천상적인 것을 악마적인 것에 견주는 행위가 용서받을 수 있다면 그렇다는 뜻이다]. 처음 만난 순간의 살바토레는, 외모로 보나 말하는 투로 보나 교회 정문의 인각에서 보았던 잡종적인 괴물 무리와 다르지 않았다. 훗날 나는 그 역시 착하고 다소 익살스러운 사람이라는 것을 알게 되었고 시간이 더 지나서는…… 아니다, 이야기를 너무 앞질러 하지 말아야겠다. 각설하고, 살바토레의 말이 떨어지자 사부님께서 궁금했던지 이렇게 물었다.

「어째서 *penitenziagite*(회개하라)라고 말하시는고?」

살바토레가 머리를 가볍게 조아리며 대답했다. 「*Domine frate magnificentissimo, Jesus venturus est*(주님을 섬기는 위대하신 수도사 어른, 예수께서 곧 오실 터인데), *les hommes*(사람들)은 *penitenzia*(회개)해야 마땅하지요. 아닙니까?」

---

[27] 베르길리우스의 『농경시(農耕詩)』에 나오는 말.

윌리엄 수도사가 엄한 눈길로 그를 보면서 물었다. 「소형제 수도회(小兄弟修道會)[28]에서 온 것이냐?」

「*Non comprends*(무슨 말씀이신지)…….」

「성 프란체스코 수도회 탁발승이 아니었느냐고 묻는 것이다. 사도(使徒)를 자칭하는 무리도 알고 있으렸다!」

살바토레의 낯빛이 창백해졌다. 아니, 시커멓게 그을린 험악한 얼굴이 잿빛으로 변했다고 해야 옳겠다. 그는 공손하게 머리를 조아린 다음, 〈*Vade retro*(물러갑니다)〉 하고 중얼거리고는 성호를 긋고 달아났다. 그는 달아나면서도 힐끔힐끔 뒤를 돌아다보았다.

「뭐라고 하셨습니까?」 나는 사부님께 여쭈었다.

잠시 생각을 하시더니 사부님이 대답했다. 「별것 아니다, 내 나중에 일러 줄 테니까 안으로 들어가자. 우베르티노를 만나고 싶구나.」

제6시를 조금 넘긴 시각이었다. 창백한 햇빛이 서쪽의 몇 안 되는 좁은 창을 통해 교회로 들어오고 있었다. 그래도 제단은 손바닥만 한 넓이로나마 햇살을 받고 있었다. 제단의 앞부분이 금빛으로 타고 있는 것 같았다. 회중석은 그늘에 잠겨 있었다.

제단 앞, 회중석 오른편에는 돌기둥이 있었는데 여기엔 성모가 양각되어 있었다. 현대식 기법으로 표현된 성모는 배가

---

28 일명 〈프라티첼리〉, 〈작은 형제 수도사들〉이라는 뜻이다. 프란체스코 수도회의 이단파를 경멸해서 부르는 말이기도 하다. 〈프라티첼리〉에는, 안젤로 클라레노가 이끄는, 엄격주의파 수도사들의 후계자라고 할 수 있는 〈청빈한 프라티첼리〉와, 체세나의 미켈레를 신봉하는 〈주장이 강한 프라티첼리〉가 있다.

볼록하게 나와 있었으며 조그만 보디스가 달린 깨끗한 옷차림으로 아기를 안은 채 그윽하게 웃고 있었다. 성모의 발치에는 누군가가 부복한 자세로 기도하고 있었는데 복색으로 보아 클뤼니[29] 교단 출신인 것 같았다.

우리는 그쪽으로 다가갔다. 부복하고 있던 사람은 발소리를 들었는지 고개를 들었다. 대머리 노인이었다. 터럭 한 올 보이지 않는 반질반질한 얼굴, 크고 시원한 눈, 얇고 붉은 입술, 흰 살결...... 살갗에 싸여 있는 그의 앙상한 머리통은 흡사 우유에 담갔다 꺼내 놓은 미라 같았다. 그의 손은 창백했고 손가락은 길었다. 가까이서 보니, 요절하여 말라비틀어진 처녀 같았다. 처음에 그는 법열 삼매(法悅三昧)를 방해받기라도 한 듯 당혹해하는 얼굴로 우리를 보았다. 그러나 그 얼굴은 곧 밝아졌다.

「오, 윌리엄! 사랑하는 나의 형제!」 그는 이렇게 외치면서 힘겹게 일어나 우리 앞으로 걸어와 사부님을 얼싸안고는 입을 맞추었다. 〈윌리엄〉을 외치는 그의 두 눈은 눈물로 반짝거렸다. 「......윌리엄, 이게 도대체 얼마 만인가! 그래도 내 그대를 알아볼 수는 있지. 흐른 세월이 짧지 않으니, 그간 있었던 일 또한 적지 않네. 그러나 모두 주님께서 주시는 시련!」 그는 울었다. 윌리엄 수도사는 감격에 찼는지 한동안 그와 포옹했다. 우리는 카잘레 사람 우베르티노 수도사 앞에 선 것이었다.

나는 카잘레 사람 우베르티노에 관한 이야기를 여러 차례

---

29 유명한 베네딕트 수도원이 있던 곳. 따라서 우베르티노는 베네딕트 수도사의 법의를 입고 있다.

들은 바 있었다. 심지어는 이탈리아로 오기 전에도 들은 적이 있고, 황실의 프란체스코 수도사들과 교우하면서도 들은 적이 있었다. 혹자는, 근자에 세상을 떠난 이 시대 최고의 시인인 피렌체의 단테 알리기에리가 남긴 시가 하나 있는데(토스카나 속어로 써진 것이어서 나는 읽을 수 없었다), 그중의 상당 부분은 우베르티노가 『Arbor vitae crucifixae(십자가에 못 박힌 생명나무)』[30]에 쓴 구절들을 다른 말로 바꾸어 쓴 것에 지나지 않는다고 말한 적도 있었다. 그러나 이 걸물을 소개하기에 이 정도 일화는 넉넉하지 못하다. 이 만남이 얼마나 중요한 것인지 독자의 이해를 돕기 위해서는 전후 사정을 이야기할 필요가 있을 것 같다. 나는 중부 이탈리아에 잠시 머무는 동안 직접 본 바에 따라, 그리고 함께 여행하면서 윌리엄 수도사가 수도원장이나 다른 수도사와 나누는 이야기를 통해 깨달은 바가 컸다.

지금부터, 충분히 설명할 수 있다고는 장담할 수 없으나 그간 내가 듣고 알아낸 바를 이야기해 보기로 하겠다. 멜크에서 내가 섬기던 스승들은 종종 북유럽 사람에게, 이탈리아인들의 종교적, 정치적 부침(浮沈)을 자세히 이해하기란 몹시 어려운 일이라고 말하고는 했다.

성직자의 권력이 다른 어떤 나라보다 드세던 곳, 또 그 권력과 부의 행사가 두드러지던 곳인 이탈리아 반도에서는 지난 2세기 동안 가난한 삶을 영위하려는 운동이 태동하고 있었다. 이러한 운동은 부패한 성직자들에 대한 반작용으로 일

---

[30] 단테는 『신곡』의 「천국편」에서 보나벤투라를 통하여 우베르티노가 프란체스코회의 회칙을 준수하되 지나칠 만큼 엄격하게 준수했다고 비판하게 하고 있다.

어난 것인데, 이즈음 사람들은 성직자들에게 성사 맡기는 것도 마다했다. 그들은 무리를 지어 독립된 지역 사회를 만들었으니 봉건 군주, 제국의 황제, 그리고 도시의 행정 장관들이 이들을 곱게 볼 리 만무했다.

    이윽고 성 프란체스코가 나타나 교회의 계율과 모순되지 않는, 청빈에 대한 사랑을 가르쳤다. 그분의 이러한 노력이 있은 다음 교회는 이러한 운동을 펼치던 이들의 행동을 용납하지 말라던 그분의 설교를 용인하고, 그 운동의 내부에 잠재되어 있던 분열의 징후를 일소했다. 당연히 온순함과 신성함의 시대가 뒤따라야 했다. 그러나 교세를 넓히고 눈 밝은 회중의 주의를 끌어감에 따라 프란체스코 수도회는 그 세력을 지나칠 정도로 확대시켰고 그만큼 세속적인 일에 묶이게 되자, 많은 프란체스코 수도회 교인들은 종풍(宗風)을 초창기의 그 순수하던 상태로 되돌리고 싶어 했다. 내가 수도원에 있을 당시 전 세계에 산재하는 수도회 수도자 수가 3만을 넘을 정도로 웃자라 있었던 프란체스코 수도회였으니 이것은 이미 그리 만만한 일이 아니었다. 그러나 사실이 그랬고, 프란체스코 수도회의 많은 수도사들은 수도회가 만든 회칙에 반대하는 한편, 자신들이 속한 수도회가 처음 태동한 이유였던 기존 교회 제도의 개혁이 무색할 정도로, 이미 프란체스코 수도회는 그 교회들의 성격을 고스란히 띠고 있다고 주장했다. 그들의 주장에 따르면 이러한 것은 성 프란체스코 생전에 이미 일어난 일이고, 그렇다면 그의 언행과 구도적인 겨냥은 오래전에 배신을 당한 셈이었다. 그런데 당시의 많은 수도사들은 주후 12세기 초, 시토 수도회의 수도사 요아킴[31]이 쓴 책을 재발견하게 된다. 요아킴은 선지자로 칭송

받던 사람이었다. 실제로 그는, 거짓 선지자 때문에 오랜 영락의 길을 걷던 그리스도의 정신이 다시금 이 땅의 빛으로 찬연할 새 시대가 도래할 것이라고 예언했다. 그는, 한 미래 종파의 출현을 예고했는데, 읽는 이들은 그가 의미했던 종파가 바로 프란체스코 수도회였음이 자명하다고 믿었고, 따라서 이 예언을 크게 반겼다. 당시, 세기 중엽에 소르본 학자들이 요아킴의 가르침을 비난하고 나서던 참이었음을 상기할 때 조금은 지나치다 싶을 정도였다. 소르본 학자들이 프란체스코 수도회를 비난하고 나선 까닭은 이 수도회(그리고 도미니크 수도회)가 파리 대학에서 차지하는 비중과 역할이 지나치게 커지고 있었기 때문이었다. 바로 이런 이유에서 소르본 학자들은 프란체스코 수도회(그리고 도미니크 수도회) 학자들을 이단으로 몰고 싶어 했다. 그러나, 교회 쪽으로 보아서는 아주 다행스럽게도 이 계획은 실행으로 옮겨지지 못했다. 이 일에 이어 교회는, 누가 보나 이단이 아님에 분명한 토마스 아퀴나스와 바뇨레조의 보나벤투라[32]의 저서를

---

31 시토회의 신비주의자, 신학자(1135~1202). 성지 순례에서 영감을 받고 에트나 산에서 평신도 은자로 교인들을 가르치다가 교회의 강요로 수도사가 되었다가 후일 수도원장이 되었다. 바로 이 요아킴 때문에 베네딕트회 일부가 엄격한 시토회에 병합된다. 엄격한 교리 준수를 고집한 나머지 시토회 총회장으로부터 배교자로 낙인찍히는데도 불구하고 당시에는 가장 존경받는 종교가의 한 사람이었다. 후일 요아킴의 의도와는 달리 프란체스코 수도회의 엄격주의파가 그를 숭배하게 되었다.

32 이탈리아 출신의 추기경, 신학자(1217~1274). 성 보나벤투라로 불린다. 파리 대학에서 가르치다가 프란체스코회의 총회장이 되었다. 총회장 재임시에는 새로 설립된 소형제 수도회의 방향잡이 노릇을 했다. 주요 저서로는, 탁발승들을 변호한 『가난한 자의 변명』이 있다. 보나벤투라에 따르면, 이 세계는 하느님을 반영하기 때문에 인류는 하느님에 의해 창조된 자연을 통해

배포하게 했다. 그 저서들을 보아 이즈음 파리에서도 종교적 이념 논쟁의 혼란이 야기되고 있었거나, 적어도 누군가가 생각이 있어서 이런 혼란을 야기하고 싶어 했는지도 모르겠다. 이렇듯 이단은 종교 이념 논쟁의 혼란을 가중시키고 모든 사람들에게 자기네 이념을 지키는 종교 재판의 조사관이 되라고 부추김으로써 기독교인들에게 악영향을 끼친다. 당시 나는 수도원에서 벌어지는 일들을 관망하며(그리고 지금 여기에 다시 기록하면서), 종교 재판의 조사관들이 이단자를 만들어 낼 수도 있는 것이구나 하고 생각했다. 조사관들은, 있지도 않은 이단자를 상상할 뿐만 아니라 이단 쪽으로 약간 기운 자들을 무자비하게 박해함으로써 실제로 저쪽으로 돌아서게(이단 심문관에 대한 증오 때문에) 한다고 생각했던 것이다. 이거야말로 악마가 고안한 악순환이 아니고 무엇인가? 부디 하느님이 우리를 보호하시길.

   요아킴 일파의 이단(실제로 그랬다면) 이야기가 옆길로 나가고 말았다. 각설하고, 토스카나의 보르고산도니노에는 제라르도라고 하는 한 프란체스코 수도사가 있었는데 이 제라르도는 요아킴의 예언을 상기시킴으로써 소형제 수도회 수도사들의 관심을 끌었다. 그리하여 이 수도사들 가운데서 옛 회칙을 지지하는 무리가 나타났다. 보나벤투라가 프란체스코 수도회를 재조직하고 수도회 우두머리가 된 데 대한 정면 도전이었다. 그러다 12세기 말, 그러니까 1170년대부터 리옹 회의는 프란체스코 수도회의 불법을 주장하는 자들

서도 하느님을 알 수가 있다. 단테는 작품 속에서 이 보나벤투라를 성인으로 대접하고 있는데, 막상 보나벤투라가 정식 성인으로 공식화된 것은 1492년의 일이다.

로부터 수도회를 지키고, 사용 중인 모든 재산의 소유권을 인정했다(당시 이것은 오래된 교단에게는 이미 기정사실이 되어 있었다). 그러나 마르케의 몇몇 수도사들은 여기에 반기를 들었다. 프란체스코 수도회에서는 사유든 수도원 소유든 교단 소유든 일체의 재산 소유가 금지되어 있다는 이유를 들어 회칙의 정신에 위배된다고 주장한 것이었다. 반기를 들었던 수도사들은 종신형을 받고 투옥당했다. 그들이 교리에 어긋나게 설교하고 있었던 것 같지는 않았다. 그러나 세속적인 재산 소유가 문제로 제기될 경우 인간이 여기에 줄거리를 타기는 참으로 어려운 법이다. 뒷날 듣기로는, 교단의 새 지도자 라이몬도 가우프레디[33]가 앙코나 감옥에 수감된 이들을 발견하고 모두 방면하면서, 〈하느님께서 보신다면, 그런 죄악이 묻어 있지 않은 인간이나 교단은 없다〉고 했다 한다. 이단자의 말이 사실이 아니었음을 증명하는 동시에, 아직까지도 미덕을 실천하는 데 인색하지 않은 사람이 교회 안에 있음을 보여 주는 증거라고 아니할 수 없다.

이 방면된 수도사 중에 안젤로 클라레노[34]라는 사람이 있었는데, 이 사람은 프로방스에서 온 수도사로서 요아킴의 에

---

33 1289년 전후의 프란체스코 수도회 총회장.
34 일명 앙겔루스 클라레누스. 프란체스코 수도회의 저작가이자 번역가(?~1337). 프란체스코회에 들어가자마자 일약 엄격주의파의 견인차 역할을 하다가 종신형을 선고받았다. 복역하던 중 총회장 라이몬도 가우프레디에 의해 석방되었다. 석방되자 프란체스코회를 떠나 당시의 교황이던 켈레스티누스 5세로부터 〈켈레스티누스회〉 설립 허가를 받으나 이 허가는 요한 22세에 이르러 취소되었다. 1331년에는 이단 심문을 받았다. 논쟁적인 저작과 그리스어에서 번역한 역서가 있다. 19세기 초 복자위(福者位) 서품이 검토된 바 있으나 중도에 파기되었다.

언을 전파하던 피에르 올리외와 만났고, 그다음에는 카잘레 사람 우베르티노와 만났다. 엄격주의파[35] 운동은 이렇게 해서 태동한다. 이즈음 참으로 고결한 은자(隱者)인 모로네 사람 피에트로가 대관하는데 이분이 곧 켈레스티누스 5세이다. 엄격주의파에서는 이분의 등장을 크게 환영했다. 성서에 기록돼 있듯,〈성자가 나타나 그리스도의 가르침을 따르고 천사의 길을 가실 것인즉, 두고 보자, 썩은 목자들아!〉라고 했다. 천사의 길을 너무 좋아했기 때문이었는지, 주위의 성직자들이 너무 썩어 있었기 때문이었는지, 황제와 유럽의 제왕(諸王)이 반목하면서 생겨난 그 엄청난 긴장을 견뎌 내지 못했기 때문이었는지, 교황 켈레스티누스는 얼마 후 관을 벗고 다시 은자로 돌아갔다. 그러나 1년이 채 못 된 그의 재위 기간 동안 엄격주의파의 희망은 성취된 셈이었다. 그들은 켈레스티누스를 찾아갔고, 켈레스티누스는 이들과 더불어 *fratres et pauperes heremitae domini Celestini*[은수사(隱修士) 켈레스티누스의 가난한 형제들]라는 모임을 만들었다. 한편 교황은 로마의 막강한 추기경들의 중재자 노릇을 맡고 있었는데 이 추기경들 가운데엔 콜로나 추기경, 오르시니 추기경 같은 사람들이 있어서 은밀하게 이 무소유 탁발 운동을 지원했다. 부와 사치를 두루 누릴 수 있는 실력자들로서는 미묘한 선택을 한 셈이었다. 이들이 단순히 정치적 목적 때문에 엄격주의파를 지원했는지, 아니면 엄격주의파를 지원함으로써 자기네들의 세속적인 영달을 합리화하려고 했는지 나로서는 알 수 없다. 이탈리아에서 있었던 일로 짐작건대, 두 가

---

35 일명 심령파(心靈派), 혹은 우베르티노파.

지 견해가 다 합당할 듯하다. 추기경이 엄격주의파를 비호한 예를 한 가지 들자면, 우베르티노와 오르시니 추기경의 관계를 밝히는 것이 좋을 것 같다. 오르시니 추기경은 엄격주의파 중에서도 가장 존경을 받던 우베르티노가 이단으로 몰릴 수도 있는 상황에 직면하게 되었을 때 그를 정식 대표자로 추인했다. 그리고 아비뇽에서 몸소 나서서 우베르티노를 변호한 것 역시 추기경이었다.

그러나 이런 경우에 있어서 자주 그러하듯, 안젤로와 우베르티노는 교리에 따라 전도를 계속했고, 엄청난 수에 이르는 평민들은 이들의 선교를 받아들이는 한편, 전국 곳곳으로 퍼져 나가 통제 범위에서 벗어나 버렸다. 이렇게 해서 이탈리아는 소형제 수도회의 탁발승 천지가 되었는데, 이들을 위험한 수도승 무리로 본 사람들이 적지 않았다. 이렇게 되고 보니 교단 당국이 인가한 엄격주의파 사제들과, 무소유로 탁발을 일삼으며 교회의 행정 체계와는 무관하게 사는 일반 교인을 구별할 길이 없었다. 이런 일반 교인이 바로 〈프라티첼리〉, 즉 소형제 수도회 탁발승들인데, 피에르 올리외의 영향을 받고 생겨난 프랑스의 〈베가르〉, 즉 반승반속(伴僧半俗) 수도사들과 별로 다르지 않다.

켈레스티누스 5세에 이어 교황에 오른 분은 보니파키우스 8세인데, 이분은 즉위하자마자 엄격주의파 수도사들과 소형제 수도회 탁발승 무리를 용납할 수 없다는 입장을 밝혔다. 13세기가 저물어 갈 즈음, 그는 교황 회칙 〈피르마 카우텔라〉[36]를 발표, 일거에 반승반속의 탁발승, 프란체스코 교단 말단

---

36 이 회칙은 〈단호한 예방책으로써 *Firma cautela*〉라는 말로 시작된다.

에서 얼쩡거리는 떠돌이들, 그리고 교단 생활을 떠나 은자로 돌아간 엄격주의파 수도사들을 싸잡아 비난했다.

보니파키우스 8세 사후, 엄격주의파는 그의 후임자들 중 몇몇(클레멘스 5세를 포함하여)에게 조용히 교단을 떠날 수 있도록 허락해 주기를 요청하였다. 나는 그들의 요청이 수락될 수 있었을 거라 생각했는데, 결국 요한 22세의 출현으로 그들의 희망은 물거품이 되어 버렸다. 1316년 교황으로 선임된 요한 22세는, 시칠리아 왕에게 서한을 보내어, 그곳에 몸 붙이고 있던 수도사들을 깡그리 몰아낼 것을 요청했다. 그는, 여기에서 철퇴를 거두지 않고 안젤로 클라레노와 프로방스의 엄격주의파 수도사들을 감옥으로 옭아 넣기까지 했다.

만사가 누구에겐들 여의할까? 각 지역에서 이에 저항하는 세력이 속출했다. 그 결과 우베르티노와 클라레노는 교단 이탈 허가를 얻고, 전자는 베네딕트 수도회로, 후자는 켈레스티누스 은자들 휘하로 들어갔다. 그러나 요한은, 자신의 뜻을 어기고 자유로운 삶을 고집하는 자들에게는 가차가 없었으니, 조사단으로 하여금 이들을 박해하게 하는 한편 상당수를 화형주(火刑柱)에 매달기까지 했다.

그러나 요한은, 교회의 권위를 바닥째 위협하는 이 탁발승 무리의 뿌리를 자르려면 이러한 믿음이 뿌리를 대고 있는 이론적인 바탕을 허물어야 한다고 생각했던 모양이다. 이론가들은, 그리스도나 사도들에게는 개인적으로든 공동으로든 소유한 재산이 없었다고 주장했으나 교황은 이런 믿음 자체를 이단으로 몰았다. 그리스도가 가난했다는 믿음 자체를 이단으로 몰 이유가 딱히 없었기 때문에 더욱 놀라운 일이 아닐 수 없다. 그러나 이보다 1년 전, 페루자에서 나온 프란체스코 수도회의 헌장이 이러한 믿음을 지지하고 나선 터여서 사실 교황으로서는 하나, 즉 탁발승 무리의 믿음을 규탄함으로써 동시에 페루자의 프란체스코 수도회의 믿음 또한 규탄하는 셈이었던 것이다. 앞에서도 말했듯이 이 헌장은, 황제와 싸우고 있는 교황 자신의 입장을 크게 난감하게 만들고 있었다. 때문에 교황은, 황제가 무엇인지 페루자 헌장이 무엇인지도 모르는 탁발승들을 무수히 태워 죽였다.

이상이, 우베르티노라는 전설적인 인물을 앞에 두고 내가 떠올린 생각이다. 사부님이 나를 소개하자 이 노인은 손으로 내 뺨을 쓰다듬었다. 따뜻한 정도가 아니라 타는 듯이 뜨거운 손이었다. 그의 손을 촉감하는 순간, 나는 그때까지 들어왔던 그의 행적, 그리고 『십자가에 못 박힌 생명나무』에서 읽었던 내용을 온전하게 납득했다. 나는, 파리에서 공부하는 동안 신학적인 사색을 그만두고, 갱생한 막달레나로 거듭난 자신의 모습을 상상했을 정도로 그의 젊음을 불태웠던 신비의 불꽃을 이해한 것이었다. 뿐만 아니라 나는, 신비주의적 삶과 십자가에 대한 사랑으로 그를 이끈 폴리노의 성녀 안젤라[37]와 그와의 질긴 관계, 그리고 설교하는 열도에 놀란 교

---

37 성녀, 프란체스코회의 수녀, 신비 사상가(1248?~1309). 평범한 기혼녀로 살다가 30세 후반에 극적으로 회심(回心)하면서, 자신은 하느님으로부터, 속세에서 은둔하고 엄격하고 청빈한 삶을 살라는 명령을 받았다고 주장했다. 그러나 남편이나 자식 때문에 그런 삶이 가능해지지 않자 안젤라는 하느님께, 그들을 데려가 달라고 기도하게 되었다. 이 기도가 이루어진 뒤부터 수많은 교인들이 안젤라 주위로 모여든다. 안젤라는 삼위일체에 관한 하느님의 계시를 받고는 8일간 망아 탈혼(忘我脫魂) 상태에 빠졌다. 뒤에 안젤라는 자신의 지적 계발의 과정과 신비스러운 은총의 체험을 많은 사람들에게

단이 피신시킬 겸 그를 라 베르나 수도원으로 보낸 까닭도 이해했다.

　나는 그의 얼굴을 뜯어보았다. 그 모습은, 그와 형제가 되어 심오한 심령의 사상을 주고받던 그 성녀의 얼굴처럼 다정스러워 보였다. 그러나 1311년 비엔 공의회가 〈엑시비 데 파라디소〉란 법령과 함께 엄격주의파에 적대적인 프란체스코 수도회의 고위 성직자들을 해임시키는 한편, 엄격주의파 수도사들에게는 교단 내에서 평화롭게 지낼 것을 명령했을 때는 그가 더 엄한 표정을 띠었으리라는 것을 나는 짐작할 수 있었다. 그러나 극단을 두려워할 줄 모르는 투사 우베르티노는 약삭빠른 절충안을 거부하고 극도로 엄격한 교리를 바탕으로 한 별개의 교파를 고집하면서 그들과 싸웠다. 그러나 이 위대한 투사도 싸움에서는 패배했다. 교황 요한 22세는 피에르 올리외의 추종자들(우베르티노도 이들 중 한 사람으로 꼽혔다)에 대한 반격 세력을 옹호하는 한편, 나르본과 베지에의 수도사들을 매도했다. 그러나 우베르티노는 교황에 대항하여 친구의 추억을 지키는 데 주저하지 않았고 결국 그의 고매함에 기가 죽은 요한 22세는 다른 사람들을 매도하는 데는 망설이지 않으면서도 우베르티노의 이름만은 차마 입에 올리지 못했다. 뿐인가. 교황은 그에게 자구책을 세워 주는 뜻에서 처음에는 좋은 말로 달래어 보다가 급기야는 클뤼니 수도원으로 들어갈 것을 명했다. 무해한데다 허약해 보이기까지 하는 우베르티노에게도 교황청에서 보호자

가르쳤다. 안젤라가, 자신을 신비스러운 삶으로 이끈 스무 단계의 참회의 과정에 관해 쓴 『환상과 교훈의 서(書)』는 프란체스코 수도회의 청죄 사제(聽罪司祭)에 의해 프랑스어로 번역되었다.

나 협력자를 찾아내는 재주는 있었던 모양이다. 그는 플랑드르의 젬블르 수도원으로 들어가는 데 동의했다. 그러나 실제로 그가 간 곳은 젬블르 수도원이 아니었다. 그는 오르시니 추기경의 비호를 받으며 아비뇽에 남아 프란체스코 수도회의 교리를 지키고 있었던 것이다.

그러나 그는 오래 아비뇽에 머물 수 없었다. 교황청에서 빛나던 그의 수호 성좌(守護星座)의 빛이 최근 들어(내가 들은 소문은 자세지지는 않았지만) 날로 바래 가고 있었기 때문이었다. 나는, 교황이 이 백절불굴의 사나이를 방랑자처럼 세상을 떠도는 이단자로 규정, 그 뒤를 쫓는다는 소문을 들은 적이 있다. 그런 후, 소문에 따르면 그는 자취를 감추었다. 그러다 그날 오후, 나는 윌리엄과 수도원장의 대화를 통해 우베르티노가 바로 이 수도원에 몸 붙여 숨어 있음을 알게 된 것이었다. 그리고 지금 나는 내 앞에 선 그를 바라보고 있었다.

노인은 사부님 앞에서 울먹였다. 「윌리엄, 그자들이 나를 찾아 죽이려고 했네. 그래서 밤을 도와 도망쳤던 것이네.」

「누가 죽이려고 했나요? 요한인가요?」

「아니……. 나를 좋아한 적은 없어도 요한은 언제나 나를 경원했네. 미우나 고우나, 10년 전에 날 베네딕트 수도원에다 처넣어 내 정적들의 입을 막고, 불리한 재판을 면하게 해 준 사람도 바로 요한이네. 내 정적들은 저희들끼리 쑥덕공론을 하는데, 가만히 들어 보니, 나같이 가난한 투사가 재산 많은 수도원에 들어가고 오르시니 추기경의 관사에서 살게 된 것이 웃긴다나. 윌리엄, 그대도 알다시피 나는 본래 세간사(世間事)라면 아무 욕심이 없는 사람이네만, 아비뇽에 남아 내 형제들을 지키려니 다른 방법이 없는데 어떻게 하겠는가. 교황은 오르시니 추기경을 두려워하니까 거기에 몸 붙이면 아무도 내 머리카락 한 올 다치지 못할 것이거든. 불과 3년 전에 오르시니 추기경은 아라곤 왕에게 보내는 사신으로 나를 보내기도 했다네.」

「그럼 해치려고 하던 자들이 누굽니까?」

「모두 다. 특히 교황청 무리들이 그랬고. 암살 기도가 두 번이나 있었다네. 내 입을 막고 싶었던 거지. 5년 전 일을 그대도 알고 있을 것이네. 나르본의 탁발승 무리는 그보다 2년 전에 이미 도마 위에 올랐고, 베렝가리오 탈로니는 재판관 명단에 들어 있으면서도 교황에게 탄원했던 것이네. 아주 어려웠던 시절이었네. 요한은 이미 엄격주의파를 때려잡을 회칙을 둘씩이나 준비하고 있는 중이고, 체세나의 미켈레는 손을 들었고. 그렇거니 미켈레는 언제 오는가?」

「한 이틀 있으면 올 겁니다.」

「미켈레…… 이 사람과 나와는 오래 격조(隔阻)했네. 이제 정신이 들었을 테니 우리가 바라던 게 뭔지 알고 있겠지. 페루자 헌장이 우리가 옳았음을 확인해 준 셈이니. 그러나 1318년에 이 친구는 교황 앞에서 꼬리를 내리고 교황에게 저항하는 프로방스의 엄격주의파 수도사를 다섯이나 교황 손에 넘겼다네. 윌리엄…… 모두 화형을 당했네. 목불인견…… 끔찍한 일 아니던가…….」 노인은 두 손에다 얼굴을 파묻었다.

「탈로니가 탄원한 뒤에는 어떻게 되었습니까?」

「요한은 공청회를 다시 열어야 하게 되었네. 열지 않을 수가 없었네. 교황청 안이라고…… 의심 많은 자가 없으라는 법이 없으니. 프란체스코 수도원에 속해도 교황청에 있는 자들은 성직록(聖職祿)을 먹기 위해서는 저 자신까지 팔아먹을 바리사이인이며 회칠한 무덤[38]이라네. 그러니 의심 많기는 마찬가지 아니겠는가. 요한이 나에게 청빈에 대한 의견서를 작성하라고 부탁한 것도 이즈음이었네. 명문(名文)이었지. 하느님 제 자만심을 부디 용서하소서.」

「읽어 봤어요. 미켈레가 보여 줍디다.」

「우리 쪽에도 망설이는 사람들이 있었네. 가령 아키텐의 대주교, 산 비탈레의 추기경, 카파의 주교 같은 사람들이……」

「카파 주교? 그 멍청이가 말인가요?」

「명복이나 비세. 2년 전에 하느님께서 수습해 가셨다네.」

「하느님이시라고 해서 아무에게나 다 자비를 베푸시는 게 아닙니다. 콘스탄티노플에서 넘어온 부고는 가짜였어요. 그자는 아직 우리 가운데 있다고 합니다. 곧 사절단의 일원이 된다는 소문을 들은 적이 있어요. 우리 팔자가 어째 이 모양입니까?」

「하지만 그 사람은 페루자 헌장에 동의한다는데……」

「암요, 적군의 투사가 되기를 좋아하는 족속에 속하니까요.」

「사실 말이지만, 그때도 그 사람이 우리 거사에 크게 도움이 되었던 것은 아니네. 결국 무산되고 말기는 했지만 그 이념 자체가 이단으로 판정되었던 것은 아니지 않은가? 중요했던 것은 바로 이 점일세. 그래서 더 더욱 사람들은 나를 용서할 수 없었던 것이네. 그자들은 나를 해치는 데 수단과 방법을 가리지 않았고, 황제가 요한을 이단으로 몰 당시에는 내가 작센하우젠에 있다는 소문을 퍼뜨리더군. 그러나 내가

---

38 「마태오의 복음서」 23:27.

그해 7월에 오르시니 추기경에게 몸 붙인 채 아비뇽에 남아 있다는 걸 모르는 사람은 없었네. 그자들은 황제의 포고문에 내 생각이 반영된 것이 분명하다고 했지. 이게 다 무슨 미친 수작들인지…….」

「다 미쳤던 것은 아니지요. 제가 황제에게 가르쳐 줬던 겁니다. 당신의 아비뇽 선언문과 올리외의 저서 몇 군데에서 뽑아내어 보여 줬던 겁니다.」

「그대가 말인가?」 우베르티노의 목소리에는 놀라움과 기쁨이 반반씩 섞여 있었다. 「그렇다면 그대는 나와 같은 뜻이라는 건가?」

윌리엄 수도사는 약간 당혹해하는 것 같았다. 그는 정면에서 살짝 비켜서는 듯한 어조로 대답했다. 「당시로 봐서는 황제 쪽으로 유리한 사정이었으니까요.」

우베르티노는 수상쩍다는 듯 윌리엄 수도사를 쳐다보았다. 「아, 그렇지만 그대는 그 생각을 믿지는 않는다는 것이로군?」

「그건 그렇고……. 그래, 무슨 수로 그 주구(走狗)들 손에서 목숨을 부지할 수 있었지요?」

「암, 그대 말이 옳으이. 주구들이었고말고. 주구라도 여느 주구들이 아니었네. 그대는 혹 아시는가? 좌충우돌하다가 보나그라치아와도 얼굴을 붉혔다는 걸?」

「보나그라치아는 우리 편이 아니던가요?」

「지금은 그렇지. 내 설교 들은 뒤로. 그러자 납득을 하더니만, 〈아드 콘디토렘 카노눔〉[39]을 상대로 핏대까지 올렸다네.

---

[39] *Ad conditorem canonum*(회칙의 창시자에게). 1322년 교황 요한 22세가 프란체스코 총회에 강하게 반발하면서 발표한 회칙. 프란체스코 수도회에서는, 자기네들이 이 세상의 물질을 쓰는 것은 〈소유〉하고 있기 때문이 아

교황은 이 친구를 감옥에 처넣어 1년은 좋이 썩혔고.」

「들리기로는, 지금 교황청에 있는 내 친구 오컴 사람 윌리엄과 아주 가깝게 지낸다고 합니다.」

「오컴의 윌리엄이라는 사람, 나는 조금밖에 몰라. 별로 좋아 보이지 않아. 뜨거운 데가 없어. 가슴은 없고 대가리만 있는 위인, 바로 그런 위인이 아닌가 하네.」

「하지만 그 대가리라고 하는 게 아주 쓸 만합니다.」

「암, 그것 때문에 지옥에 갈 거고.」

「지옥에 내려가면 만나겠군요. 만나면 한번 논리로 따져 보지요.」

우베르티노는 따뜻하게 미소를 지으며 말했다. 「윌리엄 이 사람! 그대는 그대 주위의 철학자들보다 나아. 그대에게 그럴 생각이 있기만 하다면 말이지만…….」

「무슨 말입니까?」

「움브리아에서 우리가 마지막으로 만났던 당시의 일이 생각나는가? 나는 당시…… 그 놀라운 여자의 대원(代願)으로 미양(微恙)을 치료하고 있었지. ……몬테팔코의 키아라[40]였네. 키아라. 마라(魔羅)라고 하는 여자의 속성도 성성(聖性)으

니라 *usus facti*(사용권)에 따라 한시적으로 쓰고 있다고 주장하는 데 반해, 교황은 이 회칙을 통하여 그들이 물질을 사용하고 있을 뿐만 아니라 소유까지 하고 있다고 못 박는다.

[40] 영어 이름은 〈몬테팔코의 클라라〉. 아우구스티누스 회의 신비 사상가. 한때 프란체스코회의 회칙을 좇은 바도 있다. 가령 묵언계를 깨뜨릴 경우 눈 위에서 주기도문을 백 번 외는 등의 극단적인 자기 징벌과 참회의 고행을 한 것으로 유명하다. 키아라의 유체(遺體)는 그대로 보존되어 있는데, 절개되어 있는 심장은 그 섬유 조직을 통하여, 십자가 등, 그리스도에게 고난을 안긴 도구와 비슷한 형상을 그대로 보여 주고 있다고 한다. 1881년에 정식으로 성녀 시호를 받았다.

로 정화되기만 하면 능히 은혜를 나르는 수레 노릇을 할 수 있는 법일세. 윌리엄, 순수 무구한 동정(童貞)이 내 삶을 얼마나 빛나게 했는지 그대도 알지 않는가?」 여기서 우베르티노는 사부님의 팔을 격렬히 부여잡았다. 「어디 대답을 한번 해보게. 암, 나는 알지. 내 육신의 동계(動悸)를 잠재우고, 십자가에 못 박히신 예수님의 사랑 앞에서 자신을 비우려던 내 고행이 얼마나 뜨거운 용맹 정진이었던지, 그래 용맹 정진이라는 말 제대로 찾았네. 그대는 알아. 그러나 어쩔꼬. 살아오면서 내가 만난 세 여자는 하늘에서 온 심부름꾼이었네. 폴리뇨 사람 안젤라, 치타디카스텔로 사람 마르게리타(이 사람은 내가 겨우 3분의 1을 썼을 때 이미 내 책의 결론을 알았네), 그리고 몬테팔코의 키아라가 바로 하늘에서 내려온 심부름꾼들이었네. 키아라의 기적을 조사하고 성모님 교회는 좀처럼 움직일 기색을 보이지 않을 때 대중 앞에서 그 성성을 밝히는 내 소임은 하늘에서 받은 은혜가 아니고 무엇이던가? 윌리엄, 그대도 거기에 있었지 아마? 그대가 내 성사를 도울 수도 있었네만…….」

「그렇지만 당신이 도와 달라던 그 성사라는 게 벤티벵가, 야코모, 조반누치오를 화형주에 매다는 일이 아니었던가요?」 윌리엄은 부드럽게 응수했다.

「이자들이 키아라의 추억에다 때를 묻히지 않았던가? 그대는 이런 자를 능히 화형주에 매달 수 있는 종교 재판의 조사관이었고…….」

「그래서 제가 그때 조사관 자리에서 물러나게 해달라고 요구했던 겁니다. 그래요, 마음에 안 듭디다. 솔직하게 말해서, 당신이 벤티벵가를 꼬드겨 잘못을 자백하게 하는 그런 방법도 싫었고. 그걸 교단이라고 부를 수 없다는 걸 알면서도 당신은 합류하고 싶어 하는 척하지 않았어요? 그러고는 비밀을 캐내어 가지고는 그자를 고발했던 거 아닙니까?」

「그리스도의 원수를 잡아내는 데 다른 방법이 또 있던가? 그자들은 이단자들이었네. 가짜 사도들이었네. 돌치노[41] 수도사의 유황 냄새를 퍼뜨리고 다니지 않았던가?」

「그래도 키아라의 친구들이었어요.」

「큰일 날 소리! 윌리엄, 결단코 키아라의 추억에 한 점 의혹의 그림자를 던져서는 아니 되네.」

「어쨌든 그들과 키아라의 사이가 좋았다는 것은 분명하지 않아요?」

「그자들은 소형제 수도회에 속했으면서 자칭 엄격주의파 수도사라고 얘기하고 다녔네. 사실은 세간의 수도자들이었으면서. 종교 재판 과정에서 드러나지 않았던가? 구비오의 벤티벵가는 스스로 사도를 참칭했고 조반누치오와 공모하여 지옥이라고 하는 것은 있지도 않고, 육욕이 반드시 하느님을 진노케 하는 것은 아니며, 그리스도의 몸(주여, 용서하

---

41 노바라의 돌치노(?~1307). 이단적인 〈사도 형제단Apostolici〉, 혹은 〈사도회〉의 지도자. 원래 베르첼리 출신인 어느 사제로부터 교육을 받다가 1291년 게라르도 세가렐리가 창시한 사도 형제단(교단으로부터는 〈가짜 사도단〉이라고 불렸다)의 일원이 되고, 1300년 세가렐리가 처형을 당하자 실질적인 지도자가 되었다. 지도자가 되고 나서 오래지 않아 돌치노의 개인적인 매력, 설득력 있는 설교, 솔깃한 성서 주석에 매료당한, 4천 명에 이르는 신도들이 모였다. 이들은 절대 청빈을 실천했지만 약탈 행위를 했기 때문에 교황청으로부터 이단으로 백안시당했다. 돌치노는 1307년에 붙잡혀 처형당하고 시체는 갈가리 찢겨 불태워졌다. 돌치노가 이끌던 사도 형제단은 하느님에게만 복종했다. 말하자면 성직자를 부패했다는 이유에서 철저하게 거부한 것이다.

소서)은 한 남자와 수녀의 동침으로도 받을 수 있고, 주님 보시기에 막달레나는 처녀 아그네스보다 나았으며, 악마는 지식이고 신 역시 정의하건대 지식이니, 사람들이 악마로 부르는 것이 신 자체라는, 당치 않은 망발로 수녀를 유혹하지 않았던가? 하느님께서 환상을 보이시어, 이자들이야말로 *spiritus libertatis*(자유로운 영혼)의 사악한 추종자들임을 일러주셨으니, 이 영광을 입은 이가 바로 이 당치 않은 말을 들었던 우리 축복받은 키아라가 아니었던가?」

「소형제 수도회 수도사들의 마음 역시 키아라가 본 환상과 같은 열기로 타오르고 있었지요. 법열의 환상과 사악한 광란은 서로 그리 멀리 떨어져 있지 않아요.」

우베르티노는 자신의 손을 쥐어틀었고 그의 두 눈은 다시 눈물로 흐려지고 있었다. 「그런 말 마시게, 윌리엄 형제. 어째서 그대는 뇌수를 향(香)과 함께 태우는 저 법열의 순간과 유황 냄새가 나는 오감의 광란 상태를 구별하지 못하는가? 벤티벵가는 사람들을 꼬드겨 사지의 맨살을 만지게 했네. 이자는 이것을 오감의 지배에서 벗어나는 유일한 방법이라고 했다네. *homo nudus cum nuda iacebat*(벗은 사내가 벗은 여자 옆에 누워)……」

「*Et non commiscebantur ad invicem*(하나 결합은 하지 않고)……」

「망발일세! 그자들은 쾌락을 찾아다녔고, 마침내 그걸 찾았네. 육체적인 충동이 느껴지더라도, 그것을 충족시키기 위해 남자와 여자가 나란히 눕고, 하나가 다른 하나의 육신을 구석구석 만지고 입 맞추고 이윽고 벗은 배와 벗은 배가 서로 맞기만 한다면 그것을 죄악으로 생각지 않았네!」

솔직하게 말해서, 우베르티노가 다른 이들의 악덕을 비난하는 것은 나의 도덕적 사고에 영감을 주지 않았다. 사부님은 내가 흥분하고 있는 걸 눈치챈 듯이 서둘러 노인의 말허리를 잘랐다.

「우베르티노, 당신의 정신은 하느님을 사랑할 때도 뜨겁더니 죄악을 증오할 때도 그에 못지않게 뜨겁군요. 내 말은, 양자가 공히 의지의 극단적인 발화(發火) 상태에서 유래하는 것이라서, 세라핌[42]에 대한 사랑이나 루치페르[43]에 대한 사랑이나 그게 그거라는 겁니다.」

「이 사람아, 차이가 있네. 나는 알아. 그대는, 의지 작용의 방향을 문제 삼아 선에의 갈망과 악으로의 치우침 사이에 큰 차이가 없다고 하는 모양인데, 이건 옳아. 그러나 대상은 달라. 대상은 누가 보아도 다르네. 하느님은 이쪽, 악마는 저쪽일세.」

「우베르티노, 하지만 어떻게 구별해야 할지 나는 더 이상 모르겠네요. 어느 날 이녁의 영혼이 어디론가 둥둥 떠가기에 정신을 차려 보았더니 그리스도의 무덤 안에 있더라고 한 사람은 바로 당신이 말하는 폴리뇨의 안젤라 아니었어요? 안젤라가 당신에게 뭐랍디까? 처음에 가슴에다 입 맞추고 보았더니 예수님은 눈을 감고 계셨고, 입술에다 입 맞추었더니 입술에서 향기가 났고, 조금 있다가 예수님 뺨에다 제 뺨을 갖다 대었더니 예수님은 제 뺨을 지그시 당겼고…… 그래서 참 좋았더라고 하지 않았습니까?」

---

42 스랍. 날개가 여섯인, 인간의 형상을 한 천사.
43 반역 천사. 여기에서는 〈악마〉라는 뜻으로 쓰인다.

「그것과 오감의 충동 사이에 무슨 관계가 있는가? 안젤라의 경우는 신비 체험이었네. 그 몸은 바로 우리 주님 몸이었고.」

「내가 옥스퍼드 물을 너무 먹은 건가? 옥스퍼드 사람들은 신비 체험 역시 일종의······.」

「머리로 경험하는 것이라고?」 우베르티노는 웃었다.

「또는 눈으로요. 하느님은 빛으로도 나타나시지요. 햇빛으로, 거울에 나타난 형상으로, 가지런히 늘어선 질료 위에서 일어나는 색깔의 확산 현상으로, 젖은 잎사귀 위에 비친 대낮의 형상으로······. 이 사랑이야말로 꽃, 풀, 물, 공기 같은 피조물로 하느님을 찬양한 프란체스코의 사랑에 가깝지 않습니까? 나는 이런 종류의 사랑에 어떤 올가미가 있을 수 있다고는 생각하지 않아요. 의심스럽기는, 신체적 접촉으로 느낀 전율을 전능하신 분과의 대화로 인식하는 사랑 쪽이 더 그러하지요.」

「이런 독신자(瀆神者) 같으니! 이 사람아, 그건 달라. 십자가에 못 박히신 그리스도를 사랑하는 법열과 몬테팔코의 가짜 사도들이 체험하는, 썩어 빠진 무아지경 사이에는 심연이 하나 가로놓여 있네.」

「그 사람들이, 어째서 가짜 사도들이오? 자유정신을 소유한 형제들이라고 당신 입으로 누누이 말하지 않았소?」

「무슨 차이가 있는가? 그대는 그 재판 과정을 샅샅이 들은 바 없고, 나는 키아라가 그곳에 채워 놓았던 신성한 분위기에 한순간이라도 악마의 그림자가 지나갈까 봐 그자들의 자백 중 일부는 아예 기록해 놓을 수가 없었는데. 윌리엄, 그러나 나는 알았네. 분명히 알았네. 그자들은 밤이면 지하실에 모여 갓난아이 하나를 공중으로 던지고 받고 했다네. 아이의 목숨이 끊어질 때까지 그리하였다네……. 이어서 어떤 일이 일어나는지 아는가? 산 아이를 마지막으로 받은 자, 아이가 죽는 순간에 받은 자가 무리의 우두머리가 되었네. 그자들은 아이의 시체를 찢어 밀가루에 버무렸네. 그걸로 신을 모독하는 성체(聖體)를 만든답시고 산 아이를 그렇게 했다고 하네.」

「우베르티노!」 윌리엄 수도사의 목소리는 단호했다. 「이건 수세기 전부터 아르메니아 주교들이 파울리치아 교파[44]를 경계하면서 써먹은 이야기가 아니던가요? 그리고 보고밀파에 대해서도.」

「그게 무슨 상관인가? 악마의 고집이 어디 여간 세던가? 악마에게는, 유혹할 때나 올무에다 걸 때나 단골로 쓰는 수작이 있다네. 천년 세월이 흘러도 악마의 의식(儀式)은 변하지 않아. 우리가 악마를 쉬 알아낼 수 있는 것도 바로 이 때문이네. 내 서원을 세우고 하는 말이네. 놈들은 부활절 밤에 촛불을 밝히고 처녀들을 잡아다 지하실로 끌고 들어가네. 그러고는 촛불을 끄고, 자기와 같은 핏줄이라고 해도 개의치 않고 처녀에게 달려드네……. 그러다 처녀에게서 아기라도 태어나려면 지옥의 축제가 시작되는데, 모두 포도주 통 가에 둘러앉아 취하도록 마시고는 아기를 벤다네. 피는 술잔에 쏟고, 아기의 육신은 산 채 불길 속으로 던지는데…… 놈들

---

44 9세기에서 15세기에 걸쳐 발칸 반도 일대를 누비던 종교 운동. 원래 보고밀이라고 하는 한 수도승에 의해 창시된 이 교파는 비잔틴의 호화스러운 생활에 대한 반동으로 불가리아에서 태동했다. 신도들은 지배 계급이나 교회의 계급 조직에 반대하고 이를 복음주의적 기독교로 개혁하려고 했다. 가시적인 물질계는 악마의 피조물이므로 마땅히 경계해야 할 사악한 것들이라고 가르쳤다. 이러한 사상은 12세기 전후의 종교 운동에 영향을 미쳤다.

은 아기의 피와 재를 섞어 둘러 마신다네.」

「미켈레 프셀로가 3백 년 전에, 악마의 소행을 소상하게 소개하느라고 써먹은 이야기가 아닌가요? 대체 그런 이야기는 어디에서 들었어요?」

「놈들이 그러더군. 벤티벵가 일파가…… 고문에 못 이겼는지…….」

「동물의 의식을 일깨우는 데 기쁨보다 유효한 게 딱 하나 더 있지요. 바로 고통이랍니다. 고문을 당하면 몽환 약초를 먹은 것과 같은 상태가 됩니다. 고문을 당하면, 어디서 들었던 것, 어디에서 읽었던 게 고스란히 머리에 떠오르지요. 흡사 천당이 아닌 지옥으로 실려 가고 있는 것 같은 상태가 되는 것이지요. 고문을 당하면, 조사관이 알고 싶어 하는 것뿐만이 아니라, 조사관을 기쁘게 할 만한 것까지 모조리 말하게 됩니다. 고문당하는 자와 고문하는 자 사이에 어떤 유대(이거야말로 악마적인 유대가 아니겠어요)가 생겨나기 때문이지요……. 우베르티노, 나는 알아요. 하얗게 단 쇠붙이로 진리를 만들어 낼 수 있다고 믿는 사람들 편에 서본 적이 있어서 하는 말입니다. 그러나 내가 말하건대 진리의 뜨거운 열기는 그와는 다른 불길에서 나오는 것입니다. 고문을 당하면서 벤티벵가는 터무니없는 거짓말을 했는지도 몰라요. 왜냐? 말하고 있는 것은 벤티벵가가 아니라 벤티벵가의 욕망, 즉 벤티벵가의 영혼 안에 자리 잡은 악마였을 테니까요.」

「욕망이라?」

「그래요. 사랑에의 욕망, 겸손이라는 미덕에의 욕망이 있듯이 고통을 향한 욕망도 있는 법입니다. 반항하던 천사들의 경우에도 신앙과 겸손이 그리도 손쉽게 교만과 저항으로 바뀌었던 거라면, 그도 아닌 인간에게는 대체 무엇을 기대할 수 있겠어요? 이제야 아셨겠지요? 조사관 시절에 나를 괴롭혀 온 문제가 바로 이것이었어요. 그래서 조사관 노릇을 그만두고 만 것이랍니다. 내게는 사악한 자들의 약점을 조사해 낼 용기가 없었던 거예요. 알고 보니 사악한 자들의 약점은 도덕 높은 분들의 약점과 같더란 말입니다.」

우베르티노는 윌리엄 수도사의 마지막 말이 잘 이해가 되지 않는다는 듯한 표정이었다. 그러나 노인의 표정에 연민과 애정이 어리고 있는 것으로 미루어, 윌리엄 수도사가 책잡힐 궤변을 농하고 있지만 사랑하기 때문에 용서하고 자신을 억누르고 있는 것 같았다. 우베르티노는 씁쓸한 어조로 말문을 열었다. 「그건 그렇게 중요한 것이 아니네. 그대 느낌이 그랬다면, 그만두는 것이 옳은 선택이었네. 유혹이란, 맞서 싸워야 할 대상이네. 그러나 그대는 나를 도와주지 않았지. 우리는 그 반골의 뿌리를 뽑을 수도 있었을 텐데. 내가 이단의 의심을 받은 것은 그대도 알잖는가? 그들을 사려 깊게 대한 것이 오히려 나의 허물이 되지 않았던가? 윌리엄, 그대 역시 악마와 싸우기에 넉넉할 만큼 튼튼하지는 못하네. 그래, 나는 악마라고 했네. 악마에 대한 단죄, 이 오욕의 수렁, 이 음영이 뿌리째 일소되지 않는 한, 우리는 신성한 원천에 이르지 못할 걸세……」 우베르티노는 누가 엿들을 게 두려운 듯이 사부님 앞으로 바싹 다가와 말을 이었다. 「……여기에도…… 기도자들을 위해 하느님께서 성별하신 이곳에도 악마는 있을 것이네.」

「알고 있어요. 원장이 한 말이 있으니까.」

「그럼 관찰하고 조사하게. 살쾡이 눈으로 양쪽 모두 살피게. 욕망과 교만 모두……」

「욕망이라니요?」

「암, 욕망이지. 죽은 젊은이에게는 뭐라고 할까…… 여성적인…… 그래서 악마적인 분위기가 감돌았네. 그 친구의 눈은 인쿠부스를 기다리는 처녀의 눈 같았다네. 그리고 또 교만, 지적 교만 말일세. 이 수도원에서는 지적 교만이 언어에 대한 교만, 지혜에 대한 환상의 모습으로 축성(祝聖)된 꼴이라네.」

「아는 게 있으면 좀 도와주시지요.」

「아무것도 몰라……. 내가 확실히 아는 것은 아무것도 없네. 하나 내 가슴은 무엇인가를 감지하지. 가슴으로 말하고 얼굴에 묻되, 남의 혀에는 귀를 기울이지 말게……. 아니, 왜 우리가 이런 우중충한 이야기로 그대가 데리고 온 이 젊은 친구를 겁주고 있는 거지?」 그는 파란 눈으로 나를 바라보면서 그 길고 하얀 손가락으로 내 뺨을 쓰다듬었다. 나는 물러서고 싶었지만 꾹 참았다. 나중에 생각해 보니, 썩 잘한 일 같았다. 그의 의도는 순수했고 나는 괜히 그를 마음 상하게 했을 터이기 때문이었다. 그는 다시 사부님 쪽으로 고개를 돌리면서 물었다. 「그대 이야기나 좀 들려주게. 그동안 뭘 했는가? 가만 있자……. 얼마나 되었더라?」

「18년이나 되었군요. 고국으로 돌아가 옥스퍼드에서 공부를 좀 했지요. 자연 공부를요.」

「자연은 선하지. 자연도 하느님의 딸이 아니던가.」

「그럼 하느님 역시 참 선하시겠군요, 자연을 낳으셨으니.」 사부님은 이녁 농담에 웃으면서 말을 이었다. 「……공부하면서 눈 밝은 사람들을 좀 만났지요. 마르실리오라는 사람도

사귀었는데, 제국과 신민, 그리고 이 땅 왕국의 새 헌법에 대한 그 사람 생각이 퍽 마음에 듭디다. 그렇게 해서 결국 황제를 자문하는 무리에 끼게 되었지요. 편지에 쓴 적이 있으니까 이건 아마 알고 있을 겁니다. 보비오에서, 당신이 여기에 있다는 소식을 듣고 어찌나 기쁘던지요. 영 종적을 감춘 줄 알고 있던 참이어서 더욱 그렇습디다. 이제 이렇게 다시 만났으니, 날 좀 도와주세요. 미켈레도 미구에 올 겁니다. 베렝가리오 탈로니와의 싸움은 심상치 않을 조짐이 보여요. 아마 재미있을 겁니다.」

우베르티노는 조심스레 미소를 지으며 대답했다. 「영국인들은 진담과 농담이 통 구분이 안 된단 말이야. 이 사람아, 문제가 이 지경인데 재미있을 사이가 어디 있는가? 교단의 운명이 화형주에 걸려 있네. 그대들 그리고 자네의 교단 아닌가? 내 그대에게 말하네만 이건 내 교단이기도 하네. 하지만 나는 미켈레를, 아비뇽으로는 못 가게 할 요량이네. 요한이 그를 불러 대고 찾아 대는 걸 보면 어딘가 지나친 구석이 있어. 하지만 저 프랑스 늙은이를 믿으면 못써요. 아이고, 주님, 주님 교회는 대체 어느 놈의 손바닥 안에서 노는 것입니까?」 그는 제단 쪽으로 눈길을 돌리면서 말을 이었다. 「……사치에 골병이 들어 사창가로 변해 버린 이놈의 교회는 불 맞은 배암처럼 욕망과 번뇌 속에서 자반뒤집기를 하고 있나이다. 십자가가 그랬듯이 나무로 된 베들레헴의 순수 무구한 구유는 주신제(酒神祭)의 금준 옥반(金樽玉盤)이 다 되고 말았습니다. 윌리엄, 그대 교회로 들어오다가 문전을 보았지? 형상의 교만에 빠지면 약도 없네. 가짜 그리스도의 날이 목전에 왔는데, 나는 그게 두렵네.」 그는 가짜 그리스도가 어느 때고 나타나기라도 할 것처럼 휘둥그레진 눈으로 회중석을 둘러보았고, 그 탓에 나도 가짜 그리스도를 볼 것만 같은 기분이 들었다. 우베르티노는 다시 말을 이었다. 「······가짜 그리스도의 사자는 이미 여기에 와 있네. 그리스도가 세상으로 사도를 보냈듯이 가짜 그리스도의 사자도 그렇게 온 것일세. 이 사자들은 사기와 위선과 폭력으로 꼬드기며 하느님 도시를 짓밟고 있네. 하느님께서도 엘리야와 에녹을 보내셔야 할 것이네. 하느님께서는 가짜 그리스도와 맞서 싸울 수 있도록 이 종들을 이 땅의 낙원에다 두시지 않았던가? 하느님 종들은 통자루 옷을 입고 예언하러 올 것이네. 말씀과 본보기로 회개를 외칠 것이네.」

「우베르티노, 벌써 여기에 와 있지 않아요?」 윌리엄 수도사는 자신의 프란체스코 수도복을 가리키며 응수했다.

「하, 하느님 종들이 아직 승리한 것은 아니야. 머잖아, 가짜 그리스도는 분기탱천, 에녹과 엘리야를 죽이고, 그 시체를 발가벗겨 대중에게 보일 걸세. 그들을 흉내 낼 엄두도 내지 못하도록 사람들에게 겁을 줄 셈으로 말이야. 나를 죽이려 했던 것과 같은 속셈이지.」

무서웠다. 우베르티노가 신성한 법열에 빠진 것 같아서 그가 이성을 잃지는 않을까 겁이 났다. 그로부터 세월은 한참이나 흘렀지만 내 두려움은 여전하다. 우베르티노는 그로부터 2년 뒤 독일의 어느 도시에서 정체불명의 괴한 손에 의문의 죽음을 당했다. 결국 우베르티노는 그날 밤 자기 장래를 예언하고 있었던 셈이다.

「요아킴의 말이 옳았다. 인류의 역사가 제6기(期)에 접어들었으니 바야흐로 두 가짜 그리스도가 나타날 때이다. 하나는 마력의 가짜 그리스도, 또 하나는 명실상부한 가짜 그리스도가 바로 이 시대에, 바로 이 역사의 제6기에, 프란체스코 성인이 십자가에 못 박히신 예수님의 다섯 상흔을 이녁의 육신으로 받은 이 시대에, 가짜 그리스도는 이미 와 있는 것이다. 보니파키우스는 수상한 가짜 그리스도였으니 켈레스티누스의 양위(讓位)는 만시지탄이 아니던가? 바다에서 솟아오르는 한 마리 거대한 괴물이 있는데, 보니파키우스가 바로 그 괴물이었네. 이 괴물의 일곱 머리는 일곱 대죄를 나타내고, 열 개의 다리는 십계명의 모독을 나타낸다네. 이 괴물을 둘러쌌던 추기경들은 곧 메뚜기 떼요, 이 괴물의 몸이야말로 아폴리온[45]이다. 그러나 이 괴물의 숫자, 그리스어로 이름을 읽으면 〈베네딕티〉이다!」 알아듣고 있는지 확인하려는 듯이 나를 노려보던 그는 손가락으로 나를 가리키면서 말을 이었다. 「......베네딕투스 11세는 명실 공히 가짜 그리스도이며 이 땅에서 솟은 괴물이다. 하느님께서는 그 후임자의 미덕이 영광 속에 빛나도록 하시기 위하여 그 악덕하고 부정한 괴물이 하느님의 교회를 다스리는 데도 그를 방관하셨던 것이다.」

「하지만 수도사 어르신...... 후임자는 요한입니다.」 나는 있는 힘을 다해, 그러나 희미한 목소리로 이야기했다.

우베르티노는, 악몽이라도 쫓는 듯이 손을 미간에다 대고 지그시 눌렀다. 호흡도 거칠었다. 지친 모양이었다. 「암, 계산이 빗나갔던 거야. 우리는 아직도 참 교황을 기다리고 있지 않느냐....... 그러나 그동안 프란체스코 성인과 도미니크 성

---

[45] 마왕.

인이 나셨다.」 그는 교회의 천장을 올려다보며 기도하듯이 읊조렸다(그러나 내가 보기에 그는 자기 저서 『십자가에 못 박힌 생명나무』를 인용하고 있는 것 같았다). 「*Quorum primus seraphico calculo purgatus et ardore celico inflammatus totum incendere videbatur. Secundus vero verbo predicationis fecundus super mundi tenebras clarius radiavit*[첫 번째로 오는 자는 치품천사(熾品天使)의 이글거리는 숯불에 정화되니, 하늘의 불길이 옮겨 붙어 온 세상을 태울 듯하다. 두 번째로 오는 자는 예언의 말씀으로 충만하니, 어둠의 세상을 밝게 비추는도다]……. 암, 이것은 약속이야. 참 교황은 반드시 내리시네.」

윌리엄 수도사가 입을 열었다. 「그리될 것입니다. 그러나 그 전에 나는 이 땅의 황제를 지키려고 여기에 와 있어요. 돌치노 수도사도 당신처럼 예의 그 참 교황이 내릴 것이라고 했답니다.」

「그 배암의 이름은 두 번 다시 입에 올리지 마시게!」 우베르티노가 소리쳤다. 나는 처음으로 그의 슬픔이 분노로 변하는 걸 보았다. 「……그자는 칼라브리아 요아킴의 말씀을 더럽히고, 이 말씀을 죽음과 타락의 그릇이게 했네. 가짜 그리스도의 전령이 하나 있다면 바로 그자일 것이야. 한데, 윌리엄, 그대 말투가 왜 그 모양인가? 그대는 가짜 그리스도의 출현을 믿지 않는 모양인가? 옥스퍼드의 훈장들은, 심정의 예언 능력을 고갈시켜 가면서까지 이성(理性)을 우상화하라고 가르치던가?」

「그렇지 않습니다.」 윌리엄 수도사는 진지하게 대답했다. 「당신은 아시잖습니까? 저는 제 스승 중 로저 베이컨을 누구보다 존경한…….」

「〈날틀〉 어쩌고 했다는 양반 말인가?」 우베르티노가 쓴웃음을 지으며 말했다.

「로저 베이컨은 조용히, 그러나 분명하게 가짜 그리스도를 입에 올리시고, 부패의 만연과 배움의 사양을 걱정하시는 분입니다. 그러나 그분은 가짜 그리스도에 대항할 수 있는 방법은 한 가지뿐이라고 가르치셨어요. 자연의 비밀을 배우고, 지식으로 인류를 깨우쳐 나가는 것이지요. 그분은, 약효가 있는 초목과 돌의 성질을 연구하고, 당신은 웃겠지만, 바로 그런 날틀을 연구해야 가짜 그리스도와 싸울 수 있다고 했어요.」

「그대 베이컨의 가짜 그리스도는, 지적 교만을 채우자는 구실인 모양이군.」

「거룩한 구실이지요.」

「이 사람아, 거룩하다는 말을 어디에다 붙이나? 윌리엄, 알지? 내가 그대를 좋아한다는 걸? 나는 그대를 믿고 있네. 지적 교만을 잠재우고 주님께서 입으신 상처를 보고 우는 법을 배우게. 책들은 내버리게나.」

「어디, 당신의 책에만 몰두하도록 해보지요.」 윌리엄 수도사는 웃었다. 우베르티노는 따라 웃다가 윌리엄 수도사에게 손가락을 흔들어 댔다. 「아둔한 영국치 같으니. 동도(同道)의 도반을 너무 비웃지 말게! 사랑할 수 없는 이들은 오히려 두려워하고. 그리고 이 수도원에 있을 동안은 조심하게. 이놈의 수도원, 도무지 마음에 들지 않아.」

「나는 이 수도원에 대해 더 잘 알고 싶습니다.」 윌리엄 수도사는 인사를 하고는 내게 말했다. 「가자, 아드소.」

우베르티노는 고개를 저으며 윌리엄 수도사를 바라보았다. 「좋지 않다고 했더니, 뭐? 더 잘 알고 싶다고?」

윌리엄 수도사는 회중석 사이로 나오다 말고 뒤를 돌아다보면서 물었다. 「그런데 말이오, 바벨 말을 하는 저 짐승같이 생긴 친구는 누군가요?」

어느새 무릎을 꿇고 있던 우베르티노가 뒤를 돌아다보면서 대답했다. 「살바토레 말인가? 내가 이 수도원에 선사했다고 할 수 있지⋯⋯ 식료계 수도사와 함께. 프란체스코 수도회 수도복을 벗어 던지고 나는 잠시 카잘레에 있는 우리 수도원으로 돌아갔는데, 가서 봤더니 수도사들이 곤욕을 치르고 있더군. 그 지역 주민들이 몇몇 수도사들을 내 종파 소속의 엄격주의파라며 몰아붙이고 있었던 거네. 내가 팔을 걷어붙이고 나서서 그자들이 나의 선례를 따를 수 있도록 허가를 얻어 냈지. 그런데 지난해 여기 와서 보니, 살바토레와 레미지오가 와 있더군. 살바토레⋯⋯ 아닌 게 아니라 짐승 같기는 하지. 하지만 쓸 만한 친구라네.」

윌리엄 수도사는 잠깐 망설이다가 다시 물었다. 「〈회개하라〉, 어쩌고 하던데요?」

우베르티노는 잠시 침묵하더니 귀찮은 생각을 떨치려는 듯 손을 내저으며 말했다. 「그럴 리는 없을 거야. 워낙 위인이 촌놈이니까 여기저기 기웃거리다 떠돌이 설교자의 설교를 귀동냥하고는 무슨 뜻인지도 모르고 지껄이는 것일 테지. 나라면 그보다는 다른 트집을 잡겠네. 아주 욕심이 많은 데다 욕정이 심하거든. 하지만 그뿐, 정도(正道)를 모르는 놈은 아닐세. 이 수도원의 질병은 다른 데 원인이 있을 건데. 지나치게 많이 아는 자들 사이에서 그 원인을 찾도록 하게.

모르는 놈 잡고 물어봐야 헛수고일 뿐이야. 남의 말 한마디 믿고 만리장성 쌓지는 말게나.」

「그럴 리가 있겠어요? 그런 것이 싫어서 조사관 노릇을 작파한 나 아니오. 하지만 남의 말에 귀 기울이기를 좋아하거든요. 또 들어 보면 생각을 하게 되고요.」

「윌리엄, 이 사람아, 그대는 잡생각이 너무 많은 사람이네.」 우베르티노는 내 쪽으로 시선을 옮기면서 말을 이었다. 「그리고 젊은 친구, 은사(恩師)에게서 안 좋은 본은 너무 많이 보지 않도록. 깊이 고민해야 할 것은 한 가지뿐일세. 나도 이제 깨쳤는데, 그것은 죽음이라는 것이야. *Mors est quies viatoris, finis est omnis laboris*(죽음은 나그네의 휴식, 모든 수고의 끝). 나는 기도나 해야겠네.」

9시과까지

윌리엄 수도사가 본초학자 세베리노와 약초 이야기를 나눈다.

 우리는 회중석 중앙을 지나, 들어갔던 문을 통해 밖으로 나왔다. 우베르티노의 말은 밖으로 나와서까지 내 귀에서 윙윙거렸다.
 「좀 괴짜이신 것 같습니다만……」 나는 용기를 내어 이렇게 여쭈어 보았다.
 「어느 모로 보나 대단한 분이시다. 지금 대단한 분이 아니시라면 전에 대단한 분이셨거나……. 이런 이유에서라면 〈괴짜〉라는 네 말은 합당하다고 할 수 있지. 상궤(常軌)에 벗어나 보이지 않는다는 건 소인배들의 몫인 법이다. 우베르티노는, 자기 손으로 화형대로 보낸 이단자들과 똑같은 자가 될 수도 있었고, 신성 로마 교회의 추기경이 될 수도 있었던 사람이다. 실제로 그러한 남용의 길에 빠질 뻔하기도 했고. 나는 우베르티노와 이야기할 때면 지옥이란 다른 각도에서 본

천국이라는 인상을 받는단다.」

나는 사부님의 말뜻을 헤아릴 수 없어서 설명을 구했다. 「어떤 각도에서 말씀이신지요?」

「물을 줄 알았다. 그러나 내 말이 모순될 가능성이 있다는 것을 인정하고 설명해 보자. 사물에 여러 측면이 있는지, 아니면 전체만 있는지를 아는 것의 문제이지. 하지만 내 말에 너무 신경 쓰지 마라. 그리고 교회 문간 구경도 너무 하면 해로울 것이야.」 윌리엄 수도사는, 교회로 들어가면서 넋을 놓고 보던 조상(彫像) 쪽으로 다시 고개를 돌리는 내 목덜미를 툭 치면서 말을 이었다. 「⋯⋯저것들이 오늘 너에게 겁을 준 모양인데, 그만 보아라, 그것으로 족하다.」

출구 쪽으로 돌아서다가 나는 내 앞에 선 수도사를 발견했다. 사부님 연배였다. 그는 웃으면서 공손하게 인사를 차리고는, 욕장과 시약소와 채마밭 관리하는 일을 맡고 있는 본초학자(本草學者), 장크트벤델 사람 세베리노라고 자기를 소개했다. 그는 또, 수도원 경내를 돌아보는 사부님을 안내하라는 명을 받았다고 말했다.

사부님은 고맙다고 말하고 나서, 들어오면서 잘 가꾸어진 채마밭을 보았는데, 눈에 덮여 있어서 잘 알 수 없기는 하나 채소뿐만 아니라 약초도 있는 것 같더라고 했다.

본초학자 세베리노가 약간 죄송스러운 듯한 어조로 말대답을 했다. 「여름이나 봄에는 가짓수가 더 많을뿐더러 그 각각이 꽃으로 치장하기에 창조주를 찬미하기에는 그때가 더 적절한 것이 사실입니다. 하지만 이 겨울에도 본초학자의 눈은 마른 가지 속에 숨어 있는 다양한 식물들을 알아보지요. 시생은, 이 채마밭이 어느 수도원의 채전보다 더 기름지고 다채로우며, 어떤 필사본의 채식(彩飾)보다 더 아름답다고 감히 말씀드릴 수 있습니다. 뿐입니까? 좋은 약초는 겨울에도 자랍니다. 이런 약초는 미리 분(盆)에다 거두어 제 실험실로 옮겨 놓았답니다. 그래서 저는 괭이밥 뿌리로는 유행 감기를 치료하고 무궁화 뿌리를 달여 만든 고약으로는 피부병을 고칩니다. 피부 습진에는 규석이 좋고, 범꼬리풀 뿌리를 짓이겨 뽑아낸 즙은 설사와 부인병에 효험이 있습니다. 뿐만이 아닙니다. 후추는 특효 소화제요, 머위는 기침을 가라앉힙니다. 여기에는 또 소화제로 좋은 용담도 있고, 감초도 있는가 하면, 즙을 짜낼 수 있는 노간주나무도 있습니다. 달여 먹으면 간에 좋은 잎딱총나무 껍질, 찬물에 우려 놓았다 물을 마시면 감기에 좋은 비누풀, 말씀 안 드려도 익히 아실 쥐오줌풀도 있습니다.」

「정말 약초가 다양하군요. 자라는 기후대 역시 다양할 터인데 대체 이걸 어떻게 관리하시지요?」

「첫째로는, 우리 주님의 은혜를 입었음입니다. 주님께서 저희 수도원을, 남쪽으로는 바다를 면하게 하시어 따뜻한 바람을 받게 하시고 북쪽으로는 높은 산을 지게 하시어 삼림의 향기를 듬뿍 쏘이게 하셨지요. 둘째로는 저의 기술입니다. 별것은 아닙니다만 은사로부터 대를 물려받은 것입니다. 종류에 따라 다르기는 합니다만, 나무란 대체로 주위 환경과 영양과 재배에 주의를 기울여 주면 기후 조건이 달라도 곧잘 자라는 법입니다.」

「수도사님, 약초가 아닌 식용 식물도 많이 있을 것 같습니다만……」 내가 물어보았다.

「아, 이 젊은 행자께서는 배라도 곯으셨는가? 적당히만 먹는다면, 먹어도 좋은 식물에 약 아니 되는 식물이 없다네. 넘치는 것은 모자람만 같지 못하니, 과하면 탈이 나는 법일세. 호박을 좀 보실까? 호박이란 본시 냉(冷)하고 습한 것이어서 갈증 해소에 좋지만, 썩은 놈을 먹으면 설사가 나기 때문에 소금물과 겨자로 내장을 보(補)해 주어야 해. 양파? 온(溫)하고 습한 식품으로 소량을 먹으면 방사(房事)의 질을 높여 주나(물론 세간 사람들에게나 해당되는 말일세만) 과복(過服)하면 머리가 무거워져. 이때엔 우유와 식초를 복용하면 다시 개운해지지⋯⋯.」 그는 이 대목에서 장난스럽게 한마디 덧붙였다. 「⋯⋯그 때문이라도 젊은 수도사들은 양파를 소량씩만 섭취해야 하는 것이네. 대신 마늘을 먹게. 온하고 건해서 해독에 그만이야. 하나 이것도 과하면 못써. 체액이 너무 빠져나가 머리가 휑하니 비어 버리거든. 콩은 반대로 배뇨를 촉진하고 몸을 기름지게 하니까 좋다고 할 수 있으나 너무 먹으면 꿈자리가 나빠. 하지만 다른 약초에 견주면 별것은 아니라네. 약초 중에는 실제로 나쁜 환상에 빠져들게 하는 것도 있으니까.」

「어떤 약초가 그렇습니까?」 내친 김에 던져 본 질문이었다.

「아하, 우리 젊은 행자께서는 아시고 싶으신 것이 너무 많아. 이건 본초학자 이외의 사람들은 함부로 알 게 못 돼. 그랬다가는 멋모르는 사람도 여기저기 환상을 팔아먹게 될 테니까. 약초로 거짓말을 하는 셈이지.」

윌리엄 수도사가 그 말을 받았다. 「그럴 땐 쐐기풀이 좋지요. 로이브라 혹은 올리에리부스 역시 효험이 있고, 이런 약초도 여기에 있겠지요?」

세베리노는 곁눈질로 윌리엄 수도사를 쳐다보았다. 「본초학에 관심이 있으시군요?」

「아주 조금……」 윌리엄 수도사가 겸손하게 말을 이었다. 「……우연히 발다흐 사람 우붑하심이 쓴 『*Theatrum Sanitatis* (건강론)』[46]를 접한 정도이지요.」

「아불 아산 알 묵타르 이븐 부틀란 말씀이시군요.」

「엘루카심 엘리미타르[47]라고도 부를 수 있겠지요. 혹 이 수도원에 그 양반 책의 필사본이 있을지 모르겠군요?」

「아주 예쁜 놈으로 있습니다. 아름다운 삽화가 많지요.」

「아이고 고마우셔라. 플라테아리우스의 『*De virtutibus herbarum*(약초의 효능에 대하여)』은요?」

「그것도 있습니다. 사레셀 사람 알프레드가 번역한 아리스토텔레스의 『*De plantis*(식물에 대하여)』도 있습니다.」

「그 책은 아리스토텔레스가 직접 집필한 책이 아니라는 설이 있습니다. 밝혀진 대로, 그 양반이 『*De causis*(원인에 대하여)』의 저자가 아니었듯이 말입니다.」

「어쨌든 대단한 책이지요.」 세베리노의 말에 사부님은 어느 책을 말하는지 묻지도 않고 고개를 끄덕였다. 나는 두 책 중 어느 것도 읽은 바 없지만 오가는 이야기로 대단하기는 대단한 책인 모양이라고 생각했다.

「어르신과 약초 이야기를 좀 더 했으면 그런 다행이 없겠습니다.」 세베리노의 말이었다.

---

46 글자 그대로 번역하면 『건강의 극장』.
47 본명은 〈아불 아산 알 묵타르 이븐 부틀란〉. 바그다드 출신의 기독교도 의사이자 신학자. 의학 및 철학을 강의하는 한편, 성찬식에 관한 책, 수도사들이 사용할 수 있는 간단한 의약에 관한 책, 노예 매매 입문서 등 다양한 주제에 관한 저서를 남겼다. 주저는 천문학 저서를 활용한 위생법 및 장수법에 관한 『건강론』이다.

「나도 그러고 싶소만, 이 수도원이 속한 교단의 묵언계를 범하는 것이나 아닌지 걱정스럽군요.」

사부님 말씀에 세베리노가 설명했다. 「우리 교단의 회칙은, 각기 서로 다른 종중 단체(宗中團體)의 요구에 따라 수세기에 걸쳐 변모해 왔습니다. 회칙은 끊임없이 lectio divina(성서 봉독)에 매진할 것을 규정하고 있으나 공부하는 방법까지 간섭하고 있는 것은 아닙니다. 그럼에도 저희 교단이 하느님의 문제와 인간의 문제를 깊이 연구해 왔다는 것은 어르신도 잘 아시겠지요. 또한 회칙은 수도사들의 공동생활을 규정하고 있기는 하나, 때에 따라 수도사들에게 혼자 묵상할 기회가 주어지는 것 역시 타당하므로 이곳에서는 수도사들에게 독방을 제공하는 것이지요. 회칙이 묵언계를 엄격하게 지키기를 요구하고 있기는 합니다. 저희 수도원의 경우, 잡역에 종사하는 수도사는 물론, 읽고 쓰는 일에 종사하고 있는 수도사도 옆에 있는 다른 수도사와 이야기를 나누어서는 안 됩니다. 그러나 이 수도원은 우선 그리고 무엇보다도 학자들의 공동체입니다. 따라서 수도사들은 서로 의견을 나누어 제 학문의 보고에 보물을 늘려 나가는 것이 오히려 본분에 어울리는 것이 아닐는지요. 식당에서나, 성사(聖事) 시간 중이 아니면, 공부에 관한 대화는 모두 정당하고 이로운 것으로 여기고 있습니다.」

「오트란토 사람 아델모와도 자주 이야기를 나누셨던가요?」

세베리노는, 갑작스러운 질문에 별로 놀라지 않고 대답했다. 「원장께서 이미 어르신께 말씀 올리셨군요. 아닙니다. 그 친구와 이야기를 나눌 기회는 그리 흔치 않았습니다. 그 친구는 자고 새면 사본의 채식만 하고 있었으니까요. 살베메크 사람 베난티오, 부르고스 사람 호르헤 같은 수도사들과 자기가 맡은 일에 관한 이야기를 나누는 것은 더러 본 적이 있습니다. 더구나 저는 문서 사자실에는 잘 가지 않고 대개의 시간을 이 시약소에 머뭅니다.」 그는 이 말 끝에 턱으로 시약소 건물을 가리켰다.

「알겠습니다. 그렇다면 아델모에게 환상 체험이 있었는지 없었는지는 잘 모르시겠군요.」

「환상 체험이라고 하시면……」

「예컨대, 약초를 먹으면 헛것이 보이는 것 같은, 그런 환상 말이지요.」

세베리노의 표정이 굳어졌다. 「말씀드리지 않았습니까? 저는 위험한 약초 간수에 신경을 많이 씁니다.」

윌리엄 수도사는 재빨리 설명을 덧붙였다. 「내 말은 그게 아닙니다. 나는 일반적인 의미에서의 환상을 말하고 있는 겁니다.」

「무슨 말씀이신지……」 세베리노는 좀처럼 윌리엄 수도사의 덫에 걸려들지 않을 것 같았다.

「나는, 수도사가 늦은 시각에 본관을 돌아다니다 보면…… 원장께서도 인정했듯이 그 시각에 그곳을 배회하다 보면 끔찍한 일이 일어난다고 하니……. 그러니까 제 말은, 그래서 끔찍한 환상에 쫓기다 벼랑으로 굴러 떨어지는 일도 있을 수 있는 것이 아닐까…… 이런 생각을 해본 것이지요.」

「말씀드렸다시피, 저는 서책이 필요할 경우가 아니면 문서 사자실에는 가지 않습니다. 서책이 필요한 경우도 흔치 않습니다. 식물 표본이 제 시약소에 있으니까요. 조금 전에 드린 말씀입니다만, 아델모는 호르헤, 베난티오와 가깝게 지냈습니다……. 베렝가리오와는 물론이고요.」

세베리노의 목소리에 묻은, 다소 대답을 망설이는 듯한 낌새는 나도 눈치 챌 수 있었다. 사부님이 그걸 놓칠 리 없었다.

「베렝가리오와는…… 〈물론〉이라고 하셨는데 그건 왜 그렇습니까?」

「아룬델 사람 베렝가리오는 보조 사서이니까요. 아델모와는 동년배인 데다 수련사 시절을 같은 문중에서 보냈으니까 배짱이 잘 맞는 게 당연하지요. 이런 뜻으로 말씀드린 것입니다.」

「아, 그랬군요.」 사부님이 혼잣말처럼 속삭였다. 놀랍게도 그는 이야기를 여기에서 더 이상 몰고 나가지 않았다. 뜻밖에도 그는 말머리까지 돌렸다. 「아, 본관에 가보아야 할 것 같군요. 안내 좀 부탁드릴까요?」

「기꺼이 그러지요.」 세베리노가 안도에 찬 목소리로 대답했다. 그는 채마밭을 지나 본관의 서쪽 문 쪽으로 우리를 안내했다.

그가 설명했다. 「채마밭에 면한 문이 바로 주방으로 통하는 문입니다. 그러나 주방으로 쓰는 쪽은 1층의 서쪽 반뿐이고 나머지는 식당입니다. 교회 성가대석 뒤쪽으로 통하는 남쪽 입구에는 문이 둘 있는데 하나는 주방, 하나는 식당으로 통합니다. 하지만 이 문으로 들어가시지요. 주방을 통해 식당으로 나가는 수도 있으니까요.」

엄청나게 넓은 주방으로 들어선 우리 눈앞으로는 본관 높이와 같은 8각형 안뜰이 보였다. 뒤에 알았지만 출입이 금지된, 일종의 우물과 같은 마당이었다. 각 층에는 이 마당 쪽으로 본관 외부 창과 동일한 널찍한 창이 나 있었다. 연기가 자욱한 주방은 본관 1층의 초입에 자리 잡고 있었다. 수많은 수도원의 불목하니들이 저녁을 준비하고 있었다. 어마어마하게 큰 탁자에서 두 요리사는 각종 야채와 보리, 귀리, 호밀과 순무, 냉이, 무, 당근이 들어간 파이를 만들고 있었다. 가까운 탁자 앞에서는 다른 요리사 하나가 와인을 넣은 물에 생선을 삶고 있었다. 삶은 생선 위에는 샐비어, 파슬리, 백리향, 마늘, 후추, 그리고 소금을 버무려 만든 양념을 끼얹고 있었다.

서쪽 탑 아래에서 큼지막한 가마가 빵을 굽고 있었다. 가마 안에서 불꽃이 혀를 날름거렸다. 남쪽 탑의 큰 화덕에서는 냄비가 부글부글 끓고 꼬챙이가 돌고 있었다. 교회 뒤 창고 쪽으로 열린 문을 통해 돼지치기들이 그날 잡은 돼지고기를 안으로 날라 왔다. 우리는 바로 그 문으로 나갔다. 뜰이었다. 이곳이 수도원 터의 동쪽 끄트머리로, 여러 채의 건물이 벽을 등지고 서 있었다. 세베리노는 첫 번째가 창고, 이어서 차례로 말 외양간, 소 외양간, 계사, 그리고 양 우리라고 설명했다. 돼지우리 밖에서는 돼지치기들이 커다란 항아리에다 부어 놓은 돼지 피를 젓고 있었다. 그냥 두면 굳어지기 때문에 그런다고 세베리노가 설명해 주었다. 제대로 저어 주기만 하면 날씨 덕분에 며칠을 굳지 않고 그대로 있어서 소시지를 만들 때 쓸 수 있다는 것이었다.

우리는 다시 본관으로 들어가 동쪽 탑으로 향하면서 식당 안을 들여다보았다. 식당은 본관의 북쪽 탑과 동쪽 탑 사이에 있었는데, 북쪽 탑 밑에는 난로, 동쪽 탑 밑에는 둥근 계단이 있었다. 위층 문서 사자실로 통하는 계단이었다. 수도사들은 매일 이 계단을 통해 문서 사자실로 출입을 한다고 했다.

혹은 이보다는 불편하지만 난방은 더 잘 되는 나선형 계단이 북쪽 탑의 난로 위쪽에, 그리고 주방의 남쪽 탑에 있는 화로 위쪽에 각각 있어서 그 계단을 이용할 수도 있다고 했다.

윌리엄 수도사는, 주일인데 문서 사자실에서 공부하는 수도사가 있을지 궁금하다고 말했다. 세베리노는 미소를 짓더니, 베네딕트회 수도사들에게는 공부가 곧 기도라고 대답하면서 주일에는 성무 일과가 여느 때보다 좀 길지만 책과 씨름해야 하는 수도사들은 그래도 시간을 내어 문서 사자실에서 성서를 읽거나, 토론하거나, 명상한다고 설명했다.

9시과 이후

윌리엄 수도사 일행이 문서 사자실로 들어가 학승, 필사사, 주서사, 그리고 가짜 그리스도의 도래를 예언하는 장님 노인을 만난다.

문서 사자실로 오르며 윌리엄 수도사는, 계단으로 빛줄기를 들여보내고 있는 창을 올려다보았다. 윌리엄 수도사처럼 머리가 좋아졌는지 창문의 위치로 보아 사람이 올라가기는 불가능해 보인다는 것을 나는 바로 깨달았다. 식당의 유리창도 사람의 손에 닿을 수 없는 위치에 있었다(벼랑에 면한 1층의 창은 식당의 유리창뿐이었다). 더구나 유리창 아래에는, 놓인 가구가 없었다.

계단을 다 오른 우리는 동쪽 탑루를 지나 문서 사자실로 들어갔다. 나는 탄복하지 않을 수 없었다. 2층은 1층처럼 두 부분으로 나뉘어 있지 않았다. 따라서 우선 그 넓이가 엄청났다. 그리 높지 않은 천장(교회 천장만큼은 높지 않았지만 내가 본 어떤 회의장 천장보다도 높은)은 굵은 기둥이 떠받치고 있었다. 엄청나게 넓은 공간인데도 내부는 눈부실 정도

제1일

로 밝았다. 양쪽의 기다란 면에는 각각 세 개의 커다란 창문이 달려 있는 데다 양끝의 5면벽으로 된 탑루에도 작은 창들이 벽마다 하나씩 달려 있기 때문이었다. 끝으로 본관 중앙의 우물과도 같은 안뜰을 향한 좁고 긴 창문 여덟 개를 통해서도 빛이 들어왔다.

 창이 그렇게 많았으니 한겨울 오후에도 빛이 고루 들어오는 것은 당연했다. 창유리는, 교회의 경우와는 달리 채색 유리가 아닌, 납틀에 박힌 정방형의 투명한 유리였다. 그래서 이 창을 통해 들어오는 빛은 인공으로 변조(變調)된 빛이 아닌, 순수한 자연광 그대로였다. 따라서 자연광이 수도원 학승들의 독서와 필사를 밝혀 주고 있는 셈이었다. 여기저기 떠돌아다니면서 구경한 문서 사자실은 적지 않으나, 안으로 쏟아져 들어와 방을 밝히는 자연광이 그처럼 현란한 문서 사자실은 본 적이 없다. 빛이 연출하는 영적인 원리이자 아름다움과 학문의 원천이 되는 광휘는 그 방이 체현하는 완벽한 비율과 불가분의 관계를 맺고 있는 것 같았다. 아름다움을 창조하는 데 세 가지 요소가 한데 어우러져야 한다. 첫째는 불완전한 것을 추한 것으로 여기게 하는 완전성 혹은 무류성(無謬性), 두 번째는 균형 잡힌 비율 또는 조화, 마지막으로는 투명함과 빛이다. 실제로 우리는 청징한 색을 아름답다고 한다. 아름다운 것에는 평화가 깃들어 있는 법……. 그리고 우리의 욕심은, 평화로운 것, 아름다운 것, 선한 것 앞에서 차분히 가라앉는 법……. 그래서 나는 그 분위기 앞에서 위안을 느끼는 동시에 그런 곳에서 공부하던 사람들이 참으로 부러워 보였던 기억이 새롭다.

 내 눈이 그 방의 밝기에 익어 감에 따라 오후의 햇살에 화사해진 그 방은 더할 나위 없는 학문의 전당으로 보였던 것이다. 후일 장크트갈렌 수도원에서, 장서관과는 분리되어 있는(다른 수도원에서는 일반적으로 수도사들이 장서가 있는 곳에서 공부를 한다), 비슷한 크기의 문서 사자실을 본 적이 있으나 꾸며진 상태와 간추려진 상태로 보아 그 수도원 문서 사자실과 같지 못했다. 고문헌 연구가, 사서, 주서사들은 모두 각자의 서안(書案) 앞에 앉아 있었는데, 이 서안은 하나씩의 유리창 앞에 면벽(面壁)하고 있었다. 유리창이 40개여서[4주덕(主德)에 10계명을 곱한 듯, 4의 10배수로부터 나온 완벽한 숫자] 40명의 수도사가 동시에 공부할 수 있게 되어 있었지만 내가 보았을 당시에는 30여 개의 서안 앞에만 수도사들이 앉아 있었다. 세베리노는, 문서 사자실에서 공부하는 수도사들은 3시과, 6시과, 9시과의 성무를 면제받고 있어서 낮에는 그곳을 떠날 필요가 없다고 설명해 주었다. 그러니까 수도사들의 공부가 끝나는 시각은 만과가 시작되는 일몰 즈음이 되는 셈이었다.

가장 밝은 곳은 고문서 연구가, 채식(彩飾) 전문가, 주서사, 필사사(筆寫士)의 자리로 되어 있었다. 각 서안에는 채식과 필사에 필요한 도구가 빠짐없이 갖추어져 있었다. 뿔로 만든 잉크병, 몇몇 수도사들이 예리한 칼날로 다듬고 있는 우필(羽筆), 양피지를 펴는 데 필요한 부석(浮石), 글을 쓰기 전에 줄을 긋는 데 필요한 자에 이르기까지, 준비에 빈틈이 없어 보였다. 각 필사사들 옆, 또는 경사진 서안 위에는 독경대(讀經臺)도 있었다. 필사사들은 필사할 고문서를 이 독경대에다 올려놓은 다음, 자그마한 창 모양의 구멍을 오려 낸 종이를 그 위에 올려 필사할 문장을 쉽게 알아볼 수 있게 한 후 작업을 했다. 몇몇 수도사들은 금색을 비롯, 그 외 다양한 색깔 잉크도 가지고 있었다. 수도사들 중에는, 문서를 읽으면서 미리 준비한 공책이나 평판(平板)에 주석을 놓아 가는 수도사도 있었다.

 마침 사서가 우리 쪽으로 다가오고 있어서 더 이상 접근하여 이들의 작업 광경을 볼 수는 없었다. 우리는 그 사서가 힐데스하임 사람 말라키아라는 것을 미리 알고 있었다. 사서는, 표정을 부드럽게 하여 우리를 환영하는 척했지만 그의 독특한 모습에는 보는 사람의 마음을 불편하게 하는 무엇인가가 있었다. 베네딕트 교단의 검정색 법의를 펄럭거리며 우리 쪽으로 다가오는 그는 키가 몹시 큰 데다 깡말라서 사지가 그렇게 길어 보일 수 없었다. 분위기에는 어딘가 모르게 사람의 기를 죽이는 구석이 있었다. 밖에서 들어온 참이라 그는 두건을 그대로 쓰고 있었는데 그 두건이 그렇지 않아도 창백한 그의 얼굴에 어두운 그림자를 드리워 큰 눈에서는 고통의 그림자가 일렁거리는 것 같았다. 그의 얼굴에는 이제는 의지로 절제하게 된 수많은 감정의 흔적이 남아 있는 듯했는데, 이제는 표정에 어떤 영향도 미치지 못하는 그 감정의 흔적 때문에 이목구비가 그대로 얼어붙은 것 같았다. 얼굴의 주름에는 수도 생활의 비애와 혹독한 수도의 흔적이 묻어 있었고, 눈빛은 형형하기 그지없어 일별에 상대하는 사람의 마음과 의중을 읽어 두 번 다시 마주 쳐다볼 마음이 내키지 않게 만들어 버리고 있었다.

 사서 말라키아는, 문서 사자실에서 공부하고 있는 수도사 대부분을 우리에게 소개했다. 아울러, 그들이 하고 있는 공부의 내용도 소상하게 일러주었다. 나는 지식의 보고와 하느님의 말씀을 고구하는 그들의 면려와 정진에 탄복하지 않을 수 없었다. 이렇게 해서 나는 그리스어와 아랍어를 번역하는 살베메크의 베난티오를 알게 되었는데, 베난티오는 인류 가운데에서는 가장 미더운 현자라고 할 수 있는 아리스토텔레스에 심취해 있었다. 나는 이로써, 수사학을 공부하는 스칸디나비아의 젊은 수도사인 웁살라 사람 베노, 이곳 장서관이 몇 달간 빌린 문서들을 베끼고 있는 알레산드리아 사람 아이마로를 비롯, 가령 클론맥노이스 사람 파트리치오, 톨레도 사람 라바노, 이오나 사람 마그누스, 헤리퍼드 사람 월도 같은, 세계 각처에서 몰려든 채식 전문가들을 만날 수 있었다.

여기에서 만난 사람들의 이름을 섬기자면 얼마든지 더 있다. 이름을 헤아리는 것, 모습을 그려 보는 데 그보다 더 멋진 도구가 있을까만, 중요한 것은 이야기이니까 우리가 거기에서 나누었던 이야기, 내가 들었던 이야기부터 해야겠다. 수도사들 사이의 거북살스러운 분위기, 표면으로 떠오르지는 않았지만 우리들의 대화를 짓누르고 있던 몇 가지 관심사가 이로써 드러날 터이기 때문이다.

사부님은 우선 말라키아와 담소하면서 문서 사자실의 아름다움과 면려 정진하는 분위기를 상찬하고, 곳곳에서 이 장서관의 이름을 익히 들었는바, 장서를 한번 열람하고 싶다면서 어떻게 하면 도움을 받을 수 있겠느냐고 넌지시 물었다. 말라키아는, 수도원장과 똑같은 대답을 했다. 즉, 수도사가 사서에게, 보고 싶은 책의 이름을 적어 제출할 경우, 그 요구가 정당하고 수도사 본분에서 넘어서지 않으면 사서가 위층 장서관으로 들어가 책을 가져다준다는 것이었다. 사부님은 이어서, 위층에 있는 책의 제목을 어떻게 아느냐고 물었고,

말라키아는 자기 서안에 금사슬로 묶여 있는, 두꺼운 서명 색인부를 보여 주었다.

  윌리엄 수도사는 법의 안으로 손을 넣었다. 가슴 윗부분에 주머니처럼 옷이 부풀어 있는 곳에서 그는, 여행 중에 내가 여러 차례 본 적이 있는, 그래서 낯익은 물건을 꺼냈다. 그 물건은, 다리가 두 개 달려 있어서, 기수(騎手)가 말 잔등에 올라타듯이, 새가 홰에 앉듯이 그렇게 사람의 코 위에 올라앉을 수 있게 만들어진 물건이었다(사람의 코라고 하지만, 사부님의 뾰족한 코야말로 이 물건이 올라앉기에는 더없이 적당했다). 두 갈래로 나뉜 다리가 만나는 곳, 그러니까 눈과 맞닿는 곳에는 둥근 쇠테가 있고, 쇠테 안에는 술잔 바닥 두께의 편도꼴 유리가 박혀 있었다. 윌리엄 수도사는 글을 읽을 때마다 이 물건을 눈앞에다 대기를 좋아했는데, 까닭인즉, 햇빛이 기가 꺾일 때는 특히 이 물건을 이용해야 자연이 그 연세에 허락한 이상으로 밝게 볼 수 있다는 것이었다. 이 물건은, 먼 곳을 보는 데에는 도움을 주지 못했다. 윌리엄 수도사는 먼 곳을 볼 때는 별 장애를 받지 않았다. 대신 가까운 것을 선명하게 보는 데는 대단히 요긴한 물건이었다. 이것을 코 위에 올려놓은 윌리엄 수도사는, 나도 알아보기 어려운, 희미한 글씨까지도 읽어 내곤 했다. 그는 나에게, 중년을 넘기면 시력이 좋던 사람도 눈이 어두워지고 동공이 굳는다고 말했다. 그래서 50을 넘기면, 아무리 유식한 사람도 쓰고 읽는 일에 관한 한 명이 다한 거나 다름이 없다는 것이었다. 아닌 게 아니라 지식의 산물을 죽을 때까지 펴고 닦지 못한다는 것은 식자(識者)에게는 예사 불행이 아닌 것 같기도 했다. 그러나 주님을 찬양할지라, 누군가가 이런 물건을 고안하고 만들었으니……. 윌리엄 수도사는, 배움의 목적은 또한 인간의 삶을 연장시키는 데 있다고 주장한 로저 베이컨의 뜻이 이 물건에서 이루어졌다고 말했다.

다른 수도사들은 호기심 어린 눈으로 윌리엄 수도사와 이 물건을 바라보았다. 그러나 감히 이 물건에 대해 질문하는 수도사는 없었다. 나는, 그 많은 수도사들이 읽고 쓰는 일에 세월을 보내는 수도원 문서 사자실에도 아직 그 물건이 알려지지 않았다는 것을 알고, 지혜로 말하자면 세계를 찜 쪄 먹을 만한, 내로라하는 사람들조차 놀라서 입을 다물지 못할, 그런 어마어마한 물건을 가진 분 옆에 있다는 게 자랑스러웠다.

윌리엄 수도사는 그 물건을 눈에다 대고 목록 색인부에 쓰인 서명을 읽어 내려갔다. 나도 그 색인부를 훑어보았다. 유명한 서책도 있었고, 금시초문인 서책도 있었다.

사부님은 서명을 읽어 내려갔다. 「헤리퍼드 사람 루제로가 쓴 『*De pentagono Salomonis*(솔로몬의 오릉보에 대하여)』, 『*Ars loquendi et intelligendi in lingua hebraica*(히브리어의 웅변술과 이해술)』, 『*De rebus metallicis*(금속에 관하여)』, 알쿠와리즈미가 쓰고 로베르투스 앙글리쿠스가 라틴어로 번역한 『*Algebra*[대수학(代數學)]』, 실리오 이탈리코가 쓴 『*Punica*(포에니 전쟁)』, 라바노 마우로가 쓴 『*Gesta francorum*[프랑크족의 사적(事蹟)]』, 『*De laudibus sanctae crucis*(거룩한 십자가 찬미론)』, 『*Falvii Claudii Giordani de aetate mundi et hominis reservatis singulis litteris per singulos libros ab A usque ad Z*(플라비우스 클라우디우스 요르다누스에 의한, A부터 Z까지 알파벳 순서로 배열한, 세계와 인간의 연령에 관하여)』……. 대단한 명저들이고말고……. 그런데 이런 서책의 목록은 무

엇을 근거로 짜여진 것이지요?」 사부님은 여기에서, 어떤 책에 나오는 듯한 한 대목을 외는 것 같았다. 「〈사서는 마땅히 주제별, 저자별로 분류된 도서 목록을 비치하되, 그 많은 서가에다 두려면 숫자적인 지침이 있어야 하는 법……〉이라는 말이 있지요……. 그래, 수도사들이 대출을 원할 경우 그 서책은 무슨 원칙을 근거로 찾아냅니까?」

나로서는 알 도리가 없었지만 사서 말라키아 수도사는 그 말을 알고 있는 듯했다. 말라키아는 각 서명 옆에 붙어 있는 글귀를 가리켰다. 나는 그 주석을 읽어 보았다. 〈*iii, IV gradus, V in prima graecorum*…… *ii, V gradus, VII in tertia anglorum* (그리스인 1류 저자의 저서가 있는 다섯 번째 방, 네 번째 서가의 세 번째 칸에 있는 책…… 영국인 3류 저자의 저서가 있는 일곱 번째 방, 다섯 번째 서가의 두 번째 칸에 있는 책)〉……. 이런 식이었다. 나는 첫 번째 숫자는 서가, 혹은 서가의 특정 층에 있는 서책의 위치를 나타내는 것이라고 짐작했다. 그렇다면 두 번째 숫자는 서가의 위치, 세 번째 숫자는 그 서책이 든 궤짝을 나타내는 것인지도 모르는 일이었다. 나는, 나머지 글귀는 장서관의 방이나 복도를 나타내는 것으로 보고, 용기를 내어, 이 마지막 글귀에 대해 더 자세히 알려 달라고 했다. 말라키아 수도사는 단호한 표정으로 대답했다. 「오로지 사서 수도사만이 장서관을 출입할 수 있다는 걸 잊으신 모양이네. 이 글 뜻은 사서나 제대로 알면 그만인 것이네.」

「그것은 그렇다고 치더라도…… 이 목록에 책들이 기입된 순서는 무엇을 근거로 작성되었는지 궁금하군요. 주제별은 아닌 것 같고.」 사부님이 말했다. 그러나 사부님은 이어지는 서명을 훑어보았을 뿐, 저자명에 따른 분류법에 대해서는 언급하지 않았다. 저자명에 따른 분류법은 생긴 지 얼마 되지 않아 당시에는 이를 채택하는 장서관이 드물었던 것이 사실이다.

말라키아 수도사가 대답했다. 「본 장서관의 역사는 아주 깁니다. 따라서 서책은 모두 장서관이 이를 구득(求得)한 순서로 서명 목록에 등재되어 있습니다. 말하자면 이 장서관에 들어온 순서대로 정리되어 있는 것입니다.」

「그럼 찾기가 몹시 까다롭겠군요?」 윌리엄 수도사가 말했다.

「장서관 사서 수도사는, 서명을 모조리 암기하고 있을 뿐만 아니라 그 서책이 언제 이 장서관으로 들어왔는지도 잘 알고 있습니다. 다른 수도사들은 사서의 기억력에 의지해야 하는 것이지요.」 그는 자신이 사서가 아닌 것처럼, 다른 사람 이야기를 하듯 말을 했다. 그제야 나는 그가 비록 자신이 미흡하나마 현재 그 임무를 맡고는 있지만, 사실 사서의 자리는 이제는 세상을 떠난 수백 명의 선배 사서들이 채웠던 자리이며 그 선배들이 서로에게 자신들이 아는 것을 모두 전수해 왔다는 사실을 깨달았다.

윌리엄 수도사가 천천히 고개를 끄덕였다. 「알겠습니다. 가령 내가, 책 이름은 정확하게 모르지만 솔로몬 왕의 오릉보에 관한 걸 좀 찾아보겠다고 한다 칩시다. 그러면 당신이, 조금 전에 내가 읽은 서명을 알아내어 위층에서 가지고 온다는 것이군요.」

「수도사께서 꼭 솔로몬의 오릉보에 대한 것을 아셔야 한다면요. 하지만 그 서책을 가져오기 전에 먼저 원장님의 조언을 구해야 합니다.」 말라키아가 대답했다.

「내 듣기로는, 이곳에서 장래가 촉망되는 채식사가 세상을 하직했다는데요? 원장께서는 누누이, 그 형제의 재주가 아깝다는 말씀을 하십디다. 혹 그 형제가 생전에 채식하고 있던 사본을 볼 수 있겠는지요?」

말라키아는 수상쩍다는 표정을 숨기지 않은 채 윌리엄 수도사를 바라보면서 대답했다. 「오트란토 사람 아델모는 아직 나이가 차지 않아 난외(欄外) 채식만을 맡아 했습니다. 그 친구는, 상상력이 풍부해서, 익숙한 것들로부터 낯설고 놀라운 것들을 자주 그려 내고는 했습니다. 가령 마두인(馬頭人)을 그리는 식이지요. 그 사람이 채식하던 서책은 저기에 있습니다. 아직 그 사람 서안에는 아무도 손을 대지 않고 있지요.」

우리는 생전에 아델모가 일했다는 서안 앞으로 다가섰다. 거기에는 다채롭게 채식한 성서의 「시편」이 그대로 펼쳐져 있었다. 마지막 페이지는 양피지 중에서도 질이 좋기로 유명한 송아지 피지로 되어 있었다. 마지막 페이지는 아직 서안 위에 고정되어 있었다. 부석으로 문지르고 백악을 칠하여 부드럽게 한 다음 대패로 마름질한 이 피지의 양쪽 가생이를 따라서는 날카로운 철필로 작은 구멍이 뚫려 있었다. 이 구멍들을 연결해 페이지 전체에 가로줄을 그어 놓은 후였으므로 이제 펜으로 글자를 적어 넣기만 하면 되는 상태였다. 페이지는 이미 반쯤 글씨로 채워져 있었다. 이 채식 수도사는 난외에다 채식화의 초벌 그림을 시작한 참이었다. 그러나 앞의 페이지들은 이미 모두 채식이 끝나 있었다. 나는 사부님 옆에서 그 그림을 바라보았다. 나도 사부님도 놀라움을 금할 수 없었다. 「시편」의 난외에는 우리의 오감에 버릇 들여진 것과는 정반대인 세계가 펼쳐지고 있었다. 마치 진짜 이야기와 가짜 이야기의 경계선에 와 있는 듯, 정체불명의 놀라운 풍자를 통해, 진짜 이야기의 세계와 우주가, 거꾸로 뒤집어진 터무니없는 세계와 맞닿아 있는 것이었다. 이 거꾸로 뒤집어진 세계란, 가령 사냥개가 산토끼에게 쫓기고, 사자가 사슴의 먹이가 되는 세계였다. 발 모양의 머리를 가진 조그만 새, 등에 인간의 손이 달려 있고 털북숭이 정수리에서 발이 비어져 나와 있는 동물, 얼룩말 무늬가 있는 용, 수없이 매듭지고 꼬인 뱀 모가지의 네 발 짐승, 사슴뿔이 달린 원숭이, 피막(皮膜) 날개를 가진 수탉 모양의 세이렌, 곱사등에서 또한 인간의 육신이 솟아오르고 있는 사지가 없는 인간, 배에 이빨이 총총히 난, 입이 무수히 많은 동물, 말 대가리 인간, 인간의 다리를 가진 말, 새 날개를 가진 물고기, 물고기 지느러미를 가진 새, 몸 하나에 머리가 둘인 괴물, 혹은 목 하나에 몸이 둘인 괴물, 수탉 꼬리에 나비 날개를 가진 암소, 머리에 물고기 비늘이 돋아난 여자, 도마뱀 주둥이의 잠자리 떼와 뒤엉켜 있는 키마이라, 나뭇가지에 주렁주렁 달려 있는 켄타우로스, 용, 코끼리, 만티코라, 꼬리가 전궁(戰弓)으로 변해 있는 그리폰, 목이 끝없이 긴 악마적인 괴물들, 하도 생생하게 그려져 있어서 흡사 살아 있는 것처럼 전원의 풍경 속을 뛰노는 신인동형(神人同形) 동물과 난쟁이 수형신(獸形神)들. 이들과 함께 그려져 있는, 밭 가는 사내, 과일 거두는 사내, 추수하는 사람, 실 뽑는 여자, 여우 옆에서 씨 뿌리는 자, 원숭이 무리가 지키는 성벽을 활로 무장하고 기어오르는 담비 떼…… 아랫부분이 용 모양으로 그려진 두문자 L, 나무 모양으로 그려진 V……이 나무에서는 수천 겹으로 똬리 튼 뱀이 나오고 있는가 하면, 잎이나 열매도 모두 뱀으로 그려져 있었다.

「시편」 옆에는, 완성된 지 얼마 안 된 듯한 아름다운 기도서가 한 권 놓여 있었다. 어찌나 작은지 손바닥 안에 쏙 들어갈 것 같은 책이었다. 글씨는 깨알처럼 작았고, 테두리 그림은, 눈을 갖다 대어야 그 섬세한 아름다움을 알아볼 수 있으리만치 미세했다. 나로서는, 무슨 연장을 쓰면 이렇게 비좁은 공간 안에서 이토록 생생한 세필화를 그릴 수 있는지 짐작도 할 수 없었다. 책 가장자리에는, 공들여 쓴 본문 글자에서 번식해 나오기라도 한 듯한 수많은 소문자가 그려져 있었다. 바다의 세이렌, 하늘을 나는 수사슴, 키마이라, 그리고 사지가 없는 인간의 토르소 모양을 한 이 미세한 소문자들은 흡사 본문에서 불쑥 솟아오른 것 같았다. 한 곳에는, 세 행에 걸쳐 쓰인 삼성창(三聲唱)의 〈거룩하다, 거룩하다, 거룩하다〉의 연장인 듯, 인간의 머리를 한 세 마리의 무서운 동물이 그려져 있었다. 세 마리 중 두 마리의 머리는, 하나는 위로, 하나는 아래로 향하여 세 마리가 입을 맞추고 있었다. 심오한 정신적 의미가 그 그림을 정당화하였으리라는 것을 납득하지 못한다면 음란하다는 느낌을 금치 못하게 하는 그런 그림이었다.

몇 쪽을 훑어보면서 나는 조용히 감탄해야 할지 웃어야 할지, 마음을 정할 수가 없었다. 성스러운 기도서에 그려진 그림이기는 하나, 재미있어 보이는 것은 어쩔 수 없었다. 윌리엄 수도사는 그 그림을 보다 말고 웃으면서 한마디 했다. 「베이브윈이군요. 우리 영국에서는 이걸 〈베이브윈〉이라고 한답니다.」

사부님의 말에 말라키아가 응수했다. 「바부앵이지요. 갈리아[48] 사람들은 〈바부앵〉이라고 한답니다. 아델모는 프랑스에서도 공부했지만, 그림은 귀국(貴國)에서 배웠습니다. 아프리카의 원숭이, 즉 〈바분〉인 것이지요. 말하자면, 집이 뾰족탑 위에서 서고, 땅이 하늘 위에 있는 거꾸로 된 세계에서 온 동물입니다.」

문득 내 고국 말로 된 시 한 수가 생각났다. 나도 모르는 사이에 그 시가 내 입에서 흘러 나왔다.

Aller wunder si geswigen.
das erde himel hât überstigen,
daz sult ir vür ein wunder wigen.
(기적에 대해서 말하려고 마라
땅이 천상에 올랐으니
이보다 더한 기적이 있을 것인가.)

그러자 말라키아가 같은 시집에 나오는, 다음 구절을 읊었다.

Erd ob un himel unter,
das sult ir hân besunder
vür aller wunder ein wunder.
(땅은 위에, 하늘은 아래에,
이보다 더한 기적이 있을 것인가,
기적 중의 기적이로다.)

---

48 프랑스의 옛 이름.

그런 뒤 그는 말을 이었다. 「반갑네, 아드소. 아닌 게 아니라 여기 있는 그림은, 파란 거위를 타고 가야 닿을 수 있는 나라의 풍물을 그리고 있는 게 사실이네. 매가 물가에서 고기를 잡고, 곰이 하늘에서 솔개를 쫓고, 가재가 비둘기와 함께 하늘을 날고, 세 거인이 덫에 걸려 수탉에게 쪼이는 나라 말일세.」

그의 입가로 창백한 미소가 번졌다. 잠자코 이야기를 듣고 있던 수도사들은 그가 웃기를 기다렸다는 듯이 일제히 얼굴을 펴고 활짝 웃었다. 그러고는 다른 수도사들이 아델모의 재능을 칭찬하며 서로에게 그가 채식한 이 그림 저 그림을 가리켜 보여 주며 즐겁게 웃는 동안, 사서 말라키아는 눈살을 찌푸리고 있었다. 우리 등 뒤에서, 점잖으면서도 준엄한 호통이 날아든 것은 바로 그때였다.

「*Verba vana aut risui apta non loqui*(공허한 말, 웃음을 유발하는 언사를 입에 올리지 말지어다).」[49]

우리는 일제히 소리 나는 쪽으로 고개를 돌렸다. 호통을 친 사람은, 세월의 무게에 허리가 굽은 한 수도사로, 피부뿐만 아니라 동공까지도 눈처럼 하얗게 바랜 노인이었다. 첫눈에 나는 그가 장님이라는 걸 알았다. 몸은 세월의 풍상에 찌들려 무너진 모습이었으나 이상하게도 사지는 튼튼해 보였고, 음성의 위엄도 추상같았다. 그는 눈이 온전한 사람처럼 우리를 노려보았다. 그 뒤로도 나는 그가 늘 장님이 아닌 것처럼 말하고 움직이는 것을 볼 수 있었다. 그러나 기실 그의 음성은 예언의 능력 외에는 아무것도 지니지 않은 자의 것이

---

49 베네딕트회 회칙 제4장에 나오는 말.

었다.

　말라키아는 노인을 가리키며 윌리엄 수도사에게 소개했다. 「지금 앞에 계신, 연세로 보나 지혜로 보나 대덕(大德)으로 일컬어 마땅하신 분은 부르고스 어른 호르헤 수도사님이 십니다. 고해 성사로 죄 짐을 덜어 주는 그로타페라타 사람 알리나르도를 제외하고는 이 수도원에 계신 분 가운데 가장 연장자이십니다……」 말라키아는 이어서 노인 쪽으로 돌아 서면서 말을 이었다. 「……앞에 계시는 분은 저희 산문(山門)의 손님이신 배스커빌의 윌리엄 수도사이십니다.」

　호르헤 노인이 퉁명스러운 어조로 인사에 응했다. 「시생의 일갈(一喝)이 손님의 심사에 폐가 되지 않았기를 바랍니다. 몇몇 수도사들이 우스운 것에 웃는 소리가 들리기에 잠깐 우리 교단의 계율을 깨우쳐 주고 잠시 율기(律紀)하느라고 그랬습니다. 「시편」의 기자(記者)가 썼듯이, 수도자는 침묵의 서원을 했으면 마땅히 쓸 말도 자제해야 하는 법인데, 몹쓸 말이야 여부가 있습니까? 몹쓸 말이 있는 바에는 몹쓸 형상도 있는 법입니다. 항간에는 하느님 피조물의 형상을 거짓되이 일컫는 자, 마땅히 그래야 하고, 그래 왔으며, 앞으로도 영원토록 그러할 이 세계의 올바른 모습과는 반대되는 세계를 외람되이 그리는 자들이 있습니다. 하나 손님께서는 다른 교단에서 오시었습니다. 내 듣기에 그곳에서는 시기가 부적절하더라도 유쾌한 웃음은 허물이 아니 된다고 하더군요.」 그는 아시시의 성인 프란체스코의 기행(奇行), 프란체스코회의 부끄러운 곁가지라고 할 수 있는 탁발승 및 엄격주의파 수도사들의 상궤를 벗어난 행위에 대한 베네딕트회 측의 견해를 언급하는 것이었다. 윌리엄 수도사는 호르헤의 말에 담긴 뜻을 알아들은 내색 없이 대답했다.

「난외에 채식한 형상 중에 웃음을 유발하는 것들이 있다고 하더라도 다 읽는 자, 보는 자를 계도하기 위해서 그리하는 것이겠지요. 강론도 마찬가지입니다. 신심 있는 대중의 상상력을 자극하기 위해서는 이따금씩 우스꽝스러운 예화(例話)가 등장하는 것도 반드시 나쁜 것만은 아니지요. 따라서 채식이 시도하고 있는, 형상을 통한 재미있는 이야기 또한 용납되어야 마땅하지 않을는지요. 우화집에는, 미덕도 사례로 다루지만 죄악 또한 사례로 다룰 수 있습니다. 까닭인즉, 짐승이 인간 세계의 본을 보일 수 있음입니다.」

호르헤 노인의 표정이 짓궂어졌다. 그러나 웃지는 않았다. 「아하…… 형상이라고 하는 것이, 피조물 중에서도 최고의 걸작이라고 할 수 있는 인간을 거꾸로 뒤집어 웃음거리로 전락시키기만 한다면, 그로써 미덕을 가르친다는 말이시군요. 이래서 하느님 말씀이 거문고 뜯는 나귀, 방패로 밭을 가는 올빼미, 스스로 멍에를 쓰고 일하는 황소, 거꾸로 흐르는 강, 불붙는 바다, 은자로 변신하는 늑대 따위로 그려지는 불상사가 생기는 것 아닙니까! 황소를 데리고 토끼 사냥을 나가고, 올빼미가 문법을 가르치고, 개가 벼룩을 파먹고, 애꾸가 벙어리를 지키고, 벙어리가 떡을 달라고 하고, 개미가 송아지를 낳고, 구워 놓은 닭이 날고, 지붕 위에서 과자가 익고, 앵무새가 수사학을 가르치고, 암탉이 수탉에게 종란(種卵)을 낳게 하고, 수레가 소를 끌고, 개가 침상에서 자고, 사람이 대가리를 땅에 댄 채로 걷고…… 도대체 이런 장난을 왜 합니까? 하느님의 뜻을 가르친다는 핑계 아래 하느님께서 만드신 것과 거꾸로 된 놈의 세상이 있어도 좋다는 것입니까?」

호르헤의 말에 윌리엄 수도사가 겸손하게 대꾸했다.「하지만 아레오파기타가 가르치고 있듯이, 하느님께서는 가장 왜곡된 것을 통해서만 명명될 수 있습니다. 뿐만 아니라 생빅토르의 위고가 일렀듯이, 직유법이 상이한 것을 유사한 것으로 묶을수록, 진리가 끔찍하고 상식을 벗어난 모습으로 드러날수록 인간의 상상력은 세속적인 재미를 누리지 못합니다. 따라서 기괴한 형상에 깃든 비밀은 체득이 빠른 법입니다.」

「그런 식의 주장은 내 이미 들어 본 바 있습니다. 고백하기 부끄럽습니다만, 클뤼니 수도원 원장들이 시토 수도회 원장들과 싸울 때 우리 교단이 옥신각신했던 게 바로 이 문제 때문입니다. 하지만 베르나르 성인의 말씀이 옳습니다. 성인께서는, 하느님을 드러낸답시고 *per speculum*(형상으로)이든, 수수께끼로든 괴물과 기물(奇物)을 그리는 사람은 곧 자기가 그린 기괴한 것들을 즐기게 되고 급기야는 오직 이러한 것을 통해서만 사물을 보게 된다고 하셨지요. 아직 시력이 좋으시니까, 우리 수도원 회랑 문설주에 양각된 걸 좀 보시지요······.」그는 손가락으로 창문 너머 교회를 가리키면서 말을 이었다.「사색하고 명상해야 마땅한 수도사들 눈에 무엇이 보이고 있습니까? 저 우스꽝스러운 기물, 기이한 형상에 대체 무슨 의미가 있는 것입니까? 저 탐욕스러운 잔나비를 도대체 어쩌자는 것입니까? 저 사자, 저 켄타우로스, 배에 입이 달리고, 외발에 귀는 꼭 돛 같은 반인수(半人獸)는요? 점박이 호랑이, 맞붙어 싸우는 전사(戰士)들, 뿔피리 부는 사냥꾼, 머리 하나에 몸이 여럿인 괴물, 몸 하나에 머리 여럿인 괴물은요? 뱀 꼬리를 단 네 발 동물, 몸은 물고기이되 머리는 네 발 동물의 머리인 괴물, 앞은 말이요, 뒤는 영양인 동물, 뿔 달린 말을 도대체 어쩌자는 것이지요? 오호라, 공부한다는 수도사들이 책보다는 대리석 부조를 더욱 탐하고, 하느님 율법보다는 사람이 한 일을 더욱 상찬하니, 이 어찌 부끄럽지 않으리오. 당신들의 눈이 즐겁기 위해, 당신들이 한바탕 웃기 위해서라니!」

 노인은 숨이 가빴던지 더 이상 말을 잇지 못했다. 나는 그의 놀라운 기억력에 탄복하고 말았다. 그러니까 그는, 시력을 잃은 지 많은 세월이 흘렀을 터인데도 스스로 사악하다고 통탄한 그 형상을 생생하게 기억하고 있었던 것이다. 그 모든 형상을 그리도 열정적으로 묘사하는 것으로 미루어, 한때는 그 자신도 거기에 들려[憑] 있었던 것은 아닐까 궁금했다. 그러나 죄악에 대한 매력적인 묘사가 이러한 행위와 그 파급 효과를 단죄하는 점잖은 사람들의 책에도 실려 있는 경우는 그리 드물지 않았다. 이것은, 필자가 진리의 증언에 열중한 나머지, 유혹의 탈을 빌려 쓴 죄악의 도움을 비는 것도 마다하지 않는다는 증좌였다. 작가는 이로써 사람들에게 악마가 어떻게 인간에 접근하는가를 보다 구체적으로 보여 주는 것이었다. 아닌 게 아니라 호르헤의 말을 듣고 나니 문득, 그때까지 보지 못했던 회랑의 호랑이와 원숭이의 부조를 보고 싶었다. 그러나 호르헤는 내 생각의 허리를 자르고 나지막하게 이야기를 계속했다.

「우리 주님은, 그런 어리석은 것들의 힘을 빌리지 않고도 우리에게 곧고 좁은 길을 보여 주실 수 있습니다. 그분의 우화는 우스운 것도 아니고 무서운 것도 아닙니다. 그런데도 여러분이 그 죽음을 애도하고 있는 아델모 자신은, 자기가 그린 괴물을 즐기던 나머지, 그 그림들이 마땅히 나타내야 하는 본질적인 진리에 대한 눈을 잃고 말았던 것입니다. 결국 그는 예사롭지 않은 길을 따라가고야 말았습니다……」 호르헤는, 목소리를 뚝 떨어뜨리고는 덧붙였다. 「……하느님께서는, 여기에 합당한 벌을 알고 계셨던 것이지요.」

무거운 침묵이 흘렀다. 그때 살베메크 사람 베난티오가 그 침묵을 깨뜨렸다.

「호르헤 수도사님께 감히 한 말씀 여쭙겠습니다. 감히 여쭙거니와, 덕이 과하셔서 그러한지 수도사님의 말씀은 조리에 닿지 않습니다. 아델모가 죽기 이틀 전에 수도사님께서는 바로 이 문서 사자실에서 있었던 토론회에 자리를 함께하셨습니다. 그 자리에서 아델모는 기이하고 환상적인 형상에 몰두하는 자기 예술을 변호하여, 형상이 그럼에도 불구하고 자기는 하느님의 영광을 드러낸다고 했습니다. 즉, 자기 예술로써 천상적인 것들을 드러내 보인다고 했던 것입니다. 윌리엄 수도사께서는 방금 아레오파기타 이야기를 하셨습니다만, 그는 왜곡된 것으로 배움이 가능하다고 말씀하셨습니다. 이날 아델모 역시 아퀴노의 석학을 인용했습니다. 신성한 것은 귀한 몸보다 천한 몸을 그 형상으로 취한다는 주장이 그것입니다. 왜 그럴까요? 첫째로, 인간의 영혼에게서 실수의 가능성을 배제하기 위해서입니다. 실제로 어떤 특성들은 신성한 것으로 돌릴 수도 없건만, 귀한 육신으로 드러내고자 하면 그 성격이 불분명해집니다. 그리고 또 하나의 이유는, 이 겸허한 표현이야말로 이 땅의 우리가 하느님에 대해 가진 지식에 합당하기 때문입니다. 하느님께서는 있는 것보다는 없는 것을 통하여 당신을 더 많이 드러내십니다. 따라서 하느님으로부터 가장 먼 이 형상은 가장 정확한 개념으로서의 하느님에 접근시킵니다. 이유인즉, 하느님은 우리가 말하고 생각하는 이상의 존재이시기 때문입니다. 세 번째 까닭은, 이렇게 해야 하느님에 속한 사상(事象)이, 긴히 알지 않아도 되는 사람들의 눈에 가려지기 때문입니다. 달리 말씀드리면, 그날 우리는 진리가, 놀라움을 불러일으키는 표현을 통해, 그러니까 통찰력 있거나 수수께끼 같은 표현을 통해 어떻게 드러날 수 있느냐는 문제를 토론했습니다. 저는 그날 아델모에게, 저 위대한 아리스토텔레스의 책에는 이 문제에 대한 적절한 해답이 보이더라고 말했습니다. 즉……」

호르헤가, 베난티오의 말허리를 잘랐다. 「기억이 안 나네. 너무 늙었나 보아. 전혀 기억에 없으니까. 어쩌면 내가 과하게 사나웠는지도 모르겠네. 늦었군…… 가야겠어.」

그러나 베난티오는 호르헤 노인을 물고 늘어졌다. 「기억이 안 나신다니 이상합니다. 참으로 요긴한 토론이 아니었습니까? 베노와 베렝가리오도 동석했습니다. 은유와 말장난과 수수께끼가 한편으로는 시인 자신의 즐거움을 위해 만들어진 것이지만, 그럼에도 사물에 대한 참신하고 기발한 명상에 도움이 된다는 이야기를 했고, 저는 그런 것이 현자에게도 마땅히 요구되어야 할 미덕이 아니냐고 했습니다. 말라키아도 그 자리에 있었습니다.」

그때 잠자코 듣고 있던 수도사 하나가 말을 거들었다. 「호르헤 수도사께서 기억하지 못하신다면 이는 마땅히 연세로 인하여 근력이 떨어진 탓일 것입니다. 그렇지 않으시다면 기억 못 하실 분이 아니십니다.」 적어도 처음에는, 상당히 긴장된 어조였다. 이유인즉 막상 말을 시작하고 보니 호르헤를 존중하라고 말하려던 의도와 달리 호르헤의 약점을 꼬집는 듯한 말이 되어 버린 듯했던 것이다. 그래서 그의 말은 점점 느려지더니 마지막에는 사과를 하듯 조용히 저 말을 덧붙인 것이었다. 말한 사람은 보조 사서인 아룬델 사람 베렝가리오였다. 베렝가리오는 얼굴이 창백해 보이는 젊은이였다. 나는 그를 바라보면서, 우베르티노가 하던, 아델모에 대한 말을 떠올렸다. 베렝가리오의 눈은 음녀의 눈 같았다. 중인환시(衆人環視)가 부담스러웠던지 베렝가리오는 하릴없이 자기 손가락만 비틀었다.

베난티오는, 쏘는 듯한 눈으로 베렝가리오를 노려보는, 뜻밖의 반응을 보였다. 베렝가리오는 그 시선을 견딜 수 없었던지 자기 눈길을 떨어뜨렸다. 베난티오가 말했다. 「좋네, 베렝가리오 형제. 만일에 기억력이, 하느님께서 내리신 선물이라면, 건망 또한 하느님으로부터 온 것일 터인데 어찌 경솔하게 우리가 일컬을 수 있겠는가. 내 조금 전에 한 말을 접고, 노수도사님께 사죄드리겠네. 하나 그대에게는 아주 정확한 기억을 요구하는 바이네. 우리가 그대의 그 사랑하는 형제와 여기에서 함께했을 때의 기억 말일세…….」

베난티오가 왜 〈사랑하는〉이라는 말을 특별히 강조한 것인지 쉽사리 짐작이 가지 않았다. 그저 그 자리에 있던 수도사들이 당황한 낌새를 보이고 있다는 것은 눈치챌 수 있었다. 문서 사자실에 모인 수도사들 모두가 각각 다른 방향으로 눈길을 던지고 있었다. 베렝가리오는, 얼굴을 붉히고 있었다. 그러나 그런 베렝가리오 쪽으로 시선을 던지는 사람은 하나도 없었다. 말라키아가 심상찮게 돌아가는 분위기를 역전시키려고 그랬는지 윌리엄 수도사에게 말을 붙였다.

「가시지요, 윌리엄 수도사님, 재미있는 책을 좀 보여 드리겠습니다.」

모두가 뿔뿔이 흩어졌다. 나는, 베렝가리오가 베난티오에게 적의에 찬 시선을 던지는 것을 보았다. 베렝가리오의 그런 눈길을, 베난티오가 조용하면서도 상당히 전투적인 눈길로 맞는 것도 나는 보았다. 호르헤 노인도 자리를 뜨려고 할 때, 나는 존경과 경건의 마음에 노인에게 다가가 가만히 고개를 숙이고 그의 손등에다 입을 맞추었다. 노인은, 경의를 표하는 내가 기특했던지 내 머리에 손을 얹고는 이름을 물었다. 이름을 대자 그는 활짝 웃었다.

「이름이 아주 대단히 듣기 좋구나. 혹시 몽티에르 앙데르 사람 아드소를 아느냐?」 내가 모른다고 하자 호르헤 노인은 이렇게 덧붙여 말했다. 『『가짜 그리스도에 대하여』라는 아주 무시무시하면서도 대단한 책을 쓴 사람이다. 이 책에서 그는 앞으로 있을 일을 예언했다. 하지만 어디 사람들이 들은 척이라도 하더냐.」

윌리엄 수도사가 대신 응수했다. 「10세기가 되기도 전에 쓰인 책이 아닙니까? 그런 일은 아직 일어나지도 않았고요.」

「보는 눈이 없는 사람에게는 그렇게 보이겠지요. 하지만 가짜 그리스도는 천천히 옵니다. 천천히 오되 그가 미치는 효과는 대단히 무섭습니다. 그는, 우리의 뜻 밖에서 오지요. 오지 않았다고요? 그런 일은 아직 일어나지 않았다고요? 그렇지만 옵니다. 사도들의 계산이 빗나갔기 때문이 아니고, 사도의 계산법을 제대로 못 배웠기 때문입니다.」 이어서 그는 문서 사자실을 향해, 천장이 쩌렁쩌렁 울릴 만큼 큰 소리로 외쳤다. 「오고 맙니다! 꼬리가 뒤틀린 요상한 점박이 괴물이나 보면서 시간을 낭비하지 마세요. 그러다 최후의 날을 맞지 않도록 하세요. 마지막 이레를 빈둥거리지 마시라는 뜻이외다!」

만과

수도원 경내를 샅샅이 돌아본 윌리엄 수도사는 아델모의 죽음과 관련, 몇 가지 추론을 한 다음 유리를 세공하는 수도사와 독서하는 데 필요한 유리 및 읽기를 탐하는 사람에게 나타나는 유령에 대한 이야기를 나눈다.

만과를 알리는 종소리에 수도사들은 서안에서 일어날 준비를 서둘렀다. 말라키아는, 사부님과 나 역시 문서 사자실을 나가야 한다는 눈치를 보였다. 그는, 보조 사서인 베렝가리오와 둘이 남아서 서책을 읽던 자리에 정리하고, 장서관을 점검해야 한다고 말했다. 윌리엄 수도사는, 손수 문을 잠그느냐고 물었다. 말라키아가 대답했다.

「주방이나 식당에서 문서 사자실로 들어오는 걸 막는 문은 없습니다. 문서 사자실에서 장서관으로 들어가는 걸 막는 문도 없습니다. 원장님의 금지령보다 훨씬 튼튼한 문은 없는 것이지요. 수도사들은 종과 때까지 주방과 식당을 이용해야 합니다. 종과 이후에는 금지령이 적용되지 않는 외부인이나 짐승이 본관을 출입할 수도 있기 때문에 외부에서 주방과 식당으로 통하는 문은 제 손으로 잠급니다. 이 시각부터 본관에서는 인적이 끊기는 것이지요.」

 우리는 아래층으로 내려갔다. 수도사들은 교회의 성가대석 쪽으로 걸어갔고, 사부님은, 우리가 성무에 참례하지 않더라도 하느님께서 용서하실 것으로 믿었는지(이날부터 하느님은 우리를 여러 차례 용서해 주셔야 했다) 나에게 함께 좀 걷자고 했다. 사부님 말씀으로는 그래야 수도원 경내에 익숙해지지 않겠느냐는 것이었다.

 날씨가 갑자기 나빠지고 있었다. 찬바람이 잠시 기승을 부리는가 싶더니 하늘에는 구름이 덮이고 있었다. 그래도 채마밭 위로 지고 있는 태양을 가릴 만한 정도는 아니었다. 교회의 성가대석을 옆으로 끼고 돌아 뜰 뒤쪽으로 갈 즈음 동쪽에서는 어둠이 내리기 시작했다. 수도원 외벽에 면해 있는 건물, 즉 본관의 동쪽 탑루와 만나는 건물은 외양간이었다. 돼지 사육사들은 돼지 피가 든 항아리를 덮고 있었다. 외양간 뒤로는 외벽이 낮아 밖을 굽어다 볼 수 있었다. 벽 너머로는 급경사를 이루는 사면이 있었는데, 눈 사이로 지저분한 흙이 드러나 보였다. 자세히 보니 그것은 흙이 아니라 썩은 짚더미였다. 낮은 외벽 너머로 집어 던져진 짚으로 이루어진 짚더미는, 브루넬로가 도망쳤던 길 모퉁이까지 이어져 있었다.

 가까운 외양간에서 사육사들은 가축을 구유 쪽으로 몰고 있었다. 우리는, 외벽 쪽으로, 갖가지 가축 우리를 따라 걸어 보았다. 오른쪽, 그러니까 교회 성가대석 반대쪽에는 수도사들의 숙사와 뒷간이 있었다. 여기에서 동쪽 담이 북쪽으로 꺾이고 있었는데, 이 모퉁이에는 대장간이 있었다. 성무 일과에 참례하러 가려고 그러는지, 대장간의 대장장이는 연장을 챙긴 다음 불을 끄고 있었다. 윌리엄 수도사는 호기심을 누를 수 없었던지, 다른 작업장과는 좀 떨어진 외딴 작업장 쪽으로 다가갔다. 수도사 하나가 연장을 정리하고 있었다. 탁자 위에는, 갖가지 색깔의 유리 조각 견본이 있었고, 벽 앞으로는 꽤 넓은 판유리가 놓여 있었다. 수도사 앞에는 미완성 성보 상자가 은제 뼈대 모양으로 덩그렇게 놓여 있었다. 수도사는 그 위에다 연장으로 다듬어 보석처럼 만든 유리와 광물을 맞추고 있었던 모양이었다.

우리가 그렇게 해서 만난 사람은 수도원의 유리 세공사인 모리몬도 사람 니콜라였다. 그는 우리에게, 자기가 노(爐) 뒤쪽에서 유리를 불면, 대장장이가 유리를 납틀에 끼워 유리창을 만든다고 설명해 주었다. 그는, 자기네들이 유리창을 만들기는 해도 교회와 본관의 장식 유리는 자기네들이 만든 것이 아니라 자그마치 2세기 전에 만들어진 명품이라고 말해 주었다. 니콜라 자신과 거기에 있는 대장장이들은, 유리에 관한 한 허드렛일을 하거나 오래되어 손상된 부분을 고치는 정도에 지나지 않는다는 것이었다. 그는 이런 말도 했다.

「겨우 고치는 정도인데도 굉장히 어렵습니다. 지금으로서는 옛날의 그 색깔을 낼 수 없거든요. 성가대석 위에 있는 파란 유리를 보셨는지 모르겠습니다만 이 유리는 어찌나 맑은지 해가 중천으로 솟으면 천국의 빛줄기가 회중석으로 쏟아져 들어오는 것 같답니다. 회중석 서쪽에 있는 유리는 얼마 전에 바꾸어 끼웠습니다. 그래서 질적으로는 원래 있던 것만 같지 못합니다. 여름에 보시면 금방 알 수 있지요. 맥이 빠집니다. 우리에게는 이제, 옛날 사람들 같은 재주가 없는 모양입니다. 거인의 시대는 가버린 것이지요.」

윌리엄 수도사가 고개를 끄덕이면서 응수했다.「그래요,

우리는 난쟁이들입니다. 그러나 실망하지 마세요. 우리는 난쟁이는 난쟁이이되, 거인의 무등을 탄 난쟁이랍니다. 우리는 작지만, 그래도 때로는 거인들보다 더 먼 곳을 내다보기도 한답니다.」

윌리엄 수도사의 말에 니콜라가 자신 있게 대들었다. 「아니, 우리가 그분들보다 더 잘할 수 있는 일이 있다면 무엇인지 말씀해 보십시오. 수도원의 보물이 보관된 교회 지하실로 내려가 보시면, 아주 굉장한 성보 상자를 구경하실 수 있을 것입니다. 그 성보 상자를 한 번이라도 보시면…… 저 같은 유리장이가 꼼지락거리며 주무르고 있는 이것은…… 호작질에 지나지 않는다는 걸 아실 것입니다.」

「유리 세공사가 줄곧 유리창만 만들라는 법은 없어요. 대장장이라고 해서 줄곧 성보 상자만 만들라는 법도 없고요. 옛날의 거장들이 다행히도 몇 세기를 너끈하게 견딜 만한, 아주 튼튼하고 예쁜 놈으로 만들어 주었기 때문이지요. 그렇지 않다면 세상은 온통 성보 상자로 가득 차 버리게요? 그때쯤이면 유물이 될 만한 성자의 유골은 아주 드물어질 테지요. 그렇다고 해서 평생 깨어진 유리창만 땜질하고 있을 수도 없지요. 여러 나라에서 나는 유리 제품을 많이 보았는데, 그걸 보니까 장차 세상에서는 유리가 신성한 사업에 쓰여지는 것은 물론 인간의 약점을 보완하는 데도 도움을 줄 것 같습디다. 우리 시대에 만들어진 거라도 하나 보여 드리고 싶군요. 나는 복이 많아 이 요긴한 견본을 하나 가질 수 있었답니다.」 윌리엄 수도사는 말끝에, 법의 안으로 손을 넣었다가는 예의 그 렌즈 콩처럼 생긴 유리알 한 쌍을 꺼냈다. 우리의 말상대가 되고 있던 양반의 안색이 달라졌다.

니콜라는, 몹시 구미가 당긴다는 표정으로 윌리엄 수도사가 내민, 유리알이 두 군데 박힌 물건을 집어 들었다. 그러고는 소리쳤다. 「*Oculi de vitro cum capsula*(테 안에 든 유리 눈이로군요)! 피사에서 조르다노 형제를 만났을 때 이야기는 들은 적이 있습니다. 그 친구 말로는, 발명된 지가 20년도 안 됐다더군요. 하지만 이런 이야기를 나눈 것도 자그마치 20년 전의 일입니다.」

　「어쩌면 그보다 훨씬 이전에 발명되었을 겁니다. 하지만 만들기가 여간 까다로운 것이 아닙니다. 유리 세공의 도사 중에서도 도사라야 만들 수 있는 것이지요. 시간도 엄청나게 들고 공도 엄청나게 듭니다. 10년 전, 눈에다 대는 이 유리알 한 쌍이 거금 6볼로냐 크라운에 팔렸답니다. 나는 위대한 장인(匠人)인, 아르마티 사람 살비노로부터 이걸 얻었지요. 10년도 넘은 일입니다만 나는 이렇게 애지중지하면서 품고 다닌답니다. 내 몸의 일부나 다름이 없었지요. 하나, 지금은 아주 내 몸의 일부가 되었답니다.」

　「언제, 좀 자세히 보여 주셨으면 합니다. 저도 이런 거 하나 만들 수 있다면 좀 좋겠습니까?」

　「물론입니다만 마음에 걸리는 것은, 유리의 두께는 쓰는 사람의 눈에 따라 달라져야 한다는 겁니다. 따라서 이런 유리알 여러 개를 시험해 보아야 한답니다. 특정인에게 적당한 두께가 찾아질 때까지 말이지요.」

　「기적이 아닙니까! 그런데도 혹자는 마법이니, 악마의 연장이니 할 터이니⋯⋯.」

　윌리엄 수도사가 고개를 끄덕였다. 「이 물건을 두고, 마법 어쩌고 하는 것도 무리는 아닙니다. 하나 마법에도 두 가지가 있습니다. 하나는 악마의 마법인데, 이 마법은 말로 나타내기 어려우리만치 비도덕적인 방법으로 인간의 타락을 획책합니다. 그러나 하느님의 마법도 있습니다. 여기에서는 하느님의 지혜가 인간의 지식을 통해 드러납니다. 이러한 마법은 자연을 변형시키는 일을 하는데 그 목적 중의 하나는 인간의 생명 자체를 연장시키는 것입니다. 그러니 이것을 신성한 마법이라고 불러야 마땅하지 않은가요. 따라서 배운 사람들은 마땅히 이 마법을 고구하되 새로운 것을 찾아내고 만들어 내는 데 그치지 말고, 하느님께서, 히브리인, 그리스인, 고대인, 심지어는 이방인들에게까지 허락하셨던 자연의 비밀을 찾아내어야 합니다(이교도들의 책에서 읽을 수 있는, 눈과 시력의 과학은 얼마나 방대한지 모릅니다). 이러한 기독교도의 지식은 불신자나 이교도들 손을 떠나 다시 우리 것이 되어야 하는 것입니다.」

「하면, 이런 것과 관련된 지식을 가진 사람들은, 어째서 이를 하느님의 백성을 위한 지식으로 널리 펴지 않는답니까?」

「하느님 백성이라고 해서 모두 이 어마어마한 비밀을 받아들일 준비가 되어 있는 것은 아닌 데, 이러한 지식을 가진 사람이 악마와 결탁한 요술쟁이로 오해를 받았을 뿐만 아니라, 이런 지식을 남과 더불어 나누겠다고 한 이유로 목숨을 잃은 적도 있기 때문이랍니다. 나부터도, 악마와 거래한다는 의심을 받은 자들의 종교 재판 시에는 이 렌즈를 코에다 걸지 못했던 때가 있답니다. 공연히 서기들로 하여금 대독(代讀)하게 한 일이 한두 번이 아닙니다. 그렇지 않았다면, 악마가 지천으로 널려 있던 시절, 누구나 코로 유황 연기 냄새를 맡을 수 있던 그 시절에 저 역시 악마와 손을 잡은 혐의로 기소되기가 십상이었을 테지요. 위대한 로저 베이컨께서 경고하셨듯이, 과학의 비밀이라고 해서 모든 사람들에게 고루 미덕이 되는 것은 아니랍니다. 고약한 일에 쓰일 수도 있기 때문이지요. 식자는, 마법과는 관련이 없는, 지극히 범용한 과학 문건을 일부러 마법과 관련된 문건으로 보이게 하기도 합니다. 무슨 까닭인가요? 그래야 불순한 사람들이 이를 넘보지 못할 게 아니겠어요?」

「그렇다면 어른께서는, 범용한 사람들이 이 비밀을 그릇된 목적에 쓸까 봐 두려워하시는 것입니까?」

「범용한 사람들, 단순한 사람들을 내가 두려워하는 바는, 그들은 이런 비밀을 무서워하는 나머지, 목자(牧者)들이 자주 입에 올리는 악마의 소행으로 혼동한다는 점입니다. 나는 우연히 약 만드는 데 대단히 재주 있는 사람을 만난 적이 있습니다. 이 양반은 단기간에 질병을 조복(調伏)시킬 만한 단방 영약을 만들어 내는 사람입니다. 이 양반의 말에 따르면, 자기가 이렇게 만든 약을 범용한 사람들, 단순한 사람들에게 나누어 주었더니, 그들은 약을 쓰면서 주문 비슷한 기도문을 읊조리더랍니다. 무슨 까닭이겠습니까? 이들은 단방 약이 병을 낫게 하는 것이 아니라 주문 비슷한 기도문이 병을 낫는다고 믿기 때문입니다. 그래서 범용한 사람들, 단순한 사람들은, 이 약이 지닌 효능에 대해서는 들은 척도 않고, 기도를 통한 치유의 기적에만 의지하고는 바르거나 복용하더랍니다. 하기야, 경건한 믿음으로 무장되었다고 하는 상태 자체가 이미 병 나을 준비가 된 상태이기는 합니다. 하지만 배움이라는 것은 이렇게 범용하고 단순한 사람으로부터도 지켜져야 하지만 식자들의 편견으로부터도 지켜져야 합니다. 내 언제 다시 말씀드릴 때가 있을 것입니다만, 요즘에는 자연의 법칙을 예측할 수 있는 놀라운 기계들도 많이 발명되고 있습니다. 그러나, 이러한 지식이, 자신의 지상적 권력을 키워 나가려 하거나, 소유를 늘이는 데 만족하는 사람들 손으로 들어가면 큰일입니다. 내 일찍이 카타이[50]에서 한 현자가 무슨 약을 만들었는데, 이 약은 불과 접촉하면 엄청난 폭음과 불꽃을 일으키면서 사방 수십자 이내에 있는 것은 모조리 부수어 버린다는 이야기를 들은 적이 있습니다. 참 놀라운 발명품입니다만…… 그렇지요, 강의 흐름을 바꾸거나, 경작할 땅에 박힌 바위를 부수는 데 쓰이면 오죽이나 좋겠습니까만, 자기 적을 궤멸시키는 일에 능히 이 약을 쓸 만한 자의 손에 들어갔다고 생각하면…… 없는 것만 같지 못하지요.」

「그 적이라는 자들이 하느님 백성의 원수라면 아니 좋겠습니까?」

「그럴지도요. 하지만 오늘날 하느님 백성의 원수는 누군가요? 황제 루트비히인가요? 교황 요한인가요?」

윌리엄 수도사의 질문에 니콜라가 목을 움츠리면서 대답했다. 「하느님 맙소사…… 이런 난문(難問)은 제가 답할 것이 못 되지요!」

「그러실 테지요. 비밀 중에는 모호한 말의 뚜껑을 덮어 둘 필요가 있는 비밀도 있는 법. 자연의 비밀이라고 하는 것은, 양피지나 염소피지에 쓰여서는 전해지지 않습니다. 아리스토텔레스는 비밀의 서(書)에서, 자연이나 예술의 비밀을 너

---

50 중국의 옛 이름.

무 밝히 드러내는 것은 천상의 봉인(封印)을 뜯는 짓이며, 따라서 악마에게 끼어들 기회를 주는 짓이라고 설파한 바 있습니다. 그러나 아리스토텔레스의 말을 곡해하면 안 됩니다. 그분은, 비밀이라고 하는 것은 절대로 드러내어서는 안 된다는 뜻이 아니고, 그 드러내는 시기와 방법을 식자가 온당하게 가려야 한다는 뜻이랍니다.」

「그렇기에 이 수도원에서는 서책이 모두에게 공개되지 않는 것이지요.」

「그것은 다른 문제지요. 과언(過言)은 죄가 될 수 있습니다만, 과언(寡言) 또한 죄가 되지 않을 것이라고는 못합니다. 나는, 지식의 보고라고 하는 것은 반드시 감추어질 필요가 있다, 이런 말은 하지 않았어요. 그 반대로 내게는 이곳의 풍습이 죄악으로 보이는 것이지요. 내 말은, 선도 될 수 있고 악도 될 수 있는 비밀이 이곳에 있기 때문에 식자들이 동류(同類)끼리만 통하는 말로 이를 지키고 막아야 한다는 뜻입니다. 배움의 삶이라고 하는 것은 어렵습니다만 선악을 구분하는 일 또한 어렵습니다. 게다가 우리 시대의 식자들은, 대개 난쟁이의 무등을 탄 또 하나의 난쟁이일 경우가 많습니다.」

사부님의 성의 있는 말투가 니콜라의 마음을 아주 편하게 만들어 놓았던 모양이었다. 니콜라는 윌리엄 수도사에게 〈어르신과 나는, 같은 종류의 이야기에 관심을 가지고 있는 것으로 보아 서로를 넉넉하게 이해할 수 있는 사람들인 것이 분명하다〉는 듯 한쪽 눈을 찡긋해 보이고는 턱으로 본관을 가리키면서 속삭였다. 「저기 말씀인데요…… 저기에서는…… 학문의 비밀이 마법의 보호를 받고 있답니다.」

윌리엄 수도사는 짐짓 무관심한 척하면서 물었다. 「호, 그래요? 잠긴 문, 엄격한 금지령, 협박, 뭐 이런 것이겠지요.」

「천만에요. 그 이상이랍니다.」

「가령?」

「저도 정확하게는 알지 못합니다. 제 관심의 과녁은 유리이지 서책은 아니니까요. 하나 수도원에는 소문이 돕니다…… 아주 괴이한 소문이 돌고 있답니다.」

「궁금하군요, 어떤 소문이지요?」

「참으로 괴이합니다. 소문에 따르면, 어떤 수도사가 말라키아에게 서책을 부탁했다가 그만 거절당했답니다. 이 수도사는 그 서책을 훔쳐보려고 말라키아 몰래 야밤에 장서관으로 숨어 들어갔다가 뱀, 머리 없는 사람, 머리가 둘인 사람을 보았다는 것입니다. 그 수도사가 어찌어찌 해서 그 미궁을 헤어 나왔을 때는 제정신이 아니더라지요, 아마?」

「하면, 악마나 허깨비의 소행이라고 해야 할 일이지 어째서 마법 운운하게 된 것이지요?」

「제 비록 미천한 유리 세공사에 지나지 않으나, 본시부터 바탕이 미욱한 것은 아닙니다. 악마는(하느님, 저희를 구하소서) 수도사를 시험하되, 뱀이나 머리 둘 달린 인간의 모습으로 수도사를 시험하지는 않습니다. 광야에서 일찍이 교부(教父)들이 당했듯이 악마는 음란한 환상을 통해 시험하기를 즐깁니다. 더구나 모모(某某)한 서책을 보는 것이 죄악이라면, 어찌해서 악마가 나서서 그런 죄악에 빠지는 수도사를 혼낸답니까. 악마라면 그런 죄악을 조장해야 마땅하지 않겠습니까?」

「그거 훌륭한 추리 같소.」

「시약소 창문을 고치면서 저는 세베리노의 서책 몇 장을 떠들쳐 본 적이 있습니다. 재미있더군요. 잘 모르기는 합니다만 금서로 꼽히는 알베르투스 마그누스의 책이 아니었던가 싶습니다. 특히 저의 눈길을 끈 것은, 재미있는 그림이 그려진 쪽인데, 그것은 등잔의 심지에 기름을 바르면 연기가 나면서 환상을 유발시킨다…… 뭐 그런 내용이었던 것 같습니다. 본관 2층에 한밤중에도 불이 켜져 있는 것을 아직은 못 보셨을 겁니다. 이 수도원에서 밤을 지내 보시지 못하셨을 테니까요. 밤중에, 대대로 희미한 불빛이 창문 너머로 보이곤 하죠. 많은 수도사들은 그 불빛을 놓고 자주 수군거립니다. 도깨비불이라는 수도사도 있고, 제 바닥을 찾아온, 죽은 사서의 영혼이라고 하는 수도사도 있습니다. 세상을 떠난 수도사의 영혼이라니, 그게 무슨 당치 않은 소리냐고 하시겠지만, 여기 있는 수도사들은 대개 이런 것을 믿습니다. 저는, 환상을 지어내는 등잔의 불빛이 아닐까, 생각하지요. 잘 아시겠지만, 개의 귀지를 등잔의 심지에 발라 놓으면 그 등잔 연기를 쏘이는 사람은 자기 머리를 개 대가리로 믿는다지 않습니까? 누구와 함께 있을 경우에는 서로 상대의 머리를 개 대가리로 여긴다고 하지 않습니까? 또 고약 중에는 별별 고약이 다 있는데 개중에는 심지에 바르고 등잔 옆에 서면 자신을 코끼리같이 거대한 짐승으로 느끼게 되는 고약도 있다고 합니다. 뿐입니까? 박쥐 눈, 이름은 기억나지 않습니다만 무슨 물고기, 그리고 늑대의 독물로 심지를 만들어 등잔에다 꽂아 놓으면 그 심지가 타는 동안에는 바로 눈앞에 그런 동물이 보이게 된다고 합니다. 도마뱀 꼬리로 심지를 만들어 태우면 주위의 모든 사물이 은으로 보이고, 검은 배암의 기름이나 수의(壽衣)로 심지를 만들어 태우면 방 안에

뱀이 가득 찬 것으로 보이게 된다고 합니다. 본 적은 없습니다만 저는 압니다……. 장서관에서 누군가가 아주 꾀를 써가면서 이런 짓을 하고 있는지도 모릅니다.」

「죽은 수도사의 영혼이 장서관으로 들어와서 그런 마술을 부리는 것일지도 모르지 않습니까?」

니콜라는 잠시 망설이다가 대답했다. 「글쎄요, 그 생각은 해보지 않았습니다만 그럴지도요. 하느님께서 저희를 지켜 주시겠지요. 늦었습니다. 벌써 만과가 시작되었을 테지요? 안녕히 가십시오.」 니콜라는 이 말을 남기고는 교회 쪽으로 발길을 돌렸다.

우리는 남쪽 벽을 따라 걸었다. 오른쪽으로는 순례자 숙사와 회의장이 있었고, 왼쪽으로는 올리브 압착실, 연자방앗간, 곡물 창고, 식품 창고, 수련사 숙사가 있었다. 수도사들은 모두 잰걸음으로 교회를 향하고 있었다.

나는 사부님께 물어보았다. 「니콜라 수도사의 말씀을 어떻게 생각하시는지요?」

「모르겠다. 장서관에 무엇이 있기는 있는 모양이다만, 글쎄다, 죽은 사서의 영혼은 아닌 것 같구나.」

「왜 아니라고 생각하시는지요?」

「죽은 사서 수도사들 말이다만…… 맡은 의무에 충실한 학승들이었으니만치 지금쯤 하느님 나라에 머물면서 하느님 뜻을 묵상하고 있어야 이야기가 되지 않겠느냐? 대답이 되었느냐? 등잔 말인데, 장서관에 등잔 같은 게 있는지 없는지는 확인해 봐야 할 일이다. 유리 세공사가 귀띔하던 고약 말인데…… 침입자 앞에 허깨비를 어른거리게 하는 방법 중에는 고약을 쓰는 것보다 훨씬 쉬운 방법이 있다. 너도 오늘 들었으니 알 것이다만, 세베리노 같으면 잘 알고 있을 게다. 다만 분명한 것은 이 수도원은 야간의 장서관 출입을 바라지 않는 반면에 수도사들은 끊임없이 침입을 시도해 왔고 지금도 시도하고 있다는 것이다.」

「저희가 조사하는 범죄와 이 일과는 어떤 관계가 있습니까?」

「범죄라는 관련이지. 생각하면 생각할수록 아델모는 자진(自盡)했기가 쉽겠구나.」

「그것은 왜 그렇습니까?」

「오늘 아침에 나는 짚더미를 유심히 보았다. 동쪽 탑루 아래에서 모퉁이를 따라 올라오면서 산사태 자국을 보았느니라. 산사태라기보다는 탑 아래쪽의 지층이 일부 흘러내린 것 같더구나. 짚더미가 쌓인 그 부근에서 말이다. 그래서 저녁 때 위에서 이 지점을 찬찬히 내려다보았다. 짚더미 위에는 덮인 눈이 별로 없더구나. 무슨 말이냐? 그 눈이 최근에 내린 눈, 다시 말해서 어제 내린 눈이지 그전에 내린 눈은 아니라는 뜻이다. 아델모의 시신에 대해, 수도원장은 바위에 갈가리 찢겨 동쪽 탑루 아래에서 발견되었다고 하지 않더냐? 동쪽 탑루 아래라면 절벽과 건물이 만나는 지점이다. 아래엔 소나무가 자라 있고……. 그러나 바위는 벽이 끝나는 지점 바로 아래에서 계단을 이루고 있고, 짚더미는 계단이 끝나는 데서 시작되고 있지.」

「그렇다면…….」

「그렇다면, 뭐라고 할까…… 이유는 아직 자신 있게 말할 수 없다만, 아델모가 벽의 난간에서 스스로 몸을 던지고, 이어 바위에 부딪히면서, 죽었든 부상당했든 간에 짚더미 위로 떨어졌다…… 이렇게 말해 버리면 머리가 덜 아플 테지. 그렇다면 그날 밤 폭풍으로 인한 산사태는 짚더미와 지층 일부와 이 젊은이의 시체를 동쪽 탑루 아래로 밀고 내려갔을 것이야.」

「어째서 사부님께서는, 조금 전에 하신 추리를, 머리가 덜 아플 터인 추리라고 하시는지요?」

「이것 보아라, 꼭 필요한 경우가 아니면, 한번 추론한 원인이나 진상은 중언부언하는 것이 아닌 법이다. 만일에 아델모가 동쪽 탑루에서 떨어진 것이라면 어떻게 되었겠느냐? 아델모는 먼저 장서관으로 들어갔을 것이 아니냐? 장서관으로 들어갔다면 누군가가 아델모를 침입자로 오인했을 테지? 따라서 아델모는 누군가의 공격을 받았을 가능성이 있지. 장서관에 있던 자는 변변히 저항도 못하는 아델모를 죽이고는 시신을 짊어지고 유리창 있는 곳까지 올라간 뒤, 유리창을 열고 이 가엾은 친구를 아래로 던졌을 것 아니겠느냐? 하지만 내 추리에서 모자라는 것은 아델모, 아델모의 결심, 그리고 작은 산사태…… 를 한 줄로 잇는 동기(動機)다. 원인, 다시 말해서 동기만 있으면 모든 게 설명이 가능할 터인데.」

「아델모 수도사는 왜 자진하려고 했을까요?」

「누가, 왜, 아델모를 죽이려고 했을까? 어떤 질문을 제기하든 먼저 이유를 찾아내어야 한다. 내 보기에는 여기에 반드시 이유, 혹은 동기가 있었을 것 같구나. 본관에는, 말을 조심하는 이상한 분위기가 감돌더구나. 모두가 뭔가를 감추고 있다는 인상을 받았다. 우리에게도, 별것은 아니다만, 소득이 있기는 있었다. 아델모와 베렝가리오의 이상한 관계를 알아낸 게 소득이라면 소득이다. 따라서 당분간 베렝가리오에게 눈을 대어 볼 필요가 있을 것이야.」

우리가 이런 이야기를 나누고 있을 동안 만과가 끝났다. 일꾼들은 저녁을 먹기 전에 제각기 맡은 일이 기다리는 일터로 돌아갔고 수도사들은 식당으로 향했다. 하늘이 어두워지면서 눈발이 날리기 시작했다. 다음 날 아침 천지가 하얀 융단에 덮여 있었던 것으로 보아 눈은 밤새 내렸던 듯하다.

몹시 시장하던 참이어서 식탁 앞에 앉는다는 게 그렇게 은혜로울 수가 없었다.

종과

윌리엄 수도사와 아드소는 수도원장의 환대를 받는다. 이 자리에서 윌리엄 수도사와 호르헤는 언성을 높인다.

 식당에는 커다란 횃불 몇 개가 밝혀져 있었다. 수도사들은 수도원장석을 좌우로 각각 한 줄씩 앉아 있었다. 원장의 자리는 수도사들의 자리와는 직각을 이루는 넓은 단 위에 마련되어 있었다. 반대편에는 강단이 있었는데, 식사 중에 성서를 봉독할 수도사가 이미 거기에 자리 잡고 서 있었다. 원장은 성 파코미우스[51]의 권고에 의한 오랜 관례에 따라, 세수식(洗手式)을 끝낸 우리들의 손을 닦아 주려고 흰 수건을 든 채 작은 분수대에서 기다리고 있었다.
 세수식과 손의 물기를 닦는 순서가 끝나자 원장은 윌리엄

---

51 이집트 테베 지방 출신의 초대 교회 성인(292~346). 로마 제국의 군인이었다가 그리스도를 섬기기 시작하면서 군대를 사임하고 은자로서 빵과 소금만으로 생활했다. 기독교인 중에서도 금욕 생활을 중히 여기는 신도들이 모임에 따라 최초로 수도원 생활 규범을 마련했다.

수도사를 옆 자리로 모시면서 나에게는, 역시 손님 중 한 사람이니만치 베네딕트회의 품계를 무시해서 나의 위계(位階)가 수련사임에도 불구하고 윌리엄 수도사에 준하는 특권을 허락한다고 말했다. 원장은 친절하게도, 다음 날부터는 수도사들과 같은 자리에 앉되, 혹 사부님을 시봉해야 할 일이 있을 경우 식사 전후에 주방을 들르면 요리사들이 편의를 보아 줄 것이라고 일러 주었다.

수도사들은, 두건을 얼굴 위로 드리우고, 두 손을 겉옷 안에 넣은 채 꼼짝도 않고 서 있었다. 수도원장이 자기 식탁 앞으로 다가가 축복의 기도를 올렸다. 강단에서는 선창자가 *Edent pauperes*(가난한 사람 배불리 먹고)[52]를 선창했다. 원장이 축복을 내리자 수도사들은 모두 자리에 앉았다.

우리 교단의 회칙은, 수도사의 식사는 검약해야 한다고 규정하고 있지만, 수도사들에게 필요한 음식의 양을 원장이 정하도록 하고 있었다. 그러나 요즘에는 우리 수도원에서도 수도사들은 식탁의 즐거움을, 탐닉까지는 아니라고 하더라도 적잖게 누리는 편이다. 아예 무슨 식도락의 잔치로 변형되어 버린 수도원들에 대해서는 언급하지 않겠다. 하지만 참회와 덕행의 모범을 좇는 수도원들도 힘겨운 지적 노동을 하는 수도사들에게, 모자라지 않을 정도의 실질적인 식사를 제공한다. 그러나 수도원장의 식탁은 늘 기름지다. 귀한 손님이 거기에 앉기 때문인데, 원장은 이로써 수도원 땅의 소출과 요리사의 솜씨를 과시하는 것이다.

---

52 「시편」 22:26에 나오는, 〈가난한 사람 배불리 먹고 야훼를 찾는 사람은 그를 찬송하리니, 그들 마음 길이 번영하리라〉의 일부.

수도사들의 식사는 관례상 침묵 속에서 진행된다. 꼭 할 이야기가 있으면 손가락 신호로 알파벳을 그려서 전한다. 수련사의 젊은 수도사들은 원장 다음으로 배식을 받는다. 이들의 자리가 바로 원장의 옆 자리이기 때문이다.

　우리와 함께 원장의 식탁에 앉은 수도사는, 말라키아, 식료계 수도사, 그리고 두 분 노수도사, 즉 우리가 문서 사자실에서 만났던 호르헤 노인과 그로타페라타 사람 알리나르도였다. 최연장자인 알리나르도는 거의 백 살이 다 된 노인으로, 몸이 가냘픈 데다 다리까지 절어서 흡사 송장 같은 느낌을 주었다. 수도원장의 말에 따르면 알리나르도 수도사는, 수련사 시절에 그 수도원으로 들어와 자그마치 80년 동안이나 그곳에 붙박여 있었을 뿐만 아니라 그동안에 있었던 일을 하나도 빠짐없이 소상하게 기억하는 노인이다. 원장은, 이런 이야기를 식사를 시작하기 전에 조용히 속삭였다. 우리 교단의 회칙에 따라 그 역시 성서 봉독 소리에 조용히 귀 기울이고 있었기 때문이다. 그렇다 해도 원장의 식탁에서는 약간의 융통성이 있는 법이다. 원장이 자기네 수도원에서 만든 올리브기름과 포도주를 자랑할 때마다 합석한 손님들은 장단을 맞추어 주어야 하기 때문이었다. 그는 우리에게 포도주를 부어 주면서, 포도주와 관련된 회칙의 조항을 인용했다. 즉, 수도사에게 포도주가 꼭 합당한 음식은 아니나, 우리 시대 수도사들에게 이를 금지시키는 것은 가능하지 않으니,「전도서」에서 일렀듯이 술은 현자를 배교자로 만들 수도 있는 것이니 마시되 양은 채우지 않아야 한다는 것이었다. 베네딕트는 지금의 우리 시대와는 거리가 먼 그 자신의 시대를 〈우리 시대〉라고 했다. 우리가 수도원에서 식사를 하던 그 당시를 독자 여러분은 상상 속에서나마 그려 볼 수 있을 것이다(내가 이 글을 쓰고 있는 요즘에는 심지어 멜크 수도원 수도사들이 맥주를 즐겨 마실 정도이니!). 요컨대 우리는 과하지는 않았지만, 맛을 즐기는 데는 과히 인색하지 않게 마셨다.

우리는 꼬챙이에 꿰어 구운, 갓 잡은 돼지고기를 먹었는데, 나는 그들이 요리하는 데 쓴 기름은 동물의 지방이나, 포도 찌꺼기 기름이 아니라, 수도원이 바다를 면한 산기슭 올리브 밭에서 거둔 싱싱한 올리브에서 짠 기름임을 알았다. 원장은 우리가 주방에서 요리 과정을 지켜보았던 닭 요리를 권했다. 원장 식탁의 삼지창은 금속제였다. 당시로는 희귀한 물건이라서 나는 그 물건을 보면서, 두 갈래로 나뉘어 있는 사부님의 안경다리를 생각했다. 귀족 출신인 원장은, 음식에다 손을 대지 않으려 했고 실제로 우리에게도 그 삼지창을 사용해 요리를 접시에 담으라고 권했다. 나는 황송스러웠던 나머지 원장의 친절을 사양했다. 그러나 윌리엄 수도사는 그 도구를 받아 들고는 대단히 귀족스러워 보이는 연장인 삼지창으로 능숙하게 음식을 다루었다. 사부님은 원장에게, 〈보시라, 프란체스코회 수도사라고 해서 모두 무식쟁이에 천민 태생인 것은 아니다〉, 이런 말을 하고 있는 것 같았다.

산해진미 앞에 앉았는데도(여행 중에는 얻어 걸리는 대로, 닥치는 대로 먹어 왔던 우리가 아니던가) 나는 강단에서 들리는, 성서를 봉독하는 소리 때문에 음식에 정신을 쏟을 수 없었다. 그러다 호르헤 노인이 고개를 끄덕이며 맞장구치는 소리에 다시 정신을 차릴 수 있었다. 성서 봉독을 마치고 회칙을 읽는 순서였다. 회칙에 귀 기울이며 나는 오후에 그런 이야기를 했던 호르헤 노인이 고개를 끄덕이는 것도 무리가 아니라고 생각했다. 강단에서는 이런 소리가 들려왔다. 「……선지자의 본을 따르게 하소서. 선지자들은, 〈나는 마음을 성했고, 내 길을 지켜 혀끝으로는 죄를 범하지 아니할 것이며, 입에는 재갈을 물리었고, 자신을 낮추어 벙어리가 되었으며 쓸 말까지도 자제하기를 망설이지 않았다〉고 하였나니, 이 구절에서 선지자가 우리에게 침묵에의 사랑은 정당한 말까지도 자제하게 해야 한다고 가르친다면, 이 죄에 대한 응징을 피하려면 정당하지 않은 말은 얼마나 자제해야 하겠느뇨? 어디서건 욕설이나 실없는 말이나 농담을 영원히 물리치되, 후학으로 하여금 이런 말을 입에 올리지 못하도록 하여야 할 것이라……」

호르헤는 말을 하지 않고는 배길 수 없었던지 낮은 목소리로 한마디 했다. 「이거야말로 낮에 우리가 했던 토론의 주석이 되겠구려. 요한 크리소스토모스에 따르면, 그리스도는 웃지 않으셨답니다.」

윌리엄 수도사가 그 말을 받았다. 「그분의 인성(人性)이 이를 금하신 적도 없지요. 신학자들이 이르듯이, 웃음이란 인간에게 고유한 것이기 때문이지요.」

「사람의 아들은 웃을 수도 있었소만, 그분이 웃으셨다는 기록은 없습니다.」 호르헤는, 피에트로 칸토레의 말을 인용하고 있었다.

「*Manduca, iam coctum est*(드시지요, 이는 잘 익었음입니다).」 윌리엄 수도사가 중얼거렸다.

「뭐라고 하셨습니까?」 윌리엄 수도사가 앞으로 갓 날라져 온 음식 이야기를 하는 줄 알고 있다가 아무래도 낌새가 이상하다 싶었던지 호르헤가 물었다.

「암브로지오에 따르면, 이것은 로렌초 성인이 화형대 위에서 형리들에게 하신 말씀이랍니다. 프루덴티우스도 『Peristephanon[순교가(殉敎歌)]』에서 쓰고 있지요⋯⋯.」 윌리엄 수도사는, 성자의 말투를 흉내 내며 말을 이었다. 「⋯⋯따라서 로렌초 성인은, 비록 원수를 능멸하기 위함이었어도 웃을 줄을 아셨고, 우스갯소리를 하실 줄 아셨음이라.」

「거 보세요. 웃음이라고 하는 것은, 죽음에, 육체의 파멸에 아주 가깝게 있는 것이 아닌가요?」 호르헤가 코웃음을 치며 응수했다. 아닌 게 아니라 터무니없는 말은 아니었다.

이 시점에서 원장은 점잖은 몸짓으로, 더 이상 진행시키지 말자는 눈치를 보였다. 식사는 거의 끝나 가고 있었다. 원장은 자리에서 일어나 식당에 모인 수도사들에게 윌리엄 수도사를 소개했다. 그는, 사부님의 지혜로운 통찰력을 칭송하고 사부님의 명성을 다소 과장되게 전한 다음, 원장 자신이 아델모의 죽음에 관련된 조사를 부탁한 것인 만큼 수도사들은 마땅히 그의 질문에 응답하되 동석하지 못한 수도사들에게도 널리 알려 행여 손님 대접에 소홀함이 있어서는 안 될 것이라고 지시했다.

저녁 식사가 끝나자 수도사들은 종과 성무를 앞두고 교회로 갈 준비를 서둘렀다. 그들은, 다시 두건을 내리고 문 앞에 한 줄로 섰다. 이윽고 정렬을 끝낸 수도사들은 묘지를 지나 북문을 통해 교회로 들어갔다.

우리는 원장과 함께 식당을 나왔다. 윌리엄 수도사가 물었다. 「본관 문을 잠그는 시각이 지금쯤입니까?」

「일꾼들이 식당과 주방을 청소하면 사서가 문을 모두 닫고 안으로 잠근답니다.」

「안에서 잠그다니요? 그러면 잠근 사서는 어느 문으로 나옵니까?」

수도원장은 잠시 윌리엄 수도사를 지그시 노려보다가 퉁명스럽게 대답했다. 「주방에서 자지 않는 것은 분명합니다.」 이 말을 마친 원장은 빠른 걸음으로 그 자리를 떴다.

윌리엄 수도사가 나에게 속삭였다.

「그럴 테지. 나오는 문이 있기는 있지만 나는 알아서는 안 된다는 뜻이렷다?」 나는 그 말을 듣고는 나도 모르게 빙그레 웃고 말았다. 사부님의, 예의 그 명민한 추리력이 발동했다고 생각했기 때문이었다. 사부님의 질책이 떨어졌다. 「웃음이 그렇게 헤퍼서 쓰겠느냐? 보고 듣지 않았느냐? 이 수도원 울 안에서 헤프게 웃다가 어디 제대로 대접을 받겠더냐?」

우리는 교회 안으로 들어갔다. 사람 키 높이의 갑절쯤 되는 청동 삼각대가 등잔을 하나 달고 교회 안을 밝히고 있었다. 수도사들은 조용히 자리를 잡고 앉았다.

원장이 고개를 끄덕이자 선창자의 목소리가 낭랑하게 울려 퍼졌다. 「*Tu autem Domine miserere nobis*(주여, 저희를 긍휼히 여기소서)……」 원장이 여기에 화답했다. 「*Adiutorium nostrum in nomine Domini*(저희를 구원하실 분은 오직 주님 한 분이시니).」 모두가 한 목소리로 응답했다. 「*Qui fecit coelum et terram*(천지를 창조하신 하느님이라).」 이어서 찬송가 〈정의의 하느님, 찾을 때 화답하소서〉, 〈온 마음으로 주께 감사하나이다〉, 〈주여 축복하소서, 주의 종들을 축복하소서〉가 이어졌다. 우리는 회중석에 있지 않고 중앙의 통로 뒤편으로 물러나 있었다. 그때 우리 눈에, 교회 옆 부속실의 어둠 속에서 불쑥 나타난 말라키아가 보였다.

사부님이 나에게 속삭였다.「잘 보아 두어라. 어쩌면 본관으로 통하는 통로가 있을지도 모른다.」

「묘지 밑으로 말씀입니까?」

「있으면 안 되느냐? 내 방금 그 생각을 했다. 어딘가에 공동(空洞)이 있을 게야. 수세기 동안 이곳에서 죽어 나간 수도사들을 모두 마당 묘지에 묻었을 리는 없지 않겠느냐?」

「정말 밤에 장서관으로 들어가실 의향이십니까?」 내가 기겁하여 물었다.

「수도사의 시신과 뱀과 신비스러운 빛이 있는 곳으로 가야겠다. 아드소…… 아서라, 말아. 내 오늘 그런 생각을 하긴 했다만, 호기심 때문에 그런 생각을 한 것이 아니고, 아델모가 죽은 경위를 생각했기 때문이다. 이미 너에게 일렀듯이, 우선은 논리적인 설명을 할 수 있어야겠으나 이곳의 관례도 깔끔하게 지켜 줄 생각이다.」

「이곳의 관례를 지켜 주신다면…… 알려고 하시지 말아야 할 일이 아닌지요?」

「진정한 배움이란, 우리가 해야 하는 것과 할 수 있는 것만 알면 되는 것이 아니야. 할 수 있었던 것, 어쩌면 해서는 안 되는 것까지 알아야 하는 것이다.」

제2일

조과

신비로운 법열의 순간이 피비린내 나는 사건으로 부서진다.

때로는 악마의 상징이 되기도 하고, 때로는 부활하신 그리스도의 상징이 되기도 하는 수탉은 동물 중에서도 가장 미덥지 못한 동물이다. 우리 교단에는 날 새는 데도 울지 않았던 게으른 수탉을 몇 마리 알고 있다. 그렇긴 하지만, 특히 겨울철에 해당하는 이야긴데, 조과 성무는 사방이 아직 칠흑 어둠이고 만물이 잠들어 있을 시각에 시작된다. 수도사라면 마땅히 어두울 때 일어나 어둠 속을 믿음으로 밝혀야 하기 때문이다. 따라서 관례상 수도원에는 찰중(察衆) 수도사가 있기 마련이다. 대중이 잠자리에 들어도 이 찰중 수도사만은 잠들지 않은 채 밤을 밝히며 운율에 맞추어 「시편」을 낭송함으로써 시간을 재고, 수면 시간이 그만하면 되었다는 결론에 이르면 신호로 대중을 기침시키게 되어 있는 것이다.

우리 역시 그날 새벽에 요사와 순례자 숙사 사이로 종을

울리고 다니는 수도사 때문에 잠에서 깨어났다. 한 수도사가 독실 사이를 다니며 *Benedicamus Domino*(주님을 찬양할지라)를 외치고 다니면 그 소리를 들은 수도사들이 일제히 *Deo, gratias*(주여, 감사합니다)라고 화답하면서 잠자리를 털고 일어나는 것이었다.

윌리엄 수도사와 나는 베네딕트회 관례를 따랐다. 우리는 찰중 수도사가 순(巡)을 돈 지 약 반 시간 만에 새날 맞을 차비를 하고는 교회로 내려갔다. 수도사들은 교회 바닥에 부복한 채 「시편」을 음송하면서, 스승을 필두로 수련사들이 들어오기를 기다렸다. 이윽고 모두가 자리에 앉자 찬송가 「*Domine labia mea aperies et os meum annuntiabit laudem tuam*(주여, 내 입술을 열어 주소서, 내 입이 주를 찬송하여 전파하리이다)」이 시작되었다. 찬송 소리가 궁륭형 교회 천장으로 오르는데 듣기에 흡사 어린아이들이 떼쓰는 소리 같았다. 두 수도사가 강단으로 올라가 「시편」 94편, *Venite exultemus*(악한 자를 벌하시는 야훼여, 나타나소서)를 낭송하자 대중이 대구(對句)로 화답했다. 나는 새로 솟아오르는 믿음으로 마음이 뜨거워지는 것 같았다.

수도사들은 모두 각자의 자리에 앉아 있었다. 벽 위로는 예순 개의 그림자가 어른거렸다. 법의의 두건 때문에 그 그림자의 임자를 알아보기는 불가능했다. 삼각대 위에서 쏟아져 내려오는 등잔 불빛도 두건 쓴 얼굴을 알아볼 수 있기에는 넉넉하지 못했다. 예순 가닥의 목소리는 제각기 전능하신 분을 찬양했다. 이 감동적인 화음, 천상적 기쁨의 문전에서 들리는 소리에 귀를 기울이면서 나는 그 수도원이 수수께끼와 그 수수께끼를 풀겠다는 은밀한 기도(企圖)와 음산한 위협이 도사리고 있는 곳으로는 믿어지지 않았다. 그 까닭은, 그 시각의 수도원은 바로 성인들의 처소, 미덕의 보금자리, 학문의 그릇, 분별의 방주, 지혜의 탑, 자비의 원류, 힘의 요새, 성성(聖性)의 향로로 보였기 때문이었다.

   여섯 장의 「시편」에 이어 성서의 봉독이 시작되었다. 몇몇 수도사들은 끄덕끄덕 졸고 있었다. 입승(立僧) 하나가 조그만 등잔을 들고 회중석 사이를 돌아다니며 졸고 있는 수도사들을 깨웠다. 만일 한번 깨워 놓은 수도사가 다시 수마(睡魔)에 굴복하고 말면, 그는 그 벌로 번(番)을 돌아야 했다. 또다시 6편의 「시편」이 계속해서 봉독되었다. 이윽고 수도원장이 축복을 내리자 주번(週番)이 기도를 인도했다. 기도 순서가 되자 모두가 명상에 잠긴 채로 제단 쪽을 향해 머리를 조아렸는데 이 신비로운 정열과 강렬한 내적 평화의 순간은, 체험해 보지 못한 사람은 이에 견주어질 만한 것을 알지 못하는 법이다. 마침내 수도사들은, 일제히 두건을 내리쓰고 자리에 앉아 엄숙하게 「*Te Deum*(주여, 찬미하나이다)」을 불렀다. 나 역시, 첫날 수도원에 도착한 순간부터, 내 마음에서 일던 의혹을 말끔히 걷어 주시고 거북한 생각에서 풀려나게 해주신 주님을 찬미했다. ……우리 모두, 불면 날고 쥐면 꺼질 연약한 존재…… 이 신심 깊고 학식 있는 수도사들 중에도 악마가 있어서 미움을 퍼뜨리고 적의를 도발하는구나. 하나 이들 모두 아버지의 이름으로 부름을 받는 순간 믿음의 강풍에 흩날리는 연기 같은 존재…… 이윽고 그리스도께서 내리셔서 그들 사이에 임재하시리…… 나는 기도하면서 이런 생각을 했다.

날이 새지 않았더라도 조과가 끝나고 찬과가 시작되기까지 수도사들은 독방으로 돌아가지 않는다. 수련사들은 그 스승을 따라 강론실로 「시편」을 공부하러 들어갔다. 몇몇 수도사들은 교회에 남아 교회 안의 치장을 손질했으나 대부분은 회랑으로 나와 묵상에 들었다. 윌리엄 수도사도 나도 명상에 잠겼다. 불목하니들은 자고 있었고, 여전히 어두운 하늘 아래 우리가 찬과 성무에 참례하러 돌아올 때까지도 계속 자고 있었다.

「시편」의 낭송이 계속됐는데, 월요일에 낭송될 시편 중 하나가 다시 나를 전날의 공포 분위기로 몰아가는 것 같았다. 〈내 마음속의 사악한 죄악이 나에게 이르기를, 제 눈앞에는 하느님이 두렵지 않다고 하나, 그 입이 하는 말이 공정하지 못하더라〉는 구절이었다. 나에게 교단의 회칙은 바로 그날 있을 사건의 불길한 징조로 들렸다. 찬미가 끝나고 「요한의 묵시록」의 봉독이 시작되었지만 내 마음은 개운하지 못했다. 문 위에 있던 양각의 부조, 전날 내 마음을 송두리째 뒤흔들어 버리던 그 심란한 환상이 다시 내 머리에 떠올랐다. 응답 성가와 찬양과 창화(唱和)가 끝나고 복음 찬미가 시작되었을 때 나는 눈을 들어 제단을 보았다. 성가대석 너머로, 그때까지 어둠에 잠겨 있던 채색 유리가 창백한 새벽빛에 빛나기 시작하고 있었다. 해가 뜨고 있는 것은 아니었다. 해는 1시과 성무에서 「*Deus qui est sanctorum splendor mirabilis*(성인들의 놀라운 빛이신 하느님)」와 「*Iam lucis orto sidere*(이윽고 빛나는 별은 떠오르고)」를 부를 때쯤 뜨게 될 터였다. 미명은, 겨울 새벽빛의 희미한 전령사(傳令使)에 지나지 않았으나 그것으로 넉넉했다. 미명이 회중석의 어둠을 몰아내고 있는 것, 그것만으로도 내 마음을 편케 하기에는 족했다.

우리는 거룩한 책에 기록된 말씀을 노래했다. 만민을 깨우치기 위해 내리신 말씀을 증언하고 있었을 때는, 샛별이 그 광휘를 거느리고 교회로 쳐들어오는 것 같았다. 여전히 빛은 희미했으나, 「아가(雅歌)」의 말씀과, 신비와, 천장에 활짝 피어 있는 향기로운 백합과도 같은 아치형 천장으로부터 빛이 나는 것만 같았다. 나는 조용히 기도했다. 「오, 주님, 이 견줄 데 없는 기쁨 주신 것을 감사합니다.」 그러고는 나 자신을 타일렀다. 「바보 같으니, 무엇을 두려워하느냐?」

그때였다. 북쪽 문밖에서 왁자지껄하는 소리가 들려왔다. 나는, 불목하니들이 어째서 저희 일이나 하지 않고 이 거룩한 명상을 훼방하는 것일까, 이런 생각을 했다. 돌연, 돼지치기 셋이 하얗게 질린 얼굴로 뛰어 들어왔다. 그들은 수도원장에게 다가가 무어라고 속삭였다. 원장은, 처음에는 성무를 방해받고 싶지 않다는 듯 조용히 손짓으로 그들을 물리치려 했다. 그러나 다른 불목하니들도 교회 안으로 뛰어 들어왔다. 밖에서는 누군가가 이렇게 소리치고 있었다. 「죽었다! 죽었다! 수도사님이었어. 신발 봤지?」

기도는 더 이상 진행될 수 없었다. 수도원장은 식료계 수도사에게 따라오라고 손짓하고는 먼저 뛰어나갔다. 윌리엄 수도사도 곧 그들을 따라 나갔으나 이미 수도사 전부가 자리를 박차고 밖으로 뛰어나가는 중이었다.

하늘이 훤했다. 땅 위에 눈이 쌓여 있어서 경내가 더욱 밝아 보였다. 교회 뒤 담벽 앞에는 전날부터, 돼지 피를 채운 커다란 항아리가 놓여 있었는데, 그 항아리 위로 이상한 물체가 불쑥 솟아 있었다. 흡사 새들을 쫓으려고, 넝마를 주렁주렁 단 막대기를 두 개 세워 놓은 것 같았다.

막대기가 아닌, 사람의 다리, 머리를 항아리의 돼지 피에다 박고 거꾸로 선 사람의 다리였다.

수도원장은, 얼른 그 몸서리치는 항아리 안에서 시체(산 사람이 그런 자세로 배길 수 있었을 리 없었으니)를 끌어내라고 명했다. 돼지치기 몇 명이 머뭇거리다 항아리로 접근하여, 온몸에다 피를 묻히며 시체를 끌어냈다. 이전에 들은 대로 돼지 피는, 뽑아낸 즉시 잘 저은 다음 기온이 찬 데 내어놓았기에 엉기지 않은 채였지만 시체를 적시고 있는 피는 이미 엉기고 있었다. 피는 법의뿐만 아니라 얼굴에까지 엉겨 있어서 수도사의 얼굴을 알아볼 수 없었다. 불목하니 하나가 물 한 양동이를 길어와 시체의 얼굴에다 끼얹었다. 다른 불목하니 하나는 걸레를 가져다 시체의 얼굴을 닦았다. 이윽고 우리 눈앞에, 전날 오후 아델모의 서안 옆에서 우리와 이야기를 나누던 그리스 학자, 살베메크 사람 베난티오의 얼굴이 드러났다.

수도원장이 윌리엄 수도사 옆으로 다가왔다. 「윌리엄 수도사님, 보시다시피, 이 수도원에는 뭔가가 있습니다. 어른의 지혜가 몹시 필요한 상태입니다. 원컨대 한시바삐 손을 써주십시오.」

「이 수도사는, 성무에 참례했습니까?」 윌리엄 수도사가 시체를 가리키면서 물었다.

「아닙니다, 자리가 비어 있더군요.」 수도원장이 대답했다.

「성무에 빠진 수도사는 이 사람뿐입니까?」

「성무에 빠진 수도사가 또 있는 것 같지는 않습니다.」

윌리엄 수도사는 질문을 망설이다가 다른 이들이 듣지 못하게 목소리를 낮추어 물었다. 「베렝가리오는 제자리에 있었습니까?」

　수도원장은 놀란 얼굴로 사부님의 얼굴을 바라보았다. 자기도 몇 가지 이유에서 베렝가리오를 의심했는데, 사부님도 같은 생각을 하고 있어서 놀란 듯한 눈치였다. 그는 이렇게 대답했다. 「자리에 있었습니다. 맨 앞 열, 내 오른손이 닿을 만한 자리에 앉아 있었으니까요.」

　「당연하겠지요. 그저 여쭈어 본 것뿐입니다. 교회 후진(後陣)을 지나 안으로 들어온 사람은 없었을 것입니다. 따라서 시체는 적어도 모두가 잠든 시각부터 몇 시간 이렇게 있었을 가능성이 있습니다.」

　「불목하니들은 동틀 녘에야 일어납니다. 시체가 이제야 발견된 것도 그 때문입니다.」

　윌리엄 수도사는, 시체 다루는 데 이골이 난 사람처럼 그 앞에 허리를 구부리고 앉아, 양동이 속의 걸레를 꺼내어 베난티오의 얼굴을 차근차근 닦아 내었다. 그동안 수도사들은 공포에 질린 얼굴을 하고는, 시체를 둘러싼 채 수군거리다 수도원장으로부터 주의를 들었다. 잠시 후 수도원 내 수도사들의 위생 문제에 관여하고 있는 세베리노가 앞으로 나왔다. 세베리노 역시 사부님 앞에 쪼그리고 앉았다. 두 분의 대화 내용이 궁금했는 데다, 사부님에게 다른 물걸레를 건네주어야 했기 때문에 나는 두려움과 구역질을 참고 두 분 옆으로 다가섰다.

　「익사자를 보신 적 있소?」 사부님이 세베리노에게 물었다.
　「많이 보았습니다. 무슨 뜻으로 하시는 말씀이신지 짐작이 갑니다만, 익사자의 얼굴은 이렇지 않습니다. 이 얼굴은 부어 있지 않군요.」 세베리노가 대답했다.

「그렇다면, 누군가가 이 항아리에다 처박았을 때, 이 가엾은 수도사는 이미 죽어 있었다는 말이겠군요?」

「누가, 왜 이런 짓을 했는지 궁금할 뿐입니다.」

「왜 죽였는지부터가 궁금하군요. 우리는 시방, 마음이 어딘가 몹시 뒤틀려 있는 자의 소행을 대하고 있습니다. 하지만 우선 이 시신의 어디에 상처나 멍이 있는지 조사해 보아야 합니다. 욕장으로 옮겨 옷을 벗기고 씻긴 다음에 조사해 보았으면 좋겠군요. 내 곧 그리로 가겠습니다.」

세베리노가, 수도원장의 허락을 얻어 돼지치기들에게 시신을 옮기게 할 동안 사부님은 수도원장에게 부탁해 수도사와 불목하니들이, 경내를 새 발자국으로 어지럽히면 안 될 터이니 돌아갈 때는 반드시 오던 길을 이용하라고 일렀다. 사부님과 나는 이렇게 해서, 시신을 꺼내느라고 온통 핏자국으로 얼룩진 항아리 옆에 둘만 남을 수 있었다. 항아리 주위의 눈은 피로 온통 새빨갛게 물들어 있었고, 물을 뿌렸던 곳에는 눈이 녹아 있었다. 잠시 시신을 눕혔던 곳에는 사람의 몸 형상으로 검붉은 자국이 남아 있었다.

윌리엄 수도사는, 수도사들과 불목하니들이 남긴 어지러운 발자국을 보면서 고개를 가로저었다. 「뒤죽박죽이로구나. 보아라, 아드소. 눈이라고 하는 것은 참으로 믿을 만한 양피지이니라. 사람들은 제 몸으로 저 눈 위에다 글씨를 쓰는 것이다. 하지만 이 양피지는, 지나치게 긁힌 탓에 우리에게 도움이 될 만한 것을 찾기가 어려울지도 모르겠구나. 이곳과 교회 사이엔 수도사들의 발자국이 무수히 남아 있고, 이곳과 창고, 그리고 외양간 사이로는 불목하니들이 무수히 오갔다. 따라서 온전한 곳은 창고와 본관 사이뿐이다. 어디 가서 살펴보자꾸나. 쓸 만한 게 남아 있을지 모르니까.」

「무엇을 찾으시려는 것입니까?」

「희생자가 스스로 항아리에다 머리를 처박지 않았다면 누군가가, 아마도 이미 죽은 시체를 끌어다 여기에 처박았을 터……. 다른 사람의 시체를 운반하는 사람은 눈에다 발자국을 남기는 법이되 남보다 더 깊고 선명한 발자국을 남기는 법이다. 찾아보아라. 우리 양피지를 뒤죽박죽으로 만든 오합지중 수도사들 것과 어딘가 좀 다른 발자국이 혹 있는지……」

우리는 단서가 될 만한 것을 찾아다녔다. 그리고 결국은 내가(하느님께서 내가 자만에 빠지지 않게 하시길), 항아리와 본관 사이에서 조금 이상하게 보이는 발자국을 찾는 데 성공했다. 발자국은, 상당히 깊이 새겨진 사람 발자국으로, 다른 사람이 오가지 않은 듯한 곳에 찍혀 있었다. 사부님은, 그 발자국이 수도사나 불목하니들의 발자국보다 희미한 것은, 이 발자국이 찍힌 다음에 눈이 더 내린 증거라고 말했다. 그러나 주목할 만한 것은, 발자국과 발자국 사이에, 발자국 임자가 무엇인가를 끌고 갈 때 생긴 것인 듯한 흔적이 이어져 있었다는 것이다. 요컨대 발자국은 항아리에서 동쪽 탑루와 남쪽 탑루 사이에 있는, 본관의 식당 문까지 이어져 있었다.

윌리엄 수도사가 말했다. 「식당, 문서 사자실, 장서관…… 장서관이 또 한 번 문제가 되는구나. 베난티오는 본관에서 죽었다. 본관 중에서도 장서관에서 죽었을 가능성이 크다.」

「아니, 어째서 장서관이라고 잘라 말씀하시는지요?」

「나는, 살해자의 입장에서 생각해 보고 있다. 만일 베난티오가 식당이나 주방이나 문서 사자실에서 죽거나 살해당했다면, 그 자리에 그대로 두었을 가능성이 크다고 봐야지. 그러나 장서관에서 죽었다면, 어딘가로 옮겨 놓아야 하지 않겠느냐? 장서관에 그대로 두면 시신이 남의 눈에 뜨일 일이 없으니깐. 모르기는 하지만 살해자는 이 시신이 남들의 눈에 띄기를 바랐던 모양이구나. 그리고 살해자는 장서관에 중인(衆人)의 이목이 쏠리는 것을 좋아하지 않았던 모양이다.」

「하면, 살해자는 왜 이 시신에 중인의 이목이 쏠리는 것을 바랐겠습니까?」

「모르기는 하지만 몇 가지로 가정해 볼 수 있기는 하다. 범인은 베난티오를 죽였지만 반드시 베난티오가 미워서 죽였다고는 볼 수 없다. 다른 사람이 아닌 베난티오라는 특정인을 죽였다는 것은, 이로써 어떤 표적을 남기고 싶었기 때문인지도 모른다.」

「*Omnis mundi creatura, quasi liber et scriptura*(세상의 모든 피조물은 글이나 문자 같은 것)······. 하면 그 표적은 대체 무엇을 위한 표적이겠습니까?」

「글쎄, 아직은 그걸 모르겠다. 하나, 표적처럼 보이는 것 중에는 실제로 아무런 의미가 없는 것들도 있다는 걸 잊어서는 안 된다. 〈어버버〉란 의미 없는 말처럼······.」

「〈어버버〉라고 말하려고 수도자를 죽이다니, 어지간히 극악하질 않습니까?」

「*Credo in unum Deum*(나는 한 분뿐이신 하느님을 믿는다)이라는 주장을 위해 사람을 죽이는 것도 극악하기는 마찬가지이지.」

그때 세베리노가 우리 쪽으로 다가왔다. 시신을 씻고, 주의 깊게 시신을 관찰하고 온 그는, 시신에 상처나 멍든 곳은 없더라고 말했다.

시약소 쪽으로 걸으면서 윌리엄 수도사가 물었다. 「혹, 시약소 실험실에 독약이 있던가요?」

「없는 것이 없는 곳이니 독약인들 왜 없겠습니까만, 제 대답은 독약이라는 말씀의 의미에 따라 달라집니다. 소량일 때는 보약일 수 있으나 과복(過服)할 경우에는 치명적인 것도 있기는 합니다. 본초 약제사들이 그렇듯이 저 역시 그런 것을 가지고 있습니다만 처방할 때에는 신중에 신중을 기합니다. 가령 제 시약소 뜰에서는 쥐오줌풀도 자랍니다. 심장의 박동이 고르지 못한 사람에게, 다른 약초와 함께 달여 먹이면 효험이 있습니다. 그러나 과용하면 졸다가 목숨을 잃는 수도 있습니다.」

「시신에, 특정 독물을 음용한 흔적은 없었습니까?」

「없었습니다만 대부분의 독극물은 흔적을 남기지 않는 법입니다.」

우리는 시약소에 이르렀다. 욕장에서 말끔하게 씻긴 베난티오의 시신은 그곳으로 운반되어, 세베리노의 실험실에 있는 널찍한 탁자 위에 안치되어 있었다. 세베리노의 실험실은, 증류기, 유리나 토기류로 만든 도구들이 잔뜩 들어 있어서, 내 보기에는 (실제로 본 적은 없고, 들은 얘기를 통해 상상한 것이지만) 흡사 연금술사의 방 같았다. 문 옆 벽에 걸린 긴 시렁에는 색깔이 가지각색인 물건이 담긴 병, 단지, 항아리가 가지런히 놓여 있었다.

「약재 수집이 대단합니다. 모두 뜰에서 재배한 약초에서 추출한 것들인가요?」 사부님이 물었다.

「그렇질 않습니다. 여기에 있는 것들 중에는 희귀한 약재나, 이 기후대에서는 재배가 불가능한 것들도 많습니다. 오래전부터 세계 각처의 수도사들이 가져다준 것이지요. 보기 드문 희귀 약재들과 이곳에서 쉽사리 얻을 수 있는 것들이 고루 섞여 있습니다. 보시다시피 이 아갈링고 가루는 멀리 카나이에서 온 것입니다. 어느 아랍인 학자로부터 입수한 것이지요. 인도산 침향(沈香)도 있습니다. 상처를 아물게 하는 덴 선수지요. 살아 있는 아리엔트는 기사회생의 영약, 감각이 마비된 사람을 깨우는 묘약이고, 비소는 마시면 큰일 나는 극약입니다. 유리지치는 폐를 다스리는 본초입니다. 곽향 초석잠은 두골의 열상(裂傷)을 치료하는 데 쓰이고 유향수지는 폐 질환과 돌림감기를 다스리며 몰약은……」

「동방박사의 예물 말씀이신지요?」 내가 물었다.

「그렇다네. 하나 지금은 감람과 발삼나무에서 채취하는 이 몰약은 유산 방지에 특효가 있다네. 이 목내이(木乃伊) 방부제로 말할 것 같으면, 스러진 미라에서 나온 것으로, 영약을 제조하는 데 쓰이고, 만달라화는 수면제로 쓰이며……」

「육욕을 일으키게 하는 최음제로 쓰이기도 하지요……」

사부님 말씀에 세베리노는 웃으면서 대꾸했다. 「그렇게들 말씀하십니다만, 공부 닦는 수도자들 사이에서야 그렇게 쓰일 까닭이 있겠습니까? 이걸 좀 보십시오……」 세베리노는, 단지를 하나 내리면서 말을 이었다. 「……용광로 연도(煙道)에서 얻은 산화아연인데, 안질에 특효가 있습니다.」

「이것은 무엇인가요?」 사부님이, 선반에 놓은 돌에 손을 대면서 밝은 목소리로 물었다.

「그것 말씀이십니까? 몇 년 전에 구한 것으로 무슨 치료 효과가 있기는 있는 모양이지만 저는 아직 그걸 알아내지 못하고 있습니다. 혹시 아시는지요?」

윌리엄 수도사가 웃으면서 대답했다. 「아다마다요. 하지만 약은 아닙니다. 보시지요.」 윌리엄 수도사는 법의 안주머니에서 주머니칼을 꺼내어 그 돌 앞으로 가져갔다. 그는 조심스럽게 손을 움직여 주머니칼을 돌 가까이 대었다. 윌리엄 수도사가 손을 움직이지 않는데도 불구하고 칼날은 갑작스럽게 방향을 틀듯 움직이더니 희미한 금속성을 내면서 그 돌에 달라붙었다.

「보았지? 이 돌에는 쇠붙이를 끌어당기는 성질이 있다.」 윌리엄 수도사가 나에게 설명해 주었다.

「어디에다 쓰는 것입니까?」

「쓰이는 데가 많지. 내 다음에 소상하게 일러 주마. 세베리노 수도사, 여기에 사람을 죽일 만한 게 있는지 그게 궁금하군요?」

세베리노는 잠시 대답을 망설이는 것 같았다. 아니, 잠시가 아니라 내 보기에는 지나치게 오래 뜸을 들이는 것 같았다. 대답을 생각하고 있었던 모양이었다. 「많습니다. 말씀드렸다시피, 독과 약은 종이 한 장 차이입니다. 그리스어로 〈파르마콘〉은 이 두 가지를 동시에 일컫는 말이지요.」

「최근 들어, 없어진 약은 없습니까?」

세베리노는 다시 망설이며 조심스레 대답했다. 「최근에는 없습니다.」

「하면, 과거에는?」

「글쎄올습니다. 기억이 안 납니다. 저는 이 수도원에 30년 있었는데, 그중 이 시약소에서 일한 것만도 25년이나 되니까요.」

「사람의 기억이 두루 미치기에는 너무 긴 세월이군요……」 윌리엄 수도사는 고개를 끄덕이면서 이렇게 말하다 갑자기 말머리를 돌렸다. 「……어제 우리는, 환상을 유발하는 본초 이야기를 했었지요? 그게 대체 어떤 겁니까?」

몸짓이나 얼굴에 떠오르는 표정으로 보아 세베리노는 되도록이면 빨리 이 화제에서 비켜 가고 싶어 하는 것 같았다. 「좀 생각을 해보아야겠습니다. 여기에는 별 희한한 물건이 다 있으니까요. 그보다 베난티오의 죽음에 관한 이야기가 좋겠습니다. 이번 일에 대해 어떻게 생각하시는지요?」

「나도 좀 생각을 해보아야겠소.」 사부님이 대답했다.

1시과

웁살라 사람 베노와 아룬델 사람 베렝가리오가 새로운 사실을
털어놓고 아드소는 참회의 진정한 의미를 배우게 된다.

이 끔찍한 사건은 수도원 경내의 분위기를 뒤숭숭하게 만들어 놓고 말았다. 시체 발견으로 야기된 혼란이 성무 일과까지 뒤흔들어 놓고 만 것이었다. 수도원장은 서둘러 수도사들을 교회 안으로 들여보내면서 형제의 영혼을 위해 기도하라고 일렀다.

수도사들의 목소리에는 형용하기 어려운 주름들이 잡혀 있었다. 윌리엄 수도사와 나는, 성무 일과 중 두건을 내리지 않는 때를 감안하여 그들의 표정을 관찰할 만한 데 자리를 잡고 앉았다. 곧 우리 눈에 베렝가리오의 얼굴이 들어왔다. 창백하고 긴장된 데다 땀으로 번쩍거리는 얼굴이었다.

그 옆에는 말라키아가 있었다. 그의 표정은 어두웠으나 무슨 생각에라도 잠긴 양 그지없이 침착해 보였다. 말라키아의 얼굴 옆으로는 역시 침착해 보이는 장님 수도사 호르헤의 얼

굴이 있었다. 몹시 긴장된 듯한 움살라 사람 베노의 얼굴도 보였다. 전날 우리가 문서 사자실에서 만났던 바로 그 수사학도(修辭學徒)였다. 우리는 말라키아를 힐끔거리는 그의 시선을 놓치지 않았다. 윌리엄 수도사가 수도사들의 표정을 일별하고 나서 속삭였다. 「베노는 잔뜩 긴장해 있고 베렝가리오는 겁을 먹고 있다. 당장 불러서 까닭을 물어보아야겠구나.」

「그러실 필요가 있을는지요?」

「우리가 해야 하는 일은 쉬운 일이 아니다. 조사관의 일이라고 하는 게 원래가 지난한 일인 게야. 가장 허약한 이를 찌르되, 가장 허약한 순간에 찔러야 한다.」

성무가 끝난 직후, 우리는 교회를 나와 장서관 쪽으로 가는 베노를 따라잡았다. 이 젊은 수도사는, 윌리엄 수도사가 불러 세우자 찔리는 데가 있었던지 긴히 해야 할 일이 있다면서 어물쩍 자리를 피하려 했다. 문서 사자실로 가려는 모양이었다. 그러나 윌리엄 수도사는, 자신이 수도원장을 대신해서 사건의 진상을 조사하게 된 것을 상기시키고는 베노를 회랑으로 데리고 들어갔다. 우리는 기둥과 기둥 사이의 안벽 앞에 앉았다. 이따금씩 본관으로 시선을 던지고는 하면서 베노는 윌리엄 수도사의 질문이 떨어지기를 기다렸다.

윌리엄 수도사가 말문을 열었다. 「대답해 주게. 베렝가리오, 베난티오, 말라키아, 그리고 노수도사 호르헤 노인과 더불어 아델모의 채식에 관한 토론이 벌어졌을 때 어떤 이야기가 오고갔는지?」

「어제 들으시지 않았습니까? 호르헤 노수도사께서는, 진리가 담긴 서책을 채식하는 데 요상한 형상을 쓰는 것은 온당하지 못하다고 하셨습니다. 그러자 베난티오는, 아리스토텔레스도, 진리를 드러내는 데 도움이 된다면 재담이나 말장난도 그리 큰 허물이 되지 않으며, 재담이나 말장난이 진리를 나르는 수레일 수 있다면 웃음 역시 그리 나쁜 것만은 아니라고 주장했다고 했습니다. 호르헤 노수도사는, 자기가 기억하는 한, 아리스토텔레스가 『시학(詩學)』에서 은유에 관한 설명을 하면서 비슷한 주장을 한 적이 있기는 하나 이 서책이 그 때문에 큰 곤욕을 치렀다고 말했습니다. 즉, 이 『시학』은, 하느님의 뜻이 그래서 그랬을 테지만, 오랫동안 기독교 세계에는 소개되지 못하다가 이교도인 무어인들의 손을 통해서야 겨우 기독교 세계로 들어올 수 있었다고 했습니다.」

「하지만 아퀴나스의 친구 분에 의해 라틴어로 번역되지 않았던가?」

윌리엄 수도사의 말에 베노가 경계를 누그러뜨리고 말을 계속했다. 「제가 바로 그 점을 지적했습니다. 저는 그리스어가 서툴러 모르베카 사람 기욤[1]의 역본을 통해서야 겨우 이 서책을 읽을 수 있었습니다. 그래서 사실대로 바로 이 말을 했습니다. 그랬더니 호르헤 노수도사는 이 서책의 의도를 비방하면서, 스타게이로스 사람[2]이 비록 이 서책에서 시를 말하고 있으나 이는 어디까지나 *infima doctrina*(쓸모없는 가르침)여서 허구의 세계에나 있을 수 있는 것이라고 했습니다. 그러자 베난티오가, 성서의 「시편」역시 시인의 작품이 아니

---

1 라틴어 이름은 〈구일레무스 브라반티누스〉. 프랑스어 이름은 〈기욤 드 모르베카〉. 도미니크 수도회의 대주교, 번역가(1215?~1286). 토마스 아퀴나스의 친구. 아퀴나스로부터 부탁을 받고 상당수의 그리스 저작을 번역했다.
2 아리스토텔레스의 출생지가 스타게이로스이므로 〈아리스토텔레스〉를 지칭한다.

냐, 여기에도 비유가 사용되고 있지 않느냐고 했습니다. 이 말을 듣고 호르헤 노수도사는 화를 내시더군요. 호르헤 노수도사의 말씀에 따르면, 「시편」은 하느님의 영감에 의해 쓰인 작품이기 때문에 오로지 진리를 전하는 데 필요한 비유법만 쓰이지만, 이교도 시인들은 거짓을 전하거나 쾌락을 좇기 위해 비유법을 쓴다고 했습니다. 저는, 이 말을 듣고 나니 몹시 화가 나더군요.」

「화가 난 까닭은?」

「제가 수사학도이기 때문입니다. 저는 수사학도이기 때문에 이교도 시인들의 작품을 많이 읽습니다. 저는 이교도의 작품이라 해도 기독교의 진리를 보여 주고 있는 경우가 있다고 생각합니다. 아니 그렇게 믿습니다. 아무튼, 제 기억이 정확하다면, 베난티오는 다른 서책 몇 권의 이름을 들먹거렸고, 호르헤 노수도사는 베난티오의 말에 몹시 화를 내었습니다.」

「어떤 서책의 이름이 등장하던가?」

베노는 머뭇거렸다. 「기억이 나지를 않습니다만, 이 일과 그 서책의 제목 사이에 무슨 상관이 있습니까?」

「있어도 적지 않게 있지. 우리는 지금 서책 사이에서, 서책과 함께, 서책으로 사는 사람들 사이에서 일어난 일을 납득하려고 이러고 있네. 이런데도 서책에 관한 이야기가 중요하지 않겠는가?」

베노는 처음으로 웃었다. 처음과는 달리 표정도 밝아졌다. 「하긴 그렇기도 합니다. 저희들은 서책을 위해서 삽니다. 무질서와 부패가 지배하는 이 세상에서, 딴에는 가장 귀한 책무를 수행하고 있는 셈입니다. 어르신께서도 전후 사정을 대략 헤아리실 테지요. 그리스어에 능통한…… 능통했던 베난티오는, 아리스토텔레스가 『시학』 제2권에서 웃음의 문제를 특히 마음을 다하여 다루었다면서, 그렇게 위대한 철인이 서책 한 권을 웃음에 바쳤다면 필시 웃음이라고 하는 것이 그만치 중요하기 때문이 아니겠느냐고 했습니다. 호르헤 노수도사는, 많은 교부들이 죄악 이야기만으로 책을 썼는데, 이거야말로 죄악이라고 하는 것이 중요하면서도 사악한 것이기 때문이 아니겠느냐고 응수했습니다. 그러자 베난티오는, 자기가 아는 한, 아리스토텔레스는 웃음이라고 하는 것이 참으로 우리 삶에 바람직한 것일 수 있으며 진리의 도구일 수 있는 것이라고 주장했다고 말했습니다. 호르헤는 한심하다는 어조로, 아리스토텔레스가 쓴 문제의 책을 읽어 보았느냐고 물었고, 베난티오는, 자신이 읽어 본 적이 없는 것은 물론이고, 어쩌면 영원히 사라져 버렸을지도 모르는 책이기 때문에 읽어 본 적이 있는 사람은 없을 것이라고 대답했습니다. 실제로 모르베카 사람 기욤의 수중에도 이 책만은 없었습니다. 호르헤 노수도사는, 그것이 발견되지 않았다면 이는 그것이 쓰이지 않았기 때문이요, 신의 섭리가 헛된 것을 영광되게 함을 원치 않았기 때문이라고 말했습니다. 저는 두 분의 의론을 진정시키고 싶었습니다. 호르헤 노수도사는 성미가 불같은 분이고, 베난티오는 일부러 호르헤 노수도사의 성미를 긁고 있었기 때문입니다. 제가, 우리가 아는 『시학』과 『수사학』의 한 부분을 예로 들면서, 여기에 아주 기발한 수수께끼에 관한 대단한 통찰이 엿보인다고 넌지시 말했더니 베난티오가 제 말에 찬성하고 나서더군요. 그 자리에는 이교도의 시를 많이 아는 티볼리 사람 파치피코가 있었는데, 이 사람은, 그런 기발한 수수께끼에 관한 한 아프리카의 시인들을 당해 낼 장사는 없다고 하더군요. 그는 실제로 물고기에 관한, 심포시우스[3]의 수수께끼를 인용해 보였습니다. 내용은 이렇습니다.

Est domus in terris, clara quae voce resultat.
Ipsa domus resonat, tacitus sed non sonat hospes.
Ambo tamen currunt, hospes simul et domus una.[4]
(지상에는, 맑은 소리를 내는 집이 있다.
집 자체는 소리를 내나, 손님은 침묵하여 소리를 내지 않는다.
그러나 집도 손님도 함께 흐른다.)

바로 이 대목에서 호르헤 노수도사는, 예수님께서 우리에게 〈예, 아니오〉만을 말하라고 하신 이유는, 그 이상의 이야기는 악마에게서 비롯되는 것이기 때문이라고 말했습니다. 물고기를 언급하려면 거짓된 소리 밑에 개념을 숨기지 말고 〈물고기〉라고 말하면 충분하다고 말입니다. 그러고 나서 그는, 아프리카인 운운하는 것부터가 현명하지 못하다는 말을 덧붙였습니다. 그러고는……」

「그러고는?」

「그러고는 이때 저로서는 영문을 알 수 없는 일이 벌어졌

---

[3] 5세기경의 로마 작가. 5세기 반달 인에 의한 아프리카 지배가 끝날 무렵에 편찬된 라틴어 시집 『아프리카 사화집』에는 운문으로 된 1백 개의 수수께끼가 실려 있다. 이 수수께끼 모음은 후일 앵글로 색슨족의 수수께끼 모음에 큰 영향을 미쳤다.

[4] 이 수수께끼에서 〈집〉은 물, 〈손님〉은 물고기이다. 물은 소리를 내면서 흐르지만 물고기는 소리를 내지 않기 때문이다.

습니다. 베렝가리오가 웃음을 터뜨린 것입니다. 호르헤가 꾸짖자 베렝가리오는 웃음을 터뜨린 까닭을 설명했습니다. 베렝가리오의 말에 따르면, 아프리카인의 수수께끼를 듣고 보니, 물고기 이야기만치 쉽지는 않지만 역시 그만큼 재미있는 다른 수수께끼를 찾을 수 있을 것이라는 생각이 들었다는 것입니다. 베렝가리오의 석명(釋明)을 듣고 있던 말라키아가 화를 버럭 내면서 베렝가리오의 덜미를 잡아 떠밀어 버리면서 헛짓 말고 시키는 일이나 하라고 호통을 쳤습니다……. 아시겠지만 베렝가리오는 사서 수도사 말라키아의 조수입니다.」

「그다음에는?」

「호르헤 수도사가 자리를 떠버리는 바람에 입씨름은 그것으로 끝나고 모두 제 할 일을 계속했습니다. 저는 책을 읽으면서 베난티오와 아델모를 눈여겨보았는데, 두 사람은 베렝가리오에게 무엇인가를 물어보는 것 같았습니다. 베렝가리오는, 두 사람의 질문을 피하려 드는 것 같았습니다. 하지만 나중에도 그 둘은 베렝가리오를 찾더군요. 그리고 그날 밤 저는 베렝가리오와 아델모가 식당으로 들어가기 직전 회랑에서 정답게 무슨 이야긴가를 나누는 걸 보았습니다. 제가 아는 것은 이게 전붑니다.」

「자네도 알다시피, 최근에 기묘한 상황에서 목숨을 잃은 두 수도사가 베렝가리오에게 무엇인가를 질문했다는 결론에 이르게 되는군.」

베노는 심기가 불편한 듯 윌리엄 수도사의 말에 응수했다. 「제가 언제 그랬습니까? 자꾸만 캐어 물으시기에 그날 있었던 일, 그날 제가 받은 인상을 말씀드린 것뿐입니다…….」 그는 이렇게 말하면서 잠시 생각을 가다듬고는 재빨리 덧붙였다. 「……하지만 굳이 제 의견을 듣고 싶어 하신다면 말씀드리지요. 베렝가리오는 두 사람에게 장서관에 있는 뭔가에 대해 이야기를 하고 있었습니다. 어르신께서 꼭 조사해 보아야 할 곳이 있다면 그건 장서관입니다.」

「왜 장서관이라고 생각했는가? 베렝가리오는 왜 아프리카 시인 이야기를 하였던가? 아프리카 시인의 시가 더 널리 읽힌다는 뜻으로 한 말이었을까?」

「그럴 것입니다. 아니, 그럴 것 같았습니다. 하지만…… 그렇다면 말라키아 수도사는 왜 화를 냈을까요? 결국, 장서관에서 아프리카 시집을 내어 줄 것이냐, 말 것이냐를 결정하는 것은 바로 말라키아입니다. 말라키아가 장서관의 사서이니까요. 저도 한 가지는 압니다. 장서 목록을 뒤적이는 사람이면 누구나, 사서만이 알아볼 수 있는 서책의 제목 옆에 적힌 암호문 가운데서 〈아프리카〉라는 단어를 발견할 것입니다. 언젠가 저는 거기에서 *finis Africae*(아프리카의 끝)라는 말을 본 적이 있습니다. 실제로 저는, 이 장서 목록에 속하는 서책의 대출을 요구한 적도 있습니다. 무슨 책이었는지 지금은 기억나지 않지만 제목이 제 호기심을 불러일으켰던 서책이었습니다. 그런데 말라키아는, 목록에 그런 표시가 되어 있는 서책은 분실된 책이어서 장서관에는 없다고 대답했습니다. 제가 아는 것은 이것뿐입니다. 그렇습니다, 베렝가리오가 한 말에 대해서는 어르신 말씀이 옳습니다. 그래서 올리는 말씀입니다만, 베렝가리오에게 물어보시되 베렝가리오가 장서관으로 올라갈 때를 예의 주시할 필요가 있을 것입니다……. 혹시 모르니까요.」

「암, 혹시 모르는 일이지.」 윌리엄 수도사는 말을 마치고 베노를 내보냈다. 그런 뒤 나와 함께 회랑을 걸으면서 말했다. 「베렝가리오가 다시 한 번 도반들의 주목을 받았구나……. 베노는, 우리의 주의가 장서관으로 쏠릴 것을 바라고 있는 눈치가 아니더냐?」

「그렇기는 합니다만, 사부님의 주의가 장서관으로 쏠리기를 바라는 것은 사부님을 통하여 자기가 알고 싶어 하는 바를 대신 알아내기를 바라기 때문이 아닐는지요?」

「일리가 있기는 하다만 그 반대일 가능성도 있지 않겠느냐? 가령 우리의 관심을 장서관으로 돌리게 함으로써 자기가 관심하는 곳으로부터 우리를 떼어 놓으려고 하는지도 모르지 않겠느냐?」

「그럼 베노 수도사는 어떤 곳에 관심을 쏟고 있습니까?」

「모르지. 문서 사자실인지, 주방인지, 교회인지, 숙사인지, 시약소인지…….」

「하지만 사부님께서는 장서관에 관심을 갖고 계시지 않았습니까?」

「그것은 내가 찾아서 가지는 관심이지 남의 제보(提報)를 받았거나 충고를 받았기 때문에 그랬던 것은 아니다……. 어쨌든 장서관을 계속해서 주목해 볼 필요가 있다. 무슨 방법을 써서든지 한번 들어가 보는 것도 나쁘지는 않을 것이야.」 사부님 말씀은, 사정이 급변한 덕분에 명분이 생겼다는 뜻이었다. 물론 예의와, 수도원 규칙 및 관례에 대한 존중의 범위 내에서 행동하겠지만.

우리는 회랑을 벗어났다. 미사가 끝났는지 불목하니들과 수련사들이 교회에서 나오고 있었다. 우리는 교회 서쪽 벽을 따라 걷다가 베렝가리오를 발견했다. 베렝가리오는 교회 수랑문(守廊門)을 나와, 본관 쪽으로 가려는지 묘지를 가로지르고 있었다. 윌리엄 수도사가 그를 부르자 베렝가리오는 발걸음을 멈추었고, 우리는 곧 그를 따라잡았다. 베렝가리오의 매무새는, 교회 안에서 보았을 때보다 훨씬 더 흐트러져 있었다. 윌리엄 수도사는 베노의 경우에 그랬듯이 베렝가리오도 정신 상태가 흐트러져 있을 때를 노려 한번 심문해 보기로, 말하자면 허를 찔러 보기로 작심했던 모양이었다.

「생전의 아델모를 마지막으로 본 게 자네였던 것 같은데?」 윌리엄 수도사는 다짜고짜 이렇게 물었다.

베렝가리오는 이 질문에, 금방이라도 그 자리에 쓰러질 사람처럼 휘청거렸다. 「제가……요?」 베렝가리오의 목소리는 기어 들어가고 있었다. 윌리엄 수도사가 어떤 확신을 가지고 그런 질문을 던졌던 것 같지는 않다. 베노로부터 베렝가리오와 아델모가 회랑에서 정담을 나누는 걸 봤다는 이야기를 들은 참이어서 에멜무지로 던져 보았던 질문인 것 같았다. 그러나 이 질문이 정곡을 찔렀던 모양이었다. 베렝가리오의 음성이 몹시 떨렸던 것으로 보아, 그에게는 자기만 아는 아델모와의 마지막 만남이 있었던 모양이었다.

「무슨 뜻으로 하시는 말씀이신지요? 잠자리에 들기 전에 아델모를 본 사람은 저뿐이 아닙니다.」

순간 윌리엄 수도사는 베렝가리오를 밀어붙일 필요가 있다고 생각한 것 같았다. 그의 말투는 확신으로 가득 차 있었다. 「천만에, 자네는 그 친구를 다시 만났어. 인정하고 싶지 않겠지만 자네는 뭔가를 알고 있어. 이곳에서 수도사가 둘이나 죽었다는 걸 자네도 알 테지. 따라서 자네도 더 이상 입을 다물고 있을 수만은 없게 되었어. 말하기 싫어하는 사람에게 말을 시키는 방법이 얼마든지 있다는 걸 바보가 아닌 자네가 모를 리 없겠지.」

윌리엄 수도사는 틈날 때마다, 비록 자기가 종교 재판과 이단 심판의 조사관으로 있었지만 고문만은 되도록 피하는 주의였다는 말을 하고는 했다. 그러나 베렝가리오는 윌리엄 수도사의 말을 오해했다. 아니, 윌리엄 수도사 자신이 베렝가리오로 하여금 자신을 오해하게 만든 셈이었다. 어쨌든 윌리엄 수도사의 으름장은 즉석에서 효과를 발휘했다.

베렝가리오가 금방 눈물을 줄줄 흘린 것이었다. 「맞습니다. 그렇습니다. 그날 밤에 아델모를 만났습니다. 그러나 제가 만났을 때, 그는 이미 이 세상 사람이 아니었습니다.」

「어떻게 죽어 있던가? 벼랑 아래로 떨어져 있던가?」

「아닙니다, 아닙니다. 저는 여기 이 묘지에서 아델모를 만났습니다. 제가 만났을 당시의 아델모는 사람 꼴이 아니었습니다. 유령처럼 이 묘지를 방황하고 있는 아델모는 도무지 산 사람 같지가 않았습니다. 그의 얼굴은 송장의 얼굴과 다를 바 없었고, 눈은 이미 받아야 할 천벌은 다 받은 듯했습니다. 제가 그다음 날 그의 죽음을 부고받고, 전날 밤 이 묘지에서 제가 본 것은 아델모가 아니라 아델모의 유령이라고 생각했던 것도 다 이 때문입니다. 하지만 대하고 있을 당시에도, 저주받은 영혼, 혹은 유령의 환상을 보고 있는 것 같았습니다. 맙소사, 그의 목소리가 얼마나 흉측했던지 제 입으로는 차마 그려 낼 수 없습니다.」

「자네에게 뭐라고 하던가?」

「네, 이렇게 말했습니다. 〈나는 저주를 받았다. 이렇게 보고 있듯이, 그대 앞에 선 나는 지옥에서 온 자이다, 나는 다시 지옥으로 돌아가야 한다!〉 ……그래서 제가 소리쳤습니다. 〈아델모, 정말 지옥에서 왔더냐? 지옥의 고통이 어떠하더냐?〉 ……두려움을 이길 수 없어서 온몸이 마구 떨렸습니다. 종과 성무를 마치고 나온 참인데, 그때 봉독한 성서 구절이 바로 주님의 분노를 그린 구절이었기 때문입니다. 아델모는 이런 말도 했습니다. 〈지옥의 고통을 어찌 필설로 그려 낼 수 있을 것인가? 오늘날까지 내가 걸치고 있던 궤변의 너울이 마침내 무슨 의미가 있을 것인가? 이 궤변의 너울은, 이 세상에서 가장 높은 탑, 아니면 이 땅의 산 한 덩어리를 짊어진 듯한 무게로 나를 내리누른다. 하나 나는 이 짐을 내려놓을 수 없다. 이 고통은 하느님이 내리신 벌인데 내 죄목인즉 내 허영심, 내 육체를 쾌락의 거처로 믿은 허물, 남보다 더 많이 안다고 생각한 죄, 내 상상 속에 둥지를 틀고 있던 괴이한 형상을 즐겼다는 것이다. 어이하랴, 이제 이 괴이한 형상은 내 영혼 안에도 전보다 더 괴이한 형상을 슬었으니……. 이제 나는 영원히 이들과 살아야 한다. 그대 눈에도 이 법의가 보일 테지. 이 법의가 벌겋게 단 숯 덩어리나 불길이 되어 내 몸을 태우고 있다. 이 징벌은, 알면서도 저지른 육신의 정결하지 못한 죄악에서 비롯되어 이제는 불길로 쉴 새 없이 나를 태우는구나. 손을 주게, 내 아름다운 스승이여, 나와의 만남이 그대에게도 유익하기를, 그대가 내게 베푼 여러 유익함에 대한 보상이 될 수 있도록 말이네. 손을 주게, 내 아름다운 스승이여.〉 아델모는 이렇게 말하면서 손을 흔들었습니다. 자기 입으로 불타고 있다고 하던 바로 그 손입니다. 그때 제 손 위로 그의 땀이 한 방울 떨어졌는데, 어찌나 뜨거운지 그 땀방울이 제 손을 꿰뚫는 것 같았습니다. 이 징표는 며칠간이나 제 손에 남아 있었습니다만, 저는 사람들로부터 이를 숨겨 왔습니다. 아델모는 이 말을 남기고 무덤 사이로 사라졌는데, 놀랍게도 저는 그다음 날, 그의 시신이 벼랑 아래에서 발견되었다는 소식을 접했던 것입니다.」

베렝가리오가 시종 울먹이면서 말을 끝내자 윌리엄 수도사가 물었다. 「왜 아델모는 자네를 〈아름다운 스승〉이라고 불렀을까? 자네와는 동년배가 아니었는가? 혹 자네가 그 친구에게 무엇인가를 가르친 것이 아닌가?」

베렝가리오는 두건으로 얼굴을 덮고는 털썩 주저앉아 윌리엄 수도사의 다리를 껴안았다. 그의 흐느낌은 통곡으로 변해 있었다. 「왜 그렇게 불렀는지, 저는 모르는 일입니다. 저는 그에게 아무것도 가르쳐 주지 않았습니다. 두렵습니다. 수도사님, 수도사님께 고백하고 싶습니다. 자비를 베풀어 주십시오. 악마가 제 오장육부를 파먹고 있습니다.」

윌리엄 수도사는 베렝가리오를 떠밀었다가 다시 손을 내밀어 그를 일으키면서 이렇게 말했다. 「안 된다. 베렝가리오. 나에게 고해를 청하지 마라. 네 입을 여는 것으로 내 입을 봉하려 하지는 말라는 말이다. 네게서 알고 싶은 것을 너는 다른 방법으로 내게 알려 주게 될 것이다. 그렇지 않는다 해도 나는 스스로 그 사실을 알아낼 것이다. 네가 원한다면 내 자비를 구하는 것은 허락하겠다만 침묵은 구하지 마라. 이 수도원 안에는 그렇지 않아도 침묵이 너무 흔하다. 그러니 먼저 내 말에 대답하여라. 칠흑 어둠이었다면서 그의 얼굴이 창백했다는 것은 어떻게 알았으며 눈과 진눈깨비와 비가 몹시 내리는 밤이었는데 어떻게 그자의 땀방울이 네 손을 태울 수 있었느냐? 그리고 그 밤에 너는 묘지에서 무슨 짓을 하고 있었느냐…….」 윌리엄 수도사는 그의 어깨를 잡아 사정없이 흔들었다. 「……어서 말하여라, 이것만은 말하여야 한다.」

베렝가리오는 부들부들 떨면서 대답했다. 「묘지에서 무엇을 하고 있었는지는 저도 모르겠습니다. 기억이 나지를 않습니다. 어떻게 그의 얼굴을 보았는지도 모르겠습니다. 어쩌면 저에게 횃불이…… 아니, 아델모에게 횃불이 있었습니다. 저는 그가 든 횃불의 불빛으로 얼굴을 볼 수 있었습니다.」

「비와 눈이 몹시 내렸을 텐데 그 친구는 어떻게 횃불을 들고 있을 수 있었더냐?」

「종과 성무 직후였기 때문에, 그때엔 눈이 내리지 않았습니다. 눈은 그 뒤에 내리기 시작했습니다……. 제가 기억하기로는 제가 요사로 가면서 첫 눈발을 보았던 듯합니다. 저는…… 숙사로 도망쳤고, 망령 같은 아델모는 반대편으로 갔습니다……. 그 뒤로는 모르겠습니다. 제발 부탁입니다. 더 이상은 묻지 말아 주십시오. 저에게 고해를 허락하지 않으시려면, 더 이상은 묻지 말아 주십시오.」

「오냐, 그럼 가거라. 교회로 가서 주님께 말씀드려라. 그토록 사람에게 말하기 싫다면 말이다. 아니면 입이 무거운 수도사를 한 분 찾아 죄를 고백하도록 하여라. 그날 이후로 고해를 하지 않았다면 자네는 지금껏 신성하지 못한 상태로 성찬을 받아 온 것이니. 어서 가라. 나중에 내 다시 너를 만나리라.」

베렝가리오는 꽁지가 빠지게 달아났다. 윌리엄 수도사는 두 손을 마주 비비고 있었다. 만족스러워할 때마다 나오던 그의 버릇이었다.

윌리엄 수도사는 회심의 미소를 지으면서 중얼거렸다.
「오냐, 이제야 뭔가가 보이기 시작하는 것 같다.」
　「사부님, 보이기 시작한다고 하셨습니까? 아델모의 망령이 하나 더 나타난 것 같은데요?」
　「잘 들어라, 아드소. 내 보기에는 그 망령이라는 게 그리 무서운 망령 같지는 않구나. 더구나 베렝가리오는, 설교자들의 필독서를 읽고 거기에서 몇 구절을 외운 것인지도 모른다. 이곳 수도사들은 독서량이 지나쳐, 흥분하면 읽은 것을 줄줄 읊어 버릴 수도 있다는 것이다. 아델모가 실제로 그런 말을 했는지, 아니면 베렝가리오가 저에게 필요한 말이니까 아델모에게서 들었다고 하는지, 지금으로서는 나도 잘 모르겠다. 중요한 것은 이 이야기가, 내가 세운 가정과 일치하고 있다는 것이다. 예를 들어 보자. 아델모가 자살했다고 가정해 보자. 베렝가리오는, 아델모가 죽기 전에 몹시 흥분해 있었고, 자기가 저지른 일을 뼈아프게 통한하고 있더라는 이야기를 전해 주었다. 아델모는, 누군가가 겁을 주었기 때문에 흥분해 있었고 그래서 제 지은 죄를 두려워하고 있었던 것이다. 어쩌면 그 누군가가 아델모에게 지옥의 허깨비 이야기를 들려주었는지 모른다. 이 지옥의 허깨비 이야기는 바로 아델모 자신이 베렝가리오에게, 완전한 광란 상태에서 해준 것이지. 아델모는, 교회를 나와 묘지로 향했을 텐데, 교회에서는 무엇을 했을까? 누군가에게 제 의중을 털어놓았거나 고해했을 것이다. 그래서 그것 때문에 흥분과 통한에 사로잡혀 있었을 것이야. 베렝가리오 말에 따르면 아델모는 요사와는 반대쪽으로 향했다. 그렇다면 본관 쪽일 수도 있다. 그러나 본관일 수도 있고 외양간 뒤의 수도원 외벽일 가능성도 있다. 내 이미 아델모가 투신자살했다면 투신한 곳은 그곳일 가능성이 있다고 하지 않더냐? 결국 아델모는 폭설이 내리기 전에 그곳에서 투신하고 외벽 밑에서 죽었는데 뒤에 산사태로 이 시체는 북쪽 탑루와 동쪽 탑루 사이로 밀려 내려갔던 것이야.」

「뜨거운 땀방울이 떨어졌다는 이야기는 어떻게 된 것인지요?」

「이것은 베렝가리오가 어디에서 듣고 그대로 주워섬겼거나, 흥분 상태에서 상상해 낸 것일 게다. 왜 그러냐 하면, 너도 들었을 테지만 아델모의 회한과 베렝가리오의 회한은 역반복(逆反復) 관계에 있다. 만일에 아델모가 교회에서 나왔다면 분명히 양초를 들고 있었을 것이야. 그렇다면 베렝가리오의 손등에 떨어진 것은 눈물이 아니라 촛농일 수 있다. 그러나 베렝가리오는, 아델모가 자기를 스승이라고 불렀기 때문에 그 촛농을 훨씬 뜨겁게, 살갗을 태울 만큼 뜨겁게 느꼈던 게야. 여기에서 짚고 넘어가야 하는 것은, 아델모가 베렝가리오에게 뭘 잘못 배워 그 때문에 절망과 죽음의 구렁텅이에 빠지게 되었다고 베렝가리오를 질책하고 있었다는 점이다. 그리고 베렝가리오 역시 이것을 알고, 아델모에게 해서는 안 될 짓을 하게 했기 때문에, 그래서 아델모가 사경을 헤매고 있었기 때문에 몹시 고통스러워하고 있었다. 아드소, 우리가 저 사서 조수에 대해 들은 이야기를 생각해 보면 그 이유를 짐작하기 그리 어려운 일이 아니구나.」

생각만 해도 얼굴이 붉어지는 기분이었다. 「저도 두 사람 사이에 있었던 일을 대충 짐작할 수 있을 것 같습니다······. 그런데 사부님, 수도자는 모두 하느님 자비에 의지해서 살아

가고 있지 않습니까? 사부님께서는, 아델모가 교회에서 고해한 것 같다고 하셨습니다. 왜 아델모는 죄악을 저지르고, 이 죄악보다 더한 죄악으로 자신을 다스렸는지 도무지 헤아릴 수 없습니다.」

「누군가가 아델모에게 아주 절망적인 말을 했을 테지. 조금 전에 일렀듯이, 요즘 나도는 설교집을 보면, 아델모 같은 사람을 겁주기에 충분한 구절이 나온다. 누군가 그런 말을 아델모에게 한 것이고 아델모는 같은 방법으로 베렝가리오를 위협했을 것이다. 전에는 없던 일이었는데 근자에 들어 설교자는, 대중의 공포를 유발시키고 이로써 신앙심과 믿음에의 열의를 부추기고, 인간의 법과 하느님의 법을 공히 준봉해야 한다는 것을 주장한답시고 공공연히 극언은 물론 끔찍한 위협까지도 망설이지 않고 있다. 우리 시절에는, 고행자 무리 사이에서 그리스도와 성모님의 슬픔을 노래하는 소리를 들을 수 없었고, 오늘날처럼 평신도의 신앙을 연단(鍊鍛)한답시고 지옥의 불길로 을러메는 일도 없었다.」

「참회하게 하려니 그럴 수밖에 없는 것 아닙니까?」

「아드소, 오늘날만큼이나 참회라는 말이 난무하던 시대도 나는 알지 못한다. 설교자는 물론, 주교도, 엄격주의파 수도사들도, 진정한 의미에서의 통회(痛悔)의 모범을 전혀 보이지 않는 시대인데도 말이지.」

「그렇다면 제3의 시대, 천사 같은 교황이 주재했다는, 페루자 회의 때는 어떠했습니까?」

「공연한 향수지. 위대한 참회의 시대는 갔다. 그래서 회칙 대헌장이 참회를 언급하고 있는 것이야. 백 년, 2백 년 전에는 엄청난 개혁의 회오리바람이 불었다. 성자든, 이교도든,

참회라는 말을 입에 올리기만 해도 화형을 당하던 시절도 있었다. 그런데 이제는 오합 대중이 저마다 참회를 입에 올리고 있으니 민망하구나. 교황까지도 이 말을 입에 담지 않더냐? 교황청이 말하는 인간의 거듭나기란 믿을 바가 못 되는 게다.」

「그렇지만 돌치노 수도사는…….」 나는 여러 차례 들은 바 있는 이 이름에 대한 사부님의 의견이 궁금하던 참이어서 감히 여쭈었다.

「돌치노 수도사는 사는 것도 끔찍하게 살았고 죽을 때도 끔찍하게 죽었다. 너무 늦게 왔던 탓이야. 그것은 그렇고…… 너는 돌치노 수도사에 대해서 무엇을 알고 있느냐?」

「아무것도 모릅니다. 그래서 여쭈운 것입니다.」

「그 사람 이야기는 입에 담고 싶지 않다. 자칭 〈사도회〉 혹은 〈사도파〉에 대해 가까이서 관찰해야 하던 때가 있었지. 슬픈 이야기다. 들으면 네 기분 역시 유쾌하지는 않을 것이다. 나도 그랬으니까. 그리고 너는 내가 판단하지 못하니 더욱 유쾌하지 못할 것이야. 요약하자면, 많은 성인들이 가르친 바를 체현한답시고 미친 짓거리를 일삼던 사람의 이야기이다. 어느 순간부터는 나 역시 그게 어느 쪽 잘못인지 모르겠더구나. 나는, 흡사 참회를 가르치는 성자와, 대개는 이 성자들의 수고를 빌려 참회를 실천하는 죄인이라는 서로 상반되는 두 진영 사이에 놓인 것 같다 싶을 때가 이따금씩 있다. 아니다, 내가 말하려던 것은 이것이 아니야……. 암, 내가 말하고 싶은 것은 이것이지……. 참회의 시대는 갔으니, 참회의 시대 이후의 참회자에게 참회의 욕구는 곧 죽음에의 욕구였다는 것이다. 그런데 참회해야 마땅할 자들이, 광적인 참회자들을 죽였다. 무슨 말이냐? 죽음을 부르는 진정한 참회를 중지시키기 위해 죽음의 짐을 지운 자들, 다시 말해서 광적인 참회자들을 죽인 자들은, 영혼의 참회를 상상의 참회로 대치시켰다는 것이야. 이로써 그들은 고통과 피를 진정한 참회의 거울이라고 부르면서, 고통과 유혈이 낭자한 초자연적인 환상을 조장했다는 것이다. 범용한 평신도들의 상상력 안에서는 물론, 때로는 식자들의 상상력 안에서도 이 참회의 거울은 지옥의 고문을 일깨운다. 지옥이 이러이러하니 죄를 짓지 말라는 것이다. 그들이 바라기는, 공포를 상기시킴으로써 영혼을 죄악으로부터 떼어 놓자는 것이다. 그들은 반항의 자리에 공포를 들어앉힐 수 있다고 믿는단다.」

「하지만 그것은 오히려 죄를 부르지 않을까요?」

「그건, 네가 무엇을 죄라고 부르는지에 따라 달라진다. 내가 수년 동안 몸 붙여 산 이 나라 사람들을 헐뜯고 싶은 것은 아니다만, 우상에 능히 성자의 이름을 붙일 수 있으면서도 우상에의 공포가 죄악을 경계하리라고 믿는 게 서푼어치도 안 되는 이탈리아인의, 서푼어치도 안 되는 미덕의 표본이 아닐까 싶구나. 이탈리아 사람들은, 그리스도보다 성 세바스티아노와 성 안토니오를 더 두려워한다. 이탈리아 사람들은 개들이 그러듯 아무 데나 오줌을 잘 누는데, 네가 만일 한 자리를 정(淨)하게 지키고 싶다면 나무 작대기로 그 자리 위에다 성 안토니오의 형상을 그려 놓아 보아라. 그러면 아무도 거기에 오줌을 누지 않을 것이다. 이렇듯 이탈리아 사람들은 어설픈 목회자들 덕분에 결국 고대의 미신으로 뒷걸음치게 될지도 모른다. 이제 그들은 육(肉)의 부활은 믿지 않고 육신의 상해와 불행만을 두려워한다. 그러니 그리스도보다는 성 안토니오가 더 두렵지 않겠느냐?」

「그렇지만 베렝가리오 수도사는 이탈리아 사람이 아니지 않습니까?」

「다를 게 없다. 나는 지금 이 반도(半島)를 풍미하고 있는 교회와 설교의 분위기를 이르고 있음이야. 이러한 분위기가 이곳에서 다른 곳으로 퍼져 나가는 것이다. 신심과 학식 있는 수도사들이 많은 이 수도원까지 퍼져 오지 않았느냐?」

「그래도 죄만 짓지 않으면 되는 것 아닙니까?」 나는 이 말의 가능성을 믿고 싶었기에 억지를 부렸다.

「수도원이 *Speculum mundi*(세상의 거울)라면 해답은 자명해졌을 테지.」

「사실이 그렇습니까?」

「세상에 거울이 있으려면 먼저 세상이 모습을 얻어야 할 것이다.」 어린 나에게는 너무나 철학적인 윌리엄 수도사의 결론이었다.

3시과

> 윌리엄 수도사와 아드소는 입심 사나운 수도사들의 언쟁을 구경하고, 알렉산드리아 사람 아이마로는 두 사람에게 수도원 분위기를 전해 준다. 아드소는 성성과 악마의 똥에 관하여 묵상한다. 이어 윌리엄 수도사와 아드소는 문서 사자실로 들어간다. 윌리엄 수도사, 의도적으로 웃음을 옹호함으로써 미끼를 던지나 뜻하던 바를 얻어 내는 데는 실패한다.

 문서 사자실로 올라가기 전에 우리는 잠시 주방에 들러 목이라도 축이기로 했다. 해 뜬 이후로 아무것도 입에 대지 못했기 때문이었다. 나는 따뜻한 우유 한 잔을 마셨다. 곧 몸이 풀렸다. 남쪽 화덕은 대장간 용광로처럼 달아 있었고, 가마 안에서는 점심거리 빵이 익고 있었다. 양치기 둘이 갓 잡은 양을 들여와 내려놓는 중이었다. 나는, 요리사들 사이에서 살바토레를 발견했다. 그는 나를 알아보고는 예의 그 늑대 입으로 푸짐하게 웃었다. 나는 그가, 전날 밤부터 식탁 위에 남아 있던 닭 요리 부스러기를 그러모아 은밀히 양치기들에게 건네주는 것을 보았다. 양치기들은 엉큼하게 웃으면서 그 닭고기 요리를 양피 저고리 안으로 감추었다. 그러나 요리장 수도사가 그 광경을 보고는 살바토레를 나무랐다. 「이것 보아, 식료계 수도사를 자칭하시면서 수도원 음식을 잘

건사해야지 턱없이 낭비해서 쓰나?」

살바토레가 그 말을 받아 이렇게 응수했다. 「이들은 *Filii Dei*(하느님의 자식)가 아닌가 뭐? 예수님께서는, 이 *pueri*(어려운 사람) 대하기를 당신 대하듯 하라고 하셨다.」

요리장 수도사가 소리를 버럭 질렀다. 「이 더러운 *Fraticello*(소형제파 수도사), 소형제의 똥 같으니라고! 시방 네가 있는 곳은 이제 거지 걸승 패거리의 천막이 아니야. 하느님의 어린 양을 고루 먹이고자 자선을 베푸는 건 수도원장님의 몫이야!」

살바토레가 얼굴을 험악하게 구기면서 고함을 질렀다. 「나는 소형제의 걸승 패거리가 아니라 *Sancti Benedicti*(성 베네딕트 수도회)의 수도사다! *Merde à toy, Bogomil de merdre*(이 더러운 놈, 보고밀파의 똥 덩어리 같은 작자야)!」

「뭐라고, 이런 돼지 같은 자야? 누구를 보고밀이라고 부르느냐? 야밤에 네놈이 희롱하는 갈보나 보고밀이라고 부를 일이지 누구 보고 보고밀이라고 하느냐?」

살바토레는 양치기들을 문밖으로 내쫓고 나서 우리에게 다가왔다. 그는 윌리엄 수도사를 보자 울상을 지으며 애원했다. 「어르신, 제가 속한 교단은 아닙니다만, 어르신께서 나서시어서 저를 좀 변호해 주셨으면 합니다. 제발 *Filii de Francesco non sunt heredicos*(프란체스코회는 이단이 아니다)라고 좀 해주시면 저자에게 큰 교훈이 될 것입니다……」 이어서 그는 내 귀에다 입술을 댈 듯이 하고 〈*Ille menteur, puah*(저 거짓말쟁이, 퉤)!〉 하고 속삭이고는 땅에 침을 탁 뱉었다.

이 광경을 보고 있던 요리장 수도사가 급히 달려 나와 살바토레를 문밖으로 떠밀어 낸 뒤 문을 닫으면서 윌리엄 수도사에게 정중하게 사과했다. 「수도사님, 저는 귀 교단이나, 귀 교단에 속하시는 신성한 분들을 욕되게 하고자 한 것이 아닙니다. 저는 단지, 이것도 저것도 아닌 걸승 패거리와 가짜 베네딕트회 수도자들을 욕한 것에 지나지 않습니다.」

윌리엄 수도사가 고개를 끄덕이며 대답했다. 「조금 전 그 사람이 속하던 문중을 나도 모르는 바 아니나, 이제는 자네와 같은 사제 신분이니 마땅히 법도에 따라 예우해야 할 것이네.」

「하지만 어르신, 저자는 식료계 수도사의 비호를 받는 것을 기화로 이제는 아예 내놓고 식료계 행세를 하면서 제 일 남의 일 가리지 않고 광대뼈를 내밀고 다닙니다. 요컨대 이 수도원이 제 것인 양 설치는 것입니다. 밤인지 낮인지도 모르고요.」

「밤에는 어떻게 설치는가?」 윌리엄 수도사가 물었다. 요리사의 표정은, 〈향기로운 이야기가 못 되어서 구태여 하고 싶지 않습니다〉, 이렇게 말하고 있는 것 같았다. 윌리엄 수도사도 더 이상 묻지 않고 마시던 우유 잔을 비웠다.

나는 호기심을 주체하기 어려웠다. 우베르티노와의 만남, 살바토레 및 식료계 수도사의 과거에 관한 소문, 당시에 사람들 입에 유난히 자주 오르내리던 탁발승 무리 및 이단적인 소형제 수도사들, 돌치노 수도사에 대한 사부님의 기이한 침묵....... 일련의 영상들이 내 마음속으로 들어왔다. 그 수도원으로 오는 도중 우리는 두어 차례, 스스로를 채찍질하는 편타 고행자 수도사들을 만난 적이 있었다. 사람들 중에는 이들 대하기를 성자 대하듯 하는 사람들도 있었고, 시비하는 사람들도 있었다. 그렇지만 그들은 똑같은 사람들이었다. 편타 고행자 무리는 두엇씩 짝지어, 사타구니만 가린 채 도시 거리를 누비고 다녔다. 사람들은, 이들이 그런 차림으로 다닐 수 있는 것은 일찍이 수치심이라고 하는 것을 버렸기 때문이라고 설명했다. 그들은 모두 가죽 채찍을 하나씩 가지고 다니면서 피가 나도록 이녁의 어깨를 쳤다. 그들은 또 구세주의 고난을 친견(親見)이라도 한 양 눈물을 뚝뚝 흘리는가 하면, 주님의 자비와 성모의 대도(代禱)를 노래하기도 했다. 대낮에는 물론, 한겨울 한밤중에도 그들은 촛불을 들고 떼거리로 몰려 이 교회 저 교회로 들어가, 양초와 깃발 든 사제를 필두로 제단 앞에 부복하고는 했는데, 이 무리에는 평신도 남녀도 있었지만 개중에는 귀부인이나 부호들도 있었다. 이럴 때면 종종 참회의 대제전이 연출되고는 했는데, 이 집회가 절정에 이르면 물건을 훔친 자는 그 훔친 물건을 되돌려 주고, 죄지은 자는 그 죄를 고해하는 등의, 반드시 그르다고는 할 수 없는 일도 더러 생겨나고는 했다.

그러나 윌리엄 수도사는 이러한 의식을 좋은 눈으로 보지 않았다. 언젠가는 나에게, 그런 참회, 그런 고해는 진정한 참회나 고해가 아니라고 말한 적도 있었다. 바로 오늘 아침 했던 얘기와 비슷한 말을 당시에도 했었다. 정리하자면, 〈이거야말로 그리스도라는 정점을 중심으로 설교자가 대중의 신앙을 결집시키는 의식이다. 이렇게 함으로써 설교자는, 대중에게 이단적인 참회의 욕구에 굴복하지 않게 한다. 말하자면 그런 참회 의식에 대한 두려움을 심어 주는 것이다〉, 이런 말을 한 적이 있었다. 그러나 교회에서의 참회와 이단적 참회 의식에 차이가 있다손 치더라도 나는 그 차이를 납득할 수 없었다. 나는 이러이러한 행위에 차이가 있어 보이는 것은, 행위 자체에 차이가 있기 때문이 아니고, 이러한 행위를 판단하는 교회의 자세에 차이가 있기 때문이라고 생각했다.

나는, 우베르티노와 사부님 사이에 있었던 입씨름을 되씹어 보았다. 사부님은 분명히, 우베르티노의 신비주의적(그리고 정통파적) 신앙과 이단자들의 왜곡된 신앙 사이에는 별 차이가 없는 것으로 믿는 것 같았다. 사부님은 이런 생각을 바탕에 깔고 우베르티노를 설득하려고 했던 것으로 보였다. 그러나 분명히 다르다고 믿었기 때문에 우베르티노는 사부님을 공격했다. 내가 보기에는 우베르티노가 이단자들과 다른 것은 그가 이 두 가지를 서로 다른 것으로 인식하고 있다는 바로 그 이유 때문인 듯했다. 사부님이 이단 심판의 조사관 노릇을 그만두었던 것은 더 이상 그 차이를 알 수 없게 되었기 때문이다. 그런 이유 때문에 사부님은 나에게 저 수수께끼의 인물 돌치노에 대한 이야기를 할 수 없었다. 그러나 그때, (나는 스스로 일렀거니와) 사부님은 분명 주님의 도우심을, 즉 정통 신앙과 이단 사이의 차이를 알 수 있는 방법을 가르쳐 주실 뿐 아니라 주님의 뽑힌 사람들로 하여금 판별의 능력을 주시는 주님의 도우심을 잃어버렸던 모양이다. 우베르티노와 몬테팔코의 성녀 키아라(죄인에 둘러싸여 있었던)는 분별하는 법을 알았기 때문에, 말하자면 그 양자가 다른 것임을 납득했기 때문에 오히려 성자 성녀로 남게 된 것이라고 나는 생각했다. 이것, 오직 이것만이 성성(聖性)이다.

그렇다면, 견줄 데 없이 명민하여 사물의 본질에 관한 한 한치 어긋남이 없이 사물과 사물의 미세한 어긋남이나 미세한 관련성까지 꿰뚫어 볼 수 있는 윌리엄 수도사에게는 왜 이런 능력이 없었던 것일까?

내가 이런 생각을 하고 있다가 눈을 들어 보니, 사부님은 여전히 우유 잔을 비우고 있었다. 이때 누군가가 사부님에게 인사를 건네는 소리가 들렸다. 전날 문서 사자실에서 만났던 알레산드리아 사람 아이마로였다. 나에게, 그의 인상은 충격적이었다. 웃는 모습을 바라보고 있노라면, 아이마로라는 사람은 인간의 어리석음과는 죽어도 화해하지 못할 것은 물론이고, 인간도 어리석을 수 있다고 하는 우주적인 비극에는 조금도 관심이 없는 사람으로 보였기 때문이었다. 그런 그가 윌리엄 수도사에게, 예의 그 비아냥거리는 듯한 어조로 말을 걸었다. 「윌리엄 수도사님, 벌써 이 광인(狂人)들의 소굴에 익숙해지신 모양이군요?」

「내가 보기에 이 수도원은 지극히 점잖고 학식 있는 분들로 가득한 곳인 것 같은데……」 윌리엄 수도사가 조심스레 대답했다.

「옛날에는 그랬습지요. 수도원장이 수도원장 같고, 사서가 사서같이 굴었을 때엔 그랬습지요. 이 윗동네를 보셨겠지요……」 그는 턱으로 본관을 가리키면서 말을 이었다. 「……장님 눈깔을 한 빈사(瀕死) 직전의 게르만인 말입니다. 이자는 시체의 눈을 한 스페인 장님의 헛소리에만 귀를 기울이니 참으로 딱한 노릇입니다. 이들 얘기를 듣고 있자면 가짜 그리스도가 언제고 나타날 것만 같죠? 이들은 죽자고 낡은 양피지만 긁어 대었지 새 서책이라고는 제대로 들여놓는 법이 없습니다. 우리가 이 위에서 이러고 있을 동안에, 저 아래 도시에서 그들은 행동합니다. 한때 우리 수도원은 세상을 지배했습니다. 그런데 오늘날 되어 가는 꼴을 좀 보십시오. 황제는 우리를 이용하되, 여기에다 자기 친구를 보내어 원수를 맞게 합니다. (저는 수도사님께서 맡으신 임무를 대충 파악하고 있습니다. 수도사들은 딱히 할 일이 없어 입방아에만 부지런하기 마련이니까요.) 그러나 국정 문제에서는 황제 자신이 도시에 머물며 모든 일을 총관합니다. 우리는 여기에서 곡식을 거두고, 잡아먹을 가축을 기르는 데 코를 박고 있지만 저 아래 세간 사람들은 한 필 비단을 한 치 린넨으로 바꾸고, 한 치 린넨을 한 자루 양념과 바꾸는 등 부산하게 교역하여 떼돈을 잡고 있습니다. 우리는 겨우 우리 재산을 지키는 데만 골몰하나 세간의 사람들은 나날이 재산을 불립니다. 서책인들 다를까요? 서책의 문화를 교역의 문화에 견준다면 세간 사람들에게 귀한 책이 많다는 것이야 따로 말씀드릴 필요도 없을 테지요?」

「암, 세간에 새로운 일들이 꼬리를 물고 일어난다는 건 사실이네만, 어째서 이 때문에 수도원장이 비난을 받아야 하는가?」

「그야 장서관을 외국인에게 맡기고, 수도원을 온통 장서관 지키는 성채로 만들어 버렸기 때문이지요. 이탈리아 땅에 있는 베네딕트회 수도원은 마땅히 이탈리아인이 이탈리아 문제를 결정하는 곳이어야 합니다. 자국인 교황도 없는 지금 이탈리아인들은 무엇을 하고 있습니까? 거래를 일로 삼고, 공산품을 넉넉하게 지어 내다 보니 지금은 프랑스 왕보다 더욱 배가 불러 있지를 않습니까? 그렇다면 우리 수도자들도 그래야 하지 않습니까? 우리도 좋은 책을 만들 줄 압니다. 그러니 마땅히 좋은 책을 만들어 대학에 배포하고, 세간에서 일어나는 일에 귀를 기울여 수도원의 문화를 살찌워야 하지 않겠습니까? 윌리엄 수도사님, 수도사님의 귀한 임무를 비아냥거리자는 것은 아니지만, 황제에 관심을 갖겠다는 것이 아니라 우리도 볼로냐나 피렌체 사람들만큼은 해야 할 것이 아니겠느냐는 뜻에서 드리는 말씀입니다. 우리는 여기에서 이탈리아와 프로방스를 오가는 순례자 및 상인들의 교역 루트를 주무를 수도 있을 겁니다. 장서관을 각국 언어로 된 서책으로 채워, 반드시 라틴어를 아는 사람이 아니더라도 올라와서 자유로이 이용하게 해야 하지 않겠습니까? 그런데도, 자기가 무슨 클뤼니 수도원의 오딜로네[5] 원장이라고, 우리 원장은 죽자고 이 장서관을 틀어쥐고 있고, 덕분에 우리는 저 외국인 무리에게 당하고 있으니 이 아니 한심한 일입니까?」

「하지만 수도원장은 이탈리아인이지 않은가?」

사부님의 질문에 아이마로는 냉소하면서 말을 이었다. 「이곳 수도원장은 있으나 마나 한 인물입니다. 머릿속에는 서책 상자만 가득 들어앉아 있지요. 케케묵었다는 것입니다. 원장은, 교황의 부아를 돋운답시고 이 수도원을 탁발승 패거리(수도사님, 저는 귀 교단의 신성한 회칙을 피폐케 한 이단자 무리를 말하고 있을 뿐입니다)의 소굴로 만드는가 하면, 황제의 환심을 사려고 북방 사람들이면 마구잡이로 불러들이고 있습니다. 이곳에는 뭐 필사사도 없고, 그리스어나 아랍어를 하는 사람도 없답니까? 돈 많고 점잖은 부호의 아들이 피사나 피렌체에는 없답니까? 이들을 교단으로 맞아들

---

[5] 클뤼니 수도원의 제2대 원장. 영어 이름은 〈오도〉. 근면과 겸손의 본을 보여 초대원장 베르노에 의해 후계자로 임명되었다. 클뤼니 수도원을 청정한 수도(修道)의 도량으로 가꾸는 한편 프랑스 및 이탈리아의 수도원을 개혁한 것으로도 유명한 인물이다.

여 그 배경의 권력과 금력을 쓰면 안 된답니까? 그러나 이곳에서는 게르만인의 인정을 받아야 세간 소식을 귀동냥이라도 할 수 있답니다……. 송구스럽습니다, 수도사님…… 아이고, 이놈의 혀, 온당하지도 못한 소식을, 어쩌자고 나오는 대로 지껄이는지…….」

「수도원 안에 온당하지 못한 일이 있다는 말씀이신가?」 윌리엄 수도사가 우유를 조금 더 따르며 지나가는 말로 물었다.

「수도사도 사람입니다……. 하나 이곳에는 사람 축에 들지 못하는 사람 또한 어떤 곳보다 많습니다. 제가 드린 말씀은 제게 들으신 말이 아니란 것을 기억하십시오.」

「재미있군. 그래 이건 자네 개인의 의견인가, 아니면 자네와 비슷한 의견을 가진 수도자들을 대표하는 의견인가?」

「저와 의견이 비슷한 수도자…… 많고 많습니다. 가엾은 아델모를 잃고 상심하는 수도자가 많습니다. 하나 심연으로 떨어진 게 다른 사람이었다면, 필요 이상으로 장서관 주위를 서성거리는 사람이었다면 수도사들은 그리 상심하지 않았을 것입니다.」

「대체 그게 무슨 말인가?」

「망언이 지나쳤습니다. 진작 아셨겠지만 이곳 사람들은 말들이 좀 많습니다. 이곳에서는 이제, 한편으로는 침묵을 귀하게 여기는 사람들이 없습니다. 다른 한편으로는 침묵을 귀하게 여기는 게 지나치기는 하지만요. 이곳에 머무는 우리는, 수다를 떨어서도 침묵해서도 안 됩니다. 오로지 행동해야 합니다. 우리 교단의 황금기에는, 수도원장이 수도원장답지 못할 경우, 독을 탄 포도주 한 잔으로 후계자의 길이 열렸답니다. 윌리엄 수도사님, 제가 이런 말씀을 드리는 까닭은,

수도원장이나 다른 수도사 형제들의 흠을 잡고 싶어서가 아닙니다. 하느님 은덕으로, 저는 아직 남을 폄하하는 버릇은 익히지 못했습니다. 하지만 수도원장이 수도사님께, 저 아이마로, 티볼리 사람 파치피코, 혹은 산탈바노 사람 피에트로의 조사를 의뢰했다면 기분이 덜 좋을 것입니다. 우리는 장서관과 관련해서는 발언권이 없으니까요. 발언을 하고 싶은 마음이 없는 것은 아닙니다. 그러고 싶지요. 그러니, 원컨대 이 뱀 굴을 백일하에 밝히 벗기십시오. 수많은 이단자들을 화형대로 보내신 분이시니 능히 해내실 것입니다.」

「나는, 이 사람아, 사람을 화형대로 보낸 적이 없네.」 윌리엄 수도사가 발끈하면서 그의 말꼬리를 낚아챘다.

아이마로는, 아이마로답지 않게 사람 좋게 웃었다. 「말하자면 그렇다는 것입니다. 잘해 보십시오, 윌리엄 수도사님. 하지만 밤에는 조심하십시오.」

「낮에는 조심하지 않아도 되는 까닭이 무엇인가?」

「이곳에서 살아 움직이는 인간의 육신은, 낮에는 좋은 약초에 길이 들어 있고, 밤에는 정신을 사악하게 하는 약초에 길이 들어 있기 때문입니다. 행여 누군가가 아델모를 심연으로 밀어 넣었고, 베난티오를 돼지 피 항아리에 처넣었다고는 생각하지 마십시오. 이곳에는, 어디로 가야 할지, 무엇을 해야 할지, 어떤 서책을 읽어야 할지, 수도사가 스스로 결정하는 것을 좋아하지 않는 사람들이 있습니다. 그래서 지옥의 권세, 혹은 지옥의 사촌인 요술사의 권능이 호기심 많은 수도사들의 마음을 어지럽히는 데 동원되기도 합니다.」

「자네 본초학자 수도사 이야기를 하고 있는 것인가?」

「장크트벤델 사람 세베리노는 좋은 사람입니다. 말라키아가 게르만인이듯이 그 역시 게르만인이기는 합니다만······.」
아이마로는 이렇게 말하다가 다시 한 번, 자기는 남의 허물에 관심이 적은 사람이라는 말을 덧붙이고는 그곳을 떠났다.

 내가 사부님께 물었다. 「아이마로 수도사는 대체 무슨 말을 하고 싶어 했던 것입니까?」
 「모든 것을 말하려 하면서도 아무 말도 하고 싶어 하지 않았지. 수도원이라고 하는 곳에서는, 어떤 수도원을 막론하고, 수도사들이 주도권을 놓고 추잡한 드잡이 벌이는 일이 일어나게 마련이다. 너의 친정인 멜크 수도원 또한 마찬가지일 것이야. 다만 수련사인 네 눈에 보이지 않았을 따름이다. 그러나 너희 나라에서는, 수도원의 주도권은 곧 황제와 언로(言路)를 트는 일에 다름 아니지. 그러나 이 나라에서는 상황이 다르다. 황제가 로마까지 내려온다고 해도 거리가 너무나 멀다. 게다가 이 나라에는 지금 교황청도 황실도 없다. 보았겠지만, 도시만 있을 뿐이다.」
 「저에게도 이탈리아의 도시는 참으로 인상적이었습니다. 이탈리아의 도시는 제 나라 도시와는 어딘가 다른 도시 같아 보였습니다. 살기 위한 장소일 뿐만 아니라 결정하기 위한 장소 같다는 인상, 광장에 모이기를 좋아하는 사람들은 황제나 교황보다는 시장을 훨씬 중요하게 생각한다는 인상을 받았습니다. 제 눈에 이탈리아의 수많은 도시는 수많은 왕국 같았습니다.」
 「그리고 그 왕국의 왕은 모두 상인이다. 따라서 돈이 무기 노릇을 한다. 이탈리아에서 돈이라고 하는 것은, 우리나라나 너희 나라에서와는 전혀 다른 노릇을 한다. 다른 나라에는 돈이라는 것이 있어도 어디까지나 거래를 돕는 역할만 할 뿐, 닭, 밀, 낫, 마차 따위의 거래는 거의 물물 거래로 이루어진다. 그러나 이탈리아에서는 어디에 가나 돈이 거래의 수단이 된다. 너도 보았듯이 다른 나라에서는 돈이 물건을 섬기지만 이탈리아에서는 물건이 돈을 섬긴다. 따라서 사제든 종단이든 돈을 소중하게 여기지 않으면 안 된다. 그리고 권력에 저항할 때도 가난에 호소하여 무리를 규합하는 것은 당연지사. 권력에 저항하는 자들은 대개 돈과 인연이 별로 없는 법이다. 따라서 가난한 자에 대한 선동이 상당한 사회적 긴장과 갈등을 유발시키는 것 또한 당연지사다. 그래서 모든 도시에서 주교나 시장 같은 권력자들은, 가난에 대해 너무 깊은 문제를 건드리며 설교하는 사제를 자기 적으로 보는 법이다. 종교 재판이나 이단 심판의 조사관들은 누군가가 악마의 똥 구린내에 민감하게 반응하는 곳에서 악마의 냄새를 맡아 내는 것이다. 이제 아이마로가 무슨 말을 했는지 알 수 있겠느냐? 베네딕트 수도회가 황금시대를 구가할 때, 베네딕트 수도원이라면 의당 목자가 성도의 무리를 제대로 간수하는 곳으로 통했다. 아이마로는 이 전통을 되찾고 싶은 것이야. 성도들의 삶의 모습이 바뀌었으니, 수도원이 옛날의 전통을 되찾는 길은(즉 그때의 영광, 그때의 권세를 다시 누리는 길은) 수도원이 성도의 이 새로운 삶의 모습을 받아들이고 함께 변하는 수밖에 없다. 오늘날 이곳의 성도들을 지배하는 것은 무서운 무기도 장엄한 의식도 아닌, 바로 돈의 힘이기 때문에 아이마로는 수도원 건물 전부와 장서관까지 공장, 즉 돈을 버는 공장으로 만들어 버리고 싶은 것이다.」

「이것과, 수도원에서 있었던 범죄 사건과는 어떤 관계가 있습니까?」

「나도 아직은 모르겠다. 하나 지금은 위층으로 올라갈 때이다. 그러니 따라 오너라.」

수도사들이 공부를 시작했을 시각이었다. 문서 사자실에는 침묵이 감돌고 있었으나, 모두가 공부나 일에 열중하는 데서 오는 침묵은 아니었다. 우리보다 조금 먼저 문서 사자실로 올라갔던 베렝가리오는 거북살스러운 얼굴을 하고 우리를 맞았다. 다른 수도사들은 각자 자기 서안 앞에 앉은 채 우리를 돌아다보았다. 모두, 우리가 베난티오 사건의 납득에 필요한 실마리 때문에 문서 사자실로 올라왔다는 것을 알고 있었다. 그들의 시선이 우리의 주의를 끌어 간 곳은, 8각형의 안뜰로 열린 창 아래쪽의 빈 서안이었다.

꽤 추운 날씨였는데도 불구하고 문서 사자실의 온도는, 따뜻하다고 해도 좋으리만치 높았다. 문서 사자실이 주방 위에 있도록 설계된 것도 주방에서 올라오는 열기를 고려해서였다. 교묘하게도, 주방의 두 빵 가마 굴뚝이, 서쪽 및 남쪽 탑루를 오르는 두 개의 계단층 기둥을 통하게 설계되어 있었던 것이다. 문서 사자실 반대쪽, 그러니까 북쪽 탑루로 오르는 곳에는 계단이 없는 대신 벽난로가 있어서 주위를 쾌적한 온도로 덥혀 주었다. 쾌적한 것은 온도뿐만이 아니었다. 바닥에는 짚까지 깔려 있어서 우리가 걷는데도 발소리가 나지 않았다. 문서 사자실 중에서 난방이 가장 허술한 곳은 동쪽 탑루 부근이었다. 사실상, 일하고 있는 수도사들의 숫자를 보면 빈자리가 거의 없었는데도, 모든 수도사들이 그 자리에 있던 서안을 기피하려 했음을 알았다. 나중에 안 사실이지만, 바로 이 자리, 즉 동쪽 탑루로 통하는 계단과 가장 가까운 이 자리만이 아래로는 식당, 위로는 장서관으로 통했다. 이러한 사실을 알게 된 순간 나는 그 자리의 난방이 가장 허술한 까닭을 납득했다. 즉, 가장 중요한 통로 근방의 난방을 허술하게 함으로써 거기에 앉는 수도사들의 기를 꺾어, 장서관 접근을 저지하자는 치밀한 계산이 깔려 있었던 것이다.

베난티오의 서안은, 커다란 벽난로를 등지고 있었다. 따라서 문서 사자실 안에서는 상석(上席)인 셈이었다. 당시 나에게는 문서 사자실에 대한 경험이 별로 없었다. 그러나 후일 문서 사자실을 자주 출입하면서, 혹은 문서 사자실에서 일을 하면서 알게 된 것이지만, 오랫동안 자리를 지키고 있어야 하는 학승, 필사, 주서사들에게 추위는 여간 고통스러운 것이 아니다. 추우면 우필(羽筆)을 쥔 손가락이 마비되어 버리기 때문이다. 평상 기온 아래서라도 여섯 시간 정도 계속해서 쓰고 있으면 손가락에 경련이 이는데, 특히 엄지손가락은 누구의 발에 밟히기라도 한 것처럼 얼얼해지는 법이다. 옛 필사본의 여백에서 볼 수 있는, 〈하느님, 어둠이 빨리 내리게 하시니 감사합니다〉, 〈아, 질 좋은 포도주 한 잔이여〉, 〈날씨는 춥고, 방 안은 침침하다, 오늘따라 양피지에는 잔털이 왜 이리도 많은가〉 따위의 낙서는 다 문서 필사사들의 이러한 고통의 호소이지 다른 것이 아니다. 옛말에도 있듯이, 우필 잡는 것은 손가락 세 개라도 일을 하는 것은 온몸이다. 그래서 온몸이 쑤시고 뒤틀리는 것이다.

각설하고, 베난티오의 서안 이야기로 되돌아가자. 8각형 뜰을 내려다보며 동그랗게 배치된 다른 서안과 마찬가지로 베난티오의 서안도 비교적 좁았다. 학승용(學僧用) 서안이기 때문이었다. 외벽을 면한 창가의 큼직큼직한 서안들은 대개 채식사나 필사사 전용이었다. 베난티오 역시 독경대를 쓰고 있었던 것으로 보아, 수도원 장서관에서 원서를 빌려 번역하고 있었던 모양이었다. 서안 아래엔 나지막한 선반이 있었는데, 칸막이 안에는 양피지 묶음이 있었다. 라틴어가 쓰인 양피지를 보면서, 나는 베난티오가 최근 들어 번역한 것이리라고 생각했다. 번역이 끝난 양피지는, 필사사와 채식사의 손으로 넘어가서 작업이 끝나야 서책 꼴이 되는 법이다. 필사사의 손을 거치지 않은 그의 원고는 읽기가 어려웠다. 그리스어로 된 책도 몇 권 있었다. 독경대 위에도 그리스 책이 있었다. 베난티오가 지난 며칠간 번역가로서의 재능을 한껏 펼쳐 보이게 한 원서인 모양이었다. 나는 그리스어를 몰라 장님이나 다를 바가 없었지만 사부님은 제목만 읽고도 루키아노스라는 사람이 쓴, 사람이 당나귀로 둔갑하는 이야기라고 말했다. 나는 그 말을 들으면서 아풀레이우스[6]의 비슷한 우화를 떠올렸다. 그러나 아풀레이우스의 책은, 수련사들에게는 접근이 엄격하게 통제되는 금서였다.

우리 곁으로 베렝가리오가 다가왔다. 윌리엄 수도사는 베렝가리오에게 물었다. 「베난티오는 왜 이 책을 번역하고 있

---

6 로마의 철학자, 산문가(125?~170). 주저는 피카레스크 소설인 동시에 정신적인 자전이라고 할 수 있는 『황금 나귀』. 테살리아의 루키우스라고 하는, 마법을 좋아하는 젊은이가 나귀로 둔갑해서 겪는 이야기를 그 내용으로 하고 있다. 루키우스는 수많은 모험 끝에 이집트 여신 이시스에 의해 사람의 모습을 되찾고 이시스 신전의 신관(神官)이 된다. 이 작품은, 그리스의 수사학자이자 풍자 시인인 루키아노스의 『루키우스, 혹은 나귀』와 비슷하다. 그래서 윌리엄 수도사는 루키아노스의 작품이라고 하고 아드소는 아풀레이우스의 작품이라고 생각하는 것이다.

었을까?」

「밀라노의 영주가 우리 수도원에 번역을 의뢰했습니다. 반대급부로 수도원은 여기서 동쪽에 있는 몇몇 농장에서 생산되는 포도주 반입의 우선권을 갖게 됩니다.」 베렝가리오는 멀리 밀라노 방향을 가리키며 이렇게 말하고는 바로 이렇게 덧붙였다. 「······그렇다고 수도원이 그런 타산적인 반대급부 때문에 이 일을 맡은 것만은 아닙니다. 밀라노의 영주는, 비잔티움 황제로부터 이 귀한 책을 받은 베네치아 총독의 호의에 힘입어 이 책을 어렵게 우리 수도원에 빌려 주었습니다. 베난티오가 번역을 끝내면 우리는 두 권의 필사본을 만들어 한 권은 밀라노 영주에게 주고 한 권은 우리 장서관에 비치할 참이었지요.」

「이 요상한 이교도의 우화집을 갖다 놓아도 이 장서관 장서에는 흠절이 되지 않는다는 말이렷다?」 윌리엄 수도사가 물었다.

「장서관은, 진리도 증거하고 허위도 증거하는 곳이오.」 우리 뒤에서 엉뚱한 목소리가 응수했다. 호르헤 노수도사의 목소리였다. 나는 두 번째로, 호르헤 노인이 뜻밖의 순간에, 뜻밖의 장소에서 불쑥 나타나는 데 놀랐다(우리는 뒤로도 종종 이런 식으로 놀라게 된다). 호르헤 노인은, 우리의 눈 밖에서 우리를 예의 주시하고 있는 모양이었다. 뜻밖에 호르헤 노인의 목소리를 듣는 순간 나는, 장님이 문서 사자실에 무슨 볼 일이 있을까, 이런 생각을 했다. 그러나 나중에 안 사실이지만, 수도원 경내에 관한 한 호르헤 노인이 존재하지 않는 곳은 있을 수 없었다. 요컨대 수도원 경내에서는, 호르헤 노인은 무소부재(無所不在)하는 셈이었다. 호르헤 노인은 종종 문서 사자실의 벽난로 옆에 놓인 의자에 앉아 시간을 보냈다. 그는 그 의자에 앉아, 문서 사자실에서 나는 소리라는 소리는 하나도 빠짐없이 듣는 것이었다. 언젠가는 벽난로 옆 의자에 앉은 채, 문서 사자실 바닥의 짚을 소리 나지 않게 밟으며 장서관으로 올라가는 말라키아를 향해, 〈누가 2층으로 가고 있느냐?〉고 묻는 것을 본 적도 있다. 수도사들은 그의 학식을 높이 평가하여, 이해하기 어려운 구절을 만나면 자문을 구하기도 하고, 해설을 위해, 또는 성자나 동물을 어떤 모습으로 묘사해야 할지 묻기 위해 그를 찾았다. 질문을 받으면 그는, 있지도 않은 눈으로 허공을 응시하면서 기억 속에 남아 있는 어느 책 어느 쪽을 읽고 있는 것처럼, 가짜 선지자는 차림새로 말하면 주교와 흡사하나 자세히 보면 입에서 예언 대신 개구리가 나온다거니, 신성한 예루살렘 성벽은 어떤 돌들로 꾸며져 있다느니, 아리마스포이[7]가 사는 산은 사제왕(司祭王) 요한[8]이 통치하던 땅 근방에 표시해야 한다느니, 그리고 그 괴물 같은 산을 그릴 때는 상징적으로 알아볼 만하게 그리면 그만이지 필요 이상으로 과장하여 보는 이로 하여금 유혹을 느끼게 하거나 웃게 만들면 안 될 것

---

7 스키타이에 산다는 신화상의 외눈 부족.
8 영어 이름은 〈존〉, 이탈리아어 이름은 〈자니니〉. 아시아의 기독교도 황제, 타타르 왕, 에티오피아 혹은 아비시니아의 황제 등으로 믿어지던 중세 전설상의 가공 인물. 이 황제의 왕국에는 그리스 신들이 살던 올림포스 산에서 옮겨 온 샘이 있는데, 황제는 금식 기도를 하다가도 이 샘물을 세 차례만 마시면 병에 걸리지도 않고 늙지도 않았다고 한다. 또 이 황제의 궁전에는 독수리가 가져다 준 돌이 있는데 장님이 이 돌을 만지면 시력을 되찾을 수 있었다고 한다. 14세기 당시 황제 측근들은 교황 요한 22세를 〈사제왕 요한〉이라고 놀려 부르기도 했다.

이라는 등의 조언을 들려주고는 했다.

 언젠가는 고전 주해자에게, 번역에 관한 조언을 들려주는 걸 본 적이 있다. 그때 호르헤 노인은 티코니우스[9]의 원전은 성 아우구스티누스의 사상을 좇아 해석해야 도나투스파[10]의 이단에 논파당하지 않는다고 했다. 또 언젠가는 주석을 놓는 수도사에게, 이단과 교회 분리주의를 구별하는 법을 이로정연(理路整然)하게 가르치는 걸 본 적도 있다. 뿐만 아니었다. 도움을 필요로 하는 수도사에게는 책을 추천해 주면서, 목록 색인의 어느 페이지에서 그 책을 찾을 수 있을 것이며, 그 서책은 하느님 뜻에 따라 쓰인 것이니까 사서 수도사가 틀림없이 가져다줄 것이라고 하기도 했다. 한번은 그가 특정 서책의 이름을 듣고서는, 그 책이 서명 목록에 들어 있기는 해도 반세기 전에 생쥐가 쏠아 버리는 바람에 지금쯤은 잡으면 손가락 사이로 솔솔 부스러져 내릴 것이라는 식으로 대답하는 것을 듣기도 했다. 달리 말해서, 그는 장서관의 기억이었고, 문서 사자실의 영혼이었다. 수도사들이 문서 사자실에서 잡담이라도 하고 있을라치면 난데없이 그가 나타나, 〈서둘러, 이 사람들아, 진리를 증언하되, 때가 가까워졌으니 서둘러야 한다〉고 소리치기도 했다. 그는 가짜 그리스도의 임재를 말하고 있는 것이었다.

---

 9 도나투스파에 속하는 북아프리카 출신 저작자이자 온건했던 신학자. 일곱 가지 규칙을 상정하고 쓴 『일곱 가지 규칙에 대하여』가 있다.
 10 4~5세기 즈음에 기승을 부리던, 북아프리카 기독교 교회 분리주의자들. 과격파의 우두머리 이름에 따라 〈도나투스파〉라고 불렸다. 이들은 성찬의 유효성은 그것을 집행하는 인물이 훌륭한 인물인가, 하찮은 인물인가에 따라 달라진다고 주장했다. 콘스탄티누스 황제의 눈 밖에 났다가 회교도들이 아프리카를 정복한 7세기경에 소멸했다.

그런 호르헤의 일갈이 날아든 것이었다. 「장서관은 진리도 증거하고 허위도 증거하는 곳이오!」

윌리엄 수도사가 응수했다. 「아풀레이우스와 루키아노스를 마법사라고 하는 데엔 토를 달지 않겠습니다. 그러나 허구라는 너울을 썼을 뿐, 그들의 우화가 우리 인류에게 마땅히 좋아야 할 도덕률을 제시했다는 것 또한 의심할 여지가 없습니다. 그들의 우화는, 인간이 자기 허물의 값을 어떻게 치르는가를 가르칩니다. 나는, 나귀로 변한 인간 이야기는 죄악에 빠지는 영혼을 은유하는 이야기라고 믿습니다.」

「그럴지도 모르지요.」 호르헤가 대꾸했다.

「어제 모두 함께 이야기를 나누었습니다만, 나는 이제야 베난티오 형제가 왜 희극이라는 문제에 흥미를 느꼈던가를 이해할 수 있을 것 같습니다. 아닌 게 아니라 아풀레이우스와 루키아노스의 우화는, 고대 희극의 사촌쯤 된다고 보아도 무방할 테지요. 비극과는 달라서 우화와 희극은, 실존했던 사람의 이야기만 다루는 것은 아닙니다. 이시도루스가 *fabulas poetae a fando nominaverunt, quia non sunt res factae sed tantum loquendo fictae*(시인은, 〈말하는 것〉 자체에 바탕을 두었기 때문에 이것을 〈이야기〉라고 명명했다. 다시 말해서 그냥 〈생긴 것〉이 아니고 〈말에서 솟아난 것〉이라는 뜻이다)라고 했듯이, 우화나 희극은 모두 허구이지요.」

처음에 나는, 왜 사부님이 이러한 이야기를 싫어하는 듯한 사람과 학식을 겨루듯 논쟁을 자청하고 있는지 그 이유를 이해할 수 없었다. 그러나 호르헤 노수도사의 대답을 듣는 순간, 나는 사부님이 펼치는 일종의 유도 신문이 얼마나 절묘한 것인가를 깨달았다.

「어제 우리가 토론한 것은 희극의 문제가 아니었습니다. 웃음이 과연 온당한 것이냐, 아니면 온당하지 못한 것이냐, 이것이 토론의 주제였지요.」 호르헤는 엄한 말투로 대답했다. 나는, 전날 베난티오가 그 토론을 상기시키자 호르헤 노수도사가 기억나지 않는다고 분명하게 말하던 일을 떠올렸다.

윌리엄 수도사의 기억력이 나만 못할 까닭이 없었다. 그는 능청스럽게 대꾸했다. 「아, 그랬군요. 나는, 시인의 거짓말과 교활한 수수께끼 이야기를 하신 줄만 알았군요.」

윌리엄 수도사의 비아냥거리는 듯한 반응에 호르헤 노수도사가 목청을 높였다. 「우리는 웃음에 관한 이야기를 했지요. 희극은 이교도들이 관객을 웃게 만들고자 지은 것인데, 그렇기에 그들의 행동은 온당하지 못합니다. 우리 주 예수께서는 희극이나 우화를 입에 담으시는 대신, 천국에 이르는 길을 바로 빗댄 명쾌한 비유법을 쓰셨을 뿐입니다.」

「글쎄요, 내게는 이해가 안 가는군요. 예수님이 웃으셨는지도 모른다는 이야기만 나오면 왜 그렇게 쌍수를 들고 논파하려고 하시는지, 나는 이해가 안 갑니다. 나는 웃음이라는 것은 좋은 약일 수 있다고 생각하는 사람입니다. 웃음은 목욕과 같은 것이지요. 웃음은 사람의 기분을 바꾸어 주고, 육체에 낀 안개를 걷어 줍니다. 우울증의 특효약이라고 하면 어떨까요?」

「목욕이라는 것은 좋은 것입니다……. 아퀴나스의 성인 토마스께서도, 비탄을 가시게 하는 한 대증 방편으로 목욕을 권했지요. 과감하게 떨쳐 버릴 수 있다는 걸 보이지 않으면 비탄이라는 것은 언제든지 악마에게 이용당할 수 있는 것이니까요. 목욕은 흐트러진 기분을 올곧게 세워 줍니다. 다만 웃음이란 육체를 뒤흔들고 얼굴의 형상을 일그러뜨리게 함으로써 인간을 잔나비로 격하시키는 것일 뿐입니다.」

「잔나비는 웃지 않습니다. 웃음이란 인간에게만 있는 것으로, 그것은 그의 이성성의 기호입니다.」 윌리엄 수도사가 응수했다.

「말은 인간이 지닌 이성의 표징일 수 있으나, 인간은 말로써 하느님을 망령되이 일컬을 수 있습니다. 인간에게 고유한 것이라고 해서 반드시 좋은 것, 온당한 것이라는 법도 없지요. 웃는 자는, 자기가 웃는 대상을 믿지도 않고 미워하지도 않습니다. 따라서 악한 것을 보고 웃는다는 것은, 악한 것과 싸울 준비가 되어 있지 않다는 뜻이요, 선한 것을 보고 웃는다는 것은, 선으로 말미암아 스스로를 드러내는 선의 권능을 부인한다는 뜻입니다. 그래서 회칙에, *stultus in risu exaltat vocem suam*(어리석은 자는 웃음 속에서 제 목청을 높인다는 말이 있듯, 인간이 지닌 열 번째 미덕은, 웃음이 헤프지 않은 것이다)이라고 적혀 있는 것입니다.」

사부님은, 호르헤의 이 말이 끝나자 기다렸다는 듯이 되받아쳤다. 「퀸틸리아누스는, 웃음이란 위엄을 차리고 칭찬해야 할 자리에서는 삼가되, 그 밖의 경우에는 장려해서 마땅한 것이라고 했습니다. 소(小) 플리니우스는, 〈인간이기에 나는 때로 웃고 때로 익살을 부리고 논다〉고 썼습니다.」

「그 사람들은 모두 이교도들이 아닌가요? 우리 회칙은 경거와 망동을 다음과 같은 엄한 계율로 경계하고 있습니다. 내가 읊어 볼까요? 〈거룩한 곳을 소란케 하는 희롱과 잡담과 웃음은 어느 곳에서든 금하며 이러한 언사에 제자들이 입을 여는 것을 허락하지 않는다.〉」

「하나 그리스도의 말씀이 이 땅에 넘치자 키레네의 시네시우스는, 신성(神性)이란 능히 희극과 비극을 두루 조화롭게 펠 수 있는 것이라 했고, 아일리우스 스파르티아누스는 하드리아누스 황제를 일러, 엄격한 제왕이 행신과 그리스도의 정신을 두루 갖추고 있어서 즐거운 때와 엄숙한 때를 함께 즐길 줄 안다고 했습니다. 뿐입니까? 아우소니우스는, 진지한 태도와 익살스러운 여유를 고루 가질 것을 권면했습니다.」

「그래도 놀라 사람 파울리누스와 알렉산드리아 사람 클레멘스는, 웃는 어리석음을 경계하라고 했고, 술피키우스 세베루스는, 성 마르티누스를 보았으되, 그분이 화를 내고 있거나 웃고 있는 것은 본 적이 없다고 했습니다.」

「그러나 그분 역시 성인이 기뻐하시더라고 술회한 적은 있습니다.」 윌리엄 수도사는 한 치도 물러나지 않았다.

「그것은 지혜로워 보이는 모습이지 결코 우스꽝스러운 모습으로 기뻐하신 것은 아닙니다. 성 에프라임은 수도사의 웃음을 엄중하게 경고했는데 그분이 쓰신 『*De habitu et conversatione monachorum*(수도사의 행실과 대화에 관하여)』에는, 음담과 우스갯소리를 코브라의 독으로 알고 피하라는 구절이 있다는 건 모르셨던가요?」

「하나 힐데베르투스는, *Admittenda tibi ioca sunt post seria quaedam, sed tamen et dignis ipsa gerenda modis*(특정의 품격을 지닌 경우에는 농담이 가하나, 이 역시 그 품격에 어울려야 한다)라고 했습니다. 그리고 솔즈베리의 요한은 분별 있는 유쾌함은 인정하셨습니다. 또 조금 전에 어른께서 회칙 이야기를 할 때 인용한 〈전도서〉에는, 웃음이란 바보들의 전유물이기는 하나 조용한 웃음이면 온전한 사람이 웃어도 좋다고 한 구절이 있습니다.」

「정신이란, 진리를 묵상할 때, 선행을 기뻐할 때만 온전한 법입니다. 그리고 진리와 선행은 웃음의 대상이 될 리 없습니다. 그리스도께서 웃지 않으신 것은 이 때문입니다. 웃음은 의혹을 일으킬 뿐입니다.」

「하나 때로는 의혹도 약이 되는 수가 있습니다.」

「그건 말이 되지 않아요. 의혹이 일면 사람은 권위자를 찾거나, 아버지에게 묻거나, 박학한 사람에게 도움을 청합니다. 그러면 의혹은 사라집니다. 내 보기에 당신은 파리의 논리학자들처럼 상당한 논쟁의 여지가 있는 교리에 빠져 있는 것 같군요. 하지만 성 베르나르는 고자가 된 아벨라르를 다룰 줄 아셨습니다. 아벨라르는 아시다시피 성서에 근거하지 않는, 차갑고 생명이 없는 이성의 검증에다 모든 문제를 끌어다 붙이고, 제멋대로 이것은 이렇고 저것은 이렇지 않다는 식으로 칼질을 하고 있지 않습니까? 이러한 위험한 이론을 받아들이는 사람은, 사람이 마땅히 알아야 할 단 하나의 진리, 이미 밝혀진 그 영원의 진리를 듣고 웃음을 짓는 어리석은 사람의 장난마저도 받아들이게 될 것이외다. 바보는 웃음을 지으며 마음 깊숙이 *Deus non est*(신은 존재하지 않는다)라고 믿게 되는 법입니다.」

「호르헤 어른, 아벨라르를 고자라고 하시는 것은 마땅한 말씀이 아닌 것 같군요. 아시다시피 그분은 사악한 자들의 손에 그 지경이 되지 않았던가요?」

「자업자득이지요. 인간의 이성뿐인 제 신앙의 자만 때문이었으니 말입니다. 그래서 범인(凡人)은 조롱감이 되었고, 하느님의 신비는 외람되이 드러나고 말았으며(시도에 지나지 않았지만, 시도한 이들은 전부 어리석은 바보들이었던 것입니다), 성스러운 일에 관한 질문은 무모하게 다루어졌으며, 성직자들은 그러한 질문은 드러나기보다는 감추어져야 한다고 생각한 죄로 놀림감이 되었던 것입니다.」

「호르헤 수도사, 내가 그런 말씀에 찬성할 줄 알았던가요? 하느님께서는, 성서가 우리에게 〈스스로 결정하라〉고 여지를 남겨 둔 문제에 관해서는 우리의 이성을 발동할 것을 요구하십니다. 혹자가 당신에게 어떤 명제를 믿으라고 할 때 당신은 먼저 그 명제가 과연 받아들일 만한 것인지의 여부를 가늠합니다. 우리의 이성은 하느님에 의해 창조된 것이므로 우리의 이성을 만족시킨다면 하느님의 이성 역시 만족시킬 테니까요. 물론 하느님의 이성에 대해서 우리가 추론할 수 있는 것도 유추와 부정에 의한 우리 자신의 이성의 과정을 통해 가능한 것이지요. 아시겠지만, 이성에 반하는 불합리한 명제의 권위를 무화(無化)시키는 데 웃음은 아주 좋은 무기가 될 수 있습니다. 웃음이란 사악한 것의 기를 꺾고 그 허위의 가면을 벗기는 데 요긴할 수 있기 때문입니다. 성 마우루스 이야기를 아시겠지요. 이교도들이 이 성인을 끓는 물에다 넣었을 때 이분은 목욕물이 어째서 이렇게 차냐고 불평했습니다. 이교도 형리는 그 말을 믿고 거기에다 손을 넣었다가 그만 병신이 되었다고 하지 않습니까? 믿음의 적들을 우스갯거리로 만들어 버리신 순교 성인의 쾌거라고 아니할 수 없지 않습니까?」

「성인의 행적이라 일컬어지는 것들 중에도, 안방마님의 입맛에나 어울릴 만한 일화는 얼마든지 있어요. 끓는 물에 들어간 성인이라면 마땅히 그리스도의 고난을 생각하고 입을 삼갔어야 할 것을, 어쩌자고 이교도들을 상대로 치기만만한 장난질을 했을꼬.」

그 말의 꼬리를 잡고 윌리엄 수도사는 호르헤 수도사를 막바지로 몰아갔다. 「바로 그것 아닙니까? 이 이야기가 당신에게는, 이성으로 헤아릴 만한 가치가 없어 보일 테고, 그래서 당신은 이 이야기를 치기만만한 것이라고 몰아붙입니다. 비록 이성으로 입을 자제하고 있기는 하나 당신은 지금 무엇인가를 비웃고 있고, 저 역시 그 이야기를 진지하게 받아들이지 않기를 원하고 있습니다. 당신은 웃음을 비웃고 있습니다만, 어쨌든 웃고 있는 것만은 분명하지 않은가요?」

호르헤는 몰리면서 짜증스럽다는 눈치를 보이고 있었다. 「웃음을 비웃어요? 당신은 시방 나를 한가한 말놀이 마당으로 끌어내고 싶은 모양이나, 그리스도가 웃지 않았다는 건 모르지 않겠지요?」

「글쎄요. 나는 그렇게 안 봅니다. 바리사이인들에게, 죄 없는 자가 먼저 돌을 던지라고 하셨을 때, 화폐는 거기에 새겨진 형상의 임자에게로 돌아가야 한다고 하셨을 때, 재담하시면서, *Tu es petrus*(너는 반석이다)라고 하셨을 때, 내 보기에 예수님께서는 죄인들을 당황케 하고 제자들의 정신을 깨어 있게 하시려고 우스갯소리를 하신 것 같습니다. 가야파에게 〈그것은 네 말이다〉라고 하셨을 때도 예수님께서는 재담을 하신 것이지요. 클뤼니 수도회와 시토 수도회[11]의 대립이 첨예하던 때의 이야기를 아실 것입니다. 클뤼니 수도회에서는, 시토 수도회를 능멸한답시고, 바지를 입지 않는다고 공격한

---

11 둘 다 베네딕트 수도회의 분파.

것을 아시지요. 우스개가 아니던가요? 『*Speculum stultorum* (바보들의 거울)』에 보면, 당나귀 브루넬로가, 한밤중에 부는 바람이 수도사들이 덮고 자던 담요를 홀랑 걷어 버리면 수도사들은 저마다 샅아구니를 내려다보면서 무슨 생각들을 할까, 하고 궁금해하는 대목이 나오는데…….」

주위에 있던 수도사들이 와락 웃음을 터뜨렸다. 호르헤는 서슬이 시퍼렇게 호령했다. 「당신은 지금 내 수도원 대중들을 얼간이의 축제로 인도하고 있구려! 내 일찍부터, 프란체스코 수도회에는 이따위 얼빠진 객담으로 대중의 환심을 사는 못된 풍조가 있다는 것은 익히 알고 있었으나, 남의 수도원에서 이렇게 방자할 수는 없소. 이런 속임수에 대해, 내 당신네 수도회 목회자로부터 들었던 말 한마디를 들려 드리리다. *Tum podex carmen extulit horridulum*(그때 샅아구니에서 무시무시한 노랫소리가 들려왔다).」

호르헤의 호통은 누구의 눈에도 지나친 것으로 보였다. 윌리엄 수도사가 약간 무례했던 것은 사실이나 호르헤는 지금 윌리엄 수도사가 입으로 방귀를 뀌었다고 몰아세운 것이다. 나는 노수도사의 이런 반응이, 문서 사자실에서 그만 나가라는 뜻이 아닐까 생각했다. 그러나 놀랍게도, 조금 전까지만 해도 대선배 수도사를 준열하게 나무라던 윌리엄 수도사가 갑자기 태도를 누그러뜨렸다.

윌리엄 수도사는 호르헤 노수도사에게 정중하게 사과했다. 「실언했습니다. 용서하십시오. 내 입이 그만 내 생각을 배반하고 말았습니다. 이러한 무례가 내 본의 아니었던 것을 알아주셨으면 합니다. 어르신의 말씀이 옳고 제가 잘못 생각했던 건지도 모르겠군요.」

호르헤는 순식간에 달라진 윌리엄 수도사의 말에 〈끙〉 하고 신음을 토했을 뿐 더 이상은 쓰다 달다 하지 않았다. 그의 신음 한마디는, 사과가 만족스럽다는 것인지, 허물을 용서한다는 것인지 쉽게 구분되지 않는 소리였다. 그는 아무 말 없이 자기 자리로 돌아갔다. 입씨름을 가까이서 지켜보던 수도사들도 각기 자기네 서안으로 돌아갔다. 윌리엄 수도사는 다시 베난티오의 서안 앞에 앉아 양피지를 뒤적거리면서 무엇인가를 찾기 시작했다. 호르헤에게 사과하고 나서야 우리는 몇 초나마 조사를 계속할 수 있었다. 그 몇 초간의 조사 덕에 윌리엄 수도사는 그날 밤새 여러 가지를 추론할 수 있었다.

불과 몇 초……. 윌리엄 수도사와 호르헤의 입씨름을 가까이서 듣고 있던 베노가, 필기 도구를 찾으러 온 양 윌리엄 수도사에게로 다가섰다. 베노는 윌리엄 수도사에게, 긴히 드릴 말씀이 있으니까 욕장 뒤에서 좀 만났으면 좋겠다고 말했다. 윌리엄 수도사가 먼저 나가면 곧 따라 나가겠다는 것이었다.

윌리엄 수도사는 잠시 망설이고 있다가 곧 말라키아를 불렀다. 장서 목록 상자 옆의 사서 서안 앞에 앉아 있던 말라키아는 방금 일어난 일을 모두 목격하고 있었다. 윌리엄 수도사는 수도원장의 각별한 조사 의뢰가 있었으니만치(그는 자신에게 부여된 이 특권을 강조했다), 누군가를 데려다가 베난티오의 서안을 지키게 하여 그 현장을 보존하라고 말했다. 말하자면 사건 조사의 중요한 단서가 된다는 생각에서, 돌아올 때까지 어떤 수도사도 접근하지 못하게 하라고 한 것이었다. 그는 이 말을 일부러 큰 소리로 하여, 말라키아가 베난티오의 서안을 지키는 것은 물론, 다른 수도사들도 말라키아의 거동을 지켜보도록 하는 데 성공했다. 말라키아는, 많은 수도사들 면전에서 그러마고 하지 않을 수 없었다.

사부님과 나는 밖으로 나왔다. 뜰을 지나 시약소 건물 앞으로 다가가면서 사부님이 나직한 소리로 물었다.

「내가 베난티오의 서안 위나 아래에서 뭘 찾아낼까 봐 전전긍긍하는 눈치가 아니더냐?」

「무엇을 찾을까 봐 그러는 걸까요?」

「내가 보기에는 겁을 내고 있는 이들도 그것까지는 모르는 것 같다.」

「그러면 베노 수도사는, 사부님께 드릴 말씀이 있어서가 아니고, 단지 사부님을 문서 사자실에서 떼어놓으려고 하는 것입니까?」

「곧 알게 될 테지.」 그 직후에 우리는 베노를 만났다.

6시과

베노는 이상한 이야기를 한다. 윌리엄 수도사와 아드소는 이로써 수도원 생활에 관한, 기묘한 것들을 알게 된다.

　베노가 우리에게 들려준 이야기는 앞뒤가 잘 맞지 않았다. 아닌 게 아니라 베노는 문서 사자실로부터 사부님을 유인해 내기 위해 할 이야기가 있으니 욕장 뒤에서 만나자고 한 것 같았다. 그러나 그냥 빈 입으로 돌아서기가 어려워서 그랬는지는 모르나 그는 우리에게 그가 아는 것보다 넓은 차원의 진리의 조각을 말하고 있었다.
　그는, 오전에는 윌리엄 수도사의 질문에 성의 있게 대답하지 못한 것을 시인하고, 기억나는 대로 일러 진실을 알게 하겠다고 말했다. 그의 말에 따르면, 웃음에 관한 저 논쟁에서 베렝가리오는 *finis Africae*(아프리카의 끝) 이야기를 했는데, 이 〈아프리카의 끝〉은 장서관 비서(秘書)의 보고(寶庫), 특히 수도사들에게는 금서로 되어 있는 서책의 보고였다. 베노는, 명제의 이성적인 명확성에 관한 윌리엄 수도사의 말에 큰 감명을 받았던 모양이었다. 그는, 학문에 전념하는 수도사라면 장서관에 소장된 자료를 모두 열람할 수 있어야 한다고 주장하면서, 아벨라르를 단죄한 수아송 회의를 비난했다. 그의 이야기를 들으면서 우리는, 학문의 자유에 목말라 있는 한 젊은 수사학도가 자신의 지적 호기심을 가로막는 수도원 규율 앞에서 경험하는 고통을 읽을 수 있었다. 나는 그러한 호기심 많은 자들을 믿지 않는 편이 좋다고 생각하게 되었으나 윌리엄 수도사의 태도는 달랐다. 사부님은 베노의 입장을 동정하고 그를 위로해 주었다. 베노는, 자신은 아델모, 베난티오, 베렝가리오 이 세 사람이 공유하고 있는 비밀이 무엇인지 알지 못하지만, 이 딱한 사건을 통해 장서관의 운영에 대해 더 잘 알 수 있게 된다면 좋겠다고 했다. 베노는 또, 필경은 수도원의 수수께끼를 풀어낼 사부님이, 수도원장을 타일러 지적인 호기심에 목말라 있는 수도사를 탄압하는 폭력을 포기하게 하기 바란다면서, 자기와 처지가 비슷한 수도사들은, 그 수도원 장서관이라고 하는 거대한 모태 안에 들어 있는 지식으로 영혼을 살찌울 목적으로 참으로 먼 곳에서 온 사람임을 알아주었으면 좋겠다는 말도 덧붙였다.

그 자리에서 했던 말로 미루어 베노는 진심으로 그러한 결과를 바랐던 것 같다. 또는, 사부님이 예상한 대로, 베난티오의 서안을 자신이 직접, 다른 사람의 손이 닿기 전에 뒤져 보고 싶은 호기심이 발동했던 건지도 모른다. 그렇기에 우리의 주의를 그곳에서 돌릴 목적으로 불러내어 정보를 준 건지도 모른다. 베노가 우리에게 준 정보는 대략 다음과 같다.

베노는, 수도원의 많은 수도사들이 익히 알고 있듯이 베렝가리오는 아델모에 대해 참으로 입에 담기 민망한 정욕을 품고 있었다고 말했다. 그것은 소돔과 고모라 백성들이 불바다 속에서 절멸하게 된 계기, 바로 그 정욕과 같은 것이었다. 베노는, 내 나이가 어리다는 것을 염두에 두고는 일부러 그렇게 돌려 말했다. 그러나 수도원에서 청소년기를 보낸 이라면 누구나, 그가 그 시간 동안 몸과 마음을 청정하게 지켰다 하더라도, 이러한 정욕에 대한 이야기를 듣게 되고, 때로는 그 열정에 사로잡힌 이들로부터 자신을 보호해야 할 때가 있다. 나 역시 멜크 수도원에 수련사로 입문하고 오래지 않아 어느 나이 든 수도사로부터, 속인이 여성에게 보내는 듯한 이상한 사연이 든 두루마리를 받은 바 있다. 수도사로 서원을 세운 사람이, 여체라고 하는 악덕의 덩어리를 경계하게 되어 있는 것은 물론이다. 그러나 수도사라고 하는 직분은, 바로 이러한 계율에 갇혀 있기 때문에 이따금씩 엉뚱한 죄악에 물들고는 한다. 벌건 대낮에, 성가대석에 앉아 있던, 살결 희기가 처녀 같고 얼굴에 수염 한 올 나 있지 않은 앳된 수련사를 보면서 가슴 두근거리던 것을 내 이 나이에도 경험해 보았음을 스스로에게 감출 수는 없는 일 아닌가.

내가 이런 이야기를 하고 있는 것은, 수도사의 삶에 평생을 바치게 된 것을 후회한다고 말하고자 함이 아니고, 때로는 이 거룩한 사명을 너무 무거운 짐으로 생각한 나머지 죄악인 줄 알면서 저지를 수도 있는 허약하고 인간적인 수도사들을 변호해 주기 위함이다. 어쩌면 베렝가리오의 끔찍한 죄악을 변호하기 위함인지도 모르겠다. 하나 베노의 말에 따르면, 이 베렝가리오라는 수도사는 이 악덕을 좇되 그 방법이 사악하고 치사하기가 그지없었다. 베노는 베렝가리오가, 미덕과 품위를 두루 갖춘 자라면 마땅히 타기할 만한 것을 얻기 위해 부당한 수단을 그 무기로 썼다고 말했다.

베노의 말에 따르면, 많은 수도사들은, 베렝가리오가, 미모 수려한 아델모에게 수상한 시선을 던지는 것을 못마땅한 시선으로 바라본다. 그러나 오로지 학문에만 전념하던 아델모는 베렝가리오의 그런 칙칙한 시선에는 아랑곳하지 않고 공부 쌓는 데만 기쁨을 누리며 정진한다. 그러나 사람의 일은 참으로 기묘한 것이니, 누가 알았으랴, 아델모는 공부에 전념하고 있는데 아델모의 영혼은 은밀히 이 사악한 유혹에 이끌리고 있었음을……. 실제로 어떤 일이 있었는가 하면, 베노는 아델모와 베렝가리오의 대화를 엿듣는다. 아델모가 베렝가리오에게 어떤 비밀에 대해 캐묻자 베렝가리오는, 부탁을 들어주는 대신 자기 요구도 들어주어야 한다고 말한다. 그 요구가 무엇인지는 독자들도 짐작이 가리라. 베노는 아델모가 요구를 받아들이겠다는 대답을 하는 것을 자신이 들었다고 생각한다. 그것도, 베노에 따르면, 안도에 찬 듯한 목소리로, 자기 자신도 원하던 바였으나 육체적 욕망이 아닌 다른 구실이 나타나기를 기다리고 있었던 듯 대답한다. 이것으로 미루어 보면, 베렝가리오가 지키고 있던 비밀이 학문과 관련된 것이었음이 분명하다고 베노는 생각한다. 그렇게 아델모는 자신이 지적 욕구를 충족시키기 위해 어쩔 수 없이 육욕의 죄악에 몸을 맡기는 것이라고 스스로를 속일 수 있었던 것이다. 이 대목에서 베노는 웃으면서 자기에게도, 마음에도 없는데도 남의 육체적 욕망을 받아들일 만큼 강렬한 지적 욕구가 일었던 적이 종종 있었다고 말했다.

베노가 윌리엄 수도사에게 물었다. 「수도사님께서도, 몇 년간 찾던 서책을 손에 넣기 위해서 때로는 부끄러운 짓을 할 수 있겠다는 생각이 드실 때가 있지 않으십니까?」

「몇 세기 전, 현명하고 점잖기로 호가 난 실베스테르 2세는, 귀중한 천구의(天球儀)를 스타티우스나 루카누스의 원고와 바꾸었다네……」 윌리엄 수도사는 이어서 정색을 하고는 이렇게 덧붙였다. 「……하나 그것은 천구의였지 체면은 아니었네.」

베노는, 이야기에 지나치게 열중한 나머지 잠시 자기 판단력이 흐려졌던 것을 사죄하고 하던 이야기를 계속했다. 베노의 이야기는 이렇다.

아델모가 죽기 전날 밤, 베노는 호기심을 누르지 못하고 아델모와 베렝가리오를 미행한다. 종과 성무가 끝난 다음 두 사람은 요사 쪽으로 간다. 베노는 그들의 방에서 그리 멀지 않은 자기 방으로 들어가 문고리를 잡고 한동안 기다린다. 수도사들이 모두 잠들어 요사는 적막한데, 아델모가 나타나더니 베렝가리오의 방에 든다. 베노는 잠을 이루지 못하고 둘의 움직임에 신경을 집중시킨다. 그런데 돌연 베렝가리오의 방문이 열리면서 아델모가 도망쳐 나온다. 베렝가리오가 그 뒤를 쫓는다. 베노는 방에서 나와 다시 두 사람을 미행한다. 조심스레 두 사람을 쫓던 베노는, 베렝가리오가 아래층 복도 모퉁이에서 몸을 떨며 한 수도사의 방문을 바라보고 있는 것을 목격한다. 베렝가리오가 바라보는 방은 호르헤 노수도사의 방이다. 그래서 베노는 이렇게 추리한다. 아델모는 자기 죄악을 고해하기 위해 원로 수도사 호르헤의 방으로 들어갔다. 베렝가리오는, 고해라는 것이 누설될 리 없는 성사(聖事)임을 모르지 않으면서도 혹 자기 비밀이 드러날까 전전긍긍 떨면서 호르헤 수도사의 방문을 바라보고 있었던 것이다…….

오래지 않아 아델모가 파리한 얼굴로 호르헤 수도사의 방을 나와 교회 쪽으로 간다. 아델모는, 베렝가리오가 따라오면서 말을 거는데도 모르는 척하고, 밤에도 늘 열려 있는 북문을 통하여 교회로 들어간다. 아델모는 기도하기 위해 교회로 들어갔을 거라고 베노는 생각한다. 베렝가리오는 아델모의 뒤를 쫓았으면서도 교회 안으로는 따라 들어가지 않는다. 대신 손을 쥐어뜯으며 묘지를 서성거린다.

이때 베노는, 주위에 제4의 인물이 있는 것을 알고는 몹시 당황한다. 이 제4의 인물 역시 아델모와 베렝가리오의 뒤를 따라 묘지 근방까지 와 있다. 그러나 이 인물은, 묘지 한쪽의 늙은 참나무 뒤로 몸을 숨긴 베노의 존재를 눈치 채지 못한다. 이 제4의 인물은 바로 베난티오이다. 베렝가리오는 베난티오를 보자 묘지의 묘석 사이로 숨는다. 베난티오는 교회 안으로 들어간다. 베노는, 이 대목에서 들키면 입장이 난처해진다고 판단하고 요사로 돌아온다. 그런데 아델모는 다음 날 벼랑 아래에서 시체로 발견된다. 베노는 이야기 끝에, 자기는 맹세코 거기까지밖에는 알지 못한다고 말했다.

식사 시간이 가까워지고 있었다. 사부님은 더 이상 묻지 않았다. 베노는 우리를 떠났다. 사부님은 한동안 욕장 뒤에서 서성거리다가 뜰로 나섰다. 생각에 잠긴 채로 뜰을 산보하던 사부님이 앙상한 관목 위로 허리를 구부리면서 중얼거렸다.

「협죽도로구나. 줄기를 달이면 치질에 특효하다. 저기 있는 것은 아르크티움 라파인데, 뿌리를 삶아 그 물을 습포에 적셔 찜질하면 습진에 탁효가 있지.」

「사부님께서는, 본초학자 세베리노 수도사보다 본초에 더 박학하신 것 같습니다……. 조금 전에 들으신 이야기를 어떻게 생각하시는지요?」 나는 사부님의 말머리를 돌려 보려고 했다.

「아드소, 네 머리로 생각할 때가 되지 않았느냐? 베노가 한 말은 사실인 듯하다. 베렝가리오가 환각에 빠져 있었다는 것만 빼면 베노의 말은 대강 베렝가리오의 말과도 일치하고 있다. 베렝가리오와 아델모는, 우리가 진작부터 미루어 헤아리고 있었듯이 아주 못된 짓을 했다. 우리가 아직은 모르고 있다만 베렝가리오는, 무엇인가를, 아쉽게도 여전히 비밀로 남아 있는 것을 아델모에게 보여 주어야 한다. 아델모는 베렝가리오만이 보여 줄 수 있는 그것 때문에 베렝가리오의 요구에 따라 제 순결의 서원과 자연의 순리에 어긋난 짓을 저지르고는 오로지 자기를 사면해 줄 만한 사제에게 이를 고백하리라고 벼르다가 결국 호르헤에게 달려간다. 우리가 겪어 봐서 알았다시피 호르헤는 교리에 여간 엄격한 사람이 아니다. 따라서 호르헤는 분명히 아델모를 몹시 나무랐을 것이다. 호르헤는 어쩌면, 사면을 거부했거나, 참회로는 닦을 수 없는 죄악이라고 아델모를 몰아세웠는지도 모른다. 그러나 우리로서는 이것을 정확하게는 알 수 없고, 금후로도 호르헤가 우리에게 이야기해 줄 것 같지도 않다. 확실한 것은 아델모가 교회로 들어가 제단 앞에 오체투지(五體投地)하고 참회했을 것이라는 점이다. 그러나 아델모는 이로서는 양심의 짐이 덜어지지 않는다는 것을 알았을 것이다. 이때 베난티오가 아델모에게 다가간다. 이들이 무슨 말을 나누었는지도 우리로서는 알 길 없다. 아델모는 베렝가리오로부터 선물로 받은, 혹은 반대급부로 얻은, 지금으로서는 정체가 불명한 비밀을 베난티오에게 들려주었는지도 모르겠다. 너도 알다시피, 아델모는 사제로서는 저질러서는 안 될 죄를 지었다. 아델모에게 죄를 지었다는 사실보다 더 큰 비밀이 어디 있었겠느냐? 그러므로 아델모에게, 베렝가리오로부터 얻은 비밀은 더 이상 의미 있는 것이 못 되었을 가능성이 있다. 역시 모르는 일이기는 하다만, 베난티오는, 베노처럼 강한 호기심에 사로잡혔던 나머지 비밀을 알게 된 것에 만족하고 아델모를 교회에 둔 채 밖으로 나오지 않았을까? 홀로 교회에 남은 아델모는 세상으로부터, 모든 사제들로부터, 궁극적으로는 하느님으로부터 버림을 받았다고 생각하고는 자살을 결심, 절망에 사로잡힌 채 묘지로 나왔는지도 모른다. 만일에, 묘지에서 아델모를 만났다는 베렝가리오의 말이 사실이라면 베렝가리오는 바로 이런 상태에 빠진 아델모를 만났을 것이다. 아델모는 베렝가리오를 욕하고, 자기가 그렇게 된 책임을 베렝가리오에게 돌리는 한편, 반어법(反語法)으로 그를 스승이라고 불렀는지도 모른다. 내가 보기에, 베렝가리오의 이야기는, 환상 어쩌고 하는 부문만 빼면 대체로 정확한 것 같다. 아델모는, 호르헤로부터 들었던 절망적인 이야기를 거기에서 되풀이한다. 여기에서 베렝가리오는 겁을 먹은 나머지 묘지를 떠나고 아델모는 자살을 결행하기 위해 반대쪽으로 간다. 이어서 우리가 알게 된 사건이 발생한다. 수도원의 수도사들은 아델모가 살해당했다고 생각한다. 베난티오는, 장서관의 비밀이 자기가 믿어 오던 것 이상으로 어마어마하다는 것을 알고는 혼자서 이 비밀을 캐어 내고자 한다. 베난티오의 이러한 행위는 누군가의 손에 저지당할 때까지 계속된다. 다시 말해서 이 누군가에 해당하는 자는, 베난티오가 무엇인가를 손에 넣은 뒤에 저지했을 수도 있고, 그전에 저지했을 수도 있다.」

「누가 베난티오를 죽였습니까? 베렝가리오입니까?」

「그럴 수도 있다. 어쩌면 말라키아의 짓인지도 모르겠고……. 본관을 지켜야 했던 말라키아가 아니면 제3의 인물일 수도 있다. 내가 베렝가리오에게 혐의를 두는 데에는 까닭이 있다. 베렝가리오는, 자기가 관련되어 있는 비밀이 드러날까 봐 몹시 겁을 먹고 있었는 데다, 그 비밀이 이미 베난티오의 귀에까지 들어갔다는 사실을 알고 있었기 때문이다. 말라키아에게도 혐의가 있다. 장서관 신성불가침 원칙의 파수꾼인 말라키아는, 누군가가 이 원칙을 범했다는 사실을 알았을 경우 죽임을 통하여 비밀을 지키는 것도 불사할 것이기 때문이다. 그런데 호르헤는, 우리의 추리에 등장하는 모든 수도사들의 비밀을 두루 알고 있다. 아델모의 비밀까지 알고 있는 호르헤는, 베난티오가 입수하게 된 비밀이 내 귀에 들어오게 될까 봐 전전긍긍하고 있다. 많은 사실들이 호르헤를 가리키고 있다. 하나 장님인 그가 어떻게 사람을, 그것도 장골인 젊은이를 죽일 수 있겠느냐? 죽였다 치더라도 무릎이 귀를 넘는 노인이 어떻게 이 시체를 메고 가서 항아리에 처박을 수 있겠느냐? 한편으로는 베노 자신이 살인자인지도 모른다. 베노는 고백할 수 없는 어떤 이유 때문에 우리에게 거짓말을 했을 수도 있다. 게다가 또 한 가지 의문은, 왜 우리는 웃음에 대한 논쟁과 관련된 사람에게만 혐의를 두고 있느냐, 하는 것이다. 범죄의 동기는 어쩌면 장서관과는 아무

상관도 없는, 전혀 엉뚱한 데 있는지도 모른다. 어쨌든 우리에게는 할 일이 있다. 무엇이냐? 우리는 야밤에 장서관으로 들어가야 한다. 그러자면 등잔이 필요하다. 등잔은 네가 구해 오너라. 저녁때 주방에 들어가거든 벽에 걸린 놈으로 하나 챙겨 법의 속에 숨겨 두어라.」

「훔치라는 말씀이신지요?」

「주님의 영광을 위해 잠시 빌려 놓으라는 것이다.」

「그러겠습니다.」

「본관으로 들어가는 게 우선 문제다. 어젯밤 말라키아가 나오는 걸 눈여겨보았느냐? 내 오늘 교회로 들어가 보겠다. 한 시간 뒤면 식사 시간이다. 식사가 끝나면 원장을 만난다. 너도 나를 따라가게 될 게다. 내 진작, 나와 원장이 이야기를 나눌 경우에는 받아 적을 서기가 하나 있어야겠다고 해두었으니까.」

9시과

수도원장은 수도원 재물을 은근히 자랑하는 한편, 이단에 대한 그의 두려움을 피력한다. 결국 아드소는 섣불리 세상에 발을 내민 건 아닌가 번민한다.

우리는 교회 제단 앞에 있는 수도원장을 발견했다. 그는 수련사들이 은밀한 곳에서 내어 온 제기(祭器), 성배(聖杯), 접시, 성체 안치기, 그리고 오전 예배 때는 보지 못했던 십자가 같은 보물을 점검하고 있었다. 나는 이들 성물을 보는 순간 어찌나 아름답던지 한숨을 숨길 수 없었다. 정오여서 빛줄기는 성가대석 창을 통해 푸짐하게 쏟아져 들어왔다. 교회 정문 쪽의 창을 통해서도 빛이 쏟아져 들어와, 하느님을 상징하는, 신비스러운 물결 같은 하얀 빛의 분류를 이루어 제단을 적시고는 교회 안을 가로질러 가고 있었다.

병과 접시…… 이 모든 성물의 재료는 모두 귀물(貴物)이었다. 황금의 노란 색깔, 상아의 흰 빛깔, 수정의 투명한 형체 속에서 나는 갖가지 색깔……. 나는 갖가지 크기의 보석이 반짝이는 것을 보았다. 풍신자석(風信子石), 자수정, 루비,

사파이어, 에메랄드, 귀감람석, 줄마노, 홍옥, 벽옥, 그리고 마노 정도는 내 눈으로도 알아볼 수 있었다. 나는 그제야, 오전에는 기도에 정신을 쏟고 있었던 데다 다른 일을 생각하느라고 보지 못했던 것들을 볼 수 있었다. 제단의 전면과, 제단의 세 측면은 완전히 금으로 되어 있었다. 그래서 제단 전체가 어느 방향에서 보건 모두 금으로 되어 있는 것 같았다.

내가 혀를 내두르면서 한숨을 거푸 쉬자 수도원장은 미소를 지으며 나와 사부님을 향해 이렇게 말했다. 「지금 보고 계신 성물과 앞으로 보시게 될 성보(聖寶)는 수세기 동안의 신앙과 헌신을 증언하는 귀한 유산이며 본 수도원이 떨치는 권능과 성성(聖性)의 생생한 증거입니다. 말하자면 세상의 왕후장상들, 세계의 주교와 대주교들이 이 제단과, 그들의 서임을 증거할 성물을 기증한 것입니다. 그들은, 자기네들 권위의 징표인 황금과 귀물을 녹여, 보다 크신 하느님 영광과 하느님 처소인 이 성전에다 바친 것입니다. 비록 오늘 본 수도원은 유감천만인 이러저러한 사건으로 어려움을 맞고 있기는 하나, 우리는 잠시도 우리 인간의 허약함과 전지전능하신 분의 힘과 능력을 잊어서는 아니 될 것입니다. 오래지 않아 그리스도께서 강탄하신 날이 옵니다. 하여, 우리는 지금 이 성기와 성물을 닦고 있습니다. 그래야 구세주의 강탄이 화려한 집기와 장엄한 예식으로 빛날 것이 아니겠습니까? 화려한 집기와 장엄한 예식은 이 강탄일에 합당한 것이고, 또 이 강탄일이 요구하는 것이기도 합니다. 모든 성물은 성장(盛裝)한 모습으로 강탄일을 맞아야 합니다. 무슨 까닭이냐 하면……」 수도원장은 윌리엄 수도사를 뚫어지게 바라보면서 말을 이었는데, 나는 뒷날에 가서야 왜 그가 자기 행동을 그렇게 장황하고 화려하게 변명했는지를 이해했다. 「……우리는 이 강탄의 예식이 우리에게 반드시 필요한 것, 따라서 감출 것이 아니라 드러내어 하느님의 영광과 자비를 널리 보여야 한다고 믿기 때문입니다.」

윌리엄 수도사가 정중하게 응수했다. 「과연 그렇습니다. 원장 어른께서 주님 영광을 드러내야 한다고 생각하신다면, 귀 수도원은 최고의 칭송에 값하는 큰일을 하시는 것입니다.」

「마땅히 그래야 할 일입니다. 하느님의 뜻과 선지자들의 명에 따라 믿음이 독실한 사람들이 솔로몬 성전의 양이나 송아지나 어린 암소의 피를 받을 황금 항아리와 황금 병과 황금 절구를 바친 관례를 아시겠지요. 짐승들에게도 그리했다면 황금 병이나 보석은 더더욱 그리스도의 피를 받는 데 쓰여야 마땅하지요! 그것도 모든 경외심과 헌신을 다해서 말입니다. 거듭 창조될 때 우리라고 하는 존재가 성전의 케루빔[12]이나 세라핌이 될 것이라면, 그런 귀한 제물을 드리는 제사 또한 더없이 귀중할 것입니다.」

「아멘.」 나는 대답했다.

「많은 사람들은 언필칭, 믿음이 돈독한 마음, 청결한 신앙, 믿음으로 인도받는다는 의지만 있으면 성무는 그것으로 넉넉하지 않겠느냐고 항변합니다. 암, 옳은 말입니다. 우리는 누구보다도 먼저, 성무라고 하는 것이 바로 이러한 것으로 이루어져야 한다고 강력히 주장하는 바입니다. 하나 나는 하느님을 경외하되, 성물을 통한 외적인 모양새를 통해서도

---

12 「창세기」 3:24에 나오는 지천사(智天使). 치천사(熾天使)인 세라핌에 이어 두 번째 계급.

하느님을 경외해야 한다고 믿습니다. 우리가 모든 것을 통하여 구세주를 예배하는 것이 본질적으로 옳고 적절하기 때문입니다. 구세주께서는 무엇 하나 유예하시지 않고 우리에게 베푸시되, 아낌없이 베푸시기도 마다하시지 않았습니다.」

이에 윌리엄 수도사도 동의했다. 「귀 문중에서 나오신, 뛰어나신 분들의 의견일 터인데 여부가 있겠습니까? 저 위대한 수도원장 쉬제가 교회 장식에다 쓴 아름다운 글씨가 생각나는군요.」

「지당하신 말씀. 이 십자가를 좀 보시지요. 아직 완성된 것은 아닙니다만……」 수도원장은 십자가를 하나 집어, 더없이 밝은 얼굴, 지극한 사랑이 담긴 눈으로 어루만지면서 말을 이었다. 「……여기에는 아직, 제대로 박혀야 할 진주가 빠져 있습니다. 크기가 적당한 진주를 아직 구하지 못했기 때문입니다. 성 안드레아스가 골고다 십자가를 이야기하면서 그 십자가는 진주로 장식하듯 그리스도의 사지로 장식되었다고 했습니다. 따라서 저 위대한 기적의 *simulacrum*[影像]에는 의당 진주 정도는 박혀야지요. 그러나 여기 구세주의 머리 부분에 얹을 금강석은 구해 두었습니다. 아마 이렇게 아름다운 금강석은 구경하시기 어려울 것입니다.」 수도원장은 길고 하얀 손가락으로 조심스럽게 이 신성한 생명나무, 아니 정확하게 말하면 십자가의 재질인 신성한 상아의 귀한 부분을 어루만지면서 말을 이었다.

「……이 하느님 처소의 아름다움을 두루 누리고 보니, 다채로운 보석의 마력이 나를 외부의 관심사로부터 벗어나게 하고, 가치 있는 명상이, 물질적인 것에서 비물질적인 것으로 나를 이끌어 신성한 미덕의 다양함에 대해 생각하게끔 합니다. 그럴 때면 저는 마치, 이제는 더 이상 대지의 진창에만 묶여 있는 것도 아니고, 천상의 순수함 속에 완전한 자유를 누리는 것도 아닌, 말하자면 참으로 신묘한 우주의 한 영역을 발견한 느낌이라고 해야 할까요? 하느님 은덕으로, 나 자신이 신비스러운 체험을 통하여 이 하계에서 천계로 날아오를 수 있을 것 같다는 말씀이올시다.」

그는 이렇게 말하면서 회중석으로 얼굴을 돌렸다. 천장에서 쏟아져 내린 빛줄기가 그를 비추었다. 그의 모습은 낮별인 태양의 자비 앞에 완연하게 드러났다. 그는 다시 열정을 느꼈던지, 십자가 모양으로 어긋나게 놓아두고 있던 두 손을 거두어 잡았다.「보이는 것이든 아니 보이는 것이든, 모든 피조물은 빛의 아버지에 의해 존재로 형상화한 빛입니다. 이상아, 이 마노뿐만이 아니고 우리를 둘러싸고 있는 이 모든 돌은 빛입니다. 왜 그러냐 하면, 이것은 선하고 아름다운 것이다, 이것은 모두 그들 자신의 비례 규칙에 따라 존재하고 있다, 이것은 모두 다른 종(種)과 속(屬)과는 그 종과 속이 다르다, 그것들은 자신의 수에 의해 정의된다, 이것은 그 질서 안에서 참되다, 이것은 그 무게에 따라 스스로의 위치를 찾아낸다…… 이렇게 생각되기 때문입니다. 이러한 비밀이 내 앞에 드러나면 드러날수록 나는 이 귀한 물건의 속성을 더 깊이 깨닫게 됨은 물론, 창조주의 신성한 권력에 대해 새로이 눈뜨게 됩니다. 내가 결과의 장대함을 통해서만 온전한 전체로서는 알 수 없는 사태의 장대함을 파악할 수 있다면, 그리고 심지어 분변(糞便)과 버러지가 그것을 내게 일러줄 수 있다면 황금이나 금강석 같은 귀한 결과는 하느님의 인과율에 대해 얼마나 확실히 알려 주겠습니까? 이러한 돌을 초

월적인 존재로 생각하노라면 내 영혼은 기쁨을 이기지 못해 울음을 터뜨리고는 합니다. 지상의 허무 혹은 재물에 대한 욕심을 통해서가 아니고 귀한 것에 대한 순수한 사랑, 신이 불러일으킨 것을 통해 그렇게 된다는 것입니다.」

「말씀하신 것이야말로 신학에서도 가장 감미로운 부분이 아닐는지요?」 윌리엄 수도사가 더할 나위 없이 겸손하게 말했다. 나는 그가 수사법에서 〈아이러니〉라고 부르는, 음흉한 어법을 쓰고 있다고 생각했다. 이러한 수법을 쓸 때는 반드시 *pronunciatio*(발음)를 통해 듣는 이로 하여금 이 어법을 예감하게 하고, 논리를 정당화하는 것이 보통이지만 윌리엄 수도사는 결코 그렇게는 하지 않았다. 이 때문에, 자기의 연설에 취한 수도원장은 윌리엄 수도사의 의도를 뚫어 읽지 못하고 여전히 수도원 재물에 대한 법열에 들뜬 채 이렇게 중얼거렸다. 「……물질을 통한 신의 현현, 이것이야말로 전지전능하신 하느님께로 우리를 인도하게 하는 가장 직접적인 수단이지요.」

「에……헴.」 윌리엄 수도사는 점잖게 마른기침을 했다. 화제를 다른 데로 돌리고 싶어 할 때마다 나오는 사부님의 버릇이었다. 사부님은 화제를 돌리되, 대화의 상대가 이를 눈치 채지 못하게 하는 데 능했다. 화제를 돌리고 싶을 때마다, 자기의 생각을 정리하기가 몹시 힘들다는 듯이 마른기침을 연거푸 해대면서 서론을 길게 늘이는 것이 사부님을 비롯한 영국인들의 대화법인 듯했다. 그러나 내가 확인한 바에 따르면, 사부님의 마른기침이 잦으면 잦을수록 본론에 대한 그의 확신은 그만큼 큰 것이 보통이었다.

「에……헴, 그러니까…… 이번에 있을 회담과 청빈 논쟁에 대해서도 오늘 이렇게 뵌 김에 짚고 넘어갔으면 합니다만…….」

「청빈(淸貧)이라…….」 수도원장은 여전히 자기 생각에 취한 채 중얼거렸다. 눈앞의 귀한 보석이 데려다 준 저 아름다운 우주의 세계에서 현실로 돌아오기가 몹시 아쉽다는 표정이었다. 「……아, 네, 해야지요.」

이로써 두 분 사이에 격렬한 논쟁이 시작되었다. 그러나 논쟁의 내용은 내가 알지 못하는 것이 태반이었다. 나는 두 분의 이야기를 들으면서 그 의미를 꿰어서 헤아리려고 애썼다. 이 책머리에서 쓴 바 있지만, 두 분의 논쟁이란 이중의 반목, 즉 황제 대 교황, 교황 대 프란체스코 수도회 사이의 분쟁에 관한 것이다. 황제와 교황이 대립하게 된 내력은 앞에서 설명한 바 있고, 교황과 프란체스코 수도회가 반목하게 된 까닭은, 프란체스코회가 페루자 총회를 통해, 그리스도의 청빈에 관한 프란체스코회 엄격주의파의 주장을 수용했기 때문이다. 그런데 문제는, 프란체스코회가 황제 편에 가담하면서 한층 더 복잡한 양상을 띠게 된다는 점이다. 가뜩이나 복잡한 이 3파전은, 베네딕트 수도회의 수도원장들이 가세하면서 4파전 양상으로 발전하게 되기 때문이다.

프란체스코 수도회가 자회(自會) 내의 엄격주의파와 어느 정도 의견 일치를 보이기 전부터 베네딕트회 수도원장들이 프란체스코 수도회의 엄격주의자들을 비호하거나 그들에게 은신처를 제공한 이유를, 나로서는 정확하게 이해할 수 없었다. 이해할 수 없었던 까닭은, 엄격주의파는 이 세상의 재물은 일체 부정하는 데 견주어 베네딕트 수도회 수도원장들은, 덕성에서 반드시 뒤떨어진다고는 할 수 없으나 적어도 재물에 관해서는 엄격주의파와 정반대 입장을 취하고 있었기 때문이었다. 아마도 베네딕트회 수도원장들은 교황권이 강대해지면 도시나 수도원도 함께 강대해질 수 있다고 생각했던 것인지도 모르겠다. 우리 베네딕트 수도회는, 천상과 지상의 직접적인 매개자, 군주에 대한 조언자를 자임하고 속세의 성직자들과 도시 상인들과의 투쟁의 와중에서 몇 세기에 걸쳐 그 권위를 고스란히 지켜 온 수도회였던 것이다.

내가 여러 차례에 걸쳐 들은 바에 따르면 하느님의 백성은 양치기(즉 성직자)와 수양견(守羊犬, 즉 군대)과 양(즉 대중)으로 나뉜다. 나는 뒷날에 이 말이 여러 가지로 달리 표현될 수 있다는 것을 알게 되었다. 우리 베네딕트 수도회에서는 이 하느님의 백성을 세 가지 부류로 나누지 않고 두 가지 부류로 나눈다. 즉, 하느님의 백성을, 지상의 일을 관장하는 부류와 천상의 일을 관장하는 부류로 나누는 것이다. 그렇다면 지상의 일에 관한 한 성직자와 세속 군주와 민중이라는 3분법이 유효하게 된다. 하지만 이 3분법에 의해 분류된 이들은 사실상 〈수도회〉에 의해 지배된다. 수도회는 하느님의 백성과 천상의 일을 직접적으로 연결하며, 따라서 수도사는 재속(在俗)하는 성직자들과 달라지게 된다. 말하자면 수도사들은 재속의 양치기(성직자)들과 같지 않게 된다. 베네딕트회의 견해에 따르면 속세의 양치기들은, 도시의 이해(利害) 문제에 끼어들고도 부끄러워할 줄 모르는 어리석고 부패한 무리에 속한다. 더구나 도시에 사는 양들은 선량하고 충직한 농민이 아니라 약삭빠르고 교활하기 짝이 없는 상인 아니면 장인(匠人)들이다. 베네딕트회의 경우, 평신도에 대한 관리는 재속 성직자들에게 맡겨 버리고, 천상적인 권력의 원천인 하느님과 지상적인 권력의 원천인 황제와 직접 접촉하고 이 관계를 최종적으로 결정하는 권한을 수도회에 맡길 수만 있다면 문제는 없어진다. 내가 보기에 바로 이 때문에 베네딕트회 수도원장들의 대부분이 도시 정권(재속 성직자와 상인이 결탁한)에 대항하여 황제의 권위를 옹호하는 데 동의하는 한편 프란체스코 수도회의 엄격주의파 수도사들까지 보호해 온 것 같다. 다시 말해서 당시의 엄격주의파가, 막강한 세력으로 자라나는 교황권에 대항하여 황제권에다 훌륭한 공격의 구실을 마련해 주기 때문에, 베네딕트 수도회에서는 그들의 교리 자체에 공감하는 것은 아니면서도 대단히 쓸모 있는 존재로 보고 그들의 피난처 노릇을 해온 것 같다는 것이다.

나의 추론에 따르면, 베네딕트회 수도원장이, 황제가 파견한 윌리엄 수도사와 손을 잡고 프란체스코 수도회와 교황청 사이의 중재자 역할을 하려는 까닭은 바로 여기에 있다. 실제로 이즈음, 교회의 통일을 위협하는 분쟁의 와중에서, 교황 요한으로부터 누차 아비뇽으로 소환 명령을 받은 바 있는 체세나의 미켈레도 결국은 그 소환에 응하여 출두할 준비를 하고 있었다. 자기가 총회장으로 재직하고 있는 프란체스코 교단과 교황청과의 결정적인 충돌은 바라지 않았기 때문이었다. 미켈레는 프란체스코 교단의 입장이 받아들여지기를 원함과 동시에 교황의 동의를 원했다. 그 이유 중 하나는 물론, 교황의 합의 없이는 자신이 교단의 수장으로 계속해서 남아 있기가 어렵기 때문이었다.

그러나 많은 사람들은, 일단 프랑스로 불러들인 뒤에 붙잡아 이단으로 몬 다음 이단 심판에 회부하기 위해 교황 요한이 자꾸만 프랑스에서 미켈레를 부른다고 우려했다. 이렇게 우려하는 사람들은, 미켈레가 아비뇽으로 가기는 가되, 그 시기는 이러한 문제에 대한 충분한 협상이 있은 뒤여야 한다고 충고했다. 이즈음 마르실리오가 한 가지 복안을 마련했다. 마르실리오의 복안에 따르면 미켈레를 교황에게 보내기는 보내되 황제 지지자들의 견해를 전하는 황권(皇權)의 특사를 뽑아 미켈레에게 딸려 보내자는 복안이었다. 이 복안은, 이렇게 될 경우 미켈레의 신변을 교황 요한으로부터 지켜 줄 수 있을 뿐만 아니라, 오히려 미켈레의 입장을 강화시켜 줄 것이라는 의미에서 많은 지지를 받았다.

그러나 이것은, 많은 문제점을 안고 있어서 실현될 수가 없었다. 이때부터 검토된 것이 교황 측 사절과 황제의 사절이 한 곳에 모여 사전에 협상하는 자리를 갖자는 복안이었다. 즉, 협상을 통하여 양자의 실세(實勢)를 서로 인정하고, 차후의 협상을 통해 이탈리아인이 프랑스로 들어갈 경우에는 교황 측으로부터 신변 안전의 보장을 받아 내자는 것이었다. 이 첫 모임을 주선하기 위해 선발된 분이 바로 배스커빌의 윌리엄 수도사였다. 윌리엄 수도사는, 아무 위험 없이 여행을 끝낼 경우 아비뇽의 교황 앞에서 황제 측 신학자의 대표로서 자기 견해를 밝히기로 되어 있었다. 그러나 이것은 여간 위험한 임무가 아니었다. 그 까닭은 오직 미켈레 한 사람만 붙잡아 족칠 마음을 먹고 있는 교황 요한이 황제 측 신학자들의 이런 생각을 사전에 알아낸다면 은밀히 이탈리아로 사람을 보내어 윌리엄 수도사의 여행을 방해함으로써 윌리엄 수도사의 아비뇽 방문을 봉쇄해 버릴 수도 있는 일이기 때문이었다. 그러나 윌리엄 수도사 역시 만만치 않았다. 그는 수많은 베네딕트회 수도원을 순유하면서(우리가 수많은 수도원을 돌아보았던 것도 이 때문이었다) 수도원의 협상 회의장 가능성을 타진한 끝에, 내가 말하고 있는 바로 이 수도원에 이른 것이었다. 윌리엄 수도사가 이 수도원을 협상 회의장으로 고른 것은 수도원장이 한편으로는 황제에게 충성하면서도 양다리 외교 수완이 대단해서 교황청으로부터도 별로 미움을 받지 않고 있었기 때문이었다. 따라서 이 수도원은 황제 측 신학자들과 교황 측 신학자들이 만나기에 안성맞춤인 일종의 중립지대였다.

형편이, 겉으로 보면 황제 측 신학자들에게 유리하게 돌아가고 있는 것 같았지만 교황 측의 저항도 만만치 않았다. 교황 측에서는 교황청 사절이 일단 수도원 경내로 들어가면 자동적으로 그 수도원장의 사법권 아래로 들어간다는 걸 알고 있었다. 게다가 교황 측 사절단 중에는 주로 수도사들로 구성될 터이지만 개중에는 재속 성직자도 있을 수 있었다. 만일에 협상의 무대가 되는 수도원의 원장이 황제 측을 옹호하고 나서는 경우 교황 측 사절들은 설자리를 잃는 셈이었다. 그래서 교황 측은 사절의 신변 경호는, 교황이 임명하는 지휘자 휘하의 프랑스 왕실 궁병대(弓兵隊)에 맡기자는 것이었다. 나는 윌리엄 수도사가 보비오에서 교황 측 특사와 이 문제를 상의하는 걸 본 적이 있다. 그때의 의제는, 이 궁병대 임무를 어떤 범위로 한정시키는가, 즉 교황 측 사절의 경호 임무란 구체적으로 어떤 뜻을 지니는가를 명확하게 정의하는 것이었다. 결국은 아비뇽의 교황청이 제안한 조건이 적절하다는 판단 하에 그 제안이 받아들여졌다. 즉, 무장 궁병대와 그 지휘관은, 〈어떤 형태가 되었든, 교황청 사절단 전원의 생명에 위협을 가할 수 있는 자에 대하여, 폭력 행위를 통하여 사절단의 행동이나 의견에 영향을 미칠 수 있는 모든 자에 대하여〉 사법권을 갖는다는 것이었다. 솔직하게 말해서 이러한 합의에 이르는 과정을 옆에서 지켜볼 당시 내 눈에는 이 합의 자체가, 체면을 지키기 위한 대단히 형식적인 요식 행위(要式行爲)로 보였다. 그러나 수도원에서 연쇄 살인 사건이 터진 시점에서는 문제가 달랐다. 수도원장이 초조해진 나머지 윌리엄 수도사의 옷깃을 잡고 늘어진 것도 무리는 아니었다. 만일 이 두 범죄 사건의 범인이 누군지 모르는 상태에서 사절단이 수도원에 도착하게 될 경우 수도원장은 자기네 수도원에, 교황 측 사절단의 의견과 행동에 영향을 미칠 만한 자가 있음을 인정해야 하고 마땅히 책임을 져야 할 터였으니 수도원장으로서는 속이 타지 않을 수 없는 노릇이었다(그러나 그 전날 수도원장의 속이 타는 정도는 그다음 날과는 비교도 되지 않았다. 바로 그다음 날 수도사의 주검이 둘에서 셋으로 늘어났기 때문이었다).

기왕에 터진 사건을 미봉하는 것은 별로 의미가 없었다. 사건이 해결되지 않을 경우 다음 사건이 터지지 않는다는 보장이 없기 때문이고, 다음 사건이 터질 경우 교황 측 사절은 사건 자체를 황제 측의 음모로 단정할 터이기 때문이었다. 따라서 해결 방안은 두 가지밖에 없었다. 즉, 교황 측 사절단이 산문(山門)에 들어오기 전에 윌리엄 수도사가 범인을 찾아내는 방법(이 말을 하며 수도원장은 윌리엄 수도사를 빤히 쳐다보았다. 왜 아직까지 범인을 찾지 못했냐고 나무라는 듯한 시선이었다)과 수도원장이 사절단에게 솔직하게 그런 사건이 있었음을 고백하고 협상 기간 동안 수도원 경내의 감시를 철저히 하는 것이었다. 그러나 수도원장은 두 번째 방법을 좋아하지 않았다. 결국, 교황 측 사절의 신변에 아무 위협도 없는 상황에서 지레 자기 수도원의 사법권을 프랑스 궁병대에 넘기는 셈이기 때문이었다. 그렇다고 위험 부담을 무시할 수는 없었다. 윌리엄 수도사와 수도원장은 사태의 추이에 몹시 초조해하고 있었으나 사건이 해결되지 않을 경우에는 두 번째 방법을 택하는 수밖에 없었다. 두 사람은 다음 날 최종 결정을 내리기로 합의를 봤다. 당분간은 하느님의 자비와 윌리엄 수도사의 두뇌를 믿어 보는 수밖에 없었다.

윌리엄 수도사가 원장에게 말했다. 「원장 어른, 가능한 방법을 다 써보기는 하겠습니다. 하나 한편으로는 이 사건이 이번 회담에 부정적으로 작용하리라고는 생각되지 않습니다. 교황청 사절이라 해도 미친 자의 소행, 혹은 폭도의 소행, 혹은 마음의 길을 잃은 자의 소행과, 정신이 말짱한 신학자들이 마주 앉아 의논하는 대사(大事)가 다르다는 것쯤은 헤아릴 테지요?」

수도원장이 윌리엄 수도사를 바라보면서 반문했다. 「그렇게 생각하십니까? 그러나 이것만은 잊으시면 안 됩니다. 아비뇽에서는 틀림없이 소형제파 수도사[13]들과 대면하게 되리라는 것을 알고 있습니다. 즉, 위험한 자들, 소형제파와 가까운 자들은 물론 소형제파보다 더 정신 나간, 범죄로 손을 더럽힌 이단자들이 있다는 것을 알지요.」 수도원장은 목소리를 떨어뜨리고 이렇게 덧붙였다. 「이단자들이 저지른 범죄는 이곳에서 일어난 일에 비하면 벌건 대낮의 안개만큼이나 시

---

13 〈이단 혐의를 받는 프란체스코 수도회의 수도사들〉을 뜻한다. 따라서 수도원장은 프란체스코 수도사인 윌리엄 수도사를 위협하고 있다.

시한 일일 테지요.」

 윌리엄 수도사가 정색을 하고 항변했다. 「당치 않은 말씀. 소형제파 수도사들을, 범죄로 손을 더럽힌 위험하기 짝이 없는 이단자로 보시다니 당치도 않습니다. 페루자 총회가 정의하는 소형제파 수도사와, 복음서의 뜻을 곡해하여 부(富)를 적대한 나머지 청빈을 일련의 개인적인 보복과 유혈의 광기로 변질시킨 저 이단자 무리를 동일시하셔서는 안 됩니다.」

「윌리엄 형제께서 말씀하시는 그 무리가 베르첼리 주교관과 노바라 지방 산간을 불바다로 만든 것은 오래된 일도 아니고, 그런 피해를 입은 곳이 여기에서 그리 먼 것도 아닙니다.」

「돌치노 수도사와 〈사도회(使徒會)〉 이야기를 하시는 모양인데요······.」

「〈사도회〉가 아니라 〈가짜 사도파〉라고 하셔야지요.」 나는 다시 한 번 돌치노 수도사와 〈가짜 사도파〉 이야기를 듣고 있었던 셈이었다. 돌치노의 이름이 나오고부터 두 분의 이야기 분위기는 무거워지고 있는 것 같았다.

「그렇다면 〈가짜 사도파〉라고 하지요. 그러나 소형제회 수도사들은 이들과 무관합니다.」

「그러나 칼라브리아의 요아킴을 섬겼다는 뜻에서는 같습니다. 내 말이 옳게 들리지 않으신다면 당신 교단의 우베르티노 형제에게 물어보셔도 좋습니다.」

「원장 어른, 기억하다시피 우베르티노는 이제 귀 교단(敎團)에 속한 수도사입니다.」 윌리엄 수도사가 빙그레 웃었다. 그의 웃음에는, 우베르티노같이 대단한 인사가 베네딕트 수도회 문중에 들었으니 마땅히 자랑스러워해야 할 일이 아니냐 이런 의미가 숨어 있었다.

수도원장도 웃었다. 「압니다. 알고말고요. 윌리엄 형제도 알다시피 교황의 눈 밖에 난 엄격주의파 형제들을 받아들이는 것은, 우리 교단이 워낙 관대하고 오지랖이 넓기 때문이고요. 나는 지금 우베르티노 한 사람만을 말하고 있는 것이 아닙니다. 엄격주의파 문중에서 우리 교단으로 들어온 형제들 중에는 그간의 행적이 분명치 못한 형제들, 우리가 앞으로 반드시 그 뒤를 한번 알아보아야 할 형제들도 많습니다. 우리는 소형제파 수도회 법의를 입은 도피자들이라면 형제로 대접하여 모두 받아들였습니다만 뒤에 알고 보니 곡절이야 있었겠지만 한동안 돌치노 패거리에 몸담았던 형제들 또한 없지 않더이다.」

「하면 여기에도 있다는 것입니까?」

「여기에도 있습니다. 솔직히 말씀드려서 나는 지금 나 자신도 잘 모르고 있는 이야기를 입에 담고 있습니다. 따라서 나에게는 특정한 형제를 비난할 자료가 없습니다. 그러나 윌리엄 형제께서는 지금 이 수도원에서 벌어진 일을 조사하고 있으니만치 이런 것도 알아 두실 필요가 있을 것 같아서 말씀드리는 것입니다. 이야기를 조금 더 해볼까요? 내가 들은 바, 내가 유추한 바에 따르면 식료계 수도사의 분명치 못한 행적에도 미심쩍은 데가 많다는 결론이 나옵니다. 단지 미심쩍다는 정도입니다만, 이 사람은 지금으로부터 2년 전, 바로 소형제 수도사들이 지하로 잠적할 당시 우리 수도원에 몸붙였습니다.」

「식료계 수도사라고 하시면 바라지네 사람 레미지오 말씀인가요? 레미지오가 돌치노 패거리였다는 말씀인가요? 내가 본 바로는 유순한 자로서, 청빈과는 거리가 먼 사람 같던

데요?」

「나는 이 사람을 혐구하고 있는 것이 아닙니다. 나 자신도 이 사람 덕을 많이 보고 있고 수도원 전체가 이 사람의 수고를 고맙게 여기고 있습니다. 내가 이런 말을 하고 있는 것은, 우리 수도사들과 탁발 수도사들을 서로 연관 짓기가 얼마나 쉬운 일인지 보여 드리기 위해서입니다.」

「어른, 지나친 말씀이 될지 모르겠습니다만 원장 말씀은 정확하지가 못합니다. 우리는 지금 돌치노 무리 이야기를 하고 있는 것이지 소형제파 수도사들 이야기를 하고 있는 것이 아닙니다. 돌치노 무리가 워낙 종류가 다양하다 보니 누구에 대해 이야기를 하는 것인지 헷갈릴 수도 있기는 합니다. 그러나 소형제파 수도사들을 폭도라고 부르는 것은 온당하지 못합니다. 소형제 수도회의 엄격주의파 무리가 하느님의 참사랑에 감복하여 실천하던 일들을 돌치노 무리는 생각 없이 실행했고, 그 때문에 그들을 탓할 수는 있을 겁니다. 그런 점에서 한편으로는 돌치노 무리와 엄격주의파의 구분이 매우 미묘한 일일 수 있다는 점도 인정합니다.」

그러나 윌리엄 수도사의 항변에 대한 원장의 반응이 의외로 완강했다. 「아니지요. 소형제파는 이단이지요. 소형제파는 그리스도와 사도들의 청빈을 실천하는 데 그치지 않습니다. 물론 내가 그들의 이론 자체에 전적으로 동의하는 것은 아닙니다만 아비뇽 교황청의 오만에 맞섰다는 것만은 나도 높이 평가합니다. 그러나 소형제파 수도사들은 바로 이 이론에서 실천적인 삼단 논법을 끌어내고는 폭동과 약탈과 풍기 문란에 정당성을 부여하지 않았던가요?」

「아니, 대체 어느 소형제 수도회를 말씀하시는 것인지요?」

「소형제 수도회 분파는 대개 오십보백보 아니던가요? 입에 올리기도 부끄러운 죄악에 물들어 있는가 하면, 혼인을 성사로서 인정하지 않고, 지옥을 부정하고, 남색(男色)을 자행하고, 불가리아 교단이나 드라고비차 교단의 보고밀파 이단을 신봉하고……」

「바라건대 다른 것을 같은 것으로 오해하지 마십시오. 듣자니 원장께서는 소형제파, 파타리니파,[14] 발두스파,[15] 카타리파,[16] 불가리아의 보고밀파, 드라고비차의 이단자들을 모

---

14 11세기 이탈리아 북부에서 일어난 평신도 및 하위 성직자들의 종교 운동. 따라서 이들의 공격 목표는 귀족과 고위 성직자들이었다. 이들은 성직 매매를 비난하고 나서는 한편, 성직자들의 결혼 및 축첩을 비난하고 나섰는데 특히 밀라노에서는 부패한 성직자로부터의 성찬을 받는 것도 거부하는 운동으로 발전했다. 과격파는, 자리에 어울리지 못한다고 판단될 경우에는 성직자를 제단으로부터 끌어내기도 했다. 성직자들로부터는, 성직을 부정하는 대단히 위험한 교파로 매도당했지만 일반 신도들로부터는 신도가 참여하는 공간을 만듦으로써 교회를 재생시킨다는 의미에서 폭넓은 지지를 받았다.

15 프랑스의 리옹에서 페트루스 발두스에 의해 창시된 교파. 발도파라고도 한다. 돈 많은 상인이던 발두스는 1173년 이 교파를 창시하면서부터 모든 재산을 버리고 설교에만 전념했다. 그러나 당시의 교황 알렉산데르 2세는 발두스에게, 청빈의 서약은 인정하지만 속인(俗人)으로서 설교하는 것은 용인할 수 없다고 경고했다. 이로부터 오래지 않아 발두스파는 많은 사람들로부터 위험한 교파로 낙인찍혔다. 1184년 당시의 교황 루키우스 3세는, 〈리옹의 빈자(貧者)들〉로 불리던 발두스파를 이단으로 규탄했다. 이와 때를 같이해서 밀라노의 모직물 노동자들의 종교 운동 단체였던 우밀리아티파 역시 같은 규탄을 당했다. 우밀리아티파는 발두스파와 합세, 〈가난한 롬바르디아인들〉이라는 새로운 일파를 창시하나 1205년에 다시 둘로 나뉘었다.

16 11세기에서 13세기에 걸쳐 유럽을 풍미하던 이단 교파. 이들은 선(정신)의 원리와 악(물질)의 원리라고 하는 두 가지 영원한 원리의 존재를 일단 가정하고, 선한 정신을 악한 육체(즉 지옥)로부터 해방시키기 위해 금욕적인 삶을 지향했다. 이 교파는 이탈리아 북부와 프랑스 남부에서 특히 위세를 떨치는데, 프랑스 남부에서는 이 교파를 〈알비파〉라고 불렀다. 많은 카타리파

두 한통속으로 알고 있던 모양입니다그려.」

「한통속이 아니던가요? 모두 이단이라는 뜻에서 한통속이고, 윌리엄 수도사가 이렇듯이 애써 지키고자 하는 제국의 질서, 문명 세계의 질서를 어지럽게 했다는 뜻에서도 한통속이지요. 백 년도 더 된 일입니다만, 브레시아 사람 아르날도[17]의 추종자들이 귀족과 추기경들의 집에다 불을 질렀던 것을 기억하시겠지요. 그자들이 누구던가요? 파타리니파에 속하는 롬바르디아 떨거지들이 아니던가요?」

윌리엄 수도사가, 잠시 생각과 목청을 가다듬고는 대답했다. 「원장, 원장께서는 세상의 사악한 풍물에서 멀리 떨어진, 이 엄장하고도 신성한 수도원에 기거하십니다. 도시의 삶은 원장께서 미루어 헤아리시는 것 이상으로 복잡합니다. 허물과 죄악에도 등급이 있다는 것도 잘 아시겠지요. 롯은 하느님께서 보내신 천사에 대해서조차 나쁜 생각을 품던 그의 이웃들에 비하면 죄가 덜한 죄인이었습니다. 마찬가지로 베드

교인들은 콘솔라멘툼[慰安禮]을 통하여 거듭난 뒤부터는 청빈과 정절과 금욕을 고집하면서 공동생활을 했다. 이 위안례의 의무를 저버리는 자는 동아리가 모두 나서서 굶겨 죽이거나 질식시켜서 죽였을 만큼 교리 지키는 데 엄격했지만 결국은 스스로 붕괴, 소멸했다.

17 교회를 향하여, 부와 속권을 완전히 방기할 것을 요구한 12세기의 급진적인 종교 개혁가. 파리에서 아벨라르로부터 배우고 성 아우구스티누스회 수도사가 되었다가 후일 브레시아의 수도원장을 지냈다. 그의 급진 개혁 성향이 강한 성명서가 1139년의 라테란 공의회에서 유죄 판결을 받자 이를 기초한 당사자인 그는 이탈리아에서 쫓겨났다. 뒷날 신성 로마 제국의 황제 프리드리히에게 붙잡혀 교황의 손으로 넘어갔다가 로마에서 교수형을 당했다. 그의 유체는 불태워지고 그 재는 테베레 강에 뿌려졌다. 추종자들은 그의 사후에 한층 더 기승을 부리는데 이것이 바로 〈아르날도파〉이다. 교황권을 완전히 부인하고, 재속 성직자(세속의 부를 소유한)에 의한 성찬식은 무효라고 하는 등 극단적인 주장을 계속하다가 1184년에는 이단 선고를 받았다.

로의 배반을 유다의 배반에 비겨서는 아니 되지요. 실제로 베드로는 용서를 받았지만 유다는 용서를 못 받지 않았던가요? 원장, 파타리니파와 카타리파를 같다고 하는 것은 베드로의 배반과 유다의 배반을 같다고 하는 것이나 다름없습니다. 파타리니파는 교회의 율법에 따라 교회를 개혁하려고 하지 않았습니까? 오손된 성직자들의 행동을 개혁하려고 한 이들이 어떻게 이단일 수 있습니까?」

「성사(聖事)가 부정(不淨)한 성직자들 손에서 이루어져선 안 된다고 주장했잖습니까?」

「파타리니파에 허물이 있었던 것은 사실이나 교리의 해석에 잘못이 있었을 뿐, 결코 하느님의 율법을 바꾸려 한 적은 없다는 뜻입니다.」

「하면 2백 년 전 로마에서 브레시아 사람 아르날도의 교리를 전파하던 파타리니파가 폭도들을 교사하여 귀족과 추기경들의 집에 불을 지른 것은, 그러면, 어떻게 설명하시겠습니까?」

「아르날도는, 로마의 관료들을 이 개혁 운동에 끌어들이려 했습니다. 그러나 이들은 아르날도의 제안을 거부했지요. 아르날도를 지지한 것은 가난한 자들과 소외된 이들이었습니다. 그들이 부패한 도시의 개혁을 부르짖는 아르날도의 호소에 폭력과 분노로 응답했다고 아르날도에게 모든 책임을 돌릴 수는 없습니다.」

「도시라고 하는 것이 원래가 그 모양인 게지요.」

「도시라고 하는 것도, 결국은 하느님의 백성이 사는 곳입니다. 원장이나 나는 바로 이러한 백성들을 이끌어야 하는 목자가 아닙니까? 그렇기는 합니다. 도시라고 하는 곳은, 돈 많은 성직자들이 가난한 자, 배고픈 자들에게 미덕을 가르치는 불명예스러운 곳입니다. 파타리니파 사건은 이런 상황의 산물입니다. 그런 동아리가 생겨났다는 것은 우리가 슬퍼해야 할 일일지언정 지탄해야 할 일은 아닙니다. 그러나 카타리파는 다릅니다. 카타리파는 교회의 교리 밖에 있는 동방의 이단입니다. 그들이 죄악을 저지르는지, 혹은 저질렀는지 나는 잘 모릅니다. 그러나 그들이 혼인을 부정하고 지옥을 부인한다는 것은 나도 잘 압니다. 글쎄요, 그들의 종교적 신념이 그래서, 어쩌면 저지르지도 않는 수많은 죄악을 저지른 것인 양 누명을 쓰고 있는 것이나 아닐는지요.」

「어이가 없군요. 윌리엄 형제 같은 분이, 파타리니파와 카타리파가 한통속이 아니라고 하시다니……. 똑같은 악마적 현상의 두 가지, 아니, 이루 셀 수 없이 많은 얼굴 중의 두 얼굴이 아니라고 하시다니…….」

「내 말을 잘 들으셔야 합니다. 나는 지금 교리 이야기를 하고 있는 것이 아닙니다. 내가 지적하고 있는 문제는, 이러한 이단적인 교파들이 무식한 민중의 계층에서, 우리는 우려합니다만, 어느 정도의 성공을 거두고 있다는 점입니다. 어째서 그러한 성공이 가능한 것일까요? 그들이 무식한 사람들에게, 기왕에 살아온 것과는 다른 어떤 새로운 삶의 가능성을 제시하고 있기 때문입니다. 내가 또 하나 지적하고 싶은 것은, 무식한 사람들 중에는 교리를 아는 사람이 적다는 것입니다. 내 말은 무식한 사람들일수록 파타리니파, 카타리파, 엄격주의파를 혼동할 수 있다는 뜻입니다. 원장, 무식한 사람들은 현명한 사람들의 분별력이나 학식을 그리 중히 여기지 않습니다. 그들은 질병과 가난, 그리고 무지로 인한 눌언(訥言)과 더불어 삽니다. 그래서 그들 중 상당수에게는, 이단자들의 동아리에 끼는 것이, 그들의 절망을 외치는 하나의 수단일 수 있는 것입니다. 그들은 성직자에게 완벽한 삶을 요구하기 때문에 추기경의 사저에다 불을 지를 수도 있는 겁니다. 물론 성직자가 가르치는 지옥의 존재를 믿지 않기 때문에 불을 지르는 것일 수도 있습니다. 우리가 읽어 내야 하는 것은, 이 땅에 이미 지옥이 있기 때문에 이런 일이 저질러진다는 점입니다. 우리는 더 이상 그들의 목자가 아닙니다. 하지만 그들이 불가리아 교회와 리프란도 사제의 추종자를 구분하지 못하듯이 제국의 성직자들과 이들의 추종자들 역시 엄격주의파와 이단을 구분하지 못할 수 있다는 것을 아셔야 합니다. 제국이, 그 반목하는 세력과 싸우기 위해 대중이 지니고 있는 카타리적(的) 성향을 자극한 것이 어디 한두 번이더이까? 내 말은 이것이 잘못되었다는 것입니다. 내가 알기로 더욱 위험한 것은, 위험하고 불안하고 무식한 세력들을 절멸하기 위해서 제국은 모든 이단의 특징을 한 무리에게로 돌려 그들을 화형대에 세우곤 한다는 것입니다. 원장, 내 눈으로 직접 보았으니 맹세코 하는 말입니다만, 나는 착한 삶의 길을 걷는 사람들, 청빈과 정결의 교리를 따르던 사람들이 단지 주교의 적이라는 이유 때문에 속권에 넘겨지는 것을 무수히 본 사람입니다. 제국의 안위를 위한답시고 자유로운 도시를 위한답시고 무고한 이들에게 혼음(混淫)과 수간(獸姦)과 파렴치한 죄악의 허물을 들씌웁니다. 내가 알기로 이러한 죗값의 임자는 이들이 아니었습니다. 무식한 사람들은 푸줏간의 고깃덩어리와 같습니다. 적대 세력과의 분쟁을 야기할 때 이용되고는, 이용이 끝나면 희생된다는 걸 왜 모르십니까?」

원장의 눈가로 심술궂은 웃음이 스치고 지나갔다. 「⋯⋯하면, 돌치노 수도사와 그의 미친 졸개들, 게라르도 세가렐리와 피에 굶주린 무리들은 사악한 카타리파라는 것입니까, 고결한 소형제파라는 것입니까, 수간을 일삼는 보고밀파라는 것입니까, 아니면 파타리니파의 개혁자들이란 것입니까? 윌리엄 형제, 이단에 너무 박식해서 그런지 내 눈에는 이단자로 보이는 윌리엄 형제께서 좀 가르쳐 주시지요. 진리는 어디에 있답니까?」

「진리는, 때로 없을 수도 있습니다.」

「설마 윌리엄 형제께서 이단과 참 교파도 구별하지 못한다는 것은 아니겠지요? 나에게는 적어도 원칙이 하나 있습니다. 내가 알기로, 하느님 백성의 질서를 어지럽히는 자는 이단입니다. 내가 황제에게 믿음을 두는 것은 제국이 이 질서를 보증하기 때문입니다. 내가 교황을 곱지 않게 보는 것은, 교황이 상인과 결탁한 도시의 주교들에게 영적 권력을 넘겨주고 있기에, 교황도 더 이상 질서를 지켜 줄 것 같지 않기 때문입니다. 우리는 여러 세기 동안 이 질서를 지켜 왔습니다. 이단에 관해, 나에게 원칙이 하나 더 있습니다. 이단 혐의를 받고 있는 베지에 시민들을 놓고, 어떻게 했으면 좋겠느냐는 속권의 질문에 시토회의 수도원장 아르노 아말리크[18]가 했던 대답이 그것입니다. 즉, 〈죽여라, 하느님께서는 당신의 백성을 알아보신다〉는 것입니다.」

---

18 라틴어 이름은 〈아르나르두스 아말리키〉. 시토회 수도원장, 나르본 대주교. 1201년 교황 인노켄티우스의 위임을 받아 대 알비파 십자군을 조직, 1209년 7월에는 베지에 시에서 대살육을 감행하면서, 〈죽여라, 하느님께서는 당신의 백성을 알아보신다〉는 악명 높은 말을 남겼다.

윌리엄 수도사는 눈길을 떨어뜨리고 한동안 침묵을 지키고 있다가 스스로 그 침묵을 깨뜨렸다. 「베지에 시를 함락시킬 당시 우리 군대는 귀천도, 남녀도, 나이도 가리지 않고 2만 명을 베어 죽였지요. 학살을 끝내고 도시를 유린하고도 성이 차지 않았던지 다시 거기에 불을 질렀지요.」

「성전이라 해도 전쟁은 전쟁이니까요.」

「바로 그러한 이유로 성전이라는 것은 있을 수 없습니다. 대체 내가 여기에서 무슨 이야기를 하고 있는 것입니까? 나는 지금 이탈리아를 그렇게 불바다로 만들고 싶어 하는 루트비히 황제의 권리를 지키려고 여기에 와 있는 것이 아닙니까? 그러고 보니 나 역시 이상한 동맹군의 동아리가 된 셈이군요. 엄격주의파와 제국의 이상한 동맹, 제국과 제 백성의 주권을 찾아 주려는 마르실리오와의 이상한 동맹······ 그리고 이상도 다르고 생각도 다른 원장과 나와의 이상한 동맹······. 하나 우리는 두 가지 임무를 공유하고 있습니다. 회담을 성공시키고 살인범을 뒤져내는 것이 그것입니다. 평화롭게 나아갑시다.」

수도원장도 손을 내밀었다. 「윌리엄 형제, 나에게 평화의 입맞춤을. 윌리엄 형제같이 학식 있는 분과 함께라면 끝없이 신학과 도덕을 의논할 수 있겠습니다. 그러나, 파리의 학자들처럼 논쟁을 재미로 삼는 짓은 절대로 맙시다. 윌리엄 형제의 말씀이 옳습니다. 우리 앞에는 대사가 기다리는 만큼 마땅히 손을 잡고 나아가야 할 일입니다. 지금까지 내가 한 말은 여기에서 일어난 사건과 관계가 있다는 문맥에서 이해하시기 바랍니다. 이곳에서 일어난 일들과 윌리엄 형제가 속한 교단의 수도사들이 주장하는 바 사이에 관계가 있을 가능성, 정확히 말하자면 다른 이들이 그 두 가지를 연관 지을 가능성이 있다는 것입니다. 그 때문에 주의하시라고 이런 말을 드린 것이고, 또한 우리가 아비뇽 측의 의혹을 일소해야 하는 까닭 역시 여기에 있는 것입니다.」

「그와 더불어 원장께서, 나의 조사에 도움을 주신 것으로 이해해도 좋지 않을는지요? 저간의 사건에 대한 실마리를 잡기 위해서라면 수도사들의 이단 이력(履歷)을 들추는 일도 경우에 따라서는 필요할 거라는 말씀 아니셨나요?」

수도원장은 말없이 윌리엄 수도사의 얼굴을 바라보았다. 텅 빈 표정이었다. 「이 슬픈 사건의 조사관은 바로 윌리엄 형제입니다. 터무니없는 의심을 하실 수도 있겠지요. 하지만 의심하는 것은 윌리엄 형제의 권리입니다. 여기에 있는 나는 일개 사제에 지나지 않습니다. 한마디 덧붙이고 싶은 것은 우리 문중의 어떤 수도사에게 혐의가 갈 수 있다면 이 건강하지 못한 나무의 뿌리는 제가 미리 제거했을 것이란 점입니다. 내가 아는 것은 형제도 아십니다. 바라건대 내가 모르는 것은 형제께서 지혜로 밝히 보여 주십시오.」 그는 이 말 끝에 고개를 끄덕이고는 교회를 떠났다.

윌리엄 수도사가 눈살을 찌푸린 채 중얼거렸다. 「어렵게 꼬이는구나. 우리는 원고를 쫓았다. 호기심이 지나친 수도사에게 관심이 가더니, 그다음에는 욕심이 지나친 수도사에게 관심이 가고⋯⋯. 이제 별별 이야기가 다 나오니 갈수록 태산 아니냐? 뿐이냐? 식료계 수도사도 등장하고⋯⋯. 저 괴물 단지 같은 살바토레는, 식료계 수도사와 함께 이 산으로 올라왔다지? 아니다, 아니다, 우선은 좀 쉬도록 하자. 밤에는 잠을 잘 수 있을 것 같지 않으니까.」

「사부님, 아직도 장서관에 들어가겠다고 생각하시는 것입니까? 그렇다면 첫 번째 단서에 대한 미련을 버리지 않으신 모양입니다.」

「포기라니, 당치 않는 말이다. 두 가지 단서가 결국은 하나일 수도 있고, 식료계 수도사 이야기도 결국은 원장의 의심에 불과한 것일지도 모르잖느냐?」

그는 순례자 요사 쪽으로 걸음을 옮기다가 문턱에서 걸음을 멈추고는 조금 전에 한 말을 계속하듯이 중얼거렸다.

「정리해 볼거나? 수도원장은, 젊은 수도사들 사이에서 건강하지 못한 일이 일어나고 있는 것을 알고 나에게 아델모의 죽음에 관한 진상 조사를 의뢰했다……. 한데 베난티오의 죽음이 또 하나의 문제를 던진다. 수도원장은, 이 사건 해결의 열쇠가 장서관에 있다는 걸 알면서도 한사코 장서관만은 조사의 대상으로 삼지 말았으면 한다. 그래서 원장은 내 관심을 본관 장서관으로부터 떼어 놓으려고 식료계 수도사 레미지오 이야기를 한 것일 게다.」

「하지만 원장님께서 장서관 조사를 바라시지 않는 데는 이유가 있을 것이 아닙니까?」

「듣고도 모르느냐? 처음부터 원장은 장서관을 신성불가침이라고 하지 않더냐? 이유가 있을 테지. 원장이 어떤 일에 연루되어 있을지도 모르지. 아델모의 죽음과 그 일은 무관하다고 생각했는데 사건이 확대되면서 이 물의에 자신도 연루될 수 있음을 뒤늦게 깨달은 건지도 모른다. 원장은 진실이 밝혀지기를 원하지 않는 것일까……. 적어도 내 손에 의해 밝혀지는 것은 바라지 않는 것일까…….」

「그것이 사실이라면 저희는 하느님께서 버리신 곳에 와 있는 것이군요?」 맥이 빠지는 기분에서 내가 여쭈었다.

「하느님 거하시기에 편할 곳이 이 세상 어디에 있겠느냐.」 윌리엄 수도사가 그 큰 키로 나를 내려다보면서 반문했다.

사부님이 숙사로 드신 뒤 나도 자리에 누웠지만 마음이 무거워 견딜 수 없었다. 생각보다 훨씬 복잡한 세계로 내보내신 선친이 원망스러웠다. 내가 배우기에 벅찬 것들이 너무 많은 세계가 싫었다.

Salva me ab ore leonis(가련한 이 몸을 사자의 입에서 구하소서).[19] 잠들기 직전에 나는 이렇게 기도했다.

---

19 「시편」 22:21.

만과 이후

이 장은 짧지만, 알리나르도 노인의 암시를 통해서 장서관 내력과 미궁 같은 장서관으로 들어가는 방법을 알게 되는 중요한 장이다.

 나는 저녁 식사 시각을 알리는 종소리를 듣고서야 자리에서 일어났다. 머리가 개운치 않았던 것으로 보아 비몽사몽간을 헤맸던 모양이었다. 옳거니……. 자면 잘수록 더 자고 싶을 터이니……. 그래서 낮잠을 육욕의 죄악이라고 하였겠거니. 사부님은 방에 계시지 않았다. 나보다 먼저 일어나셨던 모양이었다. 잠깐 찾은 뒤, 본관에서 나오는 그를 만날 수 있었다. 사부님은, 문서 사자실에서 장서 목록을 열람하고, 수도사들이 공부하는 양을 지켜보면서 베난티오의 서안에 대한 접근을 시도해 보았으나 수도사들이 갖가지 구실을 달고 다가와 성가시게 하는 바람에 뜻을 이루지 못했다고 말했다. 사부님 말씀에 따르면, 처음에는 말라키아가 와서 귀중한 채식 견본을 보여 주겠노라고 했고, 다음에는 베노가 와서 갖가지 구실을 달아 사부님의 주의를 흩트렸으며, 겨우 자리를 잡고 조사를 시작할 무렵에는 베렝가리오가 다가와 일을 돕겠다면서 앞을 알랑거렸다는 것이었다.

　사부님이 수도사들의 눈에 보이지 않는 온갖 방해를 무릅쓰고 베난티오의 자료에 본격적으로 손을 대려 하자 이번에는 말라키아가 다시 다가와서는 노골적으로, 죽은 수도사의 유품을 조사하려면 수도원장의 인가를 받아야 할 것이라고 말했다. 그는 장서관 사서인 자신도, 사자(死者)에 대한 예의와 수도원의 규칙 때문에 유품을 정리하지 못하고 있노라면서, 사부님이 원한다면, 수도원장의 인가가 있기까지는 어떤 수도사의 접근도 막겠노라고 호언했다. 사부님 같은 분이 말라키아 같은 조무래기와 옥신각신하면서 시간을 낭비했을 리 없다. 하지만 수도사들의 이런 태도 덕에 베난티오의 서안을 뒤져 보고 싶은 사부님의 마음은 더 강렬해졌다. 사부님은 그날 밤 당장 장서관으로 돌아가겠다고 작심했고, 그 방법에 대해 생각하는 동안은 괜한 소란을 일으키지 않을 생각이라고 하셨다. 진리에 대한 갈망 때문이기는 했지만 사부님은 어떻게 보면 굉장히 완고하게, 또 비난받을 만한 앙갚음을 구상하고 있었다.

　식당으로 들어가기 전에 우리는 찬 공기로 머리를 맑게 할 겸 회랑 안을 좀 걸었다. 몇몇 수도사들은 그때까지도 명상에 잠긴 채 회랑 안을 걷고 있었다. 회랑으로 열린 뜰에서 우리는 그로타페라타 사람 알리나르도를 발견했다. 연로해서 근력이 많이 떨어진 그는 교회에서 기도하지 않을 때면 늘 나무 사이를 거닐다가 뜰에서 묵상하고는 했다. 그 날씨에 바깥에 앉아 있는 것으로 보아 연로해도 별로 추위는 타지 않는 모양이었다.

「참 평화로운 날입니다.」 윌리엄 수도사가 인사를 건네자 노인은 시간을 함께 보내 줄 사람을 만난 것을 몹시 반가워하는 눈치를 보였다.

「다 하느님 은혜를 입었음이지요.」 노인의 얼굴이 밝아졌다.

「하늘이야 하느님 은혜로 평화로울 터입니다만 사람의 일은 그렇지 못하니 답답합니다. 혹시 베난티오를 가까이 아셨습니까?」

「베난티오가 누구더라……..」 노인은 고개를 갸웃거리다가 그제야 생각난 듯이 말을 이었다. 「……옳아, 죽은 친구 말씀이시군. 이 수도원 안을 나다닐 때는 조심할 일이오. 별별 괴물이 다 발치에 거치적거리니까.」

「무슨 괴물 말씀이신지요?」

「바다에서 나온 괴물이지 뭐……. 대가리가 일곱 개, 뿔이 열 개, 그리고 뿔 위에는 열 개의 볏이 있고, 머리에는 신의 이름을 욕되게 하는 세 개의 이름이 붙어 있는데 닮기는 표범을 닮았고, 발은 곰 발이요, 입은 사자 입이랍니다. 나도 본 적이 있어.」

「어디에서 보셨습니까? 장서관에서 보셨습니까?」

「장서관이라니! 왜 거기에서 봅니까? 문서 사자실에 들어가 본 지가 몇 년은 좋이 되었어. 장서관에는 들어가 본 적이 없고…… 장서관에는 아무도 못 들어가요. 장서관에 들어가는 사람들은 알고 있어.」

「그게 누구죠? 말라키아인가요? 아니면 베렝가리오요?」

노인은 어린아이같이 웃으면서 응수했다. 「아니오. 말라키아가 여기 오기 전에 있었던 사서를 말하는 거요. 까마득한 옛날이야기지.」

「그때의 사서는 누구였는데요?」

「기억이 나지를 않아요. 말라키아가 아주 젊었을 때 죽었거든……. 나는 말라키아의 은사의 은사 사서도 알아요. 나도 소싯적에는 사서 조수였답니다. 하지만…… 나는 장서관에는 발을 안 들여놓았어요. 그 미궁…….」

「장서관이 미궁이라는 말씀이신가요?」

「*Hunc mundum tipice labyrinthus denotat ille. Intranti largus, redeunti sed nimis artus*(이 미궁은 이 세상을 상징적으로 나타내고 있는 것. 들어가는 자에게는 넓지만 나오려는 자에게는 한없이 좁답니다). 장서관은 거대한 미궁이며, 세계라고 하는 미궁의 기호지. 들어갈 수 있을지는 모르지만 나오는 건 장담 못해요. 헤라클레스의 기둥은 범하는 것이 아닌 법.」

「그렇다면, 본관 문이 잠기고 나서 장서관으로 들어가는 방법은 모르시겠군요?」

「아, 그거…… 많이들 알고 있지. 납골당을 통해서 들어가는 수가 있기는 있어요. 그러나 납골당은 지나고 싶지 않을걸. 죽은 수도사들이 지키고 있으니까.」

「납골당을 지키는 죽은 수도사들이 혹시 밤에 등잔을 들고 장서관을 서성거린다는 수도사들은 아닌가요?」

노인은 약간 놀라는 눈치를 보였다. 「등잔을 들어? 그런 이야기는 금시초문인걸. 죽은 수도사들은 장서관에 있는 게 아니라 납골당에 있어요. 묘지에서 뼈가 하나 둘 떨어져 모이고, 그 뼈들이 쌓여 길을 지키지. 교회 부속실에서 납골당으로 통하는 문, 못 보셨구나.」

「수랑을 지나 왼쪽으로 세 번째 문 말씀이신가요?」

「세 번째? 그럴 게요. 제단의 제대가 수천 개의 뼈와 해골 조각으로 장식돼 있는 곳이지. 오른쪽 네 번째 해골……. 그 해골의 눈을 누르면 납골당으로 들어가게 되지. 하지만 가지 마오. 나도 가보지 않았어. 원장이 안 좋아하거든.」

「괴물은요? 어디에서 괴물을 보셨습니까?」

「괴물? 아, 가짜 그리스도 말이군……. 앞으로 올 테지. 천년이 지났으니까. 우리 모두 가짜 그리스도를 기다리고 있지.」

「그렇지만 그 천 년은 벌써 3백 년 전에 지나갔어요. 그래도 안 왔잖습니까?」

「가짜 그리스도는 천 년이 지나고 바로 오는 게 아니에요. 천 년이 지난 후에는 정의로운 이가 통치하는 시대가 오지. 가짜 그리스도는 이후에 온다네, 의인을 핍박하려 말이야. 그러면 마지막 싸움이 벌어지게 되지.」

「그래도 의인이 천 년을 다스린다고 하지 않습니까? 아니면 그리스도가 돌아가시고 나서부터 첫 번째 천년기가 끝나기까지 다스린다든가. 그렇다면 가짜 그리스도는 이미 나타났겠죠. 그도 아니라면 아직 의인이 다스린 적이 없으니 가짜 그리스도가 올 때도 아직은 요원한 것이고요.」

「천년기(千年紀)는 그리스도가 돌아가시고 나서부터 계산하는 게 아니에요. 그로부터 3세기 뒤, 콘스탄티누스가 땅을 기증한 이후부터 계산하는 거지. 그러니까 지금이 바로 천년이 된 때야.」

「그럼 의인의 통치가 끝난 것입니까?」

「나는 몰라……. 더 이상은 피곤해서 말 못 하겠어. 계산하자면 힘이 들어요. 리에바나 사람 베아토가 계산을 해냈지.

호르헤에게 물어봐요. 호르헤는 아직 젊으니까 기억력이 좋을 게야……. 하지만 때가 익었어. 당신 귀에는 일곱 개의 나팔이 울리는 소리가 안 들렸어?」

「왜 하필이면 일곱 개랍니까?」

「또 한 녀석…… 채식(彩飾)하던 녀석이 죽었다는 것도 알고 계시겠지? 첫 천사가 나팔을 불었어.[20] 우박과 불덩어리가 떨어져 피와 범벅이 되었지. 두 번째 천사가 두 번째 나팔을 부니까, 바다의 3분의 1이 피로 변했어. 두 번째 시체는 피 속에 처박혀 있었다면서? 세 번째 나팔 소리가 또 들릴 게야. 그러면 바다에 사는 것은 3분의 1이 죽겠지. 하느님께서 우리를 심판하시는 게야. 수도원 주위의 온 세상이 이단자들의 손아귀에 있지 않은가? 듣자 하니 사술(邪術)을 부리는 고약한 교황이 있어서 성체를 강령술에 이용해 먹고는 곰치에게 먹인다며? 이 동네에서는 누군가가 금기를 어기고 미궁의 봉인을 떼었어.」

「어디에서 들으셨습니까?」

「다 들었지. 수도원에 악마가 들었다고 다들 수군거리고 있어. 자네, 젊은이, 병아리콩 가진 거 있어?」

나에게 한 질문이었다. 나는 무슨 소린지 모르고 있다가 얼떨결에, 〈병아리콩은 하나도 없는데요〉 하고 대답했다.

「다음에 올 때 좀 가져다줘. 입에다 넣고 우물거리게. 내 이빨 봐, 하나도 없지. 입에 넣고 오래 있으면 병아리콩이 부드러워지면서 침이 생기지. 침은 *aqua fons vitae*(생명의 원천이 되는 물)야. 내일 좀 가져다주겠니?」

---

20 여기에서부터 「요한의 묵시록」 8:6 이하가 인용되고 있다.

「네, 내일 병아리콩을 좀 가져오겠습니다.」 내가 이렇게 대답하고 보니 노인은 벌써 졸기 시작하고 있었다. 우리는 그를 떠나 식당 쪽으로 걸었다.

종과

두 사람은 본관 안으로 들어간다. 이상한 침입자와 기괴한 기호로 된 비밀문서, 그리고 서책 한 권이 발견되나 이 서책은 곧 그들 앞에서 사라진다. 두 사람은 다음 몇 장에 걸쳐 이 서책을 다시 찾기 위해 노력한다. 윌리엄 수도사는 귀중한 안경을 도둑맞는데 이 역시 끊이지 않는 사건 중 하나에 불과할 것이다.

저녁 식사는 무미건조하고 침울한 분위기 속에서 끝났다. 베난티오의 시체가 발견되고 나서 열두 시간 만에 있었던 식사였으니 무리도 아니었다. 수도사들은, 비어 있는 베난티오의 자리에 흘끔흘끔 시선을 던지고는 했다. 종과 시간이 되어 교회로 들어가는 수도사들의 행렬은 흡사 장례 행렬 같았다. 우리는 회중석에 서서 성무 시간 내내 제3부속실 쪽을 눈여겨 바라보았다. 교회 안은 그리 밝지 못했다. 그래서, 말라키아가 어둠 속에서 나타나 자기 자리로 왔는데도 정확하게 어디에서 어떻게 나왔는지는 짐작도 할 수 없었다. 우리는 슬금슬금 그림자 속으로 자리를 옮겨 회중석을 벗어났다. 성무가 끝났을 때, 우리가 교회 안에 남는 모습을 다른 이들에게 들키지 않기 위해서였다. 내 법의 자락 안에는 저녁 식사 시간에 주방에서 잠시 빌려 놓은 등잔이 들어 있었다. 성무가 끝나면, 밤새 불이 켜져 있을 터인 삼각대 위의 청동 등잔에서 불을 옮겨 붙일 참이었다. 심지도 새것으로 갈고 기름도 듬뿍 채워 놓은 터였다. 꽤 오랜 시간 동안 불을 밝히고 있어야 할 것 같아 미리 해둔 준비였다.

 나는 장차 경험할 모험에 긴장하고 있었던 터여서 성무 자체에 주의를 기울일 수 없었다. 그러나 다행히도 성무는 얼떨결에 끝나 주어서 좋았다. 성무가 끝나자 수도사들은 얼굴 위로 두건을 내려쓰고는 교회에서 나가 각자의 독방으로 돌아갔다. 오래지 않아 삼각대 위의 등잔만이 홀로 교회 안의 적막을 비추었다.

 「시작하자꾸나.」 윌리엄 수도사가 속삭였다.

 우리는 제3부속실로 들어갔다. 제단의 바닥은, 아닌 게 아니라, 그대로가 온통 하나의 납골당이었다. 제단 자체가, 동공이 움푹움푹 파인 수많은 해골로 이루어져 있었다. 소름이 돋는 그 해골 조각들 아래에는 경골로 보이는 부조가 새겨져 있었다. 윌리엄 수도사는, 〈알리나르도 노인은, 오른쪽에서 네 번째 해골의 눈을 누르라고 했지······〉 하고 중얼거렸다. 그가, 말끔하게 육탈(肉脫)된 해골의 눈에다 손가락을 넣고 누르자 귀에 거슬리는 이상한 소리가 들려왔다. 그 이상한 소리와 함께 제단이 움직이기 시작했고, 우리 눈에는 보이지 않는 축을 중심으로 빙그르르 돌자 눈앞에 시커먼 공동(空洞)이 나타났다. 등잔을 내밀자 축축한 계단이 보였다. 윌리엄 수도사는, 은밀한 장치를 통해서 열린 문을 닫아야 할지, 열어 두어야 할지 몰라서 잠깐 망설이는 것 같았다. 그러나 곧 그대로 열어 두기로 마음을 정하는 것 같았다. 여기에서 닫아 버리면, 우리로서는 여는 방법을 모르니까 안에서는 열

수 없지 않느냐……, 어차피 누가 들어온다고 해도 여닫는 방법을 아는 자일 터이니, 우리가 열어 놓든 닫아 놓든 그자에게는 아무 장애 거리가 될 수 없지 않겠느냐…… 윌리엄 수도사는 나에게 그렇게 말했다.

우리는 여남은 단이 좋이 되는 계단을 따라 내려갔다. 곧 복도가 나왔다. 복도 옆으로는 벽감이 총총 뚫려 있었다. 훗날 내가 보았던 전형적인 지하 납골당의 모양 그대로였다. 그러나 당시의 납골당은, 나로서는 난생 처음 보는 것이어서 몹시 무서웠다. 거기에 수습되어 있는, 수세기에 걸쳐 육탈이 끝난 수도사들의 유골은 각기 원래 모양대로 재구성되어 있는 것이 아니라 그저 수북 수북이 쌓여 있었다. 벽감 중에는 안에 가느다란 사지 뼈만 들어 있는 곳도 있었고, 두골만 쌓여 있는 곳도 있었다. 두골은, 피라미드 꼴로 쌓여 있어서 웬만한 외부의 충격에는 흘러내릴 것 같지 않았다. 그렇게 쌓여 있는 유골을, 등잔 불빛, 그것도 우리가 걸음을 옮겨 놓을 때마다 끊임없이 일렁거리는 등잔 불빛으로 바라보고 있자니 참으로 끔찍했다. 두골이 쌓인 벽감을 차례로 지나자, 손뼈, 손가락뼈만 쌓인 벽감이 나타났다. 등잔 불빛에 드러난, 이 사자들의 납골당에서, 머리 위를 빠른 걸음으로 지나가는 듯한 발소리를 들었을 때 나는 그만 비명을 지르고 말았다.

「생쥐일 것이야.」 윌리엄 수도사가 지긋한 눈길로 나를 바라보면서, 위로라도 하듯이 속삭였다.

「여기에 쥐가 있을 턱이 있습니까?」

「우리처럼 이렇게 지나가는 과객일 테지. 납골당은 본관으로 통하는데, 이 지하 통로의 끝이 곧 주방일 것이다. 장서관의 서책도 생쥐에게는 좋은 심심풀이가 될 수 있을 게다. 말라키아가 왜 항상 돌 씹은 얼굴을 하고 교회에 나타나는지 알겠느냐? 하루에 두 차례씩 이 통로를 지날 테니 무리도 아닐 것이야. 웃음이 나올 턱이 없지.」

「그런데 사부님, 어째서 복음서에는 그리스도께서 웃으셨다는 대목이 나오지 않습니까? 결국 호르헤 노수도사님의 말씀이 옳은 것이지요?」 나는, 까닭없이 엉뚱한 질문을 했다.

「그리스도께서 웃으셨다거니, 안 웃으셨다거니, 수많은 학자들이 찧고 까불어 댄다만, 백가쟁명(百家爭鳴)일 것이야. 내게는 관심이 없어. 하느님의 아드님이셨으니까 우리에게 본을 보이시느라고 아마 안 웃으셨겠지. 하지만 우리가 지금 어디에 있느냐? 우리 있는 곳 일이나 생각하도록 하자꾸나.」

다행히도 복도가 끝나고 또 하나의 계단이 시작되고 있었다. 계단을 오르면 나타날 쇠 손잡이가 달린 문만 열면 우리는 곧 주방의 화덕 뒤, 그러니까 문서 사자실로 오르는 나선형 계단 바로 아래로 나오게 될 참이었다. 그때였다. 우리가 계단을 오르고 있는데 머리 위에서 이상한 소리가 또 들려왔다.

사부님과 나는 숨을 죽이고, 비슷한 소리가 다시 들려오기를 기다렸다. 「말도 안 돼요. 저희가 들어오기 전에 누가 이곳에 들어오는 건 보지 못했잖아요.」

「본관으로 들어가는 통로가 이것뿐이라면 그렇겠지. 하지만 몇 세기 전에 이 건물은 요새로 쓰였을 것이다. 따라서 우리가 모르는 비밀 통로는 또 있을 것이야. 천천히 오르자. 우리에게는 선택의 여지가 별로 없다. 진퇴유곡 아니냐? 등불을 꺼버리면 우리가 앞을 못 볼 테고, 그대로 켜두자니, 먼저 오신, 머리 위의 손님의 표적이 될 것이고……. 우리 머리 위에 정말 누가 있기는 있되, 우리를 보고 겁을 먹어 주었으면 얼마나 좋겠느냐.」

우리는 남쪽 탑루를 통해 문서 사자실로 들어갔다. 베난티오의 서안은 방 저쪽에 있었다. 방이 워낙 넓어 등잔 불빛은 방의 일부분밖에는 비추어 내지 못했다. 우리는 수도원 경내를 어슬렁거리다 불빛을 볼 사람이 없기를 바랬다. 서안은 언뜻 보기에는 아무도 손을 대지 않은 것 같았다. 그러나 윌리엄 수도사는 서안 밑을 들여다보다가는 혀를 찼다.

「무엇이 없어졌습니까?」

「오늘 나는 여기에 서책이 두 권 있는 것을 보았다. 그중 한 권은 그리스어로 쓰여 있더라. 그런데 그 한 권이 없어졌어. 누군가가 이걸 가져간 게야. 그것도 허겁지겁……. 보아라, 서책의 한 쪽이 여기 바닥에 이렇게 떨어져 있지 않으냐?」

「하지만, 수도사님들이 이 서안을 지키기로 되어 있지 않습니까?」

「이를 말이냐? 하지만 누군가가 가져갔으되, 조금 전에 가져갔는지도 모른다. 따라서 이것을 가져간 자는 아직 이 본관 안에 있을 가능성이 크다.」 사부님은 돌아서서 어둠을 노려보면서 꾸짖었다. 그의 목소리가 기둥 사이로 메아리쳤다. 「네 이놈! 여기 있거든 몸조심하여야 할 게다!」 사부님 생각이 옳았다. 사부님께서 언제 이르신 적 있듯이 우리에게 겁을 주는 자가 있다면 우리 역시 그에게 겁을 줄 필요가 있는 일이었다.

사부님은 조금 전에 서안 아래서 주운 쪽지를 들고 앉아 얼굴을 갖다 대면서 등잔을 좀 더 가까이 들이대라고 말했다. 나는 등잔을 대면서 그 쪽지를 보았다. 윗부분 반은 공백이었고 아랫부분 반에는, 나로서는 읽어 내기 어려운, 잔글씨가 빼곡히 쓰여 있었다.

「그리스어입니까?」

「그렇다만 판독이 쉽지 않겠구나.」 사부님은 법의 자락을 열고 예의 그 안경을 꺼내어 코에다 걸고 나서 다시 쪽지에 얼굴을 갖다 대었다.

「그리스어로구나. 필체가 좋기는 한데 급했는지 너무 날려 썼어. 그래서 안경을 써도 읽을 수가 없구나. 어두워서 그런가…… 등잔, 등잔을 더 가까이 대어 보아라.」

그는 양피 쪽지에 얼굴을 들이대다시피 했다. 나는 그의 뒤에서 불을 비추어야 할 터인데도 등잔을 그의 머리 위로 치켜들고 그의 앞에 선 꼴이 되고 말았다. 사부님은 나에게, 비켜서라고 말했다. 그러나 나는 비켜서면서 그만 등잔의 불꽃으로 양피지 뒷면을 스치게 한 꼴이 되고 말았다. 「태워 먹고 싶으냐?」 사부님이 나를 밀어내면서 꾸짖었다. 그러나 꾸짖는 것도 잠깐, 사부님의 입에서 탄성이 새어 나왔다. 내 눈에도, 아무것도 없던 쪽지의 윗부분에, 희미한 황갈색 부호가 나타나는 게 보였다. 사부님은 내 손에서 등잔을 빼앗아 들고는 양피지 뒤를 쬐기 시작했다. 불꽃이 양피지 뒷면에 다가갔지만, 양피지를 태울 정도로 가까이 가게 한 것은 아니었다. 보이지 않는 손에 의해 쓰인, 〈므네 므네 드켈 브라신〉[21]이 벽 위에 나타났던 것처럼, 양피지 위에서도 이상한

---

21 「다니엘」 5:25~28. 벨사살 왕이 잔치를 베풀고 만조백관들을 불러 함께 술을 마실 때 갑자기 사람의 손가락 하나가 나타나 등잔대 맞은편 왕궁 벽에 이런 글씨를 쓴다. 다니엘은 이를 해독하여 왕에게, 《〈므네〉는 《하느님

부호들이 나타나기 시작했다. 나는 사부님이 등잔을 갖다 댐에 따라 시시각각으로 나타나는 부호를 바라보았다. 부호는 부적 같았을 뿐, 어디로 보나 알파벳 같지는 않았다.

「놀랍구나 놀라워, 점입가경이로구나……」 사부님은 어둠에 싸인 사방을 한차례 둘러본 뒤 말을 이었다. 「……어느 녀석이 이 방에 있는지 없는지는 모르겠지만, 이걸 그자에게 보여서는 안 되겠다……」 사부님은 말끝에 안경을 벗어 서안에다 놓고, 조심스럽게 그 양피지를 접어 법의 안에 숨겼다. 나는 눈앞에서 일어난 기적을 본 느낌이었다. 나는 사부님에게 설명을 여쭐 생각이었다. 그러나 바로 그 순간, 이상한 소리가 다시 들렸다. 장서관으로 통하는, 동쪽 탑루의 계단 아래에서 난 소리 같았다.

「그자가 저기 있다. 따라잡아!」 사부님이 소리쳤다. 우리는 그쪽으로 내달았다. 사부님은, 등잔을 든 나보다 달리는 속도가 훨씬 빨랐다. 나는 누군가가 비틀거리다 바닥으로 무너지는 소리를 들었다. 나는 힘을 다해 소리 나는 쪽으로 달려갔다. 소리가 들렸던 곳에 사부님이 서 있었다. 그는 계단 아래서, 금속테로 장정한 묵직한 책 한 권을 펼쳐 보고 있었다. 바로 그때, 우리가 있었던 곳, 그러니까 베난티오의 서안 쪽에서 또 인기척이 들렸다. 윌리엄 수도사가 혀를 찼다. 「아뿔싸, 내가 헛짓을 했구나! 서둘러라! 베난티오의 서안이 있던 곳으로 어서 가자!」

나는 그제야 사부님의 말귀를 알아들었다. 누군가가 우리

께서 왕의 나라 햇수를 세어 보시고 마감하셨다〉는 뜻입니다. 《드켈》은 《왕을 저울에 달아 보시니 무게가 모자랐다》는 뜻입니다. 《브라신》은 《왕의 나라를 메대와 페르샤에게 갈라 주신다〉는 뜻입니다〉 하고 말한다.

를 따돌리기 위해 일부러 그 책을 떨어뜨렸던 것이다.

윌리엄 수도사는 이번에도 나보다 빠른 속도로 베난티오의 서안 쪽으로 달렸다. 뒤를 따라가면서 나는, 기둥 사이로 빠져 서쪽 탑루 계단으로 내려가는 그림자 하나를 보았다.

나는 그 순간 투사라도 된 양, 윌리엄 수도사의 손으로 등잔을 건네주고는 괴한의 그림자가 어른거리던 계단 쪽으로 내달았다. 지옥의 군단과 싸우는 그리스도의 군병이라도 된 듯한 느낌이었다. 나는 그 괴한을 붙잡아 사부님에게 넘기고 싶다는 욕망에 사로잡혀 있었다. 그 욕망이 지나쳤기 때문일 것이다. 나는 계단을 내려가다가 내 법의 자락에 걸려 그대로 계단 위로 나동그라지고 말았다. 「이런 빌어먹을⋯⋯.」 맹세코 말하거니와, 내 평생 수도자의 사문(師門)에 든 것을 그때만큼 후회해 본 적은 없다. 하지만 내 앞에서 달아나던 자 역시 나와 같은 차림이었을 터⋯⋯. 게다가 그가 만일, 베난티오의 서안에서 훔친 책을 들고 있었던 것이 분명하다면 입장은 나보다 불리했을 터였다. 빵 가마 뒤에서 나는 주방 쪽으로 돌진했다. 주방의 입구를 밝히는 희미한 등 불빛으로, 나는 괴한이 식당으로 들어간 다음 뒤로 문을 닫는 걸 보았다. 나는 그쪽으로 달려가 온몸 무게를 실어 문을 밀치고 들어갔다. 그러나 아무도 없었다. 바깥문은 닫혀 있었다. 뒤를 돌아다보았다. 어둠과 적막뿐이었다. 그때 주방 쪽에서 불빛 하나가 다가왔다. 나는 벽에다 몸을 붙이고 숨을 죽였다. 주방과 식당 사이의 통로에 나타난, 등잔 든 사람은 바로 사부님이었다.

「아무도 없지? 내 그럴 줄 알았다. 우리가 아는 문으로는 나가지 않았을 것이다. 납골당으로도 나가지 않았겠지?」

「이쪽으로 나갔습니다만, 어디를 통해서 나갔는지는 모르겠습니다.」

「그러기에 내 뭐라고 하더냐? 다른 통로가 있을 거라고 하지 않더냐? 여기에서 두리번거려 봐야 아무 소용이 없다. 우리가 쫓던 괴한은, 우리가 모르는 문을 통하여 진작 나갔을 게다. 내 안경을 훔쳐 가지고 말이다.」

「안경이라니요?」

「암. 괴한은 양피지를 손에 넣을 수 없다는 걸 알고는 마음을 바꾸어 먹고 내 안경을 가지고 가버렸구나.」

「왜 안경을 가지고 갔겠습니까?」

「이자는 바보가 아니야. 이자는, 내가 너에게 양피지 이야기를 하는 걸 듣고는 양피지를 아주 중요한 것이라고 생각했던 것이다. 그런데 양피지는 기왕 손에 넣을 수 없게 되지 않았느냐? 그래서 내 안경을 가져가 버린 게다. 안경이 없으면 내가 무슨 수로 이 양피지를 해독하겠느냐? 이자는 어쩌면, 내가 이 양피지 해독을 남에게 의뢰할 입장이 못 된다는 것도 알고 있을 게다. 내 비록 양피 쪽지를 가지고 있으나 안경이 없으니 없는 것이나 다름없다. 그나저나 이를 어쩌면 좋으냐…….」

「사부님께 안경이 있다는 것은 어떻게 알았겠습니까?」

「이런 아둔패기. 어제 유리 세공사와 안경 이야기를 한 데다, 문서 사자실에서 베난티오의 유품을 뒤적거릴 때도 그 안경을 꺼내 쓰지 않았더냐? 그랬으니, 그 물건이 내게 얼마나 요긴한 것인지를 아는 사람이 어디 한둘이겠느냐? 안경 없이도 여느 서책은 읽을 수 있다만 아무래도 이건 어려울 것 같구나…….」 사부님은 법의 속의 양피 쪽지를 가리키다가 법의 자락을 열고 그 양피지를 꺼냈다.「……그리스어로 쓰인 부분은 글씨가 너무 작은 데다가 윗부분의 부호는 너무 흐려서 도무지 판독할 수가 없구나…….」

그는 나에게, 등잔불의 열기를 받고는 흡사 기적처럼 나타난 수수께끼의 부호를 보여 주었다.「베난티오는, 중요한 비밀을 감추고 싶었던 나머지 묘한 잉크를 사용했던 것이다. 여느 때는 아무것도 보이지 않다가 불에다 쬘 경우에만 글씨가 나타나게 하는 그런 잉크가 있다. 어쩌면 구연즙을 썼는지도 모르겠다. 글쎄다, 베난티오가 무슨 잉크로 썼는지도 모르겠고, 여기에 나타나 있는 부호가 언제 사라져 버릴지, 그것도 모르겠구나. 너는 눈이 밝으니까, 이걸 깨끗이, 큼직큼직하게 베껴 다오.」나는 무슨 부호인지도 모르고 사부님 시키는 대로 베껴 드렸다. 네댓 줄에 이르는, 부적 같은 이상한 부호였다. 독자에게, 내가 당시에 얼마나 당혹하고 있었던지는, 다음의 첫 줄의 부호를 소개하는 것으로 설명이 가능할 것이다.

내가 베낀 것을 내밀자 사부님은 눈을 멀찍이 뗀 채 그걸 들여다보았다.「무슨 암호 같은데……. 어떻게든 해독해 보아야겠구나. 쓴 솜씨가 시원찮았는지, 네가 베낀 솜씨가 단정치 못했는지는 모르겠다만…… 이게 무엇이냐…… 12궁도(宮圖)에 쓰이는 부호인 것만은 틀림없을 듯한데. 보이지 이 첫 줄?」그는 눈의 초점을 모으느라고 연신 눈살을 찌푸리고는 덧붙였다. 「사기타리우스[반수인좌(半獸人座), 즉 토성]…… 태양…… 메르쿠리우스(수성)…… 스코르피오(전갈좌)…….」

「무슨 뜻이지요?」

「베난티오가, 약간 머리가 돌아가는 자였다면, 틀림없이 12궁도의 부호를 썼을 것이다. A는 태양, B는 목성…… 그렇다면 첫줄은 이렇게 된다…… 한번 받아 적어 보아라. RAIQASVL…… 아니, 무의미한 글자의 나열에 지나지 않아. 그러니까 베난티오는, 이 방법으로 부호를 만들지는 않았을 거야. 그렇다면 부호를 다른 방법으로 배열했을 텐데…… 어디 좀 생각해 보기로 하자.」

「푸실 수 있을 것 같습니까?」

「암, 아랍 학자들의 저서와 조금 친밀하다면 가능하지. 암호 조립과 해독에 능한 사람들은 대개가 이교도 학자들이다. 나도 옥스퍼드에서 암호 공부를 좀 했지. 지식의 정복은 언어에 대한 공부를 통해서야 가능하다는 베이컨 사부님의 말씀이 생각나는구나. 아부 바크르 아마드 벤 알리 벤 와시야 안나바티는 몇 세기 전에, 『고대 문자의 해독에 발심(發心)한 사람들을 위한 책』을 쓴 일이 있다. 저자는 이 책에서, 마술은 물론, 군대와 군대, 왕과 그 사절 간에만 통하는 밀서의 작성에 아주 유용한 암호문의 조립 및 해독 방법과 규칙에 대해 설명한 바 있다. 다른 아랍어 서책을 통해 아주 기발한 암호문을 보기도 했지. 암호문 쓰는 방법에는, 문자를 일정한 법칙에 따라 바꾸어 쓰는 방법, 한 자씩 빼어 먹고 쓰는 방법, 낱말을 거꾸로 쓰는 방법, 글월을 거꾸로 쓰는 방법이 있다. 그런 다음에 다시 그 암호문의 각 글자를 여기에서처럼 12궁도의 부호로 바꿔 쓰는 것이지. 대신 각 글자의 숫자적인 의미를 이용한 다음, 그 숫자를 또 다른 알파벳으로 옮긴 후 이 부호로 새로이 적은 것인데……」

「그렇다면 베난티오는 어떤 방법을 썼을까요?」

「이 방법 저 방법을 두루 고려해 보아야지. 하나 해독의 첫걸음은 역시 의미를 가정해 보는 것이야.」

「의미를 가정할 수 있으면 해독할 필요가 없는 것이 아닙니까?」 나는 되잖게 사부님 앞에서 웃고 말았다.

「그렇지 않다. 첫 낱말의 해석에 따라서 하나의 가설을 세우고 이 가설이 나머지 낱말에도 유효한 것인지 검증해 보아야 한다는 것이다. 첫 번째 가설은 베난티오가 〈아프리카의 끝〉에 대한 열쇠를 여기 적어 놓았다는 것이다. 그렇게 생각을 하고 이 암호문을 보게 되면 일종의 리듬을 찾을 수 있지. 자, 이 세 낱말을 읽어 보되, 암호 자체는 보지 말고 암호의 숫자만 세어 보아라. ……IIIIIII IIII IIIIIII. 암호 두 개를 한 음절이라 생각하고 그 음절의 리듬만 읽어 보면 따따따, 따따, 따따따……. 짚이는 게 없느냐?」

「저는 모르겠습니다.」

「그럴 테지. 내게는 생각이 났다. *Secretum finis Africae*(아프리카의 끝의 비밀)…… 이렇게 된다. 그러나 이게 맞다면 마지막 낱말의 첫 자와 여섯 번째 글자는 같아야 한다. 마지막 낱말 Africae를 보아라. 첫 자인 A와 여섯 번째 글자인 a가 같지 않느냐? 즉, 이 낱말에는 지구를 상징하는 글자 A가 두 자나 들어가 있다. 그리고 첫 번째 낱말의 첫 글자 S는 두 번째 낱말의 마지막 글자와 같아야 한다. 보아라, 처녀좌를 상징하는 글자가 두 번 들어가 있다. 아무래도 제대로 짚은 것 같구나. 그러나 이것 또한 단지 우연의 연속일 수 있다. 대응 법칙이 발견되어야 해.」

「어디에서 발견합니까?」

「머리로 해야지. 머리로 하되 이걸 검증해 내어야 한다. 하나, 찾아내고 검증하자면…… 이걸로도 하루가 좋이 걸릴 것 같구나. 명심하여라. 끈기 있게 달라붙을 경우, 해독되지 않는 암호는 세상에 없는 법이다. 그러나 어쩌랴, 지금은 시간이 없구나. 우선은 장서관으로 들어가야 한다. 내게는 안경이 없고, 네 눈으로는 이게 해독될 것 같지 않아서 하는 말이다.」

「*Graecum est, non legitur*(저는 그리스어를 몰라서)…… 장님 단청(丹靑) 구경하기나 다름이 없습니다.」

「그러니 베이컨 사부님 말씀이 옳지. 공부할 일이다! 하나 의기소침해할 것은 없다. 우선 이 양피지와 네 필사지를 집어넣고 장서관으로 올라가 보자. 오늘 밤에는, 지옥의 군단 열 개가 앞을 막고 나선대도 이대로는 물러나지 않을 것이야.」

사부님의 이 말에 나는 성호를 그었다. 「조금 전의 그 괴한은 누구일 것 같습니까? 베노 수도사였을 것 같습니까?」

「베노는, 베난티오의 유품을 보고 싶어서 눈에서 손이 하나 튀어나올 지경일 게다. 그러나 이자에게, 야밤에 본관에 숨어들 용기까지는 있을 것 같지 않구나.」

「그럼 베렝가리오 수도사, 아니면 혹 말라키아 수도사는 아닐는지요?」

「베렝가리오라면 그럴 만한 용기는 있을 테지. 게다가 베렝가리오는 장서관의 비밀을 지킬 책임을 나누어 지고 있으니…… 그리고 자신이 장서관에 대한 비밀을 일부 누설한 것에 대해 후회에 가득 차 있잖느냐. 베렝가리오는, 베난티오가 그 서책을 가져갔다고 생각하고는, 원래 있던 자리로 되돌려 놓으려고 했는지도 모르겠다. 그러나 장서관 업무를 보고 있기는 하나 사서 조수 신분이어서 위층으로 올라갈 수는 없는 일…… 그래서 그 책을 어디에 감추려 했는지도 모르겠다.」

「그런 동기라면, 말라키아 수도사일 수도 있지 않습니까?」

「나는 그렇게 보지 않고 달리 보아. 말라키아는, 베난티오의 서안을 뒤지고 싶다는 생각만 있으면 언제든지 뒤질 수 있다. 말라키아는, 본관 문을 잠근 뒤에도 얼마든지 문서 사자실에 남아 있을 수 있으니까. 나는 진작부터 이걸 알고 있었다. 따라서 말라키아의 짓이 아닌 것은 분명하다. 잘 생각해 보아라. 베난티오가 장서관으로 숨어 들어가 뭔가를 훔쳐 내었다 하더라도, 말라키아가 이 사실을 알고 있었을 것이라고 확신할 수는 없는 일이다. 그 사실을 아는 것은 베렝가리오와 베노, 그리고 너와 나이지. 아델모의 고백을 듣고 호르헤도 알게 되었을 것이다. 하나, 호르헤는 계단을 뛰어서 오르내릴 수 있는 사람이 못 되지 않느냐?」

「그렇다면 베렝가리오 수도사나 베노 수도사라는 것입니까?」

「또는 티볼리 사람 파치피코나, 우리가 오늘 여기에서 보았던 수도사들 중 하나일지도 모르지. 유리 세공사 니콜라일 수도 있지 않겠느냐? 내 안경이 어떤 물건인지 아는 자 역시 니콜라뿐일 터이다. 밤이면 혼자서 여기저기 어슬렁거린다는 저 괴승(怪僧) 살바토레는 어떠냐? 베노의 고백이 우리에게 어떤 단서를 제공한다고 해서 우리 혐의가 어느 한곳으로 치우쳐 가서도 아니 될 것이다. 베노가 의도적으로 우리를 그렇게 만들었을 수도 있을 것이라서 하는 말이다.」

「하지만 베노 수도사는 사부님께 진실을 말씀드린 것 같았습니다.」

「그랬을 테지. 하지만 유능한 조사관은, 진실을 말하는 사람에게도, 진실을 말한다는 이유에서 혐의를 두는 법이다. 너도 명심하도록 하여라.」

「조사관들께서 하는 일…… 사부님께서 하시는 말씀이 옳으시다면, 정말 할 게 못 되는 일이 아닙니까…….」

「그래서 내가 집어치운 것 아니냐? 어쩌다 이렇게 다시 시작하게 되었다만……. 자, 어서 장서관으로 올라가 보자.」

한밤중

두 사람은 마침내 장서관의 미궁으로 들어간다. 그러나 미궁 안에서 기이한 환상에 홀려 그만 길을 잃고 방황한다.

우리는 다시 문서 사자실로 올라갔다. 역시 금단의 방으로 이어지는 동쪽 계단을 통해서였다. 이 미궁 같은 장서관에 대해서는 노수도사 알리나르도로부터 들은 말이 있는 참이어서 나는 무서운 일을 당할 것을 각오했다.

금단의 방으로 첫발을 들여놓고 보니 놀랍게도 창이 하나도 없는, 그리 크지 않은 7면 벽실(壁室)이었다. 방에서 곰팡이 냄새 같은, 쾨쾨한 냄새가 났다. 당할 것으로 각오하고 있었던, 무서운 일은 일어나지 않았다.

방을 이루고 있는 7면 벽 중 네 벽에는 문이 있었다. 문 양옆에는 조그만 기둥이 하나씩 서 있었다. 문은 꽤 넓었고, 기둥 위의 꾸밈새는 아치 모양이었다. 문이 없는 벽 앞에는, 서책을 가지런히 채운 커다란 궤짝이 놓여 있었다. 각 궤짝과 서가에는, 번호가 매겨진 두루마리가 각각 하나씩 들어 있었다.

서명 목록에서 보았던 것과 같은 숫자인 모양이었다. 방 한가운데에 있는 탁자에도 서책이 쌓여 있었다. 서책 위에는 먼지가 별로 없는 것으로 보아 자주 청소하는 모양이었다. 바닥도 먼지 하나 없이 깨끗했다. 아치 모양으로 꾸며진 상인방 위에는 커다란 두루마리 그림이 그려져 있고, 그 안에 *Apocalypsis Iesu Christi*(예수 그리스도의 계시)[22]라는 글귀가 새겨져 있었다. 글씨는 고체(古體)였으나 두루마리 그림 자체는 오래된 것이 아닌 듯했다. 뒤에 다른 방에서도 이런 두루마리 그림을 보고 안 것이지만, 그림은 돌에다 꽤 깊이 새긴 것으로, 벽화를 그릴 때 화가들이 자주 쓰는 기법이 그렇듯이, 일단 음각(陰刻)하고 나서 그 홈에다 물감을 채운 것이었다.

문 하나를 지나자 또 하나의 방이었다. 이 방에는 창이 하나 있었는데, 창에는 유리가 있을 자리에 설화 석고(雪花石膏) 석판이 끼워져 있었다. 또 하나의 벽에는 문이 있었는데 이 문은 우리가 조금 전에 지나온 것과 똑같이 통로로 통했다. 물론 통로는 다른 방으로 이어지는 것이었다. 통로를 지나 우리가 이른 방 역시 창이 있는 벽 한 장, 그리고 문이 있는 벽이 있었다. 그 문 역시 다른 방으로 이어지고 있었다. 이 두 방문의 상인방에도 처음 우리가 보았던 것과 똑같은 두루마리 그림이 새겨져 있었다. 두루마리 그림은 같지만 거기에 새겨진 글귀는 달라서 첫 번째 방의 출입구 상인방의 글귀는 *Super thronos viginti quatuor*(높은 좌석 스물네 개),[23] 두 번째

---

22 「요한의 묵시록」 1:1에 나오는 글귀. 「요한의 묵시록」은 다음과 같은 글귀로 시작된다. 〈이 책은 예수 그리스도께서 계시하신 일들을 기록한 책입니다.〉

23 「요한의 묵시록」 4:4에 나오는 글귀. 이와 관련된 구절은 다음과 같다.

방의 출입구 상인방 글귀는 *Nomen illi Mors*(그의 이름은 죽음)[24]였다. 이 두 방은, 맨 처음 장서관으로 들어오면서 본 방보다 작았지만 내부의 모양은 똑같았다. 다른 것이 있다면 맨 처음 장서관으로 들어오면서 본 방이 7면 벽실인 데 비해 4면 벽실이라는 점이었다.

 우리는 세 번째 방으로 들어갔다. 이 방에는 서책도 없고 두루마리 그림도 없었다. 창 밑에는 조그만 석조 제단이 있었다. 문은 모두 세 개였다. 세 문 중 하나는 조금 전에 우리가 들어왔던 문, 또 하나는 우리가 지나 왔던 7면 벽실로 통하는 문, 나머지 하나는 새로운 방으로 통하는 문이었다. 이 방 역시 우리가 지나온 방과 다를 바 없었으나 두루마리에 새겨진 글귀가 달랐다. 이 방 두루마리의 글귀는, *Obscuratus est sol et aer*(햇빛과 대기가 어두워지다)[25]였다. 이 방 역시

⟨그 뒤에 나는 하늘에 문이 하나 열려 있는 것을 보았습니다. 그리고 처음에 내가 들었던 음성, 곧 나에게 말씀하시던 나팔 소리 같은 그 음성이 나에게, 《이리로 올라오너라. 이후에 반드시 일어날 일들을 보여 주겠다》하고 말씀하셨습니다. 그러자 곧 나는 성령의 감동을 받았습니다. 그리고 보니 하늘에는 한 옥좌가 있고 그 옥좌에는 어떤 분이 한 분 앉아 계셨습니다. 그분의 모습은 벽옥과 홍옥 같았으며 그 옥좌 둘레에는 비취와 같은 무지개가 걸려 있었습니다. 옥좌 둘레에는 또 높은 좌석이 스물네 개 있었으며, 거기에는 흰 옷을 입고 머리에 금관을 쓴 원로 스물네 명이 앉아 있었습니다······⟩

 24 「요한의 묵시록」 6:8에 나오는 글귀. 관련 구절은 다음과 같다. ⟨······그리고 보니 푸르스름한 말 한 필이 있고 그 위에 탄 사람은 죽음이라는 이름을 가진 사람이었습니다. 그리고 그 뒤에는 지옥이 따르고 있었습니다. 그들에게는 땅의 사분의 일을 지배하는 권한 곧 칼과 기근과 죽음, 그리고 땅의 짐승들을 가지고 사람을 죽이는 권한이 주어졌습니다.⟩

 25 「요한의 묵시록」 9:2에 나오는 글귀. 관련 구절은 다음과 같다. ⟨다섯째 천사가 나팔을 불었습니다. 그때 나는 하늘로부터 땅에 떨어진 별 하나를 보았습니다. 그 별은 끝없이 깊은 지옥 구덩이를 여는 열쇠를 받았습니다. 그 별이 지옥 구덩이를 열자 거기에서부터 큰 용광로에서 내뿜는 것과 같은 연

또 다른 방으로 통했는데, 또 하나의 방 상인방 두루마리에 새겨진 글귀는, 대혼란과 화재를 경고하는, *Facta est grando et ignis* (우박과 불덩어리가 떨어지다)[26]였다. 이 방에는 문이 하나밖에 없어서 일단 들어갔다가는, 들어간 문을 통하여 나오는 수밖에 없었다.

윌리엄 수도사가 중얼거렸다. 「어디 보자. 창이 각각 하나씩 달려 있고, 벽이 4면, 혹은 부등 4변형으로 되어 있는 방이 다섯 개 있었는데, 이 다섯 개의 방이 감싸고 있는, 계단과 이어지되 창문이 하나도 없는 7면 벽실이 하나 있었다. 내가 보기에는 이렇다. 우리는 시방 동쪽 탑루에 와 있다. 밖에서 보면 각각의 탑은 5면형이고 각 면에 창이 하나씩 있다. 아무것도 없던 방은, 동향이기가 쉽다. 그렇다면 교회의 성가대석과 같은 방향이 아니겠느냐? 교회 제단은, 이른 아침의 햇빛이 비치게끔 정위(定位)되어 있을 테니까 말이다. 설화 석고석을 박은 창을 생각해 보아라. 이것은 머리가 여간 좋은 사람의 고안이 아니다. 설화 석고석이라고 하는 것은 낮 동안 햇빛을 통과시키기는 하지만 밤의 달빛은 한 줄기도 들여보내지 않는다. 말하자면 설화 석고석 창은 낮에는 창 구실을 하지만 밤이면 무용지물이 되는 게다. 자, 7면 벽실의 나머지 문 두 개가 어디로 통하는지 한번 조사해 보자.」

그러나 사부님 말씀은 옳지 않았다. 장서관 설계자는 사부

기가 올라와 공중을 뒤덮어서 햇빛을 어둡게 하였습니다……〉

26 「요한의 묵시록」 8:7에 나오는 글귀. 관련 구절은 다음과 같다. 〈첫째 천사가 나팔을 불었습니다. 그러자 우박과 불덩어리가 피범벅이 되어서 땅에 던져져 땅의 3분의 1이 타고 나무의 3분의 1이 탔으며 푸른 풀이 모두 타버렸습니다……〉

님이 생각했던 것 이상으로 교활했다. 그때의 정황이 정확하게는 기억나지 않지만, 지금까지도 기억에 생생한 것은 일단 그 탑루의 방에서 나온 뒤에 보니 방의 순서가 어떻게 되었는지 조금도 생각나지 않았다는 점이다. 방 중에는 문이 두 개인 방도 있었고 세 개인 방도 있었다. 창은 모두 하나였다. 창이 있는 탑루 쪽 방에서 본관으로 들어간다고 들어갔을 때도 본관은 나오지 않고 창이 하나뿐인 작은 방이 나왔다. 방에 놓인 궤짝과 탁자도 모두 같은 것이었는 데다 그 위에 깔끔하게 정리되어 있는 책도 모두 똑같아 보였다. 따라서 궤짝이나 탁자나 책으로 이 방 저 방을 구분해 낼 수는 없었다. 우리는 두루마리의 글귀를 방향잡이로 삼아 각 방이 면한 방향을 알아내려고 해보았다. 우리는 두루마리의 글귀가 *In diebus illis*(그즈음)[27]인 방을 지나 한동안 방황하다가 다시 그 방으로 되돌아왔는데, 그 방의 창문 맞은편 통로로 연결된 방에는, 우리가 기억하기로는 두루마리 글귀가 *Primogenitus mortuorum*(죽은 자 가운데서 맨 먼저 살아난 자)[28]으로 적혀 있는 게 분명할 터인데도 들어가 보니 뜻밖에도 〈예수 그리스도의 계시〉였다. 게다가 두루마리의 글귀만 같았을 뿐,

---

27 「요한의 묵시록」 9:6에 나오는 글귀. 『공동 번역 성서』에는 〈그 다섯 달 동안에는〉으로 번역되어 있다. 관련된 구절은 다음과 같다. 〈……그 다섯 달 동안에는 그 사람들이 아무리 죽으려고 애써도 죽을 수가 없고 죽기를 바라더라도 죽음이 그들을 피해 달아날 것입니다……〉

28 「요한의 묵시록」 1:5에 나오는 글귀. 관련 구절은 다음과 같다. 〈나 요한은 아시아에 있는 일곱 교회에 이 편지를 씁니다. 지금 계시고 전에도 계셨고 또 장차 오실 그분과 그분의 옥좌 앞에 있는 일곱 영신께서, 그리고 진실한 증인이시며, 죽음으로부터 제일 먼저 살아나신 분이시며, 땅 위의 모든 왕들의 지배자이신 예수 그리스도께서 여러분에게 은총과 평화를 내려 주시기를 빕니다.〉

우리가 맨 처음에 지난 7면 벽실도 아니었다. 우리는 그제야 두루마리의 글귀가 다른 방에서도 되풀이되고 있다는 것을 알았다. 실제로, 두루마리에 〈예수 그리스도의 계시〉라는 글귀가 새겨진 방 두 개가 연달아 있었다. 그러나 그중 한 방의 옆은 *Cecidit de coelo stella magna*(하늘에서 큰 별이 떨어지다)[29]라는 글귀가 새겨진 방이었다.

두루마리의 글귀의 출전은 알기 어렵지 않았다. 「요한의 묵시록」에 나오는 글귀들이었지만, 그런 글귀를 상인방에다 새긴 까닭, 그 글귀가 의미하는 바는, 논리적으로 줄거리가 잡힐 만한 것이 아니었다. 또 하나 우리의 머리를 어지럽힌 것은, 많지는 않았지만, 그중 몇 개의 두루마리는 검은색이 아닌, 붉은색으로 채색되어 있다는 점이었다.

뿐만 아니었다. 한참을 돌아다니다 보니 처음의 그 7면 벽실에 당도해 있는 것이었다(이 방만은 계단이 있어서 알아보기가 쉬웠다). 우리는 이 방의 오른쪽 문을 통해 나가 일직선으로 움직여 가며 각 방을 다시 뒤져 보기로 했다. 우리가 방 세 개를 지나고 보니 벽이 우리 앞을 가로막았다. 하나뿐인 입구를 통해 나가니 입구가 하나뿐인 새로운 방이 나왔다. 다시 통로로 빠져 네 개의 방을 지나니 다시 벽이 우리 앞을 가로막았다. 우리는 이미 지났던 방으로 되돌아와 두 개의 출입구 중, 우리가 방금 지나지 않은 출입구를 통해 새 방으

---

29 「요한의 묵시록」 8:10에 나오는 글귀. 관련 구절은 다음과 같다. 〈셋째 천사가 나팔을 불었습니다. 그러자 하늘로부터 큰 별 하나가 횃불처럼 타면서 떨어져 모든 강의 3분의 1과 샘물들을 덮쳤습니다. 그 별의 이름은 쑥이라고 합니다. 그 바람에 물의 3분의 1이 쑥이 되고 많은 사람이 그 쓴 물을 마시고 죽었습니다.〉

로 들어갔다. 들어가고 보니 뜻밖에도 처음에 우리가 만났던 7면 벽실이었다.

「우리가 되짚어 나온 마지막 방 두루마리에는 뭐라고 쓰여 있더냐?」 윌리엄 수도사가 물었다.

나는 기억을 더듬어 보았다. 흰 말 한 마리가 내 기억에 떠올랐다. 그래서 나는 *Equus albus*(흰 말)[30]라고 대답했다.

「좋다. 그 방을 다시 한 번 찾아보자.」 그 방을 찾는 것은 어렵지 않았다. 우리는 그 방에서는, 조금 전처럼 되짚어 나오는 대신 *Gratia vobis et pax*(여러분에게 은총과 평화)[31]라는 글귀가 새겨진 방을 지났다. 그런데, 분명히 새로운 통로로 나왔거니 했는데 그게 아니었다. 우리는 다시 〈그즈음〉과 〈죽은 자 가운데서 맨 먼저 살아난 자〉라는 글귀가 새겨진 방 앞에 와 있는 것이었다. 우리가 보기에 이 두 방은 우리가 지나왔던 방 같았으나 알 길이 없었다. 우리는 이 방에서 다시 처음 보는 방, *Tertia pars terrae combusta est*(땅의 3분의 1이 타다)[32]에 이르렀다. 땅의 3분의 1이 탔다는 걸 알았을 때조차 동쪽 탑루 속에서의 우리 위치는 종내 짐작할 수가 없을 것 같았다.

나는 등잔을 높이 쳐들고 다음 방으로 들어가 보았다. 문

---

30 「요한의 묵시록」 6:2에 나오는 글귀. 관련 구절은 다음과 같다. 〈나는 어린양이 그 일곱 봉인 중의 하나를 떼시는 것을 보았습니다. 그리고 네 생물 중의 하나가 우레 같은 소리로 《나오너라》 하고 외치는 음성을 들었습니다. 그리고 보니 흰 말 한 필이 있고, 그 위에 탄 사람은 활을 들고 있었습니다. 그는 승리자로서 월계관을 받아 썼고, 또 더 큰 승리를 거두기 위해서 나아갔습니다.〉

31 「요한의 묵시록」 1:5.

32 「요한의 묵시록」 8:7.

턱에 발을 대는 순간 나는 소스라치게 놀라고 말았다. 거대한 물체가 흡사 유령처럼 일렁거리면서 내 앞으로 다가왔기 때문이었다.

「귀신이다!」 나는 비명을 지르면서 뒤로 물러섰다. 윌리엄 수도사가 뒤에서 나를 껴안지 않았더라면 등잔을 떨어뜨리고 말았을 것이다. 윌리엄 수도사는 나를 뒤로 밀친 다음 등잔을 빼앗아 들고는 앞으로 나섰다. 그러나 그분 역시 주춤, 뒤로 물러서는 것으로 보아 그 무서운 형상에 잠시나마 놀랐던 모양이었다. 그는 몸을 구부리고 등잔을 앞으로 내밀어 형상을 자세히 살펴보고는 호탕하게 웃었다.

「절묘하구나, 거울이다!」

「거울이라뇨?」

「그래, 거울이다. 그러니 정신 차려라, 이놈아! 조금 전 문서 사자실에서는 금방이라도 원수의 덜미를 잡아 무릎을 꿇릴 기세이더니, 여기에서는 제 모습에 기겁을 하고 혼비백산을 해? 거울이 네 모습을 확대시키고, 찌그러뜨려 되쏜 것이다. 보아라.」

사부님은 내 손을 끌어 방 입구에 서 있는 거울 앞으로 데려갔다. 나는 등잔을 높이 치켜들고, 주름이 잔뜩 잡혀 있는 유리를 비추어 보았다. 기괴하게 찌그러진 두 개의 형상이 내 눈앞에 나타났다. 일그러진 이 기괴한 형상은, 우리가 다가서고 물러서는 데 따라 커지거나 작아지고는 했다.

윌리엄 수도사가 짓궂은 어조로 나를 힐난했다. 「광학(光學) 논문 줄이라도 읽어 보아야겠구나. 도서관을 설계한 자들과 달리 너는 광학이라는 것에 도통 무지한 것 같다. 그런데 광학에 관한 논문 중의 백미는 역시 아랍인들이 쓴 것이다. 알하젠[33]의 『*De aspectibus*(시각론)』가 그중의 하나인데, 알하젠은 이 논문에서 정확한 기하학적 실례까지 들어 가면서 거울의 쓰임새를 소개하고 있다. 이 양반의 주장에 따르면, 거울이라는 것은 표면을 깎는 데 따라 작은 것을 크게 보이게 할 수도 있고(내 안경을 보았으니 너도 잘 알 것이다), 형상이 거꾸로 보이게 할 수도 있으며, 심지어는 흐리게 보이게 할 수도 있다는 것이다. 뿐이냐? 하나의 형상을 두 개로 보이게 할 수도 있고, 두 개의 형상을 네 개로 보이게 할 수도 있다고 했다. 그러니 거울을 이용해서 우리가 조금 전에 보았듯이, 난쟁이를 거인으로, 거인을 난쟁이로 보이게 하는 것쯤이야 실로 여반장일 터이다.」

「아이고, 우리 주님 마시옵소서. 그렇다면 사부님, 이곳 사람들이 장서관에서 보았다는 허깨비가 바로 이것입니까?」

「그럴 테지. 아주 영리한 자들의 짓이다……」 그는 거울 위의 두루마리의 글귀를 읽고는 말을 이었다. 「……*Super thronos viginti quatuor*(높은 좌석에 앉은 스물네 개), 이런 글귀라면 아까 어느 방에서도 보았다. 그러나 그 방에는 거울이 없지 않더냐? 이 방에는 거울은 있지만 창이 하나도 없는 데다가 방 자체도 7면 벽실이 아니구나. 도대체 우리가 지금 어디에 있는 것이냐? 아드소, 안경이 없어서 서책의 제목을 읽을 수가 없다. 어디, 내 눈이 되어 제목이나 읽어 다오.」 사부님이

---

33 본명은 이븐 알하이담. 통칭 〈알하젠〉이라고 불린다. 『시각론』으로 유명하다. 눈에서 빛이 나와 대상물에 닿는 빛을 통하여 사물을 식별한다는 그리스의 에우클레이데스나 프톨레마이오스 클라우디오스의 견해를 통박하고, 발광체로부터 나와 대상에서 반사되어 눈으로 들어오는 빛을 통하여 사물을 식별한다는 것을 입증했다.

궤짝 앞으로 다가가면서 하신 말씀이었다.

나는 손에 잡히는 대로 서책을 한 권 뽑았다. 「사부님, 쓰였다기보다는……」

「무슨 소리냐? 글씨가 보이는데도 그러는구나. 뭐라고 쓰여 있느냐?」

「쓰여 있다기보다는 그려진 것 같습니다. 게다가 읽을 수가 없습니다. 라틴 알파벳도 아니고, 그리스 알파벳도 아닙니다. 조금 더 보아야 알겠지만, 꼭 벌레, 배암, 아니, 파리가 기어간 것 같습니다.」

「아랍어다. 다른 서책도 모두 그 모양이냐?」

「네, 몇 권은요. 라틴어로 된 것도 있기는 합니다. 아, 하느님, 감사합니다. 알…… 알쿠와리즈미의 『*Tabulae*[성좌표(星座表)]』라는 책입니다.」

「오냐. 알쿠와리즈미의 천문 도판이구나. 바스 사람 아델라드가 번역한 것일 게다. 희본(稀本)이다. 계속 읽어 보아라.」

「이사 이븐알리의 『*De oculis*[안구(眼球)에 대하여]』, 그리고 알 킨디의 『*De radiis stellatis*(별빛에 대하여)』…….」

「이번에는 서안 위를 좀 보거라.」

나는 서안 위에 있는 엄청나게 큰 책, 『*De bestiis*[괴물 도감(怪物圖鑑)]』를 펼쳤다. 마침 펼쳐진 쪽에는 정교한 일각수(一角獸) 그림이 그려져 있었다.

「걸작이로구나. 옆에는 뭐라고 적혀 있느냐?」 안경 없이는 그림밖에 볼 수 없었던지 사부님이 물었다.

「*Liber monstrorum de diversis generibus*(여러 가지 괴물에 관한 책)입니다. 역시 그림이 아름답습니다만, 앞의 서책들보다는 시대가 앞선 듯합니다.」

윌리엄 수도사가 그 책 가까이 얼굴을 가져갔다. 「약 5세기 전, 히베르니아(아일랜드의 옛 이름) 수도사가 채식한 것이구나. 일각수는 최근에 그려진 것이고…… 제책(製冊)한 솜씨를 보니 프랑스식이로구나.」 나는 사부님의 박학에 다시 한 번 놀라고 말았다. 우리는 다음 방을 지나 방 네 개를 두루 거쳤다. 방방에는 모두 창이 있었고 서안이나 궤짝에는, 초자연 과학 서적과 정체불명의 문자로 기록된 서책이 산적해 있었다. 이윽고 문과 통로가 다하면서 벽이 우리 앞을 가로막았다. 다섯 개의 방은 서로 통해 있었지만 마지막 방에는 출구가 없었다. 우리는 문과 통로를 되짚어 나오지 않을 수 없었다.

「벽의 각도로 미루어 봐서 우리는 다른 탑루의 5면 벽실에 와 있는 것 같다. 그러나 가운데에 마땅히 있어야 할 7면 벽실이 없으니, 우리가 잘못 짚은 것인지도 모르겠다.」

「그럼 창은 어떻게 된 것입니까? 어떻게 창이 이렇게 많을 수가 있습니까? 모든 방이 밖을 조망하게 되어 있을 수는 없습니다.」

「너는 가운데 있는 안뜰을 잊어버리고 있구나. 우리가 본 대부분의 창은 8면벽의 안뜰에 면해 있을 것이야. 지금이 낮이면 빛줄기로 미루어 밖에 면한 창인지 내부에 면한 창인지를 알아볼 수 있을 뿐만 아니라, 태양의 위치로 미루어 방의 위치도 어림하여 헤아릴 수 있을 게다. 그러나 밤이라서 아무것도 알아볼 수 없구나. 되돌아가자꾸나.」

우리는 거울이 있던 방으로 돌아와 세 번째 문의 문턱을 넘었다. 이 방은 우리가 가본 적이 없던 방인 듯했다. 우리 앞으로 서너 개의 방이 더 보였다. 마지막 방에서는 불빛이 일렁거리고 있었다.

「앗! 저기에 누가 있습니다!」 나는 낮은 목소리로 말했다.

「누가 거기에 있었다면 우리 등잔 불빛을 진작부터 보고 있었을 게다.」 윌리엄 수도사가 등잔을 손으로 가리면서 속삭였다. 우리는 잠시 움직임을 잃고 망설였다. 불빛은 가볍게 일렁거릴 뿐, 커지지도 작아지지도 않았다.

「그냥 거기에 놓인 등잔일지도 모르겠다. 수도사들에게, 사자(死者)의 영혼이 이 장서관을 지키고 있다는 걸 시위할 요량으로 말이다. 하지만 확인해 볼 일이다. 내 조심해서 다가가 볼 터이니 너는 여기에서 등잔을 잘 가리고 기다려라.」

거울 앞에서 혼비백산하는 꼴을 보였던 것이 내심 몹시 부끄러웠던 나는, 사부님 앞에서 구겨져 버린 내 명예를 되찾고 싶었다. 「아닙니다. 제가 가보겠습니다. 제가 조심해서 가볼 터이니 사부님께서 여기에 계십시오. 저는 사부님보다 몸집이 작고 가볍습니다. 별 위험이 없는 것이 확인되면 사부님을 불러 뫼시겠습니다.」

나는 벽에 바싹 붙은 채로, 고양이처럼 날랜 걸음으로 세 개의 방을 가로질렀다(식품 저장실의 건락을 꺼내 먹으려고 살금살금 주방으로 숨어드는 장난꾸러기 수련사의 발걸음이 꼭 그랬다. 멜크 수도원에서 나도 하던 짓이었다). 나는 불빛이 일렁거리는 방문턱까지 다가갔다. 나는 그 방의 오른쪽 문설주인 기둥까지 접근하여 안을 들여다보았다. 아무도 없었다. 등잔 하나가 탁자 위에 놓여 있었을 뿐이었다. 등잔 안에서는 무엇인가가 연기를 내며 빛나고 있었다. 우리가 들고 들어갔던 등잔과는 달리 갓이 없어서 향로 비슷해 보였다. 불꽃도 없었다. 하얀 재가 옆으로 소복하게 쌓인 것으로 보아 무엇인가가 그 안에서 타고 있었던 모양이었다. 나는 용기를 내어 방으로 들어갔다. 탁자 위, 향로 옆에는 밝게 원색 그림이 그려진 서책이 펼쳐져 있었다. 나는 그쪽으로 다가가, 한 면에 각각 다른 색깔로 그려진 네 개의 줄을 보았다. 노랑, 주홍, 청록, 적갈색 줄이었다. 그 옆에는 보기에도 끔찍한 괴수 한 마리가 그려져 있었다. 머리가 열 개인 거대한 용이었다. 용의 뒤로는 하늘의 별들이 따르고 있었다. 용은 꼬리로 그 별들을 땅으로 떨어뜨리고 있었다. 그때였다. 나는 용의 수효가 무수하게 불어나는 걸 보았다. 용의 가죽은 반짝거리는 사금파리의 숲을 이루고 있었다. 그런데 가만히 보고 있으려니 그 사금파리가 서책에서 나와 내 주위를 돌기 시작했다. 나는 물러서면서 천장을 올려다보았다. 천장이 휘어지면서 내 머리 위로 떨어져 내렸다. 내 귀에 수천 마리의 뱀이 쉭쉭거리는 소리가 들렸다. 그러나 그 소리는 나를 위협하기보다는 유혹하는 쪽에 가까웠다. 이어서 한 여자가 찬란한 빛줄기를 한 몸에 받으면서 나타나 내 얼굴에 제 얼굴을 갖다 대고는 숨결을 내뿜었다. 나는 여자를 밀쳤다. 그러나 손은 이상하게도 방 건너편에 있는 궤짝에 가 닿는 것처럼 보였다. 내 손은 더 이상 평소의 크기가 아니었다. 나는 내 위치를 가늠할 수 없었다. 어디가 땅인지 어디가 하늘인지도 알 수 없었다. 내 눈에, 방 한가운데 선 베렝가리오가 보였다. 베렝가리오는, 증오와 정욕으로 일그러진 얼굴로 웃고 있었다. 나는 두 손으로 얼굴을 가렸다. 어느새 내 손은 두꺼비 발처럼 끈적끈적해진 데다 손가락 사이에는 물갈퀴까지 나 있었다. 이때 비명을 질렀던 것 같다. 입 안에 신 침이 돌았다. 그대로 영원히 어둠 속으로 꺼져 가는 것 같았다.

어둠이 내 발치에서 시시각각으로 깊어 가는 것 같았다……. 그러나 그 이상은 모르겠다.

나는, 몇 세기가 좋이 됨 직한 시간이 흐른 뒤에야 머리를 때리는 소리와 충격에 정신을 차렸다. 바닥에 누워 있었다. 윌리엄 수도사가 내 뺨을 몇 대 갈기고 있었다. 향로가 있던 방이 아니었다. 내 눈에, *Requiescant a laboribus suis*(수고를 그치고 쉬리로다)[34]라는 글귀가 든 두루마리가 보였다.

「정신 차려라, 이놈! 별것 아니니까.」 윌리엄 수도사가 내 귀에다 입술을 댈 듯이 하고 꾸짖었다.

「있습니다…… 저기에…… 괴물이 있습니다.」 나는 여전히 혼수상태를 헤매면서 중얼거렸다.

「이놈아, 괴물이 어디에 있느냐? 너는 탁자 위에 놓인, 아름다운 『모자라브[35]의 묵시록』 밑에서 허우적거리고 있었느니라. 마침 용과 맞서는 *Mulier amicta sole*(태양을 입은 여자)[36]

---

34 「요한의 묵시록」 14:13에 나오는 글귀. 관련 구절은 다음과 같다. 〈나는 또, 《이제부터는 주님을 섬기다가 죽는 사람들이 행복하다고 기록하여라》 하고 외치는 소리가 하늘에서 나는 것을 들었습니다. 그러자 성령께서, 《옳은 말이다. 그들은 수고를 그치고 쉬게 될 것이다. 그들의 업적이 언제나 남아 있기 때문이다》 하고 말씀하셨습니다.〉

35 무어인에게 정복당한 스페인에서, 무어 왕에게 복종할 것을 조건으로 신앙을 허락받은 기독교도들.

36 「요한의 묵시록」 12:1~5에 나오는 글귀. 관련된 구절은 다음과 같다. 〈그리고 하늘에는 큰 표징이 나타났습니다. 한 여자가 태양을 입고 달을 밟고 별이 열두 개 달린 월계관을 쓰고 나타났습니다. 그 여자는 배 속에 아이를 가졌으며 해산의 진통과 괴로움 때문에 울고 있었습니다. 또 다른 표징이 하늘에 나타났습니다. 이번에는 큰 붉은 용이 나타났는데 일곱 머리와 열 뿔을 가졌고 머리마다 왕관이 씌워져 있었습니다. 그 용은 자기 꼬리로 하늘의 별 3분의 1을 휩쓸어 땅으로 내던졌습니다. 그러고는 막 해산하려는 그 여자가 아기를 낳기만 하면 그 아기를 삼켜 버리려고 그 여자 앞에 지켜 서 있었

가 그려진 데가 펼쳐져 있더구나. 하나 냄새로 보건대 너는 위험한 물질의 연기를 맡은 것이 분명해서 내 너를 이리로 옮겨 왔다. 독한 것이었구나. 내 머리까지 다 지끈거리는 것으로 보아……」

「그러면 제가 본 것은 대체 무엇입니까?」

「아무것도 보지 않았다. 아마 환상을 불러일으키는 물질이 거기에서 타고 있었을 것이다. 나는 이 냄새를 안다. 아랍 것인데, 산노인(山老人)[37]이 자객을 떠나보내기 전에 맡게 했던 것이 바로 이 냄새였을 것이다. 환상의 수수께끼를 우리는 이것으로 설명한 셈이다. 누군가가 밤에 여기에다 약초를 얹었을 게야. 침입자에게, 초자연적인 존재가 장서관을 지킨다는 인식을 심어 주기 위해 꾸민 수작이기가 쉽다. 그것은 그렇고, 너는 여기에서 대체 무엇을 보았다는 것이냐?」

나는 어질어질한 정신을 애써 가누고 내가 본 것을 되는대로 설명했다. 그러자 윌리엄 수도사는 웃음을 터뜨렸다. 「그 허깨비의 절반은 네가 서책을 통해 본 것을 네 나름대로 튀기고 불리고 해서 만들어 낸 것이고, 절반은 네 욕망과 공포가 만들어 낸 것이다. 너를 그렇게 만든 것은 필시 마약초의 장난일 것이야. 날이 밝으면 세베리노와 의논해 보아야겠구나. 내 보기에 세베리노는 우리에게 내색한 것보다 많은

습니다. 마침내 그 여자는 아들을 낳았습니다. 그 아기는 장차 쇠지팡이로 만국을 다스릴 분이었습니다.〉

37 레바논 산중을 근거지로 회교 테러리스트 자객을 조직한 하산 이븐알사바에게 붙은 칭호. 〈자객 hashishiyya〉의 대명사로 불리기도 한다. 자객을 〈하시시야〉, 즉 〈하시시 중독자〉라고 부르는 까닭은 이 조직의 구성원들이 〈하시시〉라는 마약에 취한 상태에서 페르시아, 시리아, 소아시아 등지의 지배자들, 혹은 십자군 시대에는 기독교도들을 공격했기 때문이다.

것을 알고 있어. 단지 약초에 불과하다. 유리 세공사가 말한 마술도 필요 없는 약초일 뿐이야. 약초, 거울…… 금단의 지식이 소장된 곳이 이런 얄팍한 속임수로 지켜지고 있다니 한심한 일이구나. 지식이 우둔한 자를 밝히는 데 쓰이지를 않고 다른 지식을 은폐하는 데 쓰이고 있으니 이 아니 한심한 일이냐? 마음에 들지가 않아……. 장서관 지키는 신성한 일을 사악한 자들의 머리에 맡겨 두다니. 어쨌든 끔찍한 밤이다. 지금으로서는 이곳을 떠날 수밖에 없다. 너는 몸도 마음도 다 말짱하지가 못해. 시원한 물도 좀 마시고, 맑은 공기도 좀 쐬어야 한다. 창을 열려고 애써 봐야 헛일이기가 쉽다. 너무 높은 데 달려 있는 데다가, 어차피 수십 년 동안 열린 적이 없을 테니까. 이런데 아델모가 어떻게 저 높은 곳까지 올라가 아래로 몸을 던졌겠느냐?」

윌리엄 수도사는 장서관을 떠나자고 했다. 그러나 그게 어디 쉬운 일이던가? 우리는 장서관에 이르는 길은 하나, 즉 동쪽 탑루를 통하는 길밖에 없는 것으로 알고 있었다. 그러나 우리는 우리의 위치를 파악할 수가 없었다. 방향을 완전히 잃어버린 것이었다. 우리는, 어쩌면 거기에서 빠져나가지 못한 채 날을 밝힐지도 모른다는 생각에서 피를 말려 가면서 방방을 방황했다. 게다가 나는 토기(吐氣)까지 억누르느라고 애를 써야 했다. 그렇지 않아도 자신의 판단 착오에 혀를 차던 윌리엄 수도사는 내 걱정까지 해야 하는 상황이라서 더더욱 당혹감을 감추지 못했다. 그러나 고진감래(苦盡甘來)……. 이 방황은 우리에게, 아니면 적어도 그에게 다음 날에 필요한 대단히 요긴한 정보를 제공한 셈이었다. 우리는, 일단 거기에서 나가는 데 성공하면 다음에는 관솔숯이나, 벽에다 표를 할 만한 것을 구해 가지고 장서관으로 잠입하기로 마음을 굳혔다.

「이 미궁을 빠져나가는 방법은 한 가지뿐이다. 처음 보는 문마다, 우리가 지난 곳마다 세 개의 기호로 나누어 표를 하는 것이다. 이렇게 해놓으면 한 번 지나간 곳은 쉬 알아볼 수 있어서 두 번 다시는 실수하지 않을 게다. 어떻게 표를 하는가 하면……. 한 번도 지난 적이 없는 분기점을 만날 때마다 들어가는 통로에다 기호를 세 개 그린다. 만일에 다시 분기점으로 나왔는데 어느 출입구에든 기호가 그려져 있다면 우리가 이미 한 번 지난 곳이므로 우리가 방금 지나온 통로에 기호를 하나만 그린다. 만약에 모든 분기점의 출구에 기호가 다 그려져 있다면 돌아온 길을 되짚어 가야 한다. 그러나, 하나 내지는 두 개의 출구에 기호가 그어져 있지 않은 분기점을 만나면 어느 출구든 하나를 골라서 그 옆에 기호를 두 개 그린다. 그런 뒤 기호가 하나뿐인 출구를 지나면서 그 옆에 기호를 두 개 더 그어 세 개의 기호를 만든다. 이렇게 해나가면서 분기점에 다다를 때마다 기호가 세 개 그려진 출구를 피해 다니다 보면 우리는 미궁의 모든 방을 통과한 셈이 된다. 기호가 그려지지 않은 출입구가 더 이상 없다면 말이야.」

「아니, 어떻게 그런 것을 생각해 내셨습니까? 사부님께서 미로에까지 달통하신 줄은 몰랐습니다.」

「달통이라고 할 것은 없다. 언젠가 읽은 적이 있는 고본(古本)의 몇 구절을 왼 것뿐이다.」

「그렇게 하면 빠져나갈 수 있는 것입니까?」

「내가 아는 한 그렇게 해도 빠져나가는 경우는 거의 없다. 밑져야 본전이니 해보는 수밖에. 그리고 내일 정도면 안경이 마련될 테니 서책을 좀 조사해 볼 생각이다. 두루마리 그림에 새겨진 수수께끼 같은 성서 구절은 우리를 혼란스럽게 했지만 서책의 분류법이 어떤 실마리가 되어 줄지 모르니깐.」

「안경이 마련되다니요? 어떻게 되찾으실 생각이신지요?」

「마련하겠다고 했지, 되찾는다고 했느냐? 새것을 만들게 할 생각이야. 유리 세공사는 새로운 일을 해볼 기회를 반갑게 여길 것이다. 유리를 갈아 내는 연모만 있으면 가능하다. 유리라면 그 사람 일터에 얼마든지 있으니까.」

출구를 찾으려고 방방을 헤매고 다니는데 어느 방 한가운데서 문득 보이지 않는 손이 내 뺨을 더듬는 것 같아 다시 한번 질겁하고 말았다. 흡사 유령이 이 방에서 저 방으로 저 방에서 이 방으로 옮겨 다니는 듯, 인간의 소리도 짐승의 소리도 아닌 괴성이 여기저기에서 들렸다. 장소가 장서관이니만치 웬만한 것은 각오하고 있었는데도 불구하고 나는 그만 겁을 집어먹고 뒷걸음질을 치고 말았다. 사부님도 같은 일을 당하신 듯, 뺨을 문지르면서 등잔으로 사방을 비춰 보고 있었다.

사부님은 한 손을 드시고 등잔불을 쳐다보시더니 손가락 하나에 침을 바른 뒤 앞으로 쭉 내미셨다.

「그러면 그렇지.」 사부님은 손가락으로 마주보고 있는 벽의 지점 두 군데를 가리켰다, 사람의 키 높이쯤이었다. 거기에 두 개의 좁은 틈새가 있었다. 손을 거기에 갖다 대자 밖에서 불어온 것인 듯한 찬바람의 냉기가 느껴졌다. 귀를 갖다 대어 보았다. 그제야 밖에서 불어 들어오는 바람 소리임에 분명한 소리를 알아들을 수 있었다.

「이것이 장서관의 환기 시설 노릇을 하는 것이다. 당연하지. 여름에는 공기가 쉬 혼탁해질 터이니……. 습기도 어느 정도는 있어야 양피지가 마르지 않는다. 하나 이 건물을 설계한 자는 환기와 보습(補濕)만으로는 만족하지 않았구나. 보아라. 환기구를 교묘한 각도로 배치해 놓으면, 한쪽 구멍으로 들어온 바람이 방을 돌고 나가면서 조금 전에 우리가 들은 요상한 소리를 내게 되어 있어. 아무것도 모르는 채 이 장서관에 침입한 자는, 거울에 당하고, 약초 연기가 불러일으키는 환상에 당하고, 이 소리에 정신이 혼비백산을 하고 말 게다. 우리만 해도 조금 전에는 귀신이 우리 얼굴에다 숨결을 내뿜는다고 생각하지 않았느냐. 바깥바람이 세어, 바깥바람 냄새를 맡을 수 있었으니 망정이지……. 이제 이 수수께끼도 풀린 게야. 그러나 이런 수수께끼만 풀면 뭣 하나? 나가는 길을 못 찾고 있는데…….」

사부님은 이런 말을 하면서 미궁 안의 방방으로 나를 이끌었다. 두루마리의 글귀는 비슷비슷해서 읽어 봐야 별로 길잡이가 되지 못했다. 우리는 새로운 7면 벽실에 이르러 옆방을 지났지만 거기에도 출구는 없었다. 우리는 들어간 길을 되짚어 근 한 시간을 헤맸지만 여전히 우리의 위치를 파악하기는 불가능했다. 어떤 점에서 사부님은 우리가 실패했다고 결론지었다. 사부님까지 실패를 스스로 인정한다면 우리는, 아침에 말라키아가 우리를 발견하기까지 거기에서 늘어지게 자고 있는 수밖에 없었다. 이렇게 되면 우리 모험의 종말은 비할 바 없이 비참해지는 셈이었다. 천우신조, 내려가는 계단이 우리 앞에 나타난 것은, 우리가 그렇게 우리 모험의 비참한 종말을 예견할 즈음이었다. 우리는 하늘에 감사하면서 의기 양양 그 계단을 밟으며 내려왔다.

주방으로 내려온 우리는 벽난로를 통해 납골당 복도로 들어갔다. 맹세코 하는 말이지만, 육탈이 된 해골의 표정이 그 날따라 그렇게 다정한 친구의 미소 같을 수가 없었다. 우리는 다시 교회를 지나고 교회 북문을 통해 밖으로 나온 다음 묘석에 앉아 숨을 돌렸다. 시원한 밤공기는 그것만으로도 하늘이 베푼 방향(芳香)이었다. 별빛이, 장서관에서 보았던 환상의 공포를 말끔히 씻어 주었다.

「세상은 이렇게 아름다운데, 미궁은 어떻게 그렇듯이 추악할 수 있습니까?」

내가 혼잣말처럼 중얼거리자 사부님이 대답했다. 「미궁을 마음대로 들락날락할 수 있으면 세상은 더 아름답게 보일 게다.」

우리는 교회를 왼쪽으로 돌아 정문 앞을 지났다. 나는 교회 정문에 양각된,「묵시록」의 〈높은 좌석 스물네 개〉를 보지 않으려고 고개를 돌렸다. 회랑을 지나자 순례자 요사는 지척이었다.

요사 입구에는 뜻밖에도 수도원장이 서 있었다. 원장은 캄캄한 얼굴을 한 채로 우리를 노려보고 있었다. 「밤새 찾았습니다. 대체 어디에 계셨는지요? 방에도 안 계시고 교회에도 안 계시더군요.」

「실마리가 될 만한 것을 쫓다 보니……」 사부님은 당혹스러운 표정으로 모호한 대답을 했다. 원장은 한동안 사부님의 표정을 읽고 있다가 천천히, 그러나 으스스한 목소리로 말했다. 「종과 성무 직후부터 찾아 다녔습니다. 베렝가리오가 제자리에 없습니다.」

「제자리에 없다니, 대체 무슨 뜻인지요?」 사부님 음성에 생기가 돌았다. 이로써 문서 사자실에서 우리가 만났던 괴한의 정체는 분명해진 셈이었다.

「베렝가리오는 종과 성무 시간에 나타나지 않았습니다. 성무 시간에 나타나지 않을 경우 있어야 할 곳에도 없었고요. 제 방으로도 돌아가지 않았다는 뜻입니다. 조금 있으면 조과 성무가 시작되니까 두고 봐야지요만, 조과 성무에도 나타나지 않는다면, 무슨 일인가가 또 터진 것입니다. 어찌 두렵지 않겠습니까?」

과연 베렝가리오는 조과 성무에도 나타나지 않았다.

제3일

찬과에서 1시과까지

행방이 묘연해진 베렝가리오의 방에서 피 묻은 천이 발견된다. 이것뿐이다.

이 대목을 쓰려고 하니 문득, 그날 밤, 아니 그날 아침에 내가 느꼈던 피로와 현기증이 되살아나는 느낌이 든다. 무슨 말을 어떻게 해야 좋을지 모르겠다. 조과 성무가 파한 뒤 원장은 수도사들을 보내어 경내를 뒤지게 하는 통에 수도원은 또 한차례 발칵 뒤집힌 형국이었다. 그러나 베렝가리오의 행방은 잡히지 않았다.

찬과 직전, 베렝가리오의 방을 뒤지던 한 수도사가 침대 밑에서 피 묻은 흰 천 조각 하나를 찾아내었다. 수도사는 나는 듯이 달려가 원장에게 이를 보고하고 천 조각을 보여 주었다. 원장이 그 천 조각에서, 최악의 사태에 대한 최악의 징조를 읽었음은 불문가지다. 마침 그 자리에는 노수도사 호르헤도 있었다. 그는 사태의 전모를 보고받고도, 말 같지 않은 소리는 하지도 말라는 듯이, 〈피라니?〉 하고 반문했다.

수도사들의 입을 통해 이 소식은 알리나르도 노인의 귀로도 들어갔다. 알리나르도 노인은 고개를 내저으며 이렇게 말했다. 「아닌데, 아니야······. 세 번째 나팔이 울리면 물에 빠져 죽은 시체가 나타나기로 되어 있는데······.」

윌리엄 수도사는 그 천 조각을 찬찬히 들여다보고는 이렇게 중얼거렸다. 「이제 모든 게 분명해진 것 같구나.」

그러자 수도사들이 일제히 윌리엄 수도사에게 물었다. 「베렝가리오는 어디에 있습니까?」

「모르겠소.」 사부님의 퉁명스러운 대답에 아이마로는 한차례 앙천(仰天)하고 나서 산탈바노 사람 피에트로에게 속삭였다. 「영국 치들은 할 수 없다니까.」

1시과 성무 직전, 그러니까 해뜨기 직전에 수도원장은 불목하니들을 벼랑과 성벽 아래로 보내어 샅샅이 수색하게 했다. 그러나 그들 역시 3시과 성무 직전에 빈손만 쥐고 돌아왔다.

윌리엄 수도사는 우리가 최선을 다했다고 말했다. 따라서 우리들에게는 기다리는 것밖에는 달리 선택의 여지가 없었다. 기다리는 동안 윌리엄 수도사는 유리 세공실로 니콜라를 찾아가 한동안 이야기를 나누었다.

나는 미사가 진행되는 동안 교회 중문(中門)에 자리 잡고 앉아 있었다. 그리고 잠에 빠져 거기에 앉은 채로 한참을 잠들어 있었다. 젊은 사람들은 노인들보다 잠이 더 필요하니까. 노인이란 이미 잘 만큼 잔 데다 또 한차례의 영원한 잠을 준비하는 사람들이니까.

3시과

아드소는 문서 사자실에서 자기 교단의 역사와 서책의 운명을 묵상한다.

나는, 잠을 잔 덕에 가뿐한 몸으로 교회를 나올 수 있었으나 사실 머릿속은 교회로 들어가기 전보다 훨씬 어지러웠다. 나는 문서 사자실로 올라가 말라키아 수도사의 허락을 얻어 장서 목록을 뒤적거렸다. 그러나 눈앞에 펼쳐진 장서 목록을 건성으로 넘기고 있었을 뿐, 내 관심은 거기에 앉아 있는 수도사들에게 쏠리고 있었다.

그들의 침착, 그들의 냉정함에 나는 놀랐다. 그들은 일에 몰두한 나머지 두 형제가 참혹하게 목숨을 잃고 한 형제가 행방불명이 되어 수도원 경내가 벌집을 쑤신 듯하다는 사실조차도 잊어버린 것 같았다. ……이것이 우리 베네딕트 교단이 명성을 날리는 이유 아닌가……. 수세기 동안 우리 교단의 수도사들은, 야만족의 무리가 몰려와 수도원을 노략질하고 왕국에다 불 지르는 것을 목도하면서도 여전히 양피지와 잉크 단지를 놓지 않고, 읽고 쓰기를 게을리 하는 법 없이 하느님 말씀을 다음 세대로 물렸는데 앞으론들 그러하지 않겠는가. 지복 천년이 오고 가는 데도 읽고 쓰기를 계속했는데 지금이라고 누가 이들을 말릴 수 있으랴……. 나는 문서 사자실 수도사들을 바라보면서 혼자 이런 생각을 했다.

그 전날 나는 베노로부터, 희서(稀書)에 접근할 수 있다면 자기는 죄 짓는 것도 두려워하지 않는다는 말을 들은 적이 있다. 그는 거짓말을 하고 있는 것도, 농담을 하고 있는 것도 아니었다. 수도사라면 겸손한 마음으로 서책을 소중히 여기는 것은 마땅한 노릇. 더구나 제 호기심을 만족시키기 위해서가 아니라 서책의 미덕을 지키기 위함인 바에야. 그러나 속인이 성희(性戱)에 유혹을 느끼고 재속 사제가 부자 되는 꿈을 꾸듯이 수도사는 지적인 서책에 유혹을 느끼는 법이다.

장서 목록을 한 장씩 넘기자 일련의 기묘한 서명이 춤이라도 추듯이 장서 목록에서 내 눈앞으로 뛰어드는 것 같았다. 퀸투스 세레누스의 『*De medicamentis*[의약(醫藥)에 관하여]』, 아르토스의 『*Phaenomena*[현상(現象)]』, 아이소포스의 『*De natura animalium*(동물의 성질에 관하여)』, 아에티쿠스 페로니무스의 『*De cosmographia*[우주 형상지(宇宙形狀誌)]』, 아르쿨푸스 주교가 기획하고 아담나노가 받아쓴 『*De locis sanctis ultramarinis*(해외의 성지에 관하여)』, 퀸투스 율리우스 힐라리오의 『*De origine mundi*(세계의 기원에 관하여)』, 박식가 솔리누스의 『*De situ orbis terrarum et mirabilibus*(세계의 지리와 기적에 관하여)』, 그리스의 천문학자 프톨레마이오스가 쓴 『*Almagesthus*(천문학 대전)』……. 나에게는 그런 괴이한 사건이 수도원에서 일어났다는 사실이 그리 놀랍지 않았다. 까닭인즉, 수도사들이라는 사람들은 바로 학문에 몸을 바친 사람들이고, 수도원 장서관이란 곧 천상의 예루살렘이자, *terra incognita*(미지의 세계)와 하데스[冥府]의 변경에 가로놓인 지하 세계일 터이기 때문이었다. 말하자면 이들은 모두 장서관에, 장서관의 규칙과 금기에 완전히 매료당한 사람들이었다. 그들은 장서관과 더불어, 장서관을 위해서 사는 사람들이었다. 어쩌면 그들 모두가 때가 이르기만 하면 장서관의 철통같은 방어막에 반기를 들 음흉한 꿈을 품은 채 살고 있는 사람들인지도 모르는 일이었다. 이런 사람들이 어째서 목숨을 걸고 자신의 지적 호기심을 채우려고 해서는 안 되며, 이런 사람들이 어째서 자기네 장서관 비밀에 접근하는 자들을 죽여서는 안 된다는 말인가.

그들에게는 지적인 해갈에의 유혹이 있었고, 지적인 긍지가 있었다. 이런 사람들이 교단을 세운 분들이 상상했던 필사사(筆寫士) 수도사들과 같을 수가 있겠는가. 필사사 수도사들은 하느님의 뜻에 갇혀 의미도 모르는 채 그저 베끼고, 기도하듯이 쓰고, 쓰는 듯이 기도했을 뿐이다. 이 수도사들이 왜 필사사의 본분을 벗어났던가? 이것이 어찌 우리 베네딕트 교단만의 변화라고 할 수 있을까 보냐. 우리 교단은 지나치게 비대해 왔으니, 수도원장은 언감생심 군주와 세력을 겨루지 않았던가. 그런데 내가 어떻게, 우리가 머물던 수도원의 원장에게서, 두 적대하는 군주를 화해시키면서 또 하나의 군주 노릇을 겨냥하는 원장에게서 이런 수도원장의 전형을 보지 않을 수 있으랴. 수도원이 축적한 지식의 부는, 상품의 교환 수단, 자만을 위한 사치품, 허장성세의 빌미로 이용된 지 오래지 않던가. 기사가 갑옷과 기치(旗幟)를 자랑하듯이 우리 교단의 수도원장들은 채식한 필사본을 자랑하지 않았던가. 작금에 와서 이러한 작태는 나날이 우심해 가니 이것이 대체 무슨 미친 수작인가. 이제 우리 교단의 수도원은 학문을 주도하던 초장의 그 기세를 잃고 말았다. 교구의 부속학교, 도시의 조합, 각지의 대학이 앞을 다투어 서책의 필사본을 만들기에 이르러 이미 솜씨로 보나 양으로 보나 수도원을 앞지르는가 하면 심지어는 새 서책을 발간하기까지 하니, 그 수도원의 불상사가 어쩌면 이런 어제오늘의 사태에 그 까닭이 있는지도 모르는 일⋯⋯.

사부님과 내가 머물고 있던 그 수도원은 아마도 학문을 전파하고 재생산하는 데 우리 교단이 자랑할 수 있는 마지막 처소가 아니었나 한다. 그러나 바로 이 때문에 수도사들은 필사라고 하는 그 신성한 작업에 만족할 수 없었기가 쉽다. 그 수도원 수도사들은, 새로운 것에 대한 신선한 충동에 사로잡힌 나머지 자연에 대하여 느끼는 생소한 경이를 서책으로 엮어 내고 싶어 하지 않았던가. 그러나, 당시에도 어렴풋이 느끼고 있었지만(나이도 먹고 경험도 할 만큼 한 지금에 와서는 명약관화하다), 수도사들의 바로 그런 태도는 수도원의 우위를 스스로 허물어뜨리자는 태도와 조금도 다를 바가 없었다. 수도사들이 생산해 내고 싶어 하는 새로운 학문이 수도원 밖에서 자유로이 나돌게 될 경우, 신성한 수도원은 교구의 부속학교나 도시의 대학과 다를 바가 없어지고 이로써 수도원의 신성은 허물어질 것이었기 때문이었다. 그러나 속세와 담을 쌓고 있으면 수도원은 그 권위와 권력을 유지할 수 있을 뿐만 아니라, 모든 신비와 위대함을 검증하겠노라고 *sic et non*(옳음과 그름)[1]을 들이대며 논쟁을 불러

일으키는 타락의 길을 걷지 않을 수 있는 것이다. ……그래. 바로 그것이 이 수도원 장서관을 둘러싸고 있는 침묵과 어둠의 존재 이유이다. 장서관은, 다른 이들은 물론, 수도사들의 접근마저 저지해야만 그 지식을 보존할 수 있다. 학문은 재물이 아니다. 재물은 아무리 사악한 손길을 거쳐 가도 물리적으로 손상되지 않는다. 아니, 학문이란 값비싼 옷과 같은 것이어서 자주 입고 과시하다 보면 필경은 낡고 만다. 서책이 바로 그렇지 않은가. 만지는 손이 여럿이면 책장은 너덜거리게 되고, 잉크는 바래고 황금빛 채식은 떨어져 나가고 만다……. 나는 혼자 이런 생각을 했다. 내 눈에 티볼리 사람 파치피코가 보였다. 그는 습기 때문에 서로 달라붙은 책장을 넘기고 있었는데, 책장 넘기기가 힘들어서 그랬겠지만 자꾸만 엄지와 검지에 침을 묻혀 가지고 넘기는 바람에 책장에 침 자국이 묻어났고, 그럴 때마다 그 페이지들은 활기를 잃었다. 책장을 넘기는 것은 곧 책장 귀퉁이를 접는 것이 되었고, 그러자면 서책의 한 쪽 한 쪽이 먼지 자욱한 공기에 노출된다. 이래서 양피지의 섬세한 주름이 펴져 버리고, 침이 묻은 부분에 곰팡이가 스는가 하면 서책의 솔기가 닳아져 나간다. 정(情)이 과하면 무사(武士)는 한미(寒微)와 유약(柔弱)에 빠지는 법. 마찬가지로 과도한 사랑은 서책을 병들게 하고 마침내 그 병으로 명을 다하게 하는 것…….

 그러면 어찌해야 한다는 말인가? 서책을 독서의 대상으로 삼지 말고 보존의 대상으로만 삼아야 마땅한가? 서책을 사

---

1 프랑스의 철학자이자 신학자인 피에르 아벨라르(라틴어식 이름은 페트루스 아벨라르두스)의 저서 『옳음과 그름』이 다루고 있는 문제를 지적하는 듯하다.

랑하는 나의 우려는 정당화될 수 있는 것일까? 사부님은 어떻게 생각하실까?

나는 가까이에 있던 주서사인 이오나 사람 마그누스를 보았다. 그는 부석으로 양피지 문지르는 작업을 마치고 활석으로 이를 부드럽게 마름질한 다음 자[尺]로 면을 고르고 있었다. 그 옆의 톨레도 사람 라바노는 서안 위에 양피지를 펴놓고 양쪽 가장자리에 구멍을 뚫은 다음 금속자를 대어 가로선을 긋고 있었다. 곧 이 양피지 위에 색색의 글씨와 그림이 그려지면, 학문이라는 보석이 반짝이는 또 하나의 성보 상자가 되는 것이었다. 내가 보기에 두 형제는 지상의 낙원을 살고 있는 것 같았다. 그들은 오로지 세월만이 사멸시킬 수 있는, 새 서책을 만들고 있었다. 따라서 이 땅의 지상적인 세력이나 존재가 서책이나 장서관을 범할 수는 없을 것이다....... 서책과 장서관은 살아 있는 존재이기 때문이었다. 하면, 장서관이 살아 있다면, 어째서 문을 열고 새로운 지식의 위험을 받아들일 수는 없는 것일까? 베노가, 베난티오가 노리던 것은 바로 이런 것이었을까?

뭐가 뭔지....... 머리가 어지러웠다. 나는 나 자신이 하고 있는 생각에 두려워졌다. 나에게, 즉 오랜 세월 동안 경외심을 갖고 회칙을 엄격히 준수하며 살아야 할 수련사에게는 이런 생각이 부적절한 것인지도 모른다. 실제로 나는 그날 이후, 스스로에게 질문하기를 삼가며 회칙만을 따라 살아왔다. 나는, 세계가 피와 광기의 폭풍 속으로 깊이깊이 가라앉는데도 나 자신에게 질문을 던지지 못했다.

아침 식사 시간이었다. 나는 주방으로 내려갔다. 요리사 중에 얼굴이 익은 사람이 있어서 맛있는 음식을 내게 좀 주었다.

6시과

아드소는 살바토레로부터 과거를 듣는다. 몇 마디로는 요약될 수 없을 만큼 길고 복잡한 이야기인데, 아드소는 이 이야기를 놓고 오래 생각에 잠긴다.

나는 음식을 먹으면서 식탁 구석에 앉아 있는 살바토레를 보았다. 그사이 요리사와 화해를 했는지 그는 양고기 파이를 즐기고 있었다. 그는 음식을 처음 먹어 보는 사람인 양 부스러기 하나 떨어뜨리지 않고 아주 열심히 먹고 있었다. 보고 있으려니 살바토레는 식사라고 하는 이 희한한 행사를 허락하신 하느님께 크게 감사하고 있는 것 같았다.

그는 나를 향하여 한쪽 눈을 찡긋해 보이고는, 예의 그 뜻을 종잡기 어려운 말로, 하도 굶은 세월이 길어서 그 세월을 먹어 버리듯이 음식을 먹는다고 말했다. 나는 그에게 몇 가지 질문을 던졌다. 그러자 그는 시골에서 보낸 고통스럽던 어린 시절 이야기부터 풀어내었다. 그의 말에 따르면 그의 고향은 공기도 더럽고 별나게 비가 잦은 곳이었다. 논밭은 비만 오면 썩어 갔고 마을에는 시도 때도 없이 역병이 창궐

했다. 철마다 홍수가 나는 바람에 논밭의 이랑이라는 이랑은 그때마다 허물어져 씨앗 한 말을 뿌리면 두 되 가웃을 거두었고 두 되 가웃을 뿌리면 빈손 털기가 일쑤였다. 지주나 소작인이나 얼굴이 희기는 마찬가지였으나 굶어 죽는 수는 소작인이 많았던 것은 소작인의 수가 지주의 수보다 많았기 때문이 아니겠느냐면서 그는 웃었다. 씨 보리 두 되 가웃의 값은 15솔도, 한 말 값은 60솔도……. 그래서 재속(在俗) 성직자들은 만날 말세가 왔다고 주장했으나 살바토레의 부모와 조부모는 과거에도 그런 시절이 연속이었던 것을 보면 세상은 만날 말세인 모양이라고 웃었다. 떨어진 새도 주워 먹고, 오다가다 만나는, 굶어 죽은 짐승까지 뜯어먹었지만 그것으로 배가 찰 리 없었던 마을 사람들 사이로, 누군가가 무덤을 파기 시작했다는 소문이 돌았다. 살바토레는 배우라도 된 양 과장된 몸짓을 동원하여 이른바 *homini malissimi*(갈 데까지 간 인간 악종), 바로 전날 매장된 무덤에 손을 넣은 인간 말종 이야기를 했다. 그러면서 살바토레는 〈냠냠〉 소리까지 내면서 양고기 파이를 베어 먹었지만 그의 얼굴 표정은 시체를 파먹는 절박한 사람의 일그러진 표정이었다. 살바토레는 이 이야기에 이어, 무덤을 파는 게 성에 차지 않았는지 숲속에 웅크리고 있다가 행인을 칼로 찌르고는 그 고기를 먹는 인간 말종 이야기도 했다. 「푸욱!」 살바토레는, 인간 말종이 행인을 찌르는 대목에서 제 목에 칼을 들이대고, 소리까지 내면서 찌르는 시늉을 하다가는 다시 입맛을 다셨다. 갈 데까지 간 악종들은 사과나 계란으로 아이를 꾀어 잡아먹기도 했다는 이야기를 하면서 살바토레는 엄숙하게, 그래도 그들은 요리하는 것은 잊지 않았다는 말을 덧붙였다. 그는 헐

값에 삶은 고기를 팔고 다니던 사람 이야기도 했다. 마을 사람들은 싼값으로 고기를 사 먹으면서 하늘에 감사했으나 성직자는 그 고기가 사실은 인육이라는 것을 온 마을에 폭로했고 노한 마을 사람들은 이 고기 장수를 찢어 죽였다. 이야기는 여기에서 끝나지 않는다. 고기 장수가 찢겨 죽어 무덤에 묻힌 그날 밤에 그 마을 사람 하나가 이 사내의 무덤을 파서 그 살점을 먹다가 발각되어 역시 죽음을 당했다는 것이었다.

살바토레는, 내가 프로방스 사투리나 이탈리아 반도 각지의 사투리를 기억나는 대로 떠올려야 겨우 알아먹을 수 있는 잡탕말로, 고향을 떠나 세상을 주유하면서 보고 들은 것을 이야기했다. 그의 이야기에는 내가 여행 중에 만났던 사람들도 여럿 등장했다. 지금 돌이켜보면 그 뒤에 만났던 사람들도 적지 않다. 지금 내 기억 속에는 모두 하나의 덩어리처럼 얽혀 있는 사건들과 범죄들의 일부는 아마도 내가 겪은 일이 아니라 살바토레가 겪은 일일 것이다. 황금의 기억과 산의 기억이 하나가 되면 황금 산이 되어 버리는 것……. 이것이 상상력의 힘이 아닐는지…….

여행 중에 사부님은 대중과 배우지 못한 사람을 지칭하는 뜻으로 〈범부〉, 혹은 〈평신도〉라는 말을 자주 썼다. 이 명칭으로 사부님과 동문 수도사들은 단순한 민중, 혹은 무학자(無學者)들을 규정해 내기도 했다. 그러나 내가 보기에 이 말은 단순한 사람, 혹은 평신도를 규정하는 데는 적절하지 않은 것 같았다. 그 까닭은 이탈리아 반도 각지의 도시에서 나는 성직자가 아니면서도 무식하지도 않은 상인이나 장인들을 무수히 만날 수 있었기 때문이었다. 이들은 제 지방의 속어로 말할 뿐, 언어로 사람 사는 이치를 드러내는 데는 모자람이 없는 사람들이었다. 당시 이탈리아 각지에 할거하고 있는 전제 군주들 중에는 신학이나 의학이나 논리학이나 라틴어에는 무지했지만 평신도라고 할 수도 없고 교양이 없다고도 할 수 없는 사람들이 얼마든지 있었다. 이제 와서 생각해 보면, 사부님도 〈범부〉, 혹은 〈평신도〉라는 말에 관한 한 낱말의 선택이 상당히 범용하지 않았나 싶다. 그러나 살바토레는 범부, 혹은 평신도라는 표현에 걸맞은 사람이었다. 살바토레는, 여러 세기 동안 기근과 봉건 제후의 수탈에 시달린 농민의 아들이었다. 그러나 살바토레는 범부였을지언정 바보는 아니었다. 그는 어린 시절부터 자기가 살아온 것과는 다른 별종의 세상을 꿈꾸었다고 말했다. 그가 꿈꾼 별종의 세상은, 꿀이 흐르고 맛있는 건락 덩어리와 향기로운 소시지가 열리는, 그런 나무가 자라는 환락경의 땅이었다.

이 세상을 부정하면서, 불의가 신의 섭리라는 이름으로 백일하에 자행되는 세상, 하느님의 의도가 종종 우리를 버리는 이 눈물의 골짜기 같은 세상(나는 이렇게 배웠다)을 부정하면서 살바토레는 단순한 희망에 사로잡힌 채 여러 나라 여러 지방을 두루 돌아다녔다. 그는 고향 몽페라트에서 리구리아로, 리구리아에서 북부 프로방스로, 또 여기에서 프랑스 왕의 여러 속지(屬地)를 두루 돌아다녔다.

살바토레는 세상을 여행하며 구걸과 좀도둑질, 아픈 척 속임수를 쓰기도 하고 영주의 하인으로 일을 했다가 다시 숲이나 길로 향하며 생활을 했다고 했다. 그의 이야기를 들으면서, 당시 유럽 전역에서 흔히 볼 수 있던 부랑자 패거리와 그런 패거리의 일원이 되어 있는 그의 모습을 상상하기는 어렵지 않았다. 당시 유럽의 부랑자 무리는 그 구성원들이 복잡하기가 그지없었다. 가짜 수도사, 야바위꾼, 협잡꾼, 사기꾼, 떠돌이, 남루 걸객, 문둥이나 절름발이, 혹세무민을 일삼는 기술사(奇術士), 행려병자, 이교의 나라에서 상처만 안고 도망쳐 나온 떠돌이 유대인, 정신 이상자, 박해에 쫓기는 망명자, 한쪽 귀를 잘린 전과자, 남색꾼……. 그뿐만이 아니었다. 여기에 행상 장인, 직공, 땜장이, 의자 수리공, 칼갈이, 바구니 장수, 석공, 태형 맞고 나온 각설이, 쇠 벼리는 사람, 불한당, 상습 도박꾼, 극렬분자, 뚜쟁이, 주정뱅이, 변절자, 장물아비, 치기배, 성직 매매자, 허술한 사람을 등쳐먹고 사는 파렴치한, 가짜 술장수, 교황청 봉인 위조범, 교회 문전에서 구걸하는 가짜 사지마비 환자, 수도원에서 도망 나온 땡중, 방랑 시인, 면죄부 장수, 가짜 선지자, 점쟁이, 요술사, 무당, 가짜 탁발승, 각양각색의 우상 숭배자, 사기와 폭력으로 처녀만 전문으로 욕보이는 치한, 수종·간질·치질·통풍·열창, 게다가 광적인 조울증까지 고친다고 풍을 치는 약장수까지…… 없는 게 없었다. 악성 궤양 환자인 척느라고 온몸에다 회를 칠한 자, 구제 불능의 폐병 환자 행세를 하느라고 입에다 핏빛 물감을 찍어 바르고 다니는 자, 사지가 멀쩡하면서도 목발을 짚고 휘청거리며, 다리가 부어서 가래톳이라도 서고 상처에 딱지가 앉은 양 노란 물감을 칠한 채 칼로 제 대가리에 상처를 낸 다음 교회로 들어가는 자도 있었다. 이런 자가 쓰러지듯이 교회 마당으로 들어가 게거품을 뿜고 눈을 까뒤집거나 코에 미리 넣어 둔 딸기즙이나 붉은 물감을 질질 쏟으면서 자반뒤집기를 해댈 양이면, 적선을 권면하던 신부의 설교를 기억하는 신도들은 앞을 다투어 돈이나 먹을 것을 내어 오고는 했다. 「주린 자에게 먹을 것을 주고 집 없는 자를 그대들 거처에 재우는 일이 바로 그리스도를 찾고 그리스도께 잠자리를 보아 드리는 일이며, 그리스도께 옷을 드리는 일인데, 이는 물이 불을 끄듯이 선행이 우리 죄악을 씻음임이라……」

사부님과 헤어지고 나서 세월이 한참 흐른 뒤에도 나는 다뉴브 강변에서 악마들처럼 무리를 짓고 무리의 이름까지 태연히 내건 이런 부랑자를 수없이 보아 왔다. 이런 자들은 지금도 더러 눈에 띈다.

평범한 대중들 사이에 끼어 있는 이런 무리는 흡사 길 위로 진창이 흘러 내려온 형국이었다. 이런 부랑자의 무리에는 설상가상으로 믿음이 단단한 사제, 새로운 희생자를 찾는 데 혈안이 되어 있는 이교도, 선동의 전문가들이 가세하는 법이다. 교황 요한이 수도사들 중에서도 탁발하는 수도사들을 가장 통렬하게 비난하고 나선 것도 바로 이 때문이었다. 교황은 청빈을 설교하는 수도사들과, 그 청빈을 실천하는 평신도들이 이루는 큰 줄기의 운동을 몹시 두려워했다. 그래서 교황은, 물감으로 그린 깃발을 흔들고, 청빈을 설교하고, 돈을 우려내면서 호기심이 강한 평신도들을 자극한다고 그들을 매도했다. 성직 매매를 일삼는 부패한 교황이 청빈을 설교하는 탁발 수도사 무리를 버림받은 자들의 무리, 날강도의 무리라고 매도하는 것은 옳은 일이었을까? 그러나 당시, 이탈리아 반도 여행을 조금 했던 나로서는 더 이상 그 질문에 대해 확실한 대답을 할 수가 없었다. 당시에 나는 토스카나 지방의 알토파시오 수도사들 이야기를 들은 적이 있다. 그들은 설교를 통하여, 신도들에게 파문의 위협을 가하되 구속(救贖)을 약속하고, 재물을 바치기만 하면 강도 살인죄, 형제

살인죄, 심지어는 위증의 죄까지도 사면받는 것이 가능하다고 주장했다. 뿐만 아니라 그들은 자기네들이 세운 빈민 구휼원에서는 하루에도 백여 차례씩 미사를 집전하고 헌금을 받는데, 이 헌금으로 2백 명의 가난한 처녀들에게 결혼 지참금을 마련해 주었노라고 선전하고는 했다. 파올로 조포 수도사의 이야기도 들은 바 있다. 라치오 지방의 리에티 숲에서 지내던 은수사(隱修士)였던 파올로 조포 수도사는 성령을 통하여 직접 계시를 받았는데 이 계시에 따르면 육욕은 죄가 되지 않는다고 주장했다. 그는 자기 교파에 입문하는 여신도들을 자매라고 부르면서, 옷을 벗기고 맨살에 채찍질을 가한 뒤, 십자가 꼴을 만들어 바닥에 다섯 번 무릎을 꿇고 절하게 했다. 그리고 하느님께 바쳐지기 전에 그 자신이 평화의 입맞춤이라고 부르는 것을 강요했다. 하지만 사실이었을까? 스스로 성령의 계시를 받고 대각(大覺)을 이루었다는 은수사들과, 참회의 기치를 들고 이탈리아 반도를 누비면서 재속 성직자와 주교의 비리와 악덕을 고발한 죄로 박해받고 있던 청빈한 수도사 무리 사이에 무슨 관계가 있었던 것일까?

살바토레의 이야기와 나 자신의 경험을 두루 미루어 살펴도 나에게는 이 두 무리를 구분하는 경계선 같은 것은 선명해지지 않았다. 어떻게 보면 같은 것 같고 어떻게 보면 다른 것 같았던 것이 당시의 사정이다. 살바토레의 이야기를 들으면서 나는, 살바토레야말로 투렌의 절름발이 같은 사람이 아니었을까, 이런 생각을 해보았다. 전설에 따르면 투렌의 절름발이들은 마르티누스 성인의 시신을 몹시 두려워했다고 하는데 그 까닭은 마르티누스 성인의 은총이 이들 절름발이에 미치면서 절던 다리가 온전해졌기 때문이라고 한다.

하면 절름발이들은 절던 다리가 온전해지는데 왜 마르티누스 성인의 은총을 두려워했을까? 이유인즉, 저는 다리가 수입원인데 다리가 온전해지면 그만 수입원이 온데간데없어지기 때문이란다. 절름발이들은 성인의 은총을 피하여 국경으로 도망쳤고, 성인의 은총은 이들을 쫓아 무자비하게(?) 성치 못한 다리를 낫게 해줌으로써 이들의 사악한 행위를 벌했다는 전설이다. 몰골이 흉측한 살바토레도, 이런 무리들과 기거하면서 역시 박해받던 수도사인 프란체스코회 수도사의 말씀을 듣던 시절을 술회할 때는 그렇게 밝아 보일 수 없었다. 살바토레는 이 설교를 듣고, 청빈한 떠돌이 삶은 필요에 따라 좇아야 할 삶의 양식이 아니라 헌신과 희생의 행위로 마땅히 감수해야 할 삶의 양식임을 깨닫게 된다. 그래서 그는 즉시 대중에게 참회를 외치는 탁발 수도사 무리에 가담하게 된다. 그러나 살바토레는 대중에게 참회의 삶을 요구하는 종문(宗門)이나 종파의 이름도 제대로 발음하지 못했고 그 교리도 제대로 기억하지 못했다. 추측컨대 살바토레는 파타리니파와 발도파, 아니면 카타리파와 아르날도파 및 겸손을 삶의 으뜸가는 가치로 삼던 우밀리아티파를 전전하면서 그 유랑의 삶 자체를 종교적 사명으로, 주린 배를 채우던 것과 같이 주님께 헌신하며 살게 된 모양이었다.

살바토레는 대체 언제까지 이런 상태에 있었을까? 내가 알기로, 그는 약 30년 전쯤 토스카나 지방에 있는 소형제파의 수도회에 들어간 것 같다. 그렇게 그는 성 프란체스코 수도회의 법의를 걸쳤으나 교회 의식에는 참여하지 않았다. 그가 어설프게 쓰는 라틴어는 거기에서 배웠기가 쉽다. 살바토레는 이렇게 배운 엉터리 라틴어를, 가난한 운수행각(雲水行脚)

시절에 떠돌아다니면서 주워들은 지방 사투리, 우리 게르만의 용병(傭兵)에서부터 달마티아의 보고밀 교단 수도자에 이르기까지, 그가 만난 온갖 종류의 떠돌이들에게서 배운 잡탕 언어와 섞어서 썼다. 그는, 그 프란체스코 수도회에 속하는 소형제파 수도원에서 참회의 삶에 정진했으나 함께 머물던 도반 수도사들의 신앙이나 종교적 신념은 차마 눈뜨고 볼 것이 아니었다고 술회했다(이상한 발음으로 *Penitenziagite*(참회하라)라는 말을 할 때마다 살바토레의 두 눈이 유난히 반짝거렸다. 윌리엄 수도사의 호기심을 자극하던 바로 그 말이었다). 살바토레의 설명에 따르면 소형제회의 도반 수도사들은, 가까운 교회의 수사 신부가 공금 횡령과 성적 모독의 혐의를 받고 있다는 것을 알고는 그자의 집을 습격, 당사자를 계단에서 밀어 떨어뜨려 죽인 다음 그 집을 노략질한다. 이 일 때문에 주교가 무장한 경호병 부대를 파견하자 살바토레는 탁발승 패거리와 소형제회 행각승 무리에 들어 이탈리아를 방랑하게 된다. 당시 이들에게는 규범도 계율도 없었다.

살바토레는 이탈리아 북부에서 툴루즈로 옮겨 간 뒤에 기이한 일을 겪게 된다. 십자군 대원정 이야기에 걷잡을 수 없이 흥분하게 된 일이 그것이다. 이 희한한 십자군 이야기의 발단은 이러하다. 그 즈음 목동들과 천민 무리가 모여 바다를 건너가 믿음의 원수를 쳐부수기로 결의하는데 사람들은 이들을 일러 〈파스투로〉[2]라고 했다. 그러나 실은 자기네들의

---

2 이탈리아어 이름은 〈파스토렐리〉. 〈작은 양치기의 무리〉라는 뜻이다. 1251년 성지를 향하여 가던 도중 프랑스에서 기승을 부리던, 양치기와 농민들로 이루어진 도적 떼. 애초의 목표는 이집트의 회교도들로부터 프랑스 왕 루이 9세를 해방시키는 것이었다. 파스투로의 우두머리는, 성모 마리아로부

비참한 팔자를 면하고자 궐기한 무리에 지나지 않았다. 이 무리에서, 머리에 온갖 그릇된 교리가 가득가득 든 두 지도자가 나왔으니, 그중 하나는 못된 짓을 저질러 교회에서 파문당한 사제, 또 하나는 성 베네딕트 수도회를 탈퇴한 수도사였다. 무지한 대중은 이들의 선전에 이성을 잃고 무리를 지어 휘하로 모여들었다. 이들의 무리 중에는 심지어는 열예닐곱 살배기 소년들도 있었다. 이런 애송이까지 부모의 말은 들은 척도 않고 빈손에 배낭 하나 꿰어 차고 와 지팡이 하나 들고 논밭을 떠나 이들을 따르니 그 수는 삽시간에 엄청난 숫자로 불어났다. 이 무리에게는 이성도 정의도 없었으니, 오직 무리의 흥분을 빌려 무리의 폭력을 행사하고 무리의 염치를 빌려 마음 내키는 대로 노략질한 것도 당연했다. 한 동아리로 모이면서 몸과 마음이 자유로워지고 약속의 땅에 대한 동경이 이들의 광기에 불을 지르니 이들은 흡사 미치광이의 무리 같았다. 이들은 무리를 지어 폭풍처럼 경향(京鄕)을 누비면서 닥치는 대로 빼앗고 부수고 하다가 혹 무리 중 하나가 붙잡히면 우르르 몰려가 파옥(破獄)하고 동아리를 구하고는 했다. 이들의 특징 중 하나는 유대인은 보는 족족 죽이고 그 재산을 강탈한다는 것이었다.

「왜 유대인들을 죽인 겁니까?」 내가 살바토레에게 물었

터 받은 지도를 휴대하고 있다고 주장하던, 카리스마적 설교사인 〈헝가리 수도사〉. 그는 프랑스어는 물론 플랑드르어, 라틴어에까지 능통했다. 이들은 교회의 신성을 어지럽히고 봉건 영주나 성직자, 특히 프란체스코회 수도사나 도미니크회 수도사들에게 맹렬하게 저항하다가 루이 9세의 섭정 여왕 블랑슈 드 카스티유에 의해 진압당했다. 수수께끼의 인물 〈헝가리 수도사〉가 전투 중에 전사하는 바람에 파스투로 중 성지에 도착한 무리는 극소수에 지나지 않았다고 한다.

다. 「왜 안 된다는 것인가?」 살바토레는 태연한 얼굴을 하고 되물었다. 살바토레의 말에 따르면, 평생을 그는 설교자들에게서 유대인들은 기독교인의 숙적이고, 그들의 재물은 가난한 기독교인들로부터 긁어 들인 것이라는 이야기만을 들어왔다고 했다. 나는 살바토레에게, 영주와 주교들 역시 세수(稅收)와 십일조로 재산을 늘리는데 재산을 늘린다고 해서 유독 유대인만 공격하는 것은 적을 제대로 짚어 내지 못한 것이 아니냐고 물었다. 내 말에 살바토레는, 마땅히 쳐부숴야 할 적은 영주와 주교일 것이나 그 적이 너무 강하기 때문에 좀 약한 적을 선택할 수도 있는 것이 아니냐고 반문했다. 옳거니. 평신도가, 부정적인 의미로 〈평신도〉라고 불리는 까닭이 거기에 있었다. 강한 자들만이 진정한 적이 누구인지 분명히 알 수 있는 법이다. 지방의 토호나 영주들은 이 파스투로로부터 제 재산이 유린되는 꼴을 보고 싶지 않았던 나머지 슬며시 이 무리의 지도자들에게, 공격하여야 마땅한 부자는 오직 유대인 부자뿐이라는 생각을 주입했던 것이었다.

나는 살바토레에게, 대중에게 유대인을 공격하자는 생각을 주입한 사람이 누구냐고 물어보았다. 살바토레는 내가 요구하는 정답을 기억해 내지 못했다. 나는, 다수의 대중이 모이고 어떤 요구와 약속으로 들떠 버리면 누가 무슨 말을 하여도 무리는 그 말의 책임을 따지지 못하게 된다고 믿는다. 내가 알기로 비록 무리가 오합지중이었다고는 하나 그 지도자는 수도원이나 교구 부속학교에서 공부한 자들이었다. 따라서 그들이, 천한 농민이나 목동들이 알아듣기 쉬운 언어로 번역을 해주기야 했겠지만 그들 자신은 토호나 영주의 언어를 사용했을 것이다. 게다가 무리에게 유대인이 손쉬운 상대였던 것은, 교황이 어디에 있는지는 몰라도 유대인이 어디에 있는지는 누구나 잘 알고 있었기 때문이었다. 어쨌든 파스투로는, 프랑스 국왕의 영토에 속하는 성채에 무리 지어 피신해 있는 유대인들을 공격했다. 유대인들이 성채 아래로 바위나 나무토막 같은 것을 굴리며 용감히, 그리고 가차 없이 저항하자 파스투로는 성채 문에다 불을 지르고 저항하는 유대인들에게 화염 공격을 계속했다. 파스투로를 격퇴하기에는 자기네들의 힘이 미약하다는 것을 깨달은 유대인들은, 할례받지 않은 자들 손에 죽음을 당하기보다는 스스로 목숨을 끊는 편이 현명할 것이라고 판단하고 무리 중에서 가장 용기 있는 자를 하나 뽑아 무리를 상대로 칼질해 줄 것을 부탁하고 나섰다. 부탁을 받은 유대인은 이에 흔연히 동의, 자그마치 5백 명의 동족을 죽이고는 유대인 아이들만 데리고 성채를 나와, 아이들을 기독교도의 손에 붙이니 기독교도로 세례를 베풀어 줄 것을 요청한다. 파스투로 무리는, 제 백성을 그렇게 쳐죽이고 어떻게 살기를 바라느냐고 이 유대인을 꾸짖은 뒤 찢어 죽이고는 아이들은 살려 기독교로의 개종을 허가했다. 그런 뒤 파스투로는 카르카손으로 진격하면서 피비린내 나는 살인과 노략질로 가는 길을 폐허로 만들었다. 일이 이 지경에 이르고 나서야 프랑스 국왕은 이들에게 살인과 노략질을 중지하도록 엄중하게 경고하고, 이들이 경유할 도시의 영주들에게 저항할 것을 명했다. 프랑스 국왕이, 유대인 역시 제국의 신민이니만치 그 목숨을 지켜 주어야 마땅하다는 공식 견해를 밝힌 것은 이즈음의 일이었다.

국왕이 이 대목에 이르러서야 유대인들을 비호하고 나선 까닭은 무엇이었을까? 국왕은 파스투로의 수가 급격히 불어나는 사태가 걱정스러웠을 뿐만 아니라 당시 무역에 큰 몫을 하고 있었던 유대인들의 원망받이가 되고 싶지 않았기 때문이었던 듯하다. 그러나 국왕으로서는 기독교도들을 동원하지 않고서는 파스투로를 진압할 수 없는 형편이었다. 따라서 기독교도를 동원하는 데 유대인 보호라는 명분은 실패작이었다. 많은 기독교도들이, 기독교 신앙의 숙적인 유대인 비호는 당치않은 일이라면서 국왕의 뜻대로 움직여 주지 않았기 때문이었다. 많은 기독교인들과, 유대인들의 고리채를 쓰고 있던 많은 도시 빈민들은, 파스투로가 유대인을 죽이고 그 재산을 몰수하는 데 내심 쾌재까지 부르고 있었던 판국이었으니 당연했다. 형편이 이렇게 되자 국왕은, 파스투로에 대하여 재정적인 원조를 하는 자에게는 사형으로 그 죗값을 물린다고 포고하고는 대규모의 용병을 모병하여 이 파스투로를 공격했다. 많은 파스투로 무리는 국왕이 파견한 군대에 목숨을 잃었고, 목숨을 부지한 자들은 숲으로 도망쳤으나 오래지 않아 이들 역시 다른 고충을 겪으며 죽게 되었다. 그렇게 그들 모두는 절멸되었다. 국왕의 군대는 바로 이 숲에서 잡아 온 잔당을 한꺼번에 20~30명씩 교수대에 매다니, 이들의 처참한 최후는 그 시대의 평화를 해치려는 자들을 경계하는 좋은 본보기가 되었다.

재미있는 것은 살바토레가 이 무리의 난동을 무슨 대단한 업적이나 되는 양 묘사했다는 점이다. 아닌 게 아니라 살바토레는, 이른바 〈파스투로〉 무리의 목표가 이교도들로부터 그리스도의 성묘(聖墓)를 되찾는 것인 줄 알고 있었다. 내가 아무리 설득하려 해도 그는 그리스도의 성묘를 찾는 원정은 은수사 페트루스, 성 베르나르의 시대에, 프랑스의 루이 왕

치세에 이미 이루어졌다는 사실을 믿지 않았다. 어쨌든 살바토레는 무슨 이유에서인지 황급히 프랑스 땅을 떠나야 했기 때문에 이교도의 땅으로 그리스도의 성묘를 찾으러 갈 수는 없었다. 살바토레는, 자기는 당시 노바라로 갔다고만 얘기할 뿐, 그곳에서 일어난 일에 대해서는 말을 삼갔다. 그는 노바라에서 카잘레로 가서 소형제회 수도원에 몸을 붙였다(그가 레미지오를 만난 것은 바로 카잘레의 소형제회 수도원에서였던 것 같다). 그 즈음은 많은 수도사들이 교황의 박해를 피해 교적(敎籍)을 바꾸어 다른 교단 수도원에 몸을 붙임으로써 이단 심판을 면하던 시절이었다. 나는 당시의 사정을 카잘레 출신의 거물 우베르티노 수도사로부터도 들은 적이 있었다. 살바토레는, 만고풍상을 겪은 뒤에도, 갖가지 잔재주를 몸에 익히고 있었던 덕분에(그는 떠돌이 생활을 할 동안 이 잔재주를 나쁜 일에 쓴 적도 있었으나 더러는 그리스도의 사랑을 실천하는 데 쓴 적도 있다고 말했다), 당시 사부님과 내가 머물던 수도원 식료계의 조수가 될 수 있었다. 그러니까 살바토레는 베네딕트 수도회 교리가 어떻게 돌아가는지 모르면서도 이곳에서 몇 년을 지내며 수도원의 주방과 식료품실 관리에 관여할 수 있었던 것이고, 훔치지 않고도 배불리 먹어 가며 이단 심문관들의 눈을 피하여 주님의 은혜를 찬양할 수 있었던 것이었다.

내가 살바토레를 관심 있게 보았던 것은, 그의 특이한 경험 때문이라기보다는, 그의 주위에서 있었던 일이 당시 이탈리아를 술렁거리게 했던 수많은 사건과 운동의 빛나는 축도(縮圖) 같은 것이었기 때문이었다.

그러나 정작 중요한 것은 그의 이야기에서 떠오른 한 인간의 모습이었다. 그것은 파란만장한 삶을 산 인간의 모습이었고, 자신이 범죄를 저지르고 있다는 것도 모른 채 살인을 할 수 있는 인간의 모습이었다. 당시의 나에게는 신성한 율법을 거역하는 범죄는 모두 똑같이, 즉 구분 없이 하나의 범죄로 보일 뿐이었지만, 그래도 나는 이야기에서 들은 현상들에 대해 어느 정도 이해를 하기 시작했다. 나는, 무아지경의 환상에 쫓기고 악마의 율법과 하느님의 율법을 혼동하여 학살을 자행하는 폭도와, 치밀한 계산 아래, 조용히, 그리고 냉정하게 범죄를 저지르는 인간을 구별할 수 있을 것 같았다. 살바토레는 비록 폭도의 무리에 속해 있었다고는 하나 치밀한 계산 아래 조용히, 그리고 냉정하게 도반을 죽임으로써 제 영혼을 더럽힐 그런 위인 같지는 않았다.

나는 수도원장의 완곡한 어법 뒤로 묻어났던 암시와 돌치노 수도사에 대해 알고 싶었다. 나는 당시에는 돌치노에 대한 강박 관념에 사로잡혀 있었다. 나는 그에 대해 아무것도 모르고 있었는데도 그의 망령은 며칠 동안이나 내가 듣는 대화를 넘나들었으니 무리도 아니다.

그래서 나는 단도직입적으로 살바토레에게 물어보았다. 「혹 세상을 주유하시면서 돌치노 수도사를 만나신 적은 없습니까?」

그의 반응은 참으로 뜻밖이었다. 그는 두 눈을 화등잔같이 뜨고 거듭 가슴에 성호를 긋고는 횡설수설, 나로서는 전혀 알아들을 수 없는 말로 중얼거리기 시작했다. 요컨대 그는 내 질문에 〈아니〉라고 대답했던 듯하다. 내 질문이 나가기 전까지만 하더라도 나를 믿고 나에게 우정을 느끼는 것 같아 보이던 살바토레는 질문이 던져진 순간부터는 성가시다는 듯한 눈길로 나를 쳐다보았다. 그는 우물쭈물 핑계를 대고는 자리를 떠버렸다.

이쯤 되자 나는 도저히 참을 수가 없었다. 그 이름만으로도 능히 수도사들에게 전율과 공포를 안기는 돌치노 수도사는 대체 누굴까? 나는 내 궁금증을 더 이상 참지 않기로 마음먹었다. 마음을 그렇게 정하고 나니 생각나는 사람이 있었다. 우베르티노 수도사! 처음 만났을 때 우베르티노 수도사는 돌치노라는 이름을 들먹거린 적이 있었다. 우베르티노 수도사라면, 수도원 수도사와 탁발 수도사, 그리고 이 구별이 흐려지는 바람에 많은 기독교도들에게 파란곡절을 안긴 역사의 비밀을 알고 있을 것 같았다. 하지만 어디에서 우베르티노 수도사를 만난다……! 문득 교회에서 기도하는 그의 모습이 생각났다. 윌리엄 수도사가 돌아오기까지는 자유로이 움직일 수 있었으므로 나는 교회로 향했다.

그러나 우베르티노 수도사는 교회에 없었다. 저녁때가 되어서야 나는 그를 찾을 수 있었다. 따라서 그때까지는 이 궁금증을 한동안 더 마음에 담아 두지 않을 수 없었다. 그러나 그전에 일어났던 일들에 대한 이야기부터 하기로 해야겠다.

9시과

윌리엄 수도사는 아드소에게 이단의 흐름과 교회에서의 평신도의 역할, 그리고 보편적 법칙에의 접근 가능성에 대한 자신의 의혹을 고백한다. 이어서 그는 베난티오가 그린 기이한 기호를 읽어 내었노라고 말한다.

나는 유리 세공소에서 윌리엄 사부님을 만났다. 사부님은 니콜라 수도사와 함께 열심히 무슨 일인가를 하고 있었다. 세공소 탁자 위에는 조그만 원반 모양의 유리가 여러 장 놓여 있었다. 창문의 일부로 사용하려던 유리 조각을 몇 개 골라서 연모를 사용해 적당한 두께로 갈아 놓은 것이었다. 사부님은 적당한 두께를 찾기 위해 이런 유리 몇 개를 집어 자주 눈에 대어 보고는 했다. 니콜라는 대장장이에게, 유리를 끼울 틀의 크기와 모양을 설명했다.

사부님은 두께가 가장 적당한 유리는 연초록 유리뿐이라면서 안경을 만들어도 양피지가 초원으로 보이겠다고 웃으면서 불평했다. 니콜라는 대장장이를 감독하러 대장간으로 갔다. 사부님이 유리 시험을 하는 동안 나는 살바토레 이야기를 했다.

사부님이 대꾸했다. 「만고풍상을 다 겪은 사람인데…… 어쩌면 돌치노파의 밥술을 얻어먹었을지도 모른다. 이 수도원은 아닌 게 아니라 기독교 세계의 소우주(小宇宙)로구나. 교황 요한의 사절단과 미켈레 형제만 오면 없는 것이 없을 터이니까.」

「사부님, 저는 뭐가 뭔지 모르겠습니다.」

「녀석아, 뭘 모르겠다는 게냐?」

「첫째는 이단 교파의 차이점을 도무지 모르겠습니다. 그러나 이 문제는 뒤에 여쭙겠습니다. 지금 저는 차이라는 것 자체에 대해 골머리를 앓고 있습니다. 사부님께서는 우베르티노 어르신과 말씀 나누실 때에는, 성자든 이단자든 필경은 모두 똑같다고 주장하신다는 인상을 받았습니다. 그러나 원장과 말씀 나누실 때 사부님께서는 이 이단과 저 이단, 그리고 이단과 정통 사이에 차이점이 있다는 걸 설명하려고 애쓰시는 것 같았습니다. 바꾸어 말씀드리면 사부님께서는, 근본적으로 같은 것을 다른 것이라고 우기시는 우베르티노 어르신을 나무라시면서, 기본적으로 다른 것을 같다고 우기시는 원장님을 질책하시는 것 같았습니다.」

사부님은 만지작거리던 유리를 탁자 위에 놓고 말문을 열었다. 「어디 한번 구분해 보도록 하자. 구분하려면 파리 학파의 용어를 써야 할지 모르겠다. 그래, 파리 학파에서는, 만인은 동일한 실체적 형태를 가지고 있다고 주장한다. 맞느냐?」

파리 학파의 주장이라면 나도 알고 있었다. 「그렇습니다. 인간은 동물은 동물이되 이성적인 동물이요, 인간의 특성은 웃을 줄 아는 능력에 있다고 했습니다.」

「장하다. 그러나 토마스는 보나벤투라와는 다르다. 토마스는 뚱뚱한데 보나벤투라는 깡마를 수 있기 때문이다. 그렇다면 우구치오네는 나쁘고 프란체스코는 좋다, 혹은 알데마로는 둔하고 아질룰포는 예민하다고 할 수 있겠다. 내 말에 모순이 있느냐?」

「없습니다. 그렇게 말할 수 있습니다.」

「그렇다면 본질적인 형상은 같으면서도 사람에게는 그 고유성이 있다. 따라서 표면상으로 사람을 규정하는 데는 우유성(偶有性), 즉 다양성이 있을 수 있다. 그러하냐?」

「역시 그렇겠습니다.」

「내가 우베르티노에게, 사람이 각기 다른 행동을 해도 인성(人性) 자체는 복잡한 작용을 통하여 선에 대한 사랑과 악에 대한 사랑을 공히 지배한다고 했을 때, 나는 그에게 인간의 고유성을 납득시키고자 한 것이다. 그러나 수도원장에게 카타리파와 발도 혹은 발두스파가 다르다고 했을 때, 나는 그에게 양자의 우유적 속성이 다양할 수 있음을 주장하고자 한 것이다. 내가 이렇게 주장하는 것은, 카타리파에 속하는 이가 저지른 일을 뒤집어쓴 발도파에 속하는 이가, 또는 그 반대의 경우에도, 다른 사람 대신 화형을 당할 수 있기 때문이다. 사람을 화형에 처함은 개별적 실체를 태우는 동시에 존재의 구체적 행위 자체를 순수 무구로 환원시키는 것이다. 그를 존재하게 한 행위자, 다시 말해서 그를 존재하게 한 분이신 하느님 눈에 좋게 보였던 행위까지 송두리째 화형에 처하는 셈이다. 어떠냐? 이것이면 차이가 있을 수 있다는 주장을 설명한 것 같으냐?」

「사부님, 저는 발도파, 카타리파, 리옹의 빈자파(貧者派), 우밀리아티파, 베기니파,[3] 요아킴주의자들, 파타리니파, 사도파, 가난한 롬바르디아 인들, 아르날도파, 굴리엘모파,[4] 자유하신 성령의 추종자들, 루치페리니[5]가 어떻게 서로 다른지 알 수 없습니다. 도대체 어떻게 하면 좋겠습니까?」

사부님은 다정스럽게 내 목덜미를 토닥이면서 대답했다. 「가엾은 우리 아드소. 하나 분간할 수 없는 것이 어찌 너뿐이랴? 지난 두 세기 동안, 아니 어쩌면 그 이전부터 우리 세계는 협량(狹量)과 희망과 절망의 폭풍에 난타당해 왔다……. 아니다, 적절한 비유가 못 될 것 같구나. 자, 강을 생각해 보아라. 단단한 땅, 튼튼한 제방 사이를 오래오래 흘러가는 넓고 웅대한 강을……. 어느 시점에 이르면 흘러가는 강은 기

---

3 프랑스어로는 〈베가르〉. 13세기 플랑드르 지방에서 발생한 재속 수도자들의 동아리. 수녀들의 수도회인 베긴회를 본뜬 남성 수도자들의 운동이기도 하다. 종교적 서원 없이도 이 교파에서는 수도자가 될 수 있었고, 종교적 정결을 약속하기는 하나 결혼을 원하면 언제든지 교파를 떠날 수도 있었다. 이단 혐의를 받고 있었기 때문에 소형제 수도회, 사도파, 자유 심령파(엄격주의파)와 혼동하는 경향이 있었다. 1312년에 정식으로 활동 금지령이 내려졌다.

4 영어로는 〈윌리엄파〉. 세 종교 단체, 이단적인 세 종파가 있다. 여기에서 말하는 것은 밀라노에서 자칭 성령의 화신 굴리엘미나가 창시한, 남녀가 함께 어울린 이단적인 종교 결사인 듯하다. 자칭 인류의 구제자인 벨기에인 아이기디우스 칸토리스가 창시한 이단적인 종교 결사도 〈윌리엄파〉라고 불린다. 그러나 이 종파는 14세기 후반에 발호한 것이므로 『장미의 이름』에 등장할 턱이 없다.

5 〈악마주의자들〉이라고 불리는 루치페로 다 칼리아리의 신봉자들. 니케아 공의회(312년)의 혁신적인 삼위일체설을 열광적으로 지지했다. 자기 교설을 반대하는 무리에 대해서는 물론 자기 교설을 문제 삼는 무리에 대해서도 맹렬한 비난을 퍼부었던 그는, 성 아우구스티누스 및 성 암브로시우스의 저서에 따르면, 교회 분리론자로서 세상을 끝마친 것으로 되어 있다. 성 히에로니무스는 저서 『루치페로파와의 대화』에서 루치페로파를 맹렬하게 공격하고 있다.

진하는데, 너무 오랜 시간 너무 넓은 공간을 흘렀기 때문이요, 마침내 바다에 이르렀기 때문이다. 이로써 강은 더 이상 제 존재를 느끼지 못하고, 강의 정체성은 여기에서 끝나는 것이다. 바로 이곳에서 강은 강 자체의 삼각주가 된다. 주류(主流)는 남을지 모르나 지류는 사방으로 흩어진다. 혹 어떤 흐름은 흐르기를 계속하고, 혹 어떤 흐름은 다른 흐름에 휩쓸리나 어느 흐름이 어느 흐름을 낳고 어느 흐름에 휩쓸리는 가는 아무도 모른다. 어느 것이 여전히 강이고 어느 것이 이미 바다가 되었는지 아무도 모르는 것이다.」

「제가 사부님께서 말씀하시는 비유를 제대로 알아들었다면, 강은 하느님의 도성이거나 의(義)의 왕국입니다. 이 왕국은 천년기에 오는 것이나, 이러한 불확실성 속에서 더 이상 안전하지 못한 곳이 되었습니다. 그리하여 만사(萬事)는 하르마게돈의 전쟁이 벌어질 대평원으로 흘러갑니다.」

「내가 말하려던 바와는 조금 다르구나. 나는, 수세기 동안 우리 모듬살이의 몸이기도 했던 교회의 몸, 즉 하느님의 백성이 너무 비대하고, 그 관심하는 영역이 넓어져, 지나온 길에 모든 나라의 찌꺼기를 운반하느라고 그 순수성을 상실했다는 말을 하고자 한 것이다. 삼각주의 지류는, 되도록 빠른 시간에 바다에 다다르는 순간, 즉 정화(淨化)의 순간에 이르려는 강의 기도(企圖)를 반영한다. 나는 비유를 통하여 너에게, 강이 그렇지 않아도 온전하지 못한 판에 여기에 이단의 교파와 개혁의 운동이 가세하면서 아주 난마(亂麻)가 되고 말았다는 말을 하고자 한 것이다. 내 하잘것없는 비유에, 힘으로 강둑을 쌓으려 하나 그 뜻을 이루지 못하고 마는 한 인간의 모습을 덧붙여도 좋겠다. 삼각주의 지류 중에는 중간에서 막혀 버리는 것도 있고 인공의 운하를 통하여 다시 강에 이르는 것도 있고, 처음 그대로 흐르는 것도 있다. 무슨 까닭이더냐? 모든 것을 구속할 수는 없는 법이다. 강에게 가장 중요한 것은 흐르는 것이다. 제 흐를 길을 제대로 알 수만 있다면, 이로써 제대로 흐를 수만 있다면 물의 일부를 잃은들 어떠랴.」

「점점 더 모르겠습니다.」

「나도 모르겠다. 내게는 비유로 말하는 재주가 없는 모양이구나. 그러니까 이 강 이야기는 잊어버려라. 대신, 네가 말한 그 움직임 중에는 2백 년 전 태동하여 이미 소멸한 것도 있는 반면, 최근에 나타난 것도 있다는 것을 이해해 보도록 해라.」

「그러나 이단의 문제가 논의될 때마다 모두 이단을 하나로 묶어 얘기하지 않습니까?」

「그것은 사실이다. 이단이라는 것은 그렇게 발흥하고 그렇게 소멸하는 것이다.」

「역시 모르겠습니다.」

「설명하기도 어렵구나. 이렇게 설명을 해보마. 자, 네가 도덕의 개혁자가 되어 사람들을 산정에다 모으고 청빈한 삶을 실천한다고 가정하자. 어느 정도 세월이 흐르면, 많은 사람들이…… 아주 먼 곳에서까지 찾아와서 너를 선지자, 혹은 새로운 사도로 떠받들고 너를 추종할 것이다. 이때 이 사람들이 정말 너를 따르고자, 네 이야기를 듣기 위해 왔겠느냐?」

「잘 모르겠습니다. 저를 위해서 왔으면 좋겠습니다만……. 그렇지 않다면 올 이유가 없지 않습니까?」

「그들은 선조들로부터 다른 개혁자 이야기를 들었을 것이다. 선조들로부터 완전한 사회에 관한 전설을 들었기 때문에 네가 세우려는 사회를 그런 사회로 믿고 찾아올 것이다.」

「그렇다면 모든 개혁 운동은 다른 개혁 운동을 계승한 것이라는 뜻입니까?」

「그렇다. 개혁자를 따르는 무리의 대부분은 범용한 평신도들이기 때문에 이들에게는 교리를 구분할 안목이 없다. 하지만 도덕의 개혁 운동이라는 것은 늘 서로 다른 장소에서, 서로 다른 방법으로, 서로 다른 교리 아래서 시작된다. 가령 카타리파와 발도파는 종종 뒤섞이기는 하지만 이 양자에는 큰 차이가 있다. 발도파는 교회와 함께하는 도덕 개혁을 설교하지만 카타리파는 교회가 달라질 것을 촉구하고 하느님과 도덕을 새로운 눈으로 볼 것을 주장한다. 카타리파는, 세상이 선한 세력과 악한 세력이라는 두 적대 세력으로 이루어져 있다고 보고, 완전한 자와 단순한 평신도를 구별하는 교회를 세운다. 그들에게는 나름의 성사(聖事)와 의식이 있다. 그들은 우리의 성스러운 교회 같은 천군(天軍)을 두되, 한 순간도 권력의 형태를 파괴할 생각을 하지 않았다. 지도 계급, 지주, 봉건 영주들이 이 카타리파에 가담한 이유는 이것으로 설명이 되지 않겠느냐. 그들은 또, 선과 악 사이의 적대 관계가 영원히 해소될 수 없다고 믿기 때문에 세상을 개혁할 생각도 갖지 않는다. 그러나 발도파, 아르날도파, 그리고 가난한 롬바르디아인들은 청빈이라고 하는 이상 위에 전혀 새로운 세상을 건설하고자 했다. 그들이 버림받은 자들을 받아들이고, 노동을 실천하며, 공동체 생활을 한 것은 바로 이 때문이었다.」

「그렇다면 그들이 왜 악마적인 이단자들로 단죄당하고 있는 것입니까?」

「내 진즉 이르지 않더냐? 그들을 살린 것이 필경은 그들을 죽이는 법이다. 이 세력은, 다른 세력의 선전에 일어선 단순한 평신도들, 모든 개혁 움직임에는 똑같은 반역의 충동과 희망이 있다고 믿는 자들을 모으면서 교세를 펼쳐 나가다가 이단 심판의 조사관들 손에 박멸을 당하고 말았다. 이단 심판의 조사관 혹은 이단 심문관들이 다른 교세의 실책을 이들에게 덮어씌운 것이다. 만일에 어느 한 운동 세력의 종도(宗徒)가 범죄를 저지르면, 이단 심문관들은 이 죗값을 그 운동 세력의 종도들에게 골고루 나누어 씌우는 게야. 엄밀하게 따져 말하면, 이단 심문관들은 서로 모순되는 각 이단 종파의 교리를 한 덩어리로 뭉뚱그려 한 이단 종파에 덮어씌우는 실수를 곧잘 하는 게다. 그러나 이단 심문관들의 이 같은 실수는 어쩌면 실수가 아닐지도 모른다고 보는 시각도 있다. 무슨 까닭이냐? 가령 어느 도시에서 아르날도파가 세력을 떨칠 경우, 이 세력에는 한때 카타리파 혹은 발도파에 속했거나 속하려던 신도들이 가세할 수 있기 때문이다. 이렇게 가세한다면 여러 이단 종파의 교리가 두루뭉술하게 적용되는 것은 당연한 일 아니겠느냐? 돌치노파의 이른바 사도들은 재속 성직자와 영주들에 대해 물리적인 힘을 행사할 것을 주장한 바 있고 실제로 폭력을 쓰기도 했지만, 발도파는 여기에 반대했고, 소형제파 역시 반대 의견에 뜻을 같이한 것으로 알려져 있다. 그러나 나는 돌치노파가 득세했을 당시, 여기에 소형제파와 발도파의 가르침을 따르던 무리가 섞여 있었던 것으로 확신한다. 단순한 평신도들은 개인적으로 이단을 선택하지 못하는 법이다. 잘 들어 두어라. 단순한 평신도들이란, 제가 사는 지방에서 설교하고, 제 마을을 지나고, 제 마을 광장에 서는 자를 따르는 법이다. 이것이야말로 그들의 적이 미끼로 삼는 것이다. 설교의 방법을 제대로 알고 있는 자라면 사람들의 눈앞에 성적인 쾌락의 포기와 육체들의 공유를 동시에 연상하게 하는 단 하나의 이단만이 존재하는 듯 설교를 할 것이다. 즉, 이러한 설교를 통해 이단을 상식에 반하는, 하나의 악마적인 모순 덩어리로 나타내기 위해서이다.」

「그렇다면 이단 각파 사이에는 아무 관계도 없다는 말씀이십니까? 요아킴주의자 혹은 엄격주의자가 되고 싶어 하던 평신도가 카타리파의 수중에 떨어지거나, 반대로 카타리파를 따르고 싶어 하던 평신도가 요아킴주의자 혹은 엄격주의자의 수중에 떨어지는 것은 악마의 장난이다, 이런 뜻입니까?」

「아니다, 아니다, 그런 것이 아니다. 처음부터 다시 시작해 보자. 그러나 내 미리 너에게 일러둘 것이 있다. 그것은, 지금 나 스스로도 완전하게 납득하지 못한 것을 너에게 설명하려 하고 있다는 것이다. 내 생각인데 문제는, 이단이 먼저 생기고 나중에 단순한 평신도들이 여기에 가세한다고(그러고는 파멸한다고) 믿는 데 있을 듯하다. 사실은 단순한 평신도라는 조건이 선행하고 이 조건에서 이단이 생기는 것인데 말이다.」

「무슨 뜻인지 아직도 잘 모르겠습니다.」

「너는 하느님의 백성이라는 말의 개념을 잘 알고 있을 것이다. 양 떼(여기에는 좋은 양도 있고 나쁜 양도 있다)는 사나운 번견(군대, 혹은 세속적인 권세)이 지켜 주고, 황제나 군주는 목자나 재속 성직자, 다시 말해서 하느님 말씀의 해석자들이 지켜 주고 있다. 쉽게 이해가 가는 개념이지.」

「네, 하지만 사실과는 다릅니다. 목동과 수양견(守羊犬)은 서로 싸웁니다. 서로가 서로의 몫을 탐하기 때문입니다.」

「그래. 양 떼의 속성을 예견하기 어려운 것도 바로 이 때문이다. 서로 헐뜯고 싸우는 데만 관심할 뿐, 수양견과 목동은 양 떼를 돌보지 않는다. 그래서 양 떼의 일부는 밖으로 버려지지.」

「밖이라니 어떤 밖인지요?」

「변두리에 처한다는 것이다. 농민이 이런 양 떼에 속한다. 아니, 땅도 없고, 있다고 해봐야 그 땅이 먹여 살리지 못하니까 농민이라고 할 것도 없다. 또 시민들이 있다. 그러나, 조합이나 단체에 속하지 못하는 허약한 무리, 도시 세도가들의 노략질받이가 될 뿐이니 역시 시민이라고 할 것도 없다. 시골에 무리 짓고 있는 문둥이들을 본 적이 있느냐?」

「네, 백여 명이 모여 있는 것을 본 적이 있습니다. 일그러진 얼굴, 썩어 가는 육신, 허옇게 바래 가는 몸을 목발에 의지하고 있었는데, 눈두덩은 부어올라 있고 눈에서는 피눈물이 흐르더이다. 말하거나 외치지도 않았습니다. 그저 생쥐처럼 오구구 모여 있을 뿐이었습니다.」

「기독교인들에게, 그들은 외변(外邊)으로 밀려난 남들이다. 양 떼는 그들을 미워하고 그들은 양 떼를 증오한다. 양 떼는, 그 같은 무리는 이 땅에서 사라지기를 바란다.」

「네, 마르크 왕 이야기[6]가 생각납니다. 왕은 아름다운 이솔다의 죄를 물어 화형대에 매달고자 하는데 문둥이들이 왕에게 주청하기를, 화형주 형벌은 너무 가벼운즉 그보다 무거운 형벌이 있다면서 이렇게 말합니다. 〈이솔다를 저희에게 넘

---

6 이하는 『아서 왕 전설』에 나오는 이야기.

겨주십시오. 저희가 이 솔다를 공유하겠습니다. 저희 아픔이 저희 욕망을 태우노니, 그 여자를 저희 문둥이들에게 넘겨주십시오. 문드러진 상처에 달라붙은 저희의 남루를 보십시오. 그 여자는 다람쥐 가죽에다 보석이 박힌 옷을 입고 폐하의 궁전에서 호사를 누리다 문둥이들의 궁정을 보게 되면, 그리고 저희 무리로 들어와 함께 기거하게 되면 지은 죄가 얼마나 무거운 것인지 깨닫고 오히려 화형주 밑의 화목(火木)을 그리워할 것입니다.〉」

「이놈, 성 베네딕트 수도회 수련사가 좀 못된 잡서를 뒤적거렸구나!」 사부님의 말에 나는 얼굴을 붉혔다. 젊은 수련사에게 연애 소설은 금서였다. 그런데도 우리 멜크 수도원의 젊은 수련사들 사이로는 그 책이 은밀하게 나돌았기 때문에 나도 어느 날 밤 촛불 아래서 독파했던 것이었다. 사부님은 무안해하는 내가 불쌍했던지 웃으면서 말을 이었다. 「……네가 내 말귀를 알아먹었으니, 네 허물은 별로 중요하지 않다. 버림받은 문둥이는 모든 것을 저희들의 폐허로 끌어들이고 싶어 한다. 그들은 버림받으면 받을수록 그만큼 사악해진다. 사람들이 그들을 일러, 인간의 파멸을 바라는 유령의 무리라고 하면 할수록 그들은 점점 더 인간의 모듬살이로부터 소외된다. 그래서 성 프란체스코께서는 일찍이 이것을 아시고 먼저 그들에게로 가시어 그들과 더불어 살기로 하신 것이다. 버림받은 자가 다른 이들과 하나가 되어야 하느님의 백성이 변용(變容)할 수 있는 것이다.」

「하지만 사부님께서는 이와는 다른 버림받은 자들에 대해 말씀 중이시지 않았습니까? 이단적인 개혁 운동가들은 문둥이 무리가 아니지 않습니까?」

「양 떼는, 일련의 동심원과 같은 것이다. 가장 넓은 의미에서의 양 떼가 있고, 중심부로 올수록 친숙한 무리의 양 떼가 있다. 문둥이는 소외의 상징과 같은 것…… 프란체스코 성인께서는 이 점을 미리 아셨던 것이다. 그래서 그분은 문둥이를 도와주고 싶다고 생각하셨다. 그러나 도와주는 데 그쳤다면 그것이야 여느 박애와 다를 것이 무엇이겠느냐. 그분은 여기에 어떤 의미를 부여하려고 하셨다. 성인께서 새들에게 설교하셨다는 이야기, 혹 들은 적이 있느냐?」

「네, 참으로 아름다운 그 이야기는 저도 들어서 알고 있습니다. 저는 하느님의 가녀린 피조물과 함께하신 성인을 받들어 섬기고 있습니다.」

「하나 네가 들은 이야기는 잘못 전해진 것이야. 잘못 전해진 것이 아니라면 근자에 들어 교단이 윤색해서 퍼뜨린 것이거나……. 프란체스코 성인께서는 도시의 시민들과 행정관들을 상대로 설교를 하시다가 그들이 알아먹지 못하는 걸 아시고는 묘지로 가시어 시체를 쪼아 먹는 까마귀, 까치, 매 같은 육식조를 상대로 설교를 시작하시었다.」

「그럴 리가 있습니까? 그런 새들은 선한 새들이 아니지 않습니까?」

「암. 문둥이가 버림받았듯이 그렇게 버림받은 새들이다. 프란체스코 성인께서는 〈요한의 묵시록〉의 이런 구절을 생각하고 계셨음이야. 〈……나는 또 태양 안에 한 천사가 서 있는 것을 보았습니다. 그는 하늘 높이 날고 있는 모든 새에게 큰 소리로,《다 같이 하느님의 잔치에 오너라. 왕들과 장성들과 장사들과 말들과 그 위에 탄 사람들과 모든 자유인과 노예와 낮은 자와 높은 자의 살코기를 먹어라》하고 외쳤습니다.⟩[7]」

「그렇다면 프란체스코 성인께서는 버림받은 자들의 저항을 바라셨던 것입니까?」

「아니다. 혹 그런 것을 바란 일파가 있다면 그것은 돌치노 수도사와 그 추종 세력일 것이다. 프란체스코 성인께서는, 무리 지어 반역하려는 버림받은 자들을 모두 불러 하느님 백성으로 만들려 하셨다. 양 떼의 무리가 모두 모여야 한다면 먼저 버림받은 자가 누구인지, 이들부터 찾아야 하지 않겠느냐? 하나 프란체스코 성인도 이것만은 능히 이루지 못하셨으니 이 아니 원통한 일이냐. 교회 안에서 함께 살, 버림받은 자들을 모으기 위해서, 모아서 함께 일을 하기 위해서는 성인께서도 먼저 당신이 속하신 교단 회칙에 따라 인준을 얻으셔야 했다. 인준을 얻으면 또 하나의 교파가 생길 터이고, 이렇게 해서 생긴 교파는 버림받은 자들을 외변에서 안으로 모아들일 테지. 이제 소형제파와 요아킴주의자들이 버림받은 자들을 규합하려던 까닭을 알겠느냐?」

「그러나, 사부님, 지금은 프란체스코 성인 이야기를 하고 계십니다. 단순한 평신도와 버림받은 자가 이단을 형성하게 되는 과정을 말씀하시는 중이 아닙니까?」

「오냐. 우리는 지금 양 떼에서 소외된 자들 이야기를 하고 있다. 교황과 황제가 권력을 두고 드잡이를 해온 수세기 동안 소외된 자들은 문둥이 무리처럼 집단의 변두리에서 고단하게 그 삶을 이어 왔다. 그중에서도 진짜 문둥이는, 하느님께서 우리에게 경계로 삼는 징표 노릇을 해왔느니라. 따라서

---

7 「요한의 묵시록」 19:17~18.

성서의 〈문둥이〉라는 표현은 마땅히 〈버림받은 자, 가난한 자, 범용하고 단순한 자, 소외된 자, 농촌에서 쫓겨난 자, 도시에서 능욕당한 자〉로 이해되어야 할 것이야. 그러나 우리는 그렇게 이해하지 못하지 않았더냐? 문둥병의 수수께끼는 오래 우리를 괴롭혔다. 무슨 까닭이냐? 우리가 이 표징의 성격을 이해하지 못했기 때문이다. 비록 무리에서 소외당하였어도 그들에게는 그리스도의 말씀에 따라 수양견과 목자의 행위를 규탄하고, 먼 미래에 이들에 대한 단죄의 약속이 담긴 설교를 들을 준비, 이런 설교를 할 준비가 되어 있었다. 권력을 가진 자들도 이를 의식하고 있었던 모양이다. 버림받은 자들은 자기를 발견하게 되면서부터 권력자들에게 권력의 배분을 요구했다. 이 때문에 소외를 의식하는 소외된 자들은, 교리에 상관없이 이단자로 낙인찍히게 된 것이다. 그러나 정작 소외자들 자신은 소외된 사실에 눈이 멀어 소외를 의식하지 못하는 부류는 교리에 관심을 갖지 못하는 법인데 이것이 바로 이단이라는 미망인 것이야. 세상에 이단 아닌 것 없고 정통 아닌 것 없다. 어느 한 세력이 주장하는 신앙은 그리 중요하지 않아. 중요한 것은 그 세력이 약속하는 희망인 것이야. 모든 이단은 현실, 즉 소외의 기치와 같은 까닭이 여기에 있다. 이러한 이단자들을 긁어 보면 바닥에 있는 문둥병 자국이 보일 것이다. 대(對) 이단 전쟁은 오로지, 문둥이는 문둥이로 소외시킬 것을 요구한다. 하지만 문둥이에게야 요구할 게 무엇 있겠느냐? 그들이 속로회(贖虜會)[8]의 교

---

8 회교도들의 포로가 된 적이 있던 기독교 신도들을 속출(贖出)시킬 목적으로 만들어졌던 수도회.

리와 성찬의 정의를 구별할 줄 알면 얼마나 알겠느냐? 잘 들어라. 이런 것을 구별하는 놀음은 우리 같은 식자들의 전유물인 게다. 단순한 평신도들에게는 나름의 문제가 있다. 문제는 그것을 해결하는 방법이 잘못되어 있다는 것인데, 이 때문에 그들이 이단의 벙거지를 쓰는 것이다.」

「그러면 왜 이들을 지원하는 자들이 생기는 것입니까?」

「의도하는 바를 얻기 위해서이다. 그들의 목적은 신앙과는 상관이 없고 주로 권력을 쥐는 것과 관련이 있음이야.」

「로마 교회가 반대파를 이단으로 모는 것도 이 때문입니까?」

「그렇다. 자기 휘하로 들어오는 이단을 정통으로 인정하는 까닭, 이단의 세력이 지나치게 강화될 때 정통으로 받아주는 것도 이 때문이다. 그러나 여기에 무슨 원칙이 있는 것은 아니다. 개인에 따라, 상황에 따라 얼마든지 달라질 수 있는 것이다. 세속의 영주들도 여기에서 벗어나지 않는다. 때로 지방 장관이 이단 세력을 부추겨 복음서를 방어(邦語)로 번역하는 일도 있다. 너도 알다시피 지금 특정 도시 국가의 언어는 방어로 되어 있고, 로마와 수도원의 통용어는 라틴어가 아니냐. 때로 지방 장관들이 발도파를 지원하는 일도 있다. 무슨 까닭에서이겠느냐? 발도파에서는 남자와 여자는 물론 근본의 귀천을 막론하고 남을 가르칠 수도 있고 설교단에 설 수 있을 뿐만 아니라, 열흘만 스승을 사숙한 사람이면 비록 그 신분이 막일꾼이라고 해도 설교자가 될 수 있기 때문이다.」

「그래서 신성불가침인 성직자의 요건을 없애 버렸군요. 하지만 그렇다면 왜 바로 그 도시의 장관들이 이단들을 적대시하고 화형주로 보내기 위해 교회와 손을 잡는 일이 생기고 있는 것입니까?」

「까닭인즉, 이단의 발호가 방어 쓰는 속인들의 특권을 위태롭게 할 수 있음을 깨달았기 때문이다. 1179년의 라테란 공의회에서(이렇듯 이 문제는 자그마치 150년은 거슬러 올라간다) 월터 매프[9]는, 교회가 어리석고 무식한 대중인 발도파를 인정하는 것의 위험성을 강력하게 경고한 바 있다. 그는, 발도파 신도는 일정한 주거도 없고, 맨발로 다니며, 아무것도 소유하지 않되 모든 재산을 공유하고 벗은 채로 벗은 그리스도를 따른다고 한 적이 있다. 그의 말에 따르면, 발도파는 버림받은 자들이기 때문에 이런 식으로 세력을 키워 가는데, 만일에 이 세력이 일정한 수준까지 강화되면 자기네들은 교단에서 쫓겨나고 말게 된다. 이때부터 도시 사람들은 탁발 수도회, 특히 우리 프란체스코 수도회를 좋아하게 되었다. 우리는 참회와 도시 생활, 교회와 돈벌이에 관심을 가진 공민(公民)의 균형을 중히 여겼기 때문이다.」

「그렇다면 하느님에 대한 사랑과 돈벌이에 대한 관심이 조화롭게 되었습니까?」

「아니다. 심령의 갱생 운동은 난관에 봉착했다. 교황이 인가한 교단의 경계 내로 그 범위가 좁혀졌으니까. 하지만 우리 저류에 흐르는 사상만은 봉쇄할 수 없었다. 결국 우리 프란체스코회의 운동은 고행 운동으로, 또는 돌치노파 같은 무장한 무리에게로, 또는 우베르티노가 얘기했던 몬테팔코 수도승들의 요상한 제식 등으로 비화하게 되었다.」

---

9 앵글로 노르만계의 성직자, 풍자 시인으로 유명하다. 그의 풍자시 대부분은 성직자들의 우행을 겨냥한 것으로 알려져 있다.

「그렇다면 결국 누가 옳았고 누가 옳은 것이고 누가 글렀던 것입니까?」

「가는 길은 모두 옳았으나 모두가 잘못 가고 있었지.」

「그럼 사부님께서는, 왜 사부님의 견해를 밝히시지 않습니까? 왜 진실을 말씀하시지 않습니까?」 나는 흥분했던 나머지 나도 모르게 사부님에게 대든 꼴이 되고 말았다.

사부님은, 손에 든 렌즈를 빛에 대어 보느라 한동안 입을 다물고 있다가 이윽고 그 렌즈를 탁자 위의 연장에 가까이 대면서 물었다. 「보아라, 무엇이 보이느냐?」

「연장이 확대되어 크게 보입니다.」

「그것이다. 우리가 할 수 있는 것은 가까이서 이렇게 크게 보는 것뿐이다.」

「그러나 연장은 변하는 것이 아니잖습니까!」

「그러하냐? 그렇다면 이 유리 덕분에 읽을 수 있게 될 베난티오의 원고 역시 본질적으로는 변하지 않을 게다. 하나 원고를 읽으면 진실의 일부를 더 잘 알게 될지 모른다. 그러면 이곳 수도원 생활도 지금보다 좋은 쪽으로 개선할 수 있을지 모르는 것이고…….」

「하지만 그것만으로 문제가 다 풀리겠는지요?」

「아드소, 나는 표면적인 것만을 너에게 말하고 있는 게 아니다. 로저 베이컨 이야기 듣는 게 너에게 이번이 처음은 아닐 것이다. 그분은, 모든 시대를 통틀어 가장 현명한 분이라고 할 수는 없을지 모르나, 나는 학문에 대한 사랑을 독려하는 그분의 낙관적인 태도, 학문이 우리에게 줄 수 있다는 희망의 약속이 그렇게 좋을 수가 없었다. 우리 베이컨 사부님께서는 평신도들의 힘을 믿으셨고, 그들의 필요와 정신적 창의성을 믿으셨다. 그분이 만일에, 가난한 자, 버림받은 자, 바보와 무식꾼도 종종 우리 주님의 입을 빌려 말을 한다고 하지 않았더라면 훌륭한 우리 프란체스코 문중 어른이라고 알려지지 않았을 것이다. 그들은, 자기의 연구 업적이나 보편적인 법칙 속에서 종종 길을 잃어버리고는 하는 박식한 사람보다 훨씬 중요한 것을 가지고 있다. 평신도들에겐 개별적인 것에 대한 분별이 있다. 그러나 이 분별력 자체만으로는 충분하지가 않아. 평신도들은, 교회의 신학자들보다 훨씬 진실할 수 있는 자기네 나름의 진실을 파악하고는 있으나, 경솔한 행위로 이 진실을 부숴 버리고는 한다. 그들을 어떻게 해야 마땅할까? 이 가난한 자, 단순한 자들을 가르쳐야 할까? 이것은 너무 쉬우면서 너무 어려운 문제이기도 하다. 그래서 프란체스코 교단의 학자들은 이 문제를 심사 고구(深思考究)했는데, 위대한 보나벤투라는, 현능한 수도자는 반드시 평신도의 행위에 내재된 진리로써 개념적 명료성을 확장해야만 한다고 말했다.」

「그래서 페루자 헌장이나, 우베르티노 수도사님의 박식한 논문이, 청빈을 요구하는 단순한 평신도들의 소리를, 신학상의 결정으로 변형시켜 드러나게 한 것도 그런 예에 속하는 것입니까?」

「그렇다만, 너도 보았듯이 늘 만시지탄이다. 그래서 이를 정의해 놓고 보면 단순한 평신도의 진리는 늘 강자의 진리가 되어 버리는 것이다. 말하자면 청빈한 탁발 수도사에게보다는 루트비히 황제에게 더 유용한 진리가 되어 버린다는 말이다. 어떻게 해야 단순한 평신도의 경험에 다가앉을 수 있겠느냐? 다시 말해서 실효가 있는 미덕으로서, 세상을 변화시키고자 하는 그들의 그러한 역량을 어떻게 해야 가까이서 체험할 수 있겠느냐? 베이컨 사부님이 안고 계시던 문제는 바로 이것이었다. 사부님께서는 늘, *Quod enim laicali ruditate turgescit non habet effectum nisi fortuito*(무지에서 생겨나는 것은 우연한 작용 이외의 어떤 작용도 하지 못한다)라고 하셨다. 그분께서는 또, 단순한 평신도의 경험은 야만스럽고 통제하기 어려운 결과를 부르는 법이라고 하셨다. *Sed opera sapientiae certa lege vallantur et in finem debitum efficaciter diriguntur*(그러나 지혜가 한 일은 법다워서 필경은 그 효과를 거두게 하는 법)라는 말씀도 하셨다. 이는 실제적인 일, 즉 농업이 되었든 상업이 되었든, 행정이 되었든, 이러한 일에는 반드시 일종의 신학 같은 것이 필요하다는 것이다. 그분의 말씀에 따르면 새로운 자연 과학에 학자들이 대거 참여하지 않으면 안 되는 것이다. 사부님께서는, 자연의 변화에 대한 각별한 지식을 통해, 무질서한 것 같아도 나름대로 절실하고 온당한, 단순한 평신도들의 필요와 기대를 수렴하자는 것이었다. 이것이야말로 새로운 과학이며 학문의 새로운 마법인데, 사부님께서는 교회가 이런 작업의 선봉에 서야 한다고 하셨다. 그러나 나는 사부님께서 이러한 말씀을 하신 까닭을, 식자의 사회는 성직자 사회밖에 없었기 때문이라고 믿는다. 그래, 당시에는 식자의 사회가 곧 성직자 사회였지만 오늘날에는 통하지 않아. 식자들은 수도원과 성당은 물론이고, 대학, 심지어는 대학 바깥에서도 생겨나고 있다. 그래서 나는, 오늘날의 나나 나의 동료들은 이러한 작업의 주도를 교회에 맡길 것이 아니라 세인의 집단에 맡겨야 하지 않겠느냐는 생각을 한다. 그러면 미래에는 식자의 사회가 곧 자연 철학이자 긍정적인 의미에서의 마술인 이 새로운 인간의 신학을 제창해야 되지 않겠느냐는 것이다.」

「참으로 놀라운 일이겠습니다만, 그런 일이 가능할는지요?」

「내 사부님 베이컨께서는 그렇게 믿으셨다.」

「사부님께서는요?」

「나 역시 그렇게 믿는다. 그러나 이것을 믿기 위해서는 먼저 유일선(唯一善)인 개인의 인식은 단순한 자들에게서 나온다는 것을 확신할 수 있어야 한다. 개인의 인식이 유일선이라면, 과학은 어떻게 해야 보편 법칙을 재구성하고, 이를 해석함으로써 이 불가사의한 학문에다 기능을 부여할 수 있겠느냐?」

「어떻게 해야 합니까?」

「이제는 나도 그 답을 모르겠다. 내 옥스퍼드에 있을 때, 지금은 아비뇽에 있다만 당시에는 함께 있던 오컴 사람 윌리엄과 이 문제를 자주 토론했다. 그 양반은 자주 내 가슴에 의혹의 재를 뿌리고는 했지. 개인의 직관이나 인식이 유일선이라면 동일한 원인은 동일한 결과를 낳는다는 전제는 증명이 곤란한 명제가 되어 버린다. 한 개체는 차가울 수도 있고 뜨거울 수도 있는가 하면, 달 수도 있고 쓸 수도 있으며, 습할 수도 있고 건할 수도 있다. 그러나 한 부분만 그렇고 다른 부분은 그렇지 않을 수 있다. 손가락 한 번 까딱할 때마다 새로운 실체가 무한정으로 창조되는데 항차 만물에 질서를 부여하는 보편적인 사슬을 어떻게 찾아낼 수 있겠느냐? 내가 손가락을 한 번 움직일 때마다 내 손가락과 다른 모든 대상의 위치, 그 관계가 달라지는 법인데 말이다. 이러한 관계를 통해 내 마음이 개별적 실체 사이의 관련성을 감지하는 것인데, 여기에 보편성과 영속성이 있다는 것을 누가 보증할 수 있겠느냐?」

「하지만 사부님께서는 특정 두께의 유리가 특정 시력에 상응한다는 걸 알고 계십니다. 사부님께서는 이것을 아시기 때문에 잃어버린 것과 똑같은 유리알을 만들게 하실 수 있습니다.」

「현답(賢答)이다. 실제로 나는, 다음과 같은 명제를 고안해 냈다. 즉, 두께가 같을 때에는 그에 상응하는 시력도 늘 동일하단 것이다. 내가 이렇게 단정하게 된 것은 다른 상황에서도 이러한 동일한 결과를 개별적으로 얻었기 때문이다. 약초로 사람의 병을 낫우어 본 사람은, 같은 종(種)에 속하는 약초 각각은 환자에게 같은 정도의 치료 효과를 나타낸다는 것을 안다. 따라서 조사자는 특정 종류에 속하는 모든 약초는 특정 병을 낫우는 데 도움을 준다는 가정을 공식화한다. 어떤 두께의 유리는 같은 정도로 시력을 도와준다는 가정 역시 마찬가지이다. 베이컨 사부님의 과학이라는 것도 이러한 가정에서 시작된다. 아드소, 너도 알겠지만 나는 경험으로 알았기 때문에 이 가정이 두루 통할 것이라고 믿어야 하는 것이다. 그러나 여기에 믿음을 기울이기 위해서는 우선 보편 법칙의 존재를 전제해야 한다. 그러나 나는 그 전제를 믿을 수가 없다. 보편 법칙과 기정 질서라고 하는 개념의 존재는 하느님이 이런 개념의 포로가 될 수 있다는 사실을 내포하고 있기 때문이다. 하느님은 절대 자유로운 분이시고, 원하셨다면 일거에 세상을 바꿀 수 있으셨던 분이 아니냐?」

「제가 바로 이해했는지 모르겠습니다. 사부님께서는 행동도 하시고, 행동하시는 이유는 아십니다만, 무엇을 하고 계신지 알고 있다는 것을 아시는 까닭은 아직 모르시는 것 같습니다.」

사부님은 내 말을 듣고는 놀란 얼굴을 하고 나를 바라보았다. 나는 우쭐해지는 기분이었다. 「그럴 것 같구나. 좌우지간 이것이 내 불안을 설명할 수 있기는 하다. 나는 믿으면서도 내 진실을 확신하지 못하는 불안을 안고 있어.」

「사부님께서는 우베르티노 어르신보다 더 불가사의하십니다.」

「그럴지도 모르겠다. 하나 네가 알다시피 나는 자연을 공부하는 사람이다. 지금 이 사건을 조사하면서도 나는 누가 선하고 누가 악한지는 알고 싶지 않다. 내가 알고 싶은 것은 오로지, 어젯밤 문서 사자실에 있었던 게 누구인지, 내 안경을 가져간 자가 누구인지, 눈에다 자국을 남기면서 수도사의 시체를 끈 자가 누구인지, 베렝가리오는 지금 어디에 있는지 뿐이다. 이것들은 사실에 속하지. 가능하다면 이러한 사실들을 나중에 연결해 볼 것이야. 그러나 이 인과 관계를 엮어 낸다는 것은 쉬운 일이 아니다. 천사가 개입하면 만사는 일장춘몽. 따라서 인과가 엮이지 않더라도 놀랄 일은 아닐 것이다. 나는 다만 해볼 뿐이다.」

「사부님께서는 참으로 어려운 일을 맡으셨습니다.」

「그러나 나는 브루넬로를 찾지 않더냐?」 사부님은 이틀 전 수도원장의 말 〈브루넬로〉를 찾은 이야기를 하고 있었다.

「그렇다면 말씀대로 이 세상은 하나의 질서에 꿰어져 있는 것입니까?」

「그보다는 내 머리에도 어느 정도의 질서가 있긴 있는 것이겠지…….」

이때 니콜라가, 거의 완성된 안경테를 자랑스럽게 흔들면서 나타났다.

「저놈을 코에 걸면, 내 머릿속은 질서가 조금 더 잡히겠구나.」

수련사 하나가 나타나 수도원장이 사부님을 만나고 싶어하는데, 시방 뜰에서 기다린다고 전갈했다. 뜰 쪽으로 가면서 사부님은 뭔가를 깜빡 잊고 있다가 다시 생각난 듯이 양손바닥으로 당신의 이마를 소리 나게 갈겼다.

「참, 베난티오의 요상한 기호, 내가 해독했다.」

「모두 해독하셨습니까? 언제 하셨습니까?」

「네가 잘 동안에 했다. 〈모두〉라는 말은 하기에 따라서 의미가 달라질 수 있겠구나. 양피지가 불길에 닿자 나타난 기호를 네가 베껴 주지 않았느냐? 네가 베껴 준 것은 모두 해독했다. 그리스 문자 해독은 아무래도 새 안경이 완성될 때까지 기다려야겠구나.」

「사부님께서는, 〈아프리카의 끝〉의 비밀일 거라고 하셨는데 과연 그랬습니까?」

「그래. 방법은 그리 어렵지 않았다. 베난티오가 사용한 것은 12개의 12궁도 기호와 8개의 다른 기호이더구나. 8개 중 5개는 행성을 나타내는 기호, 2개는 해와 달을 나타내는 기호, 나머지 하나는 지구를 나타내는 기호였다. 모두 해서 기호는 스무 개가 아니냐. *unum*(하나)과 *velut*(동일한 것), 이 두 단어의 첫 글자들은 음이 같아서 한 자(字)로 표현할 수 있으니 이 스무 개의 기호를 라틴어 알파벳과 대응시키기에는 충분하지. 알파벳의 순서는 우리가 아는 그대로다. 기호의 순서는 그러면 어떻게 되어야겠느냐? 나는 12궁도 사분원(四分圓)에 놓는 천체의 순서를 한번 생각해 보았다. 그렇다면 지구, 달, 수성, 금성, 태양 순인데, 바로 이때부터 12궁도 기호는 전통적인 순서 그대로 나오더구나. 세비야 사람 이시도루스가 분류했듯이, 춘분점인 백양궁(白羊宮)에서 시작, 쌍어궁(雙魚宮)에서 끝나는 것 말이다. 이걸 이용하면 베난티오의 암호는 뚫린다.」

사부님은 나에게 양피지를 보여 주었다. 거기에는 라틴어 해제가 이미 그의 필체로 쓰여 있었다. 〈*Secretum finis Africae manus supra idolum age primum et septimum de quatuor*……〉

「무슨 말인지 알겠느냐?」

「〈우상 위의 손이 넷의 첫 번째와 일곱 번째에 작용한다.〉, 무슨 뜻인지 도무지 모르겠습니다.」

「그래 나도 아직은 잘 모르겠다. 먼저 베난티오는 무슨 생각에서 〈이돌룸〉, 즉 〈우상〉이라는 말을 썼는지 알아야 한다. 상(像)? 유령? 아니면 형상? 그다음, 〈넷의 첫 번째와 일곱 번째〉는 무슨 뜻일까? 말하자면 〈일곱 번째와 첫 번째가 있는 넷〉은 무슨 뜻일까? 이것을 어떻게 한다는 뜻일까? 당긴다는 뜻일까, 민다는 뜻일까, 단순히 움직인다는 뜻일까?」

「그럼 결국 저희는 아는 게 없으니 원점으로 돌아온 셈이군요.」 내가 크게 실망하여 말하자, 사부님은 걸음을 멈추더니 자상하지만은 않은 표정으로 나를 쳐다보셨다. 「네 이놈! 주님의 권능에 힘입어 갖춘 얼마 안 되는 학식과 기예를 이용해 저 혼자만 알겠다고 만들어 놓은 다른 사람의 암호를 단 몇 시간에 해독한 늙은 프란체스코 수도사에게, 너같이 대가리에 피도 안 마른 녀석이 감히 처음부터 다시 시작해야 하겠다고 재잘거릴 수 있다더냐!」

나는 황급히 사죄했다. 무의식중에 사부님의 빳빳한 자존심을 건드려 버린 것이었다. 나는 그분이 자기의 추리의 속도와 그 정확성을 얼마나 자랑스러워하는지 잘 알고 있었다. 사부님의 암호 해독 능력은 그만한 자존심에 걸맞은 것이었고, 약아빠진 베난티오가 해독하기 어려운 암호 뒤에 수수께끼 같은 말을 이용해 비밀을 숨겨 놓았던들 그게 어찌 사부님이 비난받아야 할 대목이었겠는가?

「사죄할 것까지는 없다. 네 말에도 일리가 있기는 하다. 아직도 모르는 것이 태산이지 않더냐? 어서 가기나 하자.」 사부님 말씀이었다.

만과

수도원장은 객승들과 이야기를 나누고, 윌리엄 수도사는 미궁의 수수께끼를 깨뜨리기 위해 기상천외한 생각을 해내고 가장 이성적인 방식으로 성공한다. 윌리엄 수도사와 아드소는 일을 끝낸 연후, 건락 떡을 먹는다.

 원장은 잔뜩 걱정스러운 표정을 하고는 우리를 기다리고 있었다. 그는 들고 있던 편지를 보여 주면서 사부님에게 이렇게 말했다.

「조금 전 콩크 수도원의 원장으로부터 받은 편지입니다. 수도원장은, 교황으로부터 프랑스 궁병대 지휘관과 사절단 경호를 위임받은 사람이 누군지 이 편지에다 밝히고 있습니다. 이 궁병대 지휘관은 군인도 아니고 교황청 사람도 아닙니다. 그러나 사절단 일원의 임무를 겸하고 있는 사람입니다.」

「독특한 성격이 보기 드물게 한데 모인 사람이군요. 대체 누굽니까?」 사부님이 거북한 표정을 하고 물었다.

「베르나르 기, 혹은 베르나르도 귀도니[10]로 불리는 사람입니다.」

사부님은 뭐라고 내뱉으셨으나 사부님의 고향 말이어서 나는 알아들을 수 없었다. 원장도 알아듣지 못한 것 같았다. 어쨌든 우리 둘 다에겐 아주 다행스러웠다. 사부님이 내뱉은 단어는 그 소리로 보건대 상당히 외설스러운 내용으로 이루어져 있는 것 같았기 때문이었다.

사부님이 목소리를 가다듬고 말했다. 「이거 마음에 안 드는데요? 베르나르는 다년간 툴루즈 지역에서 이단 혐의를 받는 자들의 씨를 말린 위인입니다. 발도파, 베기니파, 소형제파, 돌치노파를 박해하고 박멸한 사람들의 교과서 노릇을 한 『*Practica officii inquisitionis heretice pravitatis*(이단 심문의 직무에 대한 편람)』이라는 저서까지 낸 일이 있는 사람이지요.」

「압니다. 나도 읽어 보았는데, 저자가 대단히 박식합디다.」

「대단히 박식하지요. 하지만 이자는 요한의 오른손입니다. 최근에 요한은 이자에게 플랑드르와 이곳 북이탈리아의 요직이라는 요직은 모두 돌려 가면서 맡겼습니다. 갈리시아의 주교에 임명된 적도 있습니다만 교구에는 코빼기도 내밀지 않고 이단 심문에만 신바람을 내더군요. 근자에 로데브 주교직으로 은퇴한 것으로 알고 있는데 요한은 어느새 이자를 북이탈리아로 파견한 모양이군요. 문제는 하고많은 사람

---

10 라틴어 이름은 〈베르나르두스 귀도니스〉, 이탈리아식 이름은 〈베르나르도 귀〉, 프랑스식 이름은 〈베르나르 기〉(1261~1331). 도미니크회 주교, 이단 심문관, 역사가. 스페인의 투이 주교로 임명된 1307년부터 1323년까지, 툴루즈에서 이단 심문관 노릇을 했다. 희귀한 재능의 소유자인 베르나르 기는 이단 심문관으로보다는 역사 연구에 그 재능을 발휘했다. 역사학 방면의 저서로는 『연대기의 꽃』, 『프랑크의 왕들』이 있고, 이단 심문에 관련된 저서로는 『이단 심문의 직무에 대한 편람』이 있다.

가운데 왜 하필이면 베르나르 같은 자에게, 그것도 병력의 통수권을 쥐어 주었느냐 하는 겁니다.」

수도원장이 미간에 손가락을 대고 있다가 대답했다. 「설명이 가능합니다. 설명이 가능하기 때문에 어제 말씀드렸다시피 내 오금이 저려 온다는 것입니다. 윌리엄 형제께서는 잘 아시겠지만 인정은 하고 싶지 않을 겁니다. 무성한 신학적 논쟁에서 상당한 지지를 받고 있기는 하나 페루자 총회가 인정한 그리스도와 교회의 청빈 문제는 많은 이단의 주장과 근본적으로 동일하다는 것을요. 물론 이단의 경우, 분별이 모자라고 정통의 길에서 자꾸 벗어나는 것이 사실이긴 하지만요. 그래서 황제께서 지지하시는 체세나 사람 미켈레의 위치가, 우베르티노나 안젤로 클라레노 꼴이 되었다는 것은 새삼 말할 것도 없지요. 여기까지는 양쪽 사절단이 동의합니다. 그러나 베르나르는 그 이상을 시도하려 할 것이고, 실제로 설치는 재주도 대단한 사람입니다. 그는 페루자 쪽 논제를 소형제파나 가짜 사도파의 논제쯤에 견주어 뭉개어 버리려고 할 것입니다.」

「그거야 예견했던 일이지요. 내 말은, 베르나르가 아니었더라도 이번에 거론될 문제라는 겁니다. 어쨌든 베르나르는 교황청의 어리석은 수도사들에 비해서는 효과적으로 이쪽을 공격하고 나설 것입니다. 요컨대 이자와의 논쟁이 대단히 껄끄러워질 조짐이 보이는 겁니다.」

수도원장이 고개를 끄덕였다. 「그렇습니다만, 문제는, 어제 우리가 했던 우려가 현실로 나타날 것이라는 점입니다. 만일 내일까지 우리가 두 수도사(어쩌면 셋이 될지도 모르는 상황입니다)를 살해한 범인을 찾아내지 못하면, 나로서는 베르나르에게 수도원의 지휘권을 넘겨야 합니다. 이 수도원에서 그런 사건이 있었고 그 사건이 미결인 채 남아 있다는 걸 숨기지 못할 것입니다. 베르나르에게 주어진 권력이 있으니(그리고 이것은 우리가 동의했기에 주어진 것임을 기억해야겠지요) 그것은 불가피합니다. 물론 이런 일이야 없어야겠지요만, 만일에 우리가 이를 숨기다가 베르나르 기에게 발각될 경우, 우리는 그에게 우리를 배신자로 몰 명분을 주는 셈입니다. 무서운 일이 아닙니까?」

「그렇습니다. 그러나 지금으로서는 속수무책입니다. 어쩌면 오히려 좋은 쪽으로 작용할지도 모릅니다. 베르나르가 살인범을 찾는 데 몰두하게 되면 회의에 참석하는 시간도 줄 테니까요.」

「살인 사건의 진상 조사를 맡긴다는 것은 베르나르 기라는 가시를 삼키는 것이나 다름없는 일이라는 걸 잊어버리면 안 됩니다. 이렇게 되면 나는 사상 처음으로 이 수도원에 대한 지휘권을 양도하는 수모를 당하는 꼴이 됩니다. 이것은 이 수도원만이 아니라 우리 클뤼니 교단 자체의 역사에서도 새로운 전환점입니다. 이를 면하기 위해서라면 나에게 못할 짓이 없습니다. 베렝가리오는 어디에 있습니까? 이자는 도대체 어떻게 된 것입니까? 윌리엄 형제께서는 대체 무엇을 하고 계십니까?」

「나는 옛날 옛적에 이단 조사관을 지낸 한 늙은 수도사에 지나지 못합니다. 앞으로 이틀 안에 진상이 밝혀지리라고는 원장께서도 믿지 않으시겠지요. 그것은 그렇고, 대체 나에게 무엇을 베푸셨습니까? 장서관엘 들어갈 수가 있습니까, 수도사들에게 질문을 마음대로 할 수가 있습니까? 나는 원장의 지원을 도무지 받지 못하고 있는 것입니다.」

「내가 보기에, 이 사건과 장서관은 아무 관계도 없습니다.」

「그럴까요? 아델모는 채식사, 베난티오는 번역사, 베렝가리오는 보조 사서인데도 장서관과 관련이 없다고 하시겠습니까?」 윌리엄 수도사가 차분하게 응수했다.

「이 수도원의 수도사 60명은 모두 교회와도 관련이 있고 장서관과도 관련이 있습니다. 그런데 왜 장서관 핑계만 대고 교회를 조사하겠다고는 않습니까? 윌리엄 형제, 형제는 나를 대신해서, 내가 그어 놓은 선 안에서 이 사건을 조사하고 있습니다. 그 외에 있어서는, 이 수도원 벽 안에서는 내가(하느님의 은혜로) 하느님 다음가는 존재입니다. 베르나르가 지휘권을 맡게 될 경우에는 베르나르에게 적용되는 말이겠죠…….」 원장은 이 대목에서 음성을 누그러뜨리고는 말을 이었다. 「……어쩌면 베르나르 기가 이곳에 오는 것은 회의 때문이 아닌지도 모릅니다. 콩크 수도원장의 편지에 따르면, 교황이 베르트란도 델 포제토 추기경을 볼로냐에서 불러 올려 교황 측 사절단장을 맡겼다고 합니다. 베르나르는 어쩌면 추기경을 만나러 이곳으로 오고 있는지도 모릅니다.」

「대국적인 견지에서 보면, 그 경우가 훨씬 심각하지요. 베르트란도 추기경은 중부 이탈리아에서 이단 혐의를 받는 사람들의 호랑이로 군림하던 사람입니다. 대(對) 이단 전쟁의 두 선수가 만난다는 것 자체가 이곳에서 대공세의 돌풍을 일으키겠다는 암묵적인 몸짓인지도 모릅니다. 결국은 프란체스코 수도회 운동도 물고 늘어지기 쉽겠지요.」

「이건 바로 황제 폐하께 기별해야 할 일입니다. 하나 아직 발등에 불이 떨어진 것은 아닙니다. 정신을 차릴 일이기는 하지만……. 그럼, 먼저 실례합니다.」

원장이 이 말을 남기고 떠났을 때 윌리엄 수도사는 잠시나마 침묵을 지키고 있었다. 그러다 나에게 말했다.「아드소, 먼저 말이다, 조급하게 굴지 않도록 해야 한다. 이토록 많은 개개인의 사소한 경험을 모아 진실을 밝히려면 시간이 걸리는 법이다. 안경이 없으면 원고를 읽지 못함은 물론, 오늘 밤 장서관에 들어가 볼 수도 없으니 나는 다시 유리 세공소로 가봐야겠다.」

사부님의 말이 끝나자마자 모리몬도 사람 니콜라가 달려왔다. 그는, 유리알 중에서도 가장 그럴듯한 놈, 바로 사부님이 희망을 걸고 있던 바로 그 유리알이, 조금 더 다듬기 위해 갈고 있던 중에 그만 부서지고 말았다고 말했다. 그리고 그 유리알 대신 사용할 수 있었던 다른 유리알은, 테에 끼우려다 부서졌다는 것이었다. 니콜라는 서글픈 표정으로 하늘을 가리켰다. 이미 만과가 지난 시각이어서 하늘에서는 어둠이 내리고 있었다. 요컨대, 니콜라로서는 더 이상 작업을 할 수 없다는 것이었다. 사부님은, 또 하루를 낭비했다고 씁쓸히 인정하였으나 풀이 죽을 대로 죽어 있는 니콜라 앞에서는 그의 목을 조르고 싶은 충동을 억누르셨다(하지만 이후 나에게는 고백하셨다).

우리는 몸 둘 바를 모르는 니콜라를 그곳에 남겨 두고 베렝가리오의 행방부터 조사해 보기로 했다. 보았다는 사람은 물론 없었다.

막다른 골목에 이른 느낌이었다. 우리는 어찌해야 좋을지 고민하며 회랑을 거닐었다. 그러다 사부님을 쳐다보았더니,

생각에 잠기어 눈 앞에 아무것도 보이지 않는 듯 멍하니 하늘을 올려다보고 있었다. 조금 전에 그는 법의 안으로 손을 넣어, 몇 주일 전에 따서 넣어 둔 이상한 풀잎을 꺼내어 입에 넣었었다. 그리고 지금 그 풀잎이 생각에 어떤 자극을 주기라도 하는 듯 열심히 씹고 있었다. 맑은 정신이 나가 버린 사람처럼 그렇게 서 있는데도 이따금 두 눈에서는 불길이 일고는 했다. 그의 텅 빈 마음속에서 새로운 생각이 그렇게 번쩍거리고 있는 듯했다. 그러다 다시 사부님 특유의 활발한 무감각에 다시 빠지는 것이었다. 미동도 않은 채 허공을 응시하고 있던 사부님이 문득 이런 말을 했다. 「그래……. 그렇게 하면…….」

「무슨 생각이 나셨습니까?」

「장서관의 미궁 속에서 길을 찾는 방법에 대해 생각을 해 보았다. 간단하지는 않지만 효과적이기는 할 거야. 그래……. 출입구는 동쪽 탑루에 있다. 이건 우리도 알지. 그런데도 들어가기만 하면 방향을 모르게 되고 말지? 만일에 우리에게 북쪽을 가르쳐 주는 도구가 있다고 가정하면…… 어떻게 될 것 같으냐?」

「북쪽만 알면, 오른쪽으로 돌면 동쪽이 될 터이고, 반대쪽으로 가면 남쪽이 될 테지요. 그런 도구가 어디에 있겠습니까만 있다손 치더라도 미궁은 여전히 미궁입니다. 동쪽으로 가더라도 다시 벽이 가로막을 테고……. 길을 잃기는 마찬가지가 아닐는지요?」

「그럴 테지. 그러나 내가 말하는 이 도구는, 어떤 위치에서건 어떤 지점에서건 항상 북쪽을 가리킨다. 우리가 방향을 바꾸어도 늘 북쪽이 어느 쪽인가를 가리킨다는 것이다.」

「정말 그런 게 있다면 대단하겠습니다. 하지만 우선은 그런 도구가 있어야겠고, 두 번째로는 그 도구가 밤에도, 실내에서도…… 태양이나 별이 없을 때도 북쪽을 알 수 있어야 하겠지요. 하지만 사부님의 은사이신 베이컨 님이신들 어찌 이런 도구를 가지셨겠습니까?」 나는 웃고 말았다.

「하지만 거기서 네가 틀렸다. 이런 도구는 이미 진작에 만들어진 것으로 나는 알아. 항해에 이용된 적도 있다더라. 너, 세베리노의 시약소에서 본 이상한 돌 기억나느냐? 쇠붙이를 끌어당기는 돌 말이다. 이 돌을 이용하면, 태양이나 별이 없을 때도 북쪽을 알 수 있다. 베이컨 사부님께서도 이를 연구하신 일이 있고, 피카르디의 요술쟁이라는 마리쿠르 사람 피에르도 이 도구에 관한 글을 남긴 일이 있다.」

「사부님께서도 만드실 수 있습니까?」

「도구 자체는 만들기 어렵지 않다. 세베리노의 시약소에서 본 돌은 기적도 능히 일으킨다. 이것을 이용하면 외부의 힘 없이도 영원히 움직이는 도구를 만드는 것도 가능하니까. 하나 가장 간단하게 이용하는 방법은 아랍 사람 바일레크 알카바야키[11]가 고안한 일이 있다. 이 방법에 따르면, 먼저 용기에다 물을 붓고, 바늘을 꿴 얇은 전피(栓皮)를 띄운다. 그다음에 이 물 위로 자석, 즉 저 불가사의한 돌을 몇 차례 왕복하게 하면 바늘도 이 자석과 비슷한 성질을 띠게 된다. 물론 자석 자체가 중심 축 위에서 움직이기만 한다면 자석으로도 얼마든지 가능하다만, 그럴 상황이 안 되니 이렇게 하

---

11 회교도 광물학자(1229~1285). 1282년경에 그가 쓴 『상인들에게 유용한 보석의 지식』이라는 책에는 나침반과 그 이용법에 관한 기록이 나온다.

는 것이지. 그러면 바늘은 자석의 성질을 띠게 되어 북쪽을 향해 움직일 것이다. 물론, 물이 든 용기를 움직여도 바늘 끝은 항상 북쪽을 가리킨다. 자, 이게 가능해진다면 용기의 북쪽에 해당하는 가장자리에 표를 해두고 동, 남, 서를 정해 놓고……. 어떠냐? 이렇게 하면 장서관 안에서도 방향을 알 수 있을 게 아니냐?」

「정말 놀랍습니다. 하지만 바늘은 왜 북쪽을 가리킵니까? 그 신비로운 돌이 쇠붙이를 끌어당기는 것은 저도 보아서 알고, 그것으로 미루어 보건대 쇠붙이가 적당량 있을 경우에는 반대로 쇠붙이가 돌을 끌어당길 것 같습니다. 그런데…… 그렇다면…… 그렇다면 혹시 북극성 쪽, 그러니까 이 세상의 북쪽 끝에 엄청나게 큰 철광석 광산이라도 있는 것입니까?」

「그렇게 설명하는 사람도 없지 않다. 그러나 바늘이 정확하게 금성 쪽을 가리키는 것은 아니고, 천체 자오선의 교차점으로 살짝 기우는 것으로 알려져 있다. *hic lapis gerit in se similitudinem coeli*(이 돌은 그 자체에 하늘의 모습을 담고 있다)라는 옛말이 그르지 않지. 그러나 이 돌은 사실, 북쪽 땅의 영향을 받는 게 아니라 북쪽 하늘의 영향을 받는 것으로 알려져 있다. 물리적인 인과에 의존하지 않는, 거리와 상관없이 작용하는 움직임의 훌륭한 예이지. 내 친구 장 됭 사람 장이 이걸 연구하고 있다. 황제가 교황청이 있는 아비뇽을 땅속으로 파묻어 버리라는 명령도 하지 않았는데…….」

「사부님, 그럼 가시지요. 세베리노에게는 그 기적의 돌이 있습니다. 이제 물과 물그릇과 전피만 있으면 됩니다.」 나는 흥분해서 떠들었다.

「가만……. 까닭을 모르겠다만, 나는 철학자가 설명할 때는 완벽하던 기계가 실제로 기능함에 있어서는 완벽했던 것을 본 적이 없구나. 철학자가 가르치지 않아도 농부가 쓰는 낫을 그대로 본떠 만들면 제 몫을 하지 않더냐? 걱정스러운 것은 그 미궁 안을 등잔과, 물그릇을 들고 돌아다니다가는……. 가만 있자……. 좋은 생각이 하나 있기는 하다. 우리가 미궁 밖에 있더라도 이 도구는 북쪽을 가르쳐 줄 테지?」

「그렇습니다만, 태양 아니면 별이 있으니까 밖에서는 필요가 없습니다.」

「안다, 나도 안다. 하나 이 도구가 미궁의 안팎에서 기능할 수 있는 바에 우리 머리는 왜 아니 되겠느냐?」

「머리라고 하셨습니까? 물론 머리라면 안에서도 돌아가고 밖에서도 돌아가기는 합니다. 사실, 밖에서라면 본관 장서관의 서실(書室) 배치도는 그릴 수 있습니다. 문제는 안에섭니다. 안으로 들어가기만 하면 통 방향을 알 수 없다는 게 바로 문제 아닙니까?」

「그래서 하는 소리다. 어쨌든, 내게 생각이 있으니까 그 도구 이야기는 더 이상 말자. 그걸 생각했더니, 자연의 법칙, 우리 사유의 법칙에도 생각이 미치는구나……. 그래! 바로 이것이야! 우리는 밖에 있지만 본관 내부에 들어가 있다고 생각하고 그 내부를 그려 보는 방법을 찾아내야 하는 것이다.」

「어떻게 하지요?」

「그래, 수학이라는 걸 한번 이용해 보자. 아베로에스가 말했듯이 수학에서만 우리가 아는 것과 절대적으로 알려진 것이 동일해질 수 있다.」

「그렇다면 사부님께서도 보편적인 지식이라는 걸 용인하시는 것이군요?」

「수학상의 지식은 언제나 진리처럼 기능을 하는, 지성이 구축한 명제다. 무슨 까닭이냐? 수학적 개념 자체에 진리가 담겨 있기 때문이거나, 수학이 다른 학문을 앞질러 성립된 것이기 때문이다. 그런데 장서관은 내가 보기에 수학적으로 사고하는 인간에 의해 설계된 것으로 보이는구나. 무슨 까닭이냐? 수학 없이는 미로를 만들 수 없기 때문이다. 따라서 우리의 수학적 명제를 설계자의 명제와 비교해 보면 여기에서 과학이 탄생하는 것이다. 이것은 또 무슨 까닭이냐? 수학은 항(項)과 항의 과학이기 때문이다. 어찌되었건 날 자꾸 형이상학적인 말놀이로 끌어들이지 마라. 오늘따라 네 녀석이 자꾸 날 괴롭히려 드는구나. 그보다도 너는 눈이 좋으니까 양피지나, 석판이나, 뭐든 좋으니 적을 수 있는 것과 필기구를 챙겨라. 좋아, 이미 지니고 있다고? 잘했다, 아드소. 그럼 본관을 한 바퀴 돌아 보자. 날이 어두워지기 전에 말이야.」

우리는 본관을 길게 한 바퀴 돌았다. 그러니까, 우리는 본관에서 멀찍이 떨어져 동쪽, 남쪽, 서쪽 탑루와 이를 잇는 벽을 관찰했다. 나머지 북쪽 벽은 낭떠러지에 면해 있어서 가까이서 볼 수 없었다. 우리는 대칭의 추론을 통하여 일단 북쪽 탑루가 다른 탑루와 다르지 않을 것이라는 결론을 내렸다.

사부님의 지시에 따라 내가 석판에다 그리고 쓴 바에 따르면, 각 벽에는 창이 두 개씩 있었고, 각 탑루에는 모두 다섯 개씩의 창이 있었다.

「자, 생각해 보아라. 우리가 본 방에는 창이 하나씩 있었다.」
「7면 벽실만 제외하고 그랬습니다.」
「그건 각 탑루 중앙의 방이 아니겠느냐?」
「그리고 또 7면 벽실이 아닌데도 창이 없는 방도 있었습니다.」

「그건 잠시 접어 두고, 먼저 규칙을 찾고, 그러고 나서 예외적인 것을 설명해 보자. 이렇게 된다……. 밖에서 보면 각 탑루에 방이 다섯 개씩 있고, 벽에 면한 방이 두 개씩 있다. 각 방에는 창이 하나씩 있다. 그러나 창이 있는 방에서 본관 안쪽으로 들어가게 되면 창이 하나인 다른 방이 나오게 되어 있다. 즉, 안으로 난 창이 있다는 증거다. 자, 주방에서, 그리고 문서 사자실에서 본 안뜰은 어떤 모양을 하고 있더냐?」

「8각형이었습니다.」

「잘 보았다. 여덟 개의 벽면에는 각각 두 개씩의 창이 충분히 들어갈 수 있을 거다. 그렇다면 여덟 개의 벽면 안쪽으로는 두 개씩의 방이 있는 것일까? 내 말이 맞느냐?」

「맞습니다만, 창이 없는 방은 어떻게 합니까?」

「그런 방은 모두 여덟 개다. 실제로 각 탑루의 안방은 벽면이 7면으로 되어 있고, 이 가운데 5면의 벽이 탑루 속의 방 다섯 개와 통하고 있다. 나머지 벽 두 개는 어떻게 된 것일까? 이것은 외벽과 닿아 있는 벽이 아니다. 닿아 있다면 창이 있을 것이다. 그렇다고 8각형의 안뜰에 면해 있지도 않다. 안뜰에 면해 있었다면 창이 있을 것이고, 또한 방이 장방형일 테니까. 자, 그려 보아라. 장서관을 위에서 보면 어떤 꼴로 보일지……. 자, 각 탑루에는 7면 벽실과 연접하는 두 개의 방이 있고, 이 방들은 8각형 안뜰에 연접하는 두 개의 방과 통하고 있다.」

나는 사부님 말씀대로 그려 보고는 그만 탄복하고 말았다. 「알았습니다! 어디 세어 보겠습니다. 장서관 안에는 방이 모두 쉰여섯 개가 있습니다. 그중 네 개는 7면 벽실, 쉰두 개는 4면 벽실입니다. 창이 없는 방은 여덟 개……. 쉰두 개의 방 가운데 스물여덟 개는 외벽에 면해 있고 열여섯 개는 내벽에 면해 있습니다.」

「네 개의 탑루에는 각각 4면 벽실이 다섯 개씩, 7면 벽실이 하나씩 있다……. 장서관은 천상의 조화, 말하자면 갖가지 오묘한 의미와 상통하는 천상의 조화에 따라 설계된 것이로구나.」

「정말 놀라운 통찰이십니다. 그런데 이게 왜 그렇게 어려웠습니까?」

「수학적 법칙과 일치하지 않는 게 있어서 그랬다. 출입구가 이 법칙대로 되어 있지 않았던 것이야. 여러 개의 방으로 통하는 방도 있고 하나의 방으로만 통하는 방도 있다. 게다가 어디로도 통하지 않고 막혀 버린 방도 있지 않더냐? 게다가 안은 어둡고, 태양으로 방향을 알아낼 단서도 없고, 환상이 나타나고 거울이 겁을 주어 혼을 빼놓는가 하면 들어간 사람은 죄의식이라는 짐까지 덤으로 지고 있어야 하는 판국이니 이 미궁 헤어 나오기가 어찌 쉬운 일이겠느냐? 우리만 해도 어젯밤에는 출구를 찾지 못해서 얼마나 애를 먹었느냐? 배열의 극치가 연출하는 혼란의 극치……. 정말 놀라운 계산이다. 장서관의 설계자는 정말 놀라운 사람이구나!」

「앞으로는 방향을 어떻게 짐작하시겠습니까?」

「이제부터는 별로 어렵지 않다. 네가 그린 도면은 대충 장서관 설계 도면과 일치할 것인즉, 일단 첫 번째 7면 벽실에 이르면 바로 창이 없는 방을 찾아야 한다. 여기에서 오른쪽으로만 돌아 두세 개의 방을 지나면 북쪽 탑루에 이르게 되어 있다. 여기에서 다시 창이 없는 방을 찾아 왼쪽으로 돌아야 한다. 이 방은 7면 벽실과 연접해 있는 방인데, 여기에서 오른쪽으로 돌아, 조금 전에 말한 대로 두세 개의 방을 지나면 서쪽 탑루가 나올 것이다.」

「방이, 다른 방과 서로 통하기만 하면 가능하겠습니다.」

「오냐. 그래서 네가 그린 약도면(略圖面)이 필요한 거다. 출입구가 없는 벽을 표시해 두면 우리가 어디로 우회했는지 알 수 있을 것이야. 하나 이것은 그리 어려운 일이 아닐 게다.」

「될까요, 사부님?」 나는 너무 간단해 보여서 오히려 믿어지지가 않았다.

「될 것이다만 불행하게도 아직 모든 것을 두루 알게 되었다고는 할 수 없구나. 적어도 길만은 잃지 않을 수 있게 되었을 뿐이다. 지금부터 우리가 알아내어야 하는 것은, 각 서실에다 서책을 배치하는 데 어떤 법칙이 있느냐 없느냐 하는 것이다. 〈요한의 묵시록〉에 나오는 구절로는 알 도리가 없다. 더구나 같은 구절이 다른 방에서도 되풀이되고 있으니…….」

「〈요한의 묵시록〉에서 인용할 수 있는 구절은 56구절이 넘을 텐데 왜 되풀이되고 있는 것일까요?」

「이를 말이냐. 그러니 몇몇 구절만 유효한 셈이지. 이상하구나……. 50구절보다 적다면……. 그래서 30구절이나 20구절이라면……. 내가 멀린[12]이 아닌 것이 한스럽구나.」

「누구라고 하셨습니까?」

「별것 아니다. 우리나라의 마법사 이름이니까. 그래, 그래, 그렇다! 구절을 뽑되 알파벳 수만큼 뽑은 것이야! 바로 이거다! 중요한 것은 구절 자체가 아니라 그 구절의 두문자(頭文

---

12 『아서 왕 전설』에 나오는 마법사.

字)다! 각 방은 알파벳으로 표시된 것이고 그것이 모여 어떤 구절을 만드는 것이야. 그 구절을 알아내면 된다!」

「십자가나 물고기 모양을 그리는 도해시(圖解詩)처럼 말씀이십니까?」

「오냐. 장서관이 축조될 당시에는 그런 시가 유행했을 테니까.」

「그런데 구절이 어디서 시작하는지 어떻게 알죠?」

「우리가 처음 들어가서 본 7면 벽실…… 다른 방의 것보다는 좀 큰 두루마리……. 그게 아니라면…… 그렇지! 붉은색으로 쓰인 구절부터야!」

「붉은색 글씨로 된 두루마리는 여럿 아닙니까?」

「따라서 구절 또는 단어도 그만큼 많겠지. 우선 네가 그린 약도면을 조금 더 크게, 선명하게 다시 그려라. 일단 장서관으로 들어가면 우리가 지나는 방, 문과 벽의 위치, 창의 위치, 각 두루마리에 쓰여 있는 구절의 두문자를 거기에다 써보아라. 훌륭한 채식가들이 그러듯이 너도 붉은 글씨로 된 것은 다른 것보다 크게 쓰도록 하여라.」

「사부님, 참으로 알다가도 모를 일입니다. 밖에서 장서관을 보시고 이렇듯이 수수께끼를 풀어내시는 사부님께서 안에서는 풀어내시지 못했으니까요.」

「하느님께서 세상을 아시는 것도 이와 같을 게야. 만드시기 전에 그분 뜻으로 이리저리 재셨을 터이니……. 그러나 우리는 이 안에 살기 때문에, 만들어지고 나서 보았기 때문에 그 이치를 알지 못하는 것일 게다.」

「밖에서 보아도 사물을 알 수 있다는 말씀이시군요!」

「예술이 창조한 것은 그렇다. 우리의 마음으로 그 일을 이

룬 장인의 마음을 짚을 수 있기 때문이다. 그러나 자연의 피조물은 안 된다. 그것은 우리 마음과 비슷한 장인의 마음이 빚은 것이 아니기 때문이다.」

「그렇지만 장서관은 장인의 작품이니 이것으로 충분하지 않습니까?」

「그래. 그러나 장서관만 그럴 뿐이다. 들어가서 좀 쉬어 두자. 내일 아침까지는 아무 짓도 못할 것 같구나. 내일 아침에 내 안경이 마련된다면 말이지....... 그러니 자고 일찍 일어나는 것이 나을 거다. 생각할 것도 좀 있다.」

「저녁 식사를 하셔야 않습니까?」

「암, 먹어야지. 하지만 벌써 때를 놓쳤다. 수도사들은 저녁 식사를 마치고 종과 성무에 들었으니까. 주방은 아직 열려 있을 지도 모르지. 가서 뭐가 있는지 한번 봐라.」

「그리고 훔쳐 오라는 말씀인가요?」

「구하라. 살바토레에게서 구하라. 살바토레와는 꽤 가까워진 사이가 아니더냐?」

「살바토레라면 훔칠 것입니다.」

「네가 네 형제를 지키는 사람이냐?」 사부님은 카인의 말투[13]를 흉내 내고는 웃었다. 사부님은, 하느님은 크시고도 자비로우신 분이시라는 뜻에서 이렇게 농담을 한 것이었다. 나는 살바토레를 찾으러 나섰다. 그는 마구간 옆에 있었다.

나는 대화의 빌미를 잡을 요량으로 수도원장의 말 브루넬

---

13 「창세기」 4:9 이하. 야훼가 카인에게 〈네 아우 아벨이 어디에 있느냐〉고 묻자 카인은 〈제가 아우를 지키는 사람입니까?〉라고 잡아뗀다.

로를 턱으로 가리키면서 말을 걸었다. 「정말 쓸 만한 놈입니다. 한번 타 보고 싶군요.」

「*Non se puede. Abbonis est*(그건 안 돼. 원장님의 말이니까)……. 하지만 굳이 명마를 탈 필요는 없지…….」 살바토레는 턱 끝으로, 튼튼하게 생기기는 했어도 손질이 제대로 안 되어 있는 말을 가리키면서 덧붙였다.「……저거면 충분해. *Vide illuc, tertius equi*(저걸 좀 봐, 저기, 말의 세 번째를)…….)」[14]

그는 세 번째 말을 가리켰다. 나는 그가 쓰는 엉터리 라틴어가 우스워 그만 웃음을 터뜨리고 말았다.「아니, 저런 놈으로 어떻게 하라는 것입니까?」

그러자 그는 나에게 이상한 이야기를 들려주었는데 그의 말에 따르면, 아무리 늙고 병든 말이라도 방법만 제대로 알면 브루넬로 같은 명마로 만들 수 있다는 것이었다. 즉, 먹이에다 사타리온이라는 풀을 잘게 썰어 넣어 먹이고, 수사슴 기름으로 다리를 문질러 준 다음 말 잔등에 올라 박차를 가하기 전에 말 머리를 동쪽으로 향하게 하고는 귀에다 대고 〈니칸데르, 멜키오르, 메르키자르드〉라는 주문을 세 번 외면 말은 질풍같이 내닫는데, 그 빠르기로 말하면 같은 시간에 브루넬로가 달린 거리의 여덟 배는 능히 달릴 수 있다는 것이었다. 뿐만 아니었다. 말의 목에다, 바로 그 말이 밟아 죽인 이리 이빨 목걸이를 걸어 주면, 아무리 달려도 지칠 줄을 모른다는 말도 했다.

내가, 실제로 해보았느냐고 묻자 그는, 한차례 주위를 두

---

14 살바토레는 부정확하게도 〈세 번째 말*tertius equus*〉라고 해야 할 대목에서 〈말의 세 번째〉라고 하고 있다.

리번거리고는, 그 냄새가 복잡한 숨결이 닿을 정도로 내 귀에다 입술을 대고는, 사타리온이라는 약초는 주교나 영주들만이 자신들의 권력을 확장하기 위해 재배하는 것이어서 자기는 구하기가 어렵다고 말했다. 그의 말이 끝나자 나는, 사부님께서 긴히 읽을 책이 있어서 방에 계시고 저녁은 방에서 들고 싶어 하는데 무슨 수가 없느냐고 넌지시 물어보았다.

「해보지. 건락(乾酪) 떡을 만들 수 있을 거라.」

「어떻게 만드는데요?」

「*Facilis*(간단하지). 너무 *antiquum*(오래된 것)이 아닌, 너무 *salis*(짠 것) 아닌 건락을 구해 가지고 *cubis*(네모)로 자르든 *sicut*(다른 모양)로 자르든 좋을 대로 자른다. 다음에는 *butirro*(버터)나 *lardo*(돼지 기름)를 발라 불에 얹는다. 건락이 *tenero*(눅진눅진)할 때쯤 해서 *zucharum et cinnamon supra positurum du bis*(설탕이나 계피 같은 것으로 온갖 양념을 한다). 다 되면 바로 먹어야 한다. *caldo caldo*(따끈따끈)할 때 먹어야 하니까.」

「그럼 그 건락 떡으로 하죠.」 그는 기다리라는 말을 남기고 부엌으로 사라졌다. 약 반 시간 뒤에 그가 천을 덮은 접시를 들고 돌아왔다. 냄새가 썩 좋았다.

「여기 있네.」 그는 접시뿐 아니라 기름을 듬뿍 채운 등잔도 하나 건네주었다.

「아니, 등잔은 왜 줍니까?」 그러자 그는 익살맞게 웃으며 대답했다.

「*Sais pas, moi*(나야 모르지). *Peut-être*(어쩌면), 자네 *magister*(사부님)는 *esta noche*(이 밤중)에 어두운 데 가실 생각인지도 모르니까.」

살바토레는 내가 예상했던 것 이상으로 많은 것을 알고 있는 것 같았다. 나는 더 이상 묻지 않고 사부님 방으로 음식을 가져갔다. 식사 후 내 방으로 돌아가는 듯이 이야기하며 나는 사부님 방을 나왔다. 사실은 다시 우베르티노 사부님을 찾으러 가고 싶었던 것이다. 나는 살그머니 교회로 갔다.

종과 이후

우베르티노는 아드소에게 돌치노 이야기를 들려준다. 아드소는 혼자 장서관으로 들어가 돌치노 이야기를 생각하면서 책을 읽다가 어떤 처녀를 만난다. 아름답되 피에 굶주린 천사 같은 처녀를…….

 우베르티노 수도사는 교회의 성모상 앞에 있었다. 나는 조용히 그쪽으로 다가가 한동안 함께 기도하는 척했다(고백하거니와, 기도하는 척했다). 그러다가 틈을 보아 대담하게 그의 기도를 깨뜨렸다.
 「높으신 어르신, 한 말씀 여쭈어도 되겠습니까? 가르침을 받잡고 싶습니다.」
 우베르티노는 나를 바라보다가 내 손을 잡고 일어서서 의자 쪽으로 나를 끌었다. 우리는 의자에 앉았다. 그는 나를 꼭 껴안았다. 숨결이 얼굴로 느껴져 왔다.
 「무슨 일이냐? 이 죄인이 네 영혼에 베풀 것이 있다면 내 기꺼이 나누어 줄 것이다. 무엇 때문에 그러느냐? 그리움이냐? 육욕에 대한 그리움이더냐?」 우베르티노의 말투야말로 그리움에 사무친 것 같았다.

나는 얼굴을 붉히며 대답했다.「아닙니다. 그리움이 있다면, 그것은 많은 것을 알고자 하는 지성의 그리움일 것입니다.」

「그것은 낭패다. 아시는 분은 주님이시다. 우리는 그분의 앎을 사모하기만 하면 되는 것이다.」

「그러나 선악을 구별할 줄은 알아야겠습니다. 인간의 열정도 이해할 줄 알아야겠습니다. 저는, 지금은 비록 수련사에 지나지 못하나 언젠가는 수도사이자 신부가 될 것입니다. 저는 악마가 어디에 있는지, 어떻게 생겼는지 알아야 합니다. 그래야 악마를 알아보고, 대중에게 그것을 가르칠 수 있지 않겠습니까?」

「선재(善哉)로다. 그래 무엇이 그리도 알고 싶으냐?」

「어르신, 이단이라고 하는 독초에 대해 알고 싶습니다⋯⋯.」 나는 용기를 내어 당당하게 말했다. 그리고는 단숨에 다음 말을 해버렸다.「저는 대중을 그릇되게 인도한 사악한 돌치노 수도사 이야기를 들은 적이 있습니다.」

우베르티노는 한동안 침묵을 지키고 있다가 입을 열었다. 「그래, 윌리엄 형제와 내가 나누는 이야기를 들었으니 알 테지. 하나 참으로 구역질이 나는 이야기가 아니냐? 하려니 가슴이 답답하다만, 네가 듣기를 소원하니 하기는 해야지. 참회에의 애착과 세상을 정화하겠다는 욕심이 지나쳐 피와 살육이 난무한 내력이 되겠다만, 너 역시 이를 알고 교훈으로 삼아야 할 터이니 하기는 해야겠구나.」 그는 의자에 고쳐 앉았다. 내 어깨 위로 올라온 그의 손은 힘이 조금 풀리기는 했지만 여전히 내 목에 닿아 있었다. 나에게 지식을 전하기 위해서인지 그의 강렬한 감정을 전하기 위해서인지 구분할 수가 없었다.

「시작하려면 이야기를 돌치노 이전으로 되돌려야 한다. 내 어린 시절이었으니 지금과는 자그마치 60년 세월이 상거(相距)해 있다. 그래, 파르마에서부터 시작하자. 60년 전 파르마 땅에 게라르도 세가렐리라는 사람이 있었는데 이 사람은 참회의 삶을 살 것을 설교하며, 거리마다 *Penitenziagite*(회개하라)를 외치고 다녔다. *Penitenziagite*라는 말은 무식한 사람들이 *Penitentiam agite, appropinquabit enim regnum caelorum*(회개하여라, 하늘나라가 다가왔다)[15]이라는 복음서 말씀을 잘못해서 그리된 것이야. 게라르도 세가렐리는 그를 따르는 무리에게 사도들을 본받으라 했고 자기네 교파를 〈사도회〉라고 자칭했다. 그 추종자들은 오로지 보시(布施)에 의지해서 육신의 살림을 꾸리면서 거지처럼 방방곡곡을 누비고 다녔느니라.」

「소형제 수도회의 행각승들처럼 말씀이십니까? 이거야말로 우리 주님과, 어르신네의 교단을 세우신 프란체스코 성인께서 바라시던 것이 아닙니까?」

우베르티노는 잠깐 망설이는 기색을 보이더니 한숨을 쉬고는 고개를 끄덕였다. 「그렇기는 하다. 그러나 게라르도 세가렐리는 도를 넘어선 것이다. 게라르도와 그 추종자들은 사제직의 권위와, 미사 및 고해 성사 의식을 부인했다는 비난을 받았다. 그리고 나태한 떠돌이 걸승 패거리라는 비난도 받았다.」

「프란체스코회의 엄격주의파 역시 같은 비난을 받지 않았습니까? 지금도 프란체스코회에 속하는 소형제파는 교황의

---

15 「마태오의 복음서」 3:2.

권위는 인정되어서는 안 된다고 주장하지 않습니까?」

「그래. 그러나 사제직의 권위는 건드리지 않았다. 우리 소형제회 수도사들이 곧 사제들 아니더냐? 각 교파의 주장을 구분하는 것은 참으로 어려운 일이니라. 선악을 구분하는 경계는 그리 뚜렷하지 않기 때문이다. 그러나 게라르도는 어떤 식으로인가 잘못을 했고 그 바람에 이단으로 몰리고 말았다. 게라르도 세가렐리는 우리 소형제회 교단에 들기를 바랐지만 우리 형제들은 그를 받아들이지 않았다. 그래서 그는 우리 형제들 교회를 들락거리며 발에는 가죽신을 신고 어깨에는 망토를 걸친 사도들의 영정(影幀)을 보고는 그게 그렇게 좋아 보였던지 저 역시 머리카락과 수염을 기르고 발에는 가죽신을, 어깨에는 우리 소형제회의 법복을 걸쳤다. 새로운 회중을 모으고자 하는 자들은 누구나 우리 프란체스코 교단의 무엇인가를 흉내 내는 법이거든.」

「그렇다면 제대로 한 것이 아닙니까?」

「그러나 어딘가에서 잘못되었다. 당시 흰옷 위에다 흰 겉옷을 걸치고, 머리카락을 길게 늘어뜨리고 다니던 게라르도는 단순한 평신도들로부터 성인이라는 소리를 듣게 되었다. 그는 자기가 살던 집을 팔아 돈을 장만해 가지고는, 예부터 지방 장관들의 연단(演壇)으로 쓰이던 석단 위로 올라가 돈을 한줌씩 꺼내어 근처에서 주사위 놀이를 하던 불한당들을 불러 모으고는 그들에게 던졌다. 가난한 자들에게 나누어 주어도 좋을까 말까 한 게 돈인데 그게 어디 불한당들에게 뿌릴 것이더냐? 게라르도가 〈마음대로 가지시오〉 하면서 돈을 뿌리자 불한당들은 이 돈을 주워 그날로 노름에다 탕진하고, 신의 이름을 욕했는데, 돈을 뿌렸던 당사자는 낯빛 한

번 붉히지 않았다고 한다.」

「그러나 프란체스코 성인께서도 몸에 재물을 지니지 않으셨습니다. 오늘 저희 사부님 말씀을 듣고 알았습니다만, 프란체스코 성인께서는 까마귀나 매들, 문둥병자들에게까지, 즉 고결한 척하는 자들이 내몬 버림받은 자들을 상대로 설교하셨습니다.」

「그래. 그렇지만 게라르도는 어떻게든 엇길로 들어섰다. 프란체스코 성인께서는 성스러운 교회와 알력하신 적이 없다. 복음서는, 나누어 주되 가난한 자들에게 나누어 주라고 했지 불한당들에게 던지라고는 하지 않았다. 게라르도는 불한당들에게 던졌기 때문에 주고도 받지 못했던 것이다. 그리고 그는 시작이 나빴고, 과정이 나빴으며 끝 또한 나빴다. 왜냐하면 교황 그레고리우스 10세는 그의 교단을 승인하지 않았기 때문이지.」

「그렇다면 그레고리우스 10세는, 프란체스코 교단을 인가한 교황만큼 마음이 넓지 못했던 것이 아닐까요?」

「그래. 그러나 게라르도는 어떻게든 정도를 벗어났던 것이다. 그 반면 프란체스코 성인께서는, 스스로 하시는 일에 한 점 의혹이 없었다. 그러더니 마침내 게라르도의 소매 아래로 모여 하루아침에 가짜 사도들이 된 돼지치기, 소몰이들은, 소형제회 수도사들이 청빈의 본보기를 보이면서 그토록 애써 가르쳤던 보시와 고행에 의지해서 피땀 한 방울 흘리지 않고 지복 한가운데서 살고 싶어 했다. 그러나 문제는 게라르도 세가렐리가 자꾸만 정도를 넘어섰다는 점이다. 게라르도 세가렐리는 사도들과 닮으려면 철저하게 닮아야겠다고 생각했던 모양이다. 사도들은 유대인들이 아니냐? 그래서 게라르도는 할례까지 받게 된다. 이것은 바울로가 갈라디아인들에게 한 말에 위배되는 행위가 아니냐? 너도 알겠지만, 많은 성인들께서는, 미래의 가짜 그리스도는 할례한 족속 가운데에서 나온다고 하셨다. 게라르도 세가렐리가 왜 이것을 몰랐을까만 그는 여기에서 한술 더 떠서 단순한 평신도들에게, 〈나와 더불어 포도원으로 가자〉고 외쳤으니, 그가 누구인지 모르는 대중은 게라르도의 포도원인 줄 알고 남의 집 포도원을 짓밟고 포도를 축내었다.」

「소형제회에서도 남의 사유 재산을 존중하지 않았다고 들었습니다.」

내 말에 우베르티노는 험악한 눈초리로 나를 노려보았다. 「소형제회는 스스로 청빈하기를 고집했지 남들에게까지 청빈을 요구했던 것은 아니다. 선한 기독교인의 재산을 무단히 유린할 권리가 누구에게 있다더냐? 그러면 도둑놈 소리 듣는 것을 면치 못한다. 게라르도가 바로 도둑놈 소리 듣는 것을 면치 못했다. 들리는 바로, 게라르도는 자기 의지력과 정신력을 시험한답시고 여자와 동침했으나 육욕을 느끼지 않고 무사히 밤을 넘겼더란다. 하나 문제는 그 졸개들이 이 흉내를 낸 데 있다. 천박한 졸개들이 이런 본을 받았으니 그 결과가 어찌 되었겠느냐? 너 같은 입문 수도자에게 어찌 이런 이야기가 당하겠느냐만 여자란 악마의 그릇인즉 유념할 일이다. 그런 뒤에는 종파의 주도권을 누가 가질 것인가에 대해 저희들끼리 싸우기 시작했고, 그러면서 사악한 일들이 벌어졌다. 그렇다고는 하나 게라르도의 주위에는 나날이 많은 신자들이 모여들었다. 농부들뿐 아니라 날이 감에 따라 도시의 직능 조합에 가입하고 있던 자들도 모여들었다. 게라르도는, 벗어야 벗은 그리스도를 따를 수 있다면서 이들의 껍질을 홀랑 벗긴 뒤에 세상을 구하랍시고 거리로 내몰았다. 그러면서도 저는 유난히 튼튼한 천으로 소매 없는 허연 법의를 지어 입었는데, 그런 옷을 입고 거들먹거리는 모습은 종교 지도자라기보다는 광대에 가까웠다. 게라르도의 무리는 벌판에 기거하다가 틈이 엿보이면 교회로 쳐들어가 성직자를 몰아내고는 저희가 강단에 서기도 했다. 한번은 라벤나의 성 오르소 성당에서 주교좌(主教座)에 어린아이를 앉힌 일도 있다더라. 그러면서도 끊임없이, 요아킴의 교리를 계승한 교파라고 선전했다니 기가 막히지 않느냐.」

「하지만 프란체스코 수도회에서도 그렇게 주장하지 않았습니까? 보르고 산도니노 사람 게라르도도 그렇게 주장했고 어르신께서도 그렇게 주장하시지 않았습니까?」

「닥쳐라! 요아킴은 위대한 선지자이시다. 프란체스코 성인께서 교회를 개혁하시리라는 것을 맨 처음 알아보신 분도 바로 이 요아킴 어른이시다. 그런데도 가짜 사도들은 저희들의 흰수작을 정당화하느라고 그의 교의를 이용한 것이다. 게라르도 세가렐리는 선지자라고 자칭하던 이름이 트리피아라던가 리피아라던가 하는 여사도를 하나 데리고 다녔다. 알겠느냐? 여자를 말이다.」

「하지만 어르신, 전날 어르신께서는 몬테팔코의 키아라와 폴리뇨의 안젤라를 성녀라고 하시지 않았습니까?」

「그분들은 성녀야! 그분들은 교회의 힘을 인정했고 겸양으로 살았어. 선지자를 참칭한 적은 물론 없고……. 그러나 가짜 사도들은, 다른 이단자들이 그랬듯이, 여자들도 도시를 순회하면서 설교할 수 있다고 주장했다. 뿐이냐? 결혼한 자와 독신으로 사는 자의 차이를 용납하지 않았고, 서원을 완전한 것으로 믿지 않았다. 이런 슬픈 이야기들의 미묘한 의미를 잘 파악하지 못하는 네게 괜한 짐을 지울 필요는 없으니 내 요약을 하겠다. 결국 파르마의 오비초 주교는 게라르도 세가렐리에게 철퇴를 가하기로 마음을 정한다. 그런데 여기에서 아주 해괴한 일이 벌어진다. 인간이라는 게 얼마나 미약한 존재이며 이단자들이라는 게 얼마나 사악한 것들인지……. 주교는 게라르도를 감옥에 옭아 넣기는 했지만 얼마 뒤에는 다시 풀어 밥상을 함께하는가 하면, 게라르도의 재담에 낄낄거리다가 결국은 자기의 전속 광대로 만들었다더라.」

「어떤 이유에섭니까?」

「모르겠다. 아니, 사실은 알고 싶지 않아도 알고 있다. 그 주교는 귀족이고, 그는 도시의 상인이나 직인을 좋아하지 않았다. 어쩌면 주교는, 게라르도가 청빈을 설교하면서 도시의 상인 및 직인들과 맞섰던 것이 좋아서 그랬는지도 모르지. 그래서 게라르도가 기부금을 구걸하러 다니다 나중에는 강도질을 일삼았다는 것도 눈감아 주었는지도 모르지. 그런데 마침내 교황이 이 문제에 개입하고 나니 주교는 안면을 깔아 붙이고 게라르도를 다시 잡아들였다. 결국 게라르도는 구제 불능의 이단자로 낙인찍혀 화형주의 연기로 삶을 마감해야 했다. 금세기 초에 있었던 일이다.」

「이런 일들이 돌치노 수도사와 어떤 관계가 있습니까?」

「관계가 있다. 이단자가 참형을 당하여도 그 이단은 계속되니, 어찌 앞일과 뒷일이 무관하다고 할 수 있으랴. 이 돌치노라는 위인은 본시, 여기에서 북쪽으로 좀 멀리 떨어진 이탈리아 북부 노바라 교구 성직자의 사생아였다. 돌치노는 일찍부터 영특한 데가 있어서 읽고 쓰는 것을 익혔으나, 장성하자 배운 값을 하느라고 저를 길러 준 사제의 집을 털어 가지고는 동쪽으로, 그러니까 트렌토로 도망쳤다. 바로 여기에서 돌치노는 게라르도 세가렐리의 설교를 흉내 내기 시작했는데 게라르도보다 그 정도가 더 심했으니, 자신은 하느님의 유일한 사도이며 모든 것은 사랑으로 공유되어야 하고, 남자는 많은 여자와 혼교해도 죄가 되는 것이 아니며, 그것으로 아무도 축첩(蓄妾)했다는 지탄을 받을 수 없다고 주장했단다. 비록 어미와 딸과 더불어 통정했다 해도 말이다.」

「정말 이런 설교를 한 것입니까, 아니면 이런 혐의로 기소되었던 것입니까? 제가 듣기로 몬테팔코의 수도사들이나 엄격주의파 수도사들도 같은 혐의를 받았다고 합니다만……」

「*De hoc satis*(그만해 두어라). 그자들을 수도사라고 부르는 것이 벌써 온당하지 못하다. 수도사라니! 이단자들이야! 돌치노가 푼 이단의 독을 마신 자들이라는 말이다. 내 말을 듣기나 하여라. 돌치노가 그다음에 무슨 짓을 했는지 알고 나면 그를 독사의 자식이라고 아니 부를 수 없을 테니. 돌치노가 어떤 경로를 통하여 가짜 사도파의 가르침에 가까워졌는지는 나도 잘 모르겠다만 젊은 시절 파르마에서 게라르도의 설교를 직접 듣지 않았나 싶다. 알려진 바로는, 게라르도 세가렐리의 사후에, 돌치노는 볼로냐 지역에서 이 이단자들과 접촉한 것으로 되어 있다. 돌치노가 설교를 시작한 곳은 트렌토이다. 돌치노는 여기에서 아름다운 명문 규수 마르게리타를 유혹한다. 어쩌면 엘로이즈가 아벨라르를 유혹했듯이 마르게리타가 돌치노를 유혹했는지도 모르겠다. 명심하여라, 여자라고 하는 것은 사내의 가슴을 찌르는 악마의 독화살이다. 이즈음 트렌토 주교는 돌치노를 자기 교구에서 쫓아내게 된다. 그러나 돌치노에게는 이미 수천 명의 추종자들이 있었다. 그는 이 무리를 거느리고 먼 길을 되짚어 고향으로 돌아간다. 물론 도중에도 수많은 사람들이 돌치노의 감언이설에 현혹되어 수하로 들어온다. 돌치노는, 지나던 길가의 산악에 은거하던 발도파 이단자들도 받아들인 듯한데, 이것은 돌치노가 이탈리아 북부의 발도파와 합류하고 싶어 했기 때문이었을지도 모른다. 당시 노바라에서 베르첼리 주교의 이름으로 가타나라 성읍을 다스리던 봉신(封臣)들이 대중의 손에 쫓겨나고 없었던 데다가 대중이 돌치노의 무법자 패거리를 귀한 동맹으로 여겼으니, 노바라 지역에 당도한 돌치노에게야 상황이 얼마나 유리했겠느냐?」

「주교의 봉신들이 거기에서 무슨 짓을 했기에 쫓겨났습니까?」

「나도 모른다. 알 바도 아니고……. 하나 너도 알겠지만 많은 경우 이단자들은 봉건 영주에 대한 반역과 결부돼 있다. 이런 이유에서 이단자들은 신도들에게 처음에는 성모의 청빈을 설교하고, 나중에 가서는 권력과 전쟁, 폭력의 유혹에 빠지게 되는 것이다. 당시 베르첼리에서는 몇 개 문벌이 서로 대립하고 있었다. 가짜 사도파는 이를 이용하여 도시를 교란했고 이들 문벌은 가짜 사도파가 야기한 혼란을 이용했다. 봉건 영주들은 불한당들을 고용, 서민을 노략질했고, 서민은 노바라의 주교에게 보호를 요청하기에 이르렀다.」

「복잡한 이야기로 들립니다. 돌치노는 그러면 어느 편이었습니까?」

「그것은 나도 모르겠다만 돌치노는 그 누구도 아닌 자신의 편이었을 것이다. 말하자면 이 혼란의 소용돌이로 뛰어들어 청빈을 명분으로 사유 재산 버릴 것을 설교하는 기회를 붙잡았을 것이다. 이때 이미 3천 명 규모로 늘어난 돌치노 무리는 노바라 근처의 〈대머리 산〉에 진 치고 살 집과 진지를 만든다. 돌치노는, 말하려니 얼굴이 뜨겁다만, 남녀가 어울려 혼음을 일삼는 이 무리 위에 군림하고 이 무리를 다스린다. 바로 이 대머리 산에서 돌치노는 일찍이 자기네 이단적인 교리를 퍼뜨려 놓은 지역의 추종자들에게 서한을 보낸다. 말하자면 자기네 교파의 이상은 청빈이고, 신자는 형식적인 복종의 서약에 구애되지 않으며, 자신은 하느님이 직접, 예언의 봉인을 헐고 신·구약 성서를 가르치라고 보낸 사람이라는 주장을 편 것이다. 그는, 설교자와 소형제회 사제 같은 재속 성직자를 악마의 사제라고 부르는 한편 신도들로부터는, 이러한 재속 성직자에게 복종할 의무를 해제하기도 한다. 돌치노는 하느님 백성의 삶을 네 시대로 나눈다. 들어 보겠느냐? 제1기는, 그리스도가 오시기 전인, 교부와 선지자의 구약 시대이다. 이 시대에는 하느님의 백성이 번성해야 했기 때문에 혼인은 하느님 보시기에 선한 것이었다. 제2기는 그리스도와 사도들의 시대이다. 그러니 바로 성성(聖性)과 성결의 시대였다. 이어서 제3기가 온다. 교황이 백성을 통치하기 위해 우선 지상의 부를 독점하는 시대이다. 그러나 백성이 하느님의 사랑으로부터 등을 돌리고 방황을 하기 시작하자 성 베네딕트가 와서 재물의 화(禍)를 설교한다. 그러나 베네딕트 수도회 수도사들 역시 재물에 혈안이 되자 이번에는 성 프란체스코와 성 도미니크가 온다. 이들은 베네딕트보다 훨씬 강경하게 지상의 권력과 부를 경계하라고 가르친다. 그러나 마침내 고위 성직자들의 생활이 다시 이 모든 선한 가르침을 배반했기 때문에 제3기의 종말을 맞았고, 그래서 사도들의 가르침에 따를 필요가 있었다.」

「그렇다면 돌치노가 가르친 것은 프란체스코 수도회, 그중에서도 어르신께서 속하신 엄격주의파에서 가르친 것과 같지 않습니까?」

「그렇기는 하다. 그러나 돌치노는 이러한 도식에서 아주 해괴한 결론을 추론해 낸다. 즉, 부정과 부패가 난무하는 제3기를 하루빨리 끝내기 위해서는 재속 성직자와 수도사와 탁발승들을 모두, 그것도 아주 잔인하게 쓸어버려야 한다는 것이다. 어떠냐? 교회의 고위 성직자, 사제, 수녀, 남녀 신도, 설교자, 수도사는 물론 소형제회, 은수사회(隱修士會)에 속하는 수도사들, 심지어는 교황 보니파키우스까지 자신이 뽑은 황제, 즉 시칠리아 왕 프리드리히의 손에 넘겨 죽여야 한다고 했다.」

「그러나 이 프리드리히 황제는, 움브리아에서 시칠리아로 추방되어 온 엄격주의파 수도사들을 열렬하게 환영한 분이 아닙니까? 지금은 루트비히 황제로 바뀌었습니다만 바로 이 루트비히 황제에게, 교황과 추기경이 지니고 있는 속권(俗權)의 박탈을 요구한 게 바로 소형제회 아닙니까?」

「이단자와 미친놈에게는 공통된 특징이 하나 있다. 멀쩡한 사상과 꿈을, 하느님과 인간의 율법에 반하는 결과를 낳도록 변용시킨다는 점이다. 소형제회는 황제에게 다른 사제들을 죽이라고 한 적이 없다.」

내가 알기로 당시 우베르티노는 실언을 했다. 그로부터 몇 달 뒤, 바이에른인들이 로마에다 자기네 교단을 세웠을 때,

마르실리오와 다른 소형제회 수도사들은 교황을 떠받드는 성직자들에 대해, 돌치노가 요구한 것과 똑같은 것을 요구했기 때문이다. 내가 돌치노의 편을 들고자 이런 말을 하는 것은 아니다. 단지 마르실리오의 실책을 지적하는 것뿐이다. 그러나 그즈음 나에게는 몇 가지 의문이 있었다. 특히 윌리엄 수도사와 대화를 나눈 다음이어서 더욱 그랬다. 나의 머릿속을 맴돌던 것은, 돌치노를 따르던 단순한 평신도들이, 엄격주의파의 약속과 그들에 대한 돌치노의 교리를 구별할 수 있었을까, 돌치노는 결국 정통파 성직자들이 가르치던 의식에 신비주의 색채를 더했다는 죄를 지었던 것뿐이 아닐까, 도대체 무슨 차이가 있는 것인가, 거룩함이란, 선지자가 약속한 바를 세속적인 수단으로 쟁취하려 하지 않고 하느님께서 주실 때를 기다리는 데서 말미암는 것일까······. 이런 의문들이었다. 그러나 나는 이제 이것이 옳은 길이고 돌치노가 왜 정도를 벗어났는지 알게 되었다. 우리는, 변하기를 바랄지언정 사상(事象)의 질서를 변화시켜서는 안 되는 것이다. 그러나 그날 밤 나는 자꾸만 서로 모순되는 것 같기 때문에 내 생각을 정리할 수 없어 애를 먹었다.

우베르티노의 이야기는 계속되었다. 「이단자는, 자존심 때문에 그 이단의 정체를 드러내는 법이다. 1303년에 보낸 두 번째 편지에서 돌치노는 스스로를 사도회 최고 지도자로 참칭하고 저 부끄러움을 모르는 마르게리타(여자 말이다), 베르가모 사람 론지노, 노바라 사람 페데리코, 알베르토 카렌티노 그리고 브레시아 사람 발데리코를 대리자로 삼는다고 밝혔다. 이어서 미래의 교황들에 대해 미치광이처럼 예언하기 시작했으니, 이자의 말에 따르면 두 교황, 즉 첫 교황과 마지막 교황은 선할 것이고 두 교황, 즉 둘째 교황과 셋째 교황은 사악할 것이라고 했다. 첫 교황은 켈레스티누스, 두 번째 교황은 보니파키우스 8세인데, 바로 이 보니파키우스에 대해 자칭 예언자들은 〈백척간두에 선 네가, 네 오만으로 이름을 모욕되게 하는구나〉 하고 일갈한다. 세 번째 교황의 이름은 구체적으로 거론되지 않았다만 예레미야가 그에 대해서 〈사자 같은 자〉라고 했다는 말이 있다. 돌치노는 파렴치하게도 시칠리아의 프리드리히를 사자로 보았던 게야. 돌치노는 네 번째 교황에 대해서도 구체적으로는 밝히고 있지 않은데, 내가 보기에는 요아킴이 말하던 거룩한 교황, 혹은 천사 같은 교황이 아닐까 싶다. 이 교황은 하느님의 뜻에 맞게 교황의 성위(聖位)에 오르는데, 돌치노와 그 추종자들은(그즈음에는 이미 무리가 4천으로 불어나 있었다) 이 교황과 더불어 성령의 은총을 받아 세계가 끝날 때까지 교회를 개혁하는 것으로 되어 있다. 하나 이분이 오시기까지, 즉 3년 동안 이 지상에 악마라는 악마는 하나도 남아 있지 않아야 했다. 돌치노는 이것을 실행하기 위해 사방에 전쟁을 일으키고 다녔다. 그리고 결국 네 번째 교황은 바로 돌치노 토벌을 선언한 클레멘스 5세였다(악마가 제 심부름꾼들을 얼마나 농락하는지 엿볼 수 있는 대목 아니냐?). 그러나 교황의 결정은 옳았다. 이즈음 돌치노는 추종자들에게 보내는 서한에서, 정통파와는 도저히 화해할 수 없는 이론을 전개했으니까. 이자는, 로마 교회는 갈보집이라고 했고, 복종은 사제의 의무가 아니라고 했다. 뿐이냐? 모든 영적인 권능은 사도회로 넘어갔으니, 오로지 사도회만이 교회를 대표할 수 있고, 사도회의 사도는 결혼을 무효로 할 수도 있다고 했다. 입에 담기도 거역스럽다만 이자들은 사도회에 속하지 않는 자가 구원받은 일은 있을 수 없다, 교황은 죄를 사면할 수 없다, 십일조는 내지 말아야 한다, 서원을 하는 것보다는 서원을 하지 않는 것이 훨씬 완전한 삶이다. 성별된 교회는 마구간과 다름이 없으니 여기에서는 기도하지 말아야 한다, 그리스도를 예배하기만 하면 교회든 숲속이든 마찬가지다…… 이랬으니 이게 도대체 말이 되느냐.」

「정말 그런 소리를 했습니까?」

「이를 말이냐? 말하기만 한 것이 아니고 문서로 작성하기까지 했다. 그러나 불행히도 이자들의 행패는 여기에서 그치지 않았다. 이자들은 〈대머리 산〉에 정착하면서부터 계곡 마을을 약탈하고는 마을 사람들은 자기네 물자나 조달하는 노예로 부리니, 이게 무엇이냐, 무고한 백성을 상대로 전쟁을 선포한 꼴이 아니냐?」

「모두가 돌치노를 적대했습니까?」

「모르겠다. 몇몇 부락에서는 지원하기도 했을 게다. 조금 전에 내가 말하지 않더냐? 돌치노는 지방의 분규를 교묘하게 이용한 기회주의자였다고……. 어쨌든 그러던 차에 겨울이 왔다. 1305년의 겨울에는 수십 년래의 한파가 닥쳤다. 인근에 심한 기근이 들었을 수밖에. 돌치노는 추종자들에게 세 번째 공한을 통한 격문을 보냈고, 그 결과 더 많은 무리가 돌치노에게로 몰려와 몸을 붙였다. 그러나 그 많은 사람들이 어떻게 그 산 위에서 겨울을 날 수 있었겠느냐? 허기를 채우느라고 말을 잡아먹고, 초근목피를 고아 먹었다는 기록이 있다. 상당수가 여기에서 굶어 죽었지.」

「그 당시에는 누구와 싸우고 있었던 것이지요?」

「베르첼리의 주교가 클레멘스 5세에게 주청했고 이 주청에 따라 곧 이단자 토벌 십자군이 결성되었다. 여기에 가세하는 사람들은 기왕에 지은 죄를 면죄받는 특권을 누린 것으로 되어 있다. 사보이아의 루도비코, 롬바르디아의 이단 심문관들, 밀라노의 대주교 등이 곧 가세했다. 여기에다 베르첼리와 노바라 사람들을 구한다는 명목으로 사보이아, 프로방스는 물론 심지어는 프랑스에서도 십자군이 왔다. 총사령관은 베르첼리의 주교가 맡았다. 양군은 〈대머리 산〉에서 접전을 더러 했었지만 돌치노의 요새는 난공불락인 데다, 어떻게든지 해서 이 악당들이 지원을 받았을 거야.」

「누가 대체 돌치노 일파를 지원했습니까?」

「세상이 혼란해질수록 득을 보는 다른 악당들이겠지. 그러나 그런 자들의 보람이 뒤쪽으로 나서 1305년 말, 이단자들은 〈대머리 산〉에다 부상자와 병자를 남겨 두고는 트리베로 지역의 주벨로 산으로 후퇴하게 된다. 이 주벨로 산은, 당시에 반역자들의 진지 노릇을 했다고 해서 뒤에 〈루벨로〉, 즉 〈반역자의 산〉으로 이름이 바뀌었다. 이즈음의 상황을 너에게 다 이야기할 수 없는 것이 아쉽구나. 어찌하였든 피아의 참극이 되풀이되다가 결국 반도들이 항복하면서 돌치노 일파는 화형주의 연기로 사라지게 되었다.」

「아름다운 마르게리타도 화형을 당했습니까?」

「이런 젊은 녀석 좀 보게? 아름다운 마르게리타? 암, 말이야 맞지. 아름다웠고말고. 수많은 지방 영주들이 이 여자를 화형대에서 끌어내려 제 계집 삼고 싶어 했으니까. 하지만 어디 말을 들어먹게 생겼대? 이 고집 센 계집은 결국 고집 센 사내 돌치노를 따라 죽음을 택했다. 너도 교훈 삼도록 하여

라. 아무리 아름다운 용모로 단장하고 있더라도 계집은 필경은 바빌론의 창부…… 조심하여야 할 일이다.」

「하지만 어르신, 저에게 한 가지만 더 일러 주십시오. 이 수도원의 식료계 수도사…… 그리고 살바토레 수도사 역시 한때나마 돌치노와 우여곡절을 같이한 것 같은데요?」

「말을 삼가라! 분별없이 함부로 지껄이다니! 내가 식료계 레미지오를 처음 만난 것은 소형제 수도원에서였다. 레미지오가 그전에 어디에서 무엇을 했는가는 내가 알 바 아니다. 내가 알기로 레미지오는 착한 수도사이다. 정통파 입장에서 보아도 그렇다는 것이다. 그 나머지는…… 오, 마음은 원이로되 육신이 허약하도다…….」

「무슨 뜻으로 하시는 말씀이신지요?」

「너 알 바 아니다…….」 우베르티노 수도사는 다시 내 어깨를 감싸 안고 성모상을 가리키면서 말을 이었다. 「……너도 순결한 사랑이 무엇인지 알아야겠구나. 저기 승화한 여성의 실체가 있다. 아름답다는 말은 저분을 일컬을 때나 써야 한다. 노래 중의 노래 〈아가(雅歌)〉에 나오는 사랑스러운 이처럼 아름다운 분이 아니냐.」 그의 얼굴이 그렇게 밝아 보일 수가 없었다. 전날 성보 상자의 은금 보화를 자랑할 때의 수도원장의 얼굴과 비슷했다. 「저분 안에서는 육체의 아름다움도 천상적인 아름다움의 표징이 되느니라. 조각가가 저분을 여느 여성처럼 구색을 있는 대로 갖추어 드러낸 것도 이 때문이 아니겠느냐?」 우베르티노 수도사는 이러면서, 바싹 조여진 보디스 위로 실팍하게 부풀어 오른 성모의 가슴을 가리켰다. 아기 예수의 손이 그 위에 머물고 있었다. 「보이느냐? 일찍이 선인들이 일렀다. 〈아름다워라, 젖가슴이여, 부풀어

올랐으되 지나치지 아니하고 자제하였으되 위축되지 않았도다…….)[16] 어떠냐? 저 감미로운 모습을 올려다보니?」

나는, 내 가슴에서 일렁거리는 정체 모를 불길에 당황하여 얼굴을 붉혔다. 우베르티노는 내 얼굴이 붉어진 것을 보았던지 이렇게 덧붙였다. 「초자연적인 사랑의 불길과, 네 오감의 욕심을 구분할 줄 알아야 하는 것이다. 이는 성인에게도 쉬운 일은 아니었다고 하더라만.」

「성인에게 쉬운 일이 아니었는데 항차 저 같은 것에게 어찌 가능하겠습니까?」

「사랑이 무엇이냐? 이 세상 만물 중에, 사랑만큼 영혼을 흔드는 것은 존재하지 않는다. 이것은 인간에게도 그러하고, 악마에게도 그러하니 만상(萬象)에 두루 그러할 것이다. 사랑처럼 가슴을 뜨거운 것으로 가득 차게 하고, 사랑만큼 가슴을 얽매이게 하는 것은 존재하지 않는다. 그래서 이 사랑을 이길 무기가 없는 자의 영혼은, 사랑을 통하여 바닥없는 심연으로 떨어지는 것이다. 나는, 마르게리타의 유혹이 없었더라면 돌치노도 저렇듯이 저주받을 인간이 되지 않았을 것이며, 〈대머리 산〉이 그토록 농탕하고 어지러운 혼교(混交)의 무대가 되지 않았던들 돌치노의 반역에 동조하는 무리가 그렇듯이 많지는 않았을 것이라고 믿는다. 곡해하지 마라. 수도자가 타기하여 마땅한 악마의 사랑만을 말하는 것이 아니다. 하느님과 인간의 사랑, 인간과 그 이웃 간의 사랑도 두려워할 줄 알아야 한다. 진심으로 서로 사랑하고, 아끼고, 함께

---

16 호이트 사람 길버트의, 『솔로몬의 「아가」에 대한 설교』에 나오는 한 대목. 길버트는 「아가」의 우의적인 해석에서 탈선하여 여성의 유방이라고 하는, 다분히 호사적인 차원에서 이것을 다루고 있다.

살기를 바라고, 이쪽이 부르면 저쪽이 대답할 것 같은 관계는 두세 명 간에도, 남자든 여자든, 얼마든지 생겨날 수가 있는 것이다. 내 너에게 고백하거니와, 안젤라와 키아라 같은, 참으로 정결한 여성에 대하여서도 나는 그러한 마음을 품은 적이 있느니라……. 하느님 이름으로 서로 사랑하고 영교하는 사이였던 것이나 그것도 잘못은 잘못이지……. 영혼이 느낀 사랑이라 해도, 미리 대비하지 않았고 뜨겁게 느껴진다면, 결국에는 심연으로 빠지게 되거나 정신이 어지러워지는 법이다. 사랑에는 다양한 속성이 있느니라……. 처음에는 우리 영혼을 위로하던 사랑이…… 때로는 괴로움을 안기고…… 이윽고 하느님 사랑의 뜨거움에 닿으면 우리를 절규하게 하고 신음하게 하고…… 급기야는 용광로에 던져진 돌처럼 우리를 녹이고 마는 것…….」

「지금 말씀하시는 것이 참사랑이란 것입니까?」

우베르티노 어른은 손으로 내 머리를 쓰다듬으며 대답했다. 그의 눈에서는 눈물이 흐르고 있었다. 「그래. 그것이 참사랑, 선한 사랑이다.」 그는 내 어깨에 올렸던 손길을 거두었다. 「하지만 난지난사(難之難事)라, 이것과 저것이 다름을 알기란 참으로 어렵고도 어려운 일이다. 악마로부터 유혹을 받으면 영혼이 어떻게 되는지 아느냐? 두 손을 뒤로 묶이고 눈에는 눈가리개를 당한 채로 교수대에 대롱대롱 매달려 있는 것과 같다. 도와주는 사람도 없고, 죽여 주는 사람도 없는 상태에서 그저 허공중에 대롱대롱 매달려 있는 것과 같으니라…….」

그의 얼굴은 눈물과 땀으로 얼룩져 있었다. 그는 내게 재빨리 말했다. 「……이제 가거라. 네가 묻는 것에는 다 대답해 주었다. 여기에는 천사들의 찬양대가 있고 저기에는 지옥의 아가리가 있다. 가되 주님을 온당하게 찬미할 일이다.」 그러고는 다시 성모상 앞에 엎드렸다. 부드럽게 흐느끼는 소리가 들렸다. 그가 다시 기도를 시작한 것이다.

 나는 교회를 떠나지 않았다. 우베르티노 수도사와의 대화는 내 정신과 오장 육부에 기이한 근질거림과 말로 표현하기 어려운 광기의 불길을 일으켜 놓았던 것이었다. 그래서 그랬을 것이지만, 나는 혼자서 장서관으로 올라가기로 결심했다. 무엇을 찾으려 했는지는 나도 모르겠다. 사부님 모르게, 미궁으로 들어가 방향을 헤아려 보자는 생각에 사로잡혀 있었던 것으로 보인다. 나는 돌치노가 〈루벨로 산〉으로 올랐듯이 혼자서 장서관으로 통하는 계단을 올라갔다.
 내게는 등잔이 있었다(왜 교회로 들어올 때 등잔을 가지고 있었던가? 나는 진작부터 혼자 은밀하게 장서관으로 올라가 보겠다는 생각을 하고 있었던 모양이다). 나는 눈을 감고 납골당을 지났고 순식간에 문서 사자실에 다다랐다.
 지금 생각해 보면 불행이 예고된 밤이 아니었나 싶다. 문서 사자실의 한 필사 서안에서, 수도사가 베끼다 놓아 둔 원고 한 편을 발견했는데, 그것은 다름 아닌 『*Historia fratris Dulcini Heresiarche*(이단자의 우두머리 돌치노 수도사의 내력)』였다. 그 원고가 놓여 있던 서안은 산탈바노 사람 피에트로의 서안이었던 것 같다. 그가 이단의 역사를 작성하고 있다는 이야기는 나도 들은 적이 있었다. (물론 수도원에서 일어난 일 때문에 이후 그는 이 작업을 중단했다. 하지만 이야기를 너무 앞서 가서는 안 될 듯싶다.) 따라서 그 원고와 파타리니파 수도사 및 편타 고행파(鞭打苦行派) 수도사에 관한 보고서가 그곳에 있었던 것은 어쩌면 당연한 일인지도 모른다. 그러나 나는 하느님의 은혜인지 악마의 장난인지는 모르겠으나 어쨌든 그 상황을 초자연적인 우연의 일치로 보고 그 원고를 읽기 시작했다. 별로 긴 것은 아니었으나 내용 중에는 우베르티노가 말하지 않았던 것도 들어 있었다. 모르기는 하나 그 사건을 가까이서 목격하고, 그러면서 상상력을 자극받은 사람이 쓴 원고 같았다.

원고에 따르면 돌치노, 마르게리타, 론지노가 붙잡힌 것은 1307년 3월의 성 토요일이었다. 그들은 비엘라로 끌려가, 거기에서 교황의 하회를 기다리고 있던 주교의 손으로 넘어갔다. 돌치노 일당이 붙잡혔다는 소식을 접한 교황은 프랑스의 필리프 왕에게 공한으로 이 소식을 전했다. 그 공한의 내용은 이러하다. 〈우리는, 간난신고와 오랜 노력과 여러 차례의 접전 끝에 드디어 우리 주님께서 거룩한 만찬을 드신 이날에, 우리의 존경하는 베르첼리의 라니에로 주교의 수고에 힘입어, 저 극악무도한 이단자이자, 어둠의 왕 벨리알의 아들 돌치노를 붙잡았다는 반가운 소식을 접하니 기쁘고 혼연하기 짝이 없습니다. 이단자와 행동을 함께하던, 악마에 물든 무리의 대다수는 현장에서 도륙당한 것으로 보고받았습니다.〉 교황은 포로들의 처리에 무자비했고 주교를 시켜 그들을 화형에 처하게 했다. 같은 해 7월 초하루 이단자들은 속권(俗權)으로 넘겨졌다. 도시의 종이라는 종은 모두 울리는 가운데, 이단자들은 형리와 군대에 둘러싸인 채 도시로 들어왔다. 수레가 온 도시를 지날 동안 모여든 사람들은 빨갛게 달군 집게로 이단자들의 살점을 뜯어내었다. 마르게리타는 돌치노의 눈앞에서 화형을 당했다. 돌치노는, 불에 단 집게가 사지로 파고들 때도 신음 한마디 내뱉지 않았듯, 마르게리타가 화형을 당할 때도 얼굴 한번 찡그리지 않았다. 마차는 계속해서 도시 거리를 누볐고 형리들은 계속해서 집게를 달구었다. 돌치노는 무수한 고문을 침묵으로 이겨 내었다. 돌치노는, 형리들이 코를 떼어 낼 때는 어깨를 한 번 실룩거렸고 남근을 자를 때는 한숨을 한 번 쉬었을 뿐이었다. 마지막으로 그가 남긴 말은 뻔뻔함 그 자체였다. 돌치노는 자신이 3일 후에 부활할 것이라고 경고를 한 것이다. 그러고서 그는 화형을 당했고 그 재는 바람에 날려 사라졌다.

나는 떨리는 손으로 그 원고를 덮었다. 돌치노는 많은 범죄를 저지른 자라고 나는 들었지만 그는 끔찍하게 불에 태워 죽음을 당했다. 화형주에서 돌치노는 어떻게 죽어 갔던가? 순교자처럼 의연하게 죽어 갔던가, 아니면 저주받은 자의 자만심 속에 죽어 갔던가? 장서관 계단을 오르는데 자꾸만 발이 헛군데에 가닿았다. 나는 계단을 오르면서 비틀거렸던 까닭을 안다. 문득 토스카나에 당도한 직후, 그러니까 그 시점으로부터 몇 달 전에 보았던 화형 현장이 되살아났기 때문이었다. 나는 돌연, 그때까지 그 화형 현장에서 보았던 일을 까맣게 잊고 있었음을 깨달았다. 어쩌면 내 영혼의 요구에 따라, 악몽이 되어 내 가위를 누르고는 하던 그 일을 의도적으로 깡그리 내 뇌리에서 몰아내고 있었는지도 모른다. 아니다. 소형제회의 행각승 이야기가 나올 때마다 그 광경이 선명하게 떠오르고는 했던 것을 보면 잊어버렸던 것은 아니었다. 하지만 그때마다 나는 보았다는 것 자체를 오욕으로 치부하고 내 기억의 바닥으로 자꾸만 쟁여 넣고 있었다는 것이 옳다.

내가 이 세상에 태어나서 소형제파 행각승 이야기를 처음 듣게 되는 것과 소형제파 행각승이 화형을 당하는 것을 본 것은 같은 즈음이다. 피사에서 사부님을 만나기 직전의 일이다. 그러니까 사부님의 도착이 지연되자 선친께서는 익히 소문으로 듣던 교회 구경이나 하라고 나를 피렌체로 보내었을 때의 일이다. 나는 이탈리아어를 익히느라고 토스카나를 전전하다 한 주일 남짓 피렌체에 묵게 되었다. 피렌체에 관해서는 하도 들은 이야기가 많아 내 눈으로 직접 보고 싶었기 때문이었다.

피렌체에 이른 직후에 나는 머지않아 이단 심판이 있다는 소문을 들었다. 도시 전체가 바로 이 소문으로 술렁거리고 있던 참이었다. 종단을 더럽히고, 주교와 재속 성직자들을 욕보인 소형제파의 이단자 하나가 종교 재판을 받게 되어 있다는 것이었다. 나는 소식을 옮겨 준 사람에게 물어 종교 재판이 열린다는 곳으로 가보았다. 소식을 전해 준 사람이, 이단 혐의를 받고 있는 미켈레라는 소형제파 행각승은 참회와 청빈을 설교하고 성 프란체스코의 말씀을 전하는 참으로 믿음이 깊은 수도사인데, 고해 성사를 베풀어 달랍시고 그에게 접근하여 이단적인 교리를 편 혐의로 그를 고발한 못된 여자들 때문에 재판에 서게 되었다는 것이었다. 실제로 미켈레 수도사는 그 여자들의 집에서 체포되었다고 했고 나는 놀라움을 감추지 못했다. 원래 성직자는 그런 부적절한 장소에서 사사로이 성사를 집전하지 못하게 되어 있다. 그러나 소형제파 행각승들에게 큰 약점이 있다면 적절한 처신에 대해 크게 고려하지 않는다는 것이었다. 그러니 소형제파 행각승을 이단자들은 물론, 수상쩍은 행동을 하는 이들로 보던 대중의 시선에도 일말의 진실이 있을 수는 있을 터였다(마찬가지로 카타리파 행각승들은 언제나 불가르족에 남색가들이라는 소문이 있었다).

나는 이단 심판이 열리고 있다는 산 살바토레 교회로 갔지만 바깥에 군중이 많아서 안으로는 들어갈 수 없었다. 그런데 극성스러운 시민 몇몇이 창문틀에 매달려, 안에서 일어나는 광경을 우리에게 소상하게 알려 주는 바람에 다행히도 대강의 분위기는 헤아릴 만했다. 이들이 전해 준 바에 따르면 이단 심문관이 미켈레에게, 전날 미켈레 자신이 한 말, 즉 〈그리스도와 사도들은 개인적으로 소유한 것도 없었고 공동의 재산으로도 가진 것이 없었다〉고 한 증언 내용을 읽어 주었고, 그에 미켈레는 공증 서기가 자신이 하지도 않은 말을 덧붙여 적고 있다고 불평하고는 밖에까지 들릴 정도로 큰 음성으로 소리를 쳤다. 「당신들은 최후의 심판 날 당신들의 죄를 설명해야 할 것이오!」 그러나 이단 심문관들은, 공증 서기가 미리 작성한 자백서를 낭독하고는 미켈레 수도사에게, 교회와 시민의 뜻을 따르겠느냐고 물었다. 그러나 미켈레 수도사는 밖에까지 들릴 만큼 우렁찬 목소리로 자신은 오로지 소신대로만 행동할 것이라고 주장하면서 이렇게 외쳤다. 「나는 청빈하시었던 그리스도, 십자가에 못 박히신 그리스도를 따르겠소. 이것을 아니라고 하니 교황 요한 22세야말로 이단이 아니고 무엇이오?」 이어서 신학적인 논쟁이 시작되었다. 대개가 프란체스코 수도회에 속하는 이단 심문관들은 성서에 그런 말씀이 기록되어 있지 않다고 주장하면서 미켈레 수도사를 회유하려고 했지만 미켈레 수도사는, 어째서 프란체스코 수도회에 속하면서도 교단의 회칙을 부정하느냐고 오히려 심문관들을 꾸짖었다. 심문관들은, 교단의 전문 신학자들인 자기네들 앞에서 성서를 가르치려 한다고 미켈레 수도사를 꾸짖었으나, 미켈레 수도사는 고집을 굽히지 않았다. 기가 찬 심문관들은 미켈레를 도발하느라, 그렇다면 그리스도에게는 재산이 있었고, 교황 요한 22세는 그리스도 교회를 대표하는 거룩한 사람이라고 못 박아 말했다. 그러나 미켈레는 흔들리지 않고 끝까지 교황 요한은 이단자라고 주장했다. 심문관들은, 미켈레 수도사처럼 사악함에 있어서 그토록 완강한 사람은 본 적이 없다면서 혀를 내둘렀다지만 교회 밖에 서 있는 사람들의 상당수는 미켈레 수도사를, 바리사이파 신학자들 앞에 선 그리스도에 견주고 있는 듯했다. 나는 그제야 많은 사람들이 미켈레 수도사의 믿음을 거룩한 것으로 지지하고 있음을 깨달았다.

이윽고 주교의 친위대가 미켈레 수도사를 다시 감옥으로 데려갔다. 그날 밤 나는, 많은 주교 측근의 신학자와 수도사들이 그에게 달려가 더러는 꾸짖기도 하고 더러는 달래기도 했지만 미켈레 수도사는 자기 믿음에서 한 치도 물러서지 않더라는 이야기를 들었다. 미켈레 수도사는 주교 측근의 수도사들에게 일일이, 그리스도는 청빈했고, 성 프란체스코와 성 도미니크도 일찍이 그렇게 믿었던 바, 그런 믿음을 고집한다고 화형주에 매달겠다면 곧 성서에 기록된 바도 확인할 수 있고, 「요한의 묵시록」의 스물네 원로와 그리스도와 성 프란체스코와 여러 순교자들을 만날 수 있게 될 것인즉, 기꺼이 불에 타 죽겠노라고 말한 것으로 되어 있었다. 「우리가 이런 신심으로 성인의 교의를 읽어 낸다면, 그들과 함께하는 우리의 신심과 기쁨은 또 얼마나 크겠는가?」 미켈레 수도사의 이런 말에 주교의 측근들은, 〈저놈 속에는 악마가 들어앉았다〉는 말을 남기고 감옥을 떠났다는 것이었다.

다음 날 그에 대한 판결문이 포고로 내걸렸다. 나는 석판을 가지고 주교관으로 달려가 그 판결문 일부를 베껴 둔 바 있다. 판결문은 이렇게 시작된다.

In nomine Domini amen. Hec est quedam condemnatio corporalis et sententia condemnationis corporalis lata, data et in hiis scriptis sententialiter pronumptiata et promulgata(주님의 이름으로, 아멘. 이는 실로 육신에 대한 탄핵, 육신 탄핵을 소상하게 포고하는 포고문이거니와, 본 규정에 따라 간결하게 공시하는 바이다)……. 이 포고문은 이어서 미켈레 수도사의 죄상을 나열하고 있었는데, 미켈레 수도사가 실제로 그렇게 말한 것인지 여부는 알 수 없으나 (재판 과정을 고려할 때) 내가 보기에는 가장 끔찍한 죄상은, 이 소형제파 수도사가 성 토마스 아퀴나스는 성인이 아닌즉 구원을 받기는커녕 저주를 받아 지옥의 나락에 떨어져 있을 것이라고 주장했다는 대목이었다. 판결문은 피고가 기소 사실을 부인하지 않기 때문에 다음과 같은 형을 선고하는 것으로 결론을 내리고 있었다.

Idcirco, dictum Jahannem vocatum fratrem Micchaelem hereticum et scismaticum quod ducatur ad locum iustitie consuetum, et ibidem igne et flammis igneis accensis concremetur et comburatur, ita quod penitus moriatur et anima a corpore separetur(이런 까닭에서 미켈레 수도사

라고 하는 요한을 관례대로 끌어내고 불과 점화된 불꽃으로 태우되 이자가 완전히 죽음에 이를 때까지, 그 영혼이 육체에서 완전히 분리될 때까지 태울 것이다).

포고문이 내걸리자 더 많은 성직자들은 감옥으로 달려가 미켈레 수도사에게 무슨 일이 생길지 경고했고, 나는 그때 그들이 이런 말을 하는 것을 들었다. 「미켈레 형제, 이미 형장이 차려지고 주교석이 만들어졌으며, 화형대 위에는 악마와 동행하는 소형제파 행각승의 그림이 그려져 있네.」 이 수도사는 미켈레 수도사에게 겁을 주어 신념을 꺾게 하고 목숨을 부지하게 하고자 했으나 당사자는 무릎을 꿇고 앉아 이렇게 대답했다고 한다. 「나는 화형주 옆으로 우리 프란체스코 성인이 오실 것으로 믿네. 예수님, 사도님들, 바르톨로메오와 안토니오 같은 순교자들도 오실 것으로 믿네.」 이로써 미켈레 수도사는 이단 심문관들, 주교의 측근들, 동도(同道)의 도반 수도사들이 내미는 화해의 손길을 거부한 것이었다.

나는 다음 날 아침, 주교관 앞, 이단 심문관들이 모여 있던 다리 위로 갔다. 미켈레 수도사는 사슬에 묶인 채 그곳으로 끌려 나와 있었다. 미켈레 수도사의 추종자 하나가 강복을 받으려고 그 앞에 무릎을 꿇었다가 무장 경비병 손에 끌려 나가 즉석에서 투옥되기도 했다. 이어서 심문관들은 피고 앞에서 판결문을 읽은 다음 다시 한 번 참회하고 싶은 생각이 없느냐고 물었다. 그러나 판결문이 이단자라고 지칭할 때마다 미켈레 수도사는, 〈내가 왜 이단자인가? 나는 죄인이나, 가톨릭임에 분명하고 이단자가 아니다〉 하고 소리쳤고, 판결문이 교황을 거룩한 교황 요한 22세라고 지칭할 때는, 〈아니야, 그게 바로 이단자야〉하고 외쳤다. 이윽고 주교가 미켈레 수도사에게, 자기 앞으로 와서 무릎을 꿇으라고 말하자 미켈레 수도사는 이단자 앞에서는 무릎을 꿇지 않는 법이라고 대들었다. 측근의 경비병이 우격다짐으로 무릎을 꿇리자 미켈레 수도사는, 〈하느님께서도 이런 내 허물을 용서하시리라〉라고 중얼거렸다. 법의가 한 장씩 벗겨지면서 의식이 시작되었다. 그의 몸에는 피렌체 사람들이 〈초파〉라고 부르는 내의 한 장밖에 남아 있지 않았다. 그러고는 관례에 따라 벌겋게 단 쇠붙이로 손가락의 육질부를 그을리고 머리카락을 밀어 버렸다. 이어서 죄인이 속권을 대리하는 경비대장과 그 부하들에게 넘겨졌다. 그들은 미켈레 수도사를 쇠사슬로 묶어 다시 감옥으로 끌고 갔다. 끌려가면서도 미켈레 수도사는 군중들에게 외쳤다. 「*Per Dominum moriemur* (우리는 주님을 위해 죽는다)!」 미켈레 수도사는 그다음 날 화형을 당하기로 되어 있었다. 화형을 당하기로 된 당일에도 심문관들은 미켈레에게, 죄를 자복하고 성체를 배령(拜領)하겠느냐고 물었지만 미켈레 수도사는 죄 있는 자로부터 성사를 받는 것 역시 죄악이라면서 거절했다. 나는 그의 그런 행동은 잘못이었다고 생각한다. 이 대목에서, 미켈레 수도사는 자신이 파타리니파의 이단적인 교리에 물들어 있음을 보여 준 것이다.

마침내 집행의 순간이 왔다. 친절해 보이는 지방 장관이 나와 그에게 물었다. 「너는 대체 어떻게 된 사람이냐? 무슨 배짱으로, 온 시민이 다 받아들이는 성모님 교회의 믿음을 받아들이지 않는 것이냐?」 미켈레 수도사는 이렇게 대답했다. 「나는, 가난하셨고, 십자가에 못 박히신 그리스도를 믿을 뿐이오.」 지방 장관은 어쩔 수 없다는 듯한 몸짓을 하고서 돌아갔다. 이어 경비대장이 부하들을 데리고 나와 미켈레 수도사를 끌어내었고 주교를 대리하는 사제가 자백서와 포고문을 다시 한 번 읽었다. 미켈레 수도사는 여기에서도, 자신에 대한 거짓된 주장이라 생각되는 대목마다 반발을 하며 자백서 낭독을 방해했다. 그 대목들은 분명 상당히 민감하고 미묘한 문제를 다룬 대목이었겠지만 당시 나는 그런 것을 이해하지 못했고 따라서 이제는 자세한 내용을 기억하지 못한다. 그러나 미켈레 수도사를 화형에 처하게 하고 소형제파가 박해당한 것은 분명 바로 그 대목들 때문이었을 것이다. 나는 성직자들인 심문관들과 속권인 형리들이, 청빈 속에서 살며 그리스도에게 세속적 재산이 없다고 믿는 사람들을 왜 그렇게 모질게 다루는지 이해할 수 없었다. 나는 그들이 두려워할 사람들은 오히려 호의호식을 탐하고, 남의 재물을 탐하여 죄악과 성직 매매로 교회를 더럽히는 자들이 아니겠느냐고 자문했다. 나는 더 이상 참을 수 없어 옆에 있는 사람에게 물어보았다. 그 남자는 나를 비웃으면서, 청빈을 좋아하는 수도사들은 동아리를 지어 교파를 이루게 되는데 이것이 대중에게 좋지 못한 본을 보이기 때문이라고 말했다. 이렇게 되면 대중이 청빈하지 않은 수도사는 성직자로 치지 않게 되어 버린다는 것이었다. 그리고 대중에게 청빈을 가르치면 사람들 머리에는 잘못된 생각이 박히기 마련이니, 그 이유는 대중들이 가난을 자랑으로 여기기 시작할 것이고 그 자만심 때문에 오만한 행동들을 하게 되기 때문이라는 것이었다. 그리고 마지막으로 그는 자신도 그 논리를 이해하지 못하지만 어쨌거나 내가 알아야 할 것은 수도사의 청빈을 설교하는 자는 황제 편에 서게 되는 셈인 것이고, 이것은 교황에게 달가운 소식이 아니라고 이야기했다. 학식을 갖춘 사람은 아니었으나 그의 대답은 매우 그럴듯했다. 그러나 나는 미켈레 수도사가 무슨 까닭에서, 그런 끔찍한 죽음을 당하면서까지 황제를 기쁘게 하고, 교단 간의 논쟁을 결판내려고 하는 것인지 알 수 없었다. 실제로 내 주변에서도 이런 말들이 오고갔다. 「저 사람, 성인이 아니에요. 피렌체 시민을 교란시키기 위해 루트비히 황제가 보낸 사람일 게요. 소형제회 행각승은 대개 토스카나 사람인데, 그 배후에는 루트비히 황제가 도사리고 있는 것이지요.」 이런 말을 하는 사람도 있었다. 「미친놈입니다. 자만심이 커져 악마까지 붙어 덧들린 것이지요. 보세요, 자기의 사악한 자만심에 사로잡힌 나머지 순교자 놀이를 즐기고 있는 게 아니고 뭡니까? 수도사들한테 성인에 대한 책을 너무 읽히니까 저렇게 된다고요. 그러니 마누라를 붙여 주는 편이 낫지 않겠어요?」 또 이런 말을 하는 사람도 있었다. 「무슨 소리야? 기독교인이라면 마땅히 자기 믿음을 저런 식으로 주장할 수 있어야지. 옛날 옛적 이교 시대의 순교자들처럼……」 무엇이 옳은 것인지 더 이상 파악이 안 되는 상태에서 이런 말을 들으면서 나는, 이따금씩 군중의 머리에 가렸다가는 나타나고 나타났다가는 다시 가려 버리고는 하는 미켈레 수도사의 얼굴을 정면에서 볼 수 있었다. 아, 내가 본 얼굴은 지상의 것이 아닌, 다른 무엇을 바라보는 얼굴이었다. 나는 황홀경의 순간에 빠진 성인의 동상에서 간혹 그런 표정을 본 적이 있는 것 같았다. 그가 미친 사람인지, 아니면 순교자인지 나로서는 확인할 수 없는 노릇이었지만 나는 한 가지는 이해했다. 그는, 자신이 죽음으로써 어떤 적도 이길 수 있다고 확신하는 사람이고 그래서 죽음을 선택했다는 것이었다. 그리고 그런 그를 모범으로 삼고 다른 이들도 죽음을 선택하리라는 것을 알 수 있었다. 내가 지금까지도 그의 태연자약한 태도를 기억하고 문득문득 놀라게 되는 것은, 여전히 나는 그런 자들을 자극하는 것이 무엇인지 모르기 때문이다. 그들은 진리에 대한 사랑으로 죽음을 선택하는 것일까, 아니면 죽음에 대한 사랑 때문에 그것이 어떤 진리이든 자신만의 진리를 주장하는 것일까? 이런 생각을 하면 나는 경외심과 두려움에 사로잡히고 만다.

각설하고, 형장으로 돌아가자. 군중들은 미켈레 수도사가 화형을 당할 형장으로 몰려가고 있었다.

경비대장과 경비병들은, 단추가 벗겨진 헐렁한 속옷 차림인 그를 끌고 갔다. 그는 성큼성큼 걸으면서도 이따금씩은 머리를 조아리고 기도문을 음송했다. 언필칭 순교자의 위용이었다. 군중의 수는 엄청나게 불어나 있었다. 「돌아가시면 안 됩니다.」 누군가가 외쳤다. 「그리스도를 위해서 죽는 것이다!」 미켈레 수도사가 대답했다. 「당신은 그리스도를 위해서 죽는 게 아니야!」 군중 속에서 누군가가 외쳤다. 「그러면 진리를 위해서 죽는다고 하자.」 미켈레 수도사가 응수했다. 대열이 〈총독의 거리〉라는 곳에 이르렀을 때 무리 중 누군가가 미켈레 수도사에게, 대중을 위해서 기도를 드려 달라고 했다. 미켈레 수도사는 묵묵히 무리를 축복했다.

〈침례 교회〉에 이르렀을 때 누군가가 외쳤다. 「목숨을 도모하시오!」 그러자 미켈레 수도사가 응수했다. 「죄악으로부터 그대 목숨이나 도모하게.」 옛 시장터에서 또 누군가가 외쳤다. 「살아야 합니다, 살아야 해요!」 「자네나 지옥을 경계하고 살아!」 미켈레 수도사도 소리를 다투어 외쳤다. 새 시장터에서 사람들이 고함을 질렀다. 「회개하라! 참회하라!」 「네놈들이나 돈놀이를 회개하고 참회하여라.」 미켈레 수도사도 맞고함을 질렀다. 〈성 십자가 거리〉의 계단 위에는 프란체스코 수도회 수도사들이 서 있었다. 미켈레 수도사는 그들을 보고, 어찌하여 성 프란체스코의 회칙을 따르지 않느냐고 꾸짖었다. 그들 중에는 어깨만 으쓱해 보이는 수도사도 있었고, 부끄러움을 느꼈던지 두건을 내려 쓰는 수도사들도 있었다.

〈정의의 문〉 앞에 서 있던 군중이 이구동성으로 소리쳤다. 「철회하시오, 취소하시오. 왜 돌아가시려고 하십니까?」 「그리스도께서는 우리를 대신해서 돌아가셨다오.」 미켈레 수도사가 대답했다. 「당신은 그리스도가 아닙니다. 우리를 위해서라면 죽어서는 안 됩니다.」 「그러면 그리스도를 위해서 죽지.」 미켈레 수도사가 말했다. 〈정의의 마당〉에서는 무리 중 하나가, 어째서 앞서 가신 프란체스코 성인처럼 모든 것을 버리지 못하느냐고 하자, 미켈레 수도사는, 〈나는 성인이 못 되어서 그럴 수가 없다〉고 대답했다. 많은 사람들이 그 말에 환호하면서 힘을 내라고 격려하는데 가만히 보니 바로 미켈레 수도사의 추종자들이었다. 나는 황급히 그곳에서 벗어났다.

이윽고 시가지를 벗어나자 화형주와 〈오두막〉이 보였다. 화형주 밑에다 장작을 오두막 모양으로 쌓기 때문에 붙은 이름이었다. 오두막 주위에는 기병대가 둥그렇게 둘러서서 접근하는 군중을 막고 있었다. 형리들이 미켈레 수도사를 화형주에 묶었다. 누군가가 외쳤다. 「무엇 때문에 죽겠다는 것입니까?」 「내 속에 있는 진실. 죽음으로밖에는 펼 수가 없다네.」 그의 어조는 담담했다. 형리들이 오두막에 불을 질렀다.

미켈레 수도사는「사도 신경」을 음송하고「찬미가」를 불렀다. 여덟 소절쯤 불렀을까? 조는 듯이 그의 머리가 꺾이면서 몸이 화형주에서 떨어졌다. 그의 몸을 묶고 있던 밧줄이 타 버린 것이었다. 절명한 뒤였다. 몸이 타기 전에 먼저 고열에 숨이 끊어지고 가슴에 가득 찬 열기로 심장이 터져 버리는 게 순서였다.

오두막이 햇불처럼 타오르기 시작했고, 커다란 백열광이 있었다. 불꽃 위로 언뜻언뜻 보이는 새카맣게 탄 가엾은 미켈레 수도사의 몸뚱이가 없었다면, 우리는 불붙은 덤불 앞에 서 있다고 말했을 것이다. 그리고 나는 황홀한 무아경에 대해 내 입술에 나도 모르게 몇 구절을 떠올리게 했던 그 장면(장서관 계단을 오르며 나는 그 장면을 회상했다)을 볼 수 있을 정도로 가까운 곳에 있었다. 성 힐데가르트의 책에서 읽은 적이 있는 구절이었다.「고귀한 청정, 예사롭지 않은 기운, 화성(火成)의 열정인 불꽃이여, 비추는 것을 청정하게 하고, 태우는 것을 열정이게 하는 불꽃이여!」

나는 우베르티노 수도사로부터 들은 사랑과 관련된 말들을 생각했다. 화형대의 미켈레 수도사와 돌치노, 그리고 돌치노의 아름다운 마르게리타가 내 눈앞에서 어른거렸다. 갑자기 교회에서 느꼈던 불안한 홍분에 다시 사로잡혔다.

나는 딴 생각을 하지 않으려고 애쓰면서 곧장 장서관의 미궁 쪽으로 걸었다.

혼자 장서관의 미궁으로 들어가기는 물론 처음이었다. 등잔을 들고 있었기 때문에 바닥에 끌리는 나 자신의 긴 그림자는, 흡사 전날 밤에 본 환상 같아서, 내 그림자가 거기에

끌리고 있다는 걸 아는데도 불구하고 볼 때마다 문득문득 숨이 막히고는 했다. 나는 언제든 지난밤에 보았던 거울이 나타날까 봐 두려웠다. 거울의 조화라고 하는 것은 참으로 묘한 것이어서 그게 거울인 줄을 아는데도 막상 대하면 머리 끝이 쭈뼛해지는 법이다.

그런 한편 나는 그렇게 겁을 먹고도 방향을 가늠하면서 저 기이한 냄새가 환상을 불러일으키던 방을 피하려고는 하지 않았다. 나는 딱히 어느 방으로 가야겠다는 생각도 없이 무엇에 들린 사람처럼 무작정 걸었다. 그러나 장서관 입구에서 그리 먼 방까지도 이동하지 못했던 것 같다. 어느 정도 걸은 것 같아 정신을 수습하고 자세히 보니, 조금 전에 지났던 그 7면 벽실이었다. 서안 위에는, 전날 못 보던 서책이 몇 권 놓여 있었다. 말라키아가 문서 사자실에서 가져다 놓기는 했지만 짬을 못 내어 정리하지 못한 서책인 것 같았다. 기이한 약초가 타는 방에서 얼마나 떨어져 있는지도 알 수 없었으나 머리가 어질어질해 왔다. 문제의 방에서 냄새가 새어 나왔기 때문일 수도 있고, 그때까지 머릿속을 오가던 혼란스러운 생각 때문일 수도 있었다. 나는 채식이 화려한 서책 한 권을 펼쳤다. 채식의 기법으로 보아 *Ultima Thule*(세계의 끝)의 수도원에서 만들어진 것 같았다.

사도 마르코의 복음서가 시작되는 면에는 사자가 그려져 있었다. 나는 그 사자의 모습을 보고 기겁을 하고 말았다. 사자의 실물은 본 적이 없었지만 사자라고 확신할 수 있었다. 채식사는, 괴수의 땅 〈히베르니아〉에 산다는 사자의 모습을 충실하게 재현해 놓은 듯했고 나는 『*Physiologus*(박물지)』에서 읽은 바처럼 사자란 지상의 동물 중에서는 가장 무서우면서도 제왕(帝王)의 특징을 두루 갖춘 짐승이라는 것을 직접 확인할 수 있었다. 그러므로 그 사자의 그림[17]은 내게 복음의 원수처럼 느껴지기도, 우리 주님 그리스도의 형상처럼 느껴지기도 했다. 이 사자를 어떤 상징으로 읽어야 할지조차 알 수 없었다. 무서웠는 데다 벽 틈으로 들어오는 바람의 한기 때문에 몸이 걷잡을 수 없이 떨려 왔다.

내가 채식 그림에서 본 사자는 이빨이 날카롭고, 머리는 뱀 대가리처럼 뾰족하니 무장이 되어 있어서 더할 나위 없이 강인해 보였다. 그 큰 몸을 버티는 기둥같이 굵고 튼튼한 다리 아래의, 넓은 발끝에는 날카롭고도 무시무시한 발톱이 달려 있었다. 털은, 나도 구경한 적이 있는, 붉은색과 에메랄드색 너울로 수놓은 동양의 융단 같았다. 사자의 뼈대는 노란색으로 그려져 있었는데 보기에 끔찍하기는 하나 튼튼했다. 엉덩이에서 머리에 이르기까지 커다란 똬리로 꼬인 굵은 꼬리 역시 노란색으로, 꼬리의 끝은 검은 색실과 흰 색실로 꼬아 놓은 두루마리 술 같았다.

사자의 위용에 겁을 먹었기 때문에, 나는 혹 그렇게 무서운 짐승이 옆에 와 있을지도 모른다는 생각에서 몇 차례 주위를 둘러보기도 했다. 그런 마음 상태에서 서책의 다른 면을 펼친 내 눈앞에 「마태오의 복음서」와 사람의 형상이 눈에 들어왔다. 그런데 이 사람의 형상이 사자의 형상보다 더 무서웠다. 얼굴은 분명히 사람의 얼굴인데도 이 사람은 발치에 이르기까지 뻣뻣한 제복(祭服) 같은 것을 두르고 있어서 예

---

17 사자는 사도 마르코, 소는 루가, 독수리는 요한을 상징하는 것으로 알려져 있다. 사도 마태오는 사람 모습 그대로 그려진다.

사 사람 같아 보이지 않았다. 제복 같기도 하고, 갑옷 같기도 한 옷에는 빨갛고 노란 준보석이 박혀 있었다. 루비와 자수정으로 이루어진 성채 위로 불쑥 솟아오른 머리통은 사부님이 추적하고 있는 흉악한 살인범 같아 보여 그렇게 무서울 수가 없었다. (공포에 정신이 홀려 내가 신성 모독을 범하고 있었던 것일까?) 그러다 나는 내가 그 동물과 사람을 미궁과 관련시켜 생각한 이유를 깨달았다. 서책의 삽화, 사자와 사람의 형상 모두는 줄마노와 에메랄드 선(線), 녹옥수 실, 옥주석 띠의 복잡한, 미궁과 같은 무늬를 배경으로 그려져 있었고 그래서 마치 내가 있던 방과 복도와 밀접한 관계를 가진 듯했다. 번들번들한 서책을 들여다보며 내 눈은, 조금 전 내 발이 미궁 속을 헤매던 것처럼 서책 속의 미궁을 방황하고 있었다. 문득 내 눈앞에, 양피지 위에 그려진, 길 잃은 내 모습이 보이는 것 같았고, 그 그림을 보고 있으려니 가슴이 답답해져 와서 견딜 수 없었다. 나는 혼미해지는 정신으로, 이러한 서책의 채식이 기괴한 웃음을 흘리면서 내가 처한 입장을 그대로 일러 주는 것이라고 생각하고는, *De te fabula narratur*(이것은 바로 네 이야기인 것이다),[18] 이렇게 중얼거렸다. 나는 이 서책 안에 내 미래도 담겨 있지는 않을까 생각해 보았다.

다른 서책을 펼쳤다. 히스파니아에서 만들어진 서책인 것

---

18 로마의 시인 호라티우스의 『풍자 시집』에 나오는 말. 호라티우스는 모든 불행의 원인이 자신에게 있는 사람의 탐욕을 비판하면서, 〈목마른 탄탈로스가 물을 마시려 할 때마다 물은 저만치 물러가 버리더라고 하지 않았더냐? 웃을 일이 아니다. 이름만 바꾸면 이것은 바로 네 이야기인 것이다〉라고 쓰고 있다.

같았다. 색채가 몹시 강렬해서 붉은색을 가만히 보고 있으려니 피가 흐르고 불길이 일렁거리는 것 같았다. 「요한의 묵시록」이었다. 펴고 보니 전날 밤에 본 것과 똑같은 *mulier amicta sole*(태양을 입은 여자) 그림이 보였다. 그러나 전날 밤에 본 것과 똑같은 책은 아니었다. 우선 채식부터가 달랐다. 이 서책의 채식가는 여성의 형상에 더 많은 공을 들여 표현하고 있었다. 나는 거기에 그려진 여자의 얼굴과 가슴과 허벅지를, 우베르티노 수도사와 함께 보았던 성모상에 견주어 보았다. 선(線)은 달랐지만 아름다워 보인다는 점에서는 같았다. 나는 이런 생각에 잠기지 말아야 한다고 생각하면서 몇 쪽을 더 넘겨 보았다. 다른 여자, 바빌론의 창부가 나왔다. 나는 그녀의 형상보다는 그녀 역시 앞에서 본 여자와 같은 여자라는 사실에 대해 생각하고 있었다. 같은 여자임에도 한 명은 모든 악덕의 그릇이고 한 명은 모든 미덕의 용기인 것이었다. 그러나 두 여자의 형상 모두 여성적이기는 마찬가지였고, 나는 더 이상 두 여자의 차이가 무엇인지 알 수가 없었다. 다시 내 몸속은 불안과 흥분으로 가득 찼다. 교회에서 보았던 성모상이 아름다운 마르게리타의 모습과 겹쳐지기 시작했다. 「아뿔싸, 내가 저주를 받았구나……. 내가 미치고 말았구나…….」 나는 황급히 장서관을 나오려 했다.

다행히도 내가 있던 곳은 계단과 멀지 않았다. 나는, 나동그라지면 등잔불이 꺼질 염려를 하면서도 허둥지둥 계단을 뛰어 내려왔다. 정신을 차리고 보니 문서 사자실이었다. 나는 거기에도 머물지 않고 후닥닥 식당으로 통하는 계단을 달려 내려왔다.

한참을 그렇게 허둥댄 끝에야 나는 걸음을 멈추었다. 창으로 밝은 달빛이 흘러 들어와 등잔을 들고 있을 필요가 없었다. 장서관 안에서나 필요한 물건을 그때까지 켜 들고 있었던 것을 보면 그것으로나마 위안거리를 삼고 싶어 했는지도 모르겠다. 숨이 막힐 것만 같아서 나는 물이라도 마셔 흥분과 긴장을 가라앉히기로 마음먹었다. 주방이 가까이 있었던 터에 나는 식당을 가로질러 본관 1층으로 통하는 문을 살며시 밀었다.

흥분과 긴장이 가라앉기는커녕 가슴이 다시 철렁 내려앉았다. 빵 가마 옆에서 인기척을 느꼈기 때문이었다. 황급히 등잔불을 껐다. 빵 가마 옆에 있던 괴한 역시 놀랐던지 바로 등잔불을 불어 껐다. 그러나 서로 하릴없는 짓이었다. 창으로 들어온 달빛이 주방 안을 좋이 비추고 있었다. 내 눈에, 당황한 나머지 몸 둘 곳을 모르는 두 사람의 그림자가 보인 것 같았다.

나는 그 자리에 얼어붙고 말았다. 움직이고 싶었지만 움직일 수 없었다. 토막토막 끊기는 말소리, 부드러운 음성이 들린 것 같았다. 여자의 목소리였다. 여자의 목소리가 들린 찰나 빵 가마 뒤의 어둠 속에서 그림자가 하나 후닥닥, 열려 있던 문을 통해 튀어 나갔다. 문이 그림자 뒤로 닫혔.

나는 주방과 식당 사이, 그러니까 빵 가마 곁의 문지방에 어정쩡하게 서 있었다. 흐느끼는 소리가 들렸다. 환청이 아니었다. 어둠 속에서 가느다란 흐느낌이 분명하게 들려왔다.

공포에 사로잡힌 사람에게, 상대 역시 공포에 사로잡혀 있다는 낌새만큼 큰 위안이 되는 것은 없는 법. 그러나 내가 소리 나는 곳으로 다가간 것이 이로써 용기를 얻었기 때문이었던 것은 아니다. 환상을 경험할 때와 같은, 무엇에 들려 버린 상태에서 다가갔다고 해도 좋다. 주방에는, 내가 전날 장서관에서 맡은 것과 비슷한 냄새가 풍기고 있었다. 똑같은 것은 아니었으나 지나치게 흥분한 나에게는 똑같은 효과를 내고 있었을 것이다. 모르기는 하지만 요리사들이 포도주의 향을 낼 때 쓰는 트라간트, 명반, 그리고 주석(酒石) 냄새 같았다. 뒤에 알았지만 맥주 냄새였다. 이탈리아 반도 북부에서는 당시 맥주 빚는 일이 드물지 않았다. 맥주를 빚을 때면 내 고향에서 사용하는 방식으로 히드, 도금양, 야생 로즈마린 같은 것을 향료로 쓰고는 했는데 어쨌든 그 냄새는 내 후각보다는 정신을 마비시키는 것 같았다.

나의 합리적 본능은 나에게 *vade retro*(물러서라) 하고 외치고는 수쿠부스가 분명할 터인 정체불명의 것을 피해 도망치라고 속사였다. 그런데 이상하게도 나의 *vis appetitiva*(생래의 욕구)는, 앞으로 나아가 정체를 밝혀 볼 것을 요구했다.

나는 그림자를 향해 걸어갔다. 창 사이로 달빛이 비추면서 빵 가마 앞쪽으로 몸을 피하고 있는 여자의 모습이 보였다. 여자는 울고 있었고 떨리는 손으로 무엇인가를 품에 안고 있었다.

바라건대 하느님과 성모님과 낙원의 성자님들이 나에게 힘을 주시어 그때의 일을 여기에 소상하게 적게 해주시기를……. 나는 시방 평화와 명상의 안식처, 이 은혜로운 멜크 수도원에 기거하는 늙은 수도사. 이 신분에 어울리게 근행하여야 하는 내게 어찌 거기에 어울리는 조심성이 없을까 보냐? 그저 거기에서, 젊은 수련사에게는 어울리지 않는 일이 있었다는 말로 사실의 소상한 기술을 피한다면 내 독자나

나 자신을 더 이상 괴롭히지 않아도 좋을 터임을 내 어찌 모르겠는가?

하나 나는, 아득한 옛날에 있었던 그 일을, 진실 그대로 여기에 옮기기로 마음먹었다. 진실은 정제(整齊)할 수 없는 법이니, 진실이란 스스로 명징하여 우리의 흥미나 부끄러움을 빌미로 이를 훼손하는 것을 용납하지 아니한다. 문제는 쓰되, 지금 생각하고 느끼는 대로가 아니고 그때 생각하고 느꼈던 대로 써야 한다는 점이다(내가 그때 일을 무정하리만치 생생하게 기억하는 것은, 그 이후의 참회가 적실하지 못했기 때문일까? 아니면 적실한 참회를 통해서 마음의 문을 꼭꼭 닫아 두었는데도 그 경험이 워낙 절실해서 지금도 가닥가닥의 부끄러움으로 나를 괴롭히고 있는 것일까?). 하여튼 나는 연대기를 쓰는 기분으로 자세하게 적을 수 있다. 눈을 감으면 지금도 내가 그때 한 짓, 내가 그때 한 생각을 양피지 문서를 필사하듯이 그대로 재현시킬 수 있다. 대천사 미카엘이시여, 저를 보호해 주소서. 이제 그 일을 이렇게 적겠나이다. 미래의 독자들을 가르치고, 제게 지은 죗값을 부끄러움으로 다시 받기 위해서라도 한 젊은 수련사가 악마의 꾐에 빠졌던 그때 이야기를 여기 적겠나이다. 이를 백일하에 다시 드러내는 것은 후학이 혹 이런 악마를 만날 때를 준비해서 그 꾐을 이기는 지침을 주고자 함이니……. 살피소서.

여자였다. 아니, 소녀였다고 하는 편이 낫겠다. 그때까지는(그리고 하느님께서 보우하사 그 후에도) 여자를 가까이한 일이 없었던 나는 소녀의 나이를 어림으로도 헤아릴 수 없었다. 사춘기 전후……. 젊었다는 것은 안다. 열여섯을 넘겼거나, 열여덟, 아니면 스물 가까이 되었을까? 나는 여자가 풍기는 지극히 지상적인 인상에 압도되고 말았다. 환상이 아니었다. 어느 모로 보나 *valde bona*(보기에 참 좋았다)[19]라는 말이 어울렸다. 내가 무서워서 그랬는지, 우느라고 그랬는지는 모르겠지만 여자는 겨울새처럼 떨고 있었다.

선한 기독교인이라면 마땅히 이웃을 도와야 한다는 엉뚱한 생각을 하고는 천천히 여자에게 다가가면서 또박또박 라틴어로, 나는 친구이니까, 적은 아니니까, 적어도 사람을 해칠 만한 적은 아니니까 두려워하지 않아도 된다고 말했다.

내 태도가 다정스러워 보였던 모양인지 여자는 경계를 풀고 내게로 다가왔다. 나는 여자가 내 라틴어를 알아듣지 못하는 것 같아서 우리 게르만 말로 해보았다. 그러나 이 게르만 말에 여자는 다시 크게 겁을 내었다. 당시 그 지역 사람들 귀에는 버릇 들지 못한, 다소 발음이 거친 인상을 주는 말이었기 때문인지, 아니면 우리 게르만 말이 품행이 반드시 방정하다고만은 할 수 없는 게르만 용병을 떠올리게 했기 때문인지는 잘 모르겠다. 나는 말보다는 표정이 나을 것 같다고 판단하고는 미소를 지어 보였다. 여자는 마음을 아주 놓았던지 마주 웃으면서 몇 마디 속삭이기까지 했다.

이탈리아 말이라면 나도 조금 알기는 했지만 여자의 말은 내가 피사에서 배운 것과는 사뭇 달랐다. 나는 어조를 통하여 여자가 나를 칭송하고 있는 것이라고 짐작했다. 〈젊고, 미남이시군요〉, 이런 말이었던 것 같다. 어린 시절부터 수도원에서 살아온 수련사에게 자기 외모에 대한 칭찬을 듣는 경험

---

19 「창세기」 1:13에 나오는 구절. 〈(이렇게 만드신 것을) 하느님께서 보시니 참 좋았다.〉

은 희귀할 수밖에 없다. 실제로 우리는, 외모의 아름다움이란 무상한 것인즉, 외모에 대한 평론은 귀에 담을 것이 못 된다고 배운다. 그러나 악마의 꾐은 한이 없는 법……. 고백하거니와, 들을 것이 못 된다고 배워 왔는데도 불구하고 그 말은 내 귀에 뿌듯하게 들리면서 가슴에서 이상한 온기가 꿈틀거렸다. 더구나 여자가 그런 말을 하면서 손을 뻗어, 수염 한 올 없는 내 뺨에 손가락까지 대었음에랴! 어지러웠다. 어찌 된 일인지 죄를 짓고 있다는 생각은 도무지 들지 않았다. 우리를 쓰러뜨리고 우리 영혼으로부터 하느님 성총의 표적을 거두어 가는 악마는 늘 이런 식으로 마술을 부리는 법이니, 후학은 다투어 경계할진저.

내 느낌이 어떠했던가? 내가 무엇을 보고 있었던가? 기억컨대 그 순간 나는 아무것도 표현할 수 없었다. 내 혀와 마음은 그런 종류의 감정적 격랑을 이름 하는 데 도무지 버릇 들어 있지 않았기 때문이었다. 조금씩 제정신이 나면서, 다른 목적과 경우를 염두에 둔 말들이기는 하지만 내가 여기저기에서 주워들은 말들이 더러 생각났고 놀랍게도 내 마음의 상태를 적절하게 나타내는 말로 변하는 느낌이었다. 흡사 내 마음의 그런 상태를 나타내기 위해 만들어진 말들 같았다. 내 기억의 동혈(洞穴)에 갇혀 살던 말들이 내 입술로 올라왔다. 나는 그러한 말들이, 성서에서 하느님을 섬기는 데 쓰였고, 성자의 말씀을 통하여, 저 눈부신 실재를 나타내는 데만 쓰였다는 것을 잊고 말았다. 하지만 성자가 그려 내는 환희의 순간과 당시의 달아오른 내 영혼이 맛보던 환희에 무슨 차이가 있는지 나는 기억해 낼 수 없었다. 아니다, 정확하게 말하면 그런 차이를 인식하는 마음 자체가 내 내부에서 차례로 감금당하고 있었다는 편이 옳겠다. 가치가 혼란에 빠진, 저 지옥의 나락에서 느끼는 광희(狂喜)의 본보기가 그럴 터이다.

여자는 「아가」에 나오는, 피부 빛이 검으나 아름다운 처녀 같아 보였다. 여자는 가슴이 깊이 팬 헌 옷 차림에 목에는 흔한 돌을 알락달락하게 꿴 목걸이를 두르고 있었다. 헌 옷과 수더분한 목걸이에 어울리지 않게, 상아같이 흰 목 위로 솟은 얼굴의 표정은 당당했고, 눈은 헤스본의 연못같이 파랬으며, 코는 레바논의 탑처럼 오뚝했다. 머리카락은 보라색에 가까웠다. 그렇다. 여자의 머릿단은 흑염소 떼 같았고, 이빨은 갓 목욕하고 가지런히 무리 지어 올라오는 양 떼 같았다. 나는 입을 다물고 있을 수 없었다. 「아름다워라 그대 나의 고운 짝이여, 그대 눈동자 비둘기처럼 아른거리고, 머리채는 길르앗 비탈을 내리닫는 염소 떼, 이는 털을 깎으려고 목욕시킨 양 떼 같아라. 입술은 새빨간 실오리, 볼은 석류 같으며 목은 다윗의 망대 같아 용사들의 방패 천 개나 걸어 놓은 것 같구나……」[20] 나는 놀라움과 기쁨을 주체할 수 없어, 아름답기가 달 같고, 빛나기가 태양 같으며, 위용이 당당하기가 기치창검을 번쩍이는 군대 같은 모습으로 새벽처럼 내 앞에 선 여자가 누구이겠느냐고 나 자신에게 물어보았다.

여자는 내게로 다가서면서 그때까지 가슴에 안고 있던 까만 보퉁이를 구석으로 던졌다. 그러고는 손을 내밀어 내 얼굴을 쓰다듬으면서 조금 전에 하던 말을 되풀이했다. 도망쳐야 할지, 가까이 다가서야 할지 몰라 망설이고 있는 동안,

20 「아가」 4:1~4.

예리고 성벽을 허물어뜨리는 여호수아의 나팔 소리가 들리는 듯 내 머리가 욱신거리는 동안 여자는, 마음은 원이로되 차마 손을 내밀지 못하는 나에게 몹시 기뻐하며 미소를 뿌리고는, 암염소처럼 억눌린 신음 소리를 내며 가슴 위에 둘러져 있던 끈을 풀었다. 튜닉처럼 그녀의 몸 위에서 드레스가 미끄러져 내려갔고 그녀는 에덴동산에서 아담 앞에 선 하와 같은 모습으로 내 앞에 우뚝 섰다. 「*Pulchra sunt ubera quae paululum supereminent et tument modice*(아름다워라, 젖가슴이여. 부풀어 올랐으되 지나치지 아니하고, 자제하였으되 위축되지 않았도다).」 나는 우베르티노에게서 들었던 말을 그대로 읊었다. 여자의 가슴이 흡사 백합 꽃밭에서 뛰는 두 마리 새끼 사슴 같았기 때문이었다. 배꼽은 영원히 비지 않을 술잔, 배는 백합 꽃밭에 놓인 밀가루 자루 같았다.

「*O, sidus clarum pellarum, o porta clausa, fons hortorum, cella custos unguentorum, cella pigmentaria*(오, 처녀들의 청정한 별이여, 오, 닫힌 문이여, 뜰의 샘이여, 향기로운 연골로 봉인된 샘이여, 향긋한 골방이여)*!*」 나는 이렇게 속삭이고 말았다. 나는 어느 틈에 여자와 살을 맞대고 있었다. 처음 맡는 냄새가 진동했다. 〈격정의 순간이 오면 남자는 힘을 잃는다〉는 말이 생각났다. 나는 그제야, 악마의 올가미 때문인지 하늘의 은혜 덕분인지는 모르겠지만, 나를 움직이는 격정과 대항할 힘이 없어졌음을 깨달았다. 「*O langueo, causam languoris video nec caveo*(아, 숨이 막히는구나. 숨이 막히는 까닭을 알아도 정신을 차릴 수가 없구나)*!*」 나는 나를 움직이게 한 충동에 힘을 잃고 이렇게 외쳤다. 여자의 입술에서 묻어 나오는 냄새는 그렇게 향기로울 수 없는 장미꽃 냄새였고, 가죽신 속에 들어 있던 발은 그렇게 고울 수가 없었으며, 다리는 기둥 같고 허벅지 관절은 보석, 노련한 장인이 손수 만든 작품이었다. 「오, 사랑이여, 쾌락의 딸이여, 왕이 그대 머릿단 속에서 포로가 되었구나……」 나는 여자의 품 안에 있었다. 우리는 어느새 한 덩어리가 되어 주방의 바닥으로 무너져 내렸던 것이다. 내가 자진한 것인지 여자의 농간이었는지, 내 몸에는 수련사의 법의가 남아 있지 않았다. 그래도 우리의 몸은 서로를 부끄러워하지 않았고, *et cuncta erant bona*(이 역시 좋았다).

여자의 입술이 다가왔다. 그녀의 사랑은 포도주보다 달았고, 화장품 냄새는 향기로웠다. 목은 진주처럼 맑았고 뺨은 귀고리 아래로 붉었다. 사랑이여, 아름다워라. (나는 말했다.) 그대의 눈은 비둘기 눈 같구나. 모습을 보여 다오, 목소리를 들려 다오, 그대 목소리는 아름답고 그대 모습은 내 넋을 빼앗을 것이므로. 오, 내 누이여, 그대는 내 영혼을 황홀케 하는구나. 그대의 눈으로, 그대 목걸이의 사슬로. 그대 입술은 벌집으로 떨어지니 그대 혀 밑에서 꿀과 젖이 고이는구나. 그대 숨결은 능금 향기, 그대 가슴은 포도송이, 그대 입천장에서는 독한 포도주가 흘러 내 사랑을 취하게 하고 내 입술을 흐르는구나……. 감송향(甘松香)과 사프란, 창포와 육계와 베누스 신목(神木)과 침향 향기가 고루 흐르는 새암이여, 나는 내 꿀로 벌집을 먹었고 내 젖으로 포도주를 마셨구나! 대체 그대는 누구던가? 새벽처럼 일어났으되 달처럼 아름다운가 하면 태양처럼 명징하고도 기치창검을 시위하는 군대처럼 위풍당당한 그대는 대체 누구던가?

주여, 영혼이 황홀에 이르면, 당신이 본 것을 사랑하는 일만이 미덕입니다. (그렇지 않습니까?) 가장 큰 행복은 당신이 소유한 것을 가지는 데 있습니다. 지복의 삶을 그 원천에서 마실 수 있습니다(이것도 말씀하시지 않았습니까!). 거기서 당신은 우리가 이 세상을 떠난 뒤 영원히 천사들 틈에서 살게 될 참다운 삶을 맛보십니다……. 여자가 더할 나위 없이 감미로운 사랑을 풀어 감에 따라 나는 마침내 예언이 이루어지고 있는 것이라는 이상한 착각에 빠져 들었다. 내 몸은, 앞뒤가 두루 보이는 기이한 눈이 된 것 같았다. 문득, 몸을 돌리지 않고도 사방을 고루 볼 수 있을 것 같았다. 나는 문득, 이런 데서 합일과 감미로움과 선과 입맞춤과 포옹이 생겨나는 것이고, 이것을 모두 합하여 사랑이라고 이르는 것인 모양이라고 생각했다. 사랑의 정점에서는 백주에 악마를 만나고 있는 느낌이 들기도 했다. 영혼을 꾀고 육체를 유린하는 악마에게, 나는, 너의 정체가 대체 무엇이냐고 묻는 악마는 그제야 제 본 모습을 드러내는 느낌이 들었다. 그러나 바로 그 순간에 나는, 양심의 가책이라는 것 자체가 악마적일지도 모른다는 생각을 함께 했다. 순간순간 감미로움이 더해 가는 그 쾌락, 내가 경험하고 있던 그 쾌락 이상으로 정당하고 선하고 거룩한 것은 없을 것 같았기 때문이었다. 포도주 통에다 물방울을 떨어뜨리면 그 물방울이 곧 포도주에 스며들어 포도주 빛깔이 되고 포도주 맛이 되듯이, 쇠붙이를 센 불길에다 던져 넣어 오래 달구고 녹이면 마침내 그 본래의 형태를 잃어버리고 불길이 되고 말듯이, 햇빛을 받는 밝고 투명한 대기가 빛을 받는다기보다는 빛 자체가 되어 버리듯이 나 역시 쾌감 안에서 쾌감으로 용해되어 버리는 것 같았다. 내게는, 〈보라, 내 가슴은 새 잔을 채울 새 포도주 통

같다〉는 시구를 흥얼거릴 힘밖에는 남아 있지 않았다. 바로 그때였다. 찬연한 빛줄기가 내 눈에 보였다. 그 빛줄기 안에는, 감미롭고도 찬란한 불길로 타오르는 노란 형체가 하나 있었다. 빛줄기는 찬란한 불길 속으로 번져 갔고 이 불길은 노란 형체 속으로 스며들다가 이윽고 빛줄기와 불길은 하나로 어우러졌다.

기진한 채로, 내가 우연히 만난 여자의 육체 위에 쓰러진 채, 나는 그 불길이 바로 고귀한 청정과 예사롭지 않은 기운과 불같은 열정으로 이루어졌으되, 청정은 곧 기운을 밝히고 열정은 이를 태울지도 모른다는 생각을 했다. 그제야 나는 이러한 사실이 내 발밑에다 깊고 깊은 심연을 마련한다는 것도 깨달았다.

돌이켜 보게 되는 죄악에 대한 두려움과 되새겨 보게 되는 저 사건에 대한 죄의식 때문에 내 손은 지금 떨리고 있다. 그 떨리는 손으로 그때 일을 기록하면서 또 한 번 문득 깨닫는 것은, 내가 저 사악한 황홀의 경험을 여기 기록하되, 얼마 전 순교자 미켈레 수도사의 육신을 태우는 불길을 묘사할 때와 똑같은 어구를 쓰고 있다는 점이다. 영혼의 하찮은 심부름꾼인 내 손이 동떨어진 두 가지 경험을 같은 언어로 기술하게 된 것은 우연이 아닐 것이다. 어쩌면 내가 두 사건을 하나로 경험했기 때문에 여기 양피지에 옮기면서 같은 표현을 통하여 그때의 느낌을 되살려 내는 것인지도 모르겠다.

천상의 사상도 지상적 언어로 지칭할 수 있듯이 서로 구별되는 현상을 유사한 이름으로 부르는 신비한 지혜가 있다. 이 지혜로운 표현법에 따르면 다의적(多義的)인 하느님은 사자 혹은 표범으로 상징될 수도 있고, 죽음은 칼, 쾌락은 불길, 불길은 죽음, 죽음은 심연, 심연은 파멸, 파멸은 광란, 광란은 곧 정열의 상징일 수도 있는 것이다.

대가리의 피도 채 마르지 못한 내가 어째서 성인들이 천상적인 삶의 황홀을 표현할 때 쓰던 말을, 아무리 나에게 감동을 주었다고 하더라도 미켈레 수도사의 죽음의 황홀을 표현하는 데 썼던 것일까? 그런데도 나는 어째서, 필경은 돌아서면 죽음과 파멸이 한 상징으로 나를 괴롭힐 저 죄 많고 무상한 지상적 쾌락의 황홀을 그리는 데 같은 언어를 동원하고 말았던가? 이제 나는, 몇 달을 상거해 있던 사건이지만, 내 정신을 드높였는지는 모르나 당시에는 몹시 고통스럽던 두 가지 경험에 대한 내 느낌을 차근차근 반추해 보기로 한다. 그날 밤 수도원에서 겨우 몇 시간 사이에, 전자의 경험은 의식적으로 기억하면서, 후자의 경험은 오감으로 느끼면서 나는 같은 표현을 사용하지 않았던가? 그리고 여기 이 양피지 위에다 그 일을 소상하게 쓰면서조차, 나는 이 세 예화(例話)에다, 천상에 대한 환상 속에서 죽음에 직면한 한 성인의 영혼이 경험했던 언어를 굳이 동원하게 된 경위도 밝혀야겠다. 내가 하느님을 모독했던 것일까? 했다면 그때였을까? 지금일까? 죽음에 대한 미켈레 수도사의 열망, 그를 태우는 불길을 보고 내가 느꼈던 정체 모를 황홀, 여자와 함께하면서 내가 경험했던 육체적인 결합에의 욕망, 약간 비유적으로 표현했던 저 더할 나위 없는 부끄러움, 그리고 영원의 삶이라는 명분 아래 성인들을 죽음으로 몰아갔던 저 파멸에의 욕망 사이에 닮은 데가 없는 것일까? 이렇게 의미가 무궁한 사상(事象)을 단순하게 이것이다, 저것이다, 할 수 있는 것일까? 학자 중의 학자 토마스 아퀴나스는, 〈만사가, 수사적 표현이

되어 있으면 되어 있을수록, 글자 그대로의 유사성이 아닌 부동(不同)의 유사성으로 나타낼수록 은유는 그 참뜻을 그만큼 쉽게 드러낸다〉고 했다. 그렇다면, 불꽃에의 사랑과 심연에의 사랑이 하느님에 대한 사랑의 은유일 수 있다면 이러한 사랑이 죽음에의 사랑, 죄악에의 사랑을 은유할 수도 있는 것일까? 그렇다. 사자와 뱀이, 동시에 그리스도의 은유가 될 수도 있고 악마의 은유가 될 수도 있다. 문제는 교부(敎父)의 권위에 의지하지 않고는 이러한 상징과 은유를 해석할 수 없다는 데 있다. 나를 괴롭힌 것은, 내 영혼이 순종과 의지의 대상으로 삼을 *auctoritas*(권위)가 내게는 없었다는 점이었다. 의심의 불길이 나를 태우고 있다. (여기에서도 불길의 형상이 진리의 공백과 내 넘치는 죄악을 동시에 나타내고 있지 않은가.) 아, 내 마음의 혼돈이여, 나는 스스로 일월성신의 질서와 그 천상적 운행의 도리를 한 두름에 꿰고, 내 추억의 소용돌이에 몸을 맡긴 채로 때와 장소가 다른 두 사건을 하나로 파악하려 했으니……. 나는 필시, 지성의 경계를 드나듦에 경솔했던 게 분명하니 이 얼마나 경망스럽고 죄 많은 일이었겠는가. 각설하고, 이야기를 원 줄거리로 되돌려야겠다. 죄악의 구렁텅이에 빠졌다고 느낀 내가 죄의식을 견딜 수 없어 하던 순간의 이야기를 하고 있지 않았던가? 그때 내 뇌리에 떠오르던 갖가지 상념을 반추하다가 그만 이 연대기 기자의 초라한 붓끝이 길을 잃었구나.

    시간이 얼마나 흘렀는지는 모르겠다. 나와 여자는 나란히 누워 있었다. 여자는 부드러운 손길로 땀으로 축축하게 젖어 있는 내 몸을 쓰다듬고 있었다. 내 가슴속에는 기쁨이 가득했다. 그러나 평화롭지는 못했다. 환희는, 그랬다, 불길은 이미 사그라져 버리고 시간이 흐르면 여신(餘燼) 아래에서 죽어 갈 불꽃의 마지막 일렁거림 같은 것이었다. 나는 잠결에, 이승에서 단 한 번, 짧은 순간이나마 그와 비슷한 경험을 한 자가 있다면, 축복받은 사람이라고 부르기를 주저하지 않겠다고 중얼거렸던 것 같다(나도 한 번밖에는 경험하지 못했다). 존재하기를 끝낸 사람처럼, 이미 심연에 가라앉았거나 파멸해 버린 사람처럼 자신의 존재나 상황을 전혀 의식하지 못하는 그러한 느낌, 그러한 경험이었다. 단 한 번, 아주 짧은 순간 동안이라도 나와 유사한 기쁨을 누려 보는 인간이 있다면, 그는 그 이후로 이 세상을 얼마나 심술궂은 눈으로 보고, 삶의 재미없음에 얼마나 절망했을 것이며, 육체의 죽음을 얼마나 무거운 무게로 느낄 것이냐고……. 내가 배운 것이 결국 그러한 기쁨이 아니던가? 이 다시없을 즐거움 속에서 모든 기억을 잃으라고 내 영혼을 부추기던 것은 (이제 와서야 나는 그것을 깨닫는다) 영원한 태양의 눈부신 빛이 아니던가. 태양빛이 주는 기쁨은 인간을 열고 인간을 넓힌다. 태양빛이 있으면 인간은 제 내부의 균열을 더 이상 감추어 내지 못한다. 이 상흔의 균열은 사랑의 칼날에 베인 흔적이므로, 이보다 감미롭고 이보다 참혹한 것은 다시없다. 그러나 태양에게는 이 상흔을 낫우는 권능도 있다. 태양은 그 빛살로 상처받은 사람을 골라내고 기왕의 상처를 헤집어 놓는다. 상처받는 사람이 불려 나와 사지를 묶이고 혈관을 절개당하면 명령을 거역할 힘을 잃고 오로지 욕망에 따라서만 움직일 수밖에 없게 된다. 이렇게 되면, 불에 탄 영혼으로 육화(肉化)한 심연에 빠져 들면서 이제 자기가 살아온 현실, 사는 현실에 발가벗긴 자기 욕망과 욕망의 진실을 구경할 수 있을 뿐이다. 바야흐로 저 자신의 광란을 제 눈으로 멀거니 바라보지 않을 수 없다.

말로 표현할 수 없는 내심의 환희에 젖은 채 나는 잠이 들었다.

눈을 떴다. 구름 때문이었겠지만 달빛이 흐려져 있었다. 옆을 더듬었으나 여자의 몸은 잡히지 않았다. 고개를 돌려 보았다. 없었다.

내 욕망의 끈을 풀게 하고, 내 갈증을 적셔 준 당사자의 부재는, 돌연 그 욕망의 허망함과 갈증의 사악함에 눈을 뜨게 했다. *Omne animal triste post coitum*(짐승이란 무릇, 교미를 끝내면 쓸쓸해지는 법)이라던가……. 나는 그제야 내가 얼마나 큰 죄를 저지르고 있었던가를 깨달았다. 적지 않게 세월이 흘렀어도 내가 그때 지은 허물에 가슴을 치는 것은 변함이 없다. 그런 한편 나는 그날 밤 느꼈던 환희를 잊을 수 없고, 선하고 아름다운 만물의 창조주이신 하느님 앞에서 이 사실을 인정하지 않는 것은 그 자체로도 죄악일 것이다. 즉, 그날 밤 두 죄인 사이에서는 그 자체로서는 선하고 아름다운 일이 일어났다는 사실을 나는 인정한다. 그러나 내가 나이가 들어서 내 청춘은 참 아름답고 선했다는 생각을 자꾸 하게 되는 것인지도 모른다. 내 앞에 임박한 죽음에 눈을 돌려야 마땅한 때에 말이다. 당시의 나는 젊었고 따라서 죽음을 생각하지 않았다. 그 대신 나는 내가 저지른 죄악을 온 마음과 눈물을 다해 뉘우쳤다.

나는 떨면서 일어섰다. 양심의 가책도 가책이려니와 주방의 차가운 바닥에 너무 오래 누워 있었던 참이라 몸이 못쓰게

굳어 있었다. 떨리는 손으로 옷을 입었다. 입으면서 주위를 둘러보니, 여자가 도망치면서 놓고 간 듯한 보퉁이가 구석에 있었다. 나는 그 보퉁이를 집어 들었다. 주방에서 쓰는 것인 듯한 천이었다. 보퉁이를 풀어 보았다. 처음에는 사위가 어둑어둑한 데다 내용물의 형상이 일그러져 있어서 그게 무엇인지 알아보지 못했다. 그러나 알아보지 못한 것도 잠시……. 엉겨 붙은 핏덩어리, 흐느적거리는 살점, 섬뜩하게 튼튼한 힘줄…… 죽어 있으면서도 죽은 오장 육부의 아교질 생명으로 푸들푸들 움직이는 듯한 물건……. 엄청나게 큰…… 염통이었다.

내 눈앞으로 어둠이 내리면서 입 안에 시큼한 침이 가득 고였다. 나는 비명 한마디 크게 지르고는 앞으로 꼬꾸라졌다.

한밤중

기진한 아드소는 윌리엄 수도사에게 죄를 고해하고 창조의 계획에서 여자의 역할에 대해 명상한다. 이어서 두 사람은 시신 한 구를 찾아낸다.

정신을 차리고 보니 누가 내 얼굴을 쓰다듬고 있었다. 윌리엄 수도사였다. 사부님은 등잔을 든 채 내 머리 밑에다 무엇인가를 집어넣는 참이었다.

「어떻게 된 것이냐, 아드소. 부엌에서 칼밥이라도 훔치려던 게냐? 한밤중에 부엌을 기웃거리고 있었으니 말이다.」

사부님 말씀에 따르면, 사부님은 잠을 깨어 무슨 이유에선가 나를 찾아다니다가, 내가 보이지 않자, 내가 혼자 장서관으로 숨어 들어갔거니 여겼다. 그래서 주방 쪽에서 본관으로 들어오다가, 채마밭 쪽 문으로 그림자 하나가 급히 빠져나가는 걸 보았다(인기척에 놀라 황급히 그곳을 빠져나간 여자의 그림자였던 모양이었다). 사부님은 몹시 궁금했던 나머지 (사부님에게는 여전히 정체불명의 그림자였다) 그림자를 뒤쫓았으나 그림자는 능숙하게 담 밖으로 나가 어둠 속으로 모습을 감추었다. 사부님은 한동안 사위를 살피다가 주방으로 들어서면서 나를 발견했던 것이다.

나는 공포에 떨면서, 염통이 든 보퉁이를 사부님 앞으로 내밀었다. 내가, 또 사건이 터진 모양이라고 하자 사부님은 웃으면서 나를 나무랐다. 「정신 차려라. 염통이 그렇게 큰 사람이 어디 있겠느냐? 그것은 암소 염통 아니면 황소 염통이다. 내 어제 어미 소 한 마리를 잡았다는 이야기를 들은 바도 있다. 그래, 말해 보아라. 어떻게 해서 이것이 네 수중에 있느냐?」

회한에 몸이 오그라들고 공포에 몸이 떨렸다. 나는 눈물을 흘리면서 고해 성사를 맡아 줄 것을 간청했다. 사부님의 허락이 떨어지자 나는 그날 밤에 있었던 일을 하나도 숨기지 않고 낱낱이 고해했다.

사부님은 굳어진 얼굴로 내 고백을 경청하고는 부드럽게 꾸짖었다. 「분명한 것은, 너는 사통(私通)을 경계하는 계율을 범하고, 수련사인 네 본분을 저버리는 죄를 저질렀다는 것이다. 그러나 너 같은 상황에 놓였더라면, 황야에서 공부를 쌓던 예언자도 십 년 공부를 허물어뜨렸을 것인즉, 이 말이 너에게 위로가 될지 모르겠다. 성서가 누누이 일렀거니와 여자란 마물이다. 〈전도서〉는 여자의 말을 일러서 활활 타는 불이라고 했고, 〈잠언〉은, 여자는 남자의 영혼을 유린하는 데 능하니 아무리 강한 자라도 여기에서는 폐허가 된다고 했다. 〈전도서〉는, 〈나는 또 여자란 죽음보다도 신물 나는 것임을 알았다. 여자는 새 잡는 그물이다, 그 마음은 올가미요, 그 팔은 사슬이다〉라고 하지 않더냐? 잘 들어 두어라. 혹자는 여자를 일러 악마의 그릇이라고도 했다. 하나 나는 하느님께서 창조하셨거니, 하느님께서 이 못난 것들을 이유 없이,

선함 없이 창조하셨다고는 믿지 못하겠다. 무엇이든, 쓸 만한 걸 좀 넣어 두지 않았겠느냐는 말이다. 하느님께서 여자에게, 나름의 갖가지 특권과, 광영 입을 그릇을 주셨을 거라고 해야 마땅할 것이다. 내 말은, 특권과 광영의 그릇 중에 적어도 세 가지는 참으로 위대하지 않겠느냐는 것이다. 그래, 실제로 하느님께서는 이 궁창에다 흙으로 남자를 빚어 놓으셨다. 그런데 뒤에 하느님께서는 낙원에서 여자를 빚으시되 귀한 인간으로 만드셨다. 아담의 발이나 오장 육부는 취하지 않으시고 갈비뼈를 취하시지 않았더냐? 또 한 가지, 전능하신 하느님께서는 기적을 일으키시어 우리 주님을 이 땅에 내리시게도 하시되, 우리 주님을 여자의 자궁 속에서 때를 기다리게 하셨다. 이러할진대 어떻게 자궁이라고 하는 것을 천한 것의 상징으로 삼을 수 있겠느냐? 부활 때도 주님께서는 여자 앞에 나타나셨다. 뿐이냐? 천계의 은총이 누리에 내릴 때 왕이 되는 것은 남자가 아니라 죄지은 적이 없는 여자라고 했다. 그렇다면, 하느님께서도 하와와 그 딸들을 이렇듯 총애하시는데, 우리가 여자의 미덕과 기품에 발이 걸려 넘어졌대서 여자 자체를 몹쓸 것으로 여김은 부당하지 않겠느냐? 그러나, 이런 일이 되풀이되어도 좋다는 뜻은 물론 아니다. 단지 유혹을 느꼈다는 사실 자체는 그렇게 많이는 흉하지 않다는 뜻일 뿐이다……. 수도자도 일생에 한 번쯤은 육체적인 격정의 순간을 경험해야…… 고해하는 속인의 심정을 헤아려 그 죄를 사할 수 있을 것이 아니겠느냐고 하면 너무 인심 좋아 보이기는 할 것이다만…… 그렇다고 해서 이런 일이 생겨서 좋다는 뜻은 아니고…… 생겼다고 해서 너무 자신을 책할 일은 아니라는 뜻이다. 자, 하느님의 뜻을 따를 일이니, 이 이야기는 더 이상 하지 않도록 하자. 가능하면, 다른 일을 생각하여, 왕사(往事)를 잊도록 하는 것이 상책일 것이야…….」 사감(私感)이 끼어들고 있었던지, 사부님의 말투가 잠시 희미해지는 듯했다. 「……그러니 어젯밤에 있었던 일의 배후나 더듬어 보자. 문제는 이 여자가 누구이며, 여기에서 여자가 만나고 있던 사람이 누구냐, 하는 것이다.」

「모르겠습니다. 함께 있는 자를 알아보지 못하겠더이다.」

「그럴 테지. 하나 우리는 여러 가지 확실한 단서를 통해서 그게 누구인지 유추해 볼 수는 있다. 사내는 늙고 추할 터이겠다. 네 말마따나 아름다운 여자였다면 이런 자에게 몸 맡기는 것을 좋아하지 않았을 게다. 너 같은 풋내기가 그런 여자를 만난 것은 이리 새끼가 고깃덩어리를 문 격이다만.」

「어째서 늙고 추할 것이라고 하시는지요?」

「여자는 사내가 좋아서 온 것이 아니고 고깃덩어리가 탐나서 왔을 것이다. 여자는 인근 마을에서 왔기가 쉽다. 갈증을 견디지 못하는 죄 많은 수도사를 사랑해 주고 그 값으로 제 식구 먹일 양식을 얻어 갔을 터이니……. 아마 처음은 아닐 것이다.」

「그렇다면 매음이 아닙니까?」 내 몸이 다시 떨려 오기 시작했다.

「가난한 촌색시라고 불러라. 어쩌면 제 손으로 부양해야 할 어린 동생들이 있었는지도 모르는 일이다. 이 촌색시도 그럴 수만 있다면 돈을 위해서가 아니라 사랑을 위해 몸을 주려 할 게 분명하다. 어젯밤에 그랬듯이 말이다. 뿐이냐, 여자가 너더러 젊은 미남자라고 했다면서? 여자는 진심으로 그랬을 것이다. 정체불명의 사내에게라면 황소의 염통에다 간을 덤으로 받아도 그런 찬사는 보내지 않았기가 쉽다. 여자는 저 자신을 무상으로 공여하면서도 기쁨을 누렸기에 대가를 챙기지도 않고 자리를 뜰 수 있었을 것이 아니겠느냐? 상황이 이러하니 여자의 눈으로 본 사내는, 너보다 젊지도 잘나지도 못한 사내일 수밖에?」

고백하거니와, 죄를 뉘우치고 있었는데도 불구하고 우쭐해지는 기분이었다. 그러나 나는 입을 다물고 사부님의 다음 말씀을 기다렸다.

「이 늙고 추한 사내는 아마 마을로 내려가서 농민들을 상대로 이러저러한 거래를 더러 한 듯하다. 그러자면 이 수도원에서의 지위가 그러한 일을 요한다고 봐야겠지. 게다가 이자는 마을 사람들을 수도원 안으로 불러들이는 통로도 알고 주방에 허드렛고기가 있다는 사실도 알고 있다. (그리고 내일 고기가 없어진 게 알려지면 주방 문이 열려 있어서 개나 짐승이 들어와 훔쳐 갔다고 하겠지.) 마지막으로 이자는 경제관념이 어느 정도 있는 사람이야. 주방에서 값비싼 음식물을 내주지는 않으려는 걸 보면 말이야. 그런 게 아니었다면 염통이 아니라 고기가 두툼한 부위를 여자에게 주었겠지. 자, 이 사내가 누군지 대강 알 것 같지 않느냐? 누구겠느냐? 정황으로 미루어 식료계 수도사인 바라지네 사람 레미지오라고 해도 크게 죄 될 것 같지 않구나. 레미지오가 아니라면 저 정체불명의 괴승 살바토레는 어떠냐? 살바토레는 원래 이 땅 사람이니까 말이 통하고, 따라서 여자를 꼬여 오기도 쉽지 않았겠느냐?」

「옳은 말씀이기는 한데 지금 이것을 알아낸들…… 무슨 이득이 있겠습니까?」

「없거나 아주 많거나, 둘 중 하나다. 이게 우리가 관심하고 있는 사건과 관련이 있을 수도 있고 없을 수도 있어서 하는 말이다. 만일에 이 식료계가 과거 돌치노파 밥술을 얻어먹은 것으로 확인된다면 이득이 있는 정도가 아니라 대단해지는 것이야. 이제 우리도, 이 수도원에서는 밤마다 요상한 일들이 심심찮게 일어난다는 것을 알게 되었다. 하면, 문제의 사내가 이 수도원 어둠을 이리도 쉬 누비고 다니는데, 이자들이 사건의 실마리를 붙잡고 있지 않다고 누가 단정할 수 있겠느냐?」

「알고 있은들 말할 리는 없을 것입니다.」

「그래, 이자들의 허물을 눈감아 주고, 연민을 나누는 척하면 말을 않겠지. 하지만 일단 실마리만 잡히면 말을 하게 하는 방법도 있다. 바꾸어 말해서 레미지오나 살바토레를 우리가 먼저 우리 수중으로 넣어 버리는 방법도 있다. 하느님께서는 대죄도 형편에 따라서는 용서하시니까 우리의 이러한 교지(狡智)도 용서하실 것이다.」사부님답지 않게 삿된 표현 방법이었다. 나는 말대꾸할 용기를 잃고 말았다.

「……이제 가서 잠자리에 들도록 하자. 한 시간만 있으면 조과가 시작된다. 아드소, 지은 죄 때문에 네 마음자리가 마땅치 않을 것 같구나. 영혼을 가라앉히기에 교회만 한 곳은 없다. 내가 네 죄를 사면했으니, 이제 네 일을 알 인간은 없다. 가서 주님의 확약을 받도록 하여라.」사부님은 이 말과 함께 내 머리를 몇 차례 쓰다듬었다. 내 어지러워진 심성을 부정(父情)으로 다독거리고, 고백한 죄의 사면을 확인하려고 그랬을 것이다. 어쩌면 그 역시 새로운 생명 체험에 목말라 있었으니, 내가 부러워서 그랬는지도 모르는 일이다(죄 많은 말이지만, 그 순간에 그런 생각이 들었던 것을 어쩌랴?).

우리는 전날 지났던 지하 납골당을 통해 교회 쪽으로 갔다. 나는 납골당의 해골 앞에서 그만 눈을 가리고 말았다. 납골당 해골에 견주어 보면서, 내가 얼마나 하찮은 인간인가, 얼마나 어리석은 인간인가 싶어서 부끄러워 견딜 수 없었다.

교회 통로에 이르렀을 때, 제단 위에 웅크리고 앉은 사람의 그림자가 보였다. 우베르티노 수도사이거니 했는데 뜻밖에도 알리나르도 노수도사였다. 노수도사는 처음에 우리를 알아보지 못했다. 그는, 잠을 이룰 수가 없어서 사라진 젊은 수도사를 위해 기도나 해주고 싶어서 나왔다고 했다. 노인은 베렝가리오의 이름을 기억하지 못했다. 노인은 베렝가리오 수도사가 죽었을 경우에 맞추어서는 그 영혼을 위해 기도했고, 앓아누웠거나 방황하고 있을 경우에 맞추어서는 그 육신을 위해 기도했다.

그가 중얼거렸다. 「너무 죽어. 너무 많이 죽어 가고 있어……. 헌들…… 어째……. 사도의 책에 기록되어 있는 것을…….[21] 첫 나팔 소리가 울리면 우박…… 두 번째 나팔 소리가 들리면 바다의 3분의 1이 피로 끓는다. 그것 보아. 시신 하나는 폭설이 내린 다음 날 눈에 띄었고, 또 하나는 피 항아리 속에 있었다지……. 세 번째 나팔 소리는, 불타는 별이 강과 샘에 떨어진다고 경고하는 게요. 거봐, 세 번째 형제가 사라졌지……. 네 번째가 나타날까 봐 겁이 나는구먼. 태양의 3분의 1이 일그러지고 달과 별이 얼굴을 가려 세상은 암흑천지가 될 게야.」

수랑(守廊)을 나오면서 사부님은, 노인의 말에 일리가 있

---

21 알리나르도 노인은 「요한의 묵시록」 8:6 이하를 요약하고 있음.

을지도 몰라, 하고 중얼거렸다. 나는 동의할 수 없었다.

「〈요한의 묵시록〉을 인용하면서 노인은 세 수도사의 죽음 및 실종을 단일한 악마적 의지의 소행으로 설명하는 데 지나지 않습니다. 하지만 악마적 의지의 소행이 아닌 것이, 아델모 수도사는 제 의지로 죽지 않았습니까?」

「그렇기는 하다만, 사악한 자가 아델모의 죽음에서 암시를 얻어 나머지 둘도 묵시록적이고 상징적인 방법으로 살해했을 가능성은 어쩌겠느냐? 그렇다면 베렝가리오의 시체는 강이나 우물에서 발견되어야 마땅하다. 어디 보자, 수도원에는 강이나 우물이 없다. 적어도 누구를 빠뜨려 죽일 수 있는 것은……」

「욕장밖에는 없습니다.」 내가 무심코 한 말이었다.

「뭐라고? 그래, 욕장이다!」

「하지만 수도사들이 오늘 욕장도 뒤져 보았을 것이 아닙니까?」

「오늘 아침에 불목하니들이 수색이랍시고 하는 걸 보았다. 문만 열고 쓱 들여다보고는 말더구나. 잘 숨겨진 시체를 찾을 생각을 한 게 아니라 눈에 훤히 보이게끔 널브러진 시체를 찾을 거라 생각했던 게지. 베난티오처럼 항아리에 처박혀 있는 꼴이나 상상했을 터이니 무리도 아니지. 가서 뒤져 보자. 아직은 어둡다만, 우리 등잔이 한동안은 더 버텨 줄 것 같으니 들고 앞장서거라.」

우리는 시약소 바로 옆에 있는 욕장으로 가서 어렵지 않게 문을 땄다.

숫자는 잊었지만, 두꺼운 휘장과 휘장 사이에는 여러 개의 욕조가 있었다. 수도사들은 회칙이 제정된 기념일마다 거기에서 세정(洗淨)했고 세베리노는 환자를 치료할 때마다 그 욕장을 이용했다. 말하자면 육체와 정신의 기력을 되찾아 주는 데 목욕만 한 것이 없다고 여기는 수도사들 사이에서 자주 이용되는 욕장이었다. 구석의 큰 화덕에서는 물을 쉽게 데울 수 있었다. 화덕은 재로 지저분해져 있었고, 앞에는 커다란 가마가 뒤집힌 채 놓여 있었다. 물은 한구석에 있는 웅덩이에서 길어 올 수 있었다.

첫 욕조는 비어 있었다. 그러나 두꺼운 휘장에 가려진 마지막 욕조에는 물이 가득 차 있었고 옆에는 옷가지가 떨어져 있었다. 등잔불에 얼핏 보기에는 욕조의 수면에 아무것도 비치지 않는 것 같았다. 그러나 등잔불이 바닥을 비추었을 때는 벌거벗은 시체 그림자가 하나 일렁거렸다. 우리는 시체를 끌어올렸다. 베렝가리오였다. 사부님은, 〈익사자의 얼굴이란 이런 것이야〉 하고 중얼거렸다. 시체는 이목구비가 퉁퉁 불어 있었다. 무기력한 사타구니 돌기만 없었다면, 희고 흐물거리는 몸에 털만 없었다면 영락없는 여자의 몸이었다. 몸이 떨려 왔다. 사부님이 시신을 축복할 동안 나는 성호를 그었다.

〈하권에 계속〉

옮긴이 **이윤기(1947~2010)** 경북 군위에서 출생하여 성결교 신학대 기독교학과를 수료했다. 1977년 단편소설 「하얀 헬리콥터」가 중앙일보 신춘문예에 당선되었으며, 1991년부터 1996년까지 미국 미시간 주립대학교 종교학 초빙 연구원으로 재직했다. 1998년 중편소설 「숨은 그림 찾기」로 동인 문학상을, 2000년 소설집 『두물머리』로 대산 문학상을 수상했다. 소설집으로 『하얀 헬리콥터』 등이 있으며 장편소설로 『하늘의 문』 등이 있다. 보리슬라프 페키치의 『기적의 시대』, 움베르토 에코의 『푸코의 진자』, 『전날의 섬』을 비롯해 칼 구스타프 융의 『인간과 상징』, 니코스 카잔차키스의 『그리스인 조르바』 등 다수의 책을 번역했다.

장미의 이름 (상)

발행일			
1986년	5월 15일	초판	1쇄
1992년	5월 25일	초판	12쇄
1992년	6월 25일	개역판	1쇄
2000년	3월 15일	개역판	42쇄
2000년	7월 10일	3판	1쇄
2006년	2월 25일	3판	37쇄
2006년	4월 15일	4판	1쇄
2021년 12월 15일		4판	47쇄

지은이 움베르토 에코
옮긴이 이윤기
발행인 홍예빈 · 홍유진
발행처 주식회사 열린책들

경기도 파주시 문발로 253 파주출판도시
전화 031-955-4000 팩스 031-955-4004
www.openbooks.co.kr

Copyright (C) 주식회사 열린책들, 1986, 2006, *Printed in Korea.*
ISBN 978-89-329-0675-1 04880
ISBN 978-89-329-0674-4 (세트)

이 도서의 국립중앙도서관 출판예정도서목록(CIP)은 서지정보유통지원시스템 홈페이지(http://seoji.nl.go.kr)와 국가자료공동목록시스템(http://www.nl.go.kr/kolisnet)에서 이용하실 수 있습니다.(CIP제어번호:CIP2006000568)